Bernhard R. Fischer

Allein nach Island über den Atlantik

Über den Autor

Bernhard R. Fischer hat seine Kindheit in einem Ort an der Donau in Niederösterreich verbracht, wo er bereits im Volksschulalter mit seinem Vater in der Jolle am nahegelegenen Kraftwerksstausee seine ersten Gehversuche beim Segeln gemacht hat und ist diesem Hobby auch später treu geblieben. Sehr bald war er als Jugendlicher und junger Erwachsener vom Meer und von den Booten in den Häfen kleiner griechischer Orte fasziniert, die er im Rahmen verschiedener abenteuerlicher Urlaube besucht hat.

In seinen späten Zwanzigerjahren hat er die Ausbildung für seinen ersten österreichischen Yachtschein absolviert, was den Beginn seiner Seefahrtskarriere einläutete. Immer schon für mehr als nur Sommerurlaubstörns motiviert, hat er es bald zum Trainer und Ausbildner gebracht und am Aufbau einer namhaften österreichischen Seefahrtschule mitgewirkt, und war nie verlegen für abenteuerliche und herausfordernde Segeltörns.

Er hat zahlreiche Artikel in verschiedenen Magazinen veröffentlicht, Kurse und Schulungen zu allen möglichen Themen rund ums Segeln veranstaltet und produziert seit Jahren den beliebten Segel-Fach-Podcast „Schiff – Captain – Mannschaft".

Das Privatleben war turbulent, bis er als Vater von drei Kindern seine Heimat mit seiner Frau in den Bergen des niederösterreichischen Mostviertels auf einer kleinen Landwirtschaft gefunden hat. Das Segeln hat immer eine maßgebliche Rolle gespielt und so hat er seine Kinder bis heute immer wieder mitgenommen, um ihnen das Wissen und die Liebe zur Seefahrt weiterzugeben.

Bernhard R. Fischer

Allein nach Island über den Atlantik

Impressum

1. Auflage 2025

Version: 2025-04-09, 19:06, 94a90f8

Autor: Bernhard R. Fischer.

E-Mail: <buch@abenteuerland.at>

Youtube: https://youtube.com/@bhsailor

Instagram: https://instagram.com/bernhardsailor

Adresse: 3204 Kirchberg a. d. Pielach, Niederösterreich.

Angaben nach §24 Mediengesetz.

Karten: Bernhard R. Fischer.

Karten Online: https://www.abenteuerland.at/expedition2023

Lektorat: Althea Müller, https://www.altheamueller.com

Testleser: Patrick und Roswitha.

Verlag: BoD · Books on Demand GmbH, Überseering 33, 22297 Hamburg, bod@bod.de.

Druck: Libri Plureos GmbH, Friedensallee 273, 22763 Hamburg.

ISBN: 978-3-7693-2197-5

Umschlagbild: Erste Landsichtung Islands am Morgen des 4. August 2023.

Bild unter Buchtitel: Leuchtfeuer Öndverðarnes vor dem Snæfellsjökull.

LF-Vz.: Ondverdharnes, L4540, Fl.W. 3s 11m 8M, 64° 53,1′ N 024° 02,7′ W.

Bild S. 206: Küstenseeschwalbe (Arctic Tern), Phil Mitchell, www.pexels.com.

Die Seekarten wurden mit *Smrender*[1] erstellt. Die Kartenrohdaten basieren auf *Natural Earth Data*[2] und *OpenStreetmap*.[3]

Dieses Buch wurde mit LaTeX erstellt.

---

[1] https://github.com/rahra/smrender
[2] https://www.naturalearthdata.com/
[3] https://www.openstreetmap.org/

Für meine geliebte Frau, Petra.

Vorwort

Mit dem Boot unterwegs zu sein ist ein Abenteuer, das sehr eng mit der Natur verbunden ist, fernab vom stressigen Korsett des heutigen Lebens vieler Menschen. In der von Schiff und Natur vorgegebenen gemächlichen Geschwindigkeit bewegt man sich in einem für viele Menschen unbekannten, beziehungsweise wenig vertrautem, aber aufregendem und abenteuerlichem Lebensraum. Man muss sich dabei auf die Natur einlassen. Viele kommen in ihrem täglichen Leben nicht mehr, oder nur mehr sehr wenig mit ihr in Berührung. Die Natur ist deshalb auch etwas, das einige vermissen und in ihrer Freizeit gezielt suchen. Und für manche sogar ist es Berufung und nicht nur eine Freizeitbeschäftigung.

Wie so oft gibt es hier aber kein Schwarz und Weiß, sondern viele Grauschattierungen. Man kann im Park spazieren gehen, eintägige Wanderungen unternehmen, längere Touren im hochalpinen Gebieten durchführen, oder aber in den südamerikanischen Anden bergsteigen gehen, oder sogar einen der Gipfel im Karakorum oder im Himalaya bezwingen.

Beim Segeln ist das genauso. Zwischen einem Sommerurlaub im Mittelmeer und einer echten Kap-Horn-Umrundung gibt es viele Abstufungen, wo jeder seinen Platz finden kann.

In jedem Fall ist es so, dass weder Mount Everest noch Kap Horn von Neulingen bezwungen wird, die gerade drei Monate davor begonnen haben, sich fürs Bergsteigen beziehungsweise das Segeln zu interessieren – wobei ich mir bei dem, was am Everest passiert, gar nicht so sicher bin...

Es ist ein längerer Weg den man gehen muss, um dorthin zu gelangen. Und dieser Weg wird stellenweise sehr steinig sein. Aber gerade das macht es aus. Es bereitet dich auf schwierige Situationen vor, denn die erwarten dich, wenn du dich auf Expeditionen begibst. Mit jeder Tour und mit jedem Abenteuer wird die eigene Expertise wachsen und man kann zu noch schwierigeren Gipfeln und abgelegeneren Küsten aufbrechen.

Doch nicht unbedingt die höchsten Berge und gefürchtetsten Kaps dieser Erde sind für wahre Abenteurer die angestrebten Ziele. Die mediale Auswalzung dieser markanten Orte mag einen hier in die Irre führen. Es gibt zahllose teilweise sehr hohe unbestiegene Gipfel oder unbegangene Routen, oder solche, die erst von einer handvoll Menschen bezwungen wurden. Und auch in der Seefahrt gibt es Routen, die noch niemand oder nur ganz wenige davor befahren haben und es gibt Inseln und Küsten, die so herausfordernd und unzugänglich sind, dass nicht viele das Zeug dazu haben und auch den Mut aufbringen, es zu versuchen. Das sind die wahren Schätze.

Und so lass mich dich mit diesem Buch in ein echtes Abenteuer zwischen Mittelmeer und Nordatlantik entführen. Im Anhang ab Seite 375 befindet sich eine Windstärkentabelle sowie ein kleines Glossar mit ein paar Fachbegriffen, aber keine Angst, du wirst wahrscheinlich gar nicht nach hinten blättern müssen.

20. März 2025

Danksagung

Sowohl dieses Buch, als auch dieses ganze Projekt wäre nicht möglich gewesen, wenn mich nicht einige Menschen auf verschiedene Weise unterstützt hätten. Dazu zählt allen voran meine engere und weitere Familie, die mir immer wieder gut zugeredet hat, wenn ich etwas verzweifelt war. Und Verzweiflung kann einem in einem Solo-Segelabenteuer schon einmal unterkommen.

Allen voran möchte ich mich bei meiner Frau Petra bedanken. Sie trägt einen maßgeblichen Anteil an der gesamten Sache, von der Entwicklung der Idee bis hin zur Umsetzung. Ohne sie hätte ich nicht den Mut gefasst, an so ein Projekt überhaupt zu denken. Sie hat an mich geglaubt und gewusst, dass ich das kann.

Besonders erwähnen möchte ich meine große Tochter Corina, die ebenfalls fest an mich geglaubt hat und mich organisatorisch und im Bereich der Social Media unterstützt hat.

Ein riesiges Dankeschön gilt meinen Freunden Christoph, Nicole und Nik. Sie haben sich während der gesamten Zeit, die ich unterwegs war, immer wieder erkundigt und mit mir mitgelebt. Wir haben uns über verschiedenste Dinge, wie technische Probleme, Wettersituationen, Routenplanung, aber auch meine mentale Verfassung in diversen Situationen intensiv unterhalten, und sie haben mich beraten. Das hat mich enorm motiviert und immer wieder aufgebaut, denn es hat mir das Gefühl gegeben, Teil eines Teams zu sein, das zu mir steht und gemeinsam mit mir diese sportliche Expedition bestreitet. Und ich habe mir von Anfang an nichts mehr gewünscht, als ein Team zu haben, um mit dem Projekt nicht alleine zu sein.

Auch Armin und Gerolf haben sich ihren Platz hier verdient. Armin ist – gemeinsam mit seiner Frau Manu – eine Strecke mitgefahren, und er hat mich die ganze Zeit über seelisch sehr unterstützt. Nicht nur während der

Fahrt, sondern auch davor und danach, da ich aus verschiedenen Gründen psychisch sehr angeschlagen war. Gerolf ist eine lange Passage mit mir mitgefahren. Der Dank gilt seiner profunden organisatorischen Unterstützung, die für mich besonders wichtig und hilfreich war, und ohne die diese Expedition auf wackeligen Beinen gestanden hätte.

Und ich möchte mich bei Susanne bedanken, die mir Anfang März 2023 auf der Bootsmesse in Tulln den Floh, darüber ein Buch zu schreiben, ins Ohr gesetzt hat. Obwohl ich zwar prinzipiell gerne schreibe, hatte ich bis dato gar nicht daran gedacht. Und so habe ich mich am selben Abend noch hingesetzt, um ein paar Notizen zu machen und die ersten Absätze zu schreiben. Ohne diesen ersten Impuls wäre dieses Buch vermutlich nie entstanden.

Inhaltsverzeichnis

1. Vorgeschichte

Immer schon wollte ich etwas ganz Besonderes machen. Etwas, das nicht jeder macht, etwas Ungewöhnliches oder vielleicht sogar etwas Herausragendes. Im Laufe meines jungen Erwachsenenlebens ist für mich klar geworden, dass das sogenannte „normale Leben", das der durchschnittliche Österreicher führt, ein Konzept ist, mit dem ich mich nicht sonderlich identifizieren kann. Nicht, dass das etwas Schlechtes ist, aber seine ganze Arbeitszeit in einem Büro abzudienen und an irgendwelchen fiktiven Dingen zu arbeiten, hat kein Feuer in mir entfacht. Es muss schon etwas Handfestes sein.

Die Heimat meines Herzens und meines Lebens habe ich dann in meinen späten 30er-Jahren mit meiner geliebten Frau Petra in der Landwirtschaft im tiefen Mostviertel gefunden. Dort ist mein Platz, da gehöre ich hin. Es bedeutet sehr viel Arbeit, aber zugleich auch eine Freiheit, die ich sehr schätze: selbstbestimmt und für sein Leben selbst verantwortlich zu sein. Und man arbeitet an etwas Realem, an etwas, das man angreifen kann, an etwas, das man mit allen Sinnen spüren kann. All das macht mich sehr stolz. Und eine solche Arbeit macht mir nichts aus; ganz im Gegenteil, ich arbeite gerne und auch rund um die Uhr, wenn ich einen Sinn darin sehe und es mir Spaß macht. Und man hat seine Liebsten mehr und enger um sich, da man gemeinsam an einer Sache arbeitet.

Parallel dazu habe ich den Großteil meines Lebens auch der Segelei gewidmet, und das sehr intensiv. Alles, was ich tue, möchte ich richtig machen, mit vollem Einsatz, und nicht nur so nebenbei, wie man ein Hobby pflegt. Dadurch habe ich mittlerweile hunderte Wochen auf See hinter mich gebracht, habe als Trainer und Instruktor gearbeitet, am Aufbau einer österreichischen Seefahrtschule mitgewirkt, verschiedene nicht alltägliche Expeditionsfahrten im Mittelmeer unternommen – und dazu viele Stunden meines eigenen Segel-Podcasts und eine ganze Menge Videos auf Youtube produziert. Dadurch habe ich sehr viel theoretische und praktische Erfahrung gesammelt.

„Normale" Segelwochen im Sommerurlaub waren mir immer zu wenig beziehungsweise zu langweilig, und haben mich nie sonderlich gereizt. Auch auf See wollte ich immer schon etwas Besonderes machen, etwas, das sonst niemand, oder nur wenige machen. Und deshalb habe ich immer schon das Bedürfnis gehabt, das Ganze professionell, und nicht nur als Hobby zu betreiben. Und ich wollte Abenteuer und sportliche Herausforderungen bestehen, die eher den Begriff „Expedition" verdienen, wofür man von den meisten Menschen nur ein Kopfschütteln oder Sätze wie »Du spinnst ja!« erntet. Dafür schlägt mein Herz.

Wie die meisten Segler hat auch mich immer schon eine Weltumsegelung, aber auf die einzig „richtige" Art gereizt, also ums Kap der guten Hoffnung, *Cape Leeuwin*, und Kap Horn. Oder ein Besuch von ganz besonders abgelegenen Inseln, wo die Herausforderung darin besteht, diese überhaupt zu erreichen. Dafür habe ich mir vor einiger Zeit in wochenlanger Kleinarbeit eine eigene Weltkarte in der sogenannten Spilhaus-Projektion[1] angefertigt. Da sind Inseln wie die französischen *Kerguelen*, *South Georgia*, die norwegische *Bouvet-Insel*, *Elephant Island*, das *Franz-Josefs-Land*, *Ile Saint Paul*, und ähnliche drauf. All das sind aber riesige Projekte, wo mir für die Umsetzung lange der Plan und in erster Linie auch das Geld gefehlt hat.

Durch verschiedene Umstände bin ich den Großteil meines Lebens finanziell eher im unteren Drittel der Skala gewesen und ich war fremdbestimmt, in einem Korsett, aus dem ich keinen Ausweg gesehen habe. Aber unsere Landwirtschaft und alles, was damit verbunden war, war das Beste in meinem ganzen Leben. Das war ich – zu 100 Prozent. Und niemals würde ich das gegen einen Fulltime-Bürojob mit Stress und Überstunden tauschen wollen. Ich brauche, wie schon gesagt, eine Arbeit, wo etwas Greifbares herauskommt. So sieht man als Trainer den Erfolg und die Freude seiner Schüler, die etwas lernen. Und in der Landwirtschaft kann man sich daran erfreuen,

---

[1] Anders als die meisten Projektionen, rückt die Spilhaus-Projektion den Ozean in den Mittelpunkt der Karte. Dabei befindet sich die Antarktis ungefähr in der Mitte und alle Ozeane darum herum. Die großen Landmassen sind auf die äußeren Kartenränder verdrängt.

wie Tier oder Gemüsegarten gedeiht – oder dass man nach anstrengender Waldarbeit im Winter das Haus heizen kann und es schön warm ist.

Anfang 2017 war ich mit Petra im finsteren Jänner eine Woche in Island auf Urlaub. Wir sind mit einem Leihauto herumgefahren und haben uns, wie es so meine Art ist, fernab der typischen Trampelpfade die spektakuläre Natur Islands angesehen. Kein Land hat mich bis dato so fasziniert wie dieses.

Und an einem dieser Tage bin ich an der Atlantikküste bei einem kleinen orangen Leuchtturm gestanden und habe aufs aufgewühlte Meer geschaut. Es war der Leuchtturm *Öndverðarnes* auf dem westlichen Ende der Halbinsel *Snæfellsnes*, auf der der *Snæfellsjökull* liegt. Das ist jener Berg, wo der Eingang zu Jules Vernes „Reise zum Mittelpunkt der Erde" liegt. Fasziniert habe ich das Heranrollen der großen Atlantikwellen beobachtet, wie sie an den Klippen explodieren und Wasserfontänen zig Meter in die Luft schleudern. Dieses Schauspiel hat mich dermaßen beeindruckt, dass ich so nahe heran gegangen bin, dass mich eine ganz besonders große Welle sogar geduscht hat. Und da habe ich es gewusst:

„Du musst über diesen Ozean hierher segeln!", hat meine innere Stimme zu mir gesagt – oder eher laut gerufen.

Das war der Startschuss für alles Weitere, das letztendlich zu diesem Projekt geführt hat. Der Weg war aber keinesfalls sofort klar, sondern es hat sich alles erst im Lauf der Zeit entwickelt und herauskristallisiert. Natürlich habe ich auch mit meiner Frau darüber gesprochen. Sie hat ja um meine Leidenschaft für das Segeln und die Seefahrt gewusst; wir haben uns auch so kennengelernt. Sie selbst ist eindeutig der Landmensch, der ich selbst auch mit einem Bein bin, hat aber dennoch meine Liebe für die See immer respektiert. Sie hat natürlich auch gewusst, dass mir einwöchige Urlaubstörns viel zu langweilig waren – etwas, das sich nicht jedem Menschen sofort erschließt – und dass ich immer etwas ganz anderes, etwas Besonderes, Abenteuerliches wollte.

Irgendwann habe ich ihr die Idee mit dem Nach-Norden-Segeln eröffnet. Mir sowieso, aber auch ihr war klar, dass man für so ein Vorhaben nicht einfach, wie bei einem Sommerurlaub am Mittelmeer, zu einem Vercharterer geht, sich für drei Wochen ein Expeditionsboot ausborgt und dann schnell mal nach Island und zurück segelt. Vor allem auch deshalb, weil ich nonstop über den Ozean, und nicht von einer Bucht in die andere segeln wollte. Und dann hat sie gesagt:

»Naja, dann musst du dir ein Boot kaufen und dort hinfahren.«

Ich war etwas überrascht, dass sie das so offen sagte. Es hat mich gefreut und positiv motiviert, denn bis hierher hatte ich nicht die geringste Vorstellung, wie ich so ein Vorhaben realisieren soll – und glaubte wohl unterbewusst selbst nicht dran. An diesem Punkt habe ich somit begonnen, mich nicht nur für Island, sondern generell für die hohen Breiten zu interessieren, habe eine Menge Bücher gelesen, auch Expeditionsgeschichten aus der großen Zeit der Polar-Erkundung: von Shackleton, Scott, Amundsen, Peary und dergleichen, aber auch jede Menge Geschichten aus der Seefahrt, die in die Polarregionen geführt haben. Dann habe ich mich für die österreichische Geschichte in Bezug auf Polarforschung aus der k. und k. Zeit interessiert und vieles dabei entdeckt – wie mit der österreichischen Geschichte verwobene Orte und Gegenden, die abgelegen genug sind, um mich zu reizen.

Es war damals eine etwas andere Zeit. Da wurden Männer, die solche Expeditionen begingen, bewundert, und man war stolz auf solche Forscher und Abenteurer. Die Zeit hat sich leider verändert. Ich glaube, dass das heute eher umgekehrt ist, zumindest fühlt es sich für mich ein bisschen so an. Und natürlich gibt es keine neuen Landmassen mehr zu entdecken, was eine Expedition mit einem kleinen Boot aber deshalb nicht unkompliziert macht. Ich möchte es trotzdem versuchen, auch wenn es viele für keine gute Idee halten.

Also habe ich mich weiter mit der modernen Seefahrt, das heißt mit dem Segeln in die hohen Breiten auseinandergesetzt, habe Bücher gelesen, Podcasts gehört, Youtube-Videos geschaut – und verschiedene Personen in ganz Europa, über die ich im Internet gestolpert bin, per E-Mail kontaktiert. Ich habe mich dabei nicht gescheut, Autoren von Literatur für den hohen Norden zu kontaktieren, und andere Menschen, die aktiv am Segeln und an Expeditionen beteiligt sind. So bin ich in Kontakt mit Jon Amtrup gekommen, einem erfahrenen norwegischen Arktis-Segler und Buchautor, Erik Aanderaa, norwegischer Nordatlantik-Segler, Inga Fanney, Mitbetreiberin eines isländischen Unternehmens für Segelexpedition, Andy Schell, amerikanischem

Offshore-Segler mit Arktis-Erfahrung und einigen mehr. Und ich hoffe, dass ich manche von ihnen irgendwann auch persönlich kennenlernen werde.

Ich habe weiters begonnen, über geeignete Boote nachzudenken und mich mit der Finanzierung eines solchen zu beschäftigen – das ist irgendwie so gar nicht mein Metier. Und ich bin in Europa herumgefahren und geflogen, um verschiedene Boote vor Ort zu besichtigen, um mir ein Bild von verfügbaren Booten und deren Kosten zu machen.

Ich habe auch angefangen, diese Idee ein bisschen herumzuerzählen. Viele Menschen waren fasziniert davon, im hohen Norden zu segeln, obwohl es für manche doch eher verrückt klingt. Es ist kein alltägliches Vorhaben, und für die meisten Segler in meinem Bekanntenkreis ist es, wahrscheinlich aufgrund fehlender Erfahrung und mangels ausreichendem Selbstvertrauen, noch weiter außer Reichweite als für mich.

Seglerisch zugetraut habe ich mir das Unterfangen sofort. Mir fehlt aber komplett die Vorstellung, wie ich soweit kommen soll, überhaupt wegsegeln zu können. Natürlich habe ich auch jede Menge „hilfreicher" Tipps bekommen, so wie: »Du musst einen Sponsor finden« und ähnliches. Tatsächlich hilfreich wäre gewesen, mir zu sagen oder zu zeigen, wie man es macht. Ich weiß, wie man Kühe und Pferde artgerecht hält, ich kann elektrische Anlagen bauen, ich kann mit Motorsäge umgehen, ich kann verschiedene Maurerarbeiten erledigen, ich kenne mich mit Computernetzwerken sehr gut aus, und ich kann sogar Computerprogramme in verschiedenen Programmiersprachen schreiben. Aber mit Sponsoring, Finanzierung, Budgets und dergleichen habe ich mein ganzes Leben lang nichts zu tun gehabt.

Ich habe im Rahmen meiner Vorbereitungen an manche Firmen E-Mails geschickt und nachgefragt, teilweise auch im Zusammenhang mit irgendwelchen Dingen, die ich bestellt habe. Die meisten haben zurückgeschrieben, dass sie so etwas nicht machen, oder dafür kein Geld haben, oder so in der Art. Ist ok. Recht armselig habe ich gefunden, dass mir ein großer und bekannter österreichischer Sponsor im Umfeld des Segelsports überhaupt nicht geantwortet hat. Ich empfinde eine höfliche Absage nicht als negativ, aber gar nichts zu antworten, ist sehr abschätzig. Ich verstehe schon, dass niemand einen so alten Sportler und Abenteurer wie mich fördern will, aber

1. Vorgeschichte

Segelsport ist anders. Gerade beim Offshore-Segeln zählt nicht nur die körperliche Fitness, sondern auch die mentale Stärke, die Erfahrung, der Einfallsreichtum und das breite Wissen über Wetter, Navigation, Funk, Technik sowie ausgereifte handwerkliche Fähigkeiten. Wenn du ein Top-Segler bist, der alle Tricks des Segeltrimms kennt, wirst du trotzdem nicht als erster in der Karibik ankommen, wenn du den Unterschied zwischen *true* und *magnetic* nicht verstanden hast. Wäre ich in Frankreich, dem Land der größten Segler der Welt, hätte ich wahrscheinlich andere Chancen – glaube ich zumindest.

Seit 2017 ist sehr viel passiert, vor allem weil das Jahr 2020 eine Katastrophe verursacht hat, die meine Familie und mich in den Abgrund gestürzt hat und ich bis heute mit der Wiedergutmachung und Reparatur dessen beschäftigt bin. Über all das könnte ich ein sehr dickes Buch schreiben. Obwohl mich das völlig entwurzelt hat und ich bis heute den Boden unter den Füßen nicht wiedergefunden habe, ist dennoch etwas Positives aus der Sache hervorgegangen: Ich war plötzlich in der Lage ein Boot zu kaufen.

Seit unserem Island-Urlaub im Jahr 2017 habe ich begonnen, mir verschiedene Boote anzusehen. Obwohl ich zu diesem Zeitpunkt damals zwar noch keine Ahnung davon gehabt habe, wie ich ein Boot finanzieren soll, wollte ich dennoch wissen, was man um welches Geld bekommt. Wie so oft im Leben, hat sich dann per Zufall in einem Gespräch mit Michael Guggenberger ergeben, dass er sein Boot, mit dem er ursprünglich das Golden-Globe-Race bestreiten wollte, verkauft. Wir waren damals schon befreundet, was die ganze Sache deutlich erleichtert hat und so bin ich in den Besitz der „schönen Mizzi aus Wien", kurz MIZZI, gekommen.

Die MIZZI ist eine *Endurance 35*, gebaut von der spanischen Werft *Belliure* vor rund 40 Jahren, nach dem Design von *Peter Ibold*. Sie ist ein Sloopgetakelter Langkieler, ungefähr elf Meter lang, 1,7 Meter Tiefgang und achteinhalb Tonnen schwer. Das Boot wurde damals fürs Langfahrtsegeln konzipiert und ist äußerst robust, was es zu einem geeigneten Boot für mein Vorhaben macht. Natürlich war mein Budget enden wollend, was die Bootsauswahl stark eingeschränkt hat, aber unter diesen Gesichtspunkten ist sie ein tolles Boot.

Sie hat einen vierzig PS Dieselmotor, 700 Liter Brauchwasser, einen geräumigen Salon, eine Stockbett- und eine Bugkabine mit jeweils zwei Kojen (Schlafplätze), eine praktische Galley (Küche) mit Gasherd, eine Nasszelle mit Klo und Dusche, und jede Menge Stauraum.

Der Nachteil eines Langkielers ist, dass die Segeleigenschaften nicht so gut sind. Das bedeutet, dass sie langsamer sind und nicht so gut auf Am-Wind-Kursen segeln, also beim Segeln in Windrichtung, verglichen mit modernen Booten. Dafür ist die MIZZI aber sehr robust und hart im Nehmen und ich hoffe, dass das die Nachteile aufwiegt.

Das Manko aller „normalen" Boote, egal ob alt oder modern, und da gehört die MIZZI ebenso dazu, ist, dass es in der Regel „Wohnzimmerboote" sind, wie ich sie nenne. Das bedeutet, dass zum einen der ganze Innenraum mit Holz vertäfelt und verbaut ist, was verhindert, dass man undichte Stellen leicht findet, dass es Reparaturen verkompliziert, und dass es das Boot um einiges schwerer macht. Zum anderen ist das alles während der Fahrt tendenziell eher unpraktisch und nur für ruhige Hafenaufenthalte geeignet. Und ich plane eine Segelexpedition und keine Hafenbummelfahrt. Ein großer Schwachpunkt sind zum Beispiel die Matratzenbetten. Meiner Ansicht nach sind Rohrkojen die einzig wahre Lösung dafür. Diese kann man in der Lage verstellen. Es ist die moderne Version der Hängematte, wie sie in der klassischen Seefahrt benutzt wurde. Man liegt darin immer gut. Außerdem haben sie den Vorteil, dass auch von unten Luft dazu kann. Ein Umstand, der bei Matratzenbetten fehlt und daher leicht zu Schimmelbildung auf der Unterseite führt. Wenn ich frei wählen könnte, wäre in meinem Wunschboot nur die allernotwendigste Innenausstattung – alles auf Funktion getrimmt, so wie auf einem Rennboot.

Natürlich habe ich in den zwei Jahren nach dem Kauf einige Verbesserungen angebracht, die für ein derartig ambitioniertes Vorhaben notwendig sind. Ich habe sämtliche Segel erneuert. Großsegel und Genua sind triradial geschnitten und aus einem modernen High-Tech-Material. Das Großsegel ist mit drei tiefen Reffstufen fürs Offshore-Segeln konzipiert. Zusätzlich habe ich ein Kuttersegel angeschafft. Das ist ein kleineres Vorsegel für stärkere Winde ab ungefähr sieben Windstärken. Den Großbaum habe ich durch einen neuen ersetzt und am Mast eine neue Schiene montiert, wo das Großsegel auf kugelgelagerten Schlitten entlang gleitet, damit es besonders leichtgängig ist. Das ist wichtig, da mir beim Solosegeln niemand hilft.

Dann habe ich eine Windsteueranlage angeschafft und montiert. Das ist eine mechanische Vorrichtung, die das Boot nur mit der Kraft des Windes steuert und auf Kurs hält. Natürlich haben nahezu alle Boote heute einen elektrischen Autopiloten, so auch die MIZZI. Beim Langstreckensegeln wird der Strom aber schnell knapp, weshalb sich eine Windsteueranlage für solche Unternehmungen anbietet.

Die Bootselektronik war schon sichtlich in die Jahre gekommen, also habe ich das alles gegen moderne Elektronik und Sensorik ausgetauscht und erweitert. Ich habe ein aktives AIS angeschafft, ein Radar, ein Starlink Satelliteninternet und ich habe einen Bordcomputer installiert. Neben professioneller Navigation werden auf diesem auch sämtliche Informationen dauerhaft aufgezeichnet, in Form von Grafiken dargestellt, und der Computer erzeugt ein WLAN, über das ich von allen mobilen Geräten, wie Tablet oder Smartphones, ebenfalls auf das alles zugreifen kann. Ist das Starlink eingeschaltet, kann ich über dieses selbe WLAN parallel auch aufs Internet zugreifen. Damit kann ich also per Handy von meiner Bugkabine aus auf sämtliche Bootsdaten und die Navigation zugreifen – und gleichzeitig sogar Internetsurfen.

Neben diesen großen Umbauten und Änderungen waren klarerweise auch viele kleine Details dabei und natürlich gibt es auch eine ganze Menge, das ich aus Kostengründen nicht umsetzen habe können. Aber man kann nicht alles haben und mein Leben hat mich gelehrt, mit knappen Ressourcen umzugehen, und so ist das Boot doch zu einem sehr brauchbaren Heim für mich geworden, von dem ich überzeugt bin, dass es für diese Reise tauglich ist.

Jetzt geht es also ins Eingemachte, ein paar Monate noch bis zur Abreise. Und hier beginnt diese Geschichte.

2. Vorbereitungen

Ich bin erschöpft und ausgelaugt. Ich habe das Gefühl, dass ich überhaupt noch nie so schlecht beisammen war wie jetzt. Die massive, recht ungewollte Veränderung meines Lebens in den letzten zweieinhalb Jahren hat seine Spuren hinterlassen, und jetzt scheinen mir die Vorbereitungen für mein bevorstehendes Projekt beinahe den Rest zu geben. Und obwohl ich das Gefühl habe, dass mich nur noch ein seidener Faden daran hindert, nicht zu kapitulieren, möchte ich mich nicht unterkriegen lassen, denn ich freue mich schon sehr darauf. Jedenfalls rede ich mir das in der momentanen Verzweiflung bewusst immer wieder ein. Man kann sich Dinge ja auch schönreden, wenn man es nur oft genug wiederholt – und es scheint zu funktionieren.

Manchmal wünsche ich mir den Tag der Abreise regelrecht sehnsüchtig herbei. Es soll der 1. Mai 2023 sein. Andererseits bin ich dann wieder froh, dass dieser Tag noch nicht gekommen, dass also noch etwas Zeit bis dahin übrig ist. Denn ich habe noch viel zu tun.

Obwohl ich ein spontaner und gefühlsgesteuerter Mensch und kein besonderer Planer bin, weiß ich in diesem Punkt sehr wohl, dass eine gute Vorbereitung wichtig ist. Dieses Vorhaben ist das bisher schwierigste, anspruchsvollste und gefährlichste, das ich in meinem ganzen Leben unternommen habe. Noch nie habe ich an so einem großen Projekt gearbeitet, und schon gar nicht ganz allein. Und ich bin jetzt allein und werde auch dann allein sein, zumindest größtenteils. Bewusst möchte ich diese Expedition solo machen, denn ich bereite mich damit auf etwas ganz anderes für die Zukunft vor. Ich habe ja noch immer meine eigene Weltkarte und „die große Expedition" vor meinem inneren Auge. Aber zuerst muss diese Geschichte erlebt und erzählt werden – und das große Ziel ist noch gar nicht so klar.

---

2. Vorbereitungen

Seit Monaten kämpfe ich mich ab. Und ich frage mich, wie lange ich das noch aushalte. Aber ich habe ein Ziel, und das liegt in genau sechs Wochen vor mir, jetzt, da ich diese Zeilen schreibe. Nicht alle Menschen können das von sich behaupten, ein absehbares Ziel zu haben, an dem dieser übermäßige Stress nachlassen wird. Wie leitende Angestellte das jahrelang aushalten, mit 50- oder 60-Stunden-Wochen – ich könnte das nicht. Aber ich glaube, dass Stress relativ ist. Jeder empfindet etwas anderes als Stress. Mit Telefon und E-Mail Personen und Projekte in einem Büro organisieren zu müssen, ist für mich der reinste Horror. Das besorgt mir schlaflose Nächte. Da bevorzuge ich es eindeutig, bei sieben oder acht Windstärken im Halbdunkel das Sturmsegel am Vordeck zu setzen. Ich habe aber schon erlebt, dass das anderen Menschen den puren Angstschweiß aus den Poren treibt.

Es ist ja nicht so, dass ich tiefenentspannt bin, wenn der Windmesser um die 40 Knoten pendelt, ganz und gar nicht. Aber es ist dennoch mein Metier – ich kenne die Handgriffe, ich weiß, wo ich hinschauen und was ich tun muss. Und ich denke, dass ich gut improvisieren kann, wenn einmal etwas schiefgeht und nicht so läuft, wie geplant. Ich bin ein Handwerker und auch das Arbeiten unter widrigen Außenbedingungen gewöhnt. Angstschweiß und Albträume aber befallen mich, wenn ich weiß, dass ich am nächsten Tag drei Leute anrufen muss. Aber jetzt, zumindest eine Zeit lang, muss ich durch diesen Psychostress durch. Es hat glücklicherweise ja ein Ablaufdatum. Denn der 1. Mai kommt bestimmt, egal, wie weit ich mit meinen Vorbereitungen bis dahin bin.

Wenn man bei verschiedenen Veranstaltungen Vorträge von Seglerinnen und Seglern, die weit gereist sind oder besondere Orte besucht haben, hört, oder wenn man sich die zahlreichen Youtube-Videos von anderen Sportlern und Abenteurern anschaut, bekommt man meist nur die eine Seite der Medaille gezeigt – die schöne, spannende, abenteuerliche. Ich möchte aber ein bisschen weiter ausholen, denn das Gesamtbild ist größer und umfasst mehr, als nur die eigentliche Expedition. Und die Wenigsten fahren einfach so, ohne viel Vorbereitung, los. Und die, die es doch tun, erleben nicht selten Abenteuer, die sie lieber nicht erlebt hätten.

Ich arbeite seit Monaten an diesem Projekt. Genau genommen seit Jahren, aber seit Monaten sehr intensiv. Mittlerweile habe ich auch definiert, was die Ziele dieser Expedition sind, und wo es hingeht. Dabei gibt es drei wichtige Punkte für mich.

Es soll eine sechsmonatige Solo-Nonstop-Fahrt vom Mittelmeer in die Arktis und retour werden. Ich möchte bis zum Packeis nördlich von *Svalbard* segeln. Das ist ein sehr sportliches Unterfangen, in allen Belangen. Das hat nichts mit einer Segelreise, mit Sightseeing, Urlaub oder Bucht-Idylle zu tun. Es ist Knochenarbeit und herausfordernd für Körper und Geist – eine sportliche Expedition eben. Und genau das soll es sein, denn wie ich früher bereits erwähnt habe, lauern in meinem Hinterkopf noch wesentlich anspruchsvollere Vorhaben, wie vielleicht eine Solo-Weltumsegelung um die drei großen Kaps. Und um nicht dann erst herauszufinden, was wichtig gewesen wäre, teste ich das lieber vorher, bei einer anspruchsvollen, aber doch eher überschaubaren Expedition. Und der Nordatlantik und die Norwegische See sind keineswegs friedliche Tümpel; hier sind auch in unserer Zeit schon genug Schiffe und sogar riesige Offshore-Plattformen untergegangen.

Ich habe für mich drei wesentliche Ziele definiert. Punkt eins ist, dass ich konkret herausfinden möchte, wie gut ich seglerisch tatsächlich bin und wie beziehungsweise ob ich langen Solo-Passagen mental standhalte. Ich bin zwar recht überzeugt diesbezüglich, aber wie es wirklich ist, weiß ich nicht. Bei den letzten beiden Ausgaben des Golden-Globe-Race sind am Anfang bereits nach zwei oder drei Wochen jeweils einige Teilnehmer aus persönlichen Gründen ausgeschieden. Es ist nämlich nicht ganz so einfach, längere Zeit solo zu segeln, wie es sich anhört.

Der zweite Punkt, den ich herausfinden möchte ist, was ein Boot können muss und welche Ausstattung wichtig ist. In diesem Punkt habe ich recht konkrete Vorstellungen und Vermutungen. Und ich möchte wissen, womit ich richtig liege und womit falsch, um das Boot noch besser vorbereiten zu können. Und wahrscheinlich werde ich ein paar Dinge herausfinden, an die ich überhaupt nicht gedacht habe.

Und drittens möchte ich damit meinen Bekanntheitsgrad in Social Media steigern – und endlich auf ein Maß bringen, um eine gewisse Aufmerksam-

11

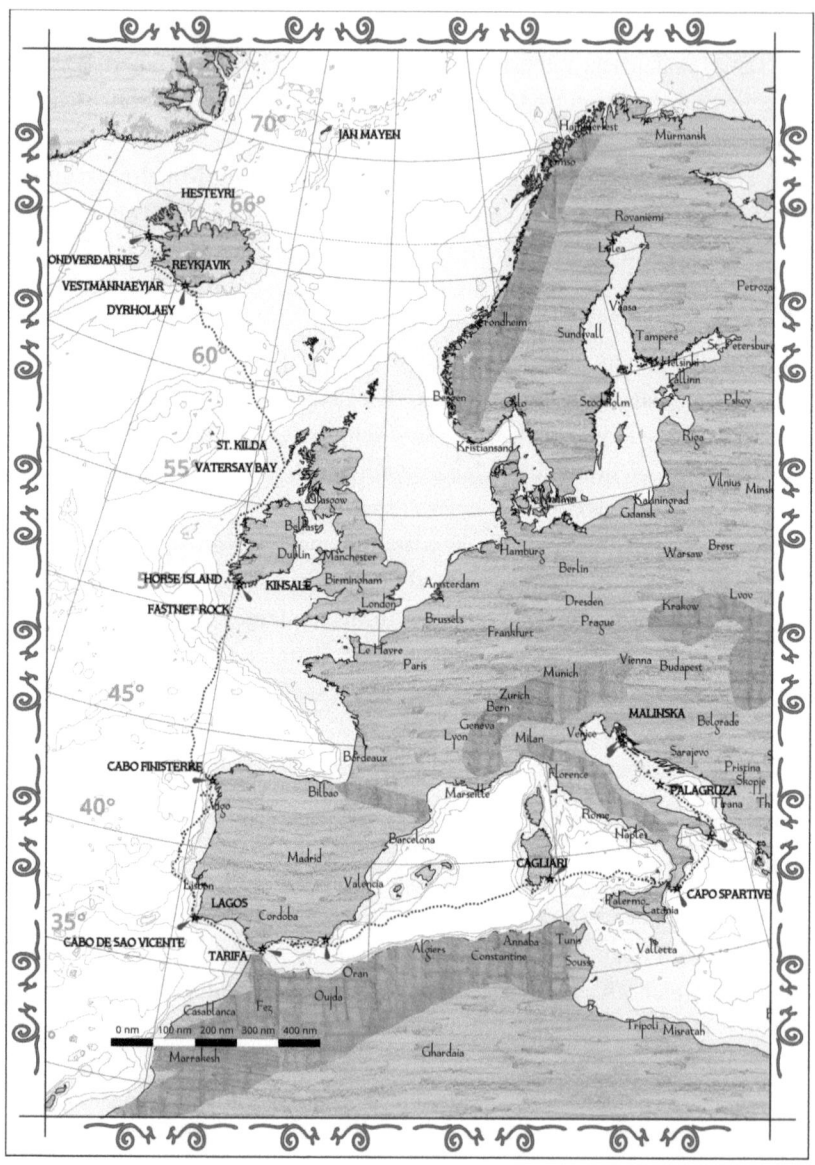

Abbildung 2.1.: Übersichtskarte, am Weg nach Norden.

keit zu bekommen, um von meiner Arbeit in der Segelbranche leben zu können. Oder aber es stellt sich vielleicht doch irgendein Sponsor ein. In jedem Fall muss ich, genauso wie alle Menschen, von irgendetwas leben. Und Geld verdienen würde ich natürlich am liebsten mit etwas, das mir richtig Spaß macht und zu mir passt.

Das alles ist der Grund, warum die Vorbereitungen so enorm aufwändig sind und mir alles abverlangen: Ich muss das Boot entsprechend seetauglich machen. Ich muss organisatorische Dinge wie Genehmigungen, Seekarten, Versicherungen und anderes vorbereiten. Ich muss die Verpflegung planen und die Lebensmittel besorgen. Ich muss mein Shore-Team organisieren, das sich während meiner Abwesenheit um gewisse Dinge kümmern kann und soll, das die Kontaktstelle zwischen mir und der restlichen Welt darstellt, und das die Social Media-Kanäle bedient. Zum Shore-Team gehören auch E-Mail-Adressen, Website usw. Und neben all dem muss ich meinem profanen Job nachgehen, meinen Podcast produzieren, versuchen, irgendwie Geld für mein Projekt aufzutreiben – und außerdem in vier Wochen meine derzeitige Wohnung komplett räumen. Das waren jetzt nur einmal die großen Überschriften.

Das sind die Schattenseiten, über die sonst kaum jemand spricht: Ich bin alleine und kein sonderliches Organisationstalent, aber so ein aufwändiges Vorhaben ist in jedem Fall schwierig und anspruchsvoll. Ich glaube, dass eine der größten Hürden für mich die ist, dass ich niemanden um Rat fragen kann. Ich habe mich mein Leben lang immer mit meiner Frau abgestimmt, aber aufgrund der bereits genannten Katastrophe von 2020 geht das im Moment nicht. Ich hoffe so sehr, dass sich das wieder reparieren lässt.

Ich verbringe sehr viel Zeit mit meiner jüngsten Tochter Melissa, die bald fünf Jahre alt wird. Ich verschränke die Zeit gut mit ihr, zwischen allgemeinen Dingen, wie Arbeiten, Einkaufen oder Wohnung putzen sowie Dingen, die ich für sie und uns gemeinsam mache. So nehme ich sie jetzt oft aufs Boot mit, und beschäftige sie mit kleinen Arbeiten. Zwischendurch turnt sie am Boot herum oder geht unter Deck und malt etwas, spielt in der Kabine mit ihren Stofftieren oder macht etwas anderes. Dann kommt sie wieder zu mir, und wir setzen uns zusammen hin und malen gemeinsam oder machen sonst etwas miteinander. Das gefällt ihr und spornt sie an, alleine weiterzutun – und ich kann wieder am Boot arbeiten. Oder wir arbeiten gemeinsam an etwas. Ich lasse sie mir dann das Werkzeug geben oder bitte sie um andere kleine Hilfen. So lernt sie, wie die Dinge heißen und sieht auch gleich, was man damit machen kann und wie man Dinge repariert.

Ich finde es wichtig, dass man Kinder bei der Arbeit mitnimmt und sie einbindet, damit sie lernen und sehen, wie das alles funktioniert. Sie sind dann viel geschickter im Leben und können etwas, das ihnen vielleicht einmal hilft oder mit dem sie anderen helfen können. Ich habe beruflich viel mit jungen Menschen zu tun gehabt, und da merkt man recht schnell, wer was kann und mit anpackt – und wer seine Jugend nur vorm Computer oder vorm Fernseher verbracht hat.

Am Nachmittag fahre ich dann vielleicht für zwei Stunden mit dem Boot raus, um etwas auszuprobieren. So habe ich am vergangenen Wochenende die erste Ausfahrt mit meiner neuen Windsteueranlage gemacht, um diese erstmals zu testen. Das Ausfahren mit dem Boot ist für meine Kleine natürlich auch eine Abwechslung und aufregend, und sie schaut zu oder möchte lenken. Nach der Rückkehr in den Hafen machen wir dann explizit gemeinsam etwas: wir gehen an den Strand, Steine ins Wasser werfen, Muscheln sammeln, ein bisschen spazieren und auf den Kinderspielplatz, der ganz in der Nähe von unserem Liegeplatz ist. In der Früh, zu Mittag und am Abend essen wir miteinander, und am Morgen gehen wir gemeinsam zum Bäcker und kaufen uns etwas Frisches fürs Frühstück – meistens Plundergebäck mit Marmelade oder Apfelfüllung, und für Zwischendurch ein Burek mit Käse.

Natürlich bringt man nicht ganz so viel weiter, wenn Kinder daneben sind, aber das macht nichts. Besser ein bisschen was, als gar nichts. Und was man heute nicht erledigen kann, geht dann morgen. Melissa sieht beim Arbeiten zu und lernt dadurch zum einen ein bisschen den Lebensalltag kennen, dass man eben arbeiten und Dinge erledigen muss. Und sie lernt auch Vieles über die Arbeit selbst: Welche Werkzeuge ich habe und benutze, wie die heißen, was man damit macht und so fort. Auch, wenn sie das alles in ihrem Alter natürlich nicht unmittelbar anwenden kann, wird es ihr doch helfen, wenn sie einmal größer ist.

Die Zeit auf dem Boot ist natürlich auch ein Abenteuer für Melissa. Jetzt in der kälteren Jahreszeit habe ich zum Schlafen warme Schlafsäcke mit. Und obwohl ich die Heizung über Nacht laufen lasse, wenn sie dabei ist, damit in der Früh nicht alles eisig kalt ist, ist es doch aufregend in der Kabine, mit dem Schlafsack. Ich lese ihr immer eine Gute Nacht-Geschichte vor, das gehört zu unserem Ritual. Danach ist Licht aus und Schlafenszeit, was in der Regel nach einem Tag mit Ausfahrt, Strand und Spielplatz eine Sache von zwei Minuten ist. Für mich heißt es dann noch einmal raus aus dem Schlafsack. Es ist ja „erst" halb neun. Jetzt erledige ich Sachen, die neben einem kleinen Mädchen eher mühsam sind, das sind die für Kinder auf jeden Fall langweiligen Dinge. Ich installiere neue Programme auf meinen Bordcomputer, lese irgendein Manual, suche im Internet nach irgendeinem Teil, das ich noch brauche oder vergleiche Preise. Da laufen die Stunden und im Nu ist es halb zwölf, höchste Zeit zum Schlafengehen.

Insgesamt vergehen die Tage wie im Flug – gerade war noch Silvester, und jetzt ist schon Frühlingsbeginn. Ich bekomme schön langsam die Panik, dass ich nicht fertig werde. Jeder einzelne Schritt kostet viele Stunden oder sogar Tage. So zum Beispiel habe ich mich durchgerungen, endlich eine neue Genua zu bestellen. Es war zwar klar, dass ich das Vorsegel erneuern muss, aber ich habe sehr lange gebraucht, um mich dazu durchzuringen, da es ein enormer Kostenpunkt ist. Der Listenpreis für das Segel, das ich gerne hätte, liegt bei cirka 7000 Euro. Da ich mein ganzes Leben lang mit österreichischen Durchschnittseinnahmen verbracht habe, ist das ein enormer Brocken und es sträubt sich in mir alles gegen solche Ausgaben. Über Jahrzehnte habe ich unbewusst trainiert, keine Ausgaben zu tätigen, die ich nicht in wenigen Monaten überblicken kann. Aber alles hat positive Seiten, denn dadurch habe ich gelernt, aus wenig mehr zu machen, und mit schlechteren Mitteln trotzdem was zu schaffen oder zu reparieren; auch wenn ich nicht selten geflucht habe und oft verzweifelt bin.

Also habe ich, nachdem es ausreichend in mir gereift ist, die neue Genua bestellt. Ein gutes Segel bestellt man aber nicht einfach so im Onlineshop, wie neue Jeans. Es kostet ja auch das Zweihundertfache. Also habe ich mit zwei Segelmachern lang und breit diskutiert, persönlich, per Telefon und per

2. Vorbereitungen

E-Mail. Habe verschiedene Angebote bekommen und beurteilt, habe an verschiedenen Stellen ausreichend gejammert, dass es so teuer ist, habe mein Rigg zur Sicherheit drei Mal vermessen und zwischendurch Rücksprache mit dem Segelmacher gehalten, um sicherzustellen, dass die Maße passen, habe diese in das Formblatt am Computer übertragen, und habe meine bestehende Genua zur Kontrolle hingebracht. Grob geschätzt würde ich jetzt zwölf Stunden Arbeitszeit dafür annehmen. Zeit, die ich irgendwie in meinem normalen Alltag unterbringen muss, wodurch sich das Ganze dann über Wochen verteilt. Und das ist natürlich nur ein Beispiel von vielen Dingen, die ich alle irgendwie gleichzeitig, also parallel machen muss, wodurch es dann eben noch länger dauert.

Neben allen technischen Dingen, für die man sich entscheidet, die man im Endeffekt „nur" kaufen und gegebenenfalls installieren muss, stellt die Verpflegungsplanung eine deutliche Herausforderung dar. Natürlich bin ich nicht der erste Mensch, der auf eine lange Reise geht. Dennoch stellt dieses Thema eine große Aufgabe dar, seitdem die Menschen begonnen haben, mit Schiffen auf weite Reisen zu gehen. Und das ist heute immer noch so. Die Verpflegung soll zum einen eine ausgewogene und ausreichende Ernährung für den gesamten Zeitraum darstellen, ist zugleich aber auch sehr individuell. Was dem einen schmeckt, mag der andere gar nicht. Und haltbar müssen die Sachen natürlich auch sein, da sich kein frisches Lebensmittel so ohne weiteres ein halbes Jahr lang hält. Ich bin ja wenigstens nur einer und nicht eine ganze Mannschaft. Das Problem ist dennoch existent, denn wenn man andere Menschen um Rat fragt, bekommt man natürlich völlig verschiedene Antworten. Und so viele Menschen, die etwas Vergleichbares gemacht haben, gibt es nicht. Viele Langfahrtsegler segeln nicht nonstop, sondern an der Küste entlang, was das Problem deutlich entschärft. Und ich möchte so weit wie möglich nonstop und offshore fahren, obwohl ich jetzt schon weiß, dass ich die Fahrt unterbrechen werden muss: Einmal, weil meine Tochter Geburtstag hat und ich meiner Frau bei der Übersiedelung helfe; auf das freue ich mich schon. Und dann muss ich zweimal jemanden zu- und aussteigen lassen.

Langfahrtsegler, die tatsächlich lange nonstop unterwegs sind, kenne ich nicht. Außer einen Freund, der tatsächlich so lange unterwegs war, und der es in diesem Moment sogar immer noch ist, weshalb ich ihn auch nicht fragen kann. Es handelt sich dabei um *Captain Gugg*, a.k.a Michael Guggenberger, der gerade mitten im Golden-Globe-Race steckt, sich aber mittlerweile schon im Südatlantik auf dem Heimweg befindet. Ursprünglich hatte ich gehofft, dass sich unsere Wege im Atlantik, irgendwo vor der Biscaya kreuzen werden. In meinen Gedanken habe ich mir vorgestellt, wie ich ihn da über UKW anfunke. Das wäre bestimmt eine Riesenüberraschung für ihn gewesen. Leider werde ich aber viel später wegkommen, als ursprünglich vorgesehen, womit sich das mit hoher Wahrscheinlichkeit nicht ausgehen wird. Sofern bei uns beiden alles klappt, werde ich gerade irgendwo bei Sizilien sein, wenn er in *Les Sables d'Olonne* die Ziellinie überquert.[1] Jedenfalls habe ich jetzt einmal zumindest einen größeren Vorrat gefriergetrockneter Spezialnahrung gekauft, Powerriegel und Mineralstoffmischungen. Das ist schon mal ein Anfang.

Mittlerweile sind knapp zwei Monate vergangen und die Abreise steht kurz bevor. Wie immer spitzt sich die Lage gegen Näherrücken des auserkorenen Zieltermins zu. Dieser Termin ist für mich, wir erinnern uns, der 1. Mai 2023. An dem Tag will ich lossegeln. Die letzten beiden Aprilwochen haben es in sich gehabt und ich war ein paar Mal kurz davor, aufzugeben. Eines der schlimmsten Dinge war der Auszug aus der Wohnung. Ich wollte ja ohnehin weg aus dieser Mietwohnung, die sowieso keine Dauerlösung sein konnte, neben noch einigen anderen Umständen, die nicht gepasst haben. Dennoch war es sehr mühsam und wieder mal ein Negativerlebnis, genauso wie die letzten paar Übersiedelungen in den vergangenen zwei Jahren. Die letzte Übersiedelung, auf die ich mich gefreut habe, war 2009, als ich mit

---

[1] So war es dann auch. Michael Guggenberger hat am 12. Mai 2023 die Ziellinie in *Les Sables d'Olonne* überquert. Er ist damit der zweite Österreicher der Geschichte, der die Erde solo und nonstop umsegelt hat.

meiner Frau auf unseren Hof im Pielachtal gezogen bin. Aber das ist eine andere Geschichte.

Das besondere an dieser Übersiedelung jetzt ist, dass ich nicht um-, sondern ausziehe, um die nächsten Monate am Boot zu Leben. Das bringt eine ganze Menge Herausforderungen mit sich. Zum einen kann das Ganze ja nicht erst am 30. April passieren, da man für so einen Umzug länger als nur einen Tag braucht. Also habe ich das Wochenende davor ausgewählt. Das bedeutet aber gleichzeitig, dass ich die Woche dazwischen irgendwie überbrücken und irgendwo wohnen muss. Den Großteil der Zeit werde ich bei meinen Freunden und Nachbarn Alex und Anschi, in einem ihrer wunderschönen Urlaub-am-Bauernhof-Apartments am Frankenfelsberg verbringen. Zwei weitere Tage verbringe ich bei meinem Freund Armin in St. Pölten.

Ein weiteres Problem ist, dass ich nicht alles aufs Boot mitnehmen kann. Zum einen habe ich einiges an Einrichtung, das ich jetzt nicht einfach wegwerfen mag, zum anderen hat man in einer Wohnung, selbst wenn sie nur klein ist, dennoch wesentlich mehr Platz, als auf einem Boot. Also werde ich Hausrat, Werkzeug, Gewand, Kinderspielsachen und so fort irgendwo unterbringen müssen. Gerade die Einrichtung und noch ein paar andere Sachen bekommen meine Frau und unsere Tochter. Die beiden übersiedeln aber erst Anfang Juni, also muss ich das irgendwo zwischenlagern. Andere Sachen kann ich dankenswerterweise teilweise bei meinem Vater, und wieder andere bei meinem Bruder unterbringen. Und dann sind da natürlich noch die Sachen, die ich aufs Boot mitnehme. Die kommen also ins Auto, wodurch sie logistisch als letztes eingeladen werden müssen. Da ich bis Ende April auch arbeiten muss – das habe ich mit unserem Geschäftsführer aus verschiedenen Gründen so vereinbart – und durchs Ausziehen auch mein Homeoffice weg ist, fahre ich in dieser letzten Woche dann täglich in die Firma, um die letzten Kundenprojekte abzuschließen. Und das Ganze mit einem sehr vollen Auto, inklusive Zimmerpflanze, die in dieser Woche auf meinem Armaturenbrett wohnt.

Wie zuvor erwähnt, habe ich Anfang März eine neue Genua bestellt – mit einer Fertigstellungszusage für Ende April. Also rufe ich Christian bei OneSails einmal an und frage nach, wie es aussieht. Das verursacht etwas

Stress am anderen Ende der Telefonleitung, aber am Freitag Vormittag werde ich das neue Segel holen können. Montag bis Donnerstag sind untertags noch voll mit Kundenprojekten, die ich alle vollständig abschließen kann, und am Donnerstag Nachmittag gebe ich schließlich mein letztes Zeug in der Firma ab: mein Notebook, die Smartcards und Zutrittskarten und so weiter. Ich verabschiede mich von allen und jeder verspricht, mir auf Youtube oder sonst wo zu folgen, um meinen Fortschritt zu beobachten. So etwas freut mich natürlich sehr, denn es bestätigt, dass andere mein Projekt auch spannend finden.

Es ist Freitag, der Tag der Abreise nach Kroatien. In der Früh dusche ich und trinke noch in Ruhe einen Kaffee. Mein Freund Armin, bei dem ich dankenswerterweise die letzten beiden Tage übernachtet habe, ist nicht mehr da. Er hat schon zeitig weg müssen. Der Tag fühlt sich an wie jeder andere – ein Tag, an dem viel gearbeitet und erledigt werden muss. Also nehme ich meine paar Sachen und verlasse kurz nach sieben das Haus. Zuerst einkaufen: Insgesamt kaufe ich noch eine ungeheure Menge an Lebensmitteln, alles das, was auf meiner halbfertigen Liste draufsteht. Ich habe mich zwar sehr bemüht und versucht, irgendwie eine sinnvolle Lebensmittelliste zu erstellen, aber in all diesem Stress der vergangenen Wochen war das leider nicht möglich. Aber ich habe immer wieder zwischendurch was aufgeschrieben, was mir so eingefallen ist, dementsprechend ist doch einiges auf der Liste. Ich werde bestimmt nicht so schnell verhungern. In meinem Auto sind jetzt unter anderem um die fünfzig Fertiggerichte, fünf Kilo Reis, fünf Kilo Nudeln, mehrere Kilo Brotbackmischungen, kiloweise Fertiggulasch, Sauerkraut, Trockenbohnen, Trockenlinsen, zehn Packungen Erdäpfelpüree, vierundzwanzig Liter Haltbarmilch, fünf Kilo Kaffee, Selchfleisch, Salami und so weiter und so fort. Das Auto ist nun endgültig überfüllt.

Und jetzt ab nach Schwechat bei Wien, zum Segelmacher meiner Wahl. Dort plaudere ich mit den beiden Christians noch eine Zeit übers Segeln und mein Projekt, und lade danach irgendwie das Segel doch auch noch ins Auto ein. Ein fünfzig Quadratmeter großes Segel aus einem festen, neun Unzen schweren Spezialtuch namens *Pro Radial* hat schon ein gewisses Packmaß. Anschließend fahre ich nach Steyr in Oberösterreich, um meine große Tochter Corina zu holen. Sie wird mit meinem Auto ein paar Tage später wieder heimfahren und es während meiner Segelexpedition nutzen. Um ein Uhr bin ich bei ihr, wir trinken noch einen Kaffee und bringen ihre kleine Reisetasche auch noch im Auto unter. Anschließend brechen wir in Richtung Kroatien auf.

Irgendwie habe ich übersehen, dass an diesem Montag der österreichische Staatsfeiertag ist, wodurch dieses Wochenende von vielen für einen Kurzurlaub genutzt wird. Das wirkt sich natürlich auf den Verkehr aus. Da ich immer sehr viel mit dem Auto fahren muss, gibt es keine besonderen Tage für mich. Ich fahre immer – ist so wie Zähneputzen. Aber dementsprechend schlecht bin ich dann in der Vorhersage, wann viel und wann wenig Verkehr ist, da ich eben relativ wenig an diese „typischen Tage" gebunden bin. Wie immer an solchen Urlaubswochenenden erleben wir jede Menge ungeübter Autofahrer, Unfälle und zwischendurch Baustellen, an denen in Österreich am Wochenende nicht gearbeitet wird.

Irgendwie haben wir es aber trotzdem mit nur einer Stunde Zeitverlust ans Ziel geschafft. Gleichzeitig ist Petra mit Melissa auch weggefahren, damit wir uns ungefähr zeitgleich in Kroatien beim Boot treffen, zum gemeinsamen Verabschiedungswochenende. Patrick, mein Sohn, wollte auch mit, der hat aber leider unmittelbar nach diesem Wochenende Matura und muss dafür lernen. Ich hätte mich zwar sehr gefreut, wenn er auch dabei wäre, aber in diesem Fall ist es besser, wenn er daheim bleibt und sich vorbereitet. Es ist hoffentlich das letzte Mal, dass er für die Schule lernen muss. Ich habe ihn stattdessen vor ein paar Tagen noch einmal besucht.

Corina und ich haben in der Steiermark einen kleinen Umweg gemacht. Ich habe mir nämlich noch einen gebrauchten Anker gekauft, einen 20 Kilogramm schweren *Rocna Bügelanker*, der soll auch noch mit. Eigentlich wollte ich den *Rocna Vulcan* haben, da der Bügel mit meiner Ankervorrichtung am Bug etwas kollidiert, aber macht nichts. Es ist einer der besten Anker. Den haben wir auch noch irgendwie ins Auto hineingebracht, obwohl so ein Anker eine ziemlich sperrige Angelegenheit ist.

Letztendlich kommen wir alle vier beinahe gleichzeitig am frühen Abend in *Malinska* an. Das Boot in Betrieb nehmen, Betten herrichten und so weiter.

Dann gehen wir gemeinsam ins *King's Café* Burger essen. Am nächsten Tag schleppen wir das Zeug aus meinem Auto zum Boot und versuchen, alles irgendwie unterzubringen.

Ich staune jedes Mal, wie viel Platz auf so einem Boot ist. Und es wäre noch mehr Platz, ich habe nicht einmal alle Verstecke ausgeschöpft. Alleine kann ich, so der Plan, mehrere Monate davon Leben.

Es ist ein schönes Familienwochenende, über das ich mich sehr freue. Wir unternehmen verschiedene Dinge miteinander, sind spazieren, Eis essen und am Spielplatz, und wir haben am Samstag in einer nahegelegenen Bucht übernachtet. Es ist sonnig und warm, und Corina ist so motiviert, dass sie sogar ins fünfzehn Grad kalte Wasser springt. Das ist für mich nicht über-raschend: Als Rettungsschwimmerin bei der Wasserrettung hält sie einiges aus.

Beim Abschied weint Melissa ein wenig. Das macht mich natürlich trau-rig. Ich liebe meine Familie sehr – meine Frau und meine drei Kinder. Aber ich weiß ja, dass wir uns wiedersehen. Und dass es heute wirklich schon fast überall Internet gibt, vielleicht sogar bei mir am Boot. In meinem Salon ha-be ich Fotos von ihnen aufgehängt und Corina hat mir auch noch ein paar Fotos geschenkt. Ich weiß, dass ich auf meiner Reise sehr viel an all meine Liebsten denken werde.

3. Flaute

Endlich bin ich unterwegs, oder besser gesagt: sind wir unterwegs. Am Mittwoch, den 3. Mai sind meine Gäste angekommen, Cathy und Sam. Sam habe ich vor einigen Jahren auf einem Ausbildungstörn kennengelernt. Im Jahr 2019 ist er mit mir auf die *Expedition Palagruža* mitgefahren; ein Segeltörn, um explizit nach *Palagruža*, der abgelegensten Insel der Adria, zu fahren und dort an Land zu gehen. Es war ein sehr schöner und abenteuerlicher Törn.

Am Mittwoch haben wir gemeinsam noch ein paar Sachen eingekauft, ich habe ihnen das Schiff gezeigt und erklärt, wir haben alles verstaut und sind am späten Nachmittag noch ausgelaufen, um in eine Bucht zu kommen. Weg aus dem Ort, weg von den Menschen und dem ganzen Trubel, um uns mental auf die kommende Reise, die für die beiden ungefähr zwei Wochen dauern wird, einzustellen. Und nicht zuletzt, um noch einmal richtig auszuschlafen.

Es ist Donnerstag in der Früh. Hinter uns liegt eine sehr ruhige und angenehme Nacht. Das Wasser ist türkisblau, die Sonne scheint. Die am Morgen noch taufeuchte Luft riecht nach den mittlerweile grün gewordenen Bäumen, die das Land rund um die Bucht dicht bewachsen. Wir frühstücken und brechen dann Richtung Stadthafen Krk auf, um noch vollzutanken. Danach geht es endlich wirklich los. Ich teile ein dreistündiges Wachrad ein, in dem wir uns hintereinander abwechseln. Normalerweise benutze ich das vierstündige englische Wachsystem, aber irgendwie glaube ich, dass jetzt drei Stunden besser passen. Üblicherweise habe ich nämlich auch deutlich größere Crews.

Es ist *Bora* mit vier Windstärken, in Böen sechs. Sie weht schon seit Tagen durchgehend und war sogar im Hafen so stark, dass ich nicht einmal meine neue Genua habe setzen können. Aber ich bin sicher, dass es in absehbarer Zeit eine Flaute geben wird. Das wird dann der richtige Zeitpunkt sein, um die alte Genua gegen die Neue zu tauschen.

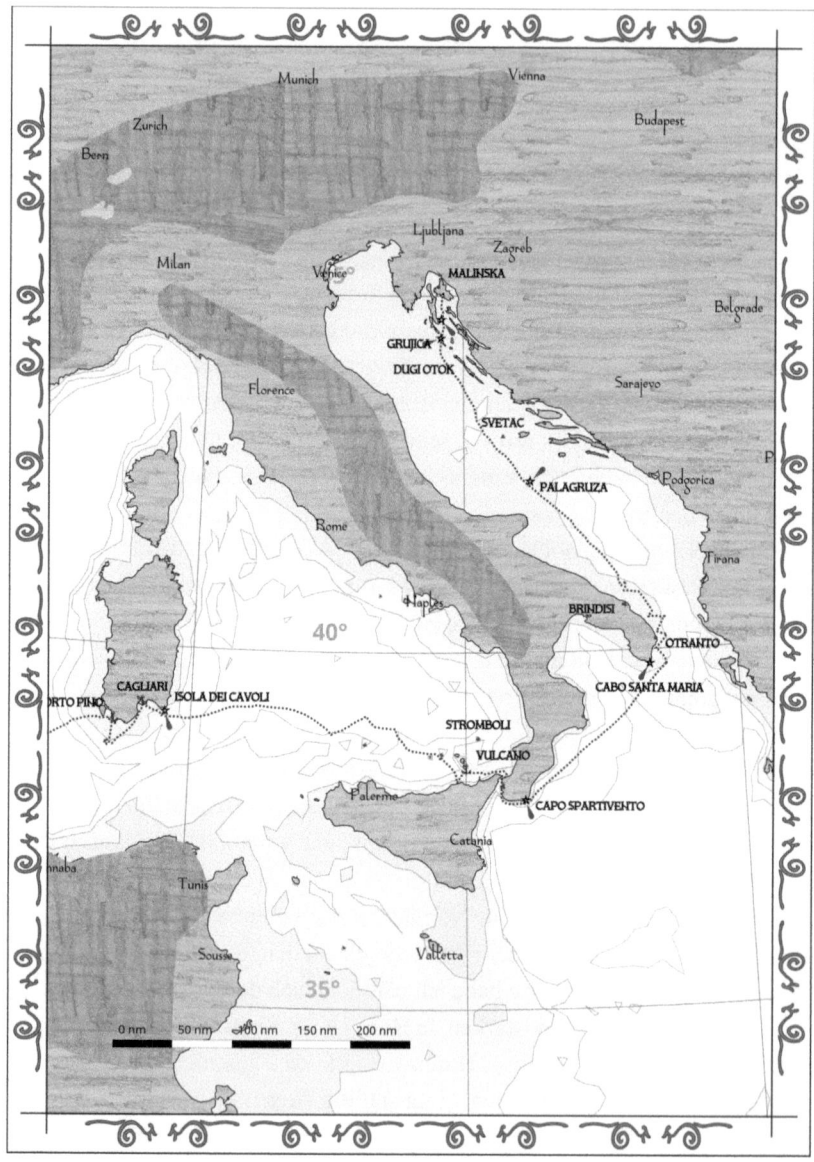

Abbildung 3.1.: Kroatien bis Sardinien.

Raus aus Krk und rauf mit den Segeln! Beide gerefft, geht es im böigen Wind auf Halbwindkurs dahin. Das ist das Coole an der *Bora*, denn sie kommt, seglerisch betrachtet, aus der richtigen Richtung. Die kroatische Küste ist Südost-Nordwest-ausgerichtet, und die vorherrschenden Windrichtungen sind entweder Südost oder Nordwest. Beides ist in beide Richtungen mühsam zu segeln, im Unterschied zur *Bora*, die aus Nordosten kommt, also quer zur Küste.

Kurz nachdem wir unter Segel unterwegs sind, löst sich plötzlich der Holepunkt in seine Einzelteile auf. Das ist eine Umlenkrolle, durch die die Leine, die sogenannte Genuaschot, vom Segel nach hinten ins Cockpit geführt wird. Die Genuaschot, in der bei diesem Wind ordentlich Druck ist, wird jetzt nur vom Relingsdurchzug, nach unten gehalten. Zum Glück hält alles solide.

Einen Augenblick zuvor bin ich noch entspannt und voll Begeisterung und Freude auf das bevorstehende Abenteuer im Cockpit gesessen, und jetzt springt augenblicklich mein Handlungsinstinkt an: Ich fiere sofort die Schot und rolle die Genua wieder weg. Der Holepunkt besteht aus einer Rolle, die mit einem Stift beweglich auf dem verschiebbaren Schlitten fixiert ist. Aus irgend einem Grund ist der Stift herausgerutscht. Er hängt sogar noch drinnen. So kann das nicht bleiben.

Der Wind ist stark genug, also hole ich meine Kutterfok heraus, ein kleineres Starkwindsegel, befördere sie aufs Vordeck und bereite alles vor. Es ist ein bisschen ein Gewurschtel, weil ich keine Schoten dafür habe. Ich wollte noch welche kaufen, aber das ist im Stress der letzten Wochen untergegangen. Also nehme ich einstweilen zwei alte Fallen. Die sind natürlich deutlich zu lang, aber sie erfüllen ihren Zweck. Für das Kuttersegel habe ich vor einiger Zeit zwei fixe Holepunkte aus Low-Friction-Ringen mithilfe einer Dyneema-Leine angefertigt. Dort fädle ich die Schoten durch und führe sie nach hinten ins Cockpit. Und dann setze ich das Segel vorne.

Die Schotführung ist im ersten Moment falsch, also nehme ich das Segel wieder herunter, was angesichts der *Bora* nicht ganz so einfach ist – und das, obwohl es nur fünfzehn Quadratmeter hat. Ich korrigiere die Leinenführung und setze das Segel erneut.

3. Flaute

Die ganze Zeit über werde ich argwöhnisch von meinen beiden Gästen beobachtet, insbesondere von Cathy. Sie hat sich zu diesem Abenteuer entschlossen, weil sie sich selbst mit einer inneren Angst konfrontieren möchte, wie sie mir später erzählen wird. Verständlicherweise ist so ein Zwischenfall, fünf Minuten, nachdem endlich die Segel oben sind, nicht ganz förderlich für ihre Stimmung. Aber schließlich stehen die Segel, der Lärm der schlagenden Leinen und Segel ist weg – und es geht dahin. Die *Bora* ist kräftig und wir machen gut Fahrt.

Ich beginne sofort, eine Lösung für den Holepunkt zu finden, denn ohne den kann ich die Genua nicht setzen. Der Bolzen ist durch eine Presspassung gehalten worden, die jetzt nicht mehr eng genug ist. Vermutlich einfach ausgeleiert – durch jahrzehntelanges Wackeln, Schlagen und andere Belastungen. Der auf der Backbordseite ist noch fest, das habe ich sofort kontrolliert. Der Stift lässt sich also jetzt nicht so schnell wieder fixieren. Meiner Meinung nach ist das ein Designfehler dieses Teils, denn auf einem Segelboot sollte alles so weit wie möglich zerleg- und reparierbar sein. Als schnelle Lösung befestige ich einen Schäkel an den Schlitten und montiere an diesen einen Low-Friction-Ring mit einem Dyneema-Lashing.

Etwas später lässt der Wind nach, und wir setzen die Genua. Der neue Holepunkt funktioniert, nur der Ring ist etwas knapp, denn der Ringdurchmesser ist genauso groß, wie die Schot stark ist. Ich habe aber jetzt nichts anderes, es muss also gehen.

Wir segeln in den Süden, östlich der Insel *Cres* und irgendwann geht die Sonne unter. In der Nacht passieren wir die Durchfahrt zwischen den Inseln *Ilovik* und *Premuda* westwärts. Das bringt auch etwas Entspannung, was den Anspruch an die Navigation und den Ausguck betrifft, da wir nun in Richtung der offenen Adria fahren. Dort gibt es keine Angler und keine kleinen lokalen Fischer, kaum Yachten und keine Motorboot-Touristen. Und natürlich auch keine Untiefen und Riffe. Die einzigen, die sich da draußen herumtreiben, sind große Frachtschiffe und Tanker, große Fähren und Kreuzfahrtschiffe. Und die sind, genauso wie wir, mit ordentlicher Navigationselektronik ausgestattet und haben, so hoffe ich zumindest, ein ordentliches Wachsystem, bedient von ausgebildetem Personal. Meine Devise lautet:

Schön weit weg von der Küste bleiben, dann kann nichts passieren.

Wir segeln vorbei an einigen Leuchtfeuern, hinaus auf die Adria. Ich gebe Cathy eines meiner beiden Walkie-Talkies. Das andere nehme ich während meiner Ruhezeit in meine Kabine mit, damit sie mich bei Bedarf sofort rufen kann. Ich denke, dass es ihr Gefühl der Sicherheit stärkt.

Alles läuft gut.

---

7. Mai. Seit drei Tagen sind Cathy, Sam und ich nun unterwegs. Seit gestern Nachmittag motoren wir, mit drei Stunden nächtlicher Unterbrechung. Ziemlich öde. Die Adria ist flach und ruhig. Aber es macht nichts, denn: Wir können es nicht ändern. Wir wechseln uns in unserem dreistündigen Wachrad ab. Das funktioniert sehr gut. Wir drei, das ist außerdem eine gute Crew-Größe, wie ich feststelle.

Um die Mittagszeit ist es dann endgültig absolut windstill. So richtig. Die Adria ist spiegelglatt; nicht der geringste Lufthauch. Das einzige, das sich bewegt, sind die Frachtschiffe, die hier in nördlicher oder südlicher Richtung fahren. Wir sind genau mittendrin, in der Hauptverkehrsroute. Warum? Weil es der direkte und somit kürzeste Weg ist. So groß ist die Adria nicht. Die Temperatur ist angenehm, zumindest in der Sonne. Sobald der Wind weht, und immerhin haben wir sechs Knoten Fahrtwind, ist es etwas frisch. Das Wasser ist im Frühjahr noch kühl. Hier hat es siebzehn Grad, oben in der nördlichen Adria auf Krk waren es fünfzehn.

Endlich beginnt sich das Wasser leicht zu kräuseln. Es entwickelt sich eine zarte Brise aus Südost. Das ist zwar genau die Richtung, in die wir müssen, aber wir segeln trotzdem los. Zwei Windstärken. Es geht gut, schräg Richtung italienische Küste, da man nicht gegen den Wind segeln kann. Der Wind nimmt ein bisschen zu, und wir machen angenehm Fahrt. Insgesamt ist es sehr entspanntes Segeln. Lediglich, dass wir das Gefühl haben, nicht vom Fleck zu kommen. Seit Stunden ist *Brindisi* ein paar Meilen südlich von uns, und das wird es auch noch länger sein.

Aber das ist besser so, als stundenlang mit dem Motor dahinzufahren. Obwohl er recht gut gedämmt ist, hat man trotzdem ständig das Brummgeräusch. Außerdem wird er dadurch logischerweise abgenutzt – und auch der Diesel ist ja nicht umsonst. Überhaupt in Italien, wo der Sprit grundsätzlich sehr teuer ist. Die Sonne ist vor einer Stunde untergegangen, und meine zwei Begleiter liegen gerade in ihren Kojen und schlafen. Oder versuchen es zumindest. Leider schläft um elf Uhr nachts der Wind wieder ein, und wir fahren mit der Maschine weiter.

Wachwechsel. Ich lege mich hin und schlafe etwas.

Um drei Uhr beginnt meine nächste Wache und es ist tatsächlich Wind aufgekommen. Wieder Südost, aber wenigstens Wind. Also setze ich unmittelbar die Segel. Es geht dahin. Nach einiger Zeit muss ich Wenden, nicht ganz zur Freude von Cathy und Sam, denn die liegen im Stockbett, und nach der Wende sind wir auf Backbordbug, das Stockbett ist aber an Steuerbord, also oben.

Mittlerweile stehen wir seit Tagen in der Flaute – beziehungsweise sind von Windarmut geplagt. Durch die Adria ist es noch mit verhältnismäßig wenig Motorstunden gegangen, aber seitdem wir durch die Straße von Otranto sind, ist gar kein Wind mehr. Wir sind die gesamte „Sohle von Italien" mit der Maschine bis durch die Straße von Messina gefahren, mit Zwischenstopp zwecks Tanken in *Reggio di Calabria*. Die Windstille, das Schlagen der Segel oder irgendwelcher Beschläge und das ständige Brummen des Motors ist unglaublich nervenaufreibend. Darüber hinaus waren das viel zu viele Motorstunden. Neben dem Spritverbrauch muss ich unerwartet früh einen Motorölwechsel machen. Ich habe zwar prinzipiell damit gerechnet, weshalb ich ausreichend Motoröl mithabe, aber dass das bereits nach etwas mehr als einer Woche nötig sein würde, hätte ich nicht gedacht.

Seitdem wir im Tyrrhenischen Meer sind, haben wir wenigstens zeitweise ein bisschen Wind. Es ist gerade drei Uhr morgens und wir stehen wieder einmal. Ich habe die Genua weggerollt und den Baum gegen das Hin- und Herschlagen fixiert. So ist es nicht ganz so nervenaufreibend. Von Zeit zu Zeit kommt temporärer Wind auf. Dann rolle ich die Genua wenigstens für eine halbe Stunde lang aus. In den Flautenphasen schaukelt das Boot unkontrolliert in alle Richtungen, und immer wieder macht sich etwas am Boot selbstständig – und rollt hin und her, klappert oder klirrt. Die Windsteueranlage klappert, weil das Ruder im Wasser durch das Schaukeln ständig in irgendeine Richtung getaucht wird. Der Baum und die Blöcke schlagen trotz Fixierung. Das Wasser und der Diesel in den Tanks schlenkern geräuschvoll hin und her. Hie und da schaukelt das Boot sogar so stark, dass die Latten im Großsegel mit einem Knall um- und dann wieder zurückklappen. Jedenfalls schlagen die Reffleinen und die Dirk ständig ans Großsegel. Auf dem offenen Meer sind beinahe immer Wellen, auch wenn kein Wind geht.

Ich liege im Salon und schreibe, muss aber trotzdem von Zeit zu Zeit hinausschauen, um sicherzustellen, dass nichts passiert oder mein Boot auf Kollisionskurs steht. Und da beginne ich nachzudenken und zu grübeln, und vieles manifestiert sich sehr deutlich und manches, das ich sowieso schon gewusst habe, bestätigt sich.

Ich ärgere mich gerade ein bisschen über mich selbst, denn eigentlich hätte das eine Solo-Expedition werden sollen, nur bin ich jetzt nicht alleine, sondern zu dritt. Aber zumindest sind die beiden sehr nett, freundlich und angenehm. Und normalerweise will ich überhaupt nicht alleine sein, denn ich bin ein Familienmensch und daran gewöhnt, mit Frau, Kindern, Schwiegermutter und Hoftieren in einem eingespielten Team zusammenzuwohnen und zu arbeiten. Das mag ich so. Es stört mich sehr, wenn es nicht so ist. Da fehlt ein wichtiger Teil. Single-Haushalt und dauerhaft alleine zu wohnen und zu leben gehört zu meinen Albträumen. Natürlich kann ich ohne Probleme eine Zeit lang alleine am Boot verbringen, das ist auch Teil dieser Challenge, aber ich freue mich immer auf mein Heim und meine Familie, die ich nach einer solchen Zeit wiedersehe.

Voll Schmerz muss ich daran denken, dass ich jetzt nichts mehr habe, von all dem, was mir lieb und wertvoll war, was mich definiert hat, was mir Stärke gegeben hat. Gar nichts. Nur meine Liebe zu meinen drei Kindern und meiner Frau. Durch verschiedene Probleme in den letzten Jahren habe ich das alles verloren. Das Boot ist jetzt mein Zuhause und mein einziger Besitz, der mir geblieben ist. Aber ich werde um Familie und ein Heim kämpfen, denn das ist es, was ich immer wollte. Die Ansammlung unglücklicher Zufälle und Schicksalsschläge Anfang 2020 hat zu dieser unerklärlichen Ausnahmesituation in mir geführt, die das zerstört hat, was meiner Frau und mir wichtig und heilig war. Das akzeptiere ich nicht so ohne weiteres.

Mit einem lauten Klirren fällt in der Küche eine Flasche um und reißt mich aus den Gedanken. Das Boot schaukelt heftig in alle Richtungen. Die Wellen schlagen auf den Rumpf, und hier drinnen plätschern die Flüssigkeiten in den Tanks. Ich liege immer noch im Salon und schreibe. Liegen ist im Moment die einzige Körperhaltung, die nicht schrecklich anstrengend ist. Aber die Geräuschkulisse ist extrem enervierend, und die Gedanken über mein Leben, meine Frau, meine Kinder, unseren Hof und all das hier – die Passagiere, das Boot, die Reise – drehen sich in meinem Kopf im Kreis. Teilweise versuche ich es aufzuschreiben, teilweise bin ich aber durch diesen Gedankenstrudel abgelenkt und komme im Schreibfluss nicht vorwärts.

Plötzlich geht die Tür der Gästekabine auf. Es ist halb sechs Uhr in der Früh. Damit habe ich nicht gerechnet. Heraus kommt Cathy. Sichtlich von Erschöpfung gezeichnet, schaut sie mich an und sagt:

»Wenn das so weitergeht, werden Sam und ich seekrank.«

Im Unterton hört es sich für mich wie ein Vorwurf an, als ob das jetzt meine Schuld wäre. Ob das mein ebenfalls gestresstes Gehirn nur hineininterpretiert, weiß ich nicht. Trotzdem reagiere ich schroff:

»Und was soll ich jetzt machen? Ich kann auch nichts dafür, und ich fahre bestimmt nicht zurück!«

»Das habe ich auch nicht verlangt, aber können wir irgendeine Lösung finden?«

„Eine Lösung finden? Wofür denn? Das muss man einfach aussitzen!", denke ich, fahre sie aber wütend an:

»Jetzt habe ich genau das, was ich nicht wollte! Dann fahren wir halt dort zu der Insel. Ich fahre nicht nach Sizilien!«

Ich ärgere mich innerlich sehr, vermutlich am meisten über mich selbst und meine Vergangenheit. Denn die hat mich dazu gebracht, dass ich oft zu Dingen „ja" gesagt habe, obwohl ich diese eigentlich nicht wollte. Ich bin einerseits hilfsbereit und andererseits war jeder Extra-Euro immer notwendig, weshalb ich oft dazu verleitet war Dinge zu tun, die zeitlich und psychisch auf meine Kosten gingen. Genauso wie jetzt. Ich wollte eigentlich solo fahren, aber die Frage der Finanzierung hat mich wieder zurückstecken lassen und dazu geführt Mitfahrgelegenheiten anzubieten.

Trotz Ärger tut es mir sofort leid, dass ich so schroff reagiert habe, denn Cathy und Sam sind sehr angenehme Begleiter. Wir sind eben alle drei durch die zermürbenden letzten Tage müde und gereizt. Da kann ein Funke schnell zu einer Explosion führen.

Glücklicherweise sind wir gerade vier Seemeilen südwestlich von *Vulcano*, einer der Aeolischen Inseln. Ich habe kein italienisches Küstenhandbuch, also recherchiere ich schnell im Internet, das mir offenbart, dass im Süden der Insel eine gute Ankerbucht liegt. Dort finden wir auch tatsächlich einen sehr schönen Platz am Fuß der steilen grünen Hänge dieser vulkanischen Insel: Klares Wasser, schwarzer Sand, schwarze Felsen und in der Bucht ein kleiner Badestrand, der im Sommer bestimmt gut besucht ist. Jetzt aber sind wir allein. Keine Boote, keine Menschen, kein Strandlärm. An den Hängen ist alles grün. Weiter oben stehen ein paar Gebäude in einer Rotte, vielleicht der Bauer, der die darüber liegenden Weingärten bearbeitet, dazwischen über den ganzen Hügel verstreut Zypressen und sogar Palmen. Und weiter unten eine Menge von diesen Kakteen, die aus lauter flachen runden Tellern bestehen, welche im Sommer runde dicke Früchte entwickeln, die schön rot und violett blühen.

Die Bucht ist ruhig, geschützt gegen Wellen und Wind, und der Anker hält auf Anhieb bombenfest – Maschine aus, Stille.

»Zufrieden?«

Es ist eher als rhetorische Frage gemeint, aber ja, ganz offensichtlich sind Cathy und Sam jetzt zufrieden. In mir selbst breitet sich auch augenblicklich Entspannung aus, nachdem das Motorengeräusch endlich verstummt ist.

»Also schlafen wir jetzt alle einmal ein bisschen«, schlage ich vor. Wir drei sind von den vergangenen quälenden Flautentagen einfach erschöpft, und diese Ruhepause ist sehr willkommen, für jeden von uns.

Zwei Stunden später, nachdem wir alle etwas Schlaf nachgeholt haben, sitzen wir gemeinsam im Salon und besprechen die Situation und die weiteren Schritte. Die Anspannung von vorhin ist weg, und das Gespräch verdeutlicht und bestätigt, dass anhaltende Flaute und ständiger Motorenlärm in Kombination mit Müdigkeit jedem unglaublich den letzten Nerv ziehen.

Doch woher ist diese Müdigkeit gekommen? Es ist nicht ganz offensichtlich, wir versuchen, gemeinsam zu reflektieren. Wir haben ein dreistündiges Wachsystem eingeteilt, „3-on-6-off", wie es in der Fachsprache heißt, also drei Stunden Dienst, sechs Stunden Ruhe. Die Zeit wird einfach gedrittelt, das heißt, auf einen 24-Stunden-Tag umgerechnet bedeutet das, dass jeder acht Stunden Dienst und sechzehn Stunden Ruhezeit hat. Das müsste also prinzipiell ausreichend sein. Die Ruhezeit beinhaltet natürlich nicht nur Schlaf, sondern auch Essen, Körperpflege, Zeit für sich selbst, also zum Lesen, Handyschauen und Schreiben am Computer genauso wie um Dinge am Boot zu warten und zu reparieren. Vor gut zwei Tagen haben wir über das Wachsystem gesprochen und sind einstimmig zu dem Schluss gekommen, dass es erstaunlich gut funktioniert. Bis vor kurzem waren wir damit zufrieden. Was ist also passiert?

Durch die Adria sind wir recht gut nach Süden gekommen. Zuerst war *Bora*, das ist für diese Richtung sowieso der perfekte Wind. Dazwischen war es windstill und wir sind motort. Da ein Südwind angekündigt war, was klarerweise recht ungünstig ist, wollte ich keine Zeit verlieren, also lieber motoren. Der Wind ist dann auch wie vorhergesagt gekommen, aber mit angenehmen drei Windstärken. Wir sind also unter Segel weiter nach Süden gekreuzt, bis zum Absatz des italienischen Stiefels. Und dort war der Wind dann endgültig weg. So weit war ja noch alles gut. Ab da sind wir dann unter Maschine an der gesamten Sohle entlanggefahren. Beim *Cabo Spartivento*, das ist der südlichste Punkt Italiens, kommt die Küste deutlich näher, weil sich bei dieser Rundung die Straße von Messina öffnet. Und Land und enges, stark befahrenes Fahrwasser bedeuten deutlich erhöhte Wachsamkeit. Kleine lokale Fischer, Fähren, Frachtschiffe, Passagierschiffe, Wassertaxis, Yachten – all das tummelt sich dort. Darüber hinaus war ein Tankstopp unbedingt notwendig, da unser Spritvorrat am Ende war.

All diese Umstände haben unser gesamtes Wachsystem durcheinander gewürfelt. Wir haben uns nicht mehr an unsere Zeiten gehalten. Und wenn jeder für sich vielleicht gedacht hat, dass wir nach der Straße von Messina, durch eisernes Einhalten der Ruhezeiten, das Defizit wieder aufholen können, so hat sich das dann doch als Irrtum herausgestellt. Die Flaute hat kein Ende genommen, und auf einem taumelnden Schiff, bei dem alles hin- und herschlägt und -schlankert, findet man keine erholsame Ruhe. Zusätzlich Nieselregen und ein mit grauen Wolken verhangener Himmel über allem verbessern da natürlich auch nicht grad die Stimmung.

Jetzt sitzen wir da, schauen in einer ruhigen Bucht auf grüne Hänge unter blauem Himmel. Die Sonne scheint angenehm warm. Wir sind ausgerastet. Da sieht die Welt gleich ganz anders aus. Wir besprechen die aktuelle Wettersituation und wie es weitergeht. Wir essen und legen die Abfahrtszeit für halb ein Uhr am Nachmittag fest. Damit ist noch genug Zeit, um zu rasten und sich zu sammeln.

Jetzt, im Nachhinein betrachtet, wird mir klar, dass der durcheinander geratene Wachrhythmus im Endeffekt mein Fehler war. Typischer Skipperfehler. Mir hätte bewusst werden müssen, dass wir uns allesamt nicht an den Plan gehalten haben. Und anhaltender Motorenlärm ist ausgeruht schon kaum auszuhalten. Ändert jetzt zwar nichts mehr, merke ich mir aber für die Zukunft.

Wir sind ausgeruht und fahren wie geplant um halb eins los. Der Wind ist wie vorhergesagt auch da. Westwind mit fünf Windstärken. Das ist zwar genau die Richtung, in die wir müssen, aber mittlerweile wissen wir, dass jeder Wind besser ist, als gar kein Wind.

In langen Schlägen kreuzen wir nach Westen. Zuerst zehn Meilen nach Südwesten bis vor Sizilien und nach der Wende nach Nordwesten. Auf diesem Kurs liegt *Filicudi*, eine der westlicheren Aeolischen Inseln. Der Wind dreht etwas nach links und damit auch unser Kurs. Leider kommen wir trotzdem relativ nahe heran, also wenden wir zur Sicherheit knapp davor. Meine italienische Karte ist zugegeben bereits zehn Jahre alt. Ich habe alle elektronischen europäischen Karten von Kroatien bis Norwegen, Island und die Faröer Inseln am letzten Stand, von Februar oder März. Nur nicht die italienische. Aus irgendeinem Grund habe ich übersehen, mir diese zu besorgen. Ich gehe lieber auf Nummer sicher: Nur nicht zu nahe ran ans Land. Je weiter man vom Land weg ist, umso weniger kann passieren, das ist meine Devise.

3. Flaute

Es ist mittlerweile zwei Uhr morgens, als wir an dem schwarzen Schatten, der *Filicudi* ist, mit zwei Wenden vorbeikreuzen. Der Wind lässt nach, schwankt zwischen ein und zwei Windstärken, aber wir bewegen uns. Es ist nicht so schlimm wie in den vergangenen Tagen.

Bei Sonnenaufgang, kurz vor sechs Uhr, wache ich auf und schaue hinaus. Wir sind gerade dabei, nördlich der Insel *Alicudi* vorbeizusegeln. Viel ist nicht weitergegangen in dieser Nacht mit wieder sehr wenig Wind. Aber wir bewegen uns, das ist das Wichtigste.

Da wir relativ nahe bei der Insel sind, kommen wir unmittelbar danach in deren Windschatten. Macht nichts. Ich starte die Maschine, um an der Insel vorbeizukommen und auch gleichzeitig unsere elektrischen Reserven ein bisschen aufzuladen. Also fahren wir eineinhalb Stunden mit der Maschine Richtung Westen, dann geht es unter Segel weiter.

Von hier nach Westen ist lange nichts. Würde man eine gerade Linie entlang eines Breitengrades fahren, so würde man nach 700 Seemeilen auf der spanischen Küste landen. Dabei würde man südlich Sardiniens und der Balearen vorbeikommen. Das Meer ist weit offen in diese Richtung. Das wirkt sich spürbar auf den Seegang aus. Je größer die freie Fläche ist, umso höher werden die Wellen.

Unser Ziel ist Sardinien, die im Süden gelegene Stadt *Cagliari*, wo Cathy und Sam aussteigen wollen. Und hier auf diesem westlichen Teil des Tyrrhenischen Meeres ist auch kaum Schiffsverkehr. Die Frachtschiffe fahren südlich durch die Straße von Sizilien, die Europa von Afrika trennt. Die Fischer fahren selten so weit draußen, zumindest meiner Beobachtung nach, was das Mittelmeer betrifft. Und Segelboote und Jachten trifft man hier sowieso keine, denn hier geht es nirgends hin. Die Segler tummeln sich rund um Sizilien und die Aeolischen Inseln. Wer hier nach Westen fährt, muss entweder ein Boot überstellen oder hat etwas Größeres vor. Die einzigen Schiffe, die sich vereinzelt hierher verirren sind Kreuzfahrtschiffe mit den Zielen Palermo, Rom, Neapel oder der Toscana. In den vergangenen 24 Stunden haben wir zwei Passagierschiffe gesehen. Eines davon nur am AIS, einem funkbasierten Kommunikationssystem, auf dem sich Schiffe gegenseitig am

Navigationsbildschirm sehen. Das andere habe ich in der Nacht weit entfernt am Horizont an der hellen Beleuchtung erkennen können.

Auf zwei Blöcke aufgeteilt sind wir insgesamt vier Stunden mit der Maschine gefahren, den Rest aber endlich unter Segel. Zuerst gegen den Westwind, seit gestern Nacht aber dann auf raumem Kurs bei östlichen Winden zwischen zwei und fünf Windstärken, manchmal vielleicht sogar sechs. Der Wind war so angekündigt, auch gibt es laut Vorhersage eine gewisse Gewitter- und Regenwahrscheinlichkeit.

Heute habe ich die Mitternachtswache von null bis drei Uhr. Wir segeln dahin, und der Himmel zieht noch in der Abenddämmerung zu. Dementsprechend finster ist diese Nacht – pechschwarz. Die Luft ist deutlich kühler geworden und riecht nach Regen. Cathy ist sichtlich unentspannt. Zum einen kämpft sie mit der unangenehmen Schiffsbewegung. Der raume Kurs ist berüchtigt dafür, dass er äußerst leicht die Seekrankheit auslöst. Zum anderen ist die Gesamtsituation doch mental anspruchsvoll. Wir sind alleine auf einem kleinen, wackeligen Boot, weit und breit kein Land und auch keine anderen Schiffe. Es ist stockfinster, Gewitter sind vorhergesagt und draußen wird die Luft kalt.

Trotz der Finsternis gibt es tatsächlich Stellen, die sogar noch dunkler sind – Regenzellen. Ich zeige Cathy, dass man sie am Radar sehen kann. Man kann sogar beobachten, in welche Richtung sie ziehen. Und ich erkläre ihr die Wettersituation und beruhige sie, dass diese nicht übermäßig gefährlich ist. Das heißt, es ist trotz Gewitter dennoch unwahrscheinlich, dass plötzlich ein unvorhergesehener Sturm ausbricht. Das Boot ist sehr robust und in gutem Zustand, ich selbst bin absolut geübt im Segelreffen. Die nötigen Handgriffe dafür kann ich quasi auch blind rasch durchführen – sogar in der finsteren Nacht und völlig alleine.

Genau das wird dann notwendig.

Am Abend bereits habe ich das Großsegel ins erste Reff gesetzt. Die Wettersituation erfordert entsprechende Vorsicht. Man sieht in der Nacht eben meistens nicht, was kommt, also sollte man einen Schritt voraus sein. Deshalb reffe ich in solch unsicheren Situationen die Segel zur Sicherheit, auch, wenn man dann Geschwindigkeit verliert. Gegen Ende meiner Wache, kurz vor drei Uhr, legt der Wind weiter zu, auf fünf Windstärken, in Böen sechs. Obwohl wir sehr schnell sind, bewegt sich das Boot heftig in den Wellen, und die Windsteueranlage kämpft, um das Boot auf Kurs zu halten. Wir sind sichtlich überpowert, also reffe ich die Genua und setze das Großsegel ins zweite Reff. Das Reffen des Lattengroßsegels ist bei diesen Bedingungen mitten in der Nacht eine Herausforderung.

Trotzdem läuft der Vorgang nach Plan, denn in meinem Inneren läuft ein seit Jahrzehnten antrainiertes Programm, das ich Schritt für Schritt abarbeite. Es ist laut, der Wind und die Wellen sorgen für eine kräftige Geräuschkulisse und die Gischt spritzt übers Deck. Das Boot hat eine deutliche Schräglage, und vorne beim Mast bewegt es sich noch wesentlich mehr, als hinten im Cockpit oder unten im Salon. Ich halte mich gut fest. Die Wellen und die Gischt reflektieren den rotgrünen Schein der Navigationsbeleuchtung, wenn der Bug durch die Wasserberge schneidet. Der schwierigste Teil ist das Einhängen des Segels in den beweglichen Reffhaken, der gerne auf die andere Seite ausweicht. Um das zu verhindern muss ich ihn mit einer Hand zu mir drücken und mit der anderen das Segel einhängen, während ich gleichzeitig das Fall halte, damit es nicht herunterfällt. Und ich muss drauf achten, dass ich sicher am vom Salzwasser nassen Deck stehe, auf dem eine ganze Menge Leinen herumliegen – von den Reffleinen, vom Fall, von der Dirk, vom Niederholer...

„Niemals auf Leinen oder in Schlaufen steigen!", denke ich mir dabei.

Eine eiserne Regel für Seeleute. Das kann so gefährlich sein, dass in der klassischen Seefahrt auf Kriegs- oder Handelsschiffen vor vermutlich noch 150 Jahren die Matrosen dafür ausgepeitscht worden sind.

Das Reffmanöver weckt meine beiden Gäste. So fest kann man gar nicht schlafen, dass einem das nicht auffällt. Sam kommt ins Cockpit heraus, während ich noch am Mast arbeite, und ruft mir etwas zu.

»WAS?!«

»KANN ICH DIR HELFEN?!«

»NEIN!«

Ich bin schon mittendrin und fast fertig. Da kann er mir tatsächlich nicht helfen. Und ich möchte niemanden meiner Crew unnötig in Gefahr bringen.

Reffen ist nicht kompliziert, wenn man weiß, was man tut, aber es ist dennoch nicht ganz ohne. Und man muss auf einem wackeligen Boot herumklettern, das vor allem in der Nacht gerne einmal unvorhersehbare Bewegungen macht.

Ich bin mittlerweile zwar nicht mehr der Jüngste, aber ich habe immer noch ein ausgezeichnetes Körpergefühl und eine gute Balance. Die braucht man auf einem Boot. Bestimmt liegt das daran, dass ich sehr viel Zeit meines Lebens in der Natur und auf Booten verbracht habe. Mit laufender Motorsäge auf einem steilen rutschigen Waldboden zu arbeiten ist ebenso schwer, wie an Deck auf einem im Seegang bewegten Boot zu stehen. Und es macht einen Unterschied, ob all das Bestandteil deines Lebens ist, so wie bei mir, oder ob du nur hie und da einmal wandern gehst.

Der Grundstein dafür ist, glaube ich, bereits in meiner frühen Kindheit gelegt worden. Ich bin in einem Ort an der Donau aufgewachsen. Wir waren sehr viel bei der Donau, meistens mit unseren Eltern. Baden, Fahrradausflüge. Oder wir haben Bootsausflüge mit dem Paddelboot gemacht.

Bis heute mag ich diesen typischen Geruch der Au und die unbeschreibliche Atmosphäre. Eine Mischung aus schlammigem Wasser, Schilf und anderen Gräsern, und den Weiden und Pappeln, die dort vorzugsweise wachsen. Die Geräuschkulisse ist wie in einem Urwald. Verschiedenste Vögel geben ihren Gesang zum Besten, genauso wie Frösche, zirpende Zikaden und andere Insekten. Manchmal kann man das Wild bellen hören, das Rauschen des Wassers und das Rascheln der Gräser und des Laubs der Bäume, die sich im Wind wiegen.

Obwohl man so nahe der Zivilisation ist, ist man im Auwald plötzlich mitten in der Natur. In der echten Natur mit all ihren Sonnen- und Schattenseiten. Wenn man ins Wasser steigt, versinkt man bis zu den Waden im Schlamm, in dem es Blutegel gibt, die sich festsetzen, wenn man zu lange ruhig stehen bleibt. Und in den von den Bäumen überschatteten Uferzonen gibt es Gelsen – oder Zikaden, die von den Bäumen spucken. Dafür sticht die Sonne am Wasser, wenn man im Boot sitzt, und man beginnt zu schwitzen. Da ist das Wasser eine angenehme Abkühlung. Das ist ziemlich kalt, denn es ist Wasser aus der Donau, und an vielen Stellen durch den Wald beschattet. Es ist eher braun, und alles mögliche Getier tummelt sich darin.

3. Flaute

Für uns Kinder war das ein richtiges Abenteuer, das ich schon damals geliebt habe. Mein Bruder und ich, wir haben das beide bis heute beibehalten – und fahren immer wieder diese Runden. Leider ist die Abenteuerlichkeit von damals nicht mehr ganz so authentisch: Heutzutage suchen im Sommer die Menschen wie Heuschrecken – mit ihren teuren Fahrrädern und der dazu passenden Designer-Sportbekleidung – die Ufer und Au-Gegenden der Donau heim. Aber diese Seitenarme kennen zum Glück die Wenigsten. Sie stehen in keinem Touristenführer und sind nicht leicht zu finden.

Paddelboote sind sehr instabil. Man braucht eine gehörige Portion Balance, insbesondere fürs Ein- und Aussteigen. Wir Brüder haben nicht selten beim Ein- und Aussteigen den anderen behilflich sein müssen. Dabei habe ich auch gelernt, dass nicht alle unsere Begeisterung für das brackige Wasser und die übermäßige Präsenz der Natur teilen. Manche waren zu meiner Überraschung beinahe entsetzt, und das, obwohl die Komfortzone vieler Menschen damals noch größer war, als sie es heute ist.

Mein Vater hat irgendwann das Jollensegeln entdeckt, und war bald Mitglied im Yachtclub des Nachbarortes. Er hat segeln gelernt und ist daraufhin mit uns auf der Donau und verschiedenen österreichischen Seen spazieren gefahren. Meistens habe ich „mitmüssen", denn ich war der älteste und damit kräftigste Sohn – trotzdem war ich aber erst sieben, acht Jahre alt. Meine Mutter hat daheim auf meine Brüder aufgepasst. Natürlich war ich nicht immer begeistert, aber es hat mir dann doch jedes Mal gefallen.

Ich muss dieses Gefühl, wie sich Boote bewegen und sich unter verschiedenen Einflüssen verhalten, damals in der Kindheit unterbewusst erlernt und verinnerlicht haben.

Meine Kindheit und Jugend gehört natürlich schon lange der Geschichte an, aber ich habe meine eigenen drei Kinder auch von Beginn an, das heißt ab dem Baby-Alter, mit aufs Boot genommen und bin mit ihnen durchs Mittelmeer gesegelt. Bei diesen Fahrten haben sie von klein auf gelernt, wie das Leben auf einem Boot funktioniert, aber viel mehr wie sich Boote bewegen und unter verschiedenen Bedingungen verhalten, wie man segelt, wie man im Hafen anlegt und so weiter und so fort. Alle drei sind dadurch erprobt und robust geworden, da ich mit ihnen nicht nur bei Sonnenschein und Flaute unterwegs war, sondern bin mit ihnen genauso durch stürmische *Bora*- oder *Meltemi*-Situationen gesegelt. Ob sie das in ihrem Leben weiterverfolgen, wird sich zeigen, aber die Basis haben sie jedenfalls bekommen.

Zurück im Hier und Jetzt, geht es weiter über das Tyrrhenische Meer Richtung Westen. Wir wechseln uns in Drei-Stunden-Schichten ab, obwohl ich einige Wachen von Cathy übernehme, da sie manchmal seegangsbedingt nicht ganz fit ist. Das macht aber nichts. Sie soll lieber schlafen, da geht es ihr besser. Im Schlaf wird man nicht seekrank.

Ich habe das Schiff unter Kontrolle. Ich stelle mir die Uhr auf dreißig Minuten, um aufgeweckt zu werden. Dann mache ich einen kurzen Routinecheck, AIS und ein Blick nach draußen, und schlafe die nächste halbe Stunde. Das ist zwar nicht übermäßig erholsam, aber besser, als überhaupt nicht zu schlafen. Man gewöhnt sich daran.

Insgesamt geht es jetzt gut dahin; den ganzen Tag lang und die nächste Nacht und auch den übernächsten Tag. In den frühen Morgenstunden des 14. Mai können wir Leuchtfeuer auf Sardinien erkennen. Noch trennen uns knapp 70 Seemeilen von *Cagliari*, aber es kommt beständig näher. Einige Meilen vor *Cagliari* rufe ich über Funk in der Marina *Portus Karallis* für einen Liegeplatz an, wo wir dann am Nachmittag auch anlegen.

Wir haben es geschafft! Eine Erleichterung macht sich breit. Nach rund 1000 Seemeilen – und zehn Tagen auf See, mit einem kurzen Zwischenstopp in *Reggio di Calabria*. Cathy und Sam haben bereits ein Hotelzimmer für diese Nacht und einen Flug für den Vormittag des nächsten Tages gebucht. Sie helfen mir noch, das Boot ein bisschen sauberzumachen und den Müll wegzutragen. Danach packen sie ihre Sachen. Nach einer Abschlussbesprechung, in der wir noch einmal alle Höhen und Tiefen Revue passieren lassen, fahren sie mit dem Taxi ab.

Jetzt bin ich wieder alleine.

Es ist nicht das erste Mal, dass ich Ernüchterung nach solchen Überfahrten erlebe. Die beiden planen, sich ein Boot zu kaufen, es auszurüsten und dann auf eine Weltreise zu gehen – oder zumindest einmal raus aus dem

3. Flaute

Mittelmeer und dann den Atlantik auf der Barfußroute bis in die Karibik zu überqueren. Viele hegen diesen Traum, manche tun es auch. Und noch weniger sind danach immer noch entzückt.

Viele Menschen kennen das Segeln von sommerlichen Törns im Mittelmeer oder an den Küsten der Ostsee. Untertags ein paar Stunden segeln, um dann in einer schönen Bucht zu ankern, oder in einer Marina mit Strom, Wasser und Dusche festzumachen. Und abends dann in einer Taverne Fisch essen. Das ist zugegeben auch schön, nur haben solche sommerlichen Urlaubserlebnisse nur sehr wenig mit einer tage- oder wochenlangen Offshore-Fahrt zu tun. Das Sommersegeln nenne ich gerne „Camping am Wasser", weil es mit einem Campingurlaub vergleichbar ist, aber recht wenig mit einer Nonstop-Fahrt zu tun hat. Das, was ich hier mache, ist vom typischen Fahrtensegeln weit weg. Es ist vielmehr Sport. Eine Expedition. Verbunden mit Arbeit und Anstrengung.

Man ist 24 Stunden des Tages ans Boot gefesselt und muss es am Laufen halten. Beim Fahrtensegeln kann man an den Küsten entlangbummeln, alles eher im Camping-Stil gestalten. Wenn man aber weiterkommen, oder spätestens, wenn man über den Atlantik will, muss man nonstop durchfahren – sogar auf der Barfußroute.

Und erst da offenbaren sich die wahren Schattenseiten des Segelns.

Schattenseiten, die heute für viele viel finsterer sind, als sie es noch in meiner Kindheit waren. Und da waren sie bereits finsterer, als wiederum nochmals zwanzig, dreißig Jahre davor, als ein Bernard Moitessier, ein Wilfried Erdmann und andere große Segler die Welt mit kleinen Booten bereisten und umrundeten.

Bootsfahrten in der Donauau sind bereits außerhalb der Komfortzone vieler Menschen, dabei dauern diese nur einen, vielleicht zwei Tage. Aber eine Reise mit dem Segelboot, viele Tage übers Meer, liegt weit außerhalb dessen.

Ich habe immer wieder Menschen mitgenommen, die entweder bereits die Absicht hatten oder es zumindest in Erwägung zogen, auf Langfahrt zu gehen – und davor einmal testen wollten, wie das ist. Und oft habe ich danach eine Ernüchterung oder sogar Enttäuschung erlebt, gleichzeitig aber immer auch begleitet von einem großen persönlichen Stolz in der Art:

40

»Wir haben es geschafft!«

Das freut mich als Skipper sehr, denn ich bemerke sehr wohl, wie Passagiere während der Fahrt leiden, auch wenn ich ihnen dabei meistens nicht helfen kann – außer, ihnen so gut als möglich Vertrauen und Sicherheit zu vermitteln. Aber mit diesem Stolz nehmen sie etwas mit heim, das ihnen nie wieder jemand wegnehmen kann. Sie haben etwas Großartiges geschafft. Mehr als viele andere Menschen in ihrem Leben.

Eine große Angst vieler Menschen ist die Seekrankheit. Und ja, das ist ein Thema. Aber die Seekrankheit ist genau so alt wie die Seefahrt. Und seither ist kein effektives Kraut dagegen gewachsen. Man kennt heute zwar verschiedene Faktoren, und es gibt Medikamente, aber dennoch sind das alles keine Wundermittel. Und dann gibt es noch jede Menge Wunderdinge, die ich eher dem esoterischen Bereich zuordnen würde, aber wenn es jemandem hilft, soll es recht sein.

Ich selbst glaube, dass es drei wichtige Faktoren gibt. Zum einen ist das eine Veranlagung. Die hat man, oder eben nicht. Und das ist so. Da kann man nicht viel machen. Das Zweite ist das körperliche Wohlbefinden. Dazu gehört, dass man sich wohl fühlt, warm und trocken, und ausreichend gegessen hat. Kälte, Nässe, Hunger und Müdigkeit sind bestimmt Förderer der Seekrankheit. Und das Dritte ist die mentale Seite, und damit meine ich in erste Linie die Angst. Wer ständig das Unglück vor Augen hat und in jedem Moment befürchtet, dass das Boot sinkt, kentert, Feuer fängt oder mit einem Container kollidiert, der wird bestimmt seekrank, vor allem dann, wenn es Nacht wird, der Wind geht, und es regnet und gewittert.

Ich vertraue dem Boot zu hundert Prozent. Gegen die Kollision mit einem Container jedoch könnte ich nichts tun. Es passiert, oder nicht. Auch wenn die Wahrscheinlichkeit doch eher gering ist: Wenn ich mich davor fürchte, darf ich nicht zur See fahren. Und damit die anderen Dinge nicht passieren, achte ich in jeder Sekunde auf mein Boot. Ich lausche den Geräuschen und spüre die Bewegungen des Bootes. Wenn sich die verändern, gehe ich der Ursache nach. Ich kontrolliere das Rigg, die Segel, den Motor, die Bilge und viele Kleinigkeiten regelmäßig, bei Tag und bei Nacht – um sicherzugehen, dass ich nichts übersehe und alles so ist, wie es sein soll. Und ich behandle das Boot behutsam. Ich reffe, wenn es notwendig ist, und repariere kaputte Dinge auf der Stelle, und nicht erst irgendwann, wenn es vielleicht zu spät ist. Ich muss das Boot am Leben und am Laufen halten, denn es ist meine Lebensversicherung – und nicht die EPIRB, die Rettungsinsel, das Satellitentelefon oder sonst irgendetwas. All das gibt mir Sicherheit und Vertrauen ins Boot, und damit in mich selbst.

Ich finde ja übrigens, dass das Thema Seekrankheit, wie zahllose andere Themen heute, viel zu viel thematisiert, zerpflückt und überbewertet wird. Ich habe generell den Eindruck, dass heute sehr gerne aus jeder Mücke ein Elefant gemacht wird, und dass das zunehmend immer schlimmer wird. Ich wundere mich immer wieder, wie über Nicht-Themen endlos debattiert wird. Da frage ich mich dann, warum ich anders bin, weil es mich ja eher kalt lässt, wenn in China ein Fahrrad umfällt.

Abgesehen davon, dass man seekrank werden könnte, ist man aber tatsächlich rund um die Uhr auf einem mehr oder weniger wackeligen Boot. Und ja, das hat natürlich Konsequenzen. Nicht nur, dass jede Bewegung mühsamer ist, wodurch man mehr Energie und Erholung braucht, kann auch – wie bereits erwähnt – das Schlafen durchaus anstrengend und somit wenig erholsam sein. Auch, wenn man sich das daheim sehr romantisch vorstellt, wie schön es doch sein müsste, beim Schlafen geschaukelt zu werden wie in einer Hängematte, so ist die Realität dann doch anders – und unter Umständen sehr hart. Denn man liegt nicht in einer sanft schaukelnden Hängematte, umgeben von einem warmen sommerlichen Lüftchen, das nach Frühlingsblumen duftet. Sondern auf einer bewegten, schiefen Matratze, die hie und da plötzlich tief fällt, hart landet und sich ruckartig wieder nach oben bewegt. Begleitet wird das von der lauten Geräuschkulisse vom rauschenden Wasser unter dir und Wasser, das an die dünne Bordwand gleich neben deinem Ohr schlägt, von den Pfeifgeräuschen des Windes irgendwo in der Verstagung über dir und vom Knarren und Ächzen der hölzernen Einrichtung rundum. Während dazu auch noch die Flüssigkeiten in den Tanks des Bootes geräuschvoll von einer zur anderen Seite schlenkern. In irgendeiner Lade rollt etwas unermüdlich hin und her und klappert dabei jedes Mal, und die Kleiderhaken im Kasten klopfen regelmäßig an die Tür. Du selbst versuchst derweil so zu liegen, dass du weder herumrollst noch aus dem Bett fällst, und deine Beine oder Arme nicht ständig von einer Seite zur anderen rutschen – wobei du aber gleichzeitig auch noch versuchst, deinen Körper vollständig zu entspannen, um einschlafen zu können.

Viel Glück!

Dazu kommen weitere Faktoren, die der ersehnten Entspannung entgegenwirken: Du warst vielleicht seit Tagen schon nicht mehr duschen. Deine Kleidung klebt an dir; entweder, weil es heiß ist, oder aber, weil das Wetter schlecht und regnerisch ist – und deshalb alles klamm und kaltfeucht. Und du liegst in diesem engen stickigen Raum mit der bewegten Matratze und kannst nicht lüften, da sonst entweder das Seewasser, der Regen oder die feuchte nächtliche Seeluft durch die Luke von oben hereinfällt.

Duschen ist Luxus, weil man zu wenig Wasser hat. Ein Watermaker ist teuer in der Anschaffung und im Betrieb, aber vor allem ist er ein extremer Energiefresser, wegen des überaus schlechten Wirkungsgrades. Und Strom und Diesel hat man generell immer zu wenig, ganz egal, wie viel man davon hat. Zumindest wenn man damit so umgeht, wie man es normalerweise von daheim gewohnt ist, wo der Strom aus der Steckdose kommt. Da leisten auch Solarpaneele und andere Stromerzeuger keine Wunder.

Und schlafen kann man außerdem auch deshalb nicht mal annähernd so wie daheim, weil man ja alle 24 Stunden des Tages bedienen muss. Und sich nicht einfach so für acht Stunden niederlegen kann. Das ist nicht jedermanns Sache und viele tun sich unglaublich schwer, in einen regelmäßigen Wach-Schlaf-Rhythmus zu kommen.

All das bringt die meisten Menschen deutlich aus ihrer Komfortzone. Aber trotz all dieser Schilderungen sollte sich niemand entmutigen lassen, denn das Langfahrtsegeln hat zum Glück auch viele Sonnenseiten. Seiten, die sonniger sind, als sie im europäischen Durchschnittsalltag jemals sein können. Die Schattenseiten treffen einen vor allem am Anfang, aber man gewöhnt sich rasch daran, wenn man es will. Und kann dann nach und nach auch die Sonnenseiten genießen.

Das Langfahrtsegeln am Ozean gibt mir eine ungeahnte Freiheit, auch, wenn es in meinem Fall Sport- und Expeditionssegeln ist. Ich bin frei und selbstbestimmt. Für den Preis, mich dafür auch selbst um mich und mein Leben zu kümmern. Keine Fremdbestimmung, keine staatliche Überregulierung. Das ist eine Welt, in der ich mich sehr wohl fühle, denn ich will selbst über mein Leben entscheiden. Das geht an Land in Österreich leider kaum.

Natürlich aber könnten solche Fahrten auch wesentlich weniger sportlich gestaltet werden: Wenn man es als Reise und nicht als sportliche Herausforderung sieht, könnte man etwa in Tagesetappen die Küsten entlangfahren. Hie und da wird einmal eine längere Passage dabei sein, aber gerade in und um Europa gibt es kaum ein Ziel, das nicht in höchstens drei Tagen erreicht werden könnte.

Doch wer weiter kommen will, muss auch weiter fahren – hinaus aufs Meer. Und hier wartet dann meiner Meinung nach auch das echte Abenteuer.

4. Gegenwind

Es ist Samstagabend und ich bin wieder alleine am Boot. Ein komisches Gefühl, aber irgendwie bin ich sehr froh. Denn ich habe mein Heim nun wieder ganz für mich, und meine Solo-Expedition kann starten.

Der Wetterbericht ist mäßig. Generell ist die gesamte Wettersituation seit Wochen unverändert. Ein Tief ist in der Mitte des westlichen Mittelmeers, also genau über Sardinien, und darum herum bilden sich ständig neue Randtiefs, die südlich von Spanien entstehen und dann über Nordafrika und weiter übers Ionische Meer Richtung Balkan ziehen. Diese Zyklogenese wiederholt sich schon seit Wochen immer wieder. Ursache ist ein massives Höhentief über dem westlichen Mittelmeer, das kontinuierlich kalte Höhenluft in den Süden befördert. Und es ist sehr hartnäckig. Für Dienstag ist ein heftiger *Mistral* angesagt, der gefürchtete Wind aus nordwestlicher bis nördlicher Richtung, der durch das Rhonetal aus der französischen *Camargue* übers Meer zwischen den Balearen, Korsika und Sardinien, und manchmal fast bis nach Afrika hinunter weht. Der *Golfe du Lion* zählt wegen des *Mistrals* zu den zehn sturmreichsten Gebieten der Welt.

Da das Ganze mit entsprechendem Seegang verbunden ist, ist es keine gute Idee gegenan nach Westen zu fahren. Insbesondere auch, weil man nach Süden sehr wenig Leerraum hat. Bis Algerien sind es nur siebzig Seemeilen, doch mein Bauchgefühl sagt mir, dass es keine gute Idee ist, als Europäer mit einem Segelboot in Algerien zu stranden. Also werde ich den *Mistral* abwarten. Am Mittwoch sieht es dann voraussichtlich schon etwas besser aus, wenngleich nach wie vor suboptimal.

Während ich am Boot herumputze, lerne ich meine Stegnachbarn kennen: Felix und Lucie, ein schweizitalienisches Ehepaar. Wir unterhalten uns gut. In erster Linie reden wir über seglerische Dinge und über italienische Buchten und Marinas. Sie interessieren sich für mich und mein Projekt, was mich

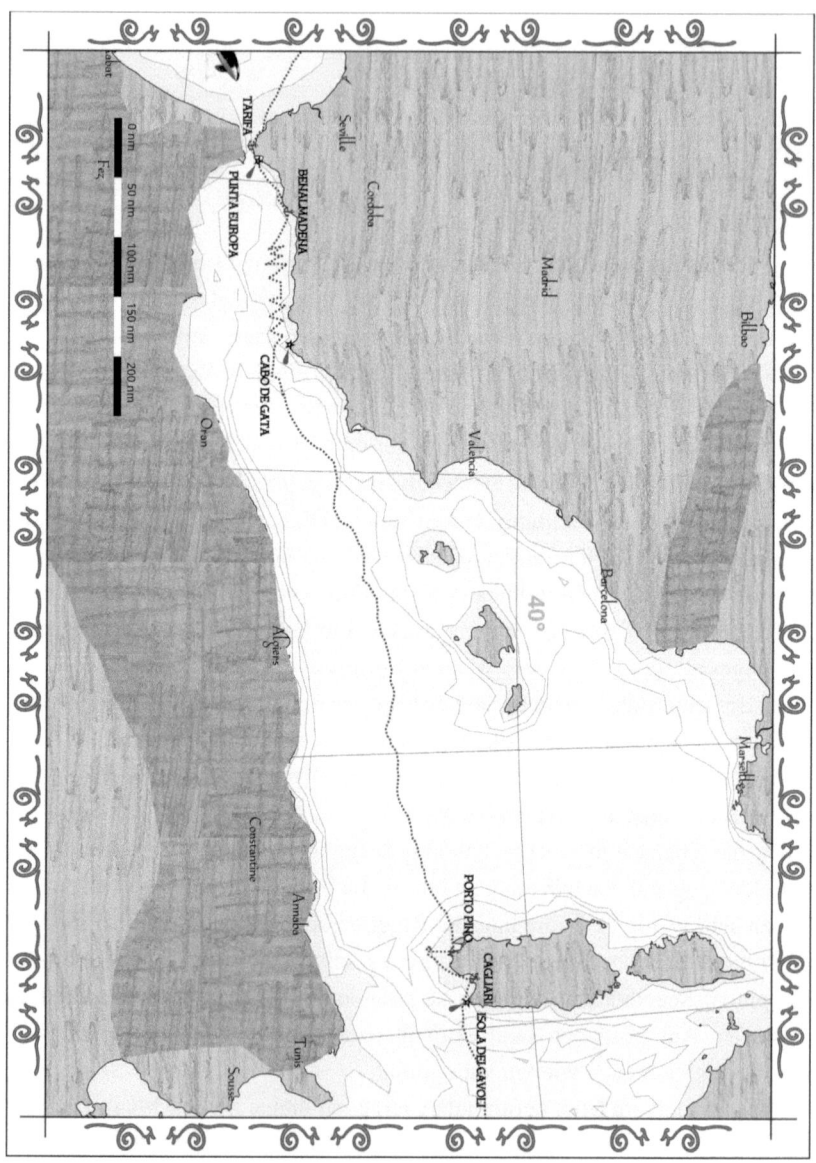

Abbildung 4.1.: Sardinien bis Südspanien.

sehr freut. So ein Vorhaben ist auch nicht ganz alltäglich. Sie sind sehr offen und erzählen frei von sich.

Sie haben Probleme mit ihrer Ankerwinsch, die gerade repariert wird. Bei dieser Gelegenheit möchte Felix die ersten paar Glieder seiner Ankerkette kürzen. Ich sehe mir das an, und die sind tatsächlich schon stark korrodiert. Eine gute Entscheidung, die Kette zu kürzen. Ich borge ihm meinen kleinen Winkelschleifer und bekomme als Dankeschön einen Sack voll ausgezeichneter Schweizer Schokolade.

Zwischenzeitlich nehme ich bei meinem Boot einen Ölwechsel vor, denn der ist schon überfällig. Ich habe genug Motoröl und einen Reservefilter mit, da mir natürlich klar war, dass ich irgendwann ölwechseln muss. Dass das schon so früh sein wird, war nicht so geplant, aber aufgrund der andauernden Flauten waren wir gezwungen, wesentlich mehr mit der Maschine zu fahren, als gehofft.

Es ist im Mittelmeer allgemein nicht so leicht, in kurzer Zeit große Distanzen zu fahren, da das Wetter recht kompliziert ist. Das verhältnismäßig kleine Binnenmeer wird von großen Landmassen umgeben und ist von hohen Gebirgen eingerahmt. Zum einen ändert sich das Wetter dadurch oft rasch, zum anderen gibt es aber auch hartnäckige, stabile Wetterlagen, die für lange Zeit entweder Flaute oder aber Wind aus der immer gleichen Richtung bringen. Dafür wiederum ist das Mittelmeer vor allem in der warmen Jahreszeit bei Badetouristen bekannt und beliebt. Und da es so klein ist, hat man als Segler kaum Möglichkeiten, großräumig auszuweichen. Das alles ist fürs Langstreckensegeln also eher mühsam.

Hier im westlichen Mittelmeer ist die Windrichtung meistens Nordwest oder West, zum Glück aber auch immer wieder Ost. Und dazwischen ist Flaute, oder es wehen Schwachwinde aus allen Richtungen, sogenannte umlaufende Winde, wie sie die Meteorologen nennen. Die Strömung läuft im Schnitt auch von West nach Ost. Die gegebene Wettersituation wirkt sich so aus, dass westlich von Sardinien hauptsächlich Nordwestwind ist. Aufgrund der instabilen Gesamtlage ist das mit Bewölkung, Regen und Gewittern verbunden, obwohl letztere eher auf den Landmassen zu erwarten sind – also über Sardinien, Sizilien und Nordafrika. Es ist eine sehr schwierige Wettersituation. Das lässt sich auch daran erkennen, dass die Vorhersagen der Wettermodelle sich ständig anpassen und ändern. Was heute für die nächsten drei, vier, fünf Tage vorhergesagt wird, schaut morgen schon wieder anders aus. Also werde ich den Dienstag abwarten und mich am Mittwoch entscheiden.

Es ist Mittwoch, der 17. Mai, und ich war nochmals duschen, habe Obst, Gemüse und Brot gekauft, und breche auf. Im großen Hafenbecken von *Cagliari* fallen noch immer die Böen des *Mistral* mit bis zu sechs Beaufort ein. Der Wind soll am stärksten noch unten, ums *Cabo Teulada* wehen, dann aber angenehmere Windstärken annehmen und über Nacht nachlassen. Nach Westen soll eine Flautezone folgen. Unter dieser soll nördlich von Afrika ein Südostwind entstehen und nördlich davon wiederum ein zarter *Mistral* kommen, der sich aber genau in der Mitte zwischen Sardinien und Mallorca teilen und westlich dieser Teilung auf Nordost wechseln soll. Davor ist eine Zeit lang heftiger Nordwind mit Spitzen von sieben bis acht Beaufort zu erwarten. Also alles in allem sehr durchwachsen, aber dennoch sind es nicht so schlechte Aussichten.

Trotzdem bin ich nervös. Ich weiß, dass die Wettersituation instabil ist und sich jederzeit ändern kann. Und ich bin jetzt alleine. Das wird meine bisher längste Einhand-Etappe von voraussichtlich sieben Tagen. Ich will bis *Marbella* in Spanien, das sind ungefähr 700 Seemeilen. Dort möchte ich hin, weil meine Frau mit unserer Tochter dort in ein paar Tagen Urlaub machen wird. Ich muss also hier weg, denn sonst geht sich das Wiedersehen nicht aus.

Außerdem: Wer aufs perfekte Wetterfenster wartet, wartet ewig. Und ich weiß, dass ich das kann. Ich vertraue dem Boot und meinem Können. Ich weiß, dass ich das schaffe.

„Nur nicht nach Algerien abtreiben", sage ich zu mir. Das ist meine größte Sorge.

Ich verabschiede mich von Felix und Lucia, und mein erster Weg führt mich zur Tankstelle, irgendwo im südöstlichen Bereich des Hafenbeckens. In der Rezeption der Marina haben sie mir diese Tankstelle empfohlen, da sie günstiger sei, als die andere im Nordwesten. Letztere kenne ich von früheren Törns. Den Tankstopp blase ich aber ab, denn die Tankstelle ist auflandig, mit heftigem Schwell, bei Windspitzen von fünfundzwanzig Knoten. Abgesehen vom starken Schwell, wodurch ich das Boot beschädigen könnte, wäre es ein sehr schwieriges Unterfangen, von dort wieder wegzukommen, insbesondere, da ich alleine bin. Ich könnte mit Buganker im Hafenbecken und mit dem Heck zur Tankstelle fahren, aber ich weiß nicht, ob da nicht eventuell Mooringblöcke von der benachbarten Marina sind. Außerdem wäre das für mich alleine auch nicht ganz ohne. Also lasse ich es sein. Nach meiner Rechnung fehlen sowieso nur vierzig Liter, und ich habe über zweihundert mit. Das sollte genug sein.

Also raus aus dem Hafen und Segel setzen. Die Kutterfok habe ich schon in der Marina vorbereitet, und das Großsegel zur Vorsicht einmal ins zweite Reff gesetzt. Es war sehr böig. Die Windsteueranlage aktivieren – und los geht's.

Endlich wieder auf See.

Sofort entspannt sich mein ganzer Körper. Trotzdem stören mich insgeheim die fehlenden vierzig Liter Diesel. Halbe Sachen sind mir immer ein Dorn im Auge. Aber es wird schon gutgehen.

Ich quere noch die zwei Verkehrstrennungsgebiete an der westlichen Seite des *Golfo di Cagliari*, dann geht es endlich raus aufs offene Meer. Kurs Südwest; mehr ist nicht drin, da der Wind da unten aus Westnordwest kommt. Die MIZZI ist ein klassischer Langkieler, der nur bedingt Höhe läuft.

Es geht super dahin. Geradewegs in den Sonnenuntergang. Wie vorhergesagt, lässt der Wind später tatsächlich etwas nach, und im letzten Licht der Dämmerung reffe ich das Großsegel etwas aus, nehme die Kutterfok herunter und rolle stattdessen einen großen Teil der Genua aus. Ich komme immer weiter nach Süden. Das ist mir nicht ganz so recht, aber ich versuche, mich zu entspannen.

„Irgendwann wird der Wind schon drehen", denke ich mir. Tut er aber nicht, denn gegen Mitternacht ist er weg. Es beginnt zu nieseln, und ich stehe zwanzig Meilen südlich von Sardinien mit schlagenden Segeln in der Flaute. Am AIS kann ich einige Meilen östlich von mir ein paar Fischer ihre Krei-

se ziehen sehen. Und nördlich passieren gelegentlich Frachtschiffe von West nach Ost, oder umgekehrt. So weit so gut, wenigstens bin ich nicht mitten in der Frachtschiffroute. Hie und da kommt ein bisschen Wind auf, aber zu wenig, um sinnvoll weiterzukommen. Bei gerade mal einer Windstärke arbeitet die Windsteueranlage auch noch nicht richtig. Obwohl das Boot mit dem richtigen Trimm eh ziemlich geradeaus fährt.

Irgendwann nehme ich die Segel herunter. Das ständige Schlagen macht mich verrückt, außerdem können die Segel davon kaputt werden. Insbesondere beim Großsegel muss man aufpassen, wenn die Latten ständig hin- und herschlagen. Das kann sie beschädigen und außerdem die Lattentaschen durchscheuern. Und auf Segelreparatur habe ich keine Lust. Also stehe ich nur da, im schwankenden Schiff.

Auf offener See sind fast immer Wellen, auch, wenn es windstill ist. Zwischendurch lege ich mich immer wieder für eine halbe, später dann eine Dreiviertelstunde hin. Dann ist wieder ein bisschen Wind, also raus und Segel setzen – war leider nur ein kurzer Luftzug, also Segel wieder runter.

Sonnenaufgang. Ich mache mir einen Kaffee. Ich bin völlig gerädert. Immer wieder raus und rein, das ständige Schlagen und Ächzen, das Schaukeln. Und richtig schlafen habe ich auch nicht können. Ich bin doch in der Nähe des Schiffsverkehrs herumgetrieben. Eine Kollision mit einem Frachtschiff kann verheerend enden. Ich habe ein AIS und einen aktiven Radarreflektor, das bedeutet: die sehen mich sowohl im Navigationssystem als auch am Radar. Aber man sagt ja:

»Vertrauen ist gut, Kontrolle ist besser!«

Ich schaue mir die aktuelle Wettervorhersage an. Die hat sich natürlich geändert: Flaute. Für die nächsten Tage rund um den Bereich, wo ich bin. Und ich will nicht schon wieder stundenlang motoren. Also beschließe ich, wieder nach Sardinien raufzufahren, zu ankern und weiter abzuwarten.

Ich muss durch die Frachtroute nördlich von mir. Kein Problem, ich sehe alles am AIS in meinem Navigationssystem. Also weiche ich ordnungsgemäß aus, wo notwendig. Ein Frachtschiff ist noch weit weg und wir sind auf Kollisionskurs, aber erst in einer halben Stunde. Also warte ich erst einmal ab, es ist noch genug Zeit. Schließlich funkt er mich an.

```
»SAILING VESSEL MIZZI, MIZZI. THIS IS FAIA-G. DO YOU
READ ME?«
```

Ich mag den Funk. Es ist eine tolle Art der Kommunikation. Am liebsten hätte ich sowohl daheim als auch hier am Boot eine Amateurfunkanlage. Damit kann man mit der ganzen Welt kommunizieren. Und das besondere daran ist, dass man kein Netzwerk benötigt. Man kann direkt mit einer Gegenstelle sprechen. Das geht beim Mobiltelefon nicht: Steht das Netzwerk, gibt's auch kein Telefonieren.

Generell bin ich ein großer Verfechter von dezentralen, verteilten Systemen, egal ob technischer, wirtschaftlicher oder politischer Natur. Sie fördern die Freiheit und Selbstverantwortung. Solche Systeme sind auch wesentlich resilienter, da es keinen Single-Point-of-Failure gibt.

Jedenfalls habe ich ein *LRC*, ein *Long Range Certificate* für den Schiffsfunk. Damit darf ich alle Schiffsfunkfrequenzen auf allen Bändern bedienen, die es gibt. Da wäre der Weg zum Amateurfunk gar nicht mehr so weit. Aber eine solche Funkanlage wäre mit sehr hohen Kosten verbunden, und das Geld dafür habe ich im Moment nicht. Also habe ich an Bord nur ein normales UKW-Funkgerät. Das reicht für den lokalen Routineverkehr, und genaugenommen ist das sowieso das Häufigste – und auch das Wichtigste.

Ich höre immer gerne zu, nicht nur der Wettervorhersage, sondern auch dem Funk im Frachtverkehr und der Kommunikation mit der Hafenaufsicht, den Lotsen und dem VTS. Ich kenne daher das Protokoll sehr gut, wie es abläuft, was die Menschen sagen und voneinander wollen.

Darum freut es mich auch richtig, als mich der Frachter anfunkt, und so antworte ich.

```
»FAIA-G, THIS IS MIZZI.«
»MIZZI, CHANGE TO CHANNEL ZERO SIX.«
»CHANNEL ZERO SIX.«
```

Ich schalte auf Kanal 6 um und warte.

```
»MIZZI, WE HAVE A CPA OF 0.3 MILES. WHAT IS YOUR
INTENTION?«
```

51

4. Gegenwind

»FAIA-G, OK I SEE. I WILL CHANGE MY COURSE TO
STARBOARD TO PASS BEHIND YOUR STERN. OVER.«

»THANK YOU SIR, HAVE A GOOD WATCH.«

»GOOD BYE. OUT.«

Ich ändere meinen Kurs. Eine Viertelstunde später ist der Frachter vorbei und ich fahre weiter nach Norden.

Zu Mittag komme ich in der Bucht von *Porto Pino* an und ankere auf fünf Metern Wassertiefe in sandigem Grund.[1] Der Anker hält aufs erste Mal bombenfest. Zeitgleich mit mir ankert eine andere Yacht ganz in der Nähe – offensichtlich auch jemand auf Langfahrt: eine Ketch mit Windsteueranlage und Radar.

Es ist eine riesige Bucht mit Strand und großen Sanddünen am östlichen Ufer. Ein kleiner Fluss mündet im Norden hier herein, wo gerade gebaggert wird. Ich kann nicht genau ausnehmen, was sie da machen, vielleicht vertiefen oder verbreitern sie die Mündung des Flusses. Hie und da trägt der Wind eine schwefelige Brise vom Schlamm, den sie ausgraben, herüber. Es riecht so wie an Orten, wo es vulkanische Aktivität gibt, zum Beispiel auf *Nea Kameni*. Das ist die kleine, junge Insel vulkanischen Ursprungs inmitten der Caldera von Santorini in Griechenland. Oder auch im Krater von *Nisiros*, einer der Inseln des *Dodekanes* – ein sehr magischer Ort, insbesondere wenn man außerhalb des Tagestourismus kommt. Untertags karren sie dort mit Ausflugsbooten und Bussen zuhauf die Touristen vom nahegelegenen Kos herüber.

Indessen sitze ich eine Zeit lang im Cockpit und schaue aufs Wasser und Ufer. Ich genieße den Frieden und die Stille, und ich habe eine Bierdose geöffnet – *Ichnusa*, sardinisches Bier.

Ich plane während meiner Reise in Norwegen Halt zu machen, um zwei meiner Internet-Kontakte aus der Zeit der Vorbereitung zu besuchen. Einer davon ist Erik. Er ist zugleich auch einer meiner seglerischen Vorbilder, der mich sehr inspiriert hat. Ich habe ihn auf Youtube entdeckt und vor mittlerweile mehreren Jahren in einer Videosession für meinen Podcast interviewt.

---

[1] 38° 57,6′ N 008° 36,1′ E

Er ist ein norwegischer Extremsegler, der sich selbst als persönlicher Nachfahre der Wikinger sieht und zu allen möglichen unwirtlichen Zeiten die norwegische See mit seiner TESSIE, einem vierzig Jahre alten GFK-Boot in ähnlicher Größe wie meines, besegelt. Aus seinen Videos weiß ich, dass Erik gerne Bier trinkt, also kaufe ich bei allen Zwischenstopps jeweils ein paar Dosen lokales Bier, das ich ihm dann als Geschenk überreichen möchte. Und daher habe ich jetzt sardinisches Bier mit. Aus meiner Gegend im Mostviertel habe ich ein paar Dosen Wieselburger, und aus Kroatien *Karlovačko* und *Ošujsko*.

Den dritten Tag sitze ich nun hier in der Bucht vor Anker und schaue in den grauen Himmel, der immer wieder ein paar Regentropfen auslässt. Die Luken und das ganze Boot sind gelb und schmutzig von den Regentropfen, die Saharasand mit sich bringen. Das große, stationäre Tief über mir nimmt über Nordafrika Sand auf, der dann in einem riesigen Strudel weiter über Sizilien und das Tyrrhenische Meer, bis hierher zu mir getragen wird, wo er mit dem Regen wieder zu Boden fällt.

Täglich in der Früh reinige ich das verschmutzte Solarpaneel, um die Stromausbeute etwas zu erhöhen. Selbst dann, wenn die Sonne nicht scheint, bringt es doch ein paar Watt. Elektrisch bin ich auf absolutem Sparbetrieb. Der Kühlschrank ist seit meiner Abreise in *Cagliari* abgedreht und sonst läuft auch nichts, das ich nicht unbedingt brauche.

Vor meiner Reise habe ich einen Batteriemonitor installiert. Der registriert den kleinsten Strom, der in die oder aus der Batterie fließt. Über das kleine Display beim Navitisch oder über Bluetooth kann ich entweder mit einer App am Handy oder auf meinem Bordcomputer jederzeit den Zustand der Batterie abfragen. Derzeit sagt er neunzig Prozent Ladekapazität, und ich kann sehen, dass das Solarpaneel Strom produziert, der in die Batterie gespeist wird. Ich möchte möglichst wenig Strom – genauso wie Diesel – verbrauchen. Während der Fahrt brauche ich ohnehin immer Strom für die Navigationseinrichtungen und den Bordcomputer.

Das ist eine meiner Schwachstellen. Ich bin von der elektronischen Navigation abhängig. Obwohl ich noch vor Zeiten von GPS und Kartenplottern navigieren gelernt habe und es sogar mit dem Sextanten gut beherrsche, bin ich dennoch davon abhängig, da ich keine Papierkarten habe. Es ist mir ein Dorn im Auge, aber um alle Papierkarten zu erstehen, die ich für meine geplante Reise bräuchte, hätte ich nochmals tausende Euro ausgeben müssen. Und die gibt mein Budget nicht her.

Alle SOLAS-Schiffe, laienhaft also die Großschifffahrt, müssen seit 2018 zwingend mit einem elektronischen Navigationssystem und den zugehörigen aktuellen Seekarten ausgestattet sein. Als Backup muss entweder ein zweites, vom ersten völlig unabhängiges elektronisches System oder aber entsprechende Papierseekarten vorhanden sein. Also habe ich das auch so: Ich habe sämtliche Karten auf meinem Bordcomputer, und davon unabhängig habe ich ein Notebook mit einer vollständigen Kopie.

Natürlich brauchen beide Geräte Strom, Und das ist auf einem kleinen Segelboot eine sehr knappe Ressource, im Vergleich zu einem Frachtschiff. Dennoch hält der Akku schon eine Zeit lang durch, wenn ich das Notebook immer nur für ein paar Minuten einschalte, um im Notfall, also im Falle des Versagens der elektrischen Anlage, an die Küste und in einen Hafen zu kommen.

Und so harre ich der Dinge und schaue mir zweimal am Tag, in der Früh und am Abend, die Wettervorhersage an. Und warte auf ein günstiges Fenster. In den letzten Tagen, inklusive heute, ist rund um Sardinien kaum Wind gewesen, und westlich von Sardinien meistens starker Nordwestwind. Das ganze ist gepaart mit Regen und Gewitter. Es scheint sich aber ab heute Nacht ein *Levante* auszubilden. So wird der Ostwind vor Spaniens Südküste bezeichnet. Dieser Ostwind sollte schon hier, südlich von Sardinien, beginnen, auch wenn nördlich davon Schwachwindzonen sind, die von der noch immer instabilen Wetterlage herrühren. Aber wenn die Vorhersage hält, wie sie heute Vormittag aussieht, werde ich morgen meinen Anker lichten und gen Westen segeln.

Hier ist nichts los, natürlich auch bedingt durch das verregnete, kühle Wetter. Die Strandbars sind leer, kaum andere Boote. Neben mir ankert seit gestern ein Katamaran. Es war auch ein zweiter da, die sind aber irgendwann heute früh wieder gefahren. Die einzige Abwechslung sind die kleinen Fischerboote, die aus dem gleich westlich von mir gelegenen Hafen hie und da aus- und einfahren.

Ich brauche keinen Trubel, aber über kurz oder lang fällt sogar mir die Decke auf den Kopf. Nicht, weil mir andere Menschen fehlen, aber vom Nichtstun. Die einzigen, die mir tatsächlich sehr fehlen, sind meine Frau und meine Kinder. Ich denke oft an sie und bin sehr traurig. Denn diese erneute Flaute hat das geplante und erhoffte Zusammentreffen in *Marbella* schließlich unmöglich gemacht. Die MIZZI ist viel zu langsam dafür. Als ich in *Cagliari* aufgebrochen bin, hatte ich noch gedacht, dass ich jetzt schon die Hälfte bis zwei Drittel der Strecke bis Spanien geschafft hätte. Irrtum, denn Aeolos hält den Sack mit den Winden gut verschlossen; zumindest da, wo ich bin.

Der ewig grau verhangene Wolkenhimmel und der immer wiederkehrende Regen drücken detto aufs Gemüt. So verbringe ich diese Tage mit Lesen und Schreiben. Gestern Abend habe ich mir einen Film angesehen. Zwischendurch esse ich etwas, oder lege mich zum Schlafen hin. Das mache ich auch, um nicht komplett aus dem Rhythmus zu kommen. Ich muss in Etappen schlafen können. Das kann ich sehr gut, aber dennoch ist es nicht gottgegeben, sondern muss praktiziert werden.

Bei einer Routinekontrolle entdecke ich, dass meine Frischwasserpumpe undicht ist. Ich habe schon länger den Verdacht, dass mit der Pumpe irgend etwas nicht stimmt. Immer wieder kommt Luft aus der Wasserleitung, und sie braucht so ungewöhnlich lange, um den vollen Wasserdruck wieder herzustellen. Aber ich habe den Fehler bisher nicht orten können.

Vor einiger Zeit habe ich den Wasserhahn in der Küche durch einen neuen ersetzt. Der Alte war verrostet und wackelig, und, was mich am meisten gestört hat, war, dass es ein Wasserhahn mit zwei separaten Ventilen für warm und kalt war. Also habe ich ihn durch einen modernen Einhandmischer mit flexiblem Auslauf getauscht und dabei auch das Schlauchstückelwerk darunter durch eine saubere Lösung ersetzt.

Offenbar war ich nicht der Erste, der einen neuen Wasserhahn eingebaut hat. Denn die Anschlüsse darunter waren aus verschiedenen Muffen, Reduzierungen, Adaptern und Zwischenstücken zusammengepfuscht. So ein Bas-

telwerk stört mich – jeder hat so seinen Monk. Also habe ich das alles entfernt und durch einen sauberen Übergang zur Zuleitung ersetzt. Ein befreun-
deter Installateur hat mir dafür extra ein spezielles Zwischenteil angefertigt.
Auch war der Windkessel undicht. Den habe ich bei der Gelegenheit auch
ausgebaut. Und ein anderer Freund, der Schlosser ist, hat ihn mir in seiner
Werkstatt geschweißt und lackiert. Jetzt ist er wieder dicht und schaut aus
wie neu.

Da sich die Pumpe aber gefühlt seit damals seltsam verhält, habe ich diese
Stellen immer wieder kontrolliert. Ob sie vielleicht doch irgendwo undicht
wären. Sind sie aber nicht – alles staubtrocken.

Und jetzt bei einer routinemäßigen Kontrolle fallen mir durchs Glitzern
im Schein der Taschenlampe ein paar Wassertropfen ins Auge. Da unter den
Bodenbrettern ist eine Menge Technik. In erster Linie verschiedene Rohrlei-
tungen und Ventile. Und der Motor. Eine genauere Untersuchung ergibt, dass
die Tropfen eindeutig von der Wasserpumpe kommen. Das erklärt, warum
immer wieder Luft in der Leitung ist, und auch, warum die Pumpe so lange
braucht, um den Druck wiederherzustellen. Wahrscheinlich wird im Laufe
der Jahre nun entweder eine Dichtung oder irgendein Lager undicht geworden sein. Die Pumpe ist auf jeden Fall schon ein älteres Modell, denn das
Etikett kann man gar nicht mehr lesen. Trotzdem lasse ich es jetzt einmal
so wie es ist, denn wenn ich es zerlege und genauer untersuche, besteht die
Gefahr, dass ich es danach gar nicht mehr dicht bekomme – zumindest nicht
mit den Mitteln, die ich hier an Bord habe. Und das wäre schlecht, denn dann
komme ich nur mehr schwer an das Wasser in den Tanks. Ich habe zwar eine
Fußpumpe, die ist aber nicht angeschlossen. Die hat mein Vorbesitzer ein-
gebaut, aber nicht integriert. Und ich habe es bis heute auch nicht geschafft.
Auf einem Boot ist immer was zu tun, wie bei einem Haus, und man muss
Prioritäten setzen – da war die Fußpumpe nie an oberster Stelle.

Irgendwann nehme ich dann auch den Loggeber heraus und reinige ihn.
Ich habe den Verdacht, dass das kleine Schaufelrädchen schon etwas bewachsen ist, denn bei niedrigen Geschwindigkeiten hat er immer 0,0 Knoten
angezeigt. Und so ist es auch. Mit den Fingern entferne ich vorsichtig das
Gröbste und lasse das Ganze dann über Nacht in einer abgeschnittenen Plas-

tikflasche mit ein bisschen Essig stehen. Am nächsten Tag ist es super sauber, und ich baue es wieder ein.

Während der ersten Etappe, wo Cathy und Sam mit dabei waren, habe ich eine Zeit lang gebraucht, um zu verstehen, warum die beiden manchmal zu mir gesagt haben, dass wir stünden, obwohl mir der Blick aufs Wasser ganz klar verraten hat, dass wir fuhren, wenn auch langsam. Es war die digitale Geschwindigkeitsanzeige, die 0,0 anzeigte.

Es ist Montag der 22. Mai. Ich beschließe, aufzubrechen. Die Vorhersage schaut gut aus, wenn auch nicht perfekt. Aber was ist schon perfekt – wenn man darauf wartet, wartet man ewig. Also jetzt oder nie. Am Morgen ist es windstill, aber ein Schwell steht in der Bucht, wie das eigentlich sowieso fast die ganze Zeit war. Das Thermometer zeigt drinnen neunzehn Grad, draußen nichts – aha, da wird die Batterie wohl leer sein. Ich hole das Außenteil herein und mache es auf. Es ist nass und rostig. Anscheinend sind die Batterien ausgeronnen. Ich säubere alles ein bisschen und lasse es trocknen. Die Batterien gebe ich in das Glas mit den Altbatterien. Die Temperatur ist draußen geringfügig kühler als drinnen, also wird es sechzehn oder siebzehn Grad haben und eine enorm hohe Luftfeuchtigkeit. Ich spüre es auf der Haut und sehe den Dunst über dem Meer und dem Land. Das ist vom Regen der letzten Tage. Es ist noch immer bewölkt, aber irgendwann muss es ja auch wieder einmal aufklaren – alte Bauernweisheit.

Also verstaue ich drinnen alles und bereite das Boot aufs Auslaufen vor. Dann Anker lichten, und los geht's. Zuerst einmal unter Maschine, denn es ist ja kein Wind. Da weiter draußen östliche Winde zu erwarten sind, macht Sardinien hier im Lee einen Windschatten. Macht aber nichts: Nach vier Tagen vor Anker schadet es nicht, die Batterien aufzuladen.

Irgendwann kommt der Wind, interessanterweise aus Südwest. Ich setze die Segel, und das Boot gleitet ruhig durchs Wasser. Langsam, bei gerade einmal zwei Windstärken, aber immerhin. Leider dauert das nur kurz, vielleicht eine halbe Stunde, dann ist es wieder windstill. Also wieder Maschine starten, und weiter geht's nach Westen.

4. Gegenwind

Nach weiteren zwei Stunden kommt der vorhergesagte Südostwind auf. Zuerst mit zwei, später dann drei Windstärken. Die sardinische Küste verschwindet langsam im Dunst am Horizont. Das ist mir nur recht, denn in den Küstengewässern tummeln sich so viele Boote. Das erfordert äußerste Aufmerksamkeit. Da ich alleine bin, muss ich auch irgendwann schlafen und das Boot alleine fahren lassen. Je weiter abseits der typischen Trampelpfade, umso besser.

Ich plane, hier halbwegs auf Westkurs oder Westsüdwest Richtung spanischer Südküste zu fahren. Ich glaube, dass das eine gute Route ist, denn etwas weiter nördlich könnte ich Booten und Schiffen begegnen, die Richtung Mallorca fahren. Und etwas weiter südlich fahren alle Frachtschiffe, die aus dem östlichen Mittelmeer und dem Schwarzen Meer oder dem Suez-Kanal kommen und Richtung Gibraltar fahren – oder umgekehrt. Wenn es mir gelingt, irgendwie dazwischen zu bleiben, sollte alles gut sein und ich sogar ausreichend Schlaf bekommen.

In der Abenddämmerung wird der Wind wieder schwächer. Zu schwach, um ausreichend Druck in den Segeln zu haben. So schlagen diese ständig hin und her. Den Großbaum habe ich fixiert, dennoch klappen die Latten und das ganze Segel immer wieder um. Die Genua fällt auch ständig ein.

Es ist ein tiefer raumer Kurs, der immer mehr zum Vorwindkurs wird. Das ist sowieso ein unangenehmer Kurs, denn das Boot ist schwierig zu steuern und es rollt stark im Seegang. Ich bräuchte einen Spi-Baum, dann könnte ich die Genua ausbaumen. Das war auf meiner Wunschliste, aber es haben weder Budget noch Zeit gereicht, um das zu besorgen. Am Mast vorne ist eine Spur für einen Spi-Baum-Schlitten angenietet. Leider sind weder der Schlitten noch der Baum vorhanden – muss wohl irgendwann im Laufe von MIZZIs Lebens verlorengegangen sein. Ich hätte das jetzt sehr gerne wieder. Vielleicht schaffe ich es irgendwann doch noch, das zu organisieren. Ich weiß nicht, ob ich für diese Schiene noch einen passenden Schlitten bekomme. Irgendwann wird es sich schon ergeben.

Im Moment bin ich jedenfalls ohne das Zeug unterwegs, und ich versuche, eine Lösung zu finden. Eine lange Holzstange würde wahrscheinlich schon reichen – habe ich aber nicht. Da fällt mir die Pasarella ins Auge – könnte funktionieren. Ich bohre an beiden Enden ein paar Löcher hinein. Meine Idee ist, am einen Ende einen großen Schäkel anzubinden, durch den ich die Genuaschot laufen lasse, und das andere Ende irgendwie an die Bordkante zu stellen und zu fixieren.

Ich hänge einen Schäkel ein und binde ihn fest, fädle die Schot durch und schiebe das Brett langsam hinaus. Die Kraft des Windes in der Genua ist trotz zartem Luftzug recht groß, und ich muss mich mit meinem ganzen Gewicht, das sind immerhin neunzig Kilo, auf das Brett stellen.

„So wird das nichts", sage ich innerlich zu mir selbst. Das Brett ist viel zu schwer und unhandlich. Also gebe ich es wieder weg. Einen Versuch war's wert. Und dann tue ich etwas, das ich normalerweise nicht mache: Ich berge das Großsegel komplett und laufe nur unter voller Genua weiter. Das ist eigentlich gegen das Lehrbuch, gegen das, was ich viele Jahre lang all meinen Schülerinnen und Schülern beigebracht habe. Aber ich glaube, dass genau jetzt der Zeitpunkt gekommen ist, es doch zu tun. Und tatsächlich, es funktioniert ziemlich gut. Die Genua ist wesentlich stabiler, da kein Windschatten vom Groß mehr da ist, dafür erscheint mir das Boot insgesamt etwas instabiler. Es rollt stärker, aber gut. Wenigstens werden die Segel und das Rigg nicht kaputt.

Im Lauf der Nacht nimmt der Wind auf vier Windstärken zu und dreht weiter nach links, was mich mehr nach Süden bringt. Ich passe die Windsteueranlage aufs Maximum an, und MIZZI und ich pendeln jetzt zwischen einem tiefen raumen Kurs und einem Vorwindkurs in Richtung Westsüdwest. Es geht ordentlich dahin, und zwischendurch schlafe ich immer wieder für eine halbe bis Dreiviertelstunde.

Kurz vor der Morgendämmerung kreuze ich den Kurs mit einem Fischer. Weit und breit nichts, nur ein einziger Fischer. Und ausgerechnet mit dem bin ich auf Kollisionskurs. Ich warte einmal ab, denn die fahren nicht immer einfach nur gerade aus, sondern oft gewisse Muster in ihren Fanggebieten ab. Vielleicht ändert er ja den Kurs in eine für mich günstige Richtung hin ab.

Kurze Zeit später meldet sich wer am Funk.

```
»MIZZI, MIZZI! [...] CAMBIO!«
»STATION CALLING MIZZI?«
```

Gut, also nicht. Ich vereinbare mit ihm, der italienisch spricht und dazwischen ein paar englische Brocken beimischt, dass ich meinen Kurs ändere. Mein Italienisch beschränkt sich leider auf „buon giorno", „grazie", „avanti" und „birra grande". Aber nachdem er eindeutig ein Fischer im Dienst und ordentlich gekennzeichnet ist, muss ich sowieso ausweichen. Ich glaube, dass ich zwischen den Zeilen verstanden habe, dass er eben nicht ausweichen kann.

Irgendwann gegen sechs Uhr geht die Sonne auf. Es ist recht dunstig am Horizont. Im Süden, in Richtung Afrika, liegt sogar eine glatte Wolkendecke, soweit ich das erkennen kann. Da hier ein Ostwind weht, muss auch irgendwo im Süden oder Südwesten der tiefere Druck sein. Das nächste Tief über Afrika wahrscheinlich, aber hoffentlich damit auch das letzte aus dieser seit Wochen nicht enden wollenden Serie.

Der Wind nimmt zu, zuerst fünf, dann sechs Windstärken. Ich reffe jedes Mal die Genua ein wenig. Hier zeigt sich jetzt rasch der Nachteil, kein Großsegel zu haben, denn das Reffen ist deutlich schwieriger. Aber ich schaffe es dennoch von Hand.

„Reffleinen bedient man immer von Hand, nie mit der Kurbel", sage ich mir innerlich selbst vor. So lange das geht, ist alles im grünen Bereich. So habe ich das gelernt, von einem sehr erfahrenen Segler, so praktiziere ich das auch immer schon, und genau so habe ich es unzählige Male an meine Schülerinnen und Schüler weitergegeben.

Alle halben Stunden einmal schalte ich den Bildschirm ein und kontrolliere den Kurs und die Umgebung. Alles gut soweit, irgendwann werde ich einmal halsen, um nicht zu weit nach Süden zu kommen. Ich kann schon Frachtschiffe am AIS sehen. Die sind zwar noch 15 Meilen weit weg, aber irgendwann wird es Zeit.

Und da liege ich im Salon und lausche dem Boot und der Natur. Es ist eine angenehme Stille, obwohl es gar nicht still ist. Das Boot rollt hin und her, manchmal mehr, manchmal weniger, und damit kommt und geht auch das Rauschen und Plätschern des Wassers am Rumpf. Im Boot sind auch Geräusche von Dingen, die sich mit der Bootsbewegung mitbewegen. Es ist alles gut verstaut, damit nichts lästig klirrt und klappert, wie etwa herumrollende Flaschen, die sich selbstständig gemacht haben. Aber ganz kann man es nie vermeiden. Irgend etwas bewegt sich immer. Vom Niedergang herein höre ich draußen die Wellen, die beim Heck oder neben dem Cockpit brechen, und die Kette des Steuerrades schlägt hie und da an die Innenseite der Steuersäule.

Die Windsteueranlage klickt immer wieder, da ein paar Lager ein gewisses Spiel haben. Sie wurde von Hand gefertigt, und eines der Designziele war, das Ganze möglichst aus Standardteilen, die es im Eisenhandel gibt, zu fertigen. Das senkt einerseits die Kosten, und außerdem kann man es leicht reparieren, sollte einmal etwas kaputt werden. Man muss keine Spezialteile aus Irgendwo bestellen. Das Wichtigste aber ist, dass sie einwandfrei funktioniert. Ich habe Imre Aljas, dem Entwickler und Konstrukteur dieser Anlage, mittlerweile auch ein paar E-Mails mit meinen Erfahrungen und ein paar Verbesserungsvorschlägen geschickt.

Manchmal trifft eine Welle genau im richtigen Moment das Boot und es spritzt eine Wasserfontäne übers Deck. Das kann man unten deutlich vernehmen. Und hie und da hört man etwas am Funk. Manchmal auch in einer sehr fremdartigen Sprache. Ich denke, dass das aus Algerien kommt, oder von Booten vor Algerien oder Tunesien. Ich weiß gar nicht genau, was sie dort für eine Sprache sprechen, aber es klingt ein bisschen wie Arabisch, oder zumindest so, wie ich mir Arabisch vorstelle.

Ich höre auch die Propellerwelle laufen und das Rädchen vom alten Loggegeber. Dessen Lager ist ausgeschlagen, weshalb es immer wieder steckenbleibt. Und wenn es läuft, hört man es regelmäßig klicken. Unter anderem deshalb habe ich einen neuen installiert. Am Klicken kann ich die Bootsgeschwindigkeit abschätzen, ohne dass ich aufs Wasser oder eine Anzeige schauen muss.

Sonst ist es still. Keine Menschen die sich an Bord unterhalten, oder die ich unterhalten muss, oder die mich irgendetwas fragen. Kein lästiges Radio, das im Hintergrund düdelt, kein Vibrieren von Handy-Nachrichten, keine E-Mails, kein Youtube, Instagram oder Facebook, und auch kein Straßen-, Strand- oder Stadtlärm. Es ist nur das Boot, das Meer, das Wetter und ich. Und rundherum ist Himmel.

4. Gegenwind

So war es auch auf unserem Hof. Nicht ganz so abgeschieden, aber es ging in diese Richtung. Das war mein Heimathafen an Land. Der einzige Ort, an dem ich mich je richtig wohlgefühlt habe. Vermutlich jahrelange finanzielle Bedrängnis hat bei mir letztendlich leider zu einem psychischen Blackout geführt, und ich habe meine Familie und unseren Hof dadurch verloren – genauso wie den Boden unter meinen Füßen. Seither hänge ich völlig in der Luft.

Aus demselben Grund ist es mir aber auch irgendwie gelungen, die Idee zu diesem Projekt zu erdenken. Und wie es scheint, ist es mir auch geglückt, es umzusetzen, denn diese Zeilen schreibe ich ja gerade am Boot, mitten am westlichen Mittelmeer, wo rund um mich nur Meer und Himmel sind. Und insgeheim bewundere ich mich gerade ein bisschen selbst dafür, dass ich es tatsächlich geschafft habe. Denn neben einer bleiernen Antriebslosigkeit, die mich begleitet, seit meine Frau und ich getrennt sind und nicht mehr auf unserem Hof wohnen, bin ich auch nicht gerade ein besonderes Organisationstalent. Trotzdem habe ich es irgendwie hinbekommen.

Das Boot ist jetzt mein Heim. Das Meer habe ich stets geliebt, und auf Booten habe ich mich auch immer wohlgefühlt. Auch jetzt gerade. Nur meine Familie, meine Frau und meine Kinder, insbesondere meine kleine Tochter, vermisse ich.

Ich liege im Salon auf der Bank, schreibe gerade diese Zeilen und esse ein paar Stück Schokolade. Draußen ist die Sonne bereits untergegangen, aber es ist noch dämmrig. Das Boot fährt von selbst mithilfe der Windsteueranlage ziemlich genau nach Westen. Es geht gut voran, denn es sind fünf, manchmal sogar sechs Windstärken auf einem sehr tiefen raumen Kurs. Das Boot rollt ordentlich im rauhen Seegang. Da muss ich an Cathy denken und bin froh, dass ihr das jetzt erspart bleibt. Das geht mittlerweile seit über 24 Stunden so. Da wäre sie arm gewesen. Das Boot bewegt sich manchmal so heftig, dass man auf der Haut spürt, wie sich sogar die Luft im Boot hin- und herbewegt.

Die ganze Nacht ist es gut dahingegangen. In der zweiten Nachthälfte hat der Wind dann etwas nachgelassen, und jetzt am Vormittag erst recht. Es sind nur noch zwei bis maximal drei Windstärken. Das Schlagen der Genua ist kaum auszuhalten, und ich mache mir Sorgen, dass irgendetwas kaputt geht.

Ein Spi-Baum würde die Sache deutlich verbessern, aber den habe ich eben nicht. Ständig denke ich über eine Abhilfe nach, aber mir fällt beim besten Willen einfach nichts ein. Ich habe die Genua jetzt dichter genommen, dadurch wird es etwas besser, auch wenn das aus Sicht der Aerodynamik suboptimal ist.

Ich bin kurz davor, das Segel komplett zu bergen. Dann stehe ich aber mitten am Meer ohne Fortschritt, obwohl ein bisschen Wind geht – auch nicht ideal. Also bete ich, dass der Wind doch zumindest ein bisschen zunimmt oder die Richtung ändert. Auf jedem anderen Kurs wäre das nicht dramatisch, aber hier, auf diesem Kurs zwischen Raum und Vorwind, ist es eine Katastrophe. Immer wieder fällt das Segel ein, um sich dann im nächsten Moment wieder zu entfalten und mit voller Wucht in sämtliche Leinen und Beschläge zu donnern, sodass ein Vibrieren durchs ganze Boot geht. Das tut mir richtig weh, und ich habe schon einen nervösen Magen.

„Ich muss irgend etwas ändern", sage ich mir. Also habe ich ein bisschen angeluvt, was die Sache etwas verbessert. Auch, wenn mich das vom Kurs abbringt.

Will man mit einer Fahrtenjacht schnellstmöglich ans Ziel kommen, muss man einen möglichst direkten Kurs fahren. Nur mit echten Rennbooten, wie einer IMOCA oder einer VO65, kann man am raumen Wind kreuzen und wird schneller im Ziel sein, als vorm Wind die kürzeste Strecke zu nehmen. Der Vorwindkurs ist auch auf Fahrtenjachten der langsamste Kurs, allerdings ist der Geschwindigkeitsgewinn, den man am raumen Kurs macht, zu gering, um die größere Distanz gutzumachen.

Aber ich bin ja auf keiner Regatta, also kann ich auch ein bisschen vom Kurs abkommen. Natürlich will ich auch nicht unnötig Tage verschenken, denn indirekt tickt die Uhr. Wenn man in der Arktis segeln will, muss man spätestens im Juli da sein. Sogar bei uns daheim in den Bergen kann es im August schneien, und ich habe auf unserem Hof nicht selten erlebt, dass es bereits im September ordentlich Schnee gegeben hat. Jedenfalls war unsere Heizung spätestens ab September wieder in Betrieb. Da kann man sich vorstellen, wie das in der Arktis, auf 80 Grad Nord sein muss. Natürlich bin ich kleidungstechnisch genau dafür ausgerüstet, dennoch brauche ich nicht unbedingt einen arktischen Sturm, eingeklemmt zwischen dem *Svalbard-Archipel* im Süden und dem Packeis im Norden.

Insgesamt geht es jetzt, seit meinem zweiten Versuch von Sardinien weg-zukommen, sehr gut voran. Meine Einhand-Reise hat nun wirklich begonnen. Ich habe auch einen Tagesrhythmus gefunden, der für mich gut funktioniert.

Tagein und tagaus rundherum nur Wasser, das Meer, der Himmel, das Boot und ich. Am letzten Tag vor meiner Abfahrt aus *Porto Pino* hat mich mein Freund Konrad angerufen. Ein Jugendfreund. Wir haben in erster Linie während der Zeit, in der wir beide noch in der Schule waren und in den Jahren danach sehr viel gemeinsam unternommen. Das waren verschiedene elektrische und elektronische Basteleien und teilweise sogar große Projekte, die wir da umgesetzt haben. Irgendwann haben wir uns dann aus den Augen verloren. Wie das im Leben halt so ist, geht jeder seine Wege. Durch die unvorhergesehene Änderung meiner Lebensumstände vor drei Jahren sind wir zufällig wieder in Kontakt gekommen, und haben unsere Freundschaft erneuert. Ich würde sagen, dass er immer noch der Alte ist, nur dreißig Jahre später. Er bastelt tatsächlich noch immer an elektronischen Schaltungen herum, und, auch wenn ich das selbst nicht mehr mache, habe ich mich sofort auch wieder dafür begeistern können.

»Ist das nicht fad, so ganz alleine tagelang am Boot? Schon, oder?«, fragt er mich am Telefon.

Ich weiß nicht, was ich darauf sagen soll, denn eigentlich wäre meine Antwort sofort »Nein!« Doch das passt so gar nicht ins Bild der meisten Menschen und würde sie vielleicht verwirren, oder sie bekämen den Eindruck, es mit einem Spinner zu tun zu haben. Also antworte ich, um das Ganze etwas abzuschwächen:

»Eigentlich nicht. Ist nicht so schlimm, man gewöhnt sich daran.«

Mir ist ganz und gar nicht fad. Ich muss segeln, essen und schlafen, hie und da etwas reparieren, nebenbei Videos drehen und Fotos machen, diesen und andere Texte schreiben, Videos vorbereiten und schneiden und Social Media-Beiträge posten. Und neben all dem genieße ich oft einfach nur das Naturschauspiel und die Freiheit auf See.

Außerdem brauche ich den ganzen Gesellschaftstrubel sowieso nicht, und daheim habe ich meinen Heimathafen, meine Familie. Auch wenn diese im Moment verloren scheint, klammere ich mich fest an den Gedanken, um nicht vollkommen den Halt, oder die Motivation zur Rückkehr, zu verlieren.

Im Salon habe ich zwei Fotos; eines von meiner Frau Petra und unserer kleinen Tochter Melissa, und eines, auf dem alle meine Kinder drauf sind: Corina, Patrick und Melissa. Von allen Menschen auf der Welt bedeuten mir diese vier am meisten.

In unserem Hof habe ich meine Bestimmung gefunden. Sich um die Tiere, den Gemüsegarten, die Bäume und das Haus zu kümmern. Und das Ganze schön abgelegen von der Zivilisation. Parallel habe ich meine Stunden in der Arbeit abgedient, damit Geld für all das hereinkommt, und um die Alimente für meine großen Kinder zu bezahlen, was mich langsam, aber sicher über die Jahre ausgebrannt hat.

Im Moment hoffe ich, dass ich eines Tages wieder auf einem Bergbauernhof mit ein paar Tieren meine Ruhe finden werde. Wie ich das anstelle, weiß ich noch nicht, denn dafür würde ich um ein Vielfaches mehr Geld benötigen, als ich habe. Und Kredit bekommt man keinen mehr in meinem Alter, habe ich mir sagen lassen. Das macht aber nichts, ich wäre mit einer Bruchbude auch zufrieden. Ich bin ein Handwerker und kenne mich mit einer Menge Gewerke aus. Ich bin also zuversichtlich, dass ich auch etwas Heruntergekommenes zum Leben erwecken kann; zumindest so weit, dass ich darin wohnen kann und zufrieden bin, auch wenn es für den typischen modernen Menschen nicht vorstellbar wäre.

Was ich noch nicht weiß, ist, wie es in Bezug auf das Alleinsein weitergehen soll. Ich war nie alleine, habe immer eine Partnerin gehabt und möchte das auch. Alleine zu sein ist das letzte, das ich will oder jemals wollte. Und außerdem ist es total ineffizient und unökonomisch. Ich verstehe überhaupt nicht, was Menschen an Single-Haushalten finden. Ich habe gerne meine Familie und Kinder rund um mich. Die Einsamkeit hier am Boot macht mir nichts aus, denn die ist temporär. Es ist eine Testfahrt, eine sportliche Herausforderung, eine Expedition. Das dauert ja nicht mein ganzes Leben lang. Ich komme nach den Fahrten wieder zurück. Ich bin Einzelkämpfer, aber nicht Einzelgänger.

4. Gegenwind

Und daher bin ich jetzt am Boot auch zufrieden. Die Frage der Ernährung ist noch nicht ganz klar. Mein Boot ist voll mit Lebensmitteln, aber natürlich sind die irgendwann zu Ende. Ich hoffe, dass das Angeln im Atlantik funktioniert, denn im Mittelmeer war ich noch nie erfolgreich, obwohl ich immer wieder vereinzelt Menschen getroffen habe, die gewusst haben, wie man im Mittelmeer angelt.

Es ist der 25. Mai und ich bin mitten am Meer, ziemlich genau zwischen Spanien im Norden und Algerien im Süden, im Seegebiet *Palos*, da, wo sich das Meer beginnt, langsam zu verengen und ins *Alboran-Meer* übergeht, bis es letztendlich in der Straße von Gibraltar endet. Seit Tagen bin ich auf offener See. Sehr selten bekomme ich andere Schiffe zu Gesicht. Jetzt stehe ich seit ein paar Stunden in der Flaute.

Ich nutze den windstillen und verhältnismäßig warmen Nachmittag für eine Seemannsdusche. Mit der Pütz mehrere Kübel Salzwasser drüberschütten, dann einseifen und mit mehreren Ladungen Wasser wieder abwaschen. Abtrocknen, sauberes Gewand, fertig. Da fühlt man sich auch gleich wieder viel frischer und wohler.

Bei Sonnenuntergang ist das Meer richtig ölig und der Himmel über mir blau. Er ist rundherum am Horizont von unscharf gezeichneten Wolken und Dunst eingefasst. Dort verschwindet auch langsam die Sonne und gibt dem Ganzen zusätzlich rosa und gelbliche Farbtöne. Den Horizont selbst, die Grenze zwischen Himmel und Meer, kann ich nicht erkennen. Es ist ein fließender Übergang. Rund um mich bewegt sich das dunkelblaue Wasser sanft wie Öl. Kein Lufthauch regt sich, und es ist absolut still – absolut. Nur das Boot macht in den sanften Wellen manchmal ein ächzendes oder quietschendes Geräusch. Und ich bin mittendrin, in diesem riesigen Aquarell aus sanften blauen, grauen und rosa Farbtönen, die völlig ineinander zerrinnen.

Es ist eine Stille, wie ich sie sonst von keinem anderen Ort dieser Erde kenne. Wenn man an Land irgendwo ist, wo man denkt, dass es sehr still ist, muss man sich nur ausreichend konzentrieren und bewusst zuhören. Dann wird man auch dort leise Geräusche wahrnehmen.

Doch nicht hier, am Wasser. Hier ist nicht das Geringste. Es fühlt sich ein bisschen an, als wäre ich der einzige Mensch in einem grenzenlosen bläulichen Raum. Vereinzelt kann ich Segelquallen auf der Wasseroberfläche sehen. Das sind kleine, ungefährliche Quallen, die es hier im westlichen Mittelmeer überall gibt. Ihren Namen haben sie davon, dass sie eine Art Rückenflosse haben, die aus dem Wasser ragt. Damit trägt sie der Wind übers Meer. Ich esse einen Salat, den ich mir aus dem noch frischen Gemüse und Obst mache. Grüner Paprika, Äpfel, Paradeiser, Zwiebel, Knoblauch, schwarze Oliven, griechischer Schafkäse, kaltgepresstes Olivenöl, Salz, Pfeffer, Oregano und der Saft einer halben Zitrone. Dazu eine Scheibe trockenes Brot. Beinahe dekadent für den einzigen Menschen, der mit seinem Boot auf einem Wasserplaneten lebt.

Ich sitze an Deck und beobachte das stille Naturschauspiel, während ich mein Mahl aus dem Metalltopf löffle.

„Nur nicht unnötig Geschirr beschmutzen", sage ich immer zu mir, denn Wasser ist kostbar. Die Gabel klirrt hie und da am Topf. Das Geräusch verläuft sich ohne jegliches Echo in der Unendlichkeit. Eine ganz eigene Akustik. Es wäre das perfekte Tonstudio. Die Olivenkerne spucke ich ins Wasser und sehe zu, wie sie langsam untergehen. Wie lange das wohl dauert, bis sie unten angekommen sind? Und ob es da unten etwas gibt, das sich über den Kern wundert? Laut meiner Karte ist es hier ganze 2700 Meter tief.

Und dann plötzlich durchbricht ein fremdartiges Geräusch die Stille. Es stammt eindeutig nicht vom Boot. Irgendwo, in dieser unendlichen Weite, in der Wasser und Himmel übergangslos miteinander verbunden sind, bläst etwas gepresste Atemluft aus. Ob es tatsächlich jemanden gibt, der uns von oben zuschaut und mir jetzt einen Artverwandten vorbeischickt, um nach dem Rechten zu sehen? Einen Moment davor noch ist die Zeit stillgestanden. Aber jetzt kann ich eine Bewegung auf der Wasseroberfläche sehen. In einiger Entfernung, vielleicht fünfzig Meter, durchbricht langsam und lautlos eine Schwanzflosse von unten die Wasseroberfläche – und gleich darauf höre ich das Atemgeräusch. Dann taucht sie wieder unter. Völlig unbeeindruckt zieht der einzelne Delfin in der Nähe meines Bootes vorbei. Er taucht fünf oder sechs Mal in äußerster Gelassenheit auf und verschwindet dann wieder, genauso unauffällig wie er gekommen ist.

Ich beschließe, die Szene, wie ich hier in der Sonne sitze und esse, auf Video festzuhalten. Ich hole mein Stativ herauf und stelle es am Vordeck auf. Dann spanne ich das Smartphone ein und mache ein paar Probeaufnahmen. Da ich keinen Kameramann habe, brauche ich bei solchen Aufnahmen immer ein paar Versuche, bis ich die richtige Einstellung habe. Wenn es passt, setze ich mich hin, schaue in die Ferne und esse meinen Salat. Die eigentliche Aufnahme dauert gerade mal dreißig Sekunden.

Plötzlich tauchen aus dem Nichts ein paar größere Wellen auf. Das Stativ beginnt zu schwanken, fällt und landet mit dem oberen Ende auf der Reling. In der Sekunde springe ich in einem Satz nach vorne und versuche, das Smartphone zu greifen. Mit einem Klick öffnet sich aber die Halterung – und das Telefon fällt samt ND-Filter ins Wasser. Ich kann nur zuschauen, wie es langsam im tiefblauen Wasser versinkt.

»Verdammt! So ein Mist!«, rufe ich. Aber ich kann es nicht ändern. Was soll's. Einen Moment lang habe ich tatsächlich daran gedacht, nachzuspringen, aber meine Reflexe haben sich dagegen entschieden, und ich glaube, dass diese Intuition richtig war. Ich bin ganz alleine mitten am Meer. Und ich habe keine Badeleiter. Ich komme zwar trotzdem wieder hinauf, aber wer weiß, was passiert. Mein Instinkt hat zur Sicherheit dagegen entschieden.

Natürlich bin ich über den überraschenden Verlust meines Handys etwas enttäuscht. Es war immerhin ein Topmodell, das ich mir extra für diese Expedition zugelegt habe, damit ich hochwertige Aufnahmen machen kann. Jetzt ist es weg. Dass ich genau an diesem Morgen noch sämtliche Aufnahmen auf die externe Festplatte gesichert habe, war dann wohl göttliche Eingebung. Dadurch ist wenigstens nur das Gerät verloren. Das ist ersetzbar. Und das Video mit der Seemannsdusche, das ich noch nicht auf Festplatte gespeichert hatte, kann ich ein anderes Mal nachholen. Außerdem habe ich noch zwei weitere Handys mit: das mit meiner SIM-Karte und allen Kontakten, und noch eines in Reserve.

Nach einiger Zeit versinkt genauso lautlos wie Stunden zuvor der Delfin auch die Sonne; zuerst hinter den Wolken und dann im Meer. Und es wird finster. Ich kann nichts machen. Es ist windstill. Ich werfe einen Blick auf meine Navigation, um Schiffe in der näheren Umgebung zu sehen, aber auch hier: Nichts. Niemand da. Also lege ich mich hin. Wie immer in meinen Nachtschichten stelle ich mir den Wecker. In diesem Fall auf eine Stunde. Meistens wache ich aber von selbst davor wieder auf. Ich kontrolliere meine Lage, sprich Position und AIS, und dann lege ich mich für die nächste Stunde hin. So mache ich das bis zum Sonnenaufgang.

Irgendwann in dieser Nacht kommt ein leichter Wind auf. Zuerst nur ein Lüftchen von einer Windstärke. Da lasse ich das Boot einfach im Wind treiben, denn die Segel würden bei dem Wellengang sowieso mehr herumschlagen, als das Boot fahren. Später wird der Wind etwas stärker, zwei Windstärken.

„Na gut", denke ich und rolle die Genua aus. Langsam beginnt sich das Boot zu bewegen. Im Laufe der zweiten Nachthälfte bis in die Morgenstunden wird es dann noch geringfügig mehr, und irgendwann mache ich immerhin um die drei Knoten Fahrt. Am Vormittag wird es mit drei Windstärken richtig gut und ich setze auch das Großsegel komplett, bis ich am Nachmittag, bei guten fünf Windstärken, sogar reffen muss.

Ich liege quer in meiner Bugkabine und schreibe. Außerdem habe ich die Zeit genutzt, um zwischendurch auch ein bisschen zu schlafen. Wenn ich das Gefühl habe, dass ich schlafen muss, mache ich das auch, und zwar so oft wie möglich. Denn man kann nie wissen, was noch alles passiert. Ich versuche an allen 24 Stunden des Tages so fit und ausgeschlafen wie möglich zu sein, damit ich immer voll einsatzbereit bin und mit jeder noch so schwierigen Situation umgehen kann. Das muss ich so machen. Ich bin alleine. Niemand sonst ist da. Nur ich. Wenn ich mit einer Situation nicht klar komme, bedeutet das Gefahr. Gefahr fürs Boot und somit Gefahr für mich.

Am Nachmittag habe ich den Kühlschrank ausgeräumt und gereinigt. Das ist auch zeitweise notwendig. Dabei habe ich leider zu spät zwei offene Packungen Schnittkäse gefunden. Die haben offenbar Cathy und Sam gekauft, und leider sind sie nach hinten gerutscht. Ich werfe höchst ungern Lebensmittel weg, aber in diesem Fall geht es nicht anders. Aber irgend etwas im Meer wird es finden, fressen und satt sein. Davon bin ich überzeugt.

4. Gegenwind

Auf unserem Hof sind sämtliche Küchenabfälle auf dem Misthaufen gelandet. Und dadurch ist es auch wieder irgendwem zugute gekommen: Die Hühner, die Katzen, unser Hund oder die Regenwürmer und das sonstige Getier im Misthaufen – irgendwer war damit zufrieden.

Es ist furchtbar, wie viele Lebensmittel insbesondere in der Stadt weggeworfen werden. Ich habe das selbst erlebt. Teilweise sind die Menschen schrecklich ängstlich und werfen etwas weg, weil das Haltbarkeitsdatum überschritten ist, ohne sich anzusehen, ob es nicht trotzdem noch gut ist.

Natürlich kann es vorkommen, dass etwas kaputt wird; Brot wird schimmelig, oder ein Paradeiser faulig. Das kann schon passieren. Aber was tun in der Stadt, wo es keinen Misthaufen gibt? In Österreich gibt es diese Biotonnen, die für Küchenabfälle und dergleichen gedacht sind. Aber das funktioniert meiner Erfahrung nach nur bedingt. Da werfen die Menschen den Biomüll entweder inklusive Plastiksack oder noch in der Verpackung hinein. Das Leben in einer Stadt ist für mich aber sowieso nichts. Das ist eine andere Welt.

Umso mehr genieße ich es, hier, mitten am Meer, quer in meiner mittlerweile sehr bewegten Bugkabine zu liegen und zu schreiben. Nach oben kann ich durch die Luke die Segel und den Himmel sehen. Daran kann ich erkennen, ob alles in Ordnung ist. Solange sich der Winkel des Sonnenlichts, das durch die Luke fällt, nicht maßgeblich ändert, stimmt auch der Kurs. Zwischenzeitlich war ich einmal draußen, um alles zu kontrollieren. Dabei habe ich die Genua etwas gerefft, da der Wind bereits an der Windstärke sechs kratzt.

Es ist ein Hochgefühl. Das Boot läuft mit sechs Knoten in die richtige Richtung. Es rollt im mittlerweile deutlich gewordenen Seegang am raumen Kurs. Draußen ist es richtig windig und die Windsteueranlage arbeitet hervorragend. Rundherum ist es weit und breit nichts, außer das Meer mit seinen Wellen, die unter der Sonne gleißend hell das Licht reflektieren. Und unten ist es angenehm warm und windgeschützt. Das Boot passt auf mich auf und führt mich sicher übers Meer, meinem Ziel entgegen.

Am Nachmittag habe ich eine seltene Begegnung. Ein Katamaran, der in ähnlicher Richtung unterwegs ist, kreuzt meinen Weg – ohne aktives AIS. Ich habe ihn durch Zufall mit freiem Auge entdeckt. Das sind Begegnungen, die ich in der Nacht etwas fürchte, und zugleich sind sie auch einer der Gründe, warum ich soweit draußen, entfernt von der Küste, fahre. In der Nacht kann ich solche Boote nur entweder im Freien an ihrer Beleuchtung oder am Radar erkennen, sofern sie im Umkreis von ein paar Meilen sind. Ich hoffe, dass diese Jachten ohne AIS zumindest mich sehen. Ich finde es recht fahrlässig und unverantwortlich, so weit draußen ohne AIS unterwegs zu sein. Ich denke, dass dies die größte Gefahr darstellt. Eine direkte Begegnung mit Kollision ist aufgrund ihrer geringen Größe zwar eher unwahrscheinlich, aber nicht ausgeschlossen.

Irgendwann verschwindet der Katamaran wieder am Horizont. Ich weiß nicht, wo er hergekommen ist und wo er hinfährt. Ist es eine Herrencrew, die den Katamaran von Sizilien nach Spanien führt? Oder ist es ein Überstellungsskipper mit irgendeiner Crew, der genau dasselbe tut? Oder ist es eines der wohlbetuchten, modernen Paare, die unterwegs sind, um ihr Glück bei einer Atlantiküberquerung zu finden? Wer weiß. Vielleicht treffe ich sie ja zufällig bei Malaga in einer Marina wieder.

Ich habe auch in *Cagliari* zufällig eine Herrencrew auf Überstellungsfahrt getroffen. Die haben mich angesprochen, weil sie mich wegen meines T-Shirts erkannt haben. Immer wieder habe ich im Mittelmeer zufällig irgendwo Menschen getroffen, die entweder mich oder ich sie gekannt habe. Die österreichische Seglerwelt ist nicht allzu groß.

Der Wind nimmt weiter auf gute sechs Windstärken zu, teilweise sogar sieben. Ich rolle die Genua komplett ein und klettere aufs Vordeck, um stattdessen das Stagsegel zu setzen. Der Himmel ist zugezogen, alles Grau in Grau, strukturierte Wolken, und es wird ungemütlich – vereinzelt fallen ein paar Regentropfen.

Es ist Abend und die Sonne ist noch nicht untergegangen – glaube ich zumindest, denn aufgrund der Wolkendecke kann ich es nicht sehen. Ich steuere auf eine dicke Wolkenwand zu und der Himmel, oder die Wolken, oder eigentlich die gesamte Szene bekommt eine unnatürlich rotgelbe Farbe. Es ist nicht das Orangerot der untergehenden Abendsonne, sondern mehr so wie die rote Erde in Kroatien oder Griechenland, oder wie das Licht eines riesigen Waldbrandes, das den raucherfüllten Himmel rotgelb färbt.

Rundherum ist Meer. Der Horizont verschwimmt zwischen Himmel und Wasser – und dazu dieses seltsame Licht. Ich fühle mich gerade wie in einem Science Fiction-Film am Mars, wo man in einer in rötliches Licht getauchten totalen Einstellung die Akteure klein im unteren Drittel des Bildes stehen sieht, erstarrt vom übermächtigen Anblick des herannahenden Sandsturms.

Und ich stehe im Cockpit und schaue um mich.

„Was ist das?", frage ich mich. Das ist nicht das Licht der untergehenden Sonne. Ich bilde mir ein, dass sich der Geruch geändert hat.

„Riecht es hier nach Feuer? Das kann nicht sein."

Ich weiß, dass im Umkreis von bestimmt 150 Seemeilen weit und breit nichts ist außer Meer, und schließe die Möglichkeit eines großen Brandes aus. Vielleicht hat mir mein Gehirn auch einen Streich gespielt und aus dieser gewaltigen Sinneswahrnehmung einen dazupassenden Geruch komponiert. Und dann rieselt irgend etwas vom Himmel.

„Asche?"

Es ist trocken, aber keine Asche. Ich kann im immer noch roten, aber zunehmend dämmrigen Licht nichts Konkretes erkennen. Asche regnet doch in so kleinen Flankerln, da ist aber nichts. Und plötzlich hört es wieder auf. Es wird deutlich kühler und riecht nach Regen. Einen Augenblick später spüre ich ganz eindeutig die ersten Tropfen und der Wind nimmt merklich zu.

Mein Geist verlässt diese surreale Welt und kommt schnell wieder im Diesseits an – Kälte, Regen, Wind. Ich habe hier draußen alles erledigt. Die Segel passen, die Windfahne steuert das Boot in die richtige Richtung, also rein in die Kajüte. Ich mache von innen die Türen und das Schiebeluk zu, und während ich noch meine Jacke und die Stiefel ausziehe, beginnt es richtig stark zu regnen. Im letzten Dämmerlicht schaue ich aus den von Salzwasser und Sand verschmierten Fenstern auf das Meer hinaus. Das Rotgelb ist verschwunden.

Wie immer beginne ich bei Einbruch der Dunkelheit, mich sehr strikt sofort hinzulegen, und stelle den Wecker auf eine Stunde. Dann mache ich ein paar Kontrollblicke, ob ich draußen andere Schiffe sehe, prüfe den Kurs, die Position und die Wettermessdaten, um mich dann gleich wieder hinzulegen. So mache ich das die ganze Nacht hindurch.

Irgendwann vor Mitternacht wache ich auf. Ich bilde mir ein, im Augenwinkel einen Lichtschein wahrgenommen zu haben, und stehe auf, um aus den Fenstern nach draußen zu schauen.

Nichts. Es ist stockfinster.... Doch! Da war es wieder – und da auch! Gewitter! Eines an Backbord voraus und eines Steuerbord querab. Blitze kann ich keine sehen, aber immer wieder, wie der schwarze Himmel voraus weiß zuckt. Ich versuche angestrengt einen Donner zu hören, aber: nichts. Anscheinend ist es zu weit weg, außerdem ist es drinnen recht laut, vom Rauschen des Wassers, und auch der Wind heult bei dieser Windstärke in der Takelage.

Mein rationales Gehirn beginnt zu arbeiten und sich Gedanken zu machen. Das Wetter zieht nach Osten und ich gleichzeitig nach Westen, also müsste mir zumindest das Gewitter voraus irgendwann begegnen. Es beginnt wieder zu regnen, und das Blitzen wird im Laufe der Zeit heftiger. Draußen weht der Wind noch immer mit sieben Windstärken, und mein Boot schießt durch die schwarze, kalte, nasse Nacht. Hier drin ist es zum Glück schön trocken, und ich habe genug an, damit mir angenehm warm ist. Gebannt schaue ich weiterhin aus dem Fenster.

Nach einiger Zeit lege ich mich wieder hin. Alles ist unter Kontrolle. Es passiert im Moment eh nichts. Und das Gewitter kommt von alleine, egal, ob ich aus dem Fenster schaue oder nicht. Also lieber die Zeit nutzen, um zu rasten.

Irgendwann ist es vorbei. Anscheinend ist es neben mir vorbeigezogen, oder die Zelle hat sich aufgelöst. Ich bin erleichtert. Ich habe zwar nicht panische Angst vor Gewittern, aber ganz wohl ist mir dabei auch nicht. Man weiß ja nie, was passiert – und ein Einschlag kann verheerende Folgen haben.

Die Wahrscheinlichkeit, dass der Blitz einschlägt, ist jedoch niedriger, als man glaubt. Und gerade der raume Kurs soll auch günstiger sein. Ich habe einmal einen wissenschaftlichen Artikel gelesen: Demnach bildet sich um das Boot eine statische Ladung, die gleichgepolt ist wie der Blitz, was die

Wahrscheinlichkeit des Einschlags verringert. Die Ladung ist aber nicht fix an das Boot gebunden, sondern hängt im Rigg und in der Luft um das Boot, die bei hohen Windgeschwindigkeiten weggeblasen wird. Fährt man raum oder vorm Wind, ist der scheinbare Wind schwächer und die Ladungswolke bleibt eher haften.

Irgendwann beginnt die Morgendämmerung. Das ist immer ein schöner Moment, denn endlich sieht man wieder etwas. Insbesondere in wolkenverhangenen, stürmischen Nächten, die pechschwarz sind und in denen man keinen Meter weit sieht, heiße ich das Tageslicht freudig willkommen. Ich schaue mich am Horizont um und werfe einen Blick ins Rigg und die Segel. Alles schaut gut aus, und die Windsteueranlage hält das Boot eisern auf Kurs in die richtige Richtung.

Nach Sonnenaufgang, als es wieder richtig hell ist, fällt mir auf, dass das Boot komplett schmutzig ist. Ganz rötlich gelb vom feinen Sand, der in der Luft war. Und die eigentlich weißen Segel schauen genauso aus: So gelb, als wären sie uralt und das Material schon vergilbt. Dabei sind beide Segel neu und in einem Topzustand. Da erinnere ich mich daran, wie Felix, der Schweizer in *Cagliari*, zu mir gesagt hat, dass er sein Großsegel zu einem Segelmacher zum Waschen und für eine kleine Reparatur gebracht hat.

Der Tag verläuft ereignislos, die nächste Nacht bricht an. Bis zum *Cabo de Gata*, dem südöstlichen Kap von Spanien, komme ich gut voran. Der hier immer dichter werdende Verkehr macht die Nacht anstrengend, weil ich meine Schlafphasen auf dreißig Minuten verkürzen muss. Ich quere vorm Verkehrstrennungsgebiet unter Maschine, weil kein Wind ist.

„Irgendwie riecht es hier alkoholisch", denke ich mir. Hie und da kommt eine leichte Brise an meiner Nase vorbei. Ich kann es aber nicht richtig orten. Ich mache die Bodenklappen zum Motor auf und bilde mir ein, dass es von da kommt. Nur was soll beim Motor schon nach Vergorenem riechen? Das Kühlwasser vielleicht? Ich kann die Quelle des zarten Geruchs nicht eindeutig feststellen. Also lege ich die Sache gedanklich auf den Stapel.

Irgendwann taucht in der Finsternis der Nacht in der Entfernung vor mir etwas bunt Blinkendes auf. Ich kann nicht ausnehmen, was es ist, oder wie weit es weg ist. Ich sehe auch nichts am Radar, und in der Seekarte ist auch nichts eingezeichnet. Es muss deutlich näher zur mir als die Küste sein, denn das einzige, was ich von der Küste sehen kann, ist das Leuchtfeuer am Kap, und das ist nur schwach wahrzunehmen.

Ich beobachte das bunte Ding weiterhin und frage mich, ob es vielleicht ein Schiff der Küstenwache mit Blaulicht ist, so nervös wie das blinkt. Da es deutlicher wird, kommt es näher. Oder ich komme näher. Irgendwann habe ich das Gefühl, dass es zum Greifen nahe ist. Genau vor mir. Es ist ansonsten stockfinster. Da ist nur dieses in den Farben Grün, Blau und Weiß heftig blinkende Ding, wie ein übermäßig beleuchteter Vorgarten-Christbaum in der Weihnachtszeit.

Ich ändere meinen Kurs um einige Grad nach Backbord, um keinesfalls zu kollidieren. Noch immer kann ich nichts am Radar sehen, was soviel bedeutet, wie, dass es recht klein sein muss und nicht mit einem Radarreflektor ausgestattet ist. Irgendwann zieht es lautlos in sicherer Entfernung an Steuerbord vorbei. Außer den Lichtern kann ich in der Finsternis nichts erkennen. Und so verschwindet es langsam wieder in der Dunkelheit hinter mir.

Irgendwann habe ich die große Fläche zwischen den scheinbar unzähligen Frachtschiffen, die hier nach Westen oder nach Osten fahren, hinter mir gelassen. Gerade im Morgengrauen, immer noch unter Maschine, bin ich nördlich neben dem Verkehrstrennungsgebiet. Ich kontrolliere draußen wieder einmal alles und stelle fest, dass Wind aufgekommen ist, wenn auch nicht sehr stark. Aber das macht nichts, ich habe mein nächstes Ziel, Malaga, bald erreicht. Es sind nur noch 140 Seemeilen, den Großteil der Strecke habe ich also schon hinter mir. Im Südwestwind mit zwei Beaufort setze ich die Segel, drehe die Maschine ab, und genieße, wie das Boot geschmeidig in der Stille durchs Wasser gleitet. Ich stelle die italienische Kaffeekanne hin, um mir einen heißen Frühstückskaffee zu machen. Die Ruhe ist sehr angenehm, und wieder begrüße ich die Morgendämmerung.

Dass die Maschine gelaufen ist, hat wegen den Batterien sowieso nicht geschadet. Die waren schon relativ leer, was mich gleichzeitig auch nachdenklich stimmt, da ich das so nicht erwartet habe. Ist es jetzt tatsächlich soweit, dass sie, nach sechs oder sieben Jahren, langsam doch den Dienst quittieren?

Die durchschnittliche Lebenszeit von Blei-Säure-Akkus wäre damit erreicht. Ich habe in der vergangenen Zeit den Eindruck gehabt, dass sie noch halbwegs in Ordnung sind, aber da habe ich mich anscheinend getäuscht.

Ich spiele mit dem Gedanken, in Malaga neue zu kaufen, obwohl mir das sehr zuwider ist. Denn mein Plan war, die elektrische Versorgung auf Lithium-Akkus umzubauen. Das ist einfach die moderne, deutlich verbesserte Technologie. Da das in der Form, die ich mir vorstelle, allerdings mit einigen Investition verbunden ist, habe ich diesen Umbau auf danach verschoben und gedacht, dass die alten Blei-Säure-Akkus diese Saison noch halten. Na gut, manche Entscheidungen treffen sich von selbst. Ich werde das in jedem Fall mit meinem Freund Gerolf, der dann in Malaga für die nächste Etappe zusteigt, besprechen.

Noch 140 Seemeilen, das sollte inklusive Sicherheitsreserve leicht in 36 Stunden zu schaffen sein. Ich schicke Corina über den Satellitentracker eine Nachricht, dass sie mir bitte für morgen Nachmittag, also den 29. Mai, in einer Marina in *Malaga* einen Liegeplatz reserviert. Nach all den Erkenntnissen dieser ersten Etappe freue ich mich jetzt schon richtig darauf, wieder anzulegen. Und ich freue mich darauf, morgen Nachmittag oder Abend ein kaltes Bier zu trinken.

Alles, was wir, also meine beiden temporären Mitstreiter Cathy und Sam und ich, seit dem 3. Mai geleistet haben, lässt sich schon herzeigen. Also darf man es auch begießen. Ich werde mir ein paar kühle Dosen im Supermarkt kaufen und einfach im Cockpit sitzen und dem Treiben in der Marina zuschauen. Dabei werde ich nicht auf die Uhr sehen müssen, um zu essen oder zu schlafen oder wieder aufzuwachen, ich muss nicht ständig den Horizont auf andere Schiffe absuchen, muss nicht ins Navigationssystem und Radar schauen – sehr angenehm. Einfach da sitzen, den anderen Menschen zusehen und nichts tun. Und wieder einmal eine richtige Dusche und rasieren und eine ganze Nacht einfach so schlafen. Schlafen, ohne immer wieder nach einem kurzen Nickerchen mit einer kleinen Adrenalindosis, die das Gehirn irgendwann automatisch im Unterbewusstsein ins Blut einspritzt noch bevor der Wecker läutet, aufzufahren, um rasch nach draußen und aufs AIS zu schauen. Morgen Abend ist es soweit.

Und so segle ich an diesem sonnigen Tag dahin, voll guter Stimmung und Vorfreude. Am Wolkenbild vor mir lässt sich eindeutig erkennen, dass dort vorne Land sein muss. Und natürlich weiß ich aus der Karte, dass dort Land ist. Dort liegt Spanien. Das einzige, was ich davon bisher sehen konnte, war in der Nacht das Leuchtfeuer am Kap. Es dauert nicht mehr lange bis, entfernt am Horizont, im Dunst ein Hügel auftaucht.

„Land in Sicht!"

Es ist der 28. Mai und es ist das erste Land, das ich, sechs Tage nachdem ich Sardinien verlassen habe, wieder sehe. Irgendwie ein schönes Gefühl, obwohl ich gerade mal quer durchs westliche Mittelmeer gefahren bin und nicht nach Westen über den großen Teich, um Indien zu entdecken. Mein Handy findet beim Näherkommen nach einiger Zeit auch einen Sender und so kommen nach und nach zahlreiche Nachrichten und Benachrichtigungen an. Es hört gar nicht mehr auf zu bimmeln.

Irgendwie lustig, wie sich die Welt verändert hat. In meiner Kindheit und Jugend sowieso, aber auch noch in meinen jungen Erwachsenenjahren, wie ich so um die zwanzig war, hat es noch keine Handys gegeben. Da sind gerade die Autotelefone aufgekommen, die waren aber nur für äußerst privilegierte, finanzkräftige Menschen da.

Wenn wir damals zwei oder drei Wochen auf Urlaub nach Griechenland gefahren sind, dann waren wir zwei bis drei Wochen unerreichbar. In dieser Zeit hat niemand gewusst, was los ist und was wir tun und lassen. Im Sinne der Relativitätstheorie waren wir also im *Elsewhere*. Und gut war es. Es hat sich auch niemand sonderlich Sorgen oder Gedanken darüber gemacht, denn das war völlig normal. Heute hat wirklich jeder ein Handy und ist damit auch ständig erreichbar. Und wenn man einmal einen Tag nicht erreichbar ist, beginnt sich die halbe Welt ernste Sorgen zu machen.

„Oh mein Gott!"

Das ist jetzt natürlich keine neue Erkenntnis und wurde bestimmt schon von vielen Menschen beschrieben, diskutiert und belächelt. Aber mich amüsiert oder vielmehr: verwundert das jetzt eben auch wieder, da ich sechs Tage lang komplett offline war – und mein Handy jetzt gar nicht mehr aufhört zu vibrieren.

4. Gegenwind

Daran kann man auch erkennen, was für eine unglaubliche Nachrichten-flut ständig auf uns eintrommelt, denn die Benachrichtigungen sind ja auch von News- und Social Media-Kanälen, und nicht nur persönliche Nachrichten von Familie und Freunden. Ich bin sehr hin- und hergerissen, zwischen dem einen und dem anderen Extrem. Ich bin ein moderner Mensch und absolut mit den modernen Kommunikationsmitteln gegangen, die ich prinzipiell großartig finde. Ich versuche, sie aktiv zu meinem Vorteil zu nutzen.

Insgesamt sind die Menschen der Welt dadurch ein Stück näher zusammengerückt, was nicht ausschließt, dass es nicht trotzdem genauso verrückte und gefährliche Spitzenpolitiker gibt, egal ob in Russland, in den USA, in China, Nordkorea oder Österreich. Durch die modernen Kommunikationsmittel kommen die Informationen, die mich interessieren, zu mir. Natürlich viel mehr als das, weshalb man lernen muss, das Richtige auszufiltern.

Trotzdem komme ich in der „alten Welt" auch sehr gut zurecht. Unbedingt brauchen tu ich diesen ständigen Trubel nicht. Ich komme sehr gut alleine mit meiner Familie und ein paar Nachbarn auf einem Bergbauernhof zurecht, das genügt mir vollkommen. Und zu wissen, was rundherum so passiert, ist zwar interessant, aber lebensnotwendig ist es nicht. Außerdem habe ich auch keinen Einfluss darauf, was Putin, Kim oder irgendein österreichischer Schmalspur-Politiker tut.

Der Wind hat mittlerweile auf West gedreht und auf gut fünf Windstärken zugenommen. Ich habe die Segel gerefft und ich bin in Fahrt. Ein sonniger Segeltag. Das Boot läuft mit über sechs Knoten halbwegs hart am Wind. Ich muss kreuzen, da der Wind jetzt genau aus der Richtung kommt, in die ich möchte. Es ist der berühmte *Poniente*, der Gegenspieler des *Levante*. Die beiden Winde treten besonders hier auf, in den Seegebieten *Alboran*, wo ich jetzt bin, und dem östlich davon gelegenem *Palos*. Sie sind für Segler, die weitere Strecken zurücklegen möchten, nur dann günstig, wenn sie mit, aber nicht gegen einen sind. So ähnlich ist es auch mit den Winden der Adria: dem *Jugo*, der *Bora* und dem *Maestrale*. Wenn man von Süden nach Norden will, braucht man den *Jugo*, wenn man hinaus aus der Adria, von Norden nach Süden will, braucht man den *Maestrale*, oder besser noch die *Bora*. Gegenan zu kreuzen macht auf lange Distanz keinen Sinn, zumindest nicht mit einer normalen Fahrtenjacht, und schon gar nicht mit einem Langkieler.

Es bleibt mir aber nichts anderes übrig, ich möchte nach Westen, also muss ich kreuzen. Und es macht nicht viel Unterschied, ob ich jetzt tagelang langweilig in einer Bucht herumsitze und darauf warte, dass sich der Wind dreht, oder ob ich aufkreuze. Ich fahre sehr lange Schläge, damit ich möglichst wenig wenden muss. Zuerst nach Südwesten, bis ich die Frachtschiffe in ihrer Hauptverkehrsroute von und nach Gibraltar sehen kann. Das sind grob 20 Seemeilen vor der Küste von Südspanien.

Dann kann ich auch wieder den ständigen Funkverkehr der Frachtschiffe hören. Das mag ich. Das ist auch ein Gefühl von offshore, denn das hört man in Küstennähe kaum. Die funken sich ständig gegenseitig an. Im Wesentlichen geht es darum, wer den anderen auf welcher Seite überholt, oder wie sich zwei Entgegenkommende begegnen. Das ist entweder „port-to-port" oder auch „red-to-red" oder eben „starboard-to-starboard", was auch „green-to-green" heißt. Da solche Kolosse nicht so einfach zu bewegen sind wie kleine Motorboote, wollen diese Manöver also rechtzeitig gegenseitig abgesprochen werden. Und auf dieser Route hier fahren unglaublich viele Frachtschiffe. Ich glaube, dass Gibraltar sogar zu den meist befahrenen Engstellen der Welt zählt. Dabei bin ich hier noch vor Gibraltar, da sind noch gar nicht die Schiffe dabei, die weiter südlich fahren; jene, die ins östliche Mittelmeer, ins schwarze Meer oder durch den Suez-Kanal wollen. Die mischen sich dann bei Gibraltar auch noch dazu.

Schifffahrt hat etwas mit Freiheit und Eigenverantwortung zu tun. Ich glaube, dass ich unterbewusst auch deshalb das Ganze so liebe. Und ich denke, dass ich sehr gerne Kapitän von so einem Frachtschiff wäre, oder zumindest gerne drauf arbeiten würde. Natürlich muss die Fracht zu einem bestimmten Termin von A nach B geführt werden. Aber was dazwischen passiert, liegt in den Händen des Kapitäns. Wie genau er fährt, wie er das Wetter berücksichtigt, wie das Schiff instandgehalten und gewartet wird, wie er mit der Crew umgeht und so weiter. Es gibt keine Straßen, nur Frachtrouten. Diese Routen sind aber nicht irgendwo im Detail vorgegeben, sondern ergeben sich natürlich aus der kürzesten Distanz für verschiedene Destinationen. Ob man dann aber ein bisschen weiter westlich oder östlich fährt, bleibt einem selbst überlassen. Man muss die anderen Schiffe im Auge behalten und sich gegebenenfalls mit ihnen über Funk abstimmen.

Diese Gespräche laufen immer sehr professionell ab, kurz, prägnant und höflich. Ein paar rücksichtslose Wüstlinge gibt es auch im Schiffsverkehr. Das habe ich auch schon belauscht. Sogar, als einmal ein Frachter einen anderen vor einem dritten gewarnt hat.

`»MOTOR VESSEL FOOBAR IS DANGEROUS IN NAVIGATION!«`

Naja. Um Kapitän zu werden, bin ich zu alt. Und in Österreich geht das sowieso nicht, da müsste ich irgendwo anders hin. Aber einmal auf einem Frachtschiff zu arbeiten schaffe ich vielleicht noch in diesem Leben.

Bevor ich in die Frachtroute, die ich anhand der AIS-Schiffe in meinem Navigationssystem gut sehen kann, hineinfahre, wende beziehungsweise halse ich. Das heißt, eigentlich muss ich wenden. Alleine kann ich mit meinem Boot mit Windsteueranlage aber nur dann wenden, wenn die Genua ausreichend stark gerefft ist. Andernfalls bekomme ich sie beim Kutterstag vorne nicht vorbei, und dafür müsste ich die Genua zuerst wegrollen. Das Wegrollen nimmt aber einiges an Zeit in Anspruch, wodurch das Boot insbesondere bei Wellengang so viel Fahrt verliert, sodass ich den Bug dann nicht mehr durch den Wind bekomme – das heißt also, dass ich in der Wende absterbe, wie es so schön heißt.

Langkieler sind bekanntlich ja nicht sonderlich drehfreudig, und durch das Ruder der Windsteueranlage wird diese stabilisierende Kiellänge noch verlängert, wodurch es noch drehunfreudiger wird. Deshalb halse ich. Da brauche ich zum einen das Segel nicht wegzurollen, außerdem taucht mir der Wind die Genua von selbst nach vorne am Kutterstag vorbei. Da man, im Gegensatz zur Wende, in der Halse nicht steckenbleiben kann, kann ich mir für das Manöver alle Zeit der Welt lassen. Es sind ja doch einige Handgriffe, die ich alleine einzeln ausführen muss.

Nach der Halse geht es dann in Richtung Nordwesten, zur spanischen Küste. Ich nähere mich maximal auf bis zu fünf Meilen. Nur nicht zu nahe an die Küste, da lauern viel zu viele kleine Gefahren. Auf diesem Streifen dazwischen, auf dem ich mich bewege, ist vor allem in der Nacht recht wenig los. Das ist wichtig, denn das gibt mir die Gelegenheit für ein paar Schlafetappen.

Am Abend dieses Tages wird mir klar, dass sich das mit den geschätzten 36 Stunden nicht ausgehen wird. In mir macht sich eine Enttäuschung breit. Vielleicht wird es ja morgen besser, und ich schaffe mehr Meilen als heute. Also informiere ich meine Tochter Corina, das heißt also: mein Shore-Team, dass sie doch bitte in der Marina Bescheid geben soll, dass ich wahrscheinlich einen Tag später komme.

So halse ich alle paar Stunden einmal zwischen der Küste und den Frachtschiffen auf langen Schlägen hin und her. Stunde um Stunde vergeht, und ich habe einen VMG von höchstens einem Knoten, das heißt dass ich meinem Ziel pro Stunde eine Seemeile näher komme. Das ist sehr wenig. Da bin ich bisher von Sardinien, quer über das halbe westliche Mittelmeer, so gut weitergekommen – und jetzt, 100 Meilen vor dem Ziel, wenden sich die Umstände scheinbar gegen mich.

Irgendwann auf Höhe *Motril* fällt mir auf, dass das Boot auf Steuerbord anders läuft als auf Backbord. Boote sind nie ganz symmetrisch, aber so ein großer Unterschied ist seltsam. Beim ersten Schlag nach Süden, der schlecht gelaufen ist, habe ich mir noch nichts dabei gedacht. Ich habe vermutet, dass ich einfach unachtsam beim Segeltrimm oder bei der Einstellung der Windsteueranlage gewesen wäre. Der nächste Schlag nach Nordwesten läuft dann wieder recht gut. Nach der nächsten Halse nach Süden taucht aber wieder genau das gleiche Problem auf. Ich bemühe mich, alles gut einzustellen, aber es will nicht so richtig werden. Und da dämmert es schön langsam. Auch in Kombination mit den Anzeigen, also der Geschwindigkeit über Grund verglichen mit der Geschwindigkeit durchs Wasser. Die Differenz ist zu groß. Obwohl mein Speedometer nicht genau stimmt, da ich vergessen hatte, es nach einem Factory-Reset wieder neu zu justieren, war die Differenz doch viel größer, als meine Beobachtung auf den letzten 1000 Seemeilen. Es muss hier eine Strömung sein, die nach Osten setzt. Also genau wie der Wind gegen meine Richtung. Ich kreuze somit gegen Wind und Strömung, mit einem Boot, das nicht besonders gut beim Kreuzen ist. Und eine Änderung der Windrichtung ist für die nächsten Tage auch nicht zu erwarten.

4. Gegenwind

Ich beginne mir auszurechnen, ob ich es überhaupt schaffen kann, am nächsten Tag in dieser Marina zu sein. Meine Rechnung ist noch positiv, sofern ich ab einem gewissen Zeitpunkt mit der Maschine fahre, was ich immer grundsätzlich vermeiden möchte. Denn es kostet unnötig Geld und nutzt die Maschine ab. Und außerdem bräuchte ich irgendwann einmal einen Bootsmechaniker, der sich das alles rundherum ansieht, inklusive Wellenlager. Letzteres habe ich nämlich im Verdacht, ebenfalls kaputt zu werden. Aber wo soll ich jetzt auf meiner Reise einen Mechaniker hernehmen? Keine Ahnung, wie ich das organisieren soll.

Irgendwann bemerke ich, dass in meiner Nasszelle beim WC Wasser am Boden steht. Eine bräunliche Flüssigkeit. Der erste, naheliegende Gedanke ist recht ekelhaft. Trotzdem seltsam, denn ich bin der Einzige an Bord und kann eine Fehlbedienung daher ausschließen. Ich spüle außerdem immer reichlich, damit aus dem langen Abflussschlauch sicher nichts zurückrinnen kann. Ich stecke meine Finger in die Flüssigkeit und rieche daran – sie riecht nach gar nichts, komplett neutral.

„Sehr komisch. Was kann das sein?", frage ich mich. Ob die WC-Pumpe beschädigt ist? Ich wische alles peinlich genau sauber und trocken, um beobachten zu können, woher das kommt. Vermutlich ist eine der Dichtungen von Pumpe oder Klomuschel kaputt gegangen. Beim Aufwischen fällt mir jedenfalls auf, dass die braune Farbe vom Holz des Sockels kommt, auf dem das WC montiert ist.

Ein paar Stunden später kontrolliere ich das Ganze. Wieder braunes Wasser, aber alle Verbindungsstellen der Pumpe sind staubtrocken.

„Ist vielleicht die Muschel oder die Pumpe unten, wo man es nicht sehen kann, gebrochen und undicht?", frage ich mich, obwohl mir das sehr unwahrscheinlich erscheint. Das würde nicht plötzlich von alleine passieren, sondern nur durch große Krafteinwirkung.

Ich beobachte es weiterhin. Wenige Stunden später steht da wieder etwas Wasser – und das, obwohl sämtliche Teile des WCs nach wie vor völlig trocken sind. Die Ursache muss irgendwo anders liegen. Also beginne ich zu suchen. Nur wo? Die Nasszelle ist unten ein für sich geschlossener Plastikteil, das Leck muss somit weiter oben sein. Mein Blick wandert langsam weiter hinauf. Und da fallen mir an der Rückwand Spuren von spärlich herunterlaufendem Wasser auf. Nicht gut zu sehen, da der Hintergrund weiß und die Nasszelle kein hell erleuchteter Raum ist. Die Ränder sind kristallisiert, eindeutig Salz. Darüber beginnt dann im oberen Drittel eine Verkleidungsplatte – und von da dahinter kommt es. Sofort fällt mir das kleine Fenster seitlich im Rumpf ins Auge, welches Licht in den engen Raum herein lässt. Und dabei geht mir ein Licht auf: Jetzt kann ich eindeutig sehen, dass die hölzerne Verkleidung rund um das Bullauge feucht ist. Ich taste mit den Fingern den Rand entlang; da ist es eindeutig nass. Auf der Stelle frage ich mich, was mit den anderen Fenstern los ist und kontrolliere sie alle.

„Oh nein! Verdammt! Alles nass!"

Erschrocken muss ich feststellen, dass alle acht Fenster, vier an Steuerbord und vier an Backbord, undicht sind, wobei die Steuerbordseite, an der auch das WC ist, anscheinend stärker betroffen ist. Aufgrund der Konstruktion der geschlossenen Nasszelle im WC ist das aber die einzige Stelle, wo die Sache am ehesten auffällt, denn bei allen anderen rinnt das Salzwasser hinter der Verkleidung hinunter, bis es letztendlich irgendwann in der Bilge ankommt. Oder es saugt sich schön langsam in mein Gewand, das in der Bugkabine links und rechts jeweils teilweise bei den Fenstern liegt, oder durchtränkt nach und nach die schöne neue Matratze in der Stockbettkabine, die ich erst vor einem Jahr um viel Geld angeschafft habe.

Ich lege das alles frei, damit meine Sachen nicht noch mehr nass werden. Sonst kann ich im Moment nichts tun. Die Sache ist nicht gefährlich, da nur geringfügig Wasser eintritt und das auch nur, wenn die Fenster in der Krängung oder von den Wellen zeitweise untergetaucht werden. Aber dennoch muss ich mir in Spanien dann etwas überlegen.

Währenddessen segelt das Boot Stunde um Stunde dahin, und irgendwann rechne ich mir den Zeitpunkt aus, wann ich die Maschine anwerfen muss, damit ich am Nachmittag des 30. Mai in der Marina bin. So kreuze ich noch die ganze Nacht durch, in der Hoffnung, dem Ziel doch noch ein paar Meilen näher zu kommen. Aber es ist beinahe sinnlos, denn je näher ich komme, umso stärker scheint die Strömung zu werden, was soviel heißt wie, dass ich auf dreißig gesegelte Meilen dem Ziel gerade mal fünf oder sechs Seemeilen näher komme.

4. Gegenwind

Es ist fünf Uhr morgens, der Wind ist recht schwach und die Morgendämmerung hat begonnen.

„Eine Halse noch, dann starte ich die Maschine. ", sage ich zu mir selbst.
Am AIS sehe ich einen Schlepper in der Nähe, aber ohne Anzeichen, dass er im Dienst ist. Also halse ich noch einmal, um dem Ziel näher zu kommen. Das hat aber zur Folge, dass sich unsere Kurse kreuzen. Da er aber weit weg ist und ich unter Segel bin, denke ich mir nichts dabei. Leider dauert es nicht sonderlich lang und ich bekomme einen Anruf am Funkgerät.

»MIZZI, MIZZI! THIS IS ONYX.«

»ONYX, THIS IS MIZZI.«

»CHANNEL ZERO SIX.«

»ZERO SIX.«

»WE ARE A TUG BOAT ENGAGED IN TOWING A VESSEL. OUR CPA IS VERY CLOSE.«

»OK I SEE. I'LL CHANGE MY COURSE 30 DEGREES TO STARBOARD.«

»OK, THANK YOU.«

»GOOD WATCH.«

Jetzt in der Morgendämmerung sehe ich, dass hinter dem Schlepper ein Frachtschiff an einer langen Trosse hängt. Am AIS hat er das nicht eingegeben; das wäre nämlich technisch möglich. Und dann fällt mir auf, dass ich gar nicht dreißig Grad nach Steuerbord kann, weil das wäre beinahe gegen den Wind. Also muss ich halsen. Das ganze Manöver und die Kursänderung kosten mich eine gute weitere Stunde, genaugenommen in die falsche Richtung.

Meine Stimmung ist angeschlagen. Der Wind ist mittlerweile fast weg, obwohl ich das nicht erwartet habe. Luftlinie noch fünfunddreißig Seemeilen bis zum Ziel. Ich rechne mir nochmals meinen Dieselvorrat aus. Ich bin hier sehr verunsichert, denn in der Vergangenheit habe ich immer ca. 2,3 Liter pro Stunde gebraucht. Beim letzten Mal tanken, in *Reggio di Calabria*, lag der Verbrauch dann allerdings bei fast 2,7 Litern. Es sollte sich aber trotzdem ausgehen – auch mit dem höheren Verbrauch gerechnet.

Dennoch bin ich nervös, denn man sagt, dass man den Tank nicht über die Hälfte leer fahren soll, da sich im Wellengang sonst der Diesel aufschäumt. Und tatsächlich haben wir, kurz vor *Reggio*, bei der Einfahrt in die Straße von Messina, zwei kurze Drehzahlschwankungen gehabt. Das hat mich äußerst nervös gemacht.

Letztendlich starte ich die Maschine und setze den Kurs genau auf die *Marina Benalmadena*. Die Strömung läuft mit eineinhalb Knoten gegen mich, also zehn Stunden Fahrt. Angeblich ist ab 17 Uhr in der Marina niemand mehr da. Na super. Zeitdruck also auch noch. Und was genau haben die hier in Spanien für eine Zeitzone?

Auf meinem Boot habe ich UTC+2 als Lokalzeit festgelegt. Das ist mitteleuropäische Sommerzeit. Alle Uhren und Smartphones habe ich so eingestellt, und in meinen Brückenkladden notiere ich es auch so. Der Bordcomputer, der Marine-Bus im Boot und damit auch das Funkgerät habe ich fix auf UTC eingestellt. Diese Zeit wird regelmäßig und exakt über GPS synchronisiert. Das ist meine absolute Referenz, die bleibt immer gleich. Die anderen Borduhren stelle ich auf eine Lokalzeit ein, damit sie zum Sonnenstand passen, und mitten in einer Etappe ändere ich die Zone nicht.

Ich bin hier auf ungefähr drei Grad West, also bin ich geografisch in der Zone UTC beziehungsweise mit Sommerzeit in UTC+1. Das würde mir eine Stunde Reserve verschaffen, aber ich bin mir nicht sicher, ob meine Annahme stimmt.

Es ist wenig Wind und nur ein bisschen Schwell, also wenigstens milde Bedingungen. Leider bleibt das nicht so, und irgendwann kommt wieder Wind auf, ganz schön kräftig, mit fünf bis sechs Windstärken. Ich kann nicht segeln, denn es ist immer noch dieselbe, falsche Windrichtung. Also fahre ich mit der Maschine weiter. Die Wellen kommen von Backbord vorne, manchmal ist das Wellenbild aber sehr konfus, und so kommen auch große Wellen von der Seite. Das Boot schaukelt dann heftig in alle Richtungen, und ich sehe vor meinem inneren Auge, wie sich Schaum im Dieseltank bildet. Und so vergeht Stunde um Stunde, begleitet von meiner inneren Anspannung.

4. Gegenwind

Irgendwann kommt die Marina doch näher. Eine Stunde vor meiner Ankunft funke ich einmal hin, um meine Ankunft zu bestätigen und anzukündigen; nur um sicherzugehen, dass dann noch wer da ist.

Letztendlich habe ich es geschafft: Ich sehe den großen Wellenbrecher, Windstärke fünf und starker Schwell beinahe genau in die Ansteuerung. Es ist hier sehr seicht und sandig, die Wassertiefe nimmt auf fünf Meter ab, wodurch die Wellen in der Einfahrt noch höher werden. Kurz davor habe ich noch einmal per Funk Bescheid gegeben, dass ich jetzt da bin. Ich soll bei der Tankstelle anlegen.

Während ich in die schwierige Einfahrt hineinmanövriere – wo das Boot, von den Wellen geschoben, förmlich hineinsurft – kommen mir mitten in der Hafeneinfahrt ein paar Standup-Paddler auf wackeligen Beinen entgegen. Da frage ich mich, wie wenig in manchen Gehirnen vorgeht, dass sie in einer Hafeneinfahrt bei derartigen Wetterbedingungen herumpaddeln. Abgesehen davon, dass es eigentlich verboten ist, ist das lebensgefährlich, denn bei solchen Bedingungen kann man mit größeren Booten nicht ausweichen. Ist mit meinem schon sehr schwer.

Ich schaffe es in den Hafen, wo zumindest das Wasser ruhiger wird, und sehe jemanden bei der Tankstelle winken. Also noch Fender und Leinen raus, was eine Herausforderung ist, denn der Wind pfeift hier in der Einfahrt nach wie vor mit fünfzehn bis zwanzig Knoten. Aber ich kriege auch das hin: Heck gegen den Wind und immer wieder Maschine rückwärts laufen lassen. Dann noch das Boot umdrehen und anlegen.

Warum ich das Boot mit dem Bug in den Wind umgedreht habe, weiß ich im Nachhinein betrachtet nicht, denn es hat überhaupt keinen Sinn gemacht. Genaugenommen hat mir das der Marinero gedeutet, beziehungsweise habe ich seine Handzeichen so verstanden. Und ich habe es einfach akzeptiert, ohne mein Hirn einzuschalten. Ich war ja auch ziemlich erschöpft, nach fünfzig Stunden zwei Nächte durch gegen Wind und Strömung kreuzen, dann den heutigen Tag mit dröhnendem Motor zehn Stunden lang ebenfalls bei ordentlichem Wellengang gegenan, dann die schwierige Hafeneinfahrt mit einer markierten Untiefe davor meistern, alleine sämtliche Leinen und Fender bei starkem Wind in einem schmalen Hafenbecken bereitmachen und schließlich anlegen. Davor die Unsicherheit wegen der Zeit, was ich durch meine Ankündigung über Funk zu entschärfen versucht habe. Und ich bin jetzt in einem Land, in dem ich die Gebräuchlichkeiten nicht sehr gut kenne. Ich bin heilfroh, endlich da zu sein. Ab ins Marinabüro, den Papierkrieg erledigen. Und danach nochmals ablegen und zur endgültigen Position im Hafen fahren.

Als ich aus dem Büro zum Boot zurückkomme, sehe ich enttäuscht, dass vorne meine Lippklampe ausgerissen ist. Gut, ich nehm's einfach hin. Was soll's. Ablegen, Fender umhängen, ins hintere, etwas geschütztere, aber immer noch windige Hafenbecken und dann noch in die Mooringbox – natürlich mit Seitenwind. An der Mauer wartet dankenswerterweise ein Marinero. Ich manövriere die MIZZI da hinein, Heckleinen, Mooring vorne, Maschine aus, fertig!

Es steht ein ziemlicher Schwell hier in dem Becken, also richte ich die Leinen noch ordentlich her, kontrolliere die Fender, lege die Pasarella hinten aus und stecke das Stromkabel an. An der Mauer steht ein Holländer und hilft ein bisschen bei der Leinenarbeit. Sein Name ist Ton, wie ich später herausfinden werde. Ein netter, älterer Kerl, mit dem ich in Folge noch zwei Abende im Cockpit verbringen werde. Ich gehe jetzt einmal in den nächsten Supermarkt und kaufe ein paar kalte Bierdosen. Es gibt nichts besseres, als nach so einer Fahrt im Cockpit zu sitzen und ein kühles Bier zu trinken.

5. Ins Gebiet der Orcas

Die *Marina Benalmadena* ist glücklicherweise sehr günstig. Der Tag kostet sechsundzwanzig Euro. In Italien, Mallorca oder Kroatien zahlt man unter Umständen das Vierfache.

Es stehen einige Reparaturen an. Wie sich bei der letzten Fahrt gezeigt hat, sind ja alle Bullaugen, also die Fenster seitlich im Rumpf, undicht. Insbesondere die Steuerbordseite ist stark betroffen. Die muss ich herausnehmen und neu mit Dichtmasse einkleben. Die Klüse vorne hat es bei der Tankstelle im Schwell ausgerissen. Das muss ich auch richten. Die Frischwasserpumpe ist leicht undicht und mit den Batterien habe ich ein schlechtes Gefühl. Die sind jetzt beinahe sieben Jahre alt. Damit ist die normale Lebensdauer erreicht, und wie sich gezeigt hat, ist die Stromreserve knapp. Und das, obwohl ich alles aufs Minimum reduziert habe. Nachts habe ich einen Dauerverbrauch von grob dreißig Watt. Das ist die gesamte Navigationselektronik, der Bordcomputer und die Navigationsbeleuchtung. Das ist eigentlich nicht viel – und trotzdem ist die Spannung zu schnell eingebrochen; subjektiv gefühlt zumindest, aber es würde zum Alter der Batterien passen.

Zwischenzeitlich war ich im Supermarkt, habe frisches Brot, Oliven, Obst, Gemüse und ein paar Bierdosen gekauft. Ein paar davon kommen unter die Sitzbank in meinen Biervorrat, den ich für Erik sammle. Doch als ich die Dosen zurechtrücke, steigt mir eine alkoholische Brise in die Nase, und eine kaputte Bierdose fällt mir in die Hand. Jetzt wird mir einiges klar. Ich taste alle Dosen ab und finde vier halbausgeronnene Bierdosen aus Österreich, deren Blech extradünn ist und die offenbar die wilde Fahrt von Sardinien bis hierher nicht überstanden haben. Das Bier hat sich dann den Weg in die Bilge gesucht. Was dafür verantwortlich war, dass ich bereits vor einigen Tagen einen seltsamen Bierdunst vernommen habe, dessen Quelle ich nicht orten konnte. Ich mache alles sauber und verstaue alle verbleibenden Dosen wieder ordentlich – besser als beim letzten Mal.

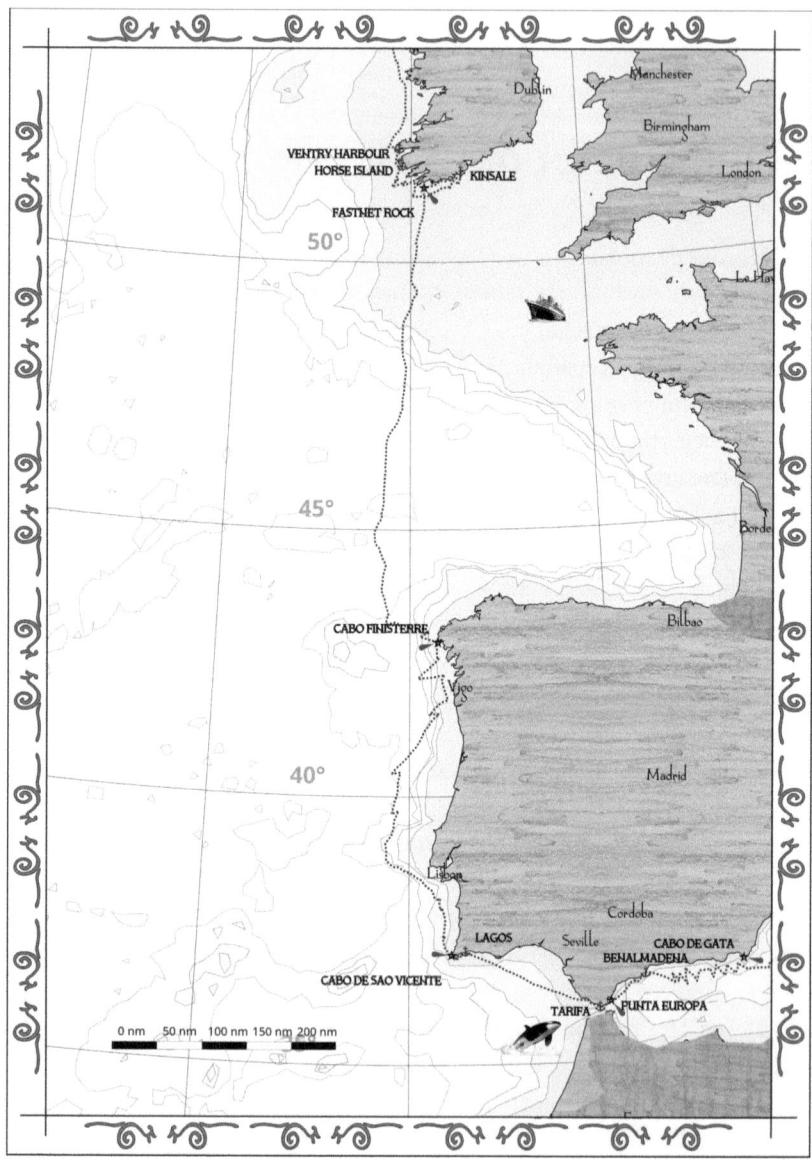

Abbildung 5.1.: Spanien bis Irland.

Heute, einen Tag nach meiner Ankunft in *Benalmadena* reist ein neuer Gast an, der mich die nächste Etappe begleiten wird. Gerolf ist ein Freund, den ich vor einigen Jahren bei einem Ausbildungstörn kennengelernt habe. Ich würde zwar grundsätzlich lieber alleine weitersegeln, aber jetzt einmal begrüße ich, dass er kommt. Ich freue mich auf ein bisschen Gesellschaft, und bestimmt hilft er mir beim Erneuern der Fenster und auch bei der Entscheidung, was die Servicebatterien betrifft.

Ich tue mir nämlich sehr schwer, solche Entscheidungen zu treffen. Ich bespreche das normalerweise immer mit einer Vertrauensperson. Die Wichtigste war meine Frau Petra. Sie war mir eine riesige Stütze. Wir haben teure Anschaffungen und natürlich viele andere schwere Entscheidungen immer vorher besprochen. Jetzt plötzlich alleine zu sein, hat mein ganzes Leben durcheinandergebracht. Ich finde ein Single-Leben sowieso ziemlich blöd und ineffizient. Es ist das Letzte, das ich will. Das wollte ich noch nie.

Aber jetzt einmal werde ich mich zumindest mit Gerolf abstimmen können. Er ist intelligent und unglaublich belesen. Manchmal habe ich den Eindruck, dass er *alles* weiß; ein wandelndes Wikipedia. Und er ist sehr gut organisiert, war auch lange Geschäftsführer einer Firma. Da muss man genau das können.

Und während ich mit Ton, dem Holländer, im Cockpit sitze und Bier trinke, steht Gerolf auch schon auf der Mauer und winkt herüber. Nun sind wir zu dritt, und Ton erzählt von seinem abenteuerlichen Seglerleben – von nervenaufreibenden Überstellungsfahrten durchs Rote Meer auf der Flucht vor Piraten, wie er bei Bermuda von den Ausläufern eines Hurrikans erwischt worden ist und von anderen spannenden Geschichten. Er erzählt gerne und freut sich offensichtlich, dass er ein Publikum gefunden hat. Ich höre ihm sehr gerne zu. Es sind spannende und interessante Seglergeschichten, von denen ich immer etwas lernen kann. Und ich habe das Gefühl, dass ich dazugehöre. Ich bin jetzt auch einer von diesen Abenteurern. Außer bei uns im Mostviertel auf unserem Hof habe ich noch nie zu einer Gemeinschaft gehört, die mich als einen von ihnen akzeptiert hat, und wo auch ich mich zugehörig gefühlt habe. Das gefällt mir.

Am nächsten Tag entschließe ich mich, die Batterien zu kaufen, obwohl ich auf den Preis hereingefallen bin. Der Verkäufer hatte mir nämlich nur den Nettopreise genannt. Sie sind nun zwar teurer, als wir es im Internet finden konnten, aber gut. Ich habe genaugenommen keine andere Möglichkeit. Ich sitze hier mit dem Boot in einer Marina in Spanien, in einer Stadt, in der ich noch nie war. Wo soll ich also sonst Batterien hernehmen, außer aus dem Marineshop gleich nebenan? Er liefert die prompt noch am selben Tag, und ich baue die alten aus und die neuen wieder ein. Der Umbau geht gut, weil ich vor meiner Abreise die chaotische Hauptverkabelung der Batterien völlig erneuert habe. Es war recht offensichtlich, dass hier irgendein Vorbesitzer mit überschaubarem Know-how und wahrscheinlich mangels richtigen Werkzeugs eine zweite Batterie buchstäblich dazugebastelt hat. Solche Pfuschereien stören mich ja sehr. Es stellt auch ein Risiko dar, vor allem an derart neuralgischen Stellen.

Die Fenster bauen Gerolf und ich dann am nächsten Tag aus. Ich entferne säuberlich alle Reste von der alten Dichtmasse und lasse es über Nacht gut austrocknen. Am nächsten Vormittag kleben wir die Fenster in frische Dichtmasse ein und schrauben sie an. Die Klüse habe ich repariert und die Wasserpumpe behalte ich. Ich habe sie einmal herausgenommen, alles gereinigt und wieder eingebaut. Funktionieren tut sie ja.

Dann noch auf den Mast hinaufklettern und alle Beschläge begutachten: Der Draht vom Vorstag beim Terminal kommt mir leicht aufgedrillt vor, ich weiß aber nicht, ob das nicht vielleicht immer schon so war, oder ob es eine optische Täuschung ist. Um das Vorstag ist die Rollreffanlage von der Genua, und man kann es nicht sehr gut sehen. So genau habe ich bei der letzten Inspektion in Kroatien nicht geschaut. Jedenfalls mache ich ein paar Fotos, damit ich fürs nächste Mal einen Vergleich habe. Insgesamt schaut alles gut aus, außer dass der Mast und die Mastspur sandig und schmutzig sind. Das muss ich unbedingt reinigen. Aber jetzt freut es mich nicht, denn es ist sehr heiß und es war ein anstrengender Tag. Und dafür müsste ich eben hinunter und dann nochmals hinauf. Das nächste Mal nehme ich das Spezialgleitmittel für die kugelgelagerten Mastrutscher vom Großsegel mit.

»Wie schaut denn der Plan aus? Was steht denn noch alles am Programm? Wann fahren wir denn weiter? Was sollen wir denn einkaufen?«, fragt Gerolf.

»Es steht gar nichts auf dem Plan. Wir müssen das Boot dichtkriegen und das ist fertig, wenn es fertig ist. Morgen, übermorgen vielleicht. Und danach, wenn der Wind passt, fahren wir.«

»Und wann ungefähr wird das sein?«

»Dann, wenn der Wind eben passt.«

Ich mache keine halben Sachen, sondern versuche immer alles so gut und exakt wie möglich hinzubekommen, soweit es in meinem finanziellen Rahmen liegt. Und wenn etwas länger dauert, damit es ordentlich wird, dann dauert es eben länger. Ich lasse mich zeitlich nicht einengen. Das System setzt mich genug unter Druck, was mir psychisch eh oft sehr zusetzt.

Nun gut. Irgendwann ist es soweit, und wir legen ab. Erstes Ziel: Gibraltar. Es ist der 4. Juni und vorerst herrscht kein Wind. Das wissen wir aus der Vorhersage, aber es macht nichts. In der Marina herumzusitzen macht es auch nicht besser, außerdem ist es Geldverschwendung. Da bin ich lieber unterwegs, auch wenn ich in der Flaute herumstehe, oder ein bisschen mit der Maschine fahre. Die Flaute ist gleich ein günstiger Moment, um die Logge neu zu justieren. Sie zeigt zu viel an. Ich habe sie nach dem Einbau im vergangenen Jahr schon einmal justiert, allerdings weiß ich, dass ich danach einmal einen Factory-Reset durchgeführt habe, weil beim AIS-Display etwas nicht funktioniert hat. Dadurch ist der Korrekturfaktor wahrscheinlich verloren gegangen.

Noch in *Benalmadena* haben wir in Erwägung gezogen, auf die Azoren zu fahren. Aber nach einigen Fürs und Widers habe ich dann entschieden, direkt nach Irland zu fahren, da die Azoren, obwohl sie prinzipiell als erstrebenswertes Seglerziel gelten, für mein Vorhaben einen Umweg von mindestens 1000 Seemeilen bedeuten. Und das ist mir doch zu weit. Vielleicht liegen sie ja auf der Rückreise am Weg. Aber wer weiß, was bis dahin ist. Jedenfalls segeln wir jetzt in Richtung Südwesten, in sehr leichtem Wind, der abends dann wieder abflaut. Es ist auch nicht zu erwarten, dass er vor morgen wieder zurückkommt.

5. Ins Gebiet der Orcas

Da wir sowieso ganz in der Nähe der Küste sind, fahren wir ins Flachwasser und ankern in der Nähe von *Marbella*.[1] Im Umkreis sind noch drei andere Segler, die offenbar einen ähnlichen Plan haben. Am nächsten Tag geht es mit sehr leichten Winden in südwestlicher Richtung weiter. Irgendwann können wir am Horizont den berühmten Berg, oder besser gesagt: Felsen von Gibraltar sehen, über dem eine Wolkenhaube hängt. Wir scherzen ein bisschen darüber, dass das ja so sein muss, weil Gibraltar zu Großbritannien gehört, wovon man bekannterweise sagt, dass es immer bewölkt und verregnet ist. Im Laufe des Tages ist eine Zirrusbewölkung aufgezogen, sonst ist es aber sonnig. Die hohe Bewölkung wirkt wie ein Filter. Die Farben sind unwirklich, das Meer wirkt fahl oder grün, manchmal orange, manchmal braun. Wir versuchen, dieses unwirkliche Bild mit unseren Kameras festzuhalten, wo sich erstaunlicherweise ein ähnliches Ergebnis zeigt. Die Fotos sehen aus, als hätte sich jemand mit verschiedenen digitalen Korrekturen viel Mühe gegeben, sie so utopisch aussehen zu lassen.

Die Szene ist atemberaubend, wie in einer künstlerisch futuristischen Darstellung. Mitten im Bild der steil aufragende Berg, der mit einer sanften Wolkenhaube bedeckt ist, die auf allen Seiten nach unten zu fließen scheint. Dahinter ist die bereits tiefstehende Sonne, die allerdings nur durch die hohen Wolkenfetzen diffus in gelblichen Farbtönen durchscheint. Der Himmel rundherum ist blau und durchzogen von dünnen weißen und zart gelblichen Wolkenstreifen. Das gesamte Bild ist in einen blauen Farbton getaucht. Es ist sehr dunstig, sodass sowohl das Land hinter Gibraltar verschwindet, aber auch der Horizont in einem fließenden Übergang vom Meer auf den Himmel wechselt. Es sieht aus, als stünde dieser Berg alleine mitten im Wasser. Davor ankern einige Frachtschiffe, die gespenstisch und still im Dunst ruhen. Die weiter hinten gelegenen verschwinden beinahe in den Nebelschwaden. Davor sind zwei, deren dunkle Silhouette man deutlich im Gegenlicht der Sonne erkennen kann, als wären sie aus schwarzem Papier ausgeschnitten. Wie Geisterschiffe, deren unterer Rand im Nebel verschwindet, der in einer dünnen Schicht direkt über dem Meer liegt, sodass sie scheinbar über dem Wasser schweben.

---

[1] 36° 28,95′ N 004° 45,15′ W

Wie man deutlich am Funk hören als auch im Navigationssystem anhand des AIS erkennen kann, ist diese Gegend aber alles andere als geisterhaft und verlassen: Eine unglaubliche Anzahl von Schiffen tummelt sich hier. Ich glaube, dass ich überhaupt noch nie irgendwo gefahren bin, wo ein dermaßen dichter Schiffsverkehr war.

Der Wind schläft ein, und wir starten die Maschine. Das ist aber sowieso besser, weil man dann einfacher manövrieren kann, und das ist hier definitiv notwendig. Man muss sehr aufmerksam sein, alles beobachten, am Funk zuhören, und die Ausweichregeln sollte man auch beherrschen.

Plötzlich dröhnt das Horn eines Frachtschiffes. Es warnt die Schiffe in seiner nahen Umgebung. Das Schiff ist aus dem Verkehrstrennungsgebiet gekommen und hat vor dem Hafen von Gibraltar gewartet. Am AIS sieht man, dass ein Lotse unterwegs ist, dem Kurs nach zu schließen eben zu genau diesem Frachter; und wir mittendrin. Da darf man sich nicht aus der Ruhe bringen lassen. Die sehen mich ebenso, am Radar und am AIS. Und obwohl mein Boot viel kleiner ist, bin ich trotzdem genauso ein Teilnehmer im Schiffsverkehr, für den dieselben Regeln gelten, wie für alle anderen. Mit anderen Worten müssen, je nach Verkehrssituation, die Frachtschiffe mir genauso ausweichen, wie ich ihnen in anderen Situationen. Das ist so wie im Straßenverkehr, wo für LKWs und PKWs auch dieselben Regeln gelten. Trotzdem muss man wachsam sein, denn es kann natürlich schon vorkommen, dass einen der Große übersieht. Das weiß jeder, der selbst schon mit großen Fahrzeugen, wie mit einem Lastwagen oder Traktor mit Anhänger gefahren ist.

Als der Lotse näherkommt, beginnt das Frachtschiff langsam Fahrt aufzunehmen und zu drehen. Genau deshalb hat er zur Warnung einen langen Ton mit seinem Horn abgegeben. Dem Lotsenboot haben wir gemäß der Kollisionsverhütungsregeln, wie das internationale Regelwerk genannt wird, ausweichen müssen, ansonsten fahren wir aber gerade weiter. An der Kursänderung des Frachtschiffs ist zu erkennen, dass es weiterdreht und dann hinter uns vorbeifahren wird. Es ist trotzdem ein seltsames Gefühl, wenn man einen so riesigen Kahn in unmittelbarer Nähe direkt auf einen zukommen sieht. Da er recht rasch dreht, sind wir bald wieder aus der Schusslinie. So kreuzen

wir die riesige Hafeneinfahrt von Gibraltar und fahren dann in der Küstenverkehrszone, nördlich des Verkehrstrennungsgebiets weiter nach Westen.

So einen richtigen Plan habe ich nicht. Wir einigen uns darauf, dass wir
noch bis *Tarifa* fahren und westlich davon ankern. Zwei Dinge kommen jetzt
nämlich auf uns zu: viel Wind – und Orcas. Es hat plötzlich ein starker *Levante* eingesetzt. Das war zwar prinzipiell zu erwarten, aber er ist früher
gekommen, als gedacht. Ein kräftiger Ostwind mit sechs Windstärken, der
dann draußen am Atlantik weiter auf Südost dreht. Das wäre prinzipiell zwar
beinahe perfekt, allerdings haben wir das Problem, dass ab *Tarifa* die Orca-
Gefahrenzone beginnt, mit einem Hotspot bei *Barbate*. Und da müssen wir
irgendwie durch.

Diese ganze Orca-Sache liegt mir mit Abstand am schwersten im Magen. Seit drei Jahren greifen ein paar bestimmte Tiere der spanischen Orca-
Familie aus bisher unbekannter Ursache in erster Linie Segelboote bis fünfzehn Metern Länge an. So ein Orca-Angriff kann einen enormen Schaden
verursachen und bedeutet im schlimmsten Fall sogar den Untergang des Bootes. Es wurden in den letzten Jahren ein paar Jachten versenkt und zahllose
andere schwer beschädigt, sodass kostspielige und langwierige Reparaturen
notwendig wurden. Wenn das mit den Orcas so weitergeht, ist es nur eine
Frage der Zeit, bis jemand mit dem Leben bezahlen wird, den dieses Risiko
ist vor allem bei einem sinkenden Boot deutlich gegeben. In jedem Fall befürchte ich, dass ein Angriff mein Projekt sehr abrupt beenden und mich in
finanzielle Schwierigkeiten bringen könnte. Wenn das Boot untergeht, dann
sowieso. Aber ich wäre auch nicht in der Lage, einen teuren Schaden zu bezahlen, und die Reparatur würde Wochen oder Monate dauern. Das Boot ist
irgendwie das einzige, was mir geblieben ist. Ich will gar nicht daran denken.
Sollte ich wohl auch nicht. Denn bekanntlich sollte man ja nicht den Teufel
an die Wand malen.

Der Wind wäre prinzipiell sehr gut, um nach Nordwesten zu kommen,
allerdings können wir nicht einfach hinübersegeln. Die aktuelle Empfehlung
ist, sich in Ufernähe in der Flachwasserzone zu halten und besser nicht in
der Nacht zu fahren. Den Postings in der Orca-Facebook-Gruppe zufolge, in
der ich bin, sind sie heuer besonders aktiv. Darüber hinaus weiß ich aus dem

Buch „Das Rätsel der Orcas",[2] dass entlang dieses Küstenabschnittes eine Menge Fischernetze an Bojen hängen sollen.

Der Wind hat in Böen sieben Windstärken und es gibt jede Menge beachtlicher Strömungen mit bis zu drei Knoten. Könnte ich also einfach quer aufs offene Meer hinaussegeln, um die küstennahen Gefahren zu vermeiden, würde ich jetzt weiterfahren. Das können wir aber nicht. Die Risiken sind meiner Einschätzung nach viel zu hoch, und ich muss gut auf mein Boot aufpassen. Es ist das einzige, das ich noch besitze. Es ist mein Heim, meine Wohnung, und ich habe die wichtigsten Habseligkeiten mit an Bord. Also fahren wir um das *Punta Tarifa* herum und ankern im Flachwasser im Lee der kleinen Halbinsel.[3] Da weht der Wind zwar genauso, aber es sind keine Wellen. Der Anker hängt auf Anhieb bombenfest. Im Endeffekt stehen wir schräg zum Wind, weil die Strömung hier so stark ist, dass sie mehr Einfluss auf den Rumpf hat als der Wind. Mit der Taschenlampe kann ich hinten am Ruder der Windsteueranlage sehen, wie das Wasser vorbeifließt, als würden wir in einem Fluss ankern. Es ist ohnehin schon beinahe elf Uhr nachts, also gehen wir bald schlafen. Der Tag war anstrengend, und unseren Wachplan haben wir nicht so genau eingehalten, weil es zum einen schon ein Abenteuer und etwas Besonderes ist, durch die Straße von Gibraltar zu fahren, die zweifelsfrei zu den bekanntesten und bedeutendsten Meerengen der Welt zählt. Außerdem haben wir auch relativ lange gar nicht so genau gewusst, wie und ob wir weiterfahren.

Der Wind weht kräftig die ganze Nacht durch, und in der Früh kann ich anhand der Grafik am Bordcomputer sehen, dass es in Windspitzen manchmal sogar acht Windstärken waren. Trotz Tageslicht habe ich ein sehr schlechtes Gefühl, da weiterzufahren. Wir haben Sand mit, zwei große Säcke, vielleicht fünfzig bis sechzig Kilo. Aber das hört sich mehr an, als es ist. Sand ist sehr schwer. Knallkörper haben wir leider keine bekommen, weil das Geschäft am Wochenende nicht offen war. Ich habe zwar davor schon daran gedacht, aber ich war zum einen mit Reparaturen am Boot beschäftigt – und zum anderen war es mir total zuwider, mich in ein Taxi oder einen Bus zu setzen,

---

[2]Thomas Käsbohrer (2023): Das Rätsel der Orcas, millemari-Verlag.
[3]36° 00,56′ N 005° 36,75′ W

um in der Hitze nach *Malaga* zu fahren, dort einzukaufen und dann wieder zurückzufahren. Ich gehe prinzipiell sowieso sehr ungern einkaufen, und mit der Hürde einer solch weiten Busfahrt macht es das Ganze noch schlimmer. Gerolf hat mich ein paar Mal gefragt, ob er mir etwas helfen kann, aber das kann ich ihm nicht zumuten. Es liegt mir fremd, jemand anderem etwas anzuschaffen, das mir selbst absolut zuwider ist. Da überwinde ich mich doch noch eher selbst und nehm's auf mich, auch wenn sich mir bei manchen Dingen der Magen umdreht; oder ich lasse es eben weg. Bedingt durch die Öffnungszeiten hat sich das in Folge aber ohnehin von selbst erledigt. Trotzdem hätte ich die Dinger gerne gehabt, denn es soll tatsächlich wirken. Der laute Knall im Wasser schreckt die Tiere ab, wodurch sie wegschwimmen. Vielleicht auf der Rückreise dann, da muss ich ja wieder hier vorbei.

In aktuellen Berichten habe ich leider auch gelesen, dass der Sand unter Umständen nicht mehr so wirkungsvoll ist, weil die Tiere gelernt hätten, sich in dem geänderten Akustikumfeld[4] trotzdem zu bewegen. Pinger[5] habe ich leider auch keinen. Ich habe zwar daheim noch nach Online-Shops gesucht, hatte dann auch welche gefunden, irgendetwas hat mit der Bestellung aber nicht funktioniert. Und da ich neben dem Ding ja noch 1000 andere Sache für diese Fahrt vorbereiten musste, ist es dann untergegangen. Also werde ich mit einem schlechten Gefühl da durchfahren müssen – aufgrund der fehlenden Abwehrmaßnahmen.

Gerolf wirkt erstaunlich zuversichtlich, das beruhigt mich ein bisschen. Er ist sonst nicht der Typ, den ich als furchtlosen Draufgänger beschreiben würde, aber in diesem Punkt scheint er das bessere Nervengerüst zu haben.

„Wir werden das schon schaffen", sage ich innerlich immer wieder zu mir – man kann sich Dinge ja einreden und sich damit motivieren.

Ein Blick in die Windvorhersage zeigt, dass der Wind morgen nachlassen soll, zwar immer noch Südost, was gut ist, aber nicht mehr so stark. Also fahren wir nach *Tarifa* und legen an der südwestlichen Mauer an, die zumindest jetzt bei Niedrigwasser um die fünf Meter hoch ist. Es ist ein reiner Fähr-

---

[4]Der Sand im Wasser verändert die Akustik, was somit den Orientierungssinn der Orcas beeinträchtigt.
[5]Elektrischer Schallgeber, der die Tiere abschreckt.

hafen, nur ganz innen gibt es ein paar Plätze für kleine Boote, aber nichts für Yachten. Außer uns ist noch eine andere Yacht da. Ich erledige den Papierkram bei der Hafenpolizei und bezahle siebzehn Euro für einen Tag. Ist recht, morgen sind wir wieder weg. Wir gehen in die Stadt, trinken ein Bier – und am Abend essen wir etwas in einem kleinen Lokal.

Wir sind in der Gaststube. Ich sitze generell beim Essen lieber drinnen. „Draußen" – das verbinde ich mit Arbeit, im Grünland, im Wald, am Haus, auf einer Baustelle oder eben auch am Segelboot. Da bin ich ja auch draußen, um zu arbeiten: Segel setzen, bergen, reffen, Manöver fahren und dergleichen. Draußen ist Wind, Regen, Kälte, Hitze, Sonne, Lärm. Draußen sind Wespen, Gelsen, Fliegen. Aber drinnen ist es gemütlich und ruhig, und es hat eine angenehme Temperatur. Nachdem sonst außerdem kaum Gäste da sind, ist es auch nicht laut. Wir unterhalten uns über Gott und die Welt. Neben der Bar hängen ein paar geselchte Schweinshaxen, darunter ist eine in jener Vorrichtung eingespannt, an der man den Schinkenspeck hauchdünn herunterschneiden kann. Es ist eine sehr angenehme Umgebung. Es wackelt und bewegt sich nichts, auch nicht die Luft, es zieht nicht, es ist ruhig und heimelig. Kein Windgeräusch, keine Wellen, kein Klappern von der Propellerwelle, die beim Segeln mitläuft, kein Schlagen von irgendwelchen Leinen oder Blöcken – und ich muss nicht ständig aus dem Fenster schauen, um auf Kollisionen zu achten oder aufziehendes Unwetter zu erkennen.

Ich weiß nicht genau, wie lange wir da drin waren. Bestimmt nicht ewig, vielleicht eine Stunde, oder zwei. Aber nachdem wir das Gebäude wieder verlassen haben und ich auf der Straße plötzlich den Wind spüre, wird mir bewusst, dass ich vorübergehend alles andere vergessen habe. Ohne es bewusst wahrzunehmen, hat sich in der Gaststube ein tiefes Gefühl der Entspannung ausgebreitet. Auf dem Boot bin ich im Normalfall auch nicht verkrampft – außer vielleicht beim Durchqueren des Orca-Gebietes – aber ich bin ständig aufmerksam und innerlich bereit, jeden Moment in Aktion treten zu können. Ich lausche den Geräuschen des Bootes und der Natur, und mein innerer Wecker läuft, der mich in regelmäßigen Abständen aus dem Fenster und ins Navigationssystem blicken lässt. Immer wieder mache ich verschiedene Kontrollgänge und überprüfe dies und jenes. Vor allem beim Solosegeln gibt es kaum Momente der Entspannung. Mit so einem Boot unterwegs zu sein, bedeutet, tatsächlich ständig wachsam und verantwortlich zu sein – verantwortlich für das eigene Leben, und natürlich auch für das der Crew, falls eine an Bord ist.

Aber genau diese Eigenverantwortung und Selbstständigkeit finde ich gut, so soll es sein. Wie schon erwähnt, will ich gerne selbst für mein Leben verantwortlich sein. Das passt leider überhaupt nicht ins österreichische System. Der Staat ist ein übermächtiges Kontrollorgan, das einem jede Eigenverantwortung nimmt. Man kann kaum atmen, ohne dass sich der Staat einmischt. Gerolf hat in den letzten Jahren in seiner Wohnung in Wien umgebaut und mir öfters sein Leid geklagt. Es ist unvorstellbar, wie mühsam das war, und das, obwohl er ein ziemliches Organisationstalent ist. Die Einschränkungen in so einer Großstadt sind noch viel schlimmer als etwa bei uns am Hof – unglaublich. Diese staatliche Entmündigung ist entgegen meiner Instinkte und Lebenseinstellung. Das ist wahrscheinlich einer der Gründe, warum ich die Landwirtschaft, unseren Hof und das Langfahrtsegeln so liebe. Denn es ermöglicht mir, so nahe als möglich an der Eigenverantwortung zu leben. Ich brauche keinen Staat, der mir sagt, was gut für mich ist.

Gemeinsam wandern wir noch eine kleine Runde durch die Stadt und gehen dann zurück zum Boot. Irgendwann am Abend bekomme ich über Instagram eine Nachricht von Wahid aus *Tangir*. Er schreibt mir, dass er mich von meinem Podcast kennt. Wenn ich einmal in seine Gegend komme, kann ich bei ihm bleiben und seine Gastfreundschaft in Anspruch nehmen. Das freut mich unglaublich! Jemand, der mich nur aus dem Internet kennt, bietet mir so etwas an. Das fühlt sich fast an wie daheim, wenn ich bei einem Nachbarn in der Küche sitze, ein Bier trinke und ein Wurstbrot bekomme – einfach aus Gastfreundschaft. Bald fallen mir die müden Augen zu.

Am nächsten Tag brechen wir auf. Abermals fahren wir ums Kap, das südlichste Kap des europäischen Festlandes,[6] setzen Segel, und tasten uns im Flachwasser, entlang der Zwanzig-Meter-Tiefenlinie, nach Norden. Im Navigationssystem habe ich eine Route eingetragen, der wir folgen.

---

[6] 36° 00,0′ N 005° 36,6′ W

Wir fahren mit dem elektrischen Autopilot, weil wir das Ruder der Windsteueranlage aus Sicherheitsgründen abmontiert haben. Die Orcas beschädigen in erster Linie freistehende Ruder. Das Hauptruder meines Boots ist
nicht freistehend. Es ist ein klassisches Design, also ein langer Kiel, an dessen Ende das Ruder wie eine Schwanzflosse angeschlossen ist. Und sollten
die Orcas es doch demolieren, dann können wir jenes der Windsteueranlage wieder montieren und als Ersatzruder benutzen. Die Ruderanlage zählt
zu den wichtigsten Teilen eines Bootes. Ohne Ruder ist man de facto manö-
vrierunfähig und treibt wie ein Stück Holz herum, wie es Wind und Strömung
vorgeben.

Das Tagesziel kennen wir nicht genau. *Cadiz* steht im Raum, aber ich weiß
es nicht so genau. So lange wir nicht durch dieses gefährliche Orca-Dreieck
durch sind, das sich zwischen *Tarifa*, *Barbate* und *Tangir* befindet, kann ich
nicht klar denken. Ich habe Gerolf gegenüber erwähnt, dass ich wegen diesen
Orcas etwas unentspannt bin. Er hat gelächelt und gemeint, dass er das schon
bemerkt hat. Na gut, soll so sein, kein Skipper ist unfehlbar.

Zuerst fahren wir sehr defensiv mit der Kutterfok, der Wind lässt aber
nach, also rollen wir die Genua zu einem Teil aus und es geht gut dahin.
Heute halten wir uns auch an unseren Wachplan. Es ist meine Wache, und wir
machen gut Fahrt. Die Strömung ist teilweise auch mit uns. Bis *Barbate* sind
es nur knapp zwanzig Seemeilen, also ungefähr vier Stunden Fahrt. Langsam
kommt es in Sicht und irgendwann kann ich sogar den Wellenbrecher des
Hafens mit freiem Auge sehen.

Doch was ist das? Jede Menge rosa und orange Bojen unweit voraus auf
unserer Kurslinie – und der Wind schiebt uns genau drauf. Ich schaue mich
um – überall Bojen! Zur Sicherheit hole ich mir den Feldstecher, und der bestätigt meine Befürchtung. So weit das Auge reicht, das heißt, von weit draußen anscheinend bis zur Küste: alles voll damit. Ich kann nicht ausnehmen,
ob knapp an der Küste ein Streifen für die Durchfahrt frei ist. Vermutlich eine
riesige Fischzucht. Jetzt erinnere ich mich wieder an das Buch von Thomas.
Vielleicht sind das diese Netze, mit denen sie die Thunfische fangen. Ich bin
an einigen kleineren Fischerei-Anlagen bis hierher vorbeigefahren, aber das
hier ist riesig. In jedem Fall gibt's kein Durchkommen.

5. Ins Gebiet der Orcas

Ich bin in einer Sackgasse, mit dem Wind im Rücken. Das war so aus der Karte nicht ersichtlich. Rasch rolle ich die Genua weg, starte die Maschine und ändere den Kurs um beinahe 180 Grad, hinaus aufs Meer. Ich muss mehr Gas geben, um ein bisschen Fahrt zu machen, denn jetzt habe ich den Wind, die Wellen und die Strömung gegen mich. Im Schneckentempo entfernt sich die MIZZI langsam wieder von der Küste. Da ist ein Ostquadrant – auch in der Karte – und der markiert offensichtlich das östliche Ende von dieser Fischerei-Anlage. Mühsam schiebt die Maschine das fast zehn Tonnen schwere Boot, das ständig in die Wellen einstampft, weiter nach Süden, bis ich endlich etwas südlich von dem Kardinalzeichen bin. Langsam ändere ich den Kurs Richtung Westen.

„*Geschafft!*", sage ich zu mir, und Erleichterung macht sich breit. Das war knapp. Immer noch angespannt, wegen der Orcas, aber wenigstens hat uns dieses Netzmonster nicht eingefangen. Bei Nacht wären wir da mit Sicherheit hineingedonnert. Gar nicht auszumalen, was das bedeutet hätte. Und es bestätigt wieder einmal meine Grundhaltung zum Langstreckensegeln: Nur nicht in Küstennähe herumbummeln, sondern schön weit weg vom Land fahren, da kann nicht so viel geschehen.

Nach einiger Zeit passieren wir das *Cabo Trafalgar*, eine geschichtsträchtige Landmarke. Für uns ist es auch ein besonderes Kap, denn damit verlassen wir endlich die rote Orca-Zone. Nun müssen wir den *Golfo de Cadiz* queren. Hier hat es in der Vergangenheit auch schon Angriffe gegeben, aber die Wahrscheinlichkeit ist um einiges geringer. Trotzdem sind wir noch immer von Unbehagen befangen und überlegen, ob wir nicht doch nach *Cadiz* fahren sollen. Wir entschließen uns aber dagegen und ändern den Kurs direkt Richtung *Lagos*, Portugal.

Grundsätzlich habe ich ursprünglich ja keine besonderen Zwischenstopps für meine Reise geplant, außer um Gäste ein- und aussteigen zu lassen: also Sardinien, Südspanien und dann voraussichtlich Irland. Durch die unvorhergesehenen Reparaturen, die Wetterkapriolen und diese mühsame und nervenaufreibende Passage durch das Orca-Gebiet ist der Plan aber etwas durcheinandergekommen. Ich war in mehr Häfen und habe auch schon viel mehr Geld ausgegeben, als vorgesehen. Letzteres liegt mir im Magen. Und Zeit habe ich auch verloren. Insgesamt mindestens zwei Wochen – eine gute Woche jetzt in und um Spanien und eine in Sardinien, wo ich so lange auf eine Wetteränderung habe warten müssen.

Nichtsdestotrotz haben Gerolf und ich uns gedacht, dass wir nach all dem Stress in *Lagos* stehenbleiben, über Nacht die Batterien laden, Wasser bunkern, tanken, duschen gehen, Bier trinken und nochmals das Hirn lüften, bevor es auf die lange Fahrt nach Irland geht. Und ich kann noch ein paar portugiesische Bierdosen für meinen Besuch bei Erik in Norwegen kaufen.

Danach brechen wir zur großen Etappe nach Irland auf. Der Wind ist sehr gut, wir haben schön Fahrt im Schiff, also auf nach *Lagos*. Das sind grob 120 Seemeilen, also müssten wir morgen Abend dort sein – ein schönes Ziel mit Belohnung.

Heute ist unsere erste gemeinsame Nachtfahrt. Bei den ersten Nächten mit Crew bin ich immer besonders aufmerksam, denn wenn ich mich niederlege, vertraue ich damit implizit das Boot und mich selbst jemand anderem an, wo ich noch gar nicht weiß, inwieweit ich mich da überhaupt verlassen kann. Bisher ist mir noch niemand auf solchen Fahrten begegnet, dem ich vollständig vertrauen würde. Die meisten haben das Segeln irgendwann spät im Leben in einem Kurs gelernt und nicht von klein auf mitbekommen, erlebt und verinnerlicht. Sie handeln auswendig gelernte Handgriffe ab, und hie und da vergessen sie zwischendurch einen. Mit überschaubarem Körpergefühl stolpern sie am Boot herum, wie erwachsene Reitanfänger verkrampft am Pferd sitzen. Was natürlich nicht heißt, dass nicht auch aus Spätberufenen gute Skipper werden können. Ich tue mir aber in jedem Fall schwer, Vertrauen aufzubringen. Naturgegeben erzeugt diese Diskrepanz einen gewissen innerlichen Stress, der entfällt, wenn ich alleine bin. Da teile ich mir die gesamten 24 Stunden nach meinem persönlichen Rhythmus und meinen Bedürfnissen ein, und alles, was passiert und nicht passiert hängt ausschließlich an mir.

Gerolf ist kein unerfahrener Segler, auch wenn er zu den Spätberufenen gehört. Er hat schon einiges erlebt. Immerhin hat er seine eigene Segeljacht besessen und wollte damit eine Weltreise unternehmen. Das ist zwar nichts geworden, aber er war damit trotzdem viel in Kroatien und Griechenland unter allen Bedingungen unterwegs. Also bin ich guter Dinge.

5. Ins Gebiet der Orcas

Wir fahren die Nacht durch, mit eingeteilten Drei-Stunden-Wachen, und prompt verschläft mein Begleiter seine Morgenwache um sechs Uhr. Als Schiffsführer kann und sollte man sich nie auf andere verlassen. Das ist jetzt keine neue Erkenntnis, sondern nur wieder eine Bestätigung von etwas, was ich schon unzählige Male in verschiedenen Situationen erlebt habe. Na gut, ich komme sehr gut alleine mit einem Boot zurecht. Nur hätte ich mir die Schlafzeiten selbst dann etwas besser eingeteilt, aber ich versuche sowieso so viel als möglich zu rasten, wie wenn ich alleine wäre. Ich könnte ihn zwar aufwecken, aber das ist in diesem Fall nicht meine Art. Zum einen denke ich, dass er vermutlich einfach erschöpft ist, weil die wenigsten Menschen so mir nichts, dir nichts einschlafen und in ein Wachsystem umsatteln können. Dazu kommt vielleicht eine hintergründige Seekrankheit, also lasse ich ihn schlafen. Die meisten bekommen außerdem ein bisschen schlechtes Gewissen, wenn sie dann von selbst zu spät aufwachen – und es passiert dann dafür meistens kein zweites Mal.

Untertags werfe ich einen Blick in den *Reed's Almanac*,[7] in dem die portugiesische Küste und *Lagos* drinnen sind. Da ist zu lesen, dass die *Marina Lagos* sehr gut schützt ist. Sie liegt anscheinend in einem Fluss oder Kanal etwas landeinwärts. Gezeitenangaben sind auch dabei und somit beginne ich den Wasserstand für den Abend zu berechnen. In erste Linie zur Übung, da die Wassertiefe laut Karte für mein Boot sowieso ausreichend ist, aber das kann nicht schaden. Natürlich weiß ich, wie die Gezeitenrechnung funktioniert, habe das in Theoriekursen unterrichtet und immer wieder erklärt. Der letzte Kurs ist aber mittlerweile schon zwei Jahre her, und im Mittelmeer braucht man die Gezeitenrechnung eigentlich nicht, sofern man nicht mit einer Jacht in einem seichten Hafen im Norden der Adria festmachen möchte. Also frische ich mein Wissen auf, denn ich werde es hier im Atlantik noch öfters brauchen.

Wir sind vier Seemeilen vor der Marina und ich rufe sie auf dem Funkkanal 9 an. Ich probiere es ein zweites Mal mit einiger Zeit Pause, aber niemand meldet sich. Egal, wir fahren einfach einmal rein. Noch bei Sonnenschein machen wir gegen halb acht Uhr am Anmeldesteg vor der Fußgängerbrücke

---

[7]Reed's Nautical Almanac 2023, Bloomsbury Publishing.

fest. Jetzt gibt's dann gleich Strom, eine Dusche und ein kaltes Bier. Vor uns liegen zwei Jachten, eine ziemlich große unter Schweizer Flagge und ein Katamaran. Unglaublich, wie viel Platz die brauchen. Ein richtiges Hausboot.

Ich nehme die Schiffspapiere, Geld und meinen Reisepass und wandere damit zur Marinarezeption. Es ist warm und sehr schwül. Seit Tagen herrscht eine Südlage, die immer wieder mit Regenschauern verbunden ist. Das Büro ist leer und die Türen sind verschlossen. Hinterm Glas hängt ein Schild mit Öffnungszeiten, demnach müsste eindeutig jemand bis neun Uhr abends da sein. Ich gehe wieder zurück und frage die Herren, die auf der Schweizer Jacht gerade im Cockpit sitzen. Die wissen auch nichts und meinen, dass ich in der Früh hingehen soll. Naja, da wollen wir eigentlich schon wieder fahren. Also gehe ich wieder zum Boot zurück. Die ganze Sache ärgert mich. Da sind wir extra hierher gefahren, um jetzt ohne Facilities am Anmeldesteg zu hängen.

»Gehen wir da hinein und setzen wir uns irgendwohin und trinken ein Bier und essen was«, meint Gerolf.

»Nein, das will ich nicht. Das kostet wieder unnötig Geld, und ich mag nicht da irgendwo durch die Stadt rennen, um ein Lokal zu finden. Ich mache mir hier einfach was zum essen und trinke ein kaltes Bier«, entgegne ich grantig, enttäuscht von dieser unerwarteten Situation.

»Na komm, ich lade dich ein.«

Mir passt das jetzt so gar nicht, aber ich nehme das Angebot an. Wir landen bei einem Inder. Das Essen ist sehr gut. Ich kann mich nicht daran erinnern, dass ich schon einmal bei einem Inder gegessen habe. Es tritt etwas Entspannung ein, und nach dem Essen bestellen wir noch ein zweites Bier.

Als die Sonne untergeht, wird es mit der Zeit frisch. Zu allem Überdruss beginnt es leider zu regnen. Da fällt mir ein, dass meine Klappe vorne zum Lüften offen ist. Mit Regen habe ich beim besten Willen nicht gerechnet – Anfängerfehler. Also stehe ich auf, verabschiede mich und laufe eilig zum Boot, damit mein Bett nicht nass wird. Zum Glück hat der Wind anscheinend die Klappe zugedrückt, und meine Matratze ist trocken. Gerolf kommt nach einiger Zeit nach und bemerkt, dass auf dem Schwimmsteg eine Stromanschlussbox ist. Aber leider sind alle Stecker belegt.

5. Ins Gebiet der Orcas

»Was für eine Niederlage!«, sage ich mir. Jetzt sitzen wir hier, ohne Strom, ohne Wasser, verschwitzt, ohne Dusche, im feuchtwarmen, tropischen Regenklima. Kein Markt und somit keine Bierdosen für Erik, und portugiesische Gastlandflagge habe ich auch nicht.

So ein Drama wäre das prinzipiell zwar nicht, denn auf längeren Passagen gibt's das auch alles nicht, und da komme ich sehr gut zurecht damit. Allerdings waren die vergangenen 24 Stunden, alles was wir getan und geplant haben, genau darauf ausgerichtet – und das macht es tatsächlich zu einer schrecklichen Niederlage für mich. Darüber hinaus muss ich mir noch eingestehen, dass ich alleine vermutlich gar nicht hier gelandet wäre, und das ist für mich zusätzlich ärgerlich.

Als ich im Salon sitze, spüre ich, wie mir die Tränen kommen. Ich bin mit einem Male ziemlich verzweifelt. Und daheim – keine kleine Familie mehr, kein Hof, keine Heimat. Kein Fundament mehr, das mir Kraft gibt. Jetzt bin ich alleine und gleichzeitig nicht alleine, in einer Situation, in der ich beim besten Willen nicht sein will, und weiß nicht weiter. Nichts ist so, wie ich es mir gedacht habe, und ich spüre, wie die Depression, mit der ich in den vergangen zweieinhalb Jahren schwer gekämpft habe, zurückkommt und allem die Farbe entzieht, bis nur noch ein Regenwolkengrau übrig bleibt. Also lege ich mich in mein kuscheliges Bett. Schlafen hilft immer, das ist meine Methode zur Selbstheilung des Geistes.

Am nächsten Morgen gibt's Kaffee, und wir füllen den Wassertank auf. Unser Schlauch ist zu kurz, aber Gerolf borgt sich von der Nachbarcrew am Katamaran einen Schlauch aus. Dafür bin ich ihm sehr dankbar, das war eine echte Hilfe, denn mir ist es zuwider, andere Menschen um etwas zu bitten. Für mich fühlt sich das meist an, als müsste ich jemanden um etwas anbetteln.

Und dann passiert mir etwas, das mir noch nie passiert ist: Ich rutsche beim Heruntersteigen vom Boot am nassen Steg aus.

So, dass es mir die Beine auseinanderreißt und ich auf die Innenseite des linken Knies falle. Es tut höllisch weh und ich beiße die Zähne zusammen, damit mir kein Schrei auskommt.

„Was soll das?", rufe ich in Gedanken zu den Göttern.

„Wofür werde ich hier bestraft?", frage ich mich. Oder ist es jetzt der Hinweis darauf, dass ich doch schon 50 Jahre alt bin? Ich weiß, dass meine Körperbalance gut ist, und besser als die so mancher 25-Jähriger. Aber 50 Jahre sind dennoch 50 Jahre. Ich sitze am Steg, halte das linke Bein angewinkelt, mit beiden Armen an mich gedrückt, und versuche, den Schmerz wegzuatmen. Dabei taste ich ein bisschen herum und stelle fest, dass anscheinend nichts gebrochen oder gerissen ist; schon einmal ein gutes Zeichen. Gerolf ist gerade auf der Suche nach den Sanitäranlagen und hat das Ganze somit nicht mitbekommen.

»Do you need help?«

Ein Mann, der meinen Sturz offenbar beobachtet hat, steht plötzlich neben mir und spricht mich an. Er bietet mir seine Hilfe an. Ich bin positiv überrascht und bedanke mich freundlich bei ihm. Ich habe mich zwischenzeitlich wieder gesammelt, kann das Knie bewegen und habe anscheinend keine ernsthafte Verletzung erlitten. Vermutlich eine Prellung, oder eine Zerrung, oder beides. Das kann ebenso schmerzhaft sein wie ein Bruch und dauert lang. Ich beginne, langsam am Steg herumzuhumpeln.

„Geht ja!", sage ich zu mir selbst.

Danach legen wir ab und nochmals gleich daneben bei der Tankstelle wieder an, um unseren Dieselvorrat aufzufüllen. Während ich auf den Tankwart warte, geht Gerolf noch einmal ein bisschen in der Marina spazieren und kommt mit einer portugiesischen Flagge und einem Ölfilter für die Maschine zurück. Insbesondere die Flagge freut mich sehr – Gerolf wird so richtig zum Kumpel, der mitdenkt und Eigeninitiative zeigt. Wir tanken vierzig Liter, und ich hisse sogleich die neue Flagge unter der Steuerbordsaling. Vermutlich ist niemandem aufgefallen, dass da vorher keine war, aber mich stört so etwas sehr, auch wenn es nur eine Kleinigkeit ist.

Auf geht's jetzt: Raus auf den Atlantik!

6. Das Meer der wahren Segler

Der Wind kommt aus Westen, also müssen wir kreuzen, aber da die Strömung mit uns ist, geht es recht gut dahin. Am Abend kommen wir endlich am berühmten *Cabo de Sao Vicente* vorbei, der südwestlichste Punkt Portugals und Europas. Beeindruckend ragt die portugiesische Küste steil empor. Oben drauf am Kap steht ein großer Leuchtturm mit einer Bauhöhe von über fünfzig Metern. Daran kann man abschätzen, wie enorm hoch die Steilküste ist. Es wäre eine perfekte Abendsonnenstimmung, wäre es nicht bewölkt. Trotzdem ein toller, beeindruckender Anblick. Bei näherer Betrachtung fällt mir auf, wie die Brandung riesige Wasserfontänen in die Luft wirft, als würden sie förmlich explodieren. Hier draußen auf meinem kleinen Boot merkt man die Wellenberge gar nicht so, denn sie sind sehr langgezogen. Man fährt auf der einen Seite langsam hinauf und auf der anderen Seite wieder hinunter. Es sind dieselben Wellen, die bei so manchen Passagieren der wesentlich größeren Fähren ein eher ungeliebtes Unwohlsein auslösen.

Es ist der 9. Juni. Am Nachmittag sitze ich eine Zeit lang im Cockpit und genieße es, übers Meer zu segeln. Gerolf rastet gerade. Während mein Blick über den Horizont streift, entdecke ich plötzlich in einiger Entfernung eine Art Abgas- oder Dampfwolke.

„Was ist das?", frage ich mich. Das war einen Moment davor noch nicht da. Ich fixiere den Bereich und suche nach einem Schiff, kann aber nichts entdecken. Doch da ist es wieder! Mein Herzschlag wird schneller, denn jetzt bin ich mir sicher, dass das kein Abgas, sondern der Blas von einem Wal ist. Gebannt starre ich aufs Meer. Da ist es noch einmal! Das sind keine Delfine, dafür ist der Ausstoß viel zu groß. Hektisch hole ich mein Fernglas unter dem Navitisch hervor und suche damit das Meer ab. Im Normalfall wünscht sich jeder Segler und jede Seglerin eine Wal-Sichtung. Ich auch. Aber nicht hier.

6. Das Meer der wahren Segler

Die Tiere sind so weit weg, dass ich nicht identifizieren kann, ob es Orcas oder andere Wale sind. Kurze Zeit später ist das entfernte Schauspiel vorbei. Ich stehe nach wie vor unter Strom und beobachte für die nächste halbe Stunde akribisch das Meer rund ums Boot, bis ich mich langsam wieder entspanne.

Irgendwann in der Nacht schläft der Wind ein, und wir stehen wieder einmal in der Flaute. Auch gut, da kann man nämlich etwas entspannter schlafen. Wenn man fährt und somit seine Position ändert, muss man wachsam sein, dass man kein anderes Schiff übersieht. Wenn man steht, natürlich auch, dennoch ist es nicht ganz so wild. Am nächsten Tag motoren wir eine Zeit lang, bis endlich der Wind kommt. Ich überschlage im Kopf die Zeit bis Irland. Es sind ungefähr 1000 Seemeilen, also grob 10 Tage Fahrt. Und damit berechne ich dann, dass wir maximal vier Stunden pro Tag mit der Maschine fahren dürfen, damit der Sprit nicht zu knapp wird.

Irgendwann kommt der Wind wieder, zwar zurückhaltend, aber immerhin – bis er in der folgenden Nacht wieder einschläft. Da das offene Meer kaum jemals in völliger Ruhe ist, beginnt das Boot schrecklich in den Wellen nach allen Richtungen hin zu schaukeln und zu taumeln, die Segel schlagen hin und her, und alles unter Deck, das nicht niet- und nagelfest ist, beginnt herumzurollen, zu klirren und zu klappern. Es ist sehr nervenaufreibend, und darüber hinaus schmerzt mich innerlich jeder Schlag der Segel, der das Boot erzittern lässt. Vor meinem inneren Auge sehe ich, wie sich langsam alle Teile in ihre Einzelteile zerlegen, oder einfach nur abbrechen. Wenn es so heftig ist, berge ich die Segel daher recht rasch, um nicht unnötig das Material zu schinden, denn alles bricht irgendwann einmal ab.

Mittlerweile sind wir seit drei Tagen und drei Nächten unterwegs, und endlich ist richtiger Wind aus Nordwest – mit fünf bis sechs Windstärken – gekommen. Die Richtung ist zwar nicht ganz perfekt, aber das macht nichts, denn es könnte schlimmer sein, und wir machen endlich Fahrt mit sechs bis sieben Knoten über Grund. Der Kurs ist recht gut, wir laufen in Richtung Nordnordost. Das können wir gut gebrauchen, denn die letzten drei Tage waren eher zermürbend. Wir haben zwischen den Flauten zwar ein bisschen

Weg gutgemacht, aber sehr viel Fortschritt war es nicht. Und jetzt geht es richtig dahin. Nur auf die Frachtschiffe müssen wir aufpassen. Die fahren zwanzig bis dreißig Meilen vor der portugiesischen Küste.

Um dem aus dem Weg zu gehen, sind wir weiter westlich davon, grob fünfzig Seemeilen vor Portugal. Aber wir können uns als Segelboot den Kurs nicht beliebig aussuchen, wir fahren schon so viel Höhe wie möglich, und da kommen wir langsam der Schifffahrtsstraße näher – und viel Verkehr heißt automatisch weniger Schlaf. Wir wenden noch einmal weg auf die andere Seite. So etwas ist psychologisch immer ernüchternd, weil man dann in die beinahe komplett verkehrte Richtung kommt; Westsüdwest in diesem Fall. Aber nach zwölf Meilen geht's dann wieder nach Norden. Das war notwendig, um weiter von den Frachtschiffen wegzukommen.

Die Nacht verläuft gut. Es geht weiter nach Norden. Trotzdem anstrengend, weil sich das Boot ordentlich in permanenter Krängung befindet, dafür rollt es nicht unangenehm, sondern ist sozusagen in stabiler Seitenlage. Wir sind dem Ziel tatsächlich näher gekommen. Es sind jetzt nur noch 700 Seemeilen, und nicht mehr 1000, das heißt also, fast ein Drittel ist schon geschafft. Die vergangenen Tage haben wir wegen des schwachen Windes kaum etwas weitergebracht. Es kann also nur besser werden. Ich freue mich über diesen Fortschritt.

Ich merke auch, wie sich bei Gerolf eine Routine einstellt. Wir haben vor ein paar Tagen auf seinen Wunsch hin das Drei-Stunden-Wachrad auf die normale Vier-Stunden-Wache geändert. Mir ist dieser Rhythmus ohnehin lieber, und er passt besser zu den menschlichen Schlafzyklen, was zu mehr Erholung führt. Schlaf ist nicht einfach nur eine Zeit, wo das Bewusstsein abgeschaltet ist, sondern eine Folge von mehreren Schlafzyklen hintereinander. Ein Schlafzyklus dauert bei Erwachsenen ungefähr eineinhalb Stunden, und die Erholung ist am besten, wenn man erst nach einem solchen Zyklus aufsteht. Überhaupt bei kurzen Schlafzeiten sollte man daher drauf achten, dass man nach Möglichkeit immer ein Vielfaches von eineinhalb Stunden schläft.

Eine der größten Herausforderung stellt der auf Etappen aufgeteilte Schlaf dar – und die damit einhergehende Erschöpfung, insbesondere, wenn man nicht in einen Rhythmus findet. Seit dem Einzug der Industrialisierung haben sich die meisten Menschen daran gewöhnt, dass sie am Abend schlafen gehen und nach einer längeren Ruhephase in der Früh wieder aufstehen. Es ist absolut gegen diesen gewohnten Rhythmus, sich mehrmals täglich niederzulegen, dabei auf Anhieb einzuschlafen und nach dreieinhalb Stunden wieder aufzuwachen – oder mittels Wecker aufzustehen. Ich tue mir dabei glücklicherweise sehr leicht. Diese Art von Rhythmus scheint mir förmlich entgegenzukommen.

Das rasche Einschlafen kann man trainieren. Beim Aufstehen braucht man einfach Disziplin, um aufzustehen, wenn der Wecker läutet. Aber das können manche Menschen nicht. Den Wecker abzudrücken hilft nichts – du musst! Ich gebe zu, dass ich als Jugendlicher und junger Erwachsener auch überhaupt nicht gut aufstehen konnte, aber das hat sich bald geändert, und über die Jahre bin ich zum Morgenmensch geworden. Heute stehe ich gerne auf. In der Regel brauche ich gar keinen Wecker, sondern wache oft schon von selbst ein paar Minuten vor dessen Läuten auf. Ich glaube aber, dass das ein natürlicher Entwicklungsprozess ist, und die meisten Erwachsenen in der Früh gerne aufstehen, obwohl ich schon auch genug Morgenmuffel erlebt habe. Bei jungen Menschen ist das normal, aber bei Erwachsenen finde ich es etwas ungewöhnlich.

Um in den Rhythmus zu kommen und rasch einzuschlafen, hilft anfangs aber gerade die Müdigkeit, die relativ schnell eintritt, wenn man das Etappenschlafen nicht gewöhnt ist. Nach der zweiten bis dritten Nacht beginnt sich dann ein gewisser Erfolg und auch eine Bordroutine einzustellen, was man so untertags tut und macht. Denn auch das ist völlig anders, als daheim. Man hat kein Internet, kein Telefon, niemand kommt vorbei, um »Hallo« zu sagen und ein Bier zu trinken, und auch sonst gibt es keine Alltagsgeschäfte, Einkäufe, Unterbrechungen. Nur das Boot, das Meer, der Himmel und die Mannschaft.

Der Job ist, nach dem gemeinsam eingeteilten Wachplan das Schiff am Laufen zu halten und sich den Rest der Zeit zu arrangieren, mit Reparaturen, Aufräumen, Essen, sowie die freie Zeit für sich zu nutzen.

Zeit. Das ist dieses wertvolle Gut, von dem alle reden, aber niemand es hat. Viele sind damit beschäftigt, dem Geld nachzujagen, und die anderen damit, im vom System auferlegten Korsett zu funktionieren und zu überleben. Zu Letzteren habe ich den Großteil meines Lebens gehört. Was in beiden Fällen unwiederbringlich verloren geht, ist die Zeit. Nicht einmal Einstein hat einen Weg gefunden, das zu verhindern, sondern nur herausgefunden, dass Zeit nichts Konstantes ist, sondern im Auge des Betrachters liegt. Und obwohl das Prinzip der Relativität ein physikalisches Grundgesetz ist, hat es dennoch etwas Philosophisches, finde ich.

Auf so einer Nonstop-Fahrt fern jeder Küste hat man plötzlich Zeit. Und obwohl der Horizont rundherum unendlich weit erscheint, ist der Handlungsraum auf die fünfzehn Quadratmeter am Boot beschränkt. Das ist nicht sehr viel. Mit dieser Zeit in diesem Raum umzugehen, erscheint auf den ersten Blick trivial, ist es aber nicht. Denn daheim würde man die gleiche Zeit sehr rasch ausfüllen, mit typischen Tätigkeiten – wie mit Haushaltsarbeiten, um mit den Kindern zu spielen, mit der Pflege des Gemüsegartens. Um Reparaturen am Haus durchzuführen, zu kochen und zu backen, mit Besuch aus der Nachbarschaft und so weiter. Sollte man dann noch etwas Zeit übrig haben, schlägt man diese mit Internet, Fernsehen oder Netflix tot. Und am Abend fällt man dann müde ins Bett.

Am Boot hat man genauso seine Routinearbeiten, nur ist der Handlungsspielraum wesentlich kleiner, und wie bereits geschrieben gibt es viele triviale Möglichkeiten des Zeitvertreibs gar nicht, die man an Land hat. Man hat also plötzlich Zeit zur Verfügung, die man nutzen kann, um nachzudenken und zu philosophieren.

Gerolf liegt ausgestreckt mit offenen Augen im Salon, den Kopf am Segelsack der alten Genua, beide Hände am Bauch, und schaut an die Decke. Ich denke mir, dass er gerade die Zeit bewusst wahrnimmt und seine Gedanken und alles bisher Erlebte sortiert. Äußerlich betrachtet wirkt er zwar ein bisschen erschöpft, aber insgesamt doch positiv. Ich habe das Gefühl, dass er langsam in die Routine kommt. Immerhin sind wir nun schon mehrere Tage durchgehend unterwegs.

6. Das Meer der wahren Segler

»Siehst du, es spielt sich schon ein. Sieben Tage noch, dann sind wir in Irland. Das schaffst du locker, Seemann«, sage ich zu ihm, um ihn zu motivieren und anzuerkennen, dass er die Bordroutine gut meistert.

»Bis dahin bin ich kaputt«, antwortet er recht demotiviert. Habe ich mich doch in seinem Anblick getäuscht? Dass er ein bisschen leidet, war mir schon klar, aber so sehr?

»Ach geh, du schaffst das schon!«

Er tut mir leid. Nicht nur wegen der Anstrengung hier am Boot, sondern auch wegen all dem, was er in seinem privaten und beruflichen Leben in den letzten Jahren durchgemacht hat. Er war Geschäftsführer und Eigentümer einer Software-Firma, die er mit einem Partner fünfzehn Jahre lang erfolgreich geführt hat. Er hat diese Firma dann aber vor mittlerweile über einem Jahr aus verschiedenen Gründen verkauft. Das hört sich einfach an, aber was da für unglaubliche Hürden und Bürokratie dahinter steckt, kann man sich kaum vorstellen. Da wir über die Jahre gute Freunde geworden sind, hat er mir immer wieder in dieser Zeit sein Leid geklagt und sich über viele Einzelheiten und Ärgernisse bei mir ausgeweint. Vor einiger Zeit hat er außerdem sein eigenes Segelboot besessen. Nicht nur ein Segelboot, sondern verbunden mit einer kroatischen Charterfirma, die nur dieses eine Boot besessen hat. Er war somit Eigentümer dieser Firma und damit auch des Bootes, das er immer ein paar Wochen im Jahr benutzt hat. Auch dieses Boot hat er aus mehreren Gründen verkauft, und danach die Charterfirma aufgelöst. Das ist allerdings ein unvorstellbarer, bürokratischer Akt, der sich mittlerweile über zwei Jahre hinzieht. Und da er Österreicher ist, die Firma aber eine kroatische Firma war, ist das zusätzlich kompliziert, wegen verschiedener Finanz- und Sozialversicherungsangelegenheiten zwischen Österreich und Kroatien, die allesamt so verstrickt und kompliziert sind, dass ich die Details wieder vergessen habe. So viel zum Thema Europa...

Außerdem hat er seine Wohnung in Wien umgebaut und modernisiert, und dabei auch eine Dachterrasse ausgebaut. Ich war ein paar Mal bei ihm und wir haben oben, über den Dächern Wiens, Würstel gegrillt und Bier getrunken. Das war sehr schön dort. Aber was mit dieser Baustelle an Schwierigkeiten verbunden war, das ist so abenteuerlich wie in einem Roman. Firmen, die plötzlich nicht mehr existieren. Sachen werden versprochen, die dann völlig anders sind. Schwierigkeiten mit den Nachbarn ohne Ende, unglaublicher Pfusch am Bau und unfassbare Bürokratie mit zahllosen Ämtern wegen Dingen, von denen ich noch nie in meinem Leben gehört habe – die teilweise so absurd sind, dass man sich wundert, wer auf solche Ideen kommt. Das alles hat ihm und seiner Familie sehr zugesetzt. So sehr, dass schließlich auch seine Ehe in eine Schieflage gekommen ist.

Und dafür tut er mir sehr leid. Er ist so ein bemühter Kerl, möchte immer alles ehrlich und richtig machen, ist hilfsbereit, sehr belesen und intelligent, und dann werden ihm hier haufenweise Steine in den Weg gelegt, und er wird von staatlicher Übermacht und Willkür geprügelt. Gleichzeitig bewundere ich ihn, wie er das überhaupt alles hinbekommen hat. Und dafür, eine Firma mit fünfzehn Mitarbeitern über viele Jahre hinweg in diesem firmenfeindlichen überregulierten österreichischen Bürokraten-Dschungel erfolgreich zu führen. Das ist eine gewaltige Leistung, finde ich. Das könnte ich nicht. Und wenn ich in so einer Situation, wie er die letzten paar Jahre gewesen ist, wäre, wäre ich bestimmt ohnmächtig, erschlagen von all dem, hilflos und handlungsunfähig.

All diese Dinge haben Gerolf, der jedes der Probleme nahezu alleine hat bestreiten müssen, auf den Boden gebracht. Diese massive psychische Belastung hat ihn und damit sein Leben wahrscheinlich nachhaltig beeinträchtigt und verändert. Mittlerweile hat er all das aber abschließen können, obwohl die allerletzten Schritte sogar noch auf diesem Törn jetzt geschehen sind.

Gerolf und seine Frau arbeiten an der Rettung der Ehe, und ich hoffe für ihn, dass es ihnen gelingt, alles wieder in Ordnung zu bringen. Gerolf und ich sind in manchen Dingen sehr verschieden, aber in manchen auch sehr ähnlich. Und dazu zählt, dass wir beide Familienmenschen sind, und der Großteil unseres Tuns nicht zum Selbstzweck, sondern für das gemeinsame Leben und die Familie da ist.

Ich selbst habe meine Familie und alles, was mich ausgemacht und definiert hat, verloren. Umso mehr rede ich deshalb mit Gerolf, und versuche, ihn zu motivieren. Denn ich weiß aus eigener Erfahrung, wie wichtig es ist, dass jemand da ist, der einem in so einer Situation beisteht und hilft und einen motiviert. Ich habe niemanden gehabt, und deshalb ist alles, inklusive mir selbst, zerbrochen.

Trotzdem habe ich den letzten Funken Hoffnung noch immer nicht verloren. Und obwohl diese Fahrt in die Arktis niemals zur Selbstfindung gedacht war, wie manche Menschen vermutet haben, sondern als sportliche Herausforderung und zum seglerischen Erfahrungsaufbau, fördert die lange Zeit, die man in so einem sehr begrenzten Handlungsumfeld verbringt, doch das Nachdenken – und hoffentlich auch das Finden neuer und anderer Wege.

Mittlerweile sind wir in der Nähe des *Cabo Finisterre*. Das ist deutlich weniger Fortschritt, als ursprünglich gedacht. Laut Wettervorhersage hätte der Wind, wegen eines Tiefdruckgebiets, das vom Atlantik herein nach Osten ziehen sollte, tagelang aus Südwest kommen sollen. Leider ist das nie passiert. Stattdessen hat sich ein Nordwestwind durchgesetzt, und zwischendurch gibt es immer wieder Flauten. Somit machen wir kaum Weg in die richtige Richtung.

Ich bin aber selber auch frustriert. Und darüber hinaus sind die in Spanien von Haus aus zu wenig gekauften Lebensmittel weg, und wir leben wieder von meinen Vorräten, die ich für meine Reise angelegt habe. Nachdem außer mir jetzt bereits drei andere Leute davon gegessen haben, hat sich so manches dezimiert. Es geht mir gar nicht darum, dass ich es ihnen nicht gönne. Alle können und sollen ja etwas essen. Das Problem dabei ist nur, dass mir im Moment ein bisschen die Idee fehlt, wie ich das Lager wieder auffüllen soll, denn ich bin ja zu Fuß unterwegs. Da kann ich nur schwer vierzig Kilo Lebensmittel und einhundert Liter Wasser kaufen. Außerdem komme ich immer weiter in den Norden, da wird alles empfindlich teurer, und genau solche Ausgaben wollte ich eigentlich vermeiden. Darüber hinaus habe ich ja nicht nur einfach irgendetwas Beliebiges im Supermarkt gekauft, sondern die Dinge sehr sorgfältig ausgewählt. Ich weiß nicht, ob ich das in einem fremden Land, wo ich nicht weiß, was es gibt und wie das alles heißt, ersetzen soll. Ich hoffe, dass ich in Irland, wo es – glaube ich – noch nicht so teuer ist, die fehlenden Sachen ergänzen kann. Das liegt mir sehr im Magen. Und so spare ich mit den Lebensmitteln, weil ein finanzieller Ersatz zwar besser ist als nichts, aber trotzdem das eigentliche Problem für mich nicht löst.

Ich rede mir innerlich gut zu und versuche mich selbst zu motivieren, um nicht völlig den Mut zu verlieren. Das ist zu zweit eindeutig schwieriger, stelle ich fest, weil man sehr leicht die eigene Frustration dem anderen auferlegt. Wenn man alleine ist, kann man das nicht: Man ist nur mit sich selbst beschäftigt und vertreibt sich halt irgendwie die Zeit. So muss man aber auch noch den Frust des anderen mitverarbeiten, der seinerseits natürlich dasselbe tun muss. Das macht die Situation schwieriger, und man beginnt die Schuld an allem möglichen zu suchen. Abhängig von den Charakteren, die an Bord sind, kann hier schnell eine Abwärtsspirale entstehen.

Gerolf und ich machen das aber recht gut. Aus meiner Sicht hat sich das Ganze jetzt endlich eingespielt. Immerhin sind wir seit beinahe drei Wochen gemeinsam an Bord. Er könnte ein bisschen öfters abwaschen.

Was Ordnung am Boot betrifft, und das inkludiert den Abwasch, bin ich nämlich ziemlich heikel – da kommt mein innerer Monk zum Vorschein. Viel zu oft habe ich erlebt, dass sich die Situation rasch ändern kann und dass dann, als Folge von Wellen oder Krängung, alles kreuz und quer durchs Boot fliegt. Nicht nur, dass das dann eine schreckliche Sauerei ist, es ist auch ein Risiko mit Verletzungsgefahr. Und im Falle von Küchengeschirr ist dann unter Umständen der ganze Boden wegen irgendwelcher Essensreste schmierig und rutschig, und Scherben und Messer liegen herum.

Wenn jemand den Berg schmutzigen Geschirrs in der Küche stehen sieht, daran vorbeigeht und sagt: »Ich mach das dann eh«, dann denke ich mir *„Warum erst dann und nicht gleich? Noch nie etwas von Murphy's Law gehört?"* Der gute Matrose geht nicht daran vorbei, sondern wäscht es einfach ab – unaufgefordert und ohne es zu kommentieren.

Ich habe das auf vielen Törns und sonst auch im Leben immer wieder beobachtet, dass viele Menschen die Arbeit nicht sehen. Da gehen sie einhundert Mal vorbei, und es fällt ihnen nicht auf. Ganz besonders, wenn man in einer Gemeinschaft lebt, und das ist man in einer Mannschaft am Boot, müssen einfach alle anpacken – und zwar nicht nur bei den großen Sachen, wie Segel setzen oder so. Sondern gerade die Kleinigkeiten machen es aus.

6. Das Meer der wahren Segler

Das ist Erziehungssache. Ich kenne Menschen, bei denen die Kinder, auch wenn sie schon fast erwachsen sind, daheim einfach keinen Handgriff tun müssen. Ich finde das recht armselig, denn genau das sind später dann die, die mitten in der Arbeit stehen und sie einfach nicht sehen. Das sind die, denen man jeden Handgriff anschaffen muss. Und es sind dieselben, mit denen es dann später anstrengend ist, zusammenzuarbeiten.

Aber ich kenne natürlich auch die andere Seite, wo die Kinder daheim mitanpacken müssen, und die das auch mit Selbstverständlichkeit tun. Jene Jugendlichen sind meiner subjektiven Beobachtung nach meistens auch wesentlich reifer als ihre gleichaltrigen Kollegen, die keinen Finger rühren müssen. Und es ist eine Freude, an Bord im Team mit solchen Menschen zu arbeiten.

Gerolf und ich sind aber trotz mancher Unterschiede ein gutes Team geworden. Wo ich mich bisher zu 100 Prozent habe verlassen können, ist, dass er seine Wachen brav durchsteht und aufpasst und dass er die Navigation checkt. Ich lege mich jedes Mal ohne Bedenken schlafen.

Ich habe mich nun auch halbwegs mit dem Umstand, nicht wie geplant alleine zu segeln, arrangiert, obwohl ich mich freue, dass es ab Irland wieder solo weitergehen wird. Gerolf ist der allwissende Gesprächspartner. Wir halten unseren Wachplan strikt ein, aber in den Phasen, wo wir gemeinsam da sind, unterhalten wir uns oft über alles mögliche. Ich staune dabei immer wieder, was er alles weiß. Selten erst sind wir bei Themen angekommen, wo er nichts dazu sagen konnte.

Es ist der 15. Juni und wir sind unmittelbar neben dem *Cabo Finisterre*. Generell sind wir windbedingt recht nahe der Küste und jedenfalls innerhalb der 12-Meilen-Grenze. Dadurch funktioniert unser Satelliteninternet und sogar das mobile Internet wird manchmal von den Sendern an Land zu uns herübergetragen. Und bei der Gelegenheit überprüfe ich die aktuelle Wettersituation und schaue im Vorhersagemodell, wie es die nächsten Tage weitergehen wird. Daraus geht hervor, dass wir in einem Loch festhängen, in dem es entweder nördliche oder gar keine Winde gibt. Das erwartete Tiefdruckgebiet ist noch immer da draußen am Atlantik, und wir stecken hier, östlich davon, in einer Hochdruckzone, die die Annäherung des Tiefs blockiert. Darüber hinaus sind große Kaps immer Scheidewände für das Wetter. Letzteres habe ich natürlich vorher schon gewusst, und wir sind hier nur, weil es aufgrund der Windverhältnisse nicht anders gegangen ist. Man kann mit einem Segelboot eben nicht völlig in eine beliebige Richtung fahren, obwohl moderne Segelboote, mit längs angebrachten Dreieckssegeln, sehr flexibel sind und einen großen Aktionsradius in Bezug auf den Wind haben. Die klassischen Rah-Segler, mit ihren quer angebrachten viereckigen Segeln, waren eine aerodynamische Katastrophe mit sehr eingeschränkten Möglichkeiten. Die haben nur mit Wind von hinten oder schräg hinten fahren können, was oft wochenlange Irrfahrten zur Folge gehabt hat. Das kann man recht eindrucksvoll an Karten sehen, die die gesegelten Routen der großen Entdecker aus dem 18. und 19. Jahrhundert, wie beispielsweise Captain James Cook, zeigen. Dabei sind sie oft einfach tage- oder wochenlang tatsächlich im Kreis gefahren.

Wir müssen aus diesem Loch heraus. Der südliche Wind beginnt irgendwo sechzig bis siebzig Meilen westlich der spanischen Küste. Ich beschließe also, nach Westen zu segeln. Dabei müssen wir das Verkehrstrennungsgebiet *Finisterre* queren. Es ist sehr dicht befahren, dennoch gelingt es uns, mit nur einem Ausweichmanöver in der ersten Nachthälfte von 15. auf 16. Juni da durchzukommen. Das ist so, wie eine mehrspurige stark befahrene Straße zu Fuß zu überqueren. Hinterher tritt dann dafür eine große Entspannung ein, weil westlich davon so gut wie keine Schiffe fahren und man somit nicht alle zehn Minuten erneut überprüfen muss, ob man sich nicht auf einem Kollisionskurs befindet.

Diese Ortsveränderung der vergangenen 24 Stunden beschert uns das bisher schlimmste Etmal. Wir haben nur 27 Meilen in Richtung unseres Ziels gutgemacht. Durchs Wasser gefahren sind wir natürlich viel mehr, aber dem Ziel näher gekommen sind wir kaum. Es ist frustrierend. Gerolf hat begonnen, eine Tabelle mit dem Tagesfortschritt zu machen, was das Ganze aber leider nur noch schlimmer macht, denn es führt uns sehr deutlich vor Augen, dass wir beinahe auf der Stelle treten. Ich bin immer um Motivation bemüht: *„Es wird schon"* oder *„Ein bisschen sind wir ja doch weitergekommen"* oder *„Es sind nur noch 600 Meilen, es waren ja schon 1000"* oder *„Der Wind wird sich ja doch bald drehen"*, sage ich dann.

Aber die Aktion macht sich bezahlt, denn dieser weite Schlag nach Westen bringt uns am Vormittag des 16. Juni dann endlich in eine Windzone, die uns Fahrt und den richtigen Kurs ermöglicht. Seither geht es konstant in den Norden, dahin, wo wir hinwollen.

Den dritten Tag sind wir nun geradeaus nach Norden unterwegs, und es läuft sehr gut. Der Wind ist wie vorhergesagt, Südwest drei bis fünf Windstärken. Vor zwei Tagen hat es ein bisschen geregnet, davor war ein feiner Sprühregen. Sonst wechseln sich die Wolken und die Sonne ab.

Heute Morgen ist Maxime Sorel, ein französischer Spitzensegler, mit seiner IMOCA mit 18 bis 20 Knoten, laut AIS, an uns vorbeigesegelt. Jetzt am Nachmittag ist der Ultim-Trimaran *Lazartigue*, der von Francois Gabart gesegelt wird, mit sogar 30 Knoten vorbeigekommen. Der Franzose hält mit 40 Tagen den absoluten Weltrekord einer Weltumsegelung, die er mit einem ähnlichen Trimaran gesegelt ist. Und wie es der Zufall will, ist auch die Flotte des *Ocean Race*, und zwar die IMOCA- und die VO65-Klasse 30 bis 50 Meilen östlich von uns nach Süden gesegelt.

„Das ist der Ozean, wo die richtigen Segler unterwegs sind", sage ich mir. Und das stimmt auch, denn die Franzosen sind die weltbesten Offshore-Segler. Östlich von uns liegt die berüchtigte Biscaya und damit die Geburtsstätte vieler französischer Spitzensegler wie *St. Malo* oder *Brest*. Und auch einer der bekanntesten Ausgangsorte für die großen Rennen dieser Welt liegt hier: *Les Sables d'Olonne*. So nahe war ich diesen Orten noch nie, obwohl ich schon seit Ewigkeiten bei den Starts so mancher Rennveranstaltungen gerne dabei gewesen wäre. Und jetzt, von hier aus, sind es gerade einmal 300 Seemeilen nach Osten.

Die Sonne scheint, zwischendurch ein paar Wolken. Es ist vier Uhr am Nachmittag. Gerolf schläft gerade, und ich habe die Angel aktiviert, mit einem Wobbler mit zwei Haken an der Schnur. Den ziehe ich jetzt hinten nach. Genau genommen habe ich aber keine Ahnung vom Hochseeangeln.

Ich muss mich einmal ein bisschen informieren, wie man da so tut. Aber egal, ich probiere das jetzt einmal.

Vor kurzem sind zwei größere Vögel aufgetaucht. Darum denke ich mir, dass Fische auch da sein müssen. Hie und da tauchen aus dem Nichts plötzlich Vögel auf, die dann nach einiger Zeit genauso unauffällig wieder verschwinden. Da sieht man, was für eine großartige Flugleistung die haben. Wir sind gerade etwas über der halben Strecke nach Irland, das heißt aber, dass das nächste Land ungefähr 300 Meilen weit weg ist. Die Tiere sind also bis hierher geflogen und müssen natürlich auch wieder zurück.

Von Westen nähert sich ein Regengürtel. Man kann das schon weit im Vorhinein sehen. Er kommt langsam näher. Man sieht gut, wie an manchen Stellen der Regen aus den Wolken fällt. Irgendwann ist das Ganze bei uns angekommen. Ich stehe im Cockpit, rundum zieht es zu und der Horizont verschwindet. Dann spüre ich die ersten Regentropfen. Es wird schnell mehr. Da ich kein Regengewand anhabe, flüchte ich in die Kajüte und mache alles dicht. Der Regen wäscht gleich das Salz vom Boot. Er dauert aber nicht sonderlich lange, und das Regenband zieht vorbei. Hinterher klart es auf, die Sonne scheint wieder, und ich kann im Osten einen Regenbogen sehen – zuerst einen, und dann sogar einen zweiten, etwas weiter außen. Ich versuche, das Ganze auf Video festzuhalten, aber ich bin mir nicht sicher, ob man das gut erkennen wird. Vielleicht muss ich im Schnittprogramm dann etwas nachhelfen.

Die Nacht bricht herein, es wird finster. Wir kommen Schritt für Schritt weiter nach Norden. Die Temperaturen sinken, sowohl von der Luft, als auch vom Wasser. Es ist noch immer sehr angenehm, aber bei weitem nicht mehr so heiß, wie es rund um Gibraltar war. Dass wir weiter nach Norden kommen, merken wir auch daran, dass die Tage und die Dämmerungen immer länger werden. In zwei Tagen ist Sommersonnenwende, der längste Tag, und für die meisten Menschen werden die Tage dann wieder kürzer. Für mich nicht, weil ich mich immer mehr nach Norden bewege.

Heute ist der 19. Juni, und der Wind hat nachgelassen. Am Vormittag fahren wir zwei Stunden mit dem Motor. Es ist fast kein Wind. Bei einer Windstärke und Schwell kann man am raumen Kurs nicht segeln. Zumindest nicht mit einer normalen Fahrtenjacht. Mit einem Spinaker würde es vielleicht gehen, aber auch nicht sicher. Zum Glück hat der Wind irgendwann auf zumindest zwei Windstärken zugenommen, und wir segeln wieder.

Ich komme auf die Idee, genau vor den Wind zu gehen und die zweite Genua zusätzlich zu setzen. Diese Konfiguration wird von manchen Passatwindseglern auf der Barfußroute verwendet. Damit hätten wir zusätzliche fünfzig Quadratmeter. Gerolf lässt sich sofort dafür begeistern, und wir bereiten alles vor: die Genua am Vordeck auspacken und auflegen, das Fall anschlagen, eine Schot anschlagen und den Hals unten befestigen. Ich muss ein bisschen improvisieren, da ich das ursprünglich nicht vorgesehen habe, aber das macht nichts. Es ist ja nur ein Versuch. Und dann geht's los.

Gerolf steht beim Mast und bedient das Fall. Ich sitze ganz vorne im Bugkorb und fädle das Liektau ins Profil am Vorstag ein, während er mit dem Fall das Segel Stück für Stück hinaufzieht. Ich sitze in einem riesigen Haufen Segel und bin aufs Einfädeln konzentriert. Das Segel ist zu zwei Dritteln oben – und plötzlich bemerke ich am Zug, dass es sich hinter der anderen Genua entfaltet hat. Das wäre kein besonderes Drama, aber mir fällt auf, dass die Schot im Wasser liegt und unter dem Boot durchgeht.

„Verdammt! Habe ich vergessen, die Schot zu belegen?", frage ich mich sofort. Und ja, ich habe tatsächlich drauf vergessen. Ich habe zwar einen Achterknoten ans Ende gemacht, aber die Leine nicht belegt. Der Wind hat das Segel erfasst, was ja prinzipiell so gedacht wäre, und hat dabei die Schot ins Wasser geworfen. Weil das Boot in Fahrt ist, hat sich diese jetzt wahrscheinlich komplett aus- und ins Wasser gezogen, bis es am Achterknoten hängengeblieben ist. Ich packe das fliegende Segel und ziehe es mit aller Kraft zu mir, damit es wieder zusammenfällt, um die Schot aus dem Wasser holen können.

»Gerolf, geh mal nach hinten und zieh die Schot raus!«, rufe ich ihm zu. Parallel ziehe ich vorne an der Schot. Das Horn des Segels habe ich mittlerweile bei mir.

„Da ist ganz schön Zug auf der Leine", stelle ich verwundert fest. Erstaunlich, was die Reibung des Wassers ausmacht. Ich habe aber auch zu wenig Hände, weil mit der anderen Hand muss ich das Segel festhalten, da

der Wind versucht, es mir ständig wieder wegzunehmen. Mit den Beinen verspreize ich mich zwischen Ankerwinsch und Relingskorb, um nicht den Halt zu verlieren, denn Wellen sind am Atlantik immer. Ich belege die Schot behelfsmäßig auf der Klampe.

»Ich krieg's nicht raus, da ist zu viel Zug drauf!«, ruft mir Gerolf zu.

»Ok, dann nehmen wir das Segel nochmals runter. Lass das Fall nach!«

Gerolf fiert die Leine am Mast, und ich packe das Segel Stück für Stück und stopfe es zwischen Reling und mich, so ähnlich wie beim Spinakerbergen, nur ohne Sack. Das Fall belege ich dann auch auf der Klampe, damit sich der Wind das Segel nicht wieder holt.

Jetzt versuche ich die Schot aus dem Wasser zu holen. Tatsächlich, da ist Zug drauf.

„Sehr komisch", denke ich mir.

»Es ist kaum Fahrt im Boot, wie kann das sein? Ich probiere, es mal weiter nach hinten zu holen. Gerolf, mach doch bitte vorne die Leine los!«

Gerolf öffnet den Klampenschlag auf der Ankerwinsch und kommt damit nach hinten, während ich seitlich ins Wasser schaue und sehe, wie die Leine einfach unter dem Boot verschwindet.

»Die kann doch nirgends hängenbleiben, wie gibt's das? Sehr komisch«, denke ich laut.

»Na doch, im Propeller«, antwortet mein Kumpel.

Einen Moment lang muss ich darüber nachdenken, denn es leuchtet mir nicht gleich ein. Doch nach einer kurzen Gedankenpause wird es mir plötzlich klar.

»Oh doch, natürlich, du hast recht!«

Der Propeller läuft beim Segeln mit, je nachdem, wie schnell man fährt. Und da wird die Leine einfach reingekommen sein und hat sich verwickelt – blöd! Normalerweise denkt man an sowas nur, wenn die Maschine läuft. Das Gute an der Sache ist, dass wir die Leine vermutlich recht einfach wieder herausbekommen, weil sie nur durch die Eigenkräfte des Propellers verwickelt worden ist, und das ist nicht sehr viel. Man kann die Welle mit der Hand anhalten wenn man will. Fängt man sich eine Leine mit laufender Maschine, wird diese mit aller Kraft des Motors aufgewickelt, bis der Motor abstirbt.

6. Das Meer der wahren Segler

Dabei entstehen solche Kräfte, dass sich die Leine durch die hohe Kraft und Reibung selbst verschweißt und man sie nur in mühevoller und langwieriger Arbeit herunterschneiden kann. Das ist mir vor vielen Jahren bei einer Überstellung im Spätherbst einmal passiert. Ich habe eine Dreiviertelstunde im vierzehn Grad kalten Wasser gearbeitet – und sie trotzdem nicht vollständig herausbekommen. Ich habe damals abbrechen müssen, weil ich vollkommen erschöpft und durchfroren war.

Genauso wie damals, habe ich auch jetzt keinen Neoprenanzug. Das ist eines der unzähligen Sachen auf meiner noch viel längeren Vorbereitungsliste, die ich nicht mehr zu besorgen geschafft habe. Aber so ist das halt, wenn man alleine ist und niemanden hat, der einem hilft. Ich glaube aber, dass das gleichzeitig auch meine Stärke ist: Situationen alleine und mit ungeeigneten Mitteln trotzdem zu meistern.

Ich bin recht unbegeistert von dieser blöden Situation und fluche ein bisschen herum. Ich ärgere mich immer noch über mich selbst, weil ich vergessen habe, die Schot zu belegen. Das war mein Fehler, und das ist jetzt die Strafe dafür. Man könnte es als Strafe Gottes für Schlamperei sehen, oder einfach nur als Manifestation von *Murphy's Law*.

»Also werde ich jetzt die Strickleiter auspacken, ins Wasser springen und die Leine wieder vom Propeller befreien«, sage ich missmutig.

»Warte, warte! Jetzt denken wir einmal nach. Und wir holen die Gopro und schauen damit einmal unter Wasser«, entgegnet Gerolf. Er ist der Denker, ich bin der Macher. Unsere beiden Charaktere offenbaren sich ganz deutlich in dieser Situation.

„Nicht so voreilig, Herr Kollege", kann ich seine Gedanken beinahe hören, und ich selbst denke mir:

„Was willst du schon viel nachdenken, die Leine wird sich nicht durch Telekinese befreien."

Er holt die Gopro und filmt unter Wasser Richtung Propeller. Danach schauen wir uns das Video an. Genau kann man es zwar nicht sehen, aber die Leine hängt eindeutig am Propeller und ist verdreht. Wir sehen außerdem, dass da noch irgendetwas anderes hängt. Wir fischen das andere Ende der Leine mit dem Bootshaken aus dem Wasser, und Gerolf versucht, die

Enden auszudrehen, nach dem, was wir auf dem Video gesehen haben. Ich öffne die Bodenbretter und drehe die Welle mit der Hand in die andere Richtung. Und tatsächlich gibt es ein bisschen nach, hängt aber weiterhin. Ich kann auch spüren, dass sich die Welle um einen gewissen Bereich in beide Richtungen drehen lässt, dann aber leider hängt.

Na gut, wir haben es probiert. Es geht aber doch nicht, ohne ins Wasser zu gehen. Ich bereite alles vor: Ich lege das Ruder ganz auf Anschlag, hänge die Strickleiter über Bord, binde einen Fender zum Nachziehen an eine lange Leine. Nur zur Sicherheit, falls ich den Kontakt zum Boot verliere, damit ich hinter dem Boot etwas zum Festhalten habe. Mein Kumpel kann in diesem Fall ja nicht die Maschine starten und mich holen. Dann hänge ich einen Fender seitlich ungefähr an die Stelle, wo der Propeller ist, damit ich mich zwischen den Tauchgängen anhalten kann. Das hat sich beim letzten Mal, damals bei der Überstellung, schon bewährt. Dann ziehe ich mir die Badehose an und hole die Taucherbrille und den Schnorchel aus ihrem Versteck. Wir sprechen das Manöver noch einmal kurz ab, nehmen beide einen Schluck Rum – und ab geht es ins Wasser.

Ich mag da jetzt so gar nicht rein, aber was soll's, ich muss.

Bekleidet mit T-Shirt und Badehose steige ich die Strickleiter, die ich seitlich bei den Wanten montiert habe, hinunter, bis die Beine im Wasser sind. Da das Boot in den Wellen rollt, werde ich im nächsten Augenblick von Poseidon abrupt komplett eingetaucht, um dann beim nächsten Wellenberg vollständig herausgehoben zu werden. Das passiert dann noch zweimal, also tauche ich mich ein bisschen vom Boot weg, lasse los und schwimme nach hinten zum Fender. Währenddessen setze ich die Taucherbrille auf. Ein Blick unter Wasser zeigt, dass die Leine an einem Flügel des Propellers hängt – und dass da noch ein Stück von einem Netz dran ist.

»Lass die beiden Enden bitte ein bisschen lockerer«, rufe ich hinauf. Gerolf im Cockpit lässt beide Leinen etwas nach.

»Erledigt. Hab beide Enden um zwanzig Zentimeter gefiert.«

»Ok, ich probiere es jetzt runterzunehmen.«

Ich hänge am Fender, atme ruhig und versuche, mich bestmöglich zu entspannen. Dann hole ich tief Luft und tauche ins kalte Wasser, unters Boot, zum Propeller. Dort halte ich mich dann fest, denn das Boot macht leicht Fahrt im Wind, obwohl ich das Ruder ganz eingeschlagen habe. Mit ein bisschen Hin- und Herdrehen kann ich die Leine vom Flügel herunternehmen. Kurz probiere ich noch an dem verwickelten Netz zu ziehen, aber es sitzt zu fest und meine Luft ist zu Ende. Ich tauche wieder auf und halte mich unten am Fender an.

»Leine frei!«, rufe ich, und: »Gib mir doch bitte dein Messer!«

»Super! Messer kommt gleich.«

Gerolf hat ein stabiles Messer mit einer Sägeklinge und einer Schlaufe, damit man es ums Handgelenk fixieren kann. Damit habe ich das Netz nach drei Tauchgängen vollständig herunten.

„Geschafft!" Ich bin sehr froh, dass das so gut gegangen ist. Ich klettere über die Strickleiter wieder an Deck, trockne mich ab und hole mir trockene Sachen zum Anziehen. Gerolf räumt inzwischen alles wieder weg. Dann setzen wir unsere Genua, und die zweite packen wir wieder in den Segelsack – genug Abenteuer für heute. Außerdem ist es schon halb sechs Uhr abends, und über Nacht wäre ich mit dieser Doppel-Genua-Konfiguration sowieso nicht gefahren.

Vor längerer Zeit schon hat sich Gerolf einmal Palatschinken gewünscht, und ich denke, dass jetzt der richtige Zeitpunkt ist. Das letzte Mal habe ich ihn vertröstet, aber versprochen, dass ich einmal welche machen werde. Dafür brauche ich nämlich die Stielpfanne, und das ist bei Seegang äußerst unpraktisch. Pfannen sind generell recht Bootsküchen-untaugliche Dinge – außer im Hafen natürlich – deshalb verwende ich sie nur sehr selten. Ist auch gar nicht notwendig, da man fast alles genauso gut in einem Topf machen kann – nur eben Palatschinken kann man damit nicht schupfen. Jetzt aber haben wir gerade einmal zwei Windstärken, und das Boot rollt nur ein bisschen, also gibt es endlich warme Palatschinken. Zuerst eine mit Speck, dann eine mit Nutella-Füllung, weil die Marmelade leider schimmelig geworden ist. Dazu trinken wir Kaffee. Danach gehen wir wieder in unseren normalen Wachrhythmus über.

Heute Nachmittag sitze ich wieder einmal im Cockpit und genieße das Meer. Da entdecke ich plötzlich ganz in der Nähe etwas großes Schwarzes. Ich springe auf und fixiere den Punkt. Tatsächlich, da ist etwas.

»Gerolf, ein Wal! Komm rauf! Fotoapparat!«, rufe ich hektisch. In dem Moment taucht etwas Großes, bestimmt ein paar Meter lang, knapp unter der Wasseroberfläche neben dem Boot vorbei. Wie von der Tarantel gestochen erscheint Gerolf im Cockpit, und beide suchen wir die Wasseroberfläche rund ums Boot ab. Tatsächlich können wir zwei Wale sehen! Einer springt sogar aus dem Wasser, und Gerolf gelingt es, das Tier in letzter Sekunde zu fotografieren. Dann verschwinden beide Wale wieder. Wir sind beide keine besonderen Wal-Kenner, aber Orcas waren das definitiv nicht. Mithilfe eines Bekannten identifizieren wir sie später als Grindwale.

Seit sechs Stunden schon fahren wir bei Südwind mit zwei Windstärken auf raumen Kurs. Da der Wind so schwach und wie immer Schwell ist, fällt die Genua ständig ein, um dann wieder mit Kraft und einem lauten Schlag in die Schot und das Rigg zu donnern. Es ist schrecklich. Ich hoffe, dass alles hält und nichts kaputt wird.

Ich brauche unbedingt einen Spi-Baum, so kann ich nicht weiterfahren. Der raume Kurs ist sowieso sehr mühsam zu fahren, aber insbesondere, wenn der Wind so schwach ist, schlagen die Segel ständig und belasten das Rigg enorm. Das Großsegel habe ich momentan gar nicht gesetzt, damit es nicht kaputt wird, aber ohne Genua würden wir kaum Fahrt machen. Ich mache mir Sorgen, dass das Rigg beschädigt wird. Ich denke ständig über Verbesserungsmöglichkeiten nach, seit Wochen mittlerweile, da ich seit Beginn meiner Reise, Anfang Mai, immer wieder mit raumen Schwachwinden zu kämpfen habe. Mir fällt einfach nichts ein – außer die Segel zu bergen, was ich tatsächlich auch schon öfters gemacht habe.

Ich hoffe, dass ich in Irland irgendwie zu einem gebrauchten Spi-Baum komme. Ich habe das heute auf meinem Satellitentracker als Nachricht gepostet, in der Hoffnung, dass mir damit wer helfen kann. Denn ich weiß nicht, wie ich das sonst machen soll. Ich kenne niemanden in Irland und habe auch keine Ahnung, wie dort die Gebräuchlichkeiten sind. Und im Marineshop einen neuen zu kaufen ist vermutlich zu teuer.

6. Das Meer der wahren Segler

Irgendwann hat der Wind zum Glück wieder zugenommen, und wir sind die ganze Nacht durchgesegelt – langsam, aber das macht nichts, Hauptsache Fahrt im Schiff! Irgendwann am Vormittag dann wieder Flaute. Ich fahre unter Motor weiter. Wir haben schon einen weiten Weg zurückgelegt. Gerolf führt ja seit eineinhalb Wochen eine Liste, wo er den täglichen Fortschritt notiert. Täglich um acht Uhr in der Früh berechnet er den aktuellen Stand. Jetzt sind es nur noch neunzig Seemeilen bis zum berühmten *Fastnet Rock* im Süden Irlands. Es ist ein Felsen, auf dem ein markanter Leuchtturm errichtet worden ist. Dieses Leuchtfeuer dient als Wendemarke für viele Regatten, von denen das *Fastnet Race* vermutlich das bekannteste ist, seit bei dem Rennen im Jahr 1979 ein außergewöhnlicher Sturm einige Todesopfer forderte.

Um Mitternacht beginnt meine Schicht und der *Fastnet Rock* kommt immer näher. Südlich davon ist ein Verkehrstrennungsgebiet und ich befürchte eine anstrengende Schicht wegen dem Verkehr. Aber Gerolf hat mir bei der Wachübergabe berichtet, dass er während seiner Schicht von acht bis zwölf am AIS nur ein einziges Schiff gesehen hat. Und tatsächlich, auch mir begegnet nur ein einziges Schiff. Wenn so wenig los ist, kommt man immer ohne Probleme an einander vorbei.

Wir sind mittlerweile so hoch im Norden, also über 51 Grad, dass die Tage und vor allem die Dämmerung sehr lange dauern. Richtig finster ist es von elf bis zwei Uhr, dann kann man schon wieder einen Schein am Horizont erkennen. Das Ungewöhnliche daran ist, dass dieser in nördlicher Richtung liegt. Bis zum *Fastnet Rock* sind es noch ein paar Meilen, eine Stunde Fahrt vielleicht. Mit dem Näherkommen zur Küste wird auch der Wind zunehmend schwächer, und das Boot macht zwei bis drei Knoten Fahrt. Das Leuchtfeuer können wir bereits seit Stunden sehen, jetzt aber kann ich im Schein der Morgendämmerung zum ersten Mal den Turm und den Felsen mit freiem Auge erkennen. Der Wind lässt auf gerade einmal vier bis fünf Knoten nach. Bei dem Lüftchen läuft das Boot auch weniger Höhe, und so kommt es, dass ich tatsächlich eine halbe Meile davor wenden muss, um daran vorbeizukommen. Ich hätte zwar prinzipiell auf der anderen Seite genauso fahren können, aber dieses Leuchtfeuer ist eben für viele Regatten eine wichtige Wendemarke, deshalb wollen wir „richtig" herum fahren – auch, wenn wir nicht an einem Rennen beteiligt sind.

Es ist vier Uhr morgens und schon deutlich heller geworden, als wir auf gleicher Höhe mit dem Leuchtturm sind. Gerolf kommt gerade an Deck, weil jetzt wieder seine Wache beginnt. Ich bleibe auch noch wach, um am Felsen vorbeizufahren und den ersten Morgen an der irischen Küste zu erleben. Unmittelbar nachdem wir das Feuer passiert haben, ist der Wind ganz weg, und das Meer wird komplett glatt. Die Strömung setzt leicht nach Osten und hat uns dabei geholfen, das Feuer zu umrunden. Genaugenommen sind wir um den Leuchtturm mehr herumgetrieben, als gefahren.

Jetzt geht es unter Motor weiter, und bald geht die Sonne auf. Eine schroffe, felsige Küste, anders als im Mittelmeer. Die Felsen sind dunkel und eher glatt. Im Gegensatz zum Mittelmeer, wo sie ja gelblich bis weiß und sehr scharfkantig zerfurcht sind.

Darüber liegen bewirtschaftete Wiesen, auf denen Kühe grasen. Aus der Entfernung sehen sie aus wie Schwarzbunte. Auf manchen Feldern liegen gepresste Rundballen von der letzten Ernte und dazwischen immer wieder recht verstreut Häuser beziehungsweise Rotten mit ein paar Häusern, vereinzelt Kirchen, und an den Kaps stehen Leuchttürme. Denkt man sich das Meer und die Leuchttürme weg, dann sieht es hier aus wie bei uns im Mostviertler Hügelland rund um Mank.

In manchen Einbuchtungen liegt Nebel. Die Luft ist feucht und riecht nach Land. Es ist ganz eindeutig wahrzunehmen und auch mit verbundenen Augen wüsste man, dass hier Land ist. Denn draußen auf dem Meer riecht es eigentlich nicht nach viel. Der typische Meeresgeruch, wenn man vom Land her an eine Küste kommt, ist ja weniger das Meer, als die feuchten Steine, die Moose und Algen und das sonstiges Getier, das in der Uferzone lebt.

Gestern Vormittag habe ich ein E-Mail an die *Kinsale-Marina* geschickt, wegen eines Liegeplatzes. Bisher habe ich aber noch keine Antwort bekommen. Noch fünf Stunden, bis wir dort sind. Ich beschäftige mich mit dem Hafenhandbuch und der Gezeitenberechnung. Das ist etwas, womit man sich gründlich auseinandersetzen muss. In *Kinsale* selbst beträgt der Gezeitenunterschied derzeit ungefähr drei Meter. Und damit verbunden sind auch Strömungen. Es schaut alles soweit gut aus. *Kinsale* liegt in einer Flussmündung, in die man vom Meer aus hinauffährt. Die Einfahrt erscheint auf der Karte recht schmal, aber nicht gefährlich, wenn man aufpasst. Die Wassertiefe liegt bei mindestens drei Metern, auch bei Niedrigwasser, also kein Problem für mein Boot.

Noch immer keine Antwort von der *Kinsale-Marina*, das ist unangenehm. Im Hafenhandbuch steht, dass die Marina auch per Funk erreichbar ist, also rufe ich dort an. Zuerst am Kanal 6, das ist laut *Reed's Almanac* deren Arbeitskanal. Und dann auf Kanal 16. Ich probiere es ein paar Mal, erhalte aber keine Antwort. Gerolf ruft darauf hin mit dem Handy in der Marina an. Ich bin ihm sehr dankbar dafür, denn alleine beim Gedanken daran, irgendwo telefonisch anrufen zu müssen, schnürt es mir den Magen zusammen. Richard, der die Liegeplätze verwaltet, sagt, dass leider kein Platz ist, da sie gerade eine Regatta haben und daher übervoll sind – das ist schlecht. Aber gegenüber am anderen Flussufer, in *Castlepark*, ist noch eine Marina. Gerolf ruft nun dort an und kann seinem Gesprächspartner Stephan von der *Castlepark-Marina* nach einigem Hin und Her einen Liegeplatz abringen. Wir gehen längsseits an ein anderes Boot und bekommen am nächsten Tag dann einen besseren Platz.

Geschafft! Wir betreten an diesem 21. Juni nach über 1700 Seemeilen seit *Benalmadena* nun irischen Boden. Es war eine lange Reise, und der heutige Tag war anstrengend. In Landnähe ist das immer so, denn man muss sehr aufpassen: auf die anderen Boote, dass man nicht auf Grund läuft, auf die zahlreichen Kanister der lokalen Fischer. Und dann kommt noch der Stress mit der Organisation eines Liegeplatzes hinzu. Jetzt gut hier festgemacht zu haben, ist sehr angenehm. Neben der Marina ist ein Pub, das wir besuchen.

Anschließend möchte ich noch kurz in ein Geschäft, ein paar Bierdosen und andere Kleinigkeiten im Market kaufen, und dann aufs Boot und nur dasitzen, schauen und geistig ankommen. Leider läuft das nicht ganz so, wie ich es mir vorstelle, denn zum einen sind wir in *Castlepark* und nicht in *Kinsale*. Ersterer ist ein kleiner Ort, der aus ein paar Häusern, einem Pub und der Marina besteht – sonst nichts. Und *Kinsale* ist am anderen Flussufer. Es gibt zwar eine Brücke, aber zu Fuß wäre das ein Marsch von mehreren

Kilometern. Also fahren wir mit dem Dinghy – na super. Ich bin ein Feind von diesen kleinen Beibooten und verwende sie nur in extremen Notfällen – so wie jetzt.

Am Boot ist so ein Dinghy immer im Weg. Es nimmt viel Platz ein, und man kann es nicht gut verstauen. Ich habe zu diesem Zweck eine große Alu-Kiste an Deck. Das ist zwar besser, aber die Kiste ist entsprechend groß und auch im Weg. Man braucht das Dinghy zwar nur selten, aber eben doch, denn sonst würde ich es einfach ganz weglassen und ohne fahren.

Gerolf will duschen, und dann, so hat er mir eröffnet, will er unbedingt essen gehen. Das ist mir überhaupt nicht recht. Ich habe absolut keine Lust, jetzt nach der langen Fahrt auch noch in der Stadt herumzulaufen und irgendwo in einem Lokal zu sitzen. Ich möchte in Ruhe ankommen, einfach im Cockpit sitzen und dann irgendwann schlafengehen. Aber ich kenne das von vielen Leuten, die mit mir auf längeren Fahrten waren. Da besteht häufig der Drang, unmittelbar nach dem Anlegen fluchtartig das Boot zu verlassen. Für mich ist der Weg das Ziel. Die Herausforderung und das Abenteuer ist es, auf dem Seeweg wo hinzukommen. Wenn ich angekommen bin, habe ich die Aufgabe bestanden und kann somit zum nächsten Ziel weiterfahren. Ich glaube, dass das im Gegensatz zu dem steht, was die meisten Menschen möchten: da ist der Seeweg das notwendige Übel, das es zu überwinden gilt, um sich am ersehnten Ziel endlich mit Sightseeing, kulinarischen Genüssen und Ähnlichem zu beschäftigen.

Also schicke ich ihn in die Dusche und pumpe inzwischen das Dinghy auf. Außenborder auftanken, und dann hebe ich den schweren Motor nach unten, was alleine ziemlich mühsam ist. Aber das schaffe ich. Ich bin geübt darin, Dinge, die alleine anscheinend unmöglich sind, doch zu meistern. Dann versuche ich den Motor zu starten. Benzinhahn auf, Vergaser entlüften, Choker, ein bisschen Gas und anreißen. Ich kann alle möglichen Maschinen starten, von der Motorsäge bis zum Bagger – alles kein Problem.

Der Außenborder will aber nicht, und es riecht nach Benzin. Dann also mal ohne Choker, weniger Gas – will nicht. Noch ein paar Versuche – wird nichts. Da bemerke ich, dass Benzin ausrinnt, irgendwo beim Vergaser. Vielleicht ist der Benzinschlauch schon alt – so etwas Blödes! Also Absperrhahn zu und den Motor wieder nach oben hieven.

6. Das Meer der wahren Segler

„Na sehr super!" Alles, was ich wollte, war, hier in meinem Cockpit zu sitzen und mich zu entspannen. Stattdessen kann ich mich mit dem blöden Dinghy ärgern, dann muss ich über den Fluss rudern, und danach muss ich mich auch noch irgendwo in ein Lokal setzen und Geld ausgeben. Das ist mir alles überhaupt nicht recht. Und Gerolf ist auch noch immer nicht da. Nachdem ich jetzt von der ganzen Aktion mit dem Beiboot ziemlich verschwitzt bin, gehe ich auch duschen.

Ich nehme ein Handtuch und Duschgel und marschiere zu den Marinaduschen. Es ist ein weiter Weg die gesamte Steganlage entlang, da unser Platz ziemlich am Ende der Anlage liegt. Und dann stehe ich vor der Dusche und kann nicht hinein, weil man da einen Zahlencode braucht. Den weiß ich aber nicht, und mein Handy habe ich nicht mit, dort hätte ich nämlich den Informationszettel von der Marina gespeichert.

Sehr ärgerlich, das wird ja immer besser! Also gehe ich wieder zurück. Zurück beim Boot, sitzt Gerolf schon da.

»Wo kommst du denn her?«, frage ich verwundert. »Sind wir aneinander vorbeigegangen, ohne dass ich dich bemerkt habe?«

»Nein, ich bin zurückgekommen, als du da gerade mit dem Dinghy herumgetan hast.«

„Kann er mir das nicht sagen? Er hätte mir bei dem blöden Ding ruhig helfen können", denke ich verstimmt. Ich bin etwas zornig, denn ich wollte doch nur in Frieden im Cockpit sitzen. Ich dusche also im Boot. Danach rudern wir auf die andere Seite und gehen in die Stadt. Es ist halbwegs ein Marsch und mein linkes Knie tut beim Gehen weh. Es dürfte bei meinem Sturz am Steg in *Lagos* doch irgendetwas abgekriegt haben, denn der Sturz ist mittlerweile zehn Tage her. Irgendwo finden wir dann einen Market, kaufen ein paar Sachen, setzen uns auf eine Bank und machen uns jeder eine kühle Bierdose auf. Sehr angenehm!

Gerolf schaut mich an, und wir prosten uns zu. Auch er wirkt zufrieden. Nachdem wir ausgetrunken haben, gehen wir weiter. Es ist schon recht spät und darum finden wir auch nichts Brauchbares, wo man essen kann. Also setzen wir uns in ein Irish Pub.

„Na gut, gar nicht so schlecht", muss ich mir eingestehen. Zwar ist diese Abendgestaltung nicht das, was ich eigentlich ursprünglich wollte, aber in einem echten Irish Pub zu sitzen, hat ja auch etwas. Wir unterhalten uns angeregt, und es wird noch ein sehr lustiger Abend. Nach der Sperrstunde wandern wir die anderthalb Kilometer zurück zum Beiboot, rudern über den Fluss und fallen schließlich erschöpft in unsere Kojen.

Es ist halb zehn Uhr, als ich aufwache; sehr spät also. Doch die Reise von Spanien bis hierher war anstrengend, gestern Abend hat es länger gedauert – und das Bier hat uns natürlich hervorragend geschmeckt.

Stephan, der Marinamanager, kommt vorbei und verkündet, dass er einen Liegeplatz direkt am Steg für uns hat. Wir müssen bis zum Nachmittag mit dem Umlegen warten, denn die Gezeitenströmung drückt uns auf das Boot, an dem wir liegen. Quer gegen den Strom abzulegen ist schwer bis unmöglich. Aber wenn die Flut kommt, kippt der Strom und treibt unser Boot von alleine weg, sobald wir die Leinen lösen. Meine Devise ist bei allen Hafenmanövern immer, die einfachste Variante zu wählen. Mittlerweile fahre ich sehr gerne Hafenmanöver, insbesondere, wenn sie nicht ganz einfach sind. Es ist eine Herausforderung, bei der man sehr überlegt planen und handeln muss. Und dann legt man an oder ab – und bekommt direkt die Bestätigung, ob man richtig gedacht und manövriert hat. Wenn nicht, muss man auf der Stelle reagieren und improvisieren.

Dieses Ablegemanöver jetzt ist relativ leicht, denn der Strom drückt mich weg. Nur der Wind weht in die entgegengesetzte Richtung. Das wirkt sich in erster Linie auf den Bug aus, denn dort ist das Unterwasserschiff recht flach, weshalb die Strömung nur wenig wirkt. Das Schiff treibt zwar mit der Strömung mit, der Wind taucht aber den Bug in die andere Richtung. Das macht das Manövrieren recht anspruchsvoll.

Diese Erfahrungen hier finde ich sehr interessant. Denn es ist ein Fluss, der eine Grundströmung Richtung Meer hat, die Flut wirkt aber entgegen, wodurch die Strömung dann leicht landeinwärts läuft. Manövrieren mit Wind aus allen Richtungen kann ich. Das habe ich jahrzehntelang im Mittelmeer trainiert, aber Strömungen gibt es nur sehr selten. Gerade mal bei Engstellen zwischen Inseln.

6. Das Meer der wahren Segler

Genau aus diesem Grund gehört für mich das Manövrieren im Strom noch nicht zum Standardrepertoire – außer vielleicht mit dem Paddelboot auf der Donau oder einem fließenden Seitenarm.

Ich experimentiere ein bisschen und beobachte, wie sich das Boot verhält und was passiert, und da ich prinzipiell sehr geübt beim Manövrieren unter Maschine bin, kann ich mich recht schnell daran anpassen.

Ich lege also von dem anderen Boot ab. Gerolf bleibt am Steg, damit er mir gleich beim Anlegen wieder helfen kann. Anlegen mit Landhilfe ist immer leichter, und um von einem zum anderen Platz zu fahren, brauche ich ihn an Bord nicht.

Ich fahre etwas von den Booten weg, auf den Fluss hinaus, lasse die MIZZI treiben und bereite die Leinen und Fender für das Anlegemanöver vor, den es muss alles von Steuerbord auf Backbord. Dann fahre ich zum Schwimmsteg und lege an. Ich muss wegen der gegensätzlichen Wind- und Strömungsverhältnisse ein bisschen herumbasteln, aber im Endeffekt gelingt es.

Am selben Tag rudere ich dann wieder über den Fluss, um den großen Teil meiner Wäsche in eine Wäscherei zu bringen. Es ist ein riesiger Sack – alles, was sich in den letzten zwei Monaten angesammelt hat. Dabei war ich sehr sparsam, und die Bettwäsche ist noch gar nicht dabei. Das werde ich dann nächste Woche hinbringen. Nachdem ich die Wäsche abgegeben habe, spaziere ich ein bisschen durch die Stadt, kaufe mir ein paar Sachen im Supermarkt und einen Erdbeer-Slushy, weil es so schön warm ist. Dann finde ich noch einen Souvenirshop, wo ich ein paar Mitbringsel kaufe – darunter ein kuscheliges Schaf mit einer grünen Schleife für meine kleine Tochter. Eigentlich wollte ich ein Armkettchen für sie kaufen, kann aber kein passendes finden. Obwohl Melissa jede Menge Stofftiere hat, wird sie sich bestimmt trotzdem über ihr irisches Schaf freuen.

Danach quere ich mit dem Schlauchboot wieder zurück. Gerolf hat in der Zwischenzeit damit begonnen, passende Flüge zu suchen, da wir jetzt beide nach Österreich fliegen. Ich werde Kurzurlaub daheim machen und meine Familie besuchen. Ungefähr eine Woche später werde ich wieder hierher zur MIZZI zurückkehren, um weiter nach Norden zu fahren.

Für mich ist Fliegen die schlimmste Art zu reisen, weshalb ich es so weit wie möglich vermeide. Das Komplizierte beginnt ja schon beim Flugbuchen, wo man stundenlang herumsuchen muss, bis man eine passende und günstige Kombination findet. Es gibt zwar einige Flugsuchmaschinen, ohne die es sowieso noch wesentlich schwieriger wäre. Die leisten aber nur einen kleinen Teil der Arbeit, denn man muss alle Optionen genau vergleichen. Das wird sehr komplex, wenn man umsteigen muss, denn man muss die Zeit und zusätzliche Kosten berücksichtigen. Je länger man wo sitzt, umso teurer wird es, da man etwas essen und trinken muss. Noch schlimmer wird es, wenn man ein Zimmer braucht. Das sind alles Faktoren, die man mit einkalkulieren sollte. Hat man was Passendes gefunden, muss man das dann buchen. Ja, Online-Shopping ist einfach, allerdings nicht, wenn man einen Flug buchen möchte. Im Laufe der Jahre habe ich den Eindruck gewonnen, dass dem Online-Flugbuchen zwei Grundprinzipien unterliegen: Das erste ist, dass die Dinge teilweise so kompliziert und benutzerunfreundlich sind, dass man den Eindruck bekommt, dass die gar keine Kunden haben wollen. Und das zweite ist, dass alles darauf ausgelegt ist, den Kunden reinzulegen.

Und genau das hat sich jetzt wieder bestätigt. Ich suche am Abend in stundenlanger Arbeit zwei brauchbare Flugkombinationen heraus. Da beide Vor- und Nachteile haben, schicke ich sie Petra. Insbesondere bei solchen organisatorischen Dingen bin ich oft verloren, und weiß nicht, wie ich entscheiden soll. Petra war immer eine gute Partnerin und wir haben gemeinsam solche und natürlich viele andere Dinge gemeistert. Auch hier hilft sie mir bei der Entscheidung. Und so buche ich schließlich eine der beiden Kombinationen.

Der nächste Tag bricht an. Ich möchte die backbordseitigen Fenster im Rumpf reparieren. Leider ist es sehr stürmisch und regnerisch, teilweise mit einem feinen Sprühregen – genauso, wie man sich das Wetter in Irland und England vorstellt. Also nichts mit Fenster-Einkleben.

Stattdessen bestelle ich im Liefersupermarkt einige Lebensmittel und fahre mit dem Taxi wieder in die Stadt, um noch ein paar Sachen zu kaufen und meine Wäsche wieder abzuholen.

6. Das Meer der wahren Segler

Heute ist Abreisetag. Das Wetter ist noch immer unverändert – windig und nebelig mit Sprühregen. Ich freue mich auf die Abreise, weil ich dann endlich meine Kinder, Petra und alle anderen aus der Familie sowie meine Freunde wiedersehen kann. Und auch, weil es bedeutet, dass ich wieder alleine bin. Gerolf war ein guter Kumpel für die drei Wochen, aber jetzt ist es genug – ich freue mich sehr darauf, nun endlich meine Solo-Expedition fortzusetzen.

Die Flüge haben geklappt. Mein Vater holt mich vom Flughafen ab, und ich übernachte bei ihm. Um Mitternacht falle ich erschöpft ins Bett.

Die nächsten Tage werden sehr arbeitsreich – und ich werde viel Zeit mit meiner kleinen Tochter verbringen.

7. Ein Flug mit Hürden

Der Heimaturlaub war schön, aber kurz. Zu viel Zeit habe ich nicht, denn sonst wird das Wetter im hohen Norden wieder stürmisch – also zurück nach Irland. Es war so schön daheim, dass ich gar nicht wieder weg will, aber ich muss – ich kann das Boot nicht einfach so in Irland lassen, und meine Motivation wird schon wiederkommen.

Flugbuchen ist in meinen Augen eine komplizierte Angelegenheit, aber im Endeffekt schaffe ich es dann irgendwie doch, einen Flug nach Manchester und dann einen weiter nach Cork zu buchen. Direktflüge gibt es nicht, und diese Flugkombinationen heute, Mittwoch Nachmittag, ist die schnellste und billigste Variante. Die Auswahl ist auch nicht sonderlich groß, denn mittlerweile ist Anfang Juli, somit Hochsaison – und alles gut gebucht.

Ich habe auch noch ein Zugticket gebucht, um von daheim zum Flughafen zu kommen, und meine Sachen gepackt; alles rechtzeitig ohne Stress. In Wien am Flughafen stelle ich fest, dass der Flug nach Manchester voraussichtlich eineinhalb Stunden Verspätung hat.

„Na super!" Jetzt plane ich alles ordentlich, bin pünktlich, und dann das. Das heißt nämlich, dass der Anschlussflug sehr knapp wird. Ich versuche, mich zu erkundigen, aber niemand ist für irgendetwas zuständig. Das Personal am Wiener Flughafen ist darüber hinaus sowieso meistens recht unfreundlich.

Bei den Gates auf Terminal D gibt es ein *Airline Service Center*. Da gehe ich hin, um zu fragen. Daraufhin werde ich angeschnauzt, dass dieser Schalter nur für Austrian Airlines sei und auf die Frage, wohin ich mich wenden soll, zuckt die Frau am Schalter desinteressiert mit den Schultern und weiß nichts – oder will nichts wissen. Das ist keine Auszeichnung für das Austrian-Airlines-HR-Department, dass die solche Leute anstellen. Wenn sie es tatsächlich nicht weiß, kann sie mir das auch freundlich sagen, ich war auch höflich zu ihr. Oder sie könnte mir einen Tipp geben, wo ich vielleicht fragen kann. Und warum heißt das überhaupt *Airline Service Center*? Das impliziert meiner Meinung nach, dass es sich um ein generelles Service Center und nicht nur einen Austrian-Airlines-Schalter handelt.

Nun gut, mittlerweile habe ich es in den Flieger geschafft, der über zweieinviertel Stunden verspätet abfliegt, was so viel heißt, wie dass mein Anschlussflug zehn bis fünfzehn Minuten, nachdem wir landen, startet – mit anderen Worten: Der ist weg!

„Sehr super!"

Der Stewart kann mir auch nicht wirklich weiterhelfen, aber er meint wenigstens, dass ich in dem Fall die Fluglinie kontaktieren soll und dass die bestimmt eine Lösung haben. Das hoffe ich sehr, denn im Moment bin ich einfach nur ratlos. Auch habe ich einen Leihwagen für heute Abend in Cork reserviert. Der ist dann wahrscheinlich auch weg.

Ich mag Fliegen sowieso nicht, und dann passiert mir so etwas. Es ist eine genauso billige Massenabfertigung wie U-Bahn-, oder Straßenbahnfahren. Überall Menschen, laut, dreckig, und jede Kleinigkeit zu essen und jeder Becher Kaffee kostet ein Vermögen. Und dennoch verkaufen sie einem am Flughafen immer noch diese Luxusartikel, wie in den goldenen Zeiten des Fliegens vor vierzig Jahren. Dinge, die kein normaler Mensch im normalen Leben im Vorbeigehen kaufen würde.

In Manchester, das an der Westküste Großbritanniens liegt, stehen wir zwanzig Minuten bei der Passkontrolle, und dann noch einmal bei der Gepäckausgabe. Es scheint ein recht großer Flughafen zu sein. Danach wandere ich auf dem Terminal ein bisschen herum, bis ich endlich einen passenden Schalter finde. Die Dame ist sehr freundlich und reserviert mir einen Sitzplatz in der nächsten Maschine. Die geht aber erst morgen um zwei Uhr nachmittags. Und irgendeine Bearbeitungsgebühr muss ich auch bezahlen.

Ich kann es eh nicht ändern, wenigstens bin ich dann morgen Abend dort. Ich informiere den Marinabetreiber, weil ich ihm ursprünglich gesagt hatte, dass ich heute komme. Irgendwann erhalte ich einen Anruf von der Leihwagenfirma in Cork. Denen gebe ich somit auch Bescheid, dass ich wegen einer Flugverspätung erst morgen komme. Alles ok, ich kann das Auto morgen auch holen.

„Und jetzt?"

Grob siebzehn Stunden muss ich hier am Flughafen totschlagen. Ich finde einen Spar-Supermarkt, kaufe mir etwas zu essen und zu trinken, sitze ein bisschen im Freien und beobachte das geschäftige Treiben. Nach einiger Zeit wird es frisch, und ich suche mir drinnen einen Sitzplatz, wo ich die Nacht verbringen werde. Ich kann auch tatsächlich ein paar Stunden schlafen, so gut man im Sitzen halt schläft. Immer wieder wache ich zwischendurch auf. Als ich noch jünger war, war das Schlafen im Sitzen für mich ein Ding der Unmöglichkeit. Jetzt geht es immer noch nicht sehr gut, aber besser als früher.

Um fünf Uhr in der Früh ist es vorbei mit Schlafen. Viele Menschen sind unterwegs, junge Reisegruppen, Familien mit kleineren und größeren Kindern, Geschäftsleute, Obdachlose, ja: Alle möglichen Leute treiben sich hier herum, und naturgegeben ist es relativ laut und schmutzig, wie Flughäfen halt so sind. Die meisten Sitzplätze sind mittlerweile belegt. Das ist insofern blöd, weil ich neben dem Rucksack auch meine schwere Reisetasche mithabe und hie und da muss ich dem Ruf der Natur folgen.

Irgendwann kaufe ich mir dann einen Kaffee und ein Frühstück und kann am Vormittag endlich mein Gepäck wieder abgeben. Einen kleinen Fehler habe ich gemacht, denn ich habe keine Akkubank und auch kein USB-Kabel mit, und mein Handy wird schön langsam leer – ein klarer Skipperfehler. Um mir das lange Warten zu vertreiben, habe ich recht viel Zeit mit Handy-Schauen und sogar Spielen verbracht – ich spiele sonst nie am Handy.

Ich entdecke ein Café, in dem es USB-Ladestationen gibt. Also kaufe ich mir ein Ladekabel und wandere dorthin. Ich bestelle einen Cappuccino und sitze eine Zeit lang herum.

Endlich kann ich in den sicheren Bereich, muss dafür aber noch durch die Sicherheitskontrolle. Zuerst also eine Viertelstunde anstellen, die Kontrolle selbst dauert dann sage und schreibe zwanzig Minuten – pro Person. Wie immer muss man alles in diese Plastiktassen geben, Flüssigkeiten in ein Sackerl, was bei mir nur die Kontaktlinsenflüssigkeit und Augentropfen sind. Dann Gürtel weg, und durch den Scanner. Alles ok.

7. Ein Flug mit Hürden

Dahinter werden von anscheinend beinahe allen Passagieren die Taschen und Rucksäcke kontrolliert – und das dauert. Sie wühlen und tasten drinnen herum und machen Abstriche. Ich denke, dass sie damit auf Drogen kontrollieren, weiß es aber nicht genau.

Endlich bin ich an der Reihe. In meinem Rucksack ist nicht viel drin, trotzdem wühlt der Typ ganz schön herum. Er ist sehr freundlich und befragt mich, ob ich dies oder jenes mithabe – alles »No sir, I don't have.« Und dann findet er ein kleines Feuerzeug in einer Nebentasche und erklärt mir, dass das eine Flüssigkeit ist und es daher ins Plastiksackerl gehört. Er holt eines und tut es hinein. Dann nimmt er das Feuerzeug wieder heraus und steckt es in eine Art Mini-Scanner, um es danach – ohne Beutel – wieder in meine Plastiktasse zu legen.

»Thank you, Sir, we are finished.«

Innerlich muss ich wegen dem ganzen Zirkus und der Sache mit dem Feuerzeug lachen. Das ist wirklich lächerlich. Jetzt nur noch zwei weitere Stunden warten, dann zum Gate und ins Flugzeug, das – natürlich mit einer kleinen Verspätung – irgendwann auch tatsächlich abfliegt.

Cork ist, im Gegensatz zu Manchester, ein kleiner, überschaubarer Flughafen. Ich hole mein Gepäck ab und gehe gleich zum Leihwagenschalter. Der Herr dort ist sehr freundlich. Während er irgendwelche Zettel ausfüllt, unterhalten wir uns. Offenbar ist er auch Segler. Ich erzähle ihm, dass ich nach *Kinsale* will, weil dort mein Boot wartet, und so führen wir ein bisschen Smalltalk übers Segeln. Er fragt mich, ob ich noch die Vollkaskoversicherung haben will. Kostet dreißig Euro, also nehme ich sie sicherheitshalber und sage:

»Better to have it since you drive on the wrong side of the road.«

»Well, yes, but we think that *you* drive on the wrong side«, antwortet er. Da müssen wir beide lachen.

Im strömenden Regen marschiere ich raus auf den Parkplatz, schmeiße meine Reisetasche zügig in den Kofferraum und steige rasch ein. Natürlich ist das Lenkrad hier rechts und nicht links. Da ich natürlich prompt auf der falschen Seite eingestiegen bin, muss ich über mich selbst lachen und wechsle die Seiten. Und so fahre ich wie ein klassischer Tourist sehr vorsichtig nach *Kinsale* und sage mir gedanklich wieder und wieder vor:

„Immer schön links bleiben!"

Die ersten paar Kreuzungen erfordern äußerste Konzentration, aber mit der Zeit geht es dann. Der Linksverkehr ist auch als Fußgänger recht verwirrend, da man beim Überqueren immer zuerst in die falsche Richtung schaut, oder man überlegen muss, wo denn die Autos eigentlich herkommen. Zweimal ist es mir passiert, dass ich vom Gehsteig bei Begegnungen mit anderen Fußgängern einfach so, ohne nach hinten zu schauen, auf die Straße ausgewichen bin. Hinterher bin ich jedes Mal erschrocken, weil mich ein Auto hätte erfassen können.

Zurück in der Marina hole ich den Bootsschlüssel aus seinem Versteck, sperre auf und bringe meine Taschen und mich selbst über den Niedergang in die Kajüte. Da fällt mir gleich ein blechener Alarmton auf und wundere mich.

„Was ist das? Ah – der Batteriealarm! Habe ich beim Verlassen des Bootes vergessen, irgendetwas auszuschalten?" Normalerweise schalte ich die Hauptschalter ab. Das habe ich dieses Mal aber nicht getan, damit Stephan, der Marinamanager, die Möglichkeit hat, gegebenenfalls den Motor zu starten, um das Boot im Falle eines besonderen Unwetters verlegen zu können. Der Liegeplatz ist nämlich recht ungünstig, aber vor meiner Abreise war kein anderer frei.

Dennoch sollte kein Strom verbraucht werden, wenn alles abgedreht ist. Über das Bedienpanel des Batteriemonitors sehe ich, dass die Servicebatterien in Ordnung sind, aber die Motorbatterie auf 10,9 Volt unten ist. Das ist ein schlechtes Zeichen! Wenn die Spannung der Batterie, ohne dass sie durch irgendwelche Verbraucher entladen wird, von selbst in so kurzer Zeit so tief sinkt, dann ist sie in der Regel kaputt.

Im Moment kann ich aber nichts tun und nehme mein Boot wieder in Betrieb. Ich bringe das Landstromkabel aus, entriegle die Luken, schiebe die Vorhänge auf die Seite und schalte wieder Licht, Kühlschrank, Internet und natürlich das Batterieladegerät ein, wodurch der Alarmton endlich verstummt.

7. Ein Flug mit Hürden

Da ich jetzt für die nächsten Tage einen Leihwagen habe, bin ich etwas mobiler. Die Marina ist recht abgelegen, und man kann nur mit dem Taxi in den Ort fahren oder zu Fuß gehen, was allerdings eine Dreiviertelstunde Marsch bedeutet. Oder man rudert mit dem Dinghy über den Fluss, was bei Regen und Wind anstrengend und äußerst ungemütlich ist. Der Leihwagen bringt hier eine entscheidende Erleichterung mit sich.

Am nächsten Morgen fahre ich mit zwei Wäschesäcken nach *Kinsale* und bringe sie in die Wäscherei. Dann halte ich noch beim Supermarkt, um frisches Brot, Obst, Gemüse und mehr zu kaufen.

Ich habe einige Tage Zeit, weil ich auf Post warte. Daheim habe ich ein paar Sachen fürs Boot bestellt – rechtzeitig. Das heißt, eine gute Woche vor meiner Rückreise nach Irland. Insgesamt in vier verschiedenen Onlineshops. Obwohl ich ungern explizit Werbung mache, möchte ich den SVB, einen Marine-Versand aus Norddeutschland, positiv erwähnen, denn die liefern immer prompt, genauso, wie wenn man bei Amazon etwas bestellt. Das Paket von SVB war innerhalb von drei Tagen da.

Die anderen haben tatsächlich drei bis vier Tage lang nichts getan, bevor die Bestellung überhaupt bearbeitet worden ist. Ich habe ihnen E-Mails geschickt, um auf die Dringlichkeit hinzuweisen, worauf ich dann höfliche, aber dennoch beschwichtigende Ausreden bekommen habe, in der Art, dass irgendetwas nicht auf Lager gewesen sei. Ärgerlich, denn ich habe explizit darauf geachtet, nur Dinge zu bestellen, die laut Onlineshop auch lagernd waren. Hätten die mir das gleich gesagt, hätte ich es einfach anderswo bestellt.

Langer Rede kurzer Sinn, ich warte also jetzt hier in *Kinsale*, bis die bestellten Dinge ankommen. Meine Frau wird alles in ein Paket stecken und mir hierher nachschicken. Und ich werde die Zeit nutzen, um Verschiedenes am Boot zu erledigen.

So dramatisch ist diese Wartezeit sowieso nicht, da die Wettervorhersage für die kommende Woche ohnehin eine Katastrophe ist: Es sollen einige Tiefdruckgebiete mit Fronten durchziehen, die in erster Linie viel Regen und starke Südwestwinde bringen. Obwohl diese südliche Windrichtung eigentlich günstig wäre, ist mein Ausgangsort etwas schlecht. Denn ich will westlich von Irland nach Norden, und das bedeutet, dass ich zuerst vierzig Seemeilen nach Südwesten muss, wieder vorbei am *Fastnet Rock* und dem *Mizen Head*, und dann erst langsam nach Norden drehen kann. Und bei Windstärke sieben genau dagegenzufahren ist äußerst ungünstig. Überhaupt so nahe an der Küste.

Also erledige ich zwischenzeitlich, was ansteht. Ich spanne meinen Antennenmast an drei Punkten mit Dyneema-Leinen ab. Ich habe im stärkeren Seegang nämlich beobachtet, dass dieser recht stark schwingt, was am Fuß über kurz oder lang zu Materialermüdung und irgendwann zum Bruch führen kann. Dann schraube ich die Fenster an Backbord heraus und dichte sie neu ein, und ersetze die Frischwasserpumpe durch eine neue. Außerdem mache ich das Boot wieder gründlich sauber.

Mittlerweile hat meine Frau das Paket nach Irland verschickt, das heute morgen, am Samstag, den 15. Juli, endlich da ist. Das freut mich sehr, denn das bedeutet meine Entlassung aus der Marina-Gefangenschaft. Ich checke den Wetterbericht. So, wie es ausschaut, kann ich am Sonntag oder spätestens am Montag schon losfahren.

Das Auto habe ich schon vor ein paar Tagen zurückgegeben. Am Vormittag gehe ich daher zu Fuß nochmals nach *Kinsale*, um ein paar Lebensmittel einzukaufen. Ich bespreche ein paar Dinge mit Stephan. Ich muss tanken, und in der Marina ist eine Zapfsäule, wo aber meistens Boote davor liegen. Ich überprüfe noch die Betriebsstunden des Motors, da alle einhundert Stunden ein Motorölwechsel erforderlich ist. Es sind jetzt neunzig, und so beschließe ich, das jetzt zu tun, damit es dann nicht zwischendurch während der Fahrt notwendig wird, wo die Bedingungen schwieriger sind.

Ich durchstöbere den Altplastikcontainer nach großen Wasserflaschen für das Altöl und hole mir zwei Unterlagen aus Karton aus dem Altpapier.

Dann krame ich meine Ölpumpe aus ihrem Versteck und beginne das Altöl abzupumpen. Ich tausche den Filter, fülle neues Motoröl ein und mache dann einen Probelauf. Zuvor schalte ich das Batterieladegerät ab, damit es nicht gegen die Lichtmaschine lädt. Der Motor ist kalt, also ein bisschen Gas, den Schlüssel auf Vorglühen, bis fünf zählen, starten...

Müde dreht sich der Starter, bis er stehenbleibt. Das Starterrelais klappert. Noch einmal – wieder nichts. Und da ist er wieder, der Batteriealarm! Jetzt fällt es mir wieder ein – die Starterbatterie!

„Na sehr super." Ich hole mein Messgerät hervor, öffne den Deckel, unter dem die Batterien sind, und überprüfe die Spannung, denn es könnte auch ein Kabelfehler sein – ist es aber nicht.

„Der Tod wurde um 19 Uhr festgestellt."

Mit anderen Worten, aus der morgigen Abreise wird nichts. Es ist Samstagabend, und vor Montag bekomme ich natürlich keine neue Batterie. Ich informiere wieder einmal den Marinamanager und beginne im Internet nach Geschäften zu suchen. Ich werde fündig und sende gleich drei E-Mails mit den technischen Daten und einem Foto.

Heute, Sonntag, habe ich also einen Arbeitstag gewonnen. Somit installiere ich meinen neuen Temperatur- und Luftfeuchtigkeitssensor, der in dem Paket meiner Frau auch drin war. Danach binde ich noch den Ethernet-Adapter für die Starlink Satellitenantenne in mein Bootsnetzwerk ein. Mittlerweile ist meine gesamte Bootselektronik zu einem High-Tech-Werk geworden, und ich freue mich darüber, wie gut das alles funktioniert.

Seit Monaten bereits fällt mir auf, dass irgendwo minimal Kühlwasser austritt. Während der Fahrt von Kroatien bis Spanien bin ich zu dem Schluss gekommen, dass es am Kühlerdeckel liegen muss. Der Wasserverlust ist aber so minimal, dass ich mir bisher keine Sorgen gemacht habe.

Ich habe daheim in Österreich ein neues Deckelset bestellt, damit ich es gegebenenfalls tauschen kann. Nachdem ich den Motor wegen der kaputten Batterie sowieso nicht starten kann, schaue ich mir das Problem gleich an, damit das auch erledigt ist. Ich löse den Schlauch zum Ausgleichsgefäß, lasse das Kühlwasser daraus ab und öffne den Deckel. Leider muss ich feststellen, dass sich der Sockel nur mit enormer Krafteinwirkung herausschrauben ließe, weshalb ich mit meinem Freund Armin, einem Motoren-Profi, telefonisch Rücksprache halte. Wir beschließen, es einfach so zu lassen, wie es ist. Also baue ich es wieder zusammen.

Es ist Montagfrüh. Recht bald schreibt mir der erste Batterieshop zurück, dass sie eine Ersatzbatterie haben, aber sie mir nicht liefern können. Blöd, weil im Rucksack mit dem Autobus kann ich ja schwer eine über dreißig Kilogramm schwere Bleibatterie transportieren.

Die andere Firma scheint ohnehin eher die richtige zu sein, denn sie verkauft auch Marinezubehör. Es ist halb zehn. Noch immer nichts, und ich werde unruhig. Ich gehe nochmals auf die Homepage und finde ein Anfrageformular, das ich gleich ausfülle. Genau genommen kopiere ich nur den Text vom E-Mail hinein. Nach einer weiteren Stunde überwinde ich mich, da anzurufen. Telefonieren ist für mich, wie schon erwähnt, eine Strafe... Der Typ am anderen Ende sagt mir, dass er mein E-Mail gerade bearbeitet und gleich eine Antwort zurückschickt. Es gibt verschiedene Möglichkeiten.

Mein Englisch würde ich als äußerst gut einstufen, da ich seit Jahrzehnten beinahe täglich mit Englisch in Wort und Schrift zu tun habe. Aber das, was die Iren sprechen, ist gewöhnungsbedürftig. Noch schwerer habe ich mir nur in Manchester am Flughafen getan: Die haben einen für mein Gehör noch seltsameren und besonders ungewohnten Dialekt. Bei der Kassa im Flughafen-Spar etwa habe ich dreimal bei der Kassiererin nachfragen müssen, was sie von mir wollte. Ich bin mir richtig blöd vorgekommen und habe zuerst gedacht, sie wäre Ausländerin und spricht irgendein gebrochenes Englisch, bis ich sie dann doch verstanden habe – im astreinen Manchester-English. Da muss man sich erst eine Zeit lang einhören.

Im Endeffekt bestelle ich nun also eine passende Batterie, die am nächsten Tag auch prompt geliefert wird. Also baue ich die alte aus und muss dabei auch eine Servicebatterie herausnehmen. Die stehen alle nebeneinander in einem Schacht unter der Sitzbank im Salon, und anders bekomme ich die sonst nicht heraus.

Beim Herausheben der Starterbatterie fällt mir gleich auf, dass sie spürbar leichter ist als die andere, obwohl sie ähnlich groß sind, denke mir aber nichts dabei. Dann baue ich die Servicebatterie wieder zurück ein, sonst habe ich keinen Strom an Bord, und hieve die alte den Niedergang hinauf, ins Cockpit. Und wie die Batterie da so in Augenhöhe steht, fällt mir auf, dass hier mindestens ein Drittel der Flüssigkeit fehlt.

Es war also ein Wartungsfehler meinerseits, denn das habe ich, zu meiner Schande, nie kontrolliert. Das muss ich mir selbst eingestehen. Bei normalen nicht-wartungsfreien Flüssigbatterien geht das Wasser in der Säure aufgrund der chemischen Reaktion im Laufe der Zeit verloren, weshalb man es hie und da kontrollieren und nachfüllen muss. Hilft jetzt aber auch nichts mehr, außerdem ist diese Batterie vermutlich ohnehin ähnlich alt wie die beiden Servicebatterien und somit sowieso fällig – mit oder ohne Flüssigkeit.

Die Starterbatterie ist sehr wichtig. Wichtiger als die Servicebatterien, denn mit der startet man den Motor, der dann Strom produziert, um alles aufzuladen – keine Starterbatterie, kein Strom.

Am nächsten Vormittag wird, wie versprochen, die neue Batterie geliefert, und der Lieferant nimmt die alte gleich mit. Ich mache mich gleich an den Einbau. Wieder muss ich die komplette Verkabelung auseinandernehmen, da vorher die eine Servicebatterie heraus muss. Dann wieder alles zusammenbauen und testen.

Testen heißt: Strom an, Spannung auf den Anzeigen überprüfen und dann Motor starten. Zur Sicherheit mache ich noch einmal einen Motorcheck. Seit dem Ölwechsel hat sich zwar nichts verändert, da die Maschine nicht gelaufen ist, aber sicher ist sicher. Vielleicht ist der Ölfilter undicht, oder sonst etwas.

Also öffne ich den Deckel im Salonboden – und gleich fällt mir auf, dass beim Kühlerdeckel alles nass ist. Das liegt bestimmt daran, weil ich beim Reparaturversuch herumgetan habe. Ich kontrolliere das Ausgleichsgefäß. Es ist vollständig ausgeronnen.

Gut, so kann ich das nicht lassen, denn jetzt ist es eindeutig schlechter geworden. Ich fülle oben Wasser nach, tupfe alles komplett trocken und versuche festzustellen, wo das Wasser genau herkommt. Es gibt drei Möglichkeiten: Entweder ist der Deckel undicht. Oder das Sockelgewinde ist jetzt, durch meine Versuche, es herauszuschrauben, undicht geworden. Oder der Schlauchübergang ist undicht. Die ersten beiden Dinge kann ich nur ändern, wenn ich das Ersatzset montiere. Also überprüfe ich Möglichkeit drei.

Ich ziehe nochmals den Schlauch ab. Da er am Ende ziemlich verquetscht ist, kürze ich ihn um drei Zentimeter und baue das Ganze wieder sorgfältig zusammen – Wasser einfüllen, warten, kontrollieren. Und es ist und bleibt trocken.

»Great success!«

Und jetzt noch den Motor starten, warmlaufen lassen und nochmals kontrollieren – auch dicht! Kleine Erfolgserlebnisse braucht man hie und da.

„Das hätte ich bereits vor Monaten machen können.“ Aber egal, jetzt ist es dicht, und meiner Abreise steht nichts mehr im Weg.

Unweit am Steg unterhält sich Stephan gerade mit dem holländischen Paar, das vor zwei Tagen mit einer ziemlich dicken 45 Fuß-Yacht gekommen ist und schräg hinter mir liegt. Das Boot schaut sehr robust aus, ich glaube, dass es ein Stahlschiff ist. Der Mann hatte das Ding gekonnt in diese doch recht enge Ecke hineinmanövriert.

Stephan sieht mich im Cockpit sitzen und grüßt herüber, woraufhin ich mich dazugeselle. Ich wollte mit ihm sowieso wegen meiner Abreise sprechen, denn wir müssen abrechnen und ich brauche noch Diesel. Er prüft sofort den Online-Tidenkalender und wir beschließen, das heute Abend, um sieben Uhr, zu erledigen. Dann ist Gezeitenhöchststand und somit so gut wie keine Strömung. Das ist beim Manövrieren in der Marina recht wichtig, denn es sind Schwimmstege in einem Fluss. Da drinnen bei starker Strömung zu manövrieren führt in der Regel zu Problemen...

Die Tankstelle ist ebenfalls auf einem Schwimmsteg, und der ist belegt. Ich kann mich aber auf das andere Boot drauflegen und dort über Nacht bleiben. So kann ich morgen jederzeit wegfahren.

Bis sieben Uhr sind noch ein paar Stunden Zeit. Ich wollte nach *Kinsale*, um ein paar Lebensmittel zu kaufen, in erster Linie frisches Gemüse, Brot und Milch. Es freut mich aber überhaupt nicht, den langen Marsch da hinüber zu machen. Ich bin generell total matschig, unschlüssig und unentspannt. Jetzt sitze ich hier bereits so lange fest, immerhin ist schon der 18. Juli, und irgendwie hat mich der Mut gerade völlig verlassen. So viele Dinge beschäftigen mich.

„Schaffe ich es noch bis in den hohen Norden? Ist es nicht schon zu spät im Jahr?“

Meine Familie, vor allem meine Frau Petra und meine jüngste Tochter, fehlen mir sehr.

Ich frage mich außerdem, was mit dem Wetter los ist. Hier zieht ein Tief nach dem anderen durch, teilweise mit nicht unerheblichen Böen, vor allem draußen. Obwohl meistens aus Südwest, was prinzipiell günstig wäre. Doch jetzt, wo ich endlich weg kann, sieht es nach nördlichen Winden aus. In ein paar Tagen kommt ein kleines Tief, das bringt mich nach Norden. Und Mitte nächster Woche soll es ein heftiges Tief über Schottland geben, mit Böen bis zu zehn Windstärken. An der Vorhersage kann sich natürlich noch etwas ändern, denn sieben Tage im Voraus ist schon sehr ungenau. Aber es beschäftigt mich trotzdem. Welche Strategie soll ich wählen? Fahre ich weit offshore, komme ich im Normalfall zu ausreichend Schlaf, dann muss ich dieses Sturmtief, sofern es so kommt, aber draußen, am Nordatlantik abwettern. Fahre ich in Küstennähe, kann ich mich zwischenzeitlich auf einem Ankerplatz verstecken, dafür wird die Fahrt deutlich anstrengender, wegen des Küstenverkehrs und der Küste selbst natürlich.

Ich gehe nicht nach *Kinsale* einkaufen, ich habe einfach keine Lust dazu. Vielleicht mache ich es morgen früh – oder gar nicht. So wichtig sind die Sachen nicht. Am ehesten könnte die Milch knapp werden, davon brauche ich doch mehr, in erster Linie für das Müsli, den Kaffee und zum Kochen, für Porridge, Erdäpfelpüree oder Palatschinken. Ein paar Liter habe ich noch. Leider ist der Vorrat stark dezimiert; in erster Linie, weil sich meine Mitsegler allesamt sehr am Müsli erfreut haben. Und in Irland gibt es keine Haltbarmilch, also habe ich den Vorrat auch nicht auffüllen können, sondern zwischenzeitlich Frischmilch gekauft. Aber die hält sich eben nicht ewig. Einstweilen habe ich aber noch genug, und wenn die Milch aus ist, gibt es halt keine mehr. Am ehesten stört mich ein drohendes Milch-Aus ohnehin nur in Bezug auf den Kaffee, denn ich trinke sehr gerne und recht viel Kaffee. Aber ohne Milch finde ich ihn schrecklich.

Um sechs Uhr beginne ich alles fürs Ablegen vorzubereiten, und bereits um Dreiviertelsieben ist Stephan da. Ich parke das Boot um und tanke gleich voll. Danach gehen wir ins Büro, um Diesel und Liegeplatz zu bezahlen.

»It's been almost a month«, sagt Stephan zu mir und ich schaue ihn verwundert an.

»Oh, really? That cannot be.«

Auf dem Zettel, den ich selbst ausgefüllt habe, steht 21. Juni. Da muss ich mich geirrt haben, das kann nicht sein. Ich gehe zurück zum Boot und schaue auf meinen Brückenkladden nach – es stimmt tatsächlich. Das ist ein kleiner Rückschlag für mich, denn jetzt wollte ich eigentlich schon in *Svalbard* sein. Über eine Woche habe ich alleine nur mit Warten auf Post verbracht, weil die es nicht geschafft haben, das Zeug rechtzeitig zu verschicken.

Dann die Sache mit der Starterbatterie, noch einmal drei Tage, weil das genau am Wochenende passiert ist. In Spanien habe ich eine gute Woche und in Sardinien auch über eine Woche verloren. Also grob gerechnet bin ich jetzt einen guten Monat hinter meinem Zeitplan.

Und die Kosten sind explodiert. Der Marinaaufenthalt kostet mich 700 Euro, die drei Batterien 1000 Euro, die Wasserpumpe 250. Und die Flüge waren auch wesentlich teurer als ich gedacht habe. Urlaubsziele sind ja meistens recht teuer, aber innereuropäische Städteflüge hätte ich eigentlich auf 100, bis maximal 200 geschätzt. Irland scheint nicht das präferierte Ziel für Fluglinien zu sein, also haben mich die Hin- und Rückflüge auch mindestens 800 Euro gekostet. Und für das Leihauto schließlich habe ich um die 200 bezahlt.

Dass ich ein paar unvorhergesehene Reparaturen und Ausgaben haben werde, war mir von Anfang an klar, aber nicht in dieser Höhe. Schön langsam frage ich mich, ob Segeln nicht doch nur etwas für Leute mit Geld ist – und nicht für so jemanden wie mich. Andererseits, Bernard Moitessier ist auch minimalistisch unterwegs gewesen. Das war wohlgemerkt aber auch eine andere Zeit – eine Zeit des Aufbruchs und der Freiheit. Und das ist mittlerweile schon über fünfzig Jahre her und daher wohl ohnehin nur schwer vergleichbar.

Ich denke mir, dass jemand mit mehr Organisationstalent wahrscheinlich weniger Zeit verloren und generell nicht jahrelang zur Vorbereitung gebraucht hätte. Viele haben auch einen Partner und manche sogar ein ganzes Team, mit dem sie das gemeinsam machen, gemeinsam daran arbeiten. Ich bin alleine, obwohl ich das überhaupt nicht will und auch nie wollte.

In mir steigt zunehmend die Verzweiflung auf und ich frage mich, ob ich mir eingestehen sollte, dass ich vielleicht doch nicht das Zeug dazu habe, solche langen Touren zu machen, vor allem nicht, was Organisation und Vorbereitung angeht, und mit Geld wettmachen kann ich auch nichts. In meinem Kopf dreht sich das Gedankenkarussell.

Die Ereignisse vor zweieinhalb Jahren haben mein ganzes Ich zerstört. Ich habe meinen Mut, meinen Stolz, meine Heimat, meinen Seelenfrieden verloren. Das war meine Frau, meine Familie, unser Hof. Und jetzt habe ich nichts mehr. Niemand, der hinter mir steht, der mich mental unterstützt, mit dem ich gemeinsam Dinge machen und durchs Leben gehen kann. Das ist etwas Furchtbares und ich weiß oft nicht, wie ich damit umgehen soll. Das macht mir seitdem sehr schwer zu schaffen – auch jetzt. Ich stolpere nur noch herum im Leben, erfüllt von einer großen Leere. Und dieses ganze Segelprojekt, auf das ich mich sehr gefreut habe, läuft beinahe irgendwie neben mir her – mein gesamtes Denken ist seit damals einfach blockiert, weil ich meinen Kern, mein Fundament verloren habe.

Aber irgendeine Kraft in mir hindert mich immer wieder daran, mich selbst aufzugeben und so schreibe ich abends noch meiner Frau und äußere meine Bedenken und Sorgen in Bezug auf den weiteren Verlauf dieser Fahrt. Ich spiele bereits mit dem Gedanken, umzukehren. Von allen Menschen hat sie mich immer schon am besten verstanden und ich vertraue ihr vollständig. Und Petra antwortet mir:

»Du fährst da jetzt gefälligst zumindest bis Island – gibt's ja nicht!«

8. Jetzt beginnt das Abenteuer

Es ist der 19. Juli. Kurz nach sieben wache ich auf, weil die SEA HUNTER hinter mir ihren äußerst kräftigen Motor angeworfen hat. Es ist ein Tauch- und Hochseeangelboot. Sie fahren mehrmals wöchentlich mit Kunden hinaus.

Ich war sowieso schon halb wach, nur noch zu faul zum Aufstehen. Zuerst Kaffee, und dann das Boot für die Abreise fertig machen. Ich prüfe die Wettervorhersage, trage den restlichen Müll weg und dusche; das kann nicht schaden. Wer weiß, wann das nächste Mal sein wird.

Wassertank auffüllen, Landstromkabel wegnehmen, Maschine starten und ablegen. Es ist gerade Ebbe, da sind ein bis zwei Knoten Strömung. Das Ablegen ist simpel, denn ich liege ganz draußen auf einem anderen Boot. Also brauche ich nur die Festmacher lösen und mich wegtreiben lassen.

In der Flussmitte ist die Strömung ein bisschen stärker, das erinnert mich an die Donau. Ich räume die Fender weg, und ein Stück weiter flussabwärts muss ich die Position halten, nachdem genau in diesem Moment die Jugendsegelschule mit mindestens fünfzehn Jollen aus der *Kinsale-Marina* herauskommt. Danach geht es entlang der roten Tonnen, die das Fahrwasser markieren, hinaus aufs Meer. Ich räume die Leinen weg und setze die Segel.

Zuerst geht es nach Süden, vorbei am *Kinsale Head* – dann Kurs nach Westen. Da der Wind, wie erwartet, aus Westen kommt, muss ich kreuzen. Bei drei bis vier Windstärken geht das mit voller Besegelung.

Ziemlich genau bei Sonnenuntergang dreht der Wind auf Nordwest und lässt auf zwei Windstärken nach. Das ist günstig, da ich damit beinahe parallel zur Südküste Irlands fahren kann.

Die Nacht verläuft ereignislos, nur vorm Verkehrstrennungsgebiet *Fastnet* muss ich etwas nach Süden ausweichen, um nicht auf die Gegenverkehrsspur

8. Jetzt beginnt das Abenteuer

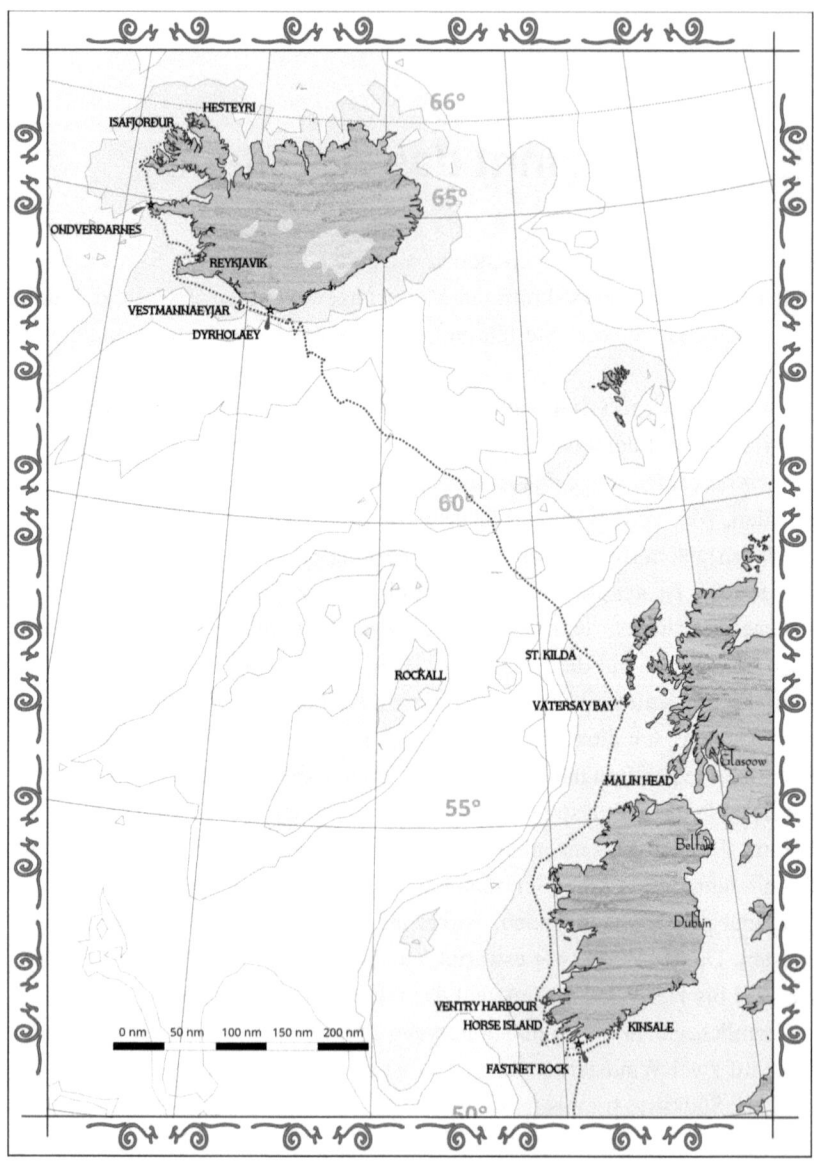

Abbildung 8.1.: Von Irland bis Island.

zu kommen. Das bekannte Leuchtfeuer kann ich dieses Mal nur am Licht erkennen, da ich genau zur finstersten Zeit der Nacht daran vorbeikomme.

Am Vormittag nimmt der Wind auf fünf Windstärken zu, und ich reffe die Segel. Die Fenster an Backbord haben ihre Feuertaufe bestanden, denn sie waren zeitweise schon unter Wasser.

Die Wettervorhersage hat sich etwas geändert: morgen starker Südwind und am Tag drauf heftiger Nordwind. Das ist ziemlich ungünstig.

Den Südwind würde ich brauchen, aber dann bei sieben Windstärken aus Nord dagegen zu kreuzen ist sehr unangenehm. Durch diese kurz aufeinanderfolgenden Gegenwinde ist vermutlich auch mit chaotischem Seegang zu rechnen. Also studiere ich die irische Küste in absehbarer Entfernung, denn in diesem Fall ist es eventuell besser, das auf einem Ankerplatz abzuwettern. Ich markiere zwei verschiedene Möglichkeiten im Navigationssystem.

Der Tag vergeht bei recht schönem Wetter. Sogar einige Segler sind unterwegs. Bei weitem nicht so viele wie im Mittelmeer, aber insgesamt begegnen mir sogar fünf andere Jachten – so wie an einem schönen Tag im späten Oktober in Kroatien. Das ist ein guter Vergleich, denn die Lufttemperatur passt auch dazu.

Abends nimmt der Wind auf sechs Windstärken zu. Ich setze das Großsegel und die Genua ins zweite Reff. Der aufgewühlte Atlantik ist im Nordwesten gleißend von der Sonne erleuchtet. Für einen Moment muss ich an die sommerliche Ägäis denken, denn dort sieht es in der *Meltemi*-Saison ganz ähnlich aus. Nur die Farbe stimmt nicht, denn die Ägäis ist kräftig blau, der Atlantik hier ist grün.

Es ist mir sofort aufgefallen, als ich von Süden an die irischen Küste gekommen bin: Das Meer hier ist grün, und nicht blau. Ich bin gespannt, ob sich die Farbe wieder ändert, wenn ich von Irland wegkomme.

Konzentriert beobachte ich das Wellenbild und die Wolken im Westen und frage mich, ob der Wind noch weiter zunehmen wird. Ich werde die Kutterfok anstatt der Genua setzen. Das ist bei Tageslicht einfacher, außerdem habe ich das Segel noch nicht vorbereitet – Skipperfehler.

Die Wellen sind so steil, dass manchmal der Bug eintaucht und Wasser schaufelt; und jede Menge Spritzwasser von der Seite, das übers Deck und seitlich der Bordkante entlang bis zu den Abflusslöchern in der Mitte des Bootes fließt. Unten im Salon kann man hören, wie es in den Rohren, die hinter der hölzernen Verkleidung verlaufen, gurgelt.

Am Vordeck ist es also ziemlich nass, daher ziehe ich mir das komplette Ölzeug und die Gummistiefel an, und temperaturbedingt zusätzlich eine lange Unterhose, eine Weste und eine Haube.

Ich krame das Segel samt Schoten aus der Backskiste und bereite alles ordentlich vor. Das Segel wird am Vordeck in einer langen Wurst seitlich an die Reling gebunden, der Hals angeschlagen und die Stagreiter eingehängt. Die Schoten führe ich durch die Umlenkpunkte nach hinten ins Cockpit und fixiere die Enden, damit sie nicht ins Wasser fallen können.

Bei dem steilen Seegang ist das ein akrobatischer Akt, immer wieder vor und zurück. Mein Ölzeug ist außen nass und bei den Knien spüre ich Feuchtigkeit durch. Das kommt vom Sitzen am Vordeck, wo manchmal eine Welle darüberschlägt.

Auf raumen Kurs rolle ich die Genua vollständig weg und hisse dann das Stagsegel. Beim Aufziehen wird es sehr laut, lauter als es ohnehin schon ist, weil das Segel und die Schoten im Wind heftig flattern. Sobald das Fall durchgesetzt ist, klettere ich ins Cockpit nach hinten und setze die Schoten durch.

Das Segel steht schön – aber das Boot auch fast. Während der ganzen Arbeit ist mir entgangen, dass der Wind wieder nachgelassen hat. Es ist mir schon öfters aufgefallen, dass der Wind hier in Irland in Wellen kommt – mal stärker, dann wieder schwächer. Und so ist es zuwenig für das kleine Vorsegel.

Also klettere ich nach vorne und hole das Kuttersegel wieder herunter, hänge die Stagreiter aus und binde es in einer langen Wurst an die Reling. Dann wandere ich nach hinten, rolle die Hälfte der Genua aus, nehme die Schot dicht und schon läuft das Boot wieder mit fünf Knoten durchs Wasser.

Dieses Manöver hat einige Zeit in Anspruch genommen und war ziemlich anstrengend. Mir ist schrecklich heiß und mein Mund ist völlig ausgetrocknet. Ich klettere über den Niedergang ins Boot hinein, hänge die Jacke auf und schlüpfe aus den Stiefeln und der Ölzeughose heraus. Mein Leiberl ist komplett nass geschwitzt. Ich war viel zu warm angezogen, also hole ich mir aus der Bugkabine ein frisches – viel angenehmer!

Hier im Boot ist es schön. Ich genieße das sehr. Es ist warm, trocken und ruhig, zumindest verglichen mit draußen. Dort hat es um die fünfzehn Grad. Durch den Wind, der zwischen vier und sechs Windstärken weht, fühlt es sich aber wesentlich kälter an. Und es ist laut, da der Wind ums Boot und durchs Rigg pfeift und das Wasser und die Wellen bei der Fahrt ordentlich rauschen. Würde man sich unterhalten wollen, müsste man eher schreien, als reden. Aber unten ist es ruhig und wohnlich, das mag ich sehr. Und die Windsteueranlage hält das Boot brav auf Kurs und bringt mich meinem nächsten Ziel näher.

Ich prüfe die Situation im Navigationssystem und werfe einen Blick hinaus. Weit und breit nichts, also stelle ich mir den Wecker auf vierzig Minuten und lege mich in meine Kabine, wo ich rasch einschlafe.

Irgendwann weckt mich der Alarm. Ich habe so tief geschlafen, dass ich einen Moment zur Orientierung brauche.

„Wo bin ich denn hier?"

Schnell stelle ich fest, dass ich auf meinem Boot am Atlantik bin, und dass das Schaukeln von den Wellen kommt, denn ich bin unterwegs. Ein Blick hinaus, ein Blick in die Navigation – alles gut.

Und so kreuze ich Stunde um Stunde, Halse um Halse, langsam nach Norden. Das Boot läuft gut und angenehm. Ein Blick ins Navigationssystem ist trotzdem ernüchternd. Denn beim Kreuzen gegen den Wind macht man zwar viele Meilen, aber kaum Fortschritt in die richtige Richtung. Überhaupt mit diesem Boot. Es ist ein alter Langkieler, sowieso recht langsam, und läuft nicht sonderlich viel Höhe. Es ist ein tolles Boot, außer, wenn man genau gegen den Wind kreuzen muss.

Das Wetter ist äußerst wechselhaft. Dabei wechseln sich Süd- und Nordwinde ab, die teilweise recht heftig sind, also sieben oder acht Windstärken. Das Ganze ist gepaart mit wolkenverhangenem grauen Himmel, Nieselregen und schlechter Sicht.

8. Jetzt beginnt das Abenteuer

Im Internet kann man im *World Climate Guide*[1] folgendes lesen:

> *Ireland has an oceanic climate, cool and damp, cloudy and rainy throughout the year. [...]*
>
> *In Ireland, Atlantic weather fronts move relentlessly one after another over the country, resulting in a rapid succession of cloudiness and sunshine, rain showers and subsequent improvements. Days with completely clear skies are rare: the weather is more likely to be variable or unstable, [...]*

Das macht die Sache anspruchsvoll, und es verlangt eine Änderung der Taktik.

Bisher war ich sehr dahinter, mein Ziel, die norwegische Arktis, zu erreichen. Dafür habe ich jahrelang gearbeitet. Etwas anderes als das hat in meinen Gedanken bisher nicht existiert. Ich möchte dort noch immer hin. Es muss atemberaubend sein. Und es ist kein Jedermannsziel – das macht es für mich noch interessanter. Der große Zeitverlust hat dieses Ziel aber in die Ferne rücken lassen. Und das, obwohl es nur noch 1700 Meilen sind. Immerhin bin ich bis hierher schon über 3500 gefahren. Ich weiß nicht, ob es sich noch ausgeht, aber mein Bauchgefühl verrät mir, dass die Chancen nicht besonders gut stehen. Und die Wetterverhältnisse hier erschweren das Ganze.

Natürlich habe ich nicht Sonnenschein und Sommersegeln wie im Mittelmeer erwartet. Kälte und schlechtes Wetter machen mir nichts aus, damit habe ich gerechnet, und darauf bin ich vorbereitet. Was die Sache aber schwierig macht, ist, dass das Wetter enorm instabil und wechselhaft ist, zumindest in diesen Breiten hier, rund um die britischen Inseln. Hier zieht beinahe jeden zweiten Tag ein Tiefdruckgebiet durch. Und die Modellvorhersagen für den nächsten Tag können sich oft von morgens bis abends komplett ändern. Es gibt kaum länger anhaltende Situationen. Längere Passagen mit einem kleinen Boot sind daher sehr anspruchsvoll. Ich bin nicht zaghaft, was heftigere Winde betrifft, und ich bin auch kein unerfahrener Segler. Aber der Nord-

---

[1] https://www.climatestotravel.com/climate/ireland, 26.8.2024.

atlantik hat seinen Namen und Ruf nicht umsonst – hier sind schon ganz andere Schiffe untergegangen, und sogar riesige Offshore-Plattformen.

Das erfordert eine Änderung der Taktik und meiner persönlichen Einstellung. Ich wollte nonstop durchfahren. Nach allen Erfahrungen, die ich bisher gemacht habe, weiß ich, dass ich das kann. Ich komme mit meinen Körperressourcen sehr gut zurecht, und ich habe alles für einen langen Zeitraum mit an Bord – außer Milch vielleicht, aber die ist nicht lebensnotwendig. Doch man kann nichts erzwingen, und ich werde nicht sinnlos mein Leben riskieren. Denn ich möchte meine Frau und meine Kinder wiedersehen. Und wer ertrinkt schon gerne in einem kalten Ozean?

Ich muss mich in das Wetterverhalten hier erst einlernen, es verstehen, und die Abläufe erkennen: was wann passiert, in welcher Reihenfolge, und wo die Gefahren sind. Im Mittelmeer kann und weiß ich das sehr gut. Dort fühle ich mich sicher in meinen seglerischen Entscheidungen. Aber hier muss ich das erst lernen. Zum Glück fange ich ja nicht bei Null an, was Wettervorhersagen betrifft.

Ich werde jetzt einmal versuchen, in kürzeren Zeiträumen zu denken und in Etappen entlang Irland und Schottland noch Norden zu fahren. Das mag manchen völlig naheliegend erscheinen, war es für mich aber bis dato nicht. Wenn man über einen langen Zeitraum an einer bestimmten Idee oder einem Ziel festhält und dieses dann entschwindet, oder auf dem erdachten Weg nicht erreichbar ist, dann ist man im ersten Moment oft planlos und es dauert eine gewisse Zeit, um sich neu zu orientieren. Diese Desorientierung ist bei mir oft mit Motivationsverlust und einem Stimmungstief verbunden – und damit habe ich in den letzten zwei Wochen sehr gekämpft.

Während ich so dahinsegle, denke ich darüber nach und freunde mich zaghaft damit an, jetzt zwischendurch zu ankern. Ich werfe einen Blick in die Karte, wie weit es noch bis zu den Plätzen ist, die ich bereits herausgesucht habe.

Das Kreuzen gegen Wind und Welle ist sehr zermürbend, da man dem Ziel einfach nicht und nicht näher kommt, obwohl es doch so nahe ist. Ungefähr dreißig Seemeilen sind es noch auf direktem Weg, trotzdem werde ich noch die ganze Nacht dafür brauchen.

8. Jetzt beginnt das Abenteuer

Ab neun Uhr abends beginne ich, mir den Wecker zu stellen und Dreiviertelstunden-lange Schlafetappen einzuhalten. Es ist fast kein Schiffsverkehr. Nur ganz vereinzelt Fischer und Frachtschiffe. Da taucht der französische Trawler *Punta Vixia* auf. Der ist uns auf der Überfahrt von Spanien südlich von Irland schon einmal begegnet. Ich habe sie damals angefunkt, weil die Situation nicht ganz klar war. Bei der kurzen Konversation war aber recht schnell klar, dass dessen Englisch ungefähr so gut ist wie mein Französisch – weshalb wir zur Sicherheit in großem Bogen herumgefahren sind, um nicht im Schleppnetz hängenzubleiben. Bei dieser erneuten Begegnung ist die *Punta Vixia* weit weg und daher nicht von Bedeutung.

Die Nacht ist recht anstrengend, da ich einige Male halsen muss. In der zweiten Nachthälfte dreht der Wind zum Glück ein bisschen; gerade so viel, dass ich auf direktem Kurs zu dem ausgewählten Ankerplatz kommen werde.

Es ist fünf Uhr Früh, kaum Wind, und das Boot rollt in den Wellen. Vier Stunden sind es noch bis in die Bucht. Das Boot bewegt sich nur noch langsam. Also starte ich den Motor. Mit der neuen Batterie springt er sofort an, doch wenige Augenblicke später pfeift plötzlich der Motoralarm.

„Was ist das jetzt? Verdammt!"

Ich werfe einen Blick auf das Kontrollpanel: Temperatur. Nach einer kurzen Gedankenpause drehe ich den Motor ab. Das Adrenalin sorgt dafür, dass die unterschwellige Müdigkeit weg ist.

Zuerst rolle ich die Genua wieder ganz aus. Der Wind ist zwar schwach, aber ein bisschen Fahrt geht trotzdem. Das Großsegel ist sowieso noch oben. Das ist zwar von gestern immer noch im zweiten Reff, spielt im Moment aber keine Rolle.

Und jetzt zum Motor: Temperaturalarm bedeutet, dass mit der Kühlung etwas nicht in Ordnung ist, also kontrolliere ich alles, was damit zusammenhängt: Der Kühlwasserstand stimmt, es ist nichts ausgeronnen, der Seewasserfilter ist nicht verlegt und der Impeller hat alle Schaufeln. Um das festzustellen, habe ich ihn bei den bescheidenen Lichtverhältnissen hier im Morgengrauen ausgebaut. Eine mühsame Angelegenheit auf einem bewegten Boot; und zur Draufgabe ist mir noch eine der kleinen Schrauben unter den Motor gefallen...

Um nichts zu übersehen, konsultiere ich auch das Motorhandbuch und komme letztendlich zu dem Schluss, dass der Abgastemperaturfühler zum wiederholten Mal kaputt ist. Das erste Mal war jener Sensor bei der Bootsübergabe im Jahr 2021 defekt, und damals, genauso wie heute, habe ich mich so gut wie möglich davon überzeugt, dass die Kühlung funktioniert, und anschließend das Teil kurzerhand abgesteckt, um den Alarm loszuwerden.

Die ganze Aktion hat mich jetzt eine gute Stunde beschäftigt. Während ich am Motor herumgearbeitet habe, ist mir gar nicht aufgefallen, dass der Wind wieder zurückgekehrt ist und das Boot gut Fahrt in die richtige Richtung macht. Das ist super, denn so erspare ich mir das Motoren sowieso. Und irgendwie bin ich froh, dass das jetzt, in dieser relativ ruhigen Situation passiert ist, und nicht irgendwann anders, wo es wesentlich ungünstiger sein könnte. Jetzt gibt es erst einmal einen frischen Kaffee.

Der Ankerplatz liegt in einer sehr großen Bucht hinter einer Insel namens *Horse Island*. Sehr viele von den kleinen Inseln hier sind nach Tieren benannt. Draußen gibt es drei markante Felsen namens *Bull*, *Calf* und *Cow*, die gefallen mir besonders gut.

Ankern bekommt hier eine neue Dimension. Es ist mein erster Ankerplatz in Irland. Generell ankere ich sehr viel und sehr gerne, und im Mittelmeer gehört es bestimmt zu meinen Spezialitäten. Aber hier kommen zwei neue Faktoren dazu: die Gezeiten – und dass man nicht auf den Grund sieht. Die Gezeiten liegen hier an der irischen Atlantikküste bei drei bis vier Metern in Springzeiten. Wenn man beim Höchststand zu seicht ankert, sitzt man bei Ebbe im Schlamm fest. Dann braucht man sich zwar keine Sorgen mehr darüber zu machen, ob der Anker hält – in der Regel ist es aber nicht das, was man will.

Im Online-Tidenkalender überprüfe ich den aktuellen Wasserstand des nächstgelegenen Hafens und rechne es zur Sicherheit im Kopf durch.

Kurz nach neun in der Bucht hinter *Horse Island* angekommen, ist das Wasser schön ruhig, von den Wellen abgeschirmt, und der Wind ist angenehm. Es liegen ein paar kleine Boote drinnen, die bestimmt von den Anrainern zum Angeln benutzt werden. Langsam taste ich mich in die Bucht hinein. Das Wasser ist dunkel und grün.

8. Jetzt beginnt das Abenteuer

Der Tiefenmesser zeigt fünf Meter, aber vom Grund ist nichts zu erkennen. In Kroatien kann man bis ungefähr zehn Meter hinunter sehen, in Griechenland sogar noch tiefer. Aber hier sieht man einfach nichts.

Es ist bestimmt nicht felsig, denn die Küste fällt sehr flach ins Wasser, in der Seekarte sind rundherum trockenfallende Ränder eingezeichnet und dieser Platz ist mit einem Ankersymbol markiert. Also bereite ich den Anker vor, drehe eine Runde und lasse ihn auf den Grund fallen.[2]

„Passt", denke ich und drehe den Motor ab – Stille. Weit und breit niemand zu sehen. An Land in der Entfernung stehen ein paar Häuser, auch hier auf der kleinen Insel. Eines davon ist aus dunkel bemoostem Stein gebaut, und es ist offensichtlich nicht bewohnt und verfallen.

Das kleine Inselchen ist grün bewachsen, mit Gras und ein paar vereinzelten Sträuchern. Dazwischen liegen verstreut dunkle mit Flechten bewachsene Felsen und irgendetwas grast darauf – drei traberbraune Tiere. Es könnten Pferde sein, die Namensgeber der Insel, oder Esel, ich kann das auf die Entfernung aber nicht genau erkennen. Vielleicht sind es aber auch irgendwelche Wildtiere, denn für Esel ist das eigentlich keine Gegend. Der Wind weht zart und die feuchte Luft riecht nach kalter Küste – nach Meer, nach Muscheln und nach nassen Steinen.

„So riecht also die Atlantikküste", denke ich. Hie und da hört man Möwen schreien, was an den Felsen widerhallt. Die Möwen haben eine ein bisschen andere „Sprache". Die Natur klingt hier generell anders als im Mittelmeer.

Rundherum ist das Festland, wo sich sanfte grüne Hügel erheben. Darüber liegt der graue wolkenverhangene Himmel. Die Bucht ist wie ein Kessel, und ich bin mittendrin. Abgesehen von den drei kleinen Booten mit ihren Außenbordern, die da still an ihren Bojen hängen, bin ich alleine. Draußen, außerhalb der Bucht, die steilen schwarzen Klippen und hier der sanfte Verlauf ins Wasser, dahinter ist an sonnigen Tagen alles grün, und an den anderen Tagen mystisch und nebelverhangen. Diese Landschaft ist eindrucksvoll. Ich kenne das nur von Videos auf Youtube und anderen Dokumentationen.

Hier segeln nicht viele. Ich habe einige Instagram-Bekanntschaften, die allesamt diese Gegend unsicher machen. Einer von denen ist Erik, der Wi-

---

[2] 51° 48,76′ N 010° 15,77′ W

160

kinger, den ich bereits mehrmals erwähnt habe. Ein Treffen mit ihm könnte tatsächlich realistisch werden, denn er treibt sich gerade irgendwo in Schottland herum und will als nächstes nach *Stornoway*, einer Stadt auf den Hebriden.

Hier beginnt also das richtige Abenteuer. Sehr zaghaft und langsam wird mir das bewusst. Ich wollte in die norwegische Arktis, aber die Expedition und das Abenteuer beginnen schon vorher. Das habe ich bisher weder bedacht noch wahrgenommen. Die paar Schwierigkeiten mit dem Versand, der Batterie und alldem, und die dadurch große Verzögerung, haben mich so sehr zurückgeworfen, dass sogar die Depressionen leicht zurückgekehrt waren. Zumindest kann ich das heute, eine Woche danach, sagen.

Aber jetzt, nach und nach, wird deutlich, dass das Abenteuer begonnen hat.

Die ganze Fahrt durchs Mittelmeer war natürlich auch abenteuerlich, aber dennoch sind das ja sozusagen noch meine Heimatgefilde gewesen. Hier dagegen ist jetzt wirklich alles anders. Ich bin auf der wilden irischen Atlantikküste. Das sehen auch die Iren so, denn in *Kinsale* beginnt der *Wild Atlantic Way*: eine 2600 Kilometer lange Straße entlang der irischen Atlantikküste von *Kinsale* im Süden bis *Derry* im Norden. Hierher verirren sich auch im Hochsommer nicht viele Segler. Die Küste ist schroff, steil, mit schwarzen hohen Felsen, die seit Jahrtausenden den beinahe täglichen Niederschlägen und Winden aus allen Richtungen ausgesetzt und oft nebelverhangen sind. Eine unwirtliche Gegend, aber von bizarrer Schönheit, in der sich in erster Linie die Vogelwelt wohlfühlt, aber weniger das typische Seglervolk.

Und ich bin mit meinem Boot mittendrin! Das ist genau nach meinem Geschmack – mein all-inclusive Club.

Ich war jetzt 48 Stunden unterwegs. Die letzte Nacht war wegen der vielen Manöver am Wind anstrengend. Und dann auch noch um fünf Uhr Früh die Sache mit dem Motor. Daher bin ich etwas geschafft. Ich telefoniere mit meiner Frau und meiner kleinen Tochter und lege mich anschließend in die Kabine, wo ich zwei Stunden tief und fest schlafe.

8. Jetzt beginnt das Abenteuer

Die Wettervorhersage hat sich geändert. Ich hätte leicht weiterfahren können. Egal, jetzt fahre ich nicht mehr weg. Ich werde mich heute ausrasten und morgen dann wieder ein Stück weiterfahren. Übermorgen werde ich einen Tag warten, denn da gibt es voraussichtlich Nordwind mit sieben Windstärken. Da brauche ich nicht nach Norden zu fahren, denn da macht man sowieso keinen Weg in die richtige Richtung.

Der Ankerplatz hier ist sehr ruhig, da kann ich etwas Gutes kochen. Ich habe noch vakuumiertes Bratenfleisch aus *Kinsale*, zwei Stück sogar. Also werde ich für heute Abend einen Schweinsbraten nach Atlantikseglerart machen; so nenne ich diese Eigenkreation jetzt.

Das Fleisch reibe ich dafür mit Öl, Salz, Pfeffer und zerquetschtem Knoblauch ein und lege es mit der Schwarte nach unten in einen Topf. Dann schäle ich ein paar Erdäpfel und eine rote Rübe und schneide sie in gleich große Stücke. Ein Apfel in Spalten geschnitten und ein Zwiebel gewürfelt kommen auch dazu; alles in den Topf. Dann ein paar Esslöffel Wasser mit ein bisschen Suppengewürz hinein, Deckel drauf, und für zwei Stunden ins Backrohr.

Irgendwann beginnt es gut zu riechen. Und gleichzeitig wird es durch die Ofenwärme richtig schön gemütlich im Boot. Draußen hat es fünfzehn Grad, und es geht der Wind. Ich habe das Schiebeluk und die Tür zu und es hat angenehme dreiundzwanzig Grad. Ich bin im Allgemeinen nicht sehr empfindlich, was das Wetter und die Temperatur betrifft, sowohl in Bezug auf Hitze als auch Kälte. Aber im Haus habe ich es gerne warm. Und deshalb genieße ich das jetzt sehr – herinnen ist es super angenehm und ich kann aus den Fenstern hinaus in die Bucht schauen – auf *Horse Island* hinüber, wo die frische Atlantikbrise weht und Nieselregen mit sich bringt. Meine Anzeigen verraten, dass der Wind auf vier Windstärken zugenommen hat, in Böen sogar darüber. Aber es sind keine Wellen, das Boot schwojt ruhig hin und her, und ich sitze hier im Warmen und lese.

Plötzlich ist von draußen ein Flattern und Schlagen zu hören. Ich werfe einen Blick aus dem Niedergang und zu meinem Erstaunen segelt da doch tatsächlich einer im Sprühregen mit einer Jolle vorbei, während die Wolken vielleicht fünfzig Meter über der Bucht hängen. Er wendet bei *Horse Island* und kommt hinter meinem Heck vorbei. Er winkt mir fröhlich zu und ich zurück. Einige Augenblicke darauf verschwindet er wieder im Nebel – und ich in der warmen Kajüte.

„Brrr... Frisch ist es da draußen", denke ich. Es ist richtig ungemütlich, trotzdem segelt da einer lustig in der Bucht herum. Die Iren haben gelernt, mit ihrem Wetter umzugehen. Nachdem es mindestens jeden zweiten Tag regnet und strahlend blaue Sonnentage oder Windstille so gut wie nie vorkommen, braucht man also auch nicht darauf zu warten. Man geht Jollensegeln, Paddelbootfahren, Spazieren, Laufen und all das dann, wenn man es tun will – denn das Wetter ist immer gleich schlecht. Das ist eine bemerkenswerte Einstellung, und ich werde versuchen, das zu übernehmen. Das bessert meine angeschlagene Motivation etwas auf.

Während ich so dahinsinniere vergehen zwei Stunden. Es wird Zeit, sich um den Braten zu kümmern. Den drehe ich jetzt um und schiebe das Ganze für eine weitere Dreiviertelstunde ins Rohr, jetzt ohne Alufoliendeckel, damit die Schwarte braun und knusprig wird.

Als der Braten fertig ist, verdrücke ich eine riesige Portion. Bei dem nasskalten Wetter schmeckt das gleich noch viel besser. Die Menge ist groß genug, sodass ich noch zweimal davon essen kann. Den Nachmittag verbringe ich mit Lesen und Schreiben, und abends lege ich mich früh in meine Koje.

Am nächsten Morgen trinke ich Kaffee und schaue mir die Wettervorhersage an. Der prophezeite Nordwind soll erst morgen kommen, heute herrscht Südwind. Das könnte ich nutzen, um zumindest ein Stück weiter nach Norden zu segeln. Der nächste gute Platz ist *Ventry Harbour*, ungefähr dreißig Seemeilen von hier. Ist also in ein paar Stunden zu schaffen, überhaupt bei dem Wind.

Ein Blick aus dem Fenster verrät schlechte Sicht und Sprühregen. Die Wolken hängen so tief, dass ich nicht einmal den Rücken der dreißig Meter hohen *Horse Island* sehen kann.

Ich bin ausgeschlafen, aber auch etwas matschig, als hätte ich vor zwei Abenden eine Partynacht gehabt, die mir immer noch nachhängt. Habe ich aber nicht. Vielmehr waren es anstrengende 48 Stunden von *Kinsale* bis hierher.

8. Jetzt beginnt das Abenteuer

Ich bin sehr zerrissen zwischen Umdrehen, um zu meiner Familie zurückzukehren, und Weiterfahren, um dieses Abenteuer zu bestreiten. Einerseits hat mich sehr der Mut verlassen, und meine Familie fehlt mir. Und obwohl ich mit rauen Segelbedingungen sehr vertraut bin, kostet es mich trotzdem Mut und Überwindung, immer wieder aufs Neue ins fragwürdige Wetter hinauszusegeln. Jedes Abenteuer und jede Expedition hat immer Freuden-, aber auch Schattenseiten.

„Du kannst das!", versuche ich mich selbst zu bestärken, denn irgendwie habe ich durch die ganze Misere auch etwas das Vertrauen in mich und vielleicht sogar ins Boot verloren, mit all den Mängeln, die bisher aufgetreten sind. Letztendlich raffe ich mich auf. Ich räume zusammen, verstaue alles, wasche das Geschirr ab, schalte die Navigationselektronik und wegen der schlechten Sicht sogar die Navigationsbeleuchtung ein, und ziehe mir das Ölzeug an. Ich kontrolliere noch einmal die Karte, um keine Untiefen und Riffe zu übersehen. Bevor ich den Anker lichte, packe ich noch das Großsegel aus und hänge das Fall ein. Dann geht es los.

Zuerst muss ich am *Bolus Head* vorbei, dann Richtung Nordwesten, vorbei an *Valentia Island*, und dann nach Nordosten bis *Ventry Harbour*.

Es ist Südwestwind, schon die ganze Nacht, weshalb mir hier beim Ausfahren aus der nach Südwesten offenen Bucht die Wellen entgegenrollen. Bis zum *Bolus Head* fahre ich mit der Maschine. Segeln hat keinen Sinn, vor allem alleine nicht. Wegen der tiefhängenden Wolken kann ich nur den Fuß der hohen, schwarzen Klippen neben mir sehen. Es ist ein gespenstischer, düsterer Anblick.

Die Wellen nehmen zu, je weiter ich hinaus komme, und das Boot schaukelt unangenehm heftig in alle Richtungen. Kaps sind immer unangenehm, denn sie lenken die Wellen ab, zerstreuen den Wind in alle Richtungen und sorgen für chaotische Strömungen. Und plötzlich wird der Seegang so konfus, dass es mein Boot einige Male heftig auf beide Seiten legt. Unten in der Kajüte scheppert es. Als das Schlimmste vorbei ist, werfe ich einen Blick hinunter, um die Lage zu überprüfen.

So schlimm ist es nicht. Das Tablet liegt am Boden, ein Stapel Zetteln, ein Selfie-Stick. Und der Teller, von dem ich gestern den Schweinsbraten gegessen habe, ist aus dem Abtropf-Ding herausgefallen und liegt jetzt in Scherben am Boden.

„Anfängerfehler", denke ich mir und räume die Scherben weg. Ich stecke sie in eine alte Plastikverpackung und klebe sie mit Gafferband zu, damit nicht noch etwas passiert.

Die Teller hätte ich sowieso gerne gegen Blechteller getauscht, habe das aber bei den Vorbereitungen aus den Augen verloren. Porzellan und Glas gehören meiner Meinung nach nicht auf ein Boot, zumindest nicht auf eines, mit dem gesegelt wird. Es gibt diese Hartplastikteller, die wie Porzellan aussehen, aber ich finde Kunststoff in der Küche generell unappetitlich.

Der Wind weht aus Südost mit fünf Windstärken, und es herrscht noch immer Sprühregen. Hie und da regnet es auch richtig. Zeit zum Segelsetzen! Das Großsegel kommt ins erste Reff, und von der Genua lasse ich auch ein Stück drin. Sicher ist sicher, denn ich sehe nicht, was kommt. Die Sichtweite liegt bei zwei oder drei Seemeilen.

Das Boot macht angenehm Fahrt, um die fünf Knoten. Das ist die Standardgeschwindigkeit. Mit mehr Wind läuft sie auch sechs Knoten, aber das schnellste Boot ist die Mizzi im Allgemeinen nicht. Das macht aber nichts, denn es ist ein stabiles Boot und ich fühle mich wohl drauf. Und außerdem bin ich ja nicht auf einem Rennen.

Und so geht es durch das feuchte Wetter. Rundherum ist alles hellgrau. An Steuerbord kommt nach einiger Zeit der Fuß von *Puffin Island* zum Vorschein, verschwindet aber kurze Zeit später wieder.

Heute sitze ich mehr als sonst im Cockpit. Irgendwie ist mir danach. Es befreit den Geist, da an der frischen Atlantikluft im Sprühregen und Nebel zu sitzen und den Geräuschen des Meeres und des Bootes zu lauschen, wie es sanft durchs Wasser gleitet. Durch die Auf- und Abbewegung in den Wellen rinnt immer wieder am hinteren Ende des Baums das Regenwasser aus dem Lazybag. Dabei erinnere ich mich, wie Captain Gugg bei einem der Filmdrops beim Golden-Globe-Race am Ende des Baumes einen Kübel hängen hatte und Don McIntyre ihn im Interview fragte, wofür der gut wäre. Aus der Formulierung war zwischen den Zeilen klar, dass er dachte, es wäre die

Ersatztoilette, wie das bei manchen Skippern üblich ist. Gugg musste lachen, erklärte dann aber, dass er mit dem Kübel Regenwasser sammelt.

Hie und da kontrolliere ich die Navigation. Ich prüfe den Kurs, wo ich bin und ob am AIS andere Schiffe zu sehen sind. Vereinzelt sind ein paar Fischer unterwegs, aber alle weit weg. Bei diesem Wetter macht sich auch wieder der große Nachteil dieses Wohnzimmersalons bemerkbar: Man kommt direkt vom Niedergang herunter in die rundum angeordnete Polstergarnitur – auch beim Navitisch. Ich bin komplett nass, wenn ich von draußen reinkomme. Ich habe ein großes Handtuch aufgebreitet, damit sich die Polster zumindest nicht vollständig ansaugen.

Für mein Dafürhalten ist das ein Designfehler. Zumindest hier beim Navitisch sollte der Sitz so gestaltet sein, dass er nass werden kann. Und wo soll ich das Gewand hinhängen? Das hängt dann natürlich auch über den Polstern, auf der anderen Seite des Niederganges. Und damit die ebenfalls nicht nass werden, habe ich dort den Segelsack mit der alten Genua liegen. Wenn die nass wird, macht es nichts. Ich frage mich, ob der Designer des Bootes darüber nicht nachgedacht hat, oder ob das ein Sonderwunsch des Eigentümers war, der das Boot damals, vor vierzig Jahren, bestellt hat. Ich werde es wohl nie herausfinden.

Wenn der Wind aus der richtigen Richtung kommt, geht es ordentlich dahin, denn ich bin schon viel weiter, als ursprünglich angenommen – besser zu früh, als zu spät am Ankerplatz.

Drei Meilen vor mir schält sich langsam die Einfahrt zu *Ventry Harbour* aus dem Nebel. Zwanzig Minuten noch, dann werde ich die Segel bergen. Plötzlich beginnt es stärker zu regnen, und die Sicht nimmt auf ein paar Kabellängen ab. Damit verschwindet auch die Einfahrt in die Bucht im Grau. Es dauert aber nicht lange, eine Viertelstunde, dann nimmt der Regen wieder ab und die Sicht wird besser.

Ich nehme die Segel herunter und fahre mit der Maschine vorsichtig in das unbekannte Terrain. Zuvor habe ich die Wassertiefe berechnet, damit ich den richtigen Platz für den Anker finden kann.

In dem Moment, wo ich in diese riesige Bucht einfahre, reißt genau vor mir über dem Land die Wolkendecke auf, wodurch der Sandstrand und die Wiesen im Hintergrund plötzlich von der Sonne hell erleuchtet werden, während der Hügel dahinter in den Wolken verschwindet. Es wirkt beinahe surreal, wie in einer künstlerischen Darstellung.

Am Strand spazieren Leute, und ich höre sogar Kinder spielen. Es würde mich nicht wundern, wenn die dort sitzen und Sandburgen bauen. Vor *Ventry*, der namensgebenden Ortschaft an der nordöstlichen Seite der Bucht, liegen an paar Boote an Bojen. Dort ankere ich.[3] Nachdem für morgen heftiger Nord- bis Nordostwind angesagt ist, ist das vermutlich der beste Platz.

Ich packe das Großsegel ordentlich ein und verkrieche mich in der Kajüte. Da ist es trocken und warm. Meine Sachen hänge ich auf, dann mache ich mir einen Tee, lege mich auf die Bank unter die Decke und lese etwas – sehr gemütlich ist das.

Am nächsten Tag herrscht zwar wie erwartet mehr Wind, aber es ist trocken, weshalb ich meine Jacke und die Ölzeughose draußen auflegen kann. Untertags lese und schreibe ich, schaue ein bisschen, was sich auf Social Media tut, und beschäftige mich wieder mit der Brauchwasserpumpe, denn irgend etwas stimmt da nicht.

Die neue Pumpe funktioniert gut, aber mir scheint, dass sie nicht genug Wasser zum Ansaugen bekommt. Es dauert ewig, bis der Druck wieder hergestellt ist, und anhand der Luftblase im Filtersieb kann ich sehen, dass die Pumpe mit aller Kraft zu saugen versucht. Im Schauglas sind immer wieder weiße und rostrote Stückchen von etwas drin, vielleicht Kalk. Ich reinige das Sieb, ziehe einen der Schläuche ab und lasse in beide Richtungen Wasser durchlaufen, in der Hoffnung, dass die Teilchen dadurch herausgespült werden. Danach baue ich alles zusammen und es funktioniert wieder gut.

Draußen ist es frisch, es wird dämmrig und auf den Straßen und in den Häusern gehen die Lichter an. Dort drinnen ist es sicher gemütlich. Ist es bei mir aber auch. Ich schaue aus den Fenstern und höre den Wind im Rigg heulen, aber hier unten ist es warm, und ich trinke Tee. Ich genieße diese Gemütlichkeit und bin hin- und hergerissen zwischen Fahren, damit ich weiterkomme und etwas erlebe – und Ankern und dabei schreiben, Filme machen oder Podcasts produzieren – endlich das machen, was ich immer

---

[3] 52° 07,70′ N 010° 21,67′ W

schon wollte. Irgendwie muss sich das Ganze aber bezahlt machen, denn Geld braucht man zum Leben. Ich habe bestimmt schon tausende Stunden in meine Podcasts, Filme und Artikel gesteckt, aber bisher keinen Cent dafür bekommen. Ich weiß nicht, wie ich das zu Geld verwandeln soll. Macht im Moment nichts, aber es beschäftigt mich, denn diese Zeit hier wird vorbeigehen, und danach muss ich mit irgendetwas weitertun. Das alles rumort bereits in meinen Gedanken.

Ansonsten würde ich es noch sehr lange hier am Boot aushalten, ohne an Land zu gehen. Ich habe immer noch genug mit – nur Milch würde ich irgendwann kaufen. Blöd irgendwie, denn es war nicht mein Planungsfehler, dass die jetzt ausgeht…

Am nächsten Morgen mache ich mir einen Kaffee und gieße etwas von der irischen Frischmilch hinein.

»BLUBBB« macht es, als ein schleimiger Klumpen ins Häferl fällt.

„Oh nein!"

Jetzt muss ich meine letzten Vorräte anbrechen, denn diese Milch ist hinüber. Ich leere alles weg und mache mir noch einen Kaffee, jetzt mit frisch geöffneter Haltbarmilch aus meinem Vorrat. Draußen in der Bucht schaue ich mich ein wenig um und befrage die aktuelle Wettervorhersage. Für die nächsten Tage schaut es gut aus: zwar nicht mit Sonnenschein, aber mit Wind aus der richtigen Richtung – und kein Sturmtief in Aussicht. Das werde ich nutzen, um nach Norden zu kommen.

Die Sache mit dem Impeller und dem kaputten Abgasfühler beschäftigt mich immer noch. Ich habe sogar davon geträumt. Warum ist der Sensor nach nur zwei Jahren schon wieder kaputt? Fördert der Impeller vielleicht doch zu wenig Wasser?

Bei der Durchsicht des Motorhandbuches fällt mir auf, dass der Wärmetauscher von Zeit zu Zeit gereinigt werden soll. Obwohl ich das Handbuch und im Speziellen den Wartungsteil schon öfters durchgegangen bin, habe ich das irgendwie übersehen. Wenn der verlegt ist, funktionieren der Wasserdurchfluss und die Kühlung nicht mehr so gut. Aber das jetzt hier vor Anker, mitten während der Fahrt zu machen, traue ich mich nicht. Es kann bei einer Reparatur oder Wartungsarbeit immer etwas schiefgehen. Und obwohl es hier in *Ventry Harbour* sehr geschützt ist, ist es dennoch kein günstiger Ort für Pannen.

Den Impeller tausche ich auf Verdacht, und beim direkten Vergleich mit dem neuen wird klar, dass der alte deutlich verquetscht ist. Der Tausch schadet also auf keinen Fall. Ich baue wieder alles zusammen und starte den Motor. Alles läuft, wie es soll. Ich räume noch die restlichen Dinge weg, zieh mir das Ölzeug an und lichte den Anker. Dann geht es raus aus der Bucht.

Das Wetter ist recht schön und hie und da schaut sogar die Sonne durch. Jetzt erst kann ich die schöne Landschaft entlang der steilen Klippen draußen bewundern, denn als ich angekommen bin, war noch alles im Nebel versunken.

Oben auf den schrägen, grünen Hängen der Hügel stehen vereinzelt Häuser. Bestimmt Landwirtschaften, denn manchmal trägt der Wind die typische und vertraute Brise herüber, die nur von einem Kuhstall sein kann. Mit dem Fernglas kann ich auf den Wiesen rundherum hunderte Schafe und Kühe weiden sehen.

Draußen sind vorgelagert einige kleine Inseln und Felsen. Ich segle bis dorthin und beschließe dann, zwecks Sightseeing mit der Maschine dazwischen durchzufahren. Eine davon ist die *Great Blasket Island*. Unten ist ein Strand und dahinter wieder ein übergrüner Hang. Dort sind einige weiße Häuser, wo vermutlich jemand wohnt, rundherum stehen aber noch viel mehr von diesen dunkelgrauen Steinhäusern. Die sind alle verfallen, was erahnen lässt, dass hier einmal eine größere Gemeinschaft gelebt haben muss. Ich kann mir sehr gut vorstellen, hier auf dieser Insel mit meiner Frau und den Kindern zu leben und Rinder, oder Schafe zu züchten.

Die Durchfahrt stellt sich navigatorisch nicht ganz einfach dar, denn hier herrscht stellenweise eine ordentliche Strömung. Man kann das sogar deutlich auf der Wasseroberfläche sehen. Ich bin konzentriert und halte mich schön frei von den Klippen, die hie und da aus dem Wasser ragen. Im Endeffekt komme ich aus dem Inselhaufen wieder heil heraus.

Etwas weiter südlich ist eine Insel mit einem natürlichen Steinbogen, wo gleißend der Himmel durchscheint. So etwas ist faszinierend, und es verlockt dazu, hinzufahren. Wenn man dann aber dort ist, stellt man fest, dass es ein riesiges unzugängliches, in Jahrtausenden von der Natur erschaffenes Gebilde ist, um das die Atlantikwellen toben. Und mit jedem Meter, den man näher kommt, steigert sich die Angst, dass das Boot auf den Klippen zerschellen könnte. Also fahre ich gar nicht erst näher hin, sondern betrachte das Ganze nur durchs Fernglas.

Dann setze ich die Segel – und los geht es. Es ist Nordwestwind und ich muss nach Norden, was also nicht ganz optimal ist. Das Land springt aber etwas nach hinten, nach Osten, somit kann ich längere Zeit auf einem Nordnordostkurs segeln, ohne dem Land zu nahe zu kommen. Und laut Wettervorhersage soll der Wind irgendwann auf Süd drehen. So segle ich in die Nacht hinein. Es ist ein angenehmes Segeln, Fahrt im Boot, gemütlicher Wind mit zwei bis drei Windstärken und kein Regen.

Zeitig in der Früh schläft irgendwann der Wind ein. Macht aber nichts, da kann ich noch ruhig in meinem Stundenrhythmus weiterschlafen. Um neun Uhr starte ich dann die Maschine und denke dabei an den Spritverbrauch. Vier Stunden am Tag darf ich höchstens fahren, besser weniger. Und so fahre ich jetzt zweieinhalb Stunden, und dann kommt Wind aus Südwest auf. So war es vorhergesagt. Zuerst mit zwei Windstärken, später am Nachmittag dann drei.

Der Tag ist schön und warm, und die Sonne lässt sich immer wieder blicken. Das wird aber nicht so bleiben, denn die südlichen Winde kündigen das Herannahen der nächsten Tiefdruckzelle an.

In der Abenddämmerung kann ich am Horizont deutlich die aufziehenden Wolken der kommenden Front erkennen. Auch kann ich Regenzellen sehen. Der Wind legt weiter zu, zuerst vier, dann fünf Windstärken, und der Himmel zieht komplett zu.

Bevor es völlig finster wird, reffe ich das Großsegel zur Sicherheit um eine Stufe. In der zweiten Nachthälfte passiere ich den *Erris Head*, eine weitere Wetterscheide im Nordwesten Irlands. Ich mache aufgrund des günstiges Windes einige Seemeilen gut. Am Vormittag beginnt es dann zu nieseln. Es ist alles grau in grau, und die Sichtweite ist wieder deutlich eingeschränkt. Es ist wenig Schiffsverkehr, wie ich dem AIS entnehmen kann.

Obwohl es bei fünf Windstärken schön dahingeht, ist es dennoch ein unangenehmes Gefühl, bei so einem Wetter unterwegs zu sein. Ich bin in ständiger Anspannung, weil ich hier weit weg von allem bin, was ich kenne und mir vertraut ist. Das ist der Nordatlantik, denke ich mir immer wieder. Der Ruf des Nordatlantik macht mir zu schaffen. Und ein Blick nach draußen offenbart rundum eine graugrüne Wasserwüste, so weit das Auge reicht. Der Himmel ist in ähnlichen Schattierungen gefärbt, und es nieselt. Etwas irritierend empfinde ich die Small-Craft-Warnings, die immer wieder über Funk kommen. Das sind Wetterwarnungen, die es in jedem Seegebiet gibt. Die Iren warnen allerdings bereits bei sechs Windstärken. Im Mittelmeer werden Warnungen erst ab Windstärke sieben ausgesprochen, und in Griechenland überhaupt erst bei acht. Letzteres bedeutet aber nicht, dass Windstärke sieben in Griechenland ungefährlich ist. Das ist vielmehr deshalb so, da die Ägäis ein so raues Seegebiet ist, dass es Windstärke sieben beinahe täglich irgendwo gibt, wodurch die Griechen ständig eine Warnung aussprechen müssten, was nicht Sinn und Zweck von Warnungen ist.

Die Iren haben bestimmt einen Grund, warum sie bereits bei Windstärke sechs warnen. Jedenfalls bringt das in mir ein bisschen Anspannung hervor. Ich bin etwas verunsichert und spiele mit dem Gedanken, die kommende Nacht doch irgendwo zu ankern. Im Navigationssystem suche ich die Küste südwestlich vom *Malin Head* nach günstigen Ankerplätzen ab und markiere diese mit Wegpunkten im Navigationssystem.

Ich habe kein Küstenhandbuch für Irland, was nicht ganz optimal ist. Natürlich führe ich den *Reed's Almanac* mit, der enthält aber nur die allerwichtigsten Eckdaten. Irgendwie hatte ich das so auch nicht geplant. Andererseits, wie genau kann man schon planen? Und bis in welches Detail sollte man sich vorbereiten? Natürlich habe ich daran gedacht, mir Küstenhandbücher zuzulegen. Aber da könnte man ebenfalls hunderte oder sogar tausende Euro ausgeben. Deshalb habe ich den *Reed's*, als groben Plan für Großbritannien, Irland, die französische Atlantikküste und Portugal. In der Planung habe ich gedacht, dass wenn ich in einem dieser Länder Halt mache, dann in einer größeren Stadt, und die ist dann im *Reed's* auf jeden Fall zu finden.

8. Jetzt beginnt das Abenteuer

Einer der Hauptgründe für diese Expedition war ja, Erfahrung zu sammeln, und um herauszufinden, was gut geplant war, was nicht, was ich noch alles brauche, und insbesondere, was ich am Boot noch umbauen oder verbessern muss. Diesbezüglich habe ich bereits eine ganze Menge erkannt. Es gibt natürlich einige Verbesserungen, die ich machen muss, aber es gibt auch genug Dinge, die bereits sehr gut sind, das heißt, die gut vorbereitet waren oder einfach wirklich gut funktionieren. So zum Beispiel muss ich keinesfalls verhungern oder verdursten, da habe ich noch sehr viele Reserven – außer, ja: Milch...

Wieder einmal überprüfe ich das Navigationssystem. Die Überfahrt vom *Erris Head* Richtung *Tory Island*, welche etwas westlich des nördlichsten Kaps von Irland, dem *Malin Head* ist, beginnt sich in die Länge zu ziehen. Es sind nur siebzig Meilen, also rund fünfzehn Stunden. Wenn man aber daran denkt, einen Ankerplatz zu erreichen, können das lange fünfzehn Stunden sein. Und außerdem bin ich gar nicht so weit weg vom Land, höchstens 25 Seemeilen. Trotzdem fühlt sich der Ozean gerade unendlich weit an, wenn ich in diese graue Salzwasserwüste mit dem wolkenverhangenen Himmel hinausschaue.

Und da erblicke ich plötzlich ein anderes Boot am AIS. Es fährt in die gleiche Richtung und ist verhältnismäßig nahe, circa zehn Seemeilen. Aufgrund des geringen Schiffsverkehrs klicke ich meistens alle an, um mir die Daten anzusehen. Jetzt bin ich tatsächlich erstaunt: Es ist ein Segelboot namens *Fulmar*, zehn mal vier Meter unter französischer Flagge, und es macht elf Knoten Fahrt. Das ist sehr schnell!

Das kann keine normale Segeljacht, sondern muss ein Racer sein. Vielleicht ist es ein französischer Profisegler, der gerade aus Trainingszwecken um die britischen Inseln segelt. Mit dem kann ich unter keinen Umständen mithalten, und so verschwindet er nach ein paar Stunden wieder vom Bildschirm. Trotzdem war es eine angenehme Begleitung, auch wenn ich ihn mit eigenen Augen nie zu Gesicht bekommen habe. Und es motiviert mich, weiterzufahren. Wenn der das kann, kann ich das auch. Mein Boot ist nicht neu, und einiges müsste überholt werden, trotzdem ist es in keinem schlechten

Zustand. Es ist ein robustes Boot, ich bin gut vorbereitet und bei weitem kein Segelanfänger.

Am Abend schalte ich mein Satelliteninternet ein und schaue mir die Vorhersage an.

„Schaut gut aus", denke ich und beschließe somit, weiterzufahren, obwohl ich mich auch ohne dieses Wissen bereits gegen das Ankern entschlossen hatte. Dann ziehe ich wieder einmal mein Ölzeug an, gehe nach draußen und justiere meine Windsteueranlage so, dass sie direkt auf die äußeren Hebriden steuert. Danach klettere ich wieder hinunter, mache alles dicht und koche mir einen heißen Tee.

Ich bin etwas planlos, was das nächste große Ziel betrifft, da die norwegische Arktis, zumindest für heuer, in weite Ferne gerückt ist. Dafür bekommt Island langsam Konturen in meinem Geist. Aber der nächste Halt heißt jetzt definitiv: äußere Hebriden.

Bei meinem kurzen Internet-Update habe ich gesehen, dass sich Erik bereits um die Hebriden herumtreibt. Jetzt muss es mir nur noch gelingen, ihn irgendwo zu treffen. Er schreibt online seit langem davon, dass er nach *St. Kilda* möchte. Also muss ich auf jeden Fall einmal näherkommen.

Um Viertel vor sechs Uhr morgens weckt mich das Funkgerät auf. Wieder einmal eine Small-Craft-Warning, aber nichts Neues. Nichts, dass mich jetzt erschrecken würde. Bis zur südlichsten Hebriden-Insel *Berneray* sind es knapp siebzig Seemeilen, und dann noch weitere zehn bis zum ersten brauchbaren Ankerplatz, einer großen Bucht der Insel *Vatersay*. Ich schreibe Erik daher auf Instagram, dass ich heute Abend dort ankern werde und frage ihn, wo er gerade ist, um ein Treffen zu arrangieren. Boote sind bekanntermaßen ja recht langsam, man muss so eine Zusammenkunft daher entsprechend zeitgerecht planen. Ich bin jedenfalls sehr gespannt und würde mich riesig freuen, wenn das gelingt.

Der Tag sieht heute wieder freundlicher aus. Kein Regen, und die Sicht ist deutlich besser. Immer noch bewölkt zwar, aber man kann bis zum Horizont sehen. Das Boot trocknet langsam, und schließlich scheint zeitweise sogar ganz zaghaft die Sonne durch. Es fühlt sich so warm an, dass ich meine Jacke zum Trocknen ins Cockpit lege.

Im Laufe des Tages tausche ich die irische Flagge gegen die britische. Das ist eine rote Flagge mit dem Union Jack in der oberen Ecke. Eigentlich müsste ich offiziell einklarieren. Die Briten sind ja dummerweise aus der EU ausgetreten, und das bringt wieder diesen ganzen unnötigen Zoll- und Ein- und Ausreisekram mit sich. Am Flughafen in Manchester war das deutlich zu erkennen. Nicht richtig einzureisen ist mir recht unangenehm, das habe ich gar nicht bedacht. Ich plane sowieso nicht, an Land zu gehen, also werde ich da einfach so ankern und mich ruhig verhalten.

Es ist halbwegs gute Sicht und ich kann die Inseln schon bei fünfzehn Meilen Entfernung sehen. Als ich näher komme, trübt es sich zunehmend ein. Es zieht zu und beginnt wieder leicht zu nieseln. Der Wind ist recht schwach und das Boot macht nur noch drei Knoten. Deshalb starte ich fünf Meilen vor *Berneray* die Maschine, sonst dauert das noch ewig. Eine Strömung nach Südwest macht sich bemerkbar. Das ist nicht ganz günstig, sie ist aber nicht sonderlich stark.

Die *Hebriden* sind generell ein sehr schwieriges und anspruchsvolles Revier. Die Gezeiten betragen bis zu vier Meter, und es ist rundherum recht seicht, sodass an manchen Stellen sehr gefährliche Stromschnellen auftreten können, aus denen man mit so einem Boot nicht mehr entkommen kann. Es gibt jede Menge Riffe, Untiefen und Sandbänke, die sich aufgrund der ständigen Strömungen auch ändern. Und das Wetter ist hier in Schottland auf 58 Grad Nord natürlich auch nicht besser als rund um Irland. Es ziehen ununterbrochen Tiefdruckgebiete entweder aus Westen vom Atlantik, oder aus Nordosten von der norwegischen See her. Das ergibt ein ständiges Wechselbad aus Starkwind, Nebel, Regenschauern und manchmal Sonne.

Der Motor schiebt das Boot brav gegen den Strom, und die Inseln, die sich zwischendurch immer wieder in Nebel hüllen, ziehen langsam vorbei. Das Deck ist nass vom Nieselregen und ich auch, aber bald habe ich es geschafft.

Diese Inseln sind die *Kornaten des Nordens*, auf denen Schafe, Kühe und ein paar Menschen leben. Inseln, die sehr gerne, wegen ihrer Abgelegenheit und bizarren Schönheit, von Touristen besucht werden. Auch Jachten sind ein paar unterwegs, wie das AIS zeigt. Eine liegt in der Bucht, die ich anzulaufen plane. Das Revier gefällt mir auf den ersten Blick. Wild und schön und definitiv nur etwas für Hartgesottene.

Genau wie in den kroatischen *Kornaten* gibt es hier auch keine Bäume. Es sind ebenso sanfte Hügel, nur sind die Hebriden satt grün und die Felsen dunkel anstatt weiß oder hellgelb. Verstreut auf den grünen Wiesen grasen weiße große Schafe und mittel- bis dunkelbraune Rinder. Und hie und da stehen Häuser – weiße und offenbar bewohnte Häuser, aber zwischendurch auch immer wieder dunkle und verfallene Steinhäuser. Die sehen sehr mystisch aus. Abgesehen von den Gebäuden gleicht das hier unserer österreichischen Almlandschaft oberhalb der Baumgrenze. Die alten Häuschen, die überall verteilt sind, lassen, wie schon vorhin erwähnt, stark vermuten, dass hier einmal eine größere Gemeinschaft gelebt haben muss. Schade darum. Ist vermutlich auch ein Opfer der Industrialisierung geworden.

Konzentriert fahre ich in die Bucht ein und schaue regelmäßig auf das Ufer, den Tiefenmesser und die Karte am Display. In den Kartennotizen wird man gewarnt, dass die letzte Vermessung schon lange her und die Genauigkeit daher nur bedingt gegeben ist. Man solle entsprechend achtsam navigieren. Ich werde mich auf jeden Fall nicht zu weit in die *Hebriden* hineinbegeben, da ich weder ein Handbuch habe, noch einklariert bin. Also werde ich hier ankern und bald wieder wegfahren, und zwar außen herum. Ich bin aber sowieso nicht auf einer Sightseeingtour, sondern auf einer Segelexpedition.

Ich sondiere den Ankerplatz gründlich und fahre recht nahe an den Strand heran. Es ist ein riesiger Strand mit sehr hellem Sand, der zum Baden einlädt. Nur das Wetter und die Wassertemperatur sind nicht sonderlich ermutigend. Wie immer versuche ich, den Grund zu erkennen. Und jetzt im Seichten, bei gerade mal drei Metern Wassertiefe, kann ich den Seegrund endlich sehen: Es ist Sand. Sieht genauso aus wie im Mittelmeer, nur ist das Wasser nicht so klar und es hat eine leicht grünliche Färbung. Der Anker hält aufs erste Mal.[4] Ich drehe den Motor ab, packe das Großsegel ordentlich ein und verkrieche mich in der Kajüte.

Erst raus aus dem Ölzeug, danach mache ich mir einen Tee, aktiviere mein Satelliteninternet und lege mich auf die Bank im Salon, zugedeckt mit einer Decke. Das ist sehr gemütlich und warm.

---

[4]56° 55,53′ N 007° 31.91′ W

8. Jetzt beginnt das Abenteuer

Es war eine gute Überfahrt. Trotzdem ist es eine Erleichterung, wieder einmal geankert zu haben und sich mehr oder minder um nichts kümmern zu müssen, auch wenn die Fahrt nur dreieinhalb Tage gedauert hat. Dasitzen, lesen, schreiben, ein bisschen Internet schauen.

Kurz nach zehn Uhr abends lege ich mich in meine kuschelige Bugkabine, wo ich mittlerweile die zweite Decke aktiviert habe, und falle gleich in einen sehr tiefen und festen Schlaf.

Es ist der 28. Juli und ich bleibe noch einen Tag in der *Vatersay Bay*. Ein Tiefdruckgebiet soll darüberziehen. Die südlichen Winde wären prinzipiell gut, um weiter nach Norden zu kommen, aber ich möchte mich mit Erik treffen. Es ist nicht so leicht, einen Treffpunkt zwischen zwei Solo-Extremseglern, die sich beide gerade auf speziellen selbstauferlegten Expeditionen in anspruchsvollen Revieren befinden, zu arrangieren. Erik ist im Moment in *Tabert*, das ist fünfundsechzig Seemeilen nordnordöstlich von hier, und von dort sind es dann siebzig Seemeilen bis *St. Kilda*. Von meiner Position bis *St. Kilda* sind es auch siebzig Meilen in nordwestlicher Richtung.

Ich könnte nach *Tabert* fahren, aber wenn er dann aufbricht, wären das verlorene Meilen für mich. Außerdem müsste ich danach durch den *Sound of Harris*, in dem ständig starke Strömungen herrschen. Im *Reed's* wird explizit darauf hingewiesen, dass man ein bestimmtes Pilotbook konsultieren soll, wenn man da durchfahren will. Das habe ich aber nicht, und auf gut Glück ist eine Passage so einer Engstelle sehr gefährlich, weshalb ich da nicht durchfahren werde.

Also treffen wir uns am besten gleich in *St. Kilda*. Es ist eine Hochseeinsel westlich im Atlantik und zugleich die abgelegenste Hebrideninsel. Dort gibt es einen einzigen, sehr ungeschützten Ankerplatz. Man kann daher nur dann hinfahren, wenn das Wetter passt, und das tut es im Moment ganz und gar nicht. Das ist wie *Palaguža* in der Adria. Dort gibt es auch nur einen einzigen und dabei ungeschützten Ankerplatz, der nur bei passendem Wetter erreichbar ist.

St. Kilda ist kein Ziel für Hobby-Segler. Und deshalb fährt Erik dorthin. Aus demselben Grund werde ich somit auch da hinfahren – und ihn dort treffen.

Im Moment sieht es so aus, dass der Kern des Tiefdrucks morgen Mittag darüberzieht und es in der Nacht auf Sonntag dann ruhig um *St. Kilda* wird. Ich könnte also morgen Früh aufbrechen. Heute untertags werde ich mich ausruhen und am Abend die aktuelle Wettervorhersage begutachten.

Mittlerweile ist es Sonntagvormittag, und ich bin immer noch in der *Vatersay Bay*. Das Wetter ist recht unverändert, das Tief kommt etwas langsamer als erwartet, und am Nachmittag bis in die Nacht gibt es Nordwestwinde mit fünf Windstärken. Das ist genau von dort, wo *St. Kilda* liegt. Wenn ich jetzt wegfahre, dann habe ich drei Stunden guten Wind und kämpfe danach die nächsten fünfzehn Stunden mit Gegenwind, was so viel heißt wie, kaum Fortschritt zu machen und ständig zu halsen. Auf das habe ich eigentlich keine Lust.

Insgeheim spiele ich bereits wieder mit dem Gedanken, das Treffen aufzugeben, denn ich möchte nach Island und da wäre die Wettersituation im Moment günstig. Das sind über 500 Seemeilen, und ich werde mindestens fünf oder sechs Tage unterwegs sein. Da sollte das Wetter halbwegs passen – und vor allem ist das dann ja so richtig der Nordatlantik.

Ich schreibe Erik auf Instagram, dass ich erst morgen fahren werde, weil das Wetter für mich hier im Süden sehr ungünstig ist. Er stimmt mir zu, denn auch für seine Position ist das Wetter nicht ideal.

Irgendwie wünsche ich mir, jemanden zu haben, mit dem ich mich abstimmen kann. Alleine ist das alles noch viel schwieriger. Meine Frau ist zwar keine Seglerin, aber trotzdem immer eine große Unterstützung, wenn ich schwierige Entscheidungen treffen muss, da sie manches aus anderen Blickwinkeln sieht und dadurch oft objektiver sein kann.

Heute Früh habe ich ein E-Mail an die isländische Küstenwache geschickt. Man muss sich nämlich mindestens 24 Stunden vorher anmelden, also habe ich das erledigt und meine Schiffs- und Personendaten vorab bekannt gegeben. Ich werde heute noch dableiben und morgen aufbrechen, egal, wo Erik bis dahin ist.

8. Jetzt beginnt das Abenteuer

Heute ist mir zum ersten Mal kalt. Vielleicht liegt das daran, dass ich hier schon länger sitze, am Computer schreibe und meine Handbücher studiere. Das Barometer zeigt 987 Hektopascal, das ist sehr wenig. Draußen ist es windig, und es regnet immer wieder. Fünfzehn Grad, trotzdem waren da Männer und Frauen mit Badegewand im Wasser. Der Wind nimmt im Laufe des Tages zu und erreicht nachmittags mit sechs Windstärken den Höhepunkt.

Immer wieder ziehen Regenschauer vorbei, die heftig an die Fensterscheiben prasseln, und dahinter blinzeln wieder ein paar Sonnenstrahlen durch. Der Wind heult den ganzen Tag durchs Rigg. Es ist eine normale Begleiterscheinung, sobald er vier Windstärken erreicht. Es ist ein normales Geräusch, andererseits wirkt es doch irgendwie auch bedrohlich. Der Anker hält gut, trotzdem mache ich mir in den Böen immer wieder Gedanken und hoffe, dass das auch so bleibt. In einer Sonnenphase kontrolliere ich die Leine, mit der ich die Kette gesichert habe – alles ok.

Zu Mittag koche ich einen kräftigen Topf Bohnen mit Speck, denn wenn ich losfahre, wird es mit dem Kochen ohnehin wieder weniger und sich eher auf das Heißmachen von Fertiggerichten reduzieren.

Immer wieder schaue ich hinaus und warte darauf, dass der Wind etwas schwächer wird. Dann würde ich in der Nacht besser schlafen. Und ich denke immer wieder an die Überfahrt nach Island.

„Wird alles gut gehen und mir der Wind halbwegs den Weg ebnen? – Ja, es wird schon gut gehen!"

„Und was mache ich dann in Island? Oder soll ich doch gleich umdrehen und wieder heimfahren? – Nein, das geht nicht. Ich muss da jetzt hinfahren!"

Ich glaube, dass ich mir so viele Gedanken mache, weil mir einerseits meine Familie fehlt und ich gerne zu ihr möchte, und weil ich mich jetzt andererseits aus meiner Komfortzone begeben werde. Wenn man etwas erleben will, muss man seine Komfortzone verlassen. Und das verlangt einem immer auch eine gehörige Portion Mut ab – natürlich auch mir.

Ich muss nach Island segeln!

Ich muss diese Hürde jetzt überwinden. Und ich muss zu dem Punkt segeln, an dem das Samenkorn für all das hier gesät worden ist: zum Leuchtfeuer *Öndverðarnes*, westlich des *Snæfellsjökull*.

Und dann werde ich in den Westfjorden in die Stadt *Ísafjörður* segeln. Das ist die Stadt, in der die meisten Grönland- und *Jan-Mayen*-Expeditionen starten. Da treffen sich die richtigen Arktissegler. Inga ist eine davon. Ich kenne sie von Instagram und möchte sie dort treffen, um übers arktische Segeln zu plaudern. Danach segle ich in die große Bucht, wo der Ort *Blönduós* liegt, nordwestlich von *Hvammstangi*, sofern es das Wetter zulässt, und werde dort eine Nacht ankern.

Dort nämlich war ich mit meiner Frau und sie hat einen Seehund im Meer entdeckt. Das ist auch der Platz, an dem das ROCK THING steht, ein alleinstehender Felsen, der aussieht wie eine weidende Kuh. Danach werde ich weiter nach *Grímsey* segeln, einer kleinen Insel, die genau am Polarkreis liegt. Und anschließend weiter an die isländische Ostküste, vielleicht nach *Seyðisfjörður*. Und dann fahre ich heim – so, oder so ähnlich.

Das hört sich nach einem Plan an. Auf geht's!

9. Quer über den Nordatlantik

Es ist der 30. Juli. Der Wind hat noch die halbe Nacht geheult, dann aber etwas nachgelassen und auf Nord gedreht. Ich werfe einen Blick ins Freie und ein bisschen schaut sogar die Sonne durch. Es ist immer noch windig, aber bei weitem nicht mehr so unwirtlich wie gestern.

Ich räume zusammen, verstaue alles ordentlich und mache einen Motorcheck. Dann rein ins Ölzeug und auf geht's. Meinen AIS-Sender schalte ich aus, damit ich nicht gesehen werde. Ich versuche mich vor der Küstenwache zu verstecken, da ich genaugenommen illegal da bin. Durchfahren von Seegebieten ist ohne Einklarieren gestattet, aber das Land berühren nicht. Und Ankern zählt als Landberührung – ist es ja auch.

Ich hole den Anker rauf und muss ihn sogar mit der Maschine ausbrechen, weil er so fest steckt. Das war in *Ventry Harbour* auch so. Abgesehen davon, dass er vorne nicht gut draufpasst, bin ich sehr begeistert von dem Anker. Vielleicht leiste ich mir irgendwann ja doch noch den Vulcan-Anker. Der würde nämlich gut ins Ankergeschirr passen.

Beim Ausfahren aus der Bucht komme ich bei der HJALMAR BJORGE vorbei. Es ist ein größeres Motorschiff unter britischer Flagge. Die Passagiere sind gestern nach dem Ankern bei heftigem Wind mit einem größeren Beiboot auf mehrere Gruppen aufgeteilt an Land geshuttelt worden, wo sie dann herumspaziert sind. Entweder es ist ein kleines Forschungsschiff, oder ein Passagierschiff, das Naturexpeditionen unternimmt. Sie sind mir vor zwei Tagen etwas südlich der *Hebriden* schon begegnet. Ich habe gedacht, dass es ein Fischer ist, der da herumtreibt, aber vielleicht haben sie dort Delfine oder etwas anderes beobachtet.

Gerne hätte ich jetzt Wale geschrieben, denn die soll man im Norden häufig sehen. Mir sind aber leider noch keine begegnet, außer eben die kurzen Sichtungen vor der nordwestlichen Atlantikküste Spaniens, als Gerolf dabei war.

9. Quer über den Nordatlantik

In der Früh habe ich noch einmal den Strömungskalender konsultiert und den aktuellen Tidenstand ermittelt. Demnach sollte jetzt ein günstiger Zeitpunkt sein. Ich möchte durch den *Sound of Sandray* fahren. Das ist die schmale Durchfahrt zwischen den Inseln *Vatersay* und *Sandray*, gleich südlich von meinem Ankerplatz. Es ist der kürzeste Weg und erspart mir einige Meilen Umweg, kommt aber zum Preis von Nervenkitzel und anspruchsvoller Navigation. Ich bin ja aber auch nicht auf einer Hobby-Urlaubsfahrt, sondern auf einer Expedition.

Die Durchfahrt ist laut Karte an den seichtesten Stellen acht Meter tief, und es gibt Untiefen und Riffe, die teilweise Trockenfallen. Wegen der geringen Wassertiefe könnte hier zur falschen Zeit eine beachtliche Strömung durchlaufen. Der Wind bläst mir beim Durchfahren genau entgegen, und dahinter liegt der offene Atlantik, wo die Dünung der vergangenen Stunden und Tage hereinrollen wird. Vielleicht ist es aber auch ganz einfach, ich weiß es nicht. Der Tidenstand passt, und einen Tiefenmesser habe ich auch. Also mache ich es.

Es ist sehr spannend, diese für mich neuen und völlig unbekannten Seegebiete zu befahren. Es ist aufregend und eine Herausforderung. Und man sieht hinter jeder Ecke etwas Neues, das man noch nie zuvor gesehen hat. Ganz anders als in den vielen Regionen im Mittelmeer, die ich schon unzählige Male erforscht habe. Außerdem besinne ich mich wieder auf ordentliche und präzise Seemannschaft mit allem, was dazugehört, denn in meinem Heimatrevier bin ich da im Laufe der Zeit durchaus schleißig geworden, eben weil ich viele Ecken äußerst gut kenne.

Im Navigationssystem zeichne ich mir eine genaue Route ein, der ich dann gradgenau nachfahre. Mit mittlerer Drehzahl verlasse ich meine schöne Bucht und biege in den *Sound of Sandray* ein. Gebannt starre ich auf den Kurs und die Wassertiefe und beobachte das Wasser rund um mich, um etwaige Strömungen zu erkennen.

Es geht alles gut, nur der Ausgang gestaltet sich schwierig, wegen der Atlantikwellen und des Windes, die mir beide entgegenkommen. Und beidseitig Brandungswellen von den trockenfallenden Untiefen, die gerade knapp unter Wasser sind. Wäre das Meer ruhig, würde man sie nicht sehen. Durch diese aufgewühlten Gewässer so nahe an der Küste zu fahren, wo der Tiefenmesser gerade ein paar Meter anzeigt und meine Seekarte darauf hinweist, dass sich Sandbänke ändern können, trägt nicht unbedingt zur Entspannung bei.

Nach einiger Zeit schaffe ich es weit genug hinaus, sodass ich endlich die Segel setzen kann. Es wird ruhig, die Schiffsbewegung angenehmer – und so gleitet mein Boot auf einem Am-Wind-Kurs nach Nordwesten.

Nach einiger Zeit lässt der Wind nach. Er ist mit zwei Windstärken viel zu schwach, um gegen den konfusen Seegang anzukommen. Mit einem großen Leichtwindsegel für Am-Wind-Kurse, einem Code-Zero, würde es vielleicht gehen. Aber auch nicht sicher, denn die MIZZI ist ein recht schwerer Langkieler und kein sportliches, modernes Boot. Also starte ich wieder die Maschine und setze den Kurs auf *St. Kilda*. Das frisst mir einerseits zwar den Diesel weg, andererseits lade ich damit die Batterien wieder auf, und für die nächsten Tage gibt es dann voraussichtlich wieder genug Wind aus der richtigen Richtung.

Die Sonne scheint, und der Motor schiebt das Boot unermüdlich durch den konfusen Seegang Richtung Nordwesten. Eine Delfinschule begleitet mich. Hier im Nordatlantik sieht man generell sehr viele Delfine, beinahe täglich. Sie sind ein bisschen anders gezeichnet als die im Mittelmeer. Die Atlantikdelfine sind oben dunkler und unten hell mit einer recht scharfen Trennlinie. Sie wirken auch ein bisschen größer.

Ich sitze unten im Salon und beginne dieses neue Kapitel zu schreiben, als mich plötzlich eine leichte Übelkeit befällt. Es ist noch eher ein Unwohlsein als Übelkeit. Das gefällt mir nicht. Ja natürlich, das Boot schaukelt heftig und konfus in alle Richtungen, aber das ist ja nicht das erste Mal; das war schon hunderte Male viel schlimmer als jetzt.

„Das gibt's doch nicht! Das kann jetzt nicht wahr sein", sage ich innerlich zu mir. Das ist eindeutig ein Anflug von Seekrankheit – was soll es denn sonst sein. Um sofort Gegenmaßnahmen zu setzen, mache ich mir ein Frühstück, denn es ist neun Uhr am Vormittag, und bisher habe ich nur einen Müsliriegel gegessen und zwei Kaffee getrunken. Das ist eindeutig zu wenig. Es ist eine alte Weisheit, dass man mit leerem Magen leichter seekrank wird. Das wäre

zwar auch nicht das erste Mal, dass ich ohne Frühstück losfahre, aber jeder Tag ist anders.

Ich esse den Rest von dem Schoko-Müsli mit griechischem Rahmjogurt. Ich mag dunkle Schokolade eigentlich nicht sonderlich, aber es schmeckt.

Dann lege ich mich auf die Salonbank und lese weiter. Zuvor bin ich gesessen und ich glaube, dass das mit ein Grund war, weil man auf einem stark schwankenden Boot sämtliche Muskeln braucht, um nicht das Gleichgewicht zu verlieren. Dazu gehören auch die Bauchmuskeln. Wenn man sie ständig anspannt, verkrampft sich der ganze Unterleib, was dann zu dieser unterschwelligen Übelkeit führt.

Ich lese ein ganzes Kapitel, und zwischendurch werfe ich immer wieder einen Blick hinaus und in die Navigation. Nach einiger Zeit geht es meinem Magen besser, aber ganz weg ist das Unwohlsein immer noch nicht. Ich gönne mir eine ordentliche Portion von der Mineralstoffmischung und schneide mir ein paar Streifen Bauchspeck und ein Stück irischen Cheddar-Käse herunter. Das schmeckt jetzt hervorragend. Räucherspeck ist perfekt für solche Reisen. Er hält sich ewig und schmeckt immer gut. Den Speck habe ich von daheim, von einem meiner Nachbarn mitgenommen.

So verschwindet der Anflug von Seekrankheit schließlich wieder. Jetzt hoffe ich nur, dass wieder ein bisschen Wind kommt, denn das Motoren ist wegen der Geräuschkulisse mühsam, und der Dieselvorrat ist auch nicht unendlich groß.

Irgendwann am Nachmittag kommt endlich Wind auf und ich kann die Segel setzen. Bis *St. Kilda* sind es noch dreißig Seemeilen, also bin ich erst um Mitternacht dort – blöd. Das hat jetzt viel länger gedauert als gedacht. Also werde ich mitten in der Nacht in die Bucht fahren und schauen, ob auf der TESSIE, Eriks Boot, noch Licht ist.

Im Laufe der Zeit nimmt der Wind zu und dreht von West auf Nordwest. Das ist eigentlich ungünstig für die offene Bucht auf der Insel. Ich lasse mich überraschen.

Zu später Stunde, um halb zehn, aber noch bei ausreichend Tageslicht, taucht plötzlich ein AIS-Target am Bildschirm auf. Ich klicke es an. Das ist Erik mit seiner TESSIE, fünf Meilen nördlich von mir! Ich schalte mein AIS wieder aktiv, damit er mich auch sieht. Und tatsächlich, am Horizont kann ich ein winziges Segelboot sehen. Einerseits freue ich mich darüber, andererseits ist es auch sehr schade, denn aus dem Treffen wird nun fix nichts. Offenbar ist die Bucht tatsächlich zu ungemütlich geworden, und er fährt in einem Nachtschlag zurück zu den *Hebriden*. Na gut, so leicht gebe ich mich nicht geschlagen und greife zum Funkgerät.

»TESSIE, TESSIE, THIS IS MIZZI. DO YOU READ ME? OVER.«

Ich warte. Man soll der anderen Station genug Zeit geben. Da sitzt ja nicht ständig einer mit dem Mikro in der Hand beim Navitisch und wartet darauf, dass ihn jemand anruft. Man sagt, dass man eine Minute vergehen lässt, bis man den Spruch wiederholt. Das kann manchmal zu einer gefühlten Ewigkeit werden. Ich sehe vor meinem inneren Auge, wie er sich auf der Salonbank aus seiner warmen Decke herauswurschtelt und sich auf norwegisch denkt: *„Wer will denn jetzt was?"*
Plötzlich grummelt es im Lautsprecher, und dann höre ich:

»STATION CALLING TESSIE?«

»TESSIE, THIS IS MIZZI. PLEASE CHANGE TO CHANNEL SIX NINE, CHANNEL SIX NINE. OVER.«

»SIX NINE.«

Sehr gut, es hat geklappt. Auf Kanal 69 unterhalten wir uns ein bisschen. Er empfiehlt mir, unbedingt *St. Kilda* anzusehen. Die Insel und die Vogelwelt dort sollen beeindruckend sein. Ich erzähle ihm, dass ich das günstige Wetterfenster nutze und gleich direkt nach Island weiterfahre. Er erkundigt sich, was ich für ein Boot habe.

Und so unterhalten sich zwei nicht alltägliche Solo-Segler, die sich noch nie im Leben persönlich getroffen haben, mitten am Nordatlantik, in der Nähe der abgelegensten Offshore-Insel der äußeren *Hebriden*, am UKW-Funkgerät über ihre Abenteuer.

Abschließend wünschen wir uns gegenseitig eine gute Weiterreise und viel Erfolg bei unseren zukünftigen Vorhaben.

9. Quer über den Nordatlantik

Es ist der 2. August und ich bin rund 300 Meilen nordwestlich von *St. Kilda*. Um halb sechs Uhr Bootslokalzeit war ich draußen, um die Windsteueranlage und die Segel anzupassen. Der Wind hat in den letzten Stunden weiter auf Nord gedreht – und mein Kurs sich daher von Nordwest auf West geändert.

Draußen hat es zwölf Grad, und ich habe zum ersten Mal auf meiner Reise Handschuhe angezogen. Der Wind weht mit gut vier Windstärken und das Boot läuft dauerhaft zwischen fünf und sechs Knoten. Die Nacht über waren es konstant über sechs Knoten. Das ist gut, denn so komme ich ordentlich voran.

Bei dieser Fahrt wird mir wieder bewusst, wie riesig der Ozean ist und wie langsam Boote sind. Weit und breit ist einfach nichts und das Boot fährt, und fährt, und fährt. Und deshalb gibt es doch einen Fortschritt, denn auch wenn fünf Knoten nicht viel sind, macht man in 24 Stunden einiges gut.

Die letzten Schiffe habe ich vor drei Tagen gesehen. Hier ist einfach niemand. Keine Frachtschiffe, und Fischer und Segler sowieso nicht. Nur die Seemöwen fliegen und begleiten mich, und immer wieder auch Puffins. Die begegnen mir schon seit Irland.

Seit ich 2017 mit meiner Frau in Island war, möchte ich Puffins in freier Wildbahn sehen. Wir haben damals sehr danach gesucht – nach Puffins und nach Seehunden. Letztere haben wir auch tatsächlich mit einiger Geduld gefunden, Puffins jedoch nicht. Und jetzt sind sie endlich da. Es sind entenähnliche schwarzweiße Vögel mit gelbem Schnabel und gelben Beinen und Flossen. Sie sind viel kleiner als Möwen und haben kurze Stummelflügel, mit denen sie sehr schnell schlagen, um zu fliegen. Genau wie die Seemöwen jagen sie im Meer nach Fischen; daher vermutlich auch der deutsche Name Papageientaucher.

Was mich wundert, ist, dass die hier so weit draußen, also 250 Seemeilen weit weg vom Land anzutreffen sind. Denn wenn man sie fliegen oder vom

Wasser aus starten sieht, bekommt man das Gefühl, dass das nicht die Fortbewegungsart ist, für die sie von der Natur konzipiert worden sind. Überhaupt, wenn man im Vergleich dazu beobachtet, wie elegant und majestätisch die großen Seemöwen mit Leichtigkeit ihre Kreise über dem Meer ziehen, sogar unter stürmischen Bedingungen.

Jetzt habe ich den dritten Tag und die dritte Nacht hinter mir, und seitdem ich *St. Kilda* passiert habe, ist der Himmel vollständig bedeckt. Nur ganz vereinzelt blinzelt hie und da zaghaft die Sonne durch. Das ist meistens aber nur ein äußerst kurzes Vergnügen. Unter der hohen Wolkendecke ziehen immer wieder Wolkenbänder über mich hinweg, die meistens etwas mehr oder auch weniger Wind mit sich bringen. Er pendelt zwischen drei und fünf Windstärken; eine Stunde ist es so, die nächste dann wieder anders.

Nur Regen war bisher keiner. Das macht aber nichts, ist mir eh lieber so. Entweder ist es Zufall, oder es liegt daran, dass ich langsam in eine andere Klimazone komme. Bei ungefähr 60 Grad Nord liegt die sogenannte Polarfront. Südlich davon ist die Westdriftzone, in der der Großteil Europas bis hinunter zum Mittelmeer liegt. Und darüber wird es arktisch – es sind somit andere Wetterabläufe. Die Tiefdruckgebiete, die über Europa, also durch die Westdriftzone ziehen, entstehen im Wesentlichen hier an der Polarfront. Sie ziehen dann nach Osten oder Südosten.

Nördlich der Polarfront gibt es auch Tiefdruckgebiete. Die kommen, glaube ich, aber eher aus Nordosten. Während ich so über das polare Wetter siniere, stelle ich fest, dass ich das gar nicht so genau weiß. Ich kenne mich mit dem Wetter sehr gut aus, aber die Wetterabläufe nördlich der Polarfront habe ich bisher nicht sonderlich beachtet, was natürlich auch daran liegt, dass hier normalerweise weder ich noch sonst jemand segelt. Ich werde das jetzt in der Zeit, wo ich hier bin, sehr genau beobachten und versuchen, passende Literatur zu finden. Denn wenn ich so darüber nachdenke fällt mir auf, dass die Standardliteratur vom hohen Norden auch eher weniger zu berichten weiß.

Es ist in den letzten zwei Tagen merklich kälter geworden. Das Innenthermometer zeigt dreizehn Grad, und meine Finger werden beim Schreiben kalt. Ich habe eine lange Unterhose, darüber eine Kuschelhose, zwei paar Socken sowie T-Shirt und Weste an – und bin mit einer Decke zugedeckt.

9. Quer über den Nordatlantik

Das geht gerade, aber um vier Uhr Früh war mir beinahe richtig kalt und ich habe daran gedacht, den warmen Schlafsack auszupacken. Um diese Zeit ist einem wegen des zirkadianen Tiefs sowieso gerne kalt. Dem muss ich als Solo-Segler bewusst begegnen.

Während der Fahrt verbringe ich die Zeit fast vollständig im Salon, das bedeutet, ich schlafe auch hier, in meinen Stundenetappen. Das gibt mir das Gefühl, dass ich schneller an Ort und stelle bin, sollte etwas sein. Auch kann ich direkt aus den Fenstern hinausschauen, ohne jedes Mal erst aus der Bugkabine heraus und nach hinten in den Salon klettern zu müssen.

Wenn ich im Salon liege, decke ich mich immer zu, egal ob ich schlafe, oder nicht, um nicht auszukühlen. Bisher habe ich meine Patchworkdecke verwendet. Sie ist ein selbstgenähtes Geschenk meiner Mutter und begleitet mich seit ungefähr fünfundzwanzig Jahren durchs Leben. Jetzt scheint sie für die vorherrschenden Temperaturen aber zu dünn zu sein.

Ich sitze an der Luv-Seite im Salon, so sehe ich auf der anderen Seite durch die Fenster immer wieder das Meer. Das ganze Boot ist außen nass, denn immer wieder ergießen sich Wellen in einer Fontäne übers ganze Boot.

Dabei muss ich an die Wikinger denken. Was das für tapfere und mutige Männer gewesen sein müssen, die hier mit ihren offenen Langbooten diese Gewässer befahren haben. Und irgendwann sind sie auch eisern, ohne aufzugeben, nach Nordwesten gesegelt, so wie ich jetzt, um Island zu entdecken. Im Unterschied zu mir haben die aber nicht gewusst, dass Island dort ist, oder ob in dieser Richtung überhaupt irgendetwas ist. Oder ob es ihre letzte Fahrt sein wird – für die Ehre und einen Platz in Walhalla.

Mich hat es Mut und Überwindung gekostet, diese Überfahrt zu unternehmen. Ich bin noch nicht angekommen, aber jetzt gibt es kein Zurück mehr, denn Island ist mittlerweile näher als jedes andere Land rundherum. Trotzdem kostet es mich immer noch Mut. Ich weiß aber durch meine Seekarten genau, wo ich hinfahren muss. Ich weiß dank Satellitennavigation genau, wo ich bin. Ich weiß ungefähr, wie das Wetter sein wird, dank moderner Meteorologie und Technik. Und ich weiß, dass ich höchstwahrscheinlich nicht von Seeungeheuern gefressen werde.

Und trotzdem verlangt es mir mental ordentlich etwas ab.

Die fellbekleideten Männer in den Langbooten haben nichts gewusst, außer dass sie belohnt werden, wenn sie einen solch ehrenhaften Tod sterben. Der Glaube kann Berge versetzen, sagt man, und der war definitiv notwendig, um so viel Mut aufzubringen; Glaube an sich selbst, an den Anführer, und allen voran natürlich an die Götter.

Ich denke, dass man sich kaum vorstellen kann, was in deren Köpfen vorgegangen sein muss. Natürlich waren die nicht solo unterwegs, sondern als ganze Mannschaft. Und ein Team, das am selben Strang zieht, hat einen Teamgeist, der motiviert – den habe ich nicht. Aber das alleine kann es nicht ausmachen. Es muss eine unvorstellbare Gratwanderung gewesen sein. Und wahrscheinlich war das auch gepaart mit einem enormen gesellschaftlichen Druck, der auf jedem einzelnen gelastet sein muss. Denn welcher Wikinger will schon ein Feigling sein und »nein« sagen, auf die Frage, ob er bei der Island-Expedition mitkomme?

Und ich bewundere einmal mehr auch die Teilnehmer des Golden-Globe-Race. Was für ein Mut und Wille dazugehört, an diesem Rennen teilzunehmen. Jetzt, wo ich hier mutterseelenallein seit Tagen über den kalten Nordatlantik segle, wird mir das umso mehr bewusst, und meine Bewunderung für diese Menschen wird von Tag zu Tag größer.

Ein wichtiger Grund für diese Reise ist, mich selbst zu testen, um herauszufinden, ob und wie ich das Golden-Globe-Race bestreiten könnte. Und ich frage mich tatsächlich, ob ich das Zeug dazu habe, oder ob ich dafür mental zu klein bin. Ich weiß, dass ich finanziell und organisatorisch nicht sonderlich gut aufgestellt bin, aber das ist sekundär. Die mentale Seite ist, glaube ich, der primäre Faktor, um an diesem Rennen teilzunehmen. Aber diese Entscheidung muss ich zum Glück nicht jetzt treffen, denn zuerst muss ich einmal nach Island kommen.

Am Nachmittag reißt plötzlich der Himmel auf und die Sonne kommt heraus. Das habe ich schon seit Tagen nicht gesehen. Leider schläft wenig später auch der Wind ein und ich muss motoren. Vorm Starten mache ich wie immer einen Motorcheck und stelle fest, dass im Seewasserfilter kein Wasser drin ist – sehr seltsam.

9. Quer über den Nordatlantik

„Ist das bei der Impellerpumpe ausgeronnen?", frage ich mich. Nein, alles trocken. Das Seeventil ist auch offen, außerdem ist der Motor ja seit dem Impellerwechsel schon viele Stunden gut gelaufen. Ölstand passt, Kühlwasser auch, also starten – läuft. Und im Seewasserfilter sprudelt Wasser, sehr gut. Keine Ahnung, wo das hin war, egal, jetzt läuft alles so wie es soll.

Ich lege den Gang ein, stelle den Autopilot auf Kurs und fahre langsam weg. Das Großsegel fixiere ich in der Mitte, damit es nicht hin- und herschlagen kann. Das passiert hier draußen ständig, weil einfach immer Wellen sind. Auch während des Segelns habe ich immer den Bullenstander durchgesetzt, auf jedem Kurs. Vor allem bei sehr leichten Winden, also unter drei Windstärken, kommt es immer wieder vor, dass der Baum wegen der Wellen kurzzeitig umschlagen will.

Plötzlich halte ich inne und höre aufs Motorengeräusch.

„Verliert der an Drehzahl? Ja, definitiv!"

Und jetzt wird er wieder schneller. In der Sekunde springt meine Fehlersuchlogik an und ich kontrolliere im Cockpit, ob eine Leine am Gashebel hängt – nein. Ok, dann Bodendeckel auf, reinschauen. Kann ich was sehen? Ist vielleicht der Seilzug zur Einspritzpumpe locker? Nein auch nicht. Schaut alles normal aus.

Und da ist es wieder! Der Motor wird langsamer – noch langsamer als vorher, und mein Herzschlag gleichzeitig schneller, denn mein Stresspegel und die Nervosität steigen deutlich an. Das kann eigentlich nur etwas mit der Treibstoffzufur sein. Der Absperrhahn ist aber nach wie vor offen, und das Schauglas vom Vorfilter ist ganz sauber, kein Dreck, kein Wasser. Ich kontrolliere es ganz genau mit der Taschenlampe. Währenddessen steigt die Drehzahl wieder.

Doch dann geschieht es gleich wieder – diesmal wird der Motor sogar noch langsamer. Ich habe das Gefühl, dass er gleich abstirbt, und in meinen Gedanken dreht sich alles mögliche im Kreis.

„Oh nein, lass mich jetzt bitte nicht im Stich", bete ich im Stillen. Vielleicht hängt etwas am Propeller und blockiert. Ich sprinte ins Cockpit rauf und gehe auf Neutralstellung. Tatsächlich stirbt er dann beinahe ab, fängt sich aber im letzten Moment und läuft am Stand weiter. Ich öffne den an-

deren Bodendeckel und kontrolliere die Welle. Die läuft frei nur durch die langsame Geschwindigkeit des Bootes. Das kann es also auch nicht sein. Außerdem höre ich die Welle ständig beim Segeln, durch das angeschlagene Wellenlager; das ist mein „Gehör-Speedometer".

Ich lege den Gang wieder ein und gebe etwas Gas auf niedriger Drehzahl. Sollte da irgendetwas in der Leitung sein, muss es ja im Laufe der Zeit verbrannt werden, denke ich mir. Mit dem Diesel kann es irgendwie nichts haben, denn seit dem letzten Mal Tanken ist er bereits einige Stunden problemlos gelaufen. Ob in dem Reservekanister, den ich in der *Vatersay Bay* eingefüllt habe, Dreck drin war? Nein, kann eigentlich auch nicht sein, denn ich bin gleich danach einige Stunden mit der Maschine gefahren, und da ist sie einwandfrei gelaufen.

Jetzt auf 1200 Touren läuft er, zwar nicht ganz rund, immer wieder bisschen langsamer, dann wieder schneller, aber gut.

Vor so etwas habe ich mich immer gefürchtet. Zum Glück bin ich hier in keiner Notsituation, sondern einfach nur einhundert Meilen südlich von Island in der Flaute. Aber was, wenn das genau in einer brenzligen Situation passiert? Mein Puls ist deutlich aufgedreht und ich gehe auf der Stelle in Gedanken verschiedene Szenarien durch. Keines davon ist besonders positiv.

Ich aktiviere mein Satelliteninternet und schaue mir die Vorhersage für die nächsten Tage an. Gut, der Wind kommt zwar aus einer ungünstigen Richtung, nämlich von West bis Nordwest, aber kein Sturmtief ist in Sicht. Im Nordwesten liegt *Vestmannaeyjar*, wo ich einklarieren will.

Dann schlage ich im Handbuch die Hafenbeschreibung nach. Ein Foto ist glücklicherweise auch drin. Ich stimme das Bild mit meiner Seekarte ab. Gegenüber der Hafenanlagen sind zwei Buchten. In der weiter innen gelegenen könnte ich eventuell unter Segel ankern. Voraussetzung dafür ist, dass der Wind halbwegs passt, denn die Einfahrt in den großen Naturhafen ist lang und sehr schmal. Kreuzen fällt also aus. Der Wind müsste idealerweise aus Nordost bis Südost kommen, sonst komme ich da nicht rein. Das Foto zeigt einige Möglichkeiten, um längsseits zu gehen. Im Notfall ist das jedenfalls möglich, auch wenn es Fährenanleger sind. Man kann das Boot danach ja verholen.

9. Quer über den Nordatlantik

In Gedanken gehe ich den Funkverkehr durch. Die Einfahrt ist so schmal, dass im Handbuch steht, dass man jedenfalls den Hafenkapitän vorm Einfahren auf Kanal 12 anrufen soll. Gut, das muss ich nur rechtzeitig machen, und ihm sagen, dass ich ein Maschinenproblem habe, damit der dann nicht zeitgleich eine Fähre rausfahren lässt. Weil stehenbleiben kann ich nicht.

Inzwischen scheint sich die Drehzahl etwas stabilisiert zu haben. Ich erhöhe auf 1400 Touren – läuft. Etwas später gehe ich dann auf 1600 – läuft auch. Sehr seltsam, aber ich bin froh. Ständig suche ich nach einer Erklärung und komme zu dem Schluss, dass es möglicherweise an der dauerhaften Krängung der letzten vier Tage gelegen und der Diesel dadurch irgendwie aus der Leitung abgeflossen ist und Luft drin war. Und aus demselben Grund war vielleicht auch der Seewasserfilter leer. Immerhin waren das jetzt vier Tage – nonstop auf ein und demselben Bug mit deutlicher Krängung.

Irgendwann kommt zum Glück der Wind zurück. Dieses Mal aus Nordwesten, da wo ich hin will; aber ich fahre trotzdem unter Segel am Wind weiter. Abends legt er kräftig zu, auf erst fünf, dann sogar sechs Windstärken. Also noch einmal raus und Segel reffen.

Gut so. Und dann? Nachtprogramm in einstündigen Schlafetappen aktivieren. Ich bin froh, dass der Wind geht und ich segeln kann, denn auch wenn es nicht ganz die richtige Richtung ist, kann ich so meine Ruhe finden. Nicht, wenn die Maschine läuft. Da bin ich so angespannt, dass mir Schlafen sehr schwer fällt. Und jetzt nach diesem Vorfall umso mehr.

Heute verwende ich über Nacht erstmals den warmen Schlafsack, weil die Decke nun eindeutig zu wenig ist. Und so lasse ich mich Stunde um Stunde vom Wecker aufwecken, wie ich es schon seit Wochen auf dieser Fahrt praktiziere. Ich schlafe jedes Mal sehr schnell und tief ein, weil es im Schlafsack so angenehm warm ist.

```
»SAILBOAT MIZZI, MIZZI. THIS IS ...  [RAUSCHEN]  ...«

[PAUSE]

»MIZZI, MIZZI. THIS IS ...  [RAUSCHEN]  ...

...  ZERO DECIMAL FIVE MILES ...  [RAUSCHEN]  ...«
```

Das Funkgerät reißt mich aus dem Schlaf. Es war leise und schlecht zu verstehen, aber die Störung der Geräuschkulisse im sonst gleichmäßigen Rauschen des Wassers war genug, um mich aufzuwecken. Irgendwer will etwas und irgendwo sind 0,5 Meilen, glaube ich gehört zu haben. »ALARM!« schallt es in Gedanken durch meinen Kopf. Wie von der Tarantel gestochen springe ich auf und haste zum Navitisch. Ich schalte den Bildschirm ein und reiße das Schiebeluk auf, um hinauszuschauen: nichts. Das alles dauert nur ein paar Sekunden, und sofort darauf antworte ich.

»STATION CALLING MIZZI?«

»MIZZI, PLEASE CHANGE TO CHANNEL TWO SIX.«

»CHANNEL TWO SIX.«

Ich schalte auf Kanal 26 und starre auf den Bildschirm. Genau in der Mitte ist ein Kreuzfahrtschiff. Ich klicke das Symbol an und versuche die AIS-Daten zu lesen, das heißt, Entfernung und CPA. Mein Herz schlägt und ich bin im Alarmmodus. Trotzdem habe ich noch vor wenigen Augenblicken geschlafen und kann nicht klar denken. Ich sehe die Zahlen, aber sie ergeben keinen Sinn. Wieder schaue ich aus dem Niedergang hinaus und mache einen Rundumblick. Da ist nichts, außer der beginnenden Morgendämmerung.

Dann meldet sich wieder jemand am Funk. Der Empfang ist sehr schlecht, noch schlechter als er auf Kanal 16 war, und ich verstehe kein Wort. Also antworte ich:

»I READ YOU VERY POOR ON THIS CHANNEL. OVER.«

„Wo ist das verdammte Schiff?", frage ich mich gestresst. Noch einmal stelle ich mich hinauf und schaue mich genau um. Da ist weit und breit nichts zu sehen. Außer ein kalter, gerade anbrechender Morgen mit viel Wind, alles in Grau gehalten. Aber es ist kein Nebel, also habe ich ziemlich gute Sicht; mit Leichtigkeit jedenfalls eine halbe Meile. Und wenn das kein Ruderboot ist, müsste ich es deutlich sehen.

Ich schalte mein Radar ein, denn vielleicht haben die, die da rufen, kein AIS, oder es ist ausgefallen. Ich wähle einen Radius von vier Meilen, aber da ist nichts. Ich ändere die Reichweite, aber auch auf 16 Meilen ist nichts zu sehen. Der Atlantik ist deutlich bewegt, wodurch der Filter sehr kleine Objekte unterdrückt. Aber das müsste wirklich klein sein. Und so ein Boot würde ja wohl kaum bei dem Wetter, siebzig Seemeilen südlich von Island, mitten in der Nacht am offenen Atlantik herumtümpeln. Nein, das kann nicht sein. Rundum ist einfach niemand, da bin ich sicher.

Ich höre nochmals, wie jemand auf Kanal 26 irgendetwas sagt, aber ich kann es beim besten Willen nicht verstehen. Also schalte ich wieder auf 16 zurück. Dort war der Empfang zwar auch nicht sonderlich, aber mit viel Fantasie habe ich zumindest ein bisschen etwas verstanden. Wenn es wichtig ist, werden sie sich schon wieder melden.

Durchatmen und konzentrieren! Nochmals schaue ich mir das Radarbild genau an und bin mir sicher, dass ich alleine hier draußen bin. Zumindest im Umkreis von zehn Seemeilen. Alles, was dahinter ist, könnte auch seegangsbedingt verschwinden. Aber was so weit weg ist, ist auch keine Gefahr.

„Nur wo ist das Kreuzfahrtschiff, das ich da am Bildschirm habe? Das müsste doch am Radar zu sehen sein?"

Ich klicke das AIS-Target an und studiere noch einmal konzentriert die Daten. So viele Zahlen in dem kleinen Fenster. Aber jetzt bin ich im Gegensatz zu von vor ein paar Minuten richtig wach und kann sie wirklich lesen – und vor allem verstehen: »Range: 23.5 nm« steht da – das ist also 23 Seemeilen weit weg. Und plötzlich erkenne ich meinen Fehler. Das Schiff ist in der Mitte des Bildschirms, aber das ist nicht da, wo ich bin. Ich bin ganz woanders, die Karte ist einfach verschoben. Wir sind längst in großem Abstand aneinander vorbeigefahren. In der ersten Panik habe ich die Zahlen nicht lesen und verstehen können, und ich habe auch nicht erkannt, dass ich das Bild, das ich sehe, völlig falsch interpretiere.

In meinem Kopf war ich unmittelbar vor einem Zusammenstoß mit einem Stahlkoloss – und das hat verständlicherweise Panik verursacht. Zum Glück war das aber nur Einbildung. Beruhigt hat mich, dass ich draußen beim Rundumblick gesehen habe, dass da gar nichts ist. Und das Radarbild hat das bestätigt.

In mir machen sich Erleichterung und Entspannung breit. Ich beginne nachzudenken und versuche, die Puzzlesteine dieser seltsamen Situation zusammenzusetzen. Ich werfe einen Blick auf die Uhr und stelle fest, dass es halb vier Uhr morgens ist, zumindest auf meinem Boot, denn in Island ist es eigentlich erst halb drei. Dabei wundere ich mich, dass es schon so spät ist, oder genau genommen so früh am Morgen. Und warum eigentlich ist dieses Kreuzfahrtschiff schon so weit an mir vorbei? Das hätte ich doch wesentlich früher bemerken müssen.

Da dämmert mir etwas: Ich glaube, dass ich verschlafen habe. Zum ersten Mal auf dieser Reise.

„Wie kann das passieren?!", denke ich erschrocken und schäme mich vor mir selbst. So etwas kann ins Auge gehen. Ich wäre nicht der erste Solo-Segler, dem schlafbedingt ein Unfall passiert. Auf Anhieb fallen mir Guy de Boer, Alex Thomson und Boris Herrmann ein. Habe ich so fest geschlafen, dass ich den Wecker nicht gehört habe? Oder habe ich beim letzten Mal aufwachen vergessen, den Wecker neu zu stellen?

Der Wecker steht auf 0030 Uhr. Angestrengt versuche ich mich zu erinnern, ob ich um diese Zeit wach war, oder ob das letzte Mal um 2330 war. Ich kann mich einfach nicht mehr erinnern. Aber ich glaube eher, dass ich vergessen habe, ihn neu zu stellen. Den Alarm kann man kaum überhören, denn der Weckton wird stetig immer lauter und ist so enervierend, dass ich es sogar draußen im Cockpit wahrnehmen kann, wenn das Handy unten liegt.

Im Schlafsack war es offenbar so kuschelig warm, dass ich einfach ohnmachtstief geschlafen habe. Immerhin bin ich seit Tagen nonstop unterwegs. Auch wenn ich das Schlafmanagement gut im Griff habe, ist es trotzdem etwas anderes, als täglich ordentlich zu schlafen, ohne ständig geweckt zu werden. Das fordert seinen Tribut.

Und warum würde mich ein Schiff anrufen, das längst an mir vorbei ist? Das ergibt überhaupt keinen Sinn. Außerdem hätte der Empfang deutlich besser sein müssen. Mit Leichtigkeit hat ein hohes Kreuzfahrtschiff eine UKW-Reichweite von 23 Seemeilen. Die haben mich nicht angefunkt, das muss jemand anders gewesen sein!

„Und ist 26 nicht ein Duplex-Kanal?", drängt sich mir die Frage auf. Ich bin mir nicht ganz sicher, aber ich glaube, mich daran zu erinnern, dass dem so ist. Das bedeutet, dass das kein Schiff, sondern eine Küstenfunkstelle ge-

wesen sein muss. Zwei Schiffe können sich auf einem Duplex-Kanal nicht unterhalten.

Ich versuche mich noch einmal zu erinnern, was ich da am Funkgerät verstanden habe. Aber das ist schwer zu sagen. Ich war im Halbschlaf, bin davon aus dem Schlaf gerissen worden. Aber vielleicht hat er gesagt:

»THIS IS THE ICELANDIC COASTGUARD.«

Das könnte Sinn machen, weil das wäre eine Küstenfunkstelle. Aus der Karte messe ich die Entfernung zur Küste mit rund siebzig Seemeilen. Das würde erklären, warum ich sie kaum verstanden habe. Das ist so weit, dass es erstaunlich ist, dass ich überhaupt etwas gehört habe. Aber viel mehr noch, dass die mich gehört haben. Das ist in ein gutes Zeugnis für meine Funkanlage.

Die »ZERO DECIMAL FIVE MILES« waren vielleicht nur in meinem Kopf und in Wahrheit hat es »SEVENTY FIVE MILES« geheißen. Das hört sich so ähnlich an. Möglicherweise hat er mir sagen wollen, dass ich jetzt fünfundsiebzig Meilen weit weg bin und bald isländische Gewässer erreichen werde, und dass er mit mir über mein Vorhaben sprechen möchte.

Beim Einfahren in isländische Gewässer muss man sich anmelden; schriftlich im Voraus und dann per Funk, wenn man da ist. Ersteres habe ich von den *Hebriden* aus per E-Mail erledigt. Darin habe ich meine Einreise angekündigt und sämtliche Daten bekanntgegeben. Per Funk werde ich mich anmelden, sobald die Reichweite passt. Jedenfalls bin ich jetzt noch deutlich außerhalb der Zwölf-Meilen-Zone. Abschließend mache ich einen Eintrag in meiner Brückenkladde:

0330 │ W 4 │ 1012 hPa ❶ │ Logge 523 │ UKW Call, Empfang schlecht, Küstenwache?

Etwas erschrocken von mir selbst, dass ich offenbar in der Schlaftrunkenheit vergessen habe, den Wecker zu stellen, lege ich das Handy wieder neben mein Ohr, so wie meistens während dieser Fahrt – um es ja nicht zu überhören. Im Schlafsack wird es schnell schön warm, beinahe heiß nach dieser Aufregung, und ich schlafe wieder ein, für die nächste Stunde.

Der Tag bricht an und der Wind lässt nach. Es kommt sogar die Sonne heraus, und es wird ein gemütlicher Segeltag bei drei Windstärken; südlich von Island am Nordatlantik. Land kann ich keines sehen, es ist noch viel zu weit weg, auch wenn ich den Großteil der Strecke schon geschafft habe.

Fünfzig Meilen vor der Küste rufe ich die Küstenwache und bekomme prompt eine Antwort. Sie stellen ein paar Fragen, und nachdem ich darauf hinweise, dass ich vor einigen Tagen ein E-Mail geschickt habe, finden und bestätigen sie es auch. Sie schicken mir daraufhin ein paar Formulare, die ich ausfülle und zurückschicke.

Ich denke, dass das auch ein günstiger Zeitpunkt ist, um die isländische Gastlandflagge zu setzen. Ich hole sie aus dem Sortiment unter dem Navitisch und wandere damit nach vorne zu den Steuerbordwanten. Ich binde die Flaggleine los und versuche das isländische Stück Stoff daran anzuknüpfen. Gar nicht so einfach, bei dem Seegang. Ich habe das so oft gemacht, aber dieses Mal will es nicht gelingen. Und dann stelle ich mich auch noch so ungeschickt an, dass mir das andere Ende auskommt, woraufhin es weit nach hinten in die Lüfte weht.

„Verdammt!", denke ich mir. *„Wie soll ich da jetzt hinkommen?"*

Mit dem Bootshaken versuche ich es irgendwie zu erfassen, aber die dünne, leichte Leine weicht immer wieder aus. Langsam wird das Ende immer höher, weil das andere über die Rolle an der Saling schwerkraftbedingt nach unten zieht, und kurz drauf ist es soweit: Das längere Gegengewicht gewinnt und ich kann nur tatenlos zuschauen, wie es sich komplett ausfädelt und herunterfällt.

„Na sehr super!"

Jetzt kann ich hinaufklettern, um das wieder einzufädeln. Und das bei dem Seegang. Also hole ich meinen Klettergurt und die Steigklemme, die ich aufs Spifall einhänge, und klettere bis zu den Salings, die ungefähr in der Mitte des Mastes sind. Das sind acht Meter über dem Wasser, aber ich war schon so oft da oben, dass mir die Höhe nichts mehr ausmacht.

Alles ist irgendwann das erste Mal. Ich bin noch nie während der Fahrt, unter Segel, mitten am Atlantik in den Mast geklettert. Die Wellenbewegung wirkt sich da oben natürlich wesentlich stärker aus als unten. In der richtigen

Höhe setze ich mich in den Gurt und umschließe mit den Beinen fest den Mast. Trotzdem brauche ich alle Kraft, um mich mit einer Hand zusätzlich festzuhalten, damit ich mit der anderen Hand die Flaggleine wieder durch die Rolle unter der Saling einfädeln kann. Viel mehr Seegang dürfte wirklich nicht sein, weil es ist jetzt schon äußerst schwierig und anstrengend. Es kommt bei Einhand-Regatten immer wieder vor, dass einer der Teilnehmer wegen einer Reparatur in den Mast muss. Jetzt weiß ich, was das wirklich heißt. Zum Glück ist die Flaggleine nicht lebenswichtig, im Notfall hätte ich sie auch zu einem anderen Zeitpunkt, spätestens im Hafen montieren können. Aber mit etwas Fingerspitzengefühl gelingt es mir, das Ende einhändig durchzufädeln. Danach binde ich es an meinen Klettergurt, um es nicht nochmals zu verlieren, und seile mich wieder ab. Der zweite Versuch, die isländisch Flagge anzubinden, gelingt.

Was für ein großartiges Gefühl! Stolz ziehe ich die Flagge nach oben und fixiere die Leine wieder an der Want. Ich habe gerade die isländische Flagge gesetzt! Ich bin zwar noch nicht da, aber symbolisch bin ich das bereits. Ich freue mich sehr über diesen großen Erfolg.

Am späten Nachmittag nimmt der Wind wieder zu. Zuerst vier, dann fünf, dann sechs Windstärken, in Böen sogar sieben. Das ist ganz schön heftig am Atlantik, es entstehen beachtliche Wellenberge. Wenn man oben ist, kann man richtig ins Tal sehen, als ob man am Dach eines Hauses stünde. Dann geht's wieder bergab und eine grüne Wasserwand kommt auf einen zu, auf die das Boot langsam seitlich hinaufklettert, bis man wieder oben ist.

Unglaublich beeindruckend. Ich weiß nicht, wie hoch das ist, vier Meter vielleicht, jedenfalls nicht gefährlich; sie sind lang und brechen nicht, es ist aber trotzdem kein Spiel mehr. Hie und da bricht ein Wellenkamm ein bisschen – und wenn man das genau erwischt, ergießt sich eine Wasserfontäne übers ganze Boot, bis ins Cockpit nach hinten.

Das Boot segelt auf einem stabilen Kurs dahin, und Island ist noch weit genug weg. Am AIS ist weit und breit nichts zu sehen. Irgendwann ist es Abend, und obwohl es immer noch hell ist, beginne ich wieder mit meinem Nachtprogramm, denn auch wenn es nicht finster wird, braucht der Körper seinen Schlaf.

Um ein Uhr morgens kann ich ein Licht blitzen sehen. Das erste Leucht-feuer von Island! Der Wind lässt in den Morgenstunden langsam wieder auf fünf Beaufort nach. Ich bin recht froh darüber, denn obwohl das Boot trotz Wellen und Windstärke sehr gut läuft, bin ich auch immer etwas angespannt. Man weiß nie, was passiert. Der Wind könnte weiter zulegen, dann müsste ich mitten in der Nacht, im Stockdunkeln, wieder hinaus und bei Krängung und Wellen weiter reffen. Je stärker der Wind ist, umso schwieriger ist das. Und man muss höllisch aufpassen, dass man nicht den Halt verliert. Es könn-te aber auch irgendetwas Schlimmeres passieren, etwa, dass ein Fall oder Block oder sonst etwas bricht. Dann muss man improvisieren und irgendwie die Situation retten.

Aber das Boot segelt brav dahin. Wieder liege ich im Salon im warmen Schlafsack und lasse mich stündlich aufwecken. Dann mache ich meine Rou-tinechecks, um gleich darauf die nächste Stunde zu schlafen.

Plötzlich riecht es nach Abgas – sehr stark. Das muss von der Heizung sein, da stimmt was nicht. Und ich merke, wie mir die Augen zufallen. Ich kriege Panik und Herzklopfen.

„DU MUSST AUS DEM BOOT RAUS!"

Mit aller Kraft versuche ich mich selbst zu motivieren, um nicht das Be-wusstsein zu verlieren. Ich weiß, dass ich tot bin, wenn ich nicht an die frische Luft komme. Verbissen versuche ich mich aus dem Schlafsack her-auszustrampeln, aber in der Panik stecke ich fest. Auch muss ich noch am Salontisch vorbei, weil ich wegen der Krängung an Steuerbord liege und nicht an Backbord, wo der Weg kürzer wäre. Ich versuche mich vorbeizu-winden, aber der Schlafsack lässt mich einfach nicht los, und meine Arme sind völlig kraftlos. Ich fühle mich wie bei einem hoffnungslosen Kampf mit einer Zwangsjacke. Meine Augenlider werden schwer und ich merke, wie mir die Sinne schwinden. Der Schlafsack gibt nicht nach, und meine schwa-chen Arme können nichts tun. Dann wird es schwarz und ich verliere das Bewusstsein.

Plötzlich zuckt mein ganzer Körper zusammen und ich fahre blitzartig aus dem Schlaf auf. Ich sitze im Salon, kann meinen Herzschlag spüren und schaue mich um. Die Luft ist kalt und frisch, und das Boot segelt mit der vertrauten Geräuschkulisse unverändert dahin. Die Heizung läuft gar nicht, die habe ich auf dieser Reise überhaupt noch nie benutzt. Da realisiere ich, dass das Ganze ein Albtraum war – zu meinem Entsetzen offensichtlich ein sehr realistischer.

Es ist kurz nach sechs Uhr, also bleibe ich gleich wach, schlüpfe aus dem Schlafsack heraus, prüfe die Navigation und stelle die Kaffeekanne auf den Ofen.

Island kommt näher. Ich muss einige Male wenden, da der Wind aus einer ungünstigen Richtung kommt. Bald kann ich die ersten gletscherbedeckten Gipfel dieses nördlichen Landes bei Tageslicht sehen. Es ist zum einen der *Mýrdalsjökull* ganz im Süden Islands und zum anderen der etwas westlich davon gelegene *Eyjafjallajökull*, der vor einiger Zeit wegen eines Ausbruchs den gesamten Flugverkehr in Nordeuropa lahmgelegt hat.

Was für ein Gefühl! Ich bin zwar noch nicht ganz da, aber so gut wie. Ich habe es tatsächlich geschafft – da ist Island! Voll Begeisterung schaue ich auf das Land und die Gletscher und genieße den Anblick und den Augenblick. Ich muss dabei an meine Frau denken und wünsche mir, mein Leben wäre wieder in Ordnung. Doch leider ist es alles andere als das.

Der Wind wird zunehmend schwächer, bis das Boot gerade mal mit ein-einhalb Knoten dahinfährt. Also starte ich die Maschine und fahre damit die restlichen vierzig Meilen direkt bis *Vestmannaeyjar*, in sicherem Abstand entlang der Südküste. Da komme ich bei *Dyrhólaey* vorbei, dem südlichsten Punkt Islands, wo vorgelagert auch einige Felsnadeln stehen; eine davon mit einem natürlichen Tor. Westlich davon ist ein kilometerlanger Sandstrand, auf dem irgendwo das Wrack eines Flugzeugs liegt. Ich erinnere mich daran, wie ich 2017 mit meiner Frau an diesen Orten war. Und ich weiß auch noch, wie elektrisiert ich war, als ich von dort oben auf den wilden weiten Nordatlantik geschaut habe, ohne noch zu wissen, was ich mit dem Gefühl anfangen sollte. Das Wetter war glücklicherweise sehr gut an jenem Tag damals, was uns eine hervorragende Fernsicht beschert hatte. Es ist eine schöne Erinnerung. Jetzt bin ich wieder da und sehe das alles von See aus, wenngleich ich das Flugzeug nicht wirklich sehen kann, da ich zu weit weg bin. Aber ich weiß, dass es dort ist, und ich habe die Bilder im Kopf.

Unmittelbar vor *Vestmannaeyjar* rufe ich den Hafenkapitän an. Er meint, dass ich einfach reinkommen soll. Ich fahre durch die schmale Einfahrt in den großen Naturhafen, bringe währenddessen die Fender aus und bereite die Leinen vor. Ich komme dabei aus dem Staunen nicht heraus, denn rechts von mir ragen einhundert Meter hohe senkrechte Felswände auf, wo verschiedenste Vögel ihre Kreise ziehen. Oben sind sie grün bewachsen, und ich kann kleine weiße Punkte erkennen – Schafe, die dort weiden. Links von mir liegt ein Schuttfeld und etwas weiter im Hinterland ein Vulkankegel. Die Einfahrt ist nicht nur schmal, sondern macht auch eine Kurve. Und dahinter liegt der Ort *Vestmannaeyjar*.

Dann kommt noch ein kleiner Wellenbrecher – und dahinter beginnen beidseitig die Hafenmauern. Links liegt eine riesige Superjacht, oder vielleicht ist es auch ein kleines Luxus-Kreuzfahrtschiff. Ich fahre daran vorbei. Am Ende steht ein Hafenarbeiter mit gelber Jacke und winkt mir zu. Ich fahre ums Ende herum und lege an einer vier Meter hohen Mauer, die mit riesigen Autoreifen gepolstert ist, an.

Geschafft! Ich klettere an Land und betrete zum ersten Mal isländischen Boden, auch, wenn es genau genommen eine kleine Insel unmittelbar vor der isländischen Küste ist. Am 19. Juli habe ich in *Kinsale*, Irland, abgelegt, und jetzt, siebzehn Tage später betrete ich an diesem 4. August zum ersten Mal wieder Land.

Ich mache mir ein Bier auf und genieße es, da zu sein. Einige Zeit später kommt ein Paar vorbei und spricht mich an. Sie heißen Mark und Ascha und wir unterhalten uns ein bisschen. Die beiden laden mich auf ihr Boot ein, das nebenan an einem Fischkutter längsseits liegt. Die einzige andere Jacht, die außer mir da ist. Er ist Brite und sie Polin, und sie haben sich vor ein paar Jahren auf einer Partnerplattform für Segler kennengelernt. Jetzt segeln sie gemeinsam herum. Ich bringe ein paar Dosen aus meiner Biersammlung mit, die aufgrund des verpassten Treffens mit Erik ihre Bedeutung verloren hat, und wir verbringen einen lustigen Abend miteinander. Irgendwann gehe ich zurück auf mein Boot und schlafe tief und fest bis zum nächsten Morgen.

Ich statte dem Hafenkapitän einen Besuch ab und erkundige mich wegen Gebühren und Diesel. Letzteren bekomme ich bei ihrer kleinen Tankstelle, und wir vereinbaren einen Zeitpunkt. Ich fahre dann hinüber, tanke und will anschließend mit der Karte bezahlen, aber irgendwie funktioniert ihr Kartenleser nicht. Also fahren wir gemeinsam ins Büro. Dort funktioniert es dann aber auch nicht, und er fragt mich, ob ich beim Bankomat Geld abheben könne, er würde mich hinführen.

Das machen wir auch gleich. Dabei unternimmt er mit mir gleich eine Stadtrundfahrt und zeigt mir, wo man gut essen, Bier trinken oder einkaufen kann. Es gefällt mir hier, denn es wirkt modern, die Straßen sind breit und nicht verwinkelt, und im Ortskern konzentrieren sich Geschäfte und Firmen, während sich außen rundherum die Häuser der Einwohner befinden. Er erzählt mir, dass an diesem Wochenende ein großes Festival stattfindet, das in ganz Island gefeiert wird. Es sollen 20 000 Leute kommen und er empfiehlt mir unbedingt da hinzugehen. Nach kurzem Überlegen beschließe ich, diese Nacht dazubleiben, um auf das Festival zu gehen. Normalerweise fühle ich mich sehr unwohl in großen Menschenmengen, aber es ist ein besonderer Tag; nicht nur für die Isländer, sondern auch für mich. Der Hafenkapitän bietet mir einen freien Aufenthalt für diese Nacht an.

Zurück am Boot kultiviere ich mich endlich und rasiere und dusche mich. Auch das Boot mache ich wieder sauber. Ich halte sowieso immer Ordnung am Schiff, aber jetzt werde ich noch staubsaugen, aufwischen und das Bad putzen, damit alles wieder glänzt. Ich habe es generell gerne ordentlich, nicht nur am Schiff.

Es fühlt sich ein bisschen eigenartig an, jetzt hier in Island zu sein. Obwohl ich ursprünglich in die Arktis wollte, ist Island kein minderes Ziel; außerdem zählt es ebenfalls zu den arktischen Inseln. Nördlich davon beginnt der Arktische Ozean. Es ist ein Wechselbad der Gefühle, mit dem ich erst zurechtkommen muss. Nur langsam realisiere ich, dass ich etwas Außergewöhnliches geschafft habe. Herausragende Leistungen brauchen bei mir immer länger, bis sie tatsächlich ankommen. Und das ist jetzt so eine Situation. Das liegt vielleicht auch daran, weil es rückblickend betrachtet gar nicht so schwer war, hierher zu segeln; zumindest fühlt es sich so an.

Ich muss bewusst mein rationales Denken aktivieren, um das zu begreifen:

Ich bin in vier Etappen von der nördlichen Adria 5400 Seemeilen in rund sieben Wochen reiner Fahrzeit bis nach Island gesegelt.

Das macht mir so schnell keiner nach. Das Einzige, was mich ein bisschen betrübt, ist, dass ich nur grob die Hälfte davon solo war. Dafür bin ich aber die besten zwei Etappen alleine gefahren. Damit zähle ich definitiv nicht mehr zum Segelfußvolk. Und ich habe etwas derart Schwieriges und Großes vollbracht, wie noch nie zuvor in meinem Leben. Mein Lebenstraum war, und ist es immer noch, mit Petra unseren Hof gemeinsam herzurichten, denn das wäre im Unterschied zu dieser Leistung etwas Nachhaltiges fürs Leben. Aber die finanzielle Aussichtslosigkeit der vergangenen zwei Jahrzehnte hatte mich psychisch zerstört und dann eine Katastrophe bewirkt, wie ich bereits erzählt habe. Also stehe ich nun ungewollt wieder bei Null.

Diese Expedition ist sehr herausfordernd und ich habe es bis hierher hervorragend gemeistert. Ich bin zufrieden mit meiner Leistung. Und auch wenn es nicht ganz so nachhaltig ist wie ein eigenes Heim, wird es vielleicht doch Früchte tragen.

Schwierige Passagen alleine mit einem Boot zu meistern ist offenbar genau das, was ich besonders gut kann. Es sind die richtigen Kombinationen aus Charaktereigenschaften und technischen Fähigkeiten, die das ausmachen. Außer der Landwirtschaft gibt es sonst kein berufliches Umfeld, in dem ich mich so daheim und sicher fühle, und wo gleichzeitig auch die Belohnung für Erfolg so greifbar ist.

Ich bin gerade von allem begeistert, was ich bisher erlebt habe – und wie großartig es im Atlantik ist.

Außer der Hafenmauer von *Vestmannaeyjar* habe ich noch nichts von Island gesehen, aber ich bin jetzt schon fasziniert. Auch Irland und Schottland waren sehr schön – alles viel besser als im Mittelmeer, obwohl das stark auch daran liegt, dass ich Menschenmengen scheue. Jetzt möchte ich jedenfalls einmal den Tag in diesem, meinem ersten isländischen Ort genießen.

Es ist später Nachmittag und ich spaziere hinüber. Überall ist Musik, Getränke werden ausgeschenkt, und jede Menge junge Menschen sind da. Bei einem Stand kaufe ich mir ein erfrischendes Bier und erkundige mich nach dem Festival. Der Isländer an der Schank meint, dass ich nur der Menschenmenge zu folgen brauche. Das mache ich dann auch und wandere durch den ganzen Ort bis zum Festivalgelände am anderen Ende der Insel. Das Ganze ist in einem halboffenen Vulkankegel, der in der unteren Hälfte grün bewachsen ist und nach oben hin immer steiler und felsiger wird. Ich wandere den Berghang ein bisschen nach oben, um einen besseren Überblick zu bekommen. Es hat um die vierzehn Grad, die Luft ist frisch und riecht nach Wiesenkräutern. Es ist Sommer, aber hier in Island blühen gerade viele Pflanzen, weil die Vegetation in diesem Klima wesentlich später beginnt, als bei uns.

Es ist ein riesiges Areal, mit Verpflegungszelten und einer großen Showbühne. Außen rundherum stehen jede Menge Campingzelte. Überall wird etwas getrunken, werden Würstel gegrillt, läuft Musik. Die Show auf der Bühne beginnt um neun Uhr am Abend. Ich kaufe mir eine Portion Pommes Frites. Naja, prinzipiell zwar gut, aber so unglaublich salzig, wie ich sie noch nie in meinem Leben bekommen habe.

Im Laufe der Zeit zieht der Himmel zu und die Luft kühlt ab. So weit, dass man sogar den Atem sehen kann. Und dann beginnt es zu regnen – so richtig. Die Isländer stört das aber kaum, und die Stimmung bleibt gut. Irgendwann beginnt die Show mit isländischen Bands, und die Menge tobt. Trotz Regen und Kälte sind alle ausgelassen. Ich habe zum Glück meine neue Jacke an, die ich mir für diese Reise gekauft habe. Sie ist warm und regenfest. Auf Hose und Schuhe trifft das leider nicht zu. Am Boot wäre ich entsprechend vorbereitet, aber hier an Land habe ich an so etwas gar nicht gedacht. Ich bin aber bei weitem nicht der Einzige mit normalen Schuhen. Auf dem Platz vor der Bühne steht an manchen Stellen sogar knöcheltief das Wasser. Trotzdem wird gefeiert. Die Hardcore-Festivalgäste sind mit weißen und orangen Fischerhosen bekleidet, und irgendwann beginnen ein paar neben der Bühne am Hosenboden in der Wiese herunterzurutschen, wie im Schnee. Das entwickelt sich dann regelrecht zum Massenspaß – mit der Folge, dass in der tobenden Menge vor der Bühne viele Leute voll Gras und Schlamm sind. Und ich? Mitten drin. Es ist ein Riesenspaß, denn mittlerweile ist hier jeder – auch ich – bis auf die Unterhose nass.

In der Nacht gibt es noch ein Feuerwerk, und während die Jungen bestimmt bis in die Morgenstunden weiterfeiern, trete ich den weiten Fußmarsch zurück an. Um zwei Uhr bin ich wieder am Boot – und froh darüber. Das Festival hat Spaß gemacht, aber jetzt ist es genug. Im Boot hat es dreizehn Grad. Ich ziehe mir das vollkommen nasse Gewand aus, trockne mich ab und schlüpfe schnell in frische, trockene Sachen. Hunger habe ich auch, also mache ich mir noch ein Wurstbrot. Dann drehe ich zum ersten Mal auf dieser Reise die Standheizung auf – sie springt nicht an.

„Eh klar!" Ich probiere es noch zweimal, aber sie geht einfach nicht. Es ist eine Webasto, und die macht ständig Probleme. Im April habe ich sie extra gereinigt und getestet, damit sie für die Fahrt bereit ist. Ich bin aber nicht überrascht, da es das Standardverhalten von dem Schrott ist. Also muss ich sie irgendwann wieder zerlegen und reinigen. Aber nicht jetzt, mitten in der Nacht. Ich krieche in meinen warmen Schlafsack – und schlafe augenblicklich ein.

Am nächsten Tag mache ich zuerst einen Kaffee und dann das Schiff klar fürs Auslaufen. Ich verabschiede mich noch von Ascha und Mark, und breche nach Reykjavik auf. Bis dorthin sind es 120 Seemeilen, und es geht überhaupt kein Wind. Wird auch keiner kommen, also fahre ich mit der Maschine. Ich muss nach Reykjavik, weil in zwei Tagen Armin und seine Frau Manu am Flughafen ankommen. Sie werden mich in Island eine Zeit lang begleiten. Für die Arktis ist es zu spät. Ich habe zuviel Zeit verloren, also werde ich Island erkunden. Und das macht gemeinsam mehr Spaß.

Den ganzen Tag und die ganze Nacht lang fahre ich mit dem Motor Richtung Reykjavik, wo ich am Vormittag ankomme. Ich finde einen Platz an einem Schwimmsteg, wo es zwar keinen Strom gibt, aber es ist definitiv trotzdem angenehm, endlich da zu sein. Die Fahrt war sehr anstrengend, denn Motorfahrten sind wegen des Lärms immer mühsam. Und außerdem war ich nahe der Küste, wo immer ein bisschen Schiffsverkehr ist, weshalb man ordentlich aufpassen muss: Im Verkehrstrennungsgebiet Reykjavik hat mich etwa ein Passagierschiff angefunkt, und wir haben uns auf einen Kurs geeinigt.

Ich bin gut angekommen. Jetzt werde ich eine Runde schlafen, duschen – und dann den Tag in Islands Hauptstadt genießen.

Abbildung 9.1.: Küstenseeschwalbe.

10. Das atemberaubende Island

Zweieinhalb Stunden schlafe ich sehr fest, danach wache ich auf und schaue mich um. Hinter mir liegt eine riesige brandneue 60-Fuß-Jacht mit jeder Menge Zubehör. Darauf ein dänisches Ehepaar mit einem sehr süßen Goldendoodle. Wir unterhalten uns ein bisschen und der Eigner erzählt mir, dass er einmal in Österreich gearbeitet hat. Er war anscheinend ein sehr hohes Tier bei der Firma, die die Mozartkugeln produziert.

Vor mir: Ebenfalls eine riesige Jacht, die DISCOVERER. Es ist eindeutig eine Expeditionsjacht. Denn die von dem Dänen ist eine typisch moderne Standard-Jacht, wie man sie auf den Charterbasen im Mittelmeer überall sieht, nur eben etwas größer und besser ausgestattet; was im Vergleich zur Minimalausstattung von Charterjachten aber nicht sonderlich schwer ist. Auf dem Expeditionsboot wiederum sind einige Engländer, die zwei Wochen um Island gesegelt sind. In ein paar Tagen gibt es einen Crew-Wechsel, und die DISCOVERER wird mit der nächsten Partie die isländischen Fjorde erkunden.

Die Engländer sind ebenfalls sehr nett. Wir unterhalten uns über verschiedene seglerische Dinge. Generell ist mir in den nördlicheren Breiten ab Irland bereits aufgefallen, dass hier so viele richtige Seglerinnen und Segler unterwegs sind. Man kommt mit allen sehr leicht ins Gespräch und kann sich über tolle Dinge unterhalten. Das sind alles Menschen, die richtige Geschichten zu erzählen haben; wo sie überall waren, was sie erlebt haben, mit Booten, die ebenfalls eine Geschichte haben und etwas Besonderes sind. Nicht so wie die Boote von der Stange der großen französischen Werften im Mittelmeer.

All diese Menschen hören auch dabei zu, was man selbst zu erzählen hat. Man unterhält sich auf Augenhöhe, und die Gespräche haben das Klima der gegenseitigen Anerkennung. Ich bin fasziniert und begeistert davon, denn bisher war ich nur im Mittelmeer unterwegs, und dort trifft man äußerst selten auf solche Menschen. Die meisten der sogenannten Segler im Mittelmeer

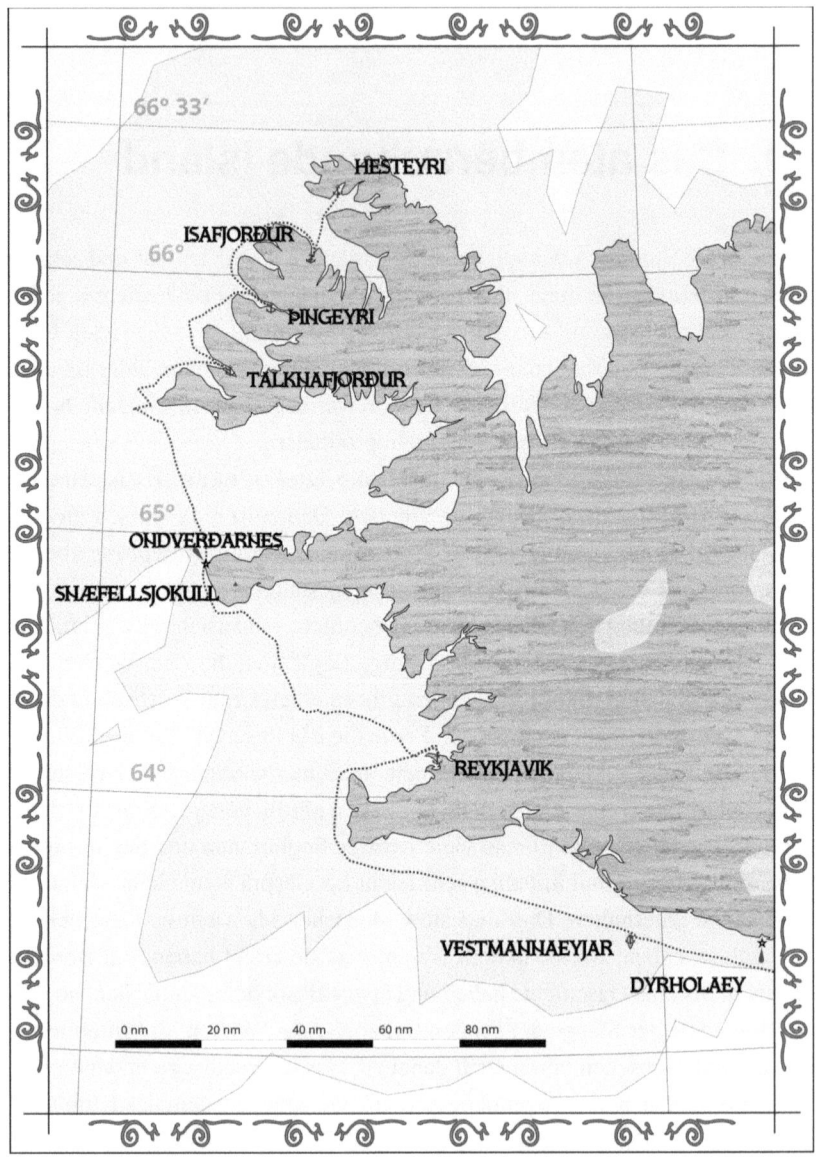

Abbildung 10.1.: Entlang der isländischen Küste.

würde ich eher als Campingurlauber auf einem Boot bezeichnen, denn mit Segeln hat es nur wenig zu tun, obwohl es ein paar kleine Parallelen gibt. Hier jedenfalls ist das ganz anders. Es ist großartig, und obwohl ich alle gerade erst kennengelernt habe, fühlt es sich bereits wie eine Gemeinschaft an, und das ist etwas Schönes.

Die Stromversorgung an der Mauer funktioniert nicht, und wir versuchen gemeinsam, das Problem zu lösen, kommen im Endeffekt aber zum Schluss, dass irgendwo eine Hauptsicherung ausgelöst haben muss, denn es ist einfach alles finster. Das Ganze hier in Reykjavik ist nicht eine Marina, wie man sie aus dem Mittelmeer kennt. Es ist viel mehr ein Nebenbecken vom großen, kommerziellen Hafen von Reykjavik. Der örtliche Jachtclub hat hier ein paar Schwimmstege und auf der Mauer zwei Container – in einem ist das Büro, in dem anderen sind WCs, Duschen, eine Waschmaschine und ein Trockner. Das Büro ist in der Regel nicht besetzt. Nur ab und zu kommt ein junger Isländer vorbei und schaut nach dem Rechten. Er bietet mir einen Platz am Clubsteg an. Mein Boot ist klein genug, dann haben die Großen am Gästesteg mehr Platz, und mir passt es auch, denn dort habe ich Strom und Wasser.

Obwohl ich es nach Island geschafft habe und ich deshalb wirklich stolz auf mich selbst bin, bin ich doch seit längerem mental angeschlagen. So richtig abwärts gegangen ist es nach *Vestmannaeyjar*, obwohl die Stimmung davor am Festival noch super war. Immer wieder kämpfe ich mit dem Anflug von Depressionen. Mir fehlt meine kleine Familie sehr, und seitdem ich vor drei Jahren mein Fundament verloren habe, bin ich nie wieder richtig auf die Beine gekommen. Der Plan von der Arktis ist auch zerbrochen, und jetzt bin ich alleine in Island, so weit weg von daheim. Ich weiß nicht, was ich weiter machen soll. Heimzusegeln dauert Monate, und wenn ich nächstes Jahr doch in die Arktis will, oder kann, wäre es besser, das Boot hier zu lassen. Ich weiß es einfach nicht. Und die meisten der Langfahrtsegler sind zu zweit und erleben alles miteinander. Auch die Seenomaden, Doris und Wolf, sind zu zweit. Im Team kann man sich in schwierigen Situationen gegenseitig mental unterstützen. Und die Solo-Segler haben oft daheim ihr Fundament. Aber ich habe niemanden – und das fehlt mir jetzt enorm. Ich bin es auch nicht gewohnt, denn ich war mein ganzes Leben lang nicht alleine. Ich will nicht alleine sein. Das ist ein Lebenskonzept, mit dem ich nichts anfangen kann.

Obwohl ich mir geschworen habe, dass ich keine Leute mehr mitnehme, weil mich das einfach zu sehr bedrängt, habe ich dennoch meinen Freund Armin mit seiner Frau nach Island eingeladen. Ich freue mich jetzt darauf, weil ich dann zumindest für kurze Zeit jemanden habe, auch wenn es nicht das Gleiche ist, wie die eigene Partnerin dabei zu haben.

Untertags unternehme ich einen kurzen Spaziergang nach Reykjavik und kaufe Milch und zwei Pizzaschnitten. Die schmecken hervorragend. Obwohl ich mich sehr bemühe, Abwechslung in meinen Speiseplan zu bringen, ist die Variationsmöglichkeit ohne frisches Gemüse und Fleisch doch etwas bescheiden.

Plötzlich steht ein Däne neben meinem Boot und stellt sich als Mark vor. Er erkundigt sich nach dem Schlüssel für den Clubsteg. Ich habe nämlich einen. Dazu gekommen bin ich, weil ich meinerseits einige Zeit davor einen Isländer, der auf seinem Boot gearbeitet hat, angesprochen habe. Der hat mir dann den letzten Schlüssel aus einem geheimen Versteck im Bürocontainer gegeben. Ich unterhalte mich längere Zeit mit Mark. Er ist ebenfalls Solo-Segler und zwei Tage nach mir von den Faröer-Inseln gekommen. Er ist auch über den weiteren Verlauf seiner Reise unschlüssig und überlegt, ob er entweder um Island herum und wieder zurück, oder weiter nach Neufundland segeln soll. Daran habe ich insgeheim auch schon gedacht. Es ist ein tolles Gespräch, in dem wir insbesondere über die Herausforderungen beim Solosegeln sprechen.

Obwohl ich gerade erst angekommen bin, weiß ich jetzt schon, dass ich irgendwann unbedingt wieder mit dem Boot nach Island zurückkehren muss. Ich bin nach dieser kurzen Zeit bereits vom Land und von allen Menschen hier absolut gefesselt und fasziniert. In Österreich ist alles so eingeengt und verschlossen, aber das ist vielerorts ganz anders.

Etwas später stopfe ich meine Schmutzwäsche in die Waschmaschine. Die Frau, die zufällig im Container steht, sieht mir offenbar meine Verzweiflung an, wie ich auf der isländisch beschrifteten Waschmaschine versuche, ein passendes Programm auszuwählen. Sie spricht mich an und stellt sich als

Matilda vor. Sie ist Französin, lebt aber seit Jahrzehnten in Norwegen, und ist heute mit einer Jacht gekommen, wo sie auf Basis Hand-gegen-Koje mitfährt – und sie stellt mir das richtige Programm auf der Maschine ein.

Während ich auf die Wäsche warte, erzählt sie mir, wo sie bereits überall waren. Das Boot gehört einem pensionierten deutschen Ehepaar, das ebenfalls seit Jahrzehnten in Norwegen wohnt und mit seiner Jacht INDIA immer wieder kürzere und längere Fahrten unternimmt. Matilda schlägt vor, dass ich bei ihnen vorbeischauen soll. Das mache ich dann auch prompt – und so lerne ich Ingrid und Dirk kennen. Die beiden sind sehr nett, zeigen mir ihr Boot und laden mich gleich zum Abendessen ein. Sie haben noch ein paar Filets von einem riesigen Fisch, den sie vor wenigen Tagen gefangen haben. Zum Essen bringe ich ein paar Dosen Bier aus meiner Sammlung mit, und es wird ein sehr interessanter und lustiger Abend mit vielen Seemannsgeschichten.

Am nächsten Tag putze ich das Boot und beziehe die Betten in der Stockbettkabine, denn heute Nacht kommen Armin und Manu an. Ich repariere die Standheizung und heize abends ein, damit die beiden ihr Abenteuer nicht gleich auf einem kalten Boot beginnen müssen. Die Außentemperatur beträgt zwölf Grad, das ist nicht übermäßig viel.

Tatsächlich stehen sie um ein Uhr Nachts auch da. Nur das Gepäck ist nicht mitgekommen, was gleichzeitig bedeutet, dass wir ein paar Tage in Reykjavik festsitzen werden. Das Ganze entwickelt sich zu einer fürchterlichen Odyssee. Sie sind mit Austrian Airlines geflogen, und wenn man meinen würde, dass einem da ein besseres Service als bei einer Billigfluglinie geboten wird, täuscht man sich. Sie haben jede Menge Telefonnummern angerufen, weil niemand für irgendetwas zuständig war und sie nur auf andere Stellen verwiesen wurden, wo man angeblich Bescheid wüsste. Teilweise sehr schlecht verständliches Call-Center-Personal – oder unfreundlich, desinteressiert und nicht hilfsbereit. Eineinhalb Tage lang ist es unmöglich, festzustellen, wo die Koffer sind, und ob und wann sie nachgeschickt werden. Das ist für mich völlig unverständlich, denn die Gepäckstücke haben eigens für diesen Zweck einen eindeutigen Barcode. Und mit dem muss doch die Fluglinie über ein Computersystem feststellen können, wo sie sind. Ist aber nicht so, oder sie wollen einfach nicht. Am Vormittag des dritten Tages kommen sie dann endlich an – und wir machen gleich Pläne fürs Auslaufen am nächsten Tag.

Wir haben die Zeit in Reykjavik für Verschiedenes genutzt, trotzdem ist dieser Zeitverlust schade. Denn einerseits haben wir dadurch weniger Zeit für unsere Islanderkundung, und dazu ist es eine weitere, sehr unnötige Verzögerung meiner Expedition. Es ist August, und ich befinde mich hier über dem 60. Breitengrad, da tickt die Uhr in Bezug aufs Wetter. Ich hätte selbst noch gerne einiges erkundet – ankern beim ROCK THING und nach *Grímsey* segeln, zum Beispiel. Ich werde sehen, wie es weitergeht, und hoffe das Beste.

Das mit den Koffern ist sehr ärgerlich. Das Kundenservice ist in Österreich sowieso unter jeder Kritik. Meine Kreditkarte läuft jetzt im August ab. Das habe ich natürlich vorher gewusst, weshalb ich bereits im Februar versucht habe, etwas zu unternehmen, aber man wird immer nur vertröstet, ist nicht zuständig und wird auf Online-Formulare verwiesen. Und sofern man überhaupt eine Antwort bekommt, wartet man immer ewig.

„Was soll das?", frage ich mich. Arbeitet dort ein einziger Mensch, der sich um Kundenanfragen kümmert?

Heute, wo ich das schreibe, ist der 13. August, meine Kreditkarte läuft in zwei Wochen ab und mein Telefonanbieter schreibt plötzlich, dass demnächst wegen irgendeinem Paragraphen im Kleingedruckten Roamingkosten anfallen würden. Na sehr toll. Ich bin erst einmal ratlos, aber wenn ich keine Kreditkarte bekomme, ist es mit Telefonieren und Internet sowieso bald aus.

Und dann wollten wir eine neue Gasflasche besorgen, denn zwei von meinen drei Flaschen sind bereits leer. Wir haben ein Geschäft ausfindig gemacht, aber es stellt sich leider heraus, dass es die, die ich brauche, nicht gibt. Probleme über Probleme, und da ich ohnehin schon mental angeschlagen bin, lässt mich das alles noch weiter zusammensacken.

Armin ist der Retter in der Not, denn es gelingt ihm, eine Gasfirma ausfindig zu machen, die uns einen passenden Adapter für die isländische Flasche konfektioniert. Somit habe ich jetzt auch eine isländische Gasflasche, die ich ans Boot anschließen kann. Ich bin ihm sehr dankbar dafür, weil für mich hätte das wahrscheinlich ein unüberwindbares Hindernis dargestellt.

Am Nachmittag fahren wir mit dem Isländer des Yachtclubs zur Tankstelle, denn dort braucht man eine Chipkarte. Als wir wieder zurückkommen, fährt vor uns eine Ovni mit österreichischer Flagge ins Hafenbecken. Am Heck ist der Name STRAVANZA zu lesen, und das kommt mir bekannt vor, obwohl ich es nicht gleich zuordnen kann. Sie liegen am selben Steg wie wir – und so lerne ich Ingrid und Robert kennen. Ein österreichisches Seglerehepaar, dass vor zwanzig Jahren, mit ihrer damals kleinen Tochter, die Welt entlang des Passatwindgürtels umrundet hat. Die beiden sind sehr nett und freundlich, und so sitze ich zum Plaudern ein paar Stunden zuerst bei ihnen, und am nächsten Tag dann sie bei mir am Boot.

Die Gesellschaft von Armin und Manu und allen anderen tut mir gut, denn ich komme langsam wieder aus der Depression heraus. Ich war schon so weit, die MIZZI auf der Stelle zum Verkauf freizugeben und einfach heimzufliegen. Ich wüsste zwar im Moment nicht, wie ich den Verkauf organisieren sollte, noch was ich daheim mache, denn letzteres gibt es in der Form ja gar nicht mehr. Aber es scheint doch irgendwie ein Ausweg aus meiner Misere zu sein. Nach dem Festival in *Vestmannaeyjar* hat mich irgendetwas in den mentalen Abgrund gerissen.

Durch Armins und Manus Unterstützung geht es zumindest ein Stück wieder bergauf: Ich denke nämlich daran, doch wieder zurückzusegeln. Oder... ich lasse das Boot hier in Island, um nächstes Jahr weiterzusegeln. Ich weiß einfach nicht, was richtig ist – und ich habe niemanden, mit dem ich das besprechen kann. Das schmerzt sehr. Und ich weiß, dass es nicht daran liegt, dass ich hier am Boot alleine bin, sondern daran, dass ich keinen Rückhalt habe, keine Partnerin, kein Fundament.

„Dieses verfluchte Jahr 2020!"

Menschen, die alleine wohnen und gerne Single sind, sehen das vermutlich ganz anders, aber ich kann das nicht. Ich brauche eine Partnerin, ein Heim, eine Familie.

Nichtsdestotrotz geht es jetzt erst einmal an die Erforschung Islands. Es ist Samstag, der 12. August. Ein sonniger Tag. Wir laufen endlich aus Reykjavik aus. Es wird eine etwas längere Tour mit zumindest einer Nachtfahrt. Ich weiß noch nicht genau, wo wir hinfahren, aber auf jeden Fall mal um die *Snæfellsness*-Halbinsel.

Zuerst ist es windstill, aber dann kommt eine angenehme Brise auf und wir setzen Segel. Zuerst zwei, dann drei, vier und sogar fünf Windstärken. Die Segel habe ich gerefft, leider sind die Wellen unangenehm steil, da hier der Strom gegen den Wind läuft. Aber sie sind nicht sonderlich hoch, da wir durch die Halbinsel vom offenen Atlantik abgeschirmt sind. Der schöne *Snæfellsjökull* ist so hoch, dass man ihn stundenlang im Voraus sehen kann.

Manu wird leider bald seekrank. Das Segeln am offenen Meer und überhaupt am Atlantik ist doch etwas völlig anderes, als in einer geschützten Inselwelt, so wie in Kroatien. Ich kenne das aus all den Jahren meiner seglerischen Vergangenheit. Sobald es aufs offene ungeschützte Meer hinausgeht, wird mindestens einer der Passagiere seekrank; zumindest zu Beginn des Törns.

Wir segeln die ganze Nacht durch. Obwohl wir uns einen Wachplan erstellt haben, bleibe ich zur Sicherheit und zur mentalen Unterstützung im Salon liegen und stelle mir den Wecker regelmäßig, ganz so, als ob ich alleine wäre.

Im Morgengrauen sind wir sehr knapp beim Vulkan und umrunden diesen. Der Wind hat im Laufe der Zeit etwas nachgelassen. Es ist meine Wache von vier bis acht Uhr. Es war zwar nicht geplant, aber offenbar ist es eine göttliche Fügung, dass wir genau in meiner Wache, kurz nach Sonnenaufgang an diesem abermals sonnigen Tag, die westliche Spitze der *Snæfellsness* umrunden. Ich erkenne die Klippen wieder. Sie sind vom Meer ausgehöhlt, und die Brandung wirft hohe Wasserfontänen auf. Angeblich haben sich dort früher Piraten versteckt. Jedenfalls soll es Seehunde geben.

Und da ist das Leuchtfeuer *Öndverðarnes*![1] Der Anblick ist beinahe kitschig. Vorne auf der Landzunge mit den steilen Klippen steht der kleine orangerote Leuchtturm in der Sonne, während dahinter der mächtige und schöne Vulkan, der *Snæfellsjökull*, thront, dessen Schneefelder vom Licht der Morgensonne orangegelb beleuchtet sind. Rundum strahlend blauer Himmel.

---

[1] 64° 53,1′ N 024° 02,7′ W

Hier hat alles begonnen! Und jetzt sehe ich den kleinen Leuchtturm von der anderen Seite, vom Atlantik aus. Was für eine Leistung, was für ein Erfolg! Als ich damals im Jänner 2017 im kalten winterlichen Nieselregen bei Temperaturen knapp über dem Gefrierpunkt dort gestanden bin und mir in den Sinn gekommen war, dass ich irgendwann hierher segeln müsste, habe ich genaugenommen nicht daran geglaubt, dass das tatsächlich jemals real werden würde.

Aber jetzt, sechs Jahre später, segle ich hier vorbei. Unglaublich! Ich glaube, dass das bisher das größte und schwierigste aller Projekte in meinem Leben war, das auch zum Erfolg geführt hat. Eigentlich ist es das einzige große Projekt meines Lebens, das erfolgreich war, denn ansonsten bin ich trotz jahrelanger Vehemenz eher nur gescheitert.

Meine Gefühle spielen verrückt. Freude und Glück durchströmen mich, aber auch Unglaube:

„Ist das wirklich? Bin ich tatsächlich tausende Meilen über den Atlantik bis hierher gesegelt?", frage ich mich.

Ja, das bin ich! Ich kann es kaum glauben. Und so wie mich das Glück durchflutet, befällt mich auch die Trauer, denn damals waren wir ein Paar und haben in die Zukunft geschaut. Heute ist alles anders und ich weiß nicht, in welche Zukunft ich blicken soll. In diesem unglaublichen Gefühlsdurcheinander fließen mir die Tränen über die Wangen und ich stehe einfach nur da, atme die frische Morgenluft und sauge den gesamten Augenblick in mich ein, um ihn nie wieder zu vergessen.

Zu verdanken habe ich das alles meiner Frau Petra. Obwohl mich während der Vorbereitungen verschiedene Freunde und Bekannte, denen ich natürlich ebenfalls dankbar bin, angespornt und ermutigt haben, nicht aufzugeben, sind die entscheidenden Worte doch nur von ihr gekommen. Sie war und ist meine wichtigste Vertrauensperson im Leben. Sie hat damals meinem ersten Hirngespinst vom Nach-Island-Segeln Leben eingehaucht, hat mir während all der Zeit immer wieder zugeredet und mir am 18. Juli schlussendlich einen letzten Anstoß gegeben, nach Island zu segeln, als ich in Irland wegen des Zeitverlustes beinahe aufgegeben hätte.

10. Das atemberaubende Island

Ich halte diesen Moment mit zahlreichen Fotos und Videos fest, poste es auf Instagram, Facebook und Youtube, und hoffe, dass sich dieser Moment genauso in meine Erinnerung einbrennt, wie jener damals im Jänner, als Petra und ich mit dem Auto da waren. Noch lange schaue ich der Landzunge und dem kleinen Leuchtturm nach, bis sie im Dunst verschwinden. Nur der *Snæfellsjökull* ist noch über viele Stunden zu sehen.

Wir segeln den ganzen Tag weiter. Am späten Nachmittag passieren wir *Látrabjarg*, die südwestlichste Landzunge der Westfjorde. Laut Wikipedia zählt deren Steilküste zu den größten Vogelfelsen der Welt. Drei Stunden später erreichen wir das nördliche Kap jener Landzunge, wo dahinter der *Patreksfjörður* und etwas nördlich davon der *Tálknafjörður* liegt.

Wir passieren das Kap in einer Seemeile Distanz. An der Wasseroberfläche kann man ganz deutlich Verwirbelungen von der Strömung sehen, die sich offensichtlich Wale für ihren Fang zunutze machen. Voll Begeisterung beobachten wir, wie die großen Meeressäuger zaghaft die Wasseroberfläche durchbrechen.

Auf der Seekarte sieht das alles so täuschend klein aus. Wir brauchen tatsächlich eine ganze Stunde, um den Fjord zu queren und in den nächsten einzulaufen. Verglichen mit Kroatien oder Griechenland ist die Küste verhältnismäßig geradlinig, und es gibt keine Inseln, weshalb mein Gefühl für Distanzen in der Karte etwas getäuscht wird, denn es ist alles viel größer, als es auf der Karte wirkt – ohne es nachzumessen, natürlich.

Es ist kurz nach halb elf Uhr abends, aber immer noch hell, als wir im *Tálknafjörður* unmittelbar westlich des gleichnamigen Ortes ankern.[2] Es ist mein erster isländischer Ankerplatz. Er wird im *Cruising Guide to Iceland*[3] empfohlen. Ich überprüfe den Gezeitenstand, denn zum Ufer hin wird es recht schnell seicht. Im Fjord ist das Wasser ruhig. Rundherum ragen die steilen Klippen der vulkanischen Flachberge auf – so ähnlich wie die berühmten Tafelberge im *Monument Valley* in den USA, nur eben keine einzelnen Berge, sondern Tafelrücken. In den niederen Lagen und auf den Böden

---

[2] 65° 38,02′ N 023° 52,12′ W

[3] Michael Henderson & Helen Gould (2023): Cruising Guide to Iceland, the Faroe Islands, Greenland and Jan Mayen, 9th revision, The Cruising Association.

in den Tälern ist alles grün mit Wiesen und Moos bewachsen, und entlang der Küste findet man sehr verstreut hie und da Häuser.

Hier gefällt es mir sehr gut. Ich kann mir absolut vorstellen, da zu leben. Das entspricht meinem Naturell. Abgelegen, in der rauen Natur, wo man auf sich selbst gestellt ist und der nächste Nachbar Kilometer weit weg ist. Das ist genauso, wie es auf unserem Bergbauernhof war.

Ganz in der Nähe soll es ein Hot Tub geben, ein Pool mit warmem Thermalwasser. Die findet man überall in Island und es gehört zur isländischen Kultur und Tradition, dass man regelmäßig baden geht.

Ich schaue mir die Wettervorhersage für morgen an: sonnig und wenig Wind. Also werden wir einen Tag dableiben, um zu wandern und danach das warme Becken zu genießen.

Die Nacht ist angenehm ruhig und so kommt auch Manu zu ausreichend Ruhe. Die vergangenen beiden Segeltage haben sie schwer mitgenommen.

Der Morgen ist, wie erwartet, sonnig. Alle sind ausgeruht, und zum Frühstück gibt es eine kräftige Eierspeise mit Zwiebeln und Speck. Danach gehen wir ans Werk. Wir packen unsere Rucksäcke, pumpen das Dinghy auf und rudern ans Ufer. Es ist Niedrigwasser, daher müssen wir nicht weit fahren, denn das Ufer ist so flach, dass der Sand weit hinaus in den Fjord bis in die Nähe unseres Bootes reicht.

Wir wollen durch das Tal neben unserem Ankerplatz ganz hinein und auf den Berg hinauf gehen, damit wir auf das Boot herunterschauen können. Der Berg heißt laut Karte *Hlíðarfjall* und ist 524 Meter hoch. Das Dinghy schleppen wir bis in die Wiese am Ufer und binden es an einem Felsen fest, damit es nicht von Wind oder Gezeit geholt wird. Unsere Gummistiefel tauschen wir gegen Wanderschuhe und dann gehen wir los.

Das Tal steigt sanft an. Mittendurch fließt ein kleiner Bach, und gleich daneben verläuft ein Weg, dem wir entlangmarschieren. Angenehm weht der Wind, denn beim Bergaufgehen wird einem schnell warm. Es ist still. Keine störenden Geräusche der Zivilisation, nur das zarte Plätschern des Baches und das sanfte Rascheln der Gräser im Wind. Das Wasser ist glasklar, und Algen und andere Pflanzen gedeihen in dem Rinnsal, das sich durch die Wiesenlandschaft schlängelt. Entfernt blöken vereinzelt Schafe. Schon vom Boot aus haben wir welche beobachtet. Das hier könnte genauso gut irgendwo in Österreich sein. Nur die seitlich in steilen Stufen aufragenden, abgeflachten Berge findet man so in unseren Alpen nicht. Am Ende des Tals kann man von oben das Meer tiefblau glitzern sehen. Es könnte aber genauso gut ein Bergsee sein.

Das Tal ist sehr weit und groß, wie alles in Island. Genauso wie im Jahr 2017 beeindruckt mich diese Landschaft. Denn obwohl alles auf den ersten Blick so nahe und klein aussieht, ist es dann doch riesig. Und man kann sehr weit sehen, denn es gibt keine Bäume, Häuser sind auch nicht im Weg, und selbst die Täler sind meistens nicht eng oder verwinkelt. Oft haben wir zur einen Seite auch noch das Meer, das sowieso einen besonders weiten und freien Blick erlaubt.

Auf unserer Wanderung stellt sich bald heraus, dass sich die Landschaft viel größer und weiter erstreckt, als es vom Boot aus gewirkt hat. Aber das macht nichts, wir sind fit und gut ausgerüstet. Das Tal steigt stetig an, und irgendwann verliert sich der Weg. Nach hinten wird es immer steiler, bis das Tal und damit auch das Grün zu Ende ist. Es folgt eine Kletterpartie über Geröll und Felsen, bis wir die Höhe des Sattels zwischen den beiden Bergrücken erreichen. Von hier oben kann man weit auf die umliegenden Plateaus sehen. Es ist eine einzige Mondlandschaft, oder besser gesagt Marslandschaft, bestehend aus rotem Geröll, so weit das Auge reicht. Vor diesem Hintergrund könnte man einen Science Fiction-Film drehen, der auf irgendeinem gottverlassenen Planeten spielt. Trotzdem findet man in dieser Ödnis zwischendurch kleine Pflanzen – und offensichtlich verirren sich auch die Schafe hierher. Weiter hinten ist ein kleiner türkisblauer See zu sehen. Die Steine sind mit Flechten bewachsen, aber sonst ist da nicht viel.

Zeit für ein Picknick! Unter strahlend blauem Himmel sitzen wir in der Sonne und essen Brot, Speck, Käse und Äpfel. Dazu klares Wasser – das schmeckt jetzt herrlich.

Meine App zeigt 490 Meter Seehöhe an. Die Rast ist angenehm, denn der letzte Anstieg war steil und anstrengend. Der westliche Bergrücken erscheint uns nun bezwingbar. Es sind durchgehend senkrechte Felswände, aber an einer Stelle führt eine Geröllhalde von ganz oben nach unten. Dort könnte ein Aufstieg möglich sein.

Manu entscheidet sich, umzukehren und zum warmen Pool zu gehen. Armin und ich wollen den Aufstieg gemeinsam versuchen und danach ebenfalls zum Pool gehen. Und so queren wir die roten Steine zur Schutthalde. Bei näherer Betrachtung sind das richtige Felsbrocken, manche so groß wie ein PKW. Nach oben hin werden sie kleiner. Sehr vorsichtig, um nichts loszutreten, steigen wir nach oben. Es wird zunehmend steiler und man muss auf jeden Tritt genau achten, aber wir schaffen es bis aufs Plateau. Armin, als geübter Alpinist, markiert die Stelle mit einigen aufgetürmten Steinen, damit wir bei der Rückkehr den Weg nach unten wieder finden. Genaugenommen schaut hier nämlich alles gleich aus.

Der Bergrücken ist keinesfalls flach, wie man von unten vermuten würde, sondern steigt weiter an, und so gehen wir noch ein Stück bergauf, Richtung Küste. Der Boden wechselt zwischen Schotter, groben Felsbrocken und sehr dickem Moos, in dem man wie im Schnee bis zu den Knöcheln versinkt. Alles in allem ist es sehr anstrengend zu gehen. Meine App zeigt an der höchsten Stelle 625 Meter Seehöhe an; da waren wir fleißig. Wir gehen noch ein Stück weiter, da wir eigentlich aufs Meer und aufs Boot schauen wollten, aber der Boden ist so schwierig zu gehen, dass das noch mehrere Stunden hin und zurück dauern würde. Dafür sind wir weder ausgerüstet, noch haben wir diese Zeit. Es ist schon zu spät. Also brechen wir das Vorhaben ab und gehen zurück. Dank Markierung finden wir den Einstieg in die Rutschung und klettern mit sorgfältigen Schritten hinunter. Bald erreichen wir den Sattel und klettern ins Tal, wo es deutlich besser zu gehen ist.

Leider beginnen sich langsam aber sicher, mein Knie und mein Kreuz zu melden. Das Knie, das ich mir Anfang Juni am Steg in Portugal verletzt habe, spüre ich bei manchen Bewegung immer noch. Bisher habe ich diese anspruchsvolle Wanderung gut gemeistert, aber nach all den Stunden der Belastung macht es sich nun bemerkbar. In Irland habe ich einen Tag am Computer gearbeitet und aus irgendeinem unerfindlichen Grund muss sich dabei ein Wirbel verschoben oder ein Nerv eingeklemmt haben. Ich bin mir sicher, dass ich mich nicht verrissen habe. Seit diesem Tag habe ich bei bestimmten

Bewegungen leichte stechende Schmerzen im Brustwirbelsäulenbereich, die sich im Laufe der Wochen zu einem tauben Gefühl verwandelt haben – sehr eigenartig. Aber es hilft ohnehin nichts, ich muss jetzt weitergehen, da es keine andere Wahl gibt.

Und so wandern wir weiter talwärts. Obwohl es bergab geht, ist es ein langer Marsch. Beim Aufstieg ist mir das gar nicht so aufgefallen, aber jetzt scheint das Tal immer länger zu werden. Ein paar Schafe queren unseren Weg, nehmen aber schnell vor uns Reißaus.

Endlich sind wir unten angekommen. Bis zur heißen Quelle, wo Manu auf uns wartet, wäre es jetzt noch ein Fußmarsch von einer halben Stunde – und natürlich auch wieder zurück. Das ist mir mit dem Knie zu weit, und so trennen wir uns. Armin geht zum heißen Bad, um Manu zu treffen, und ich nehme das Dinghy und rudere zum Boot. Die Strecke ist jetzt deutlich weiter, weil die Sandbank von der Flut überschwemmt ist, dafür brauche ich das Schlauchboot nicht sonderlich weit zu tragen.

Zurück am Boot setze ich mich ins Cockpit. Die Sonne scheint und es ist angenehm warm. Ein günstiger Zeitpunkt, um mir wieder einmal die Haare zu schneiden, denn mein Zustand ist schon etwas verwildert. Ich hole das Schergerät aus seinem Versteck und kürze den Wildwuchs. Danach dusche ich. Es ist ziemlich erfrischend, weil das Wasser eiskalt ist. Danach ziehe ich mir frisches Gewand an und genieße die Ruhe und die wunderbare Atmosphäre im Fjord. Einfach herrlich, frisch gewaschen in der Sonne zu sitzen und der Natur zu lauschen!

„Ja, ich brauche zum Wohnen wieder einen Ort wie diesen. Da gehöre ich hin, nicht in eine Siedlung oder eine Stadt", sage ich zu mir selbst, während ich diesen Frieden genieße.

Obwohl der Fjord eine knappe Meile breit ist, wirkt er mit seinen hoch aufragenden Bergrücken vulkanischen Ursprungs recht eng. Ist er aber nicht, wie bei unserer Wanderung sehr deutlich geworden ist. Größe ist relativ. Das Gehirn ermittelt Dimensionen durch Vergleiche mit bekannten Dingen, von denen wir eine gute Vorstellung haben; andere Menschen, Fahrzeuge, Bäume oder Gebäude. Aber hier ist weit und breit nichts von alldem. Nur vereinzelt stehen Häuser in der Landschaft, und gemessen an denen lässt sich schon erahnen, wie riesig das alles ist.

Mein Blick wandert über die wilde, schöne Landschaft. Am Fuß der Steilklippen ist alles grün mit Wiesen bewachsen, mit sanftem Gefälle ins blaugrüne Meer, das im Moment so friedlich wie im Sommer in der kroatischen Inselwelt erscheint.

Nach einiger Zeit checke ich das Internet und finde auf Instagram eine Story von 59-North-Sailing, in der zu lesen ist, dass sie es von Südgrönland nach Island geschafft haben und demnächst in *Ísafjörður* einlaufen werden.

„Wow, was für ein Zufall!", denke ich mir.

59-North-Sailing ist ein auf Offshore-Segeln spezialisiertes Unternehmen, geführt vom schwedisch-amerikanischen Ehepaar Andy und Mia Schell. In den vergangenen Jahren war ich mit den beiden gelegentlich in Kontakt und wollte Andy schon lange einmal persönlich treffen, nur hat es sich bisher nicht ergeben. Dass er nun beinahe zeitgleich am Weg nach *Ísafjörður* ist, ist eine glückliche Fügung des Schicksals. Ich kontaktiere Andy, und wir vereinbaren ein Treffen für die nächsten Tage.

Irgendwann meldet sich Armin, dass sie am Rückweg sind. Also mache ich mich mit dem Dinghy auf den Weg zum Ufer, um die beiden abzuholen.

Am nächsten Morgen ist es leicht bewölkt und wir sind froh, dass wir den sonnigeren Vortag für die Wanderung genutzt haben. Heute geht es weiter nach Norden. Der Tag verläuft ereignislos, der Himmel zieht zu, und es wird düster. Ich beschließe, nach *Þingeyri* zu fahren, einer Ortschaft mit kleinem Hafen. Recht spät, um neun Uhr abends erst, machen wir an der Reifenmauer fest. Das Wetter ist grau und windig, trotzdem verlassen Armin und Manu noch das Boot, um sich die kleine Ortschaft anzusehen. Nach einer gefühlten Ewigkeit kommen sie wieder zurück, und trotz fortgeschrittener Uhrzeit kochen wir noch, da alle hungrig sind. Dann geht's ab ins Bett.

Die Nacht in *Þingeyri* ist sehr ruhig, trotzdem schlafe ich nicht sonderlich gut. Um halb eins kontrolliere ich die Leinen wegen dem Tidenhub. Es sind nur zwei Meter, aber sicher ist sicher. Um kurz nach drei wache ich mit Tränen in den Augen wieder auf. Ich habe von meiner Frau und unserem

Hof geträumt. Immer wieder habe ich diesen, oder einen ähnlichen Traum, und das macht mich schrecklich traurig.

Am nächsten Morgen brechen wir kurz nach sieben auf. Es sind noch fünfzig Meilen bis *Ísafjörður* und wir wollen früher da sein. Untertags ist nicht viel Wind, also müssen wir eine große Strecke motoren.

Verschiedenste Vögel begegnen uns hier in den Westfjorden, aber das Beste ist, dass wir wieder ein paar Wale entdecken. Leider sind die Walsichtungen nicht so wie im Film oder auf Youtube. Meistens sieht man nur ein oder zwei Mal, wie der dunkle Rücken sehr unspektakulär kurz die Wasseroberfläche durchbricht, um zu atmen. Danach verschwinden die Tiere wieder. Es sind Buckelwale, die hier sehr häufig vorkommen.

Am späten Nachmittag legen wir in *Ísafjörður* an einer Reifenmauer an, da der Schwimmsteg belegt ist. Armin und Manu unternehmen einen Spaziergang, und ich lege mich kurz nieder. Manu kundschaftet das Lokal *Tjöruhús* aus und reserviert einen Platz für drei Personen. Es ist ein sehr uriges Wirtshaus in einer größeren Blockhütte, in der es Fisch vom Buffet gibt. Angeblich ist es nicht nur das beste Fischlokal in *Ísafjörður*, sondern in ganz Island. Und es ist unweit von unserem Liegeplatz, das macht es einmal mehr interessant.

Als wir um sechs Uhr zum Essen kommen, ist es tatsächlich großartig: Es ist angenehm warm geheizt, und man sitzt in einem Saal an schweren langen speckigen Holztischen mit Bänken, wie bei uns daheim in den Bergen beim Heurigen – oder wahrscheinlich eher wie bei einer Wikingerversammlung in einem Langhaus. Es ist ein recht niedriger Raum, in dem alles aus massivem dunklen Holz ist, mit heimelig gedimmter Beleuchtung und kleinen Fenstern rundherum, durch die man hinausschauen und im Winter das Schneetreiben beobachten kann.

In erster Linie mit Touristen gefüllt, erklärt der Chef zu Beginn den Ablauf. Und dann geht's los. Zuerst gibt es eine Fischsuppe und danach Fisch vom Buffet – in großen eisernen Pfannen auf zehn verschiedene Arten zubereitet. Kabeljau, Heilbutt, Barsch, Lachs und andere, die ich mir nicht gemerkt habe: in Pfeffersauce oder süß-sauer, mit Heidelbeeren oder Oliven, und in vielen weiteren Variationen mehr. Dazu gibt es verschiedenes Gemüse, Salat und Reis.

Die Stimmung ist sehr gemütlich. Wir probieren alle Gerichte nacheinander durch. Angenehm ist auch, wie diszipliniert die Reihe beim Buffet funktioniert; ganz anders als der in Österreich übliche Tumult an den meisten Buffets.

Armin lädt mich als Dankeschön für die Fahrt auf das hervorragende Essen ein, was mich sehr freut. Satt und zufrieden rollen wir beinahe aus dem *Tjöruhús*, also unternehmen wir einen Verdauungsspaziergang durch *Ísafjörður* und wandern am Rand des Tals einen Weg hinauf, wo man einen schönen Überblick über die Stadt und den Hafen hat.

Am Abend packen die beiden wieder ihre Sachen, denn schon morgen geht ihr Flug nach Reykjavik.

Wir verabschieden uns am nächsten Vormittag. Jetzt bin ich wieder alleine.

Heute freut mich gar nichts so richtig. Ich statte dem Hafenkapitän einen Besuch ab und kaufe im Supermarkt ein paar Kleinigkeiten und einen Plüsch-Puffin für meine Kleine. Und ich schreibe Inga, dass ich da bin. Eines ihrer Expeditionsboote liegt unweit von mir am Kai. Sie kündigt sich für morgen Nachmittag an, da sie im Moment mit einer Wandergruppe im *Hornstrandir*-Nationalpark unterwegs ist.

Die Webasto streikt wieder einmal. Wenn ich zurück bin, werde ich das Boot, sofern ich es behalte, einem Refit unterziehen. Dann werde ich dieses Ärgernis endlich rausschmeißen und gegen eine ukrainische Autoterm ersetzen. Dinge, die auch in Sibirien eingesetzt werden, müssen einfach unter allen Umständen funktionieren.

Hier im Nordwesten Islands ist es kälter als rund um Reykjavik. In der Früh waren es gerade einmal sieben Grad, und das Mitte August. Ich bin warm angezogen, aber in einem kalten Raum herumzusitzen, wird trotzdem schnell ungemütlich. Also baue ich die Heizung wieder einmal aus, zerlege und reinige sie, obwohl eigentlich gar nichts verrußt ist. Danach wieder zusammenbauen, einbauen, starten – ok, geht wieder.

Die Kälte hat auch Vorteile: Man braucht keinen Kühlschrank. Es wäre sowieso unmöglich, den dauerhaft zu betreiben, da man schnell an die Grenzen seiner Energiereserven stoßen würde. In der warmen Jahreszeit im Mittelmeer ist es ohne Kühlschrank beinahe undenkbar, aber hier gar kein Problem. Das Seewasser hat zwölf Grad. Jogurt, Käse, Milch, Eier und andere schnell verderbliche Lebensmittel lagere ich unter den Bodenbrettern anstatt im Kühlschrank. Damit werden die Sachen von der Natur gekühlt. Wegen den niedrigen Temperaturen schwitzt man auch wesentlich weniger, und das hat auf einer Langfahrt, bei der Duschen eher selten vorkommt, ebenfalls klare Vorteile.

Wie vor ein paar Tagen vereinbart, kommt am Freitag Vormittag Andy Schell vorbei. Er ist ein sehr sympathischer Kerl und wir unterhalten uns übers Segeln, über unsere Werdegänge, übers Podcasten und noch vieles mehr. Leider hat er nicht viel Zeit, denn sein Flug geht bald. Er war zwei Monate durchgehend mit Kundschaft am Boot und hat die Nase voll. Das ist eine lange Zeit, wie ich aus eigener Erfahrung weiß. Es gibt hier einen Crew-Wechsel. Nikki Henderson, die vor wenigen Jahren als jüngste Skipperin des Clipper-Round-the-World-Race bekannt geworden ist, wird ab hier mit Andys NORDIC FALKEN, einer super modern ausgestattete 60-Fuß-Jacht, samt Kundschaft weiterfahren.

Am Nachmittag klopft es wieder, und Inga steht am Boot. Lauter neue Leute persönlich zu treffen, denen ich seit Jahren auf Instagram folge – was für ein super Tag! Wir unterhalten uns im Salon, und ihr gefällt das Boot sehr gut. Sie schlägt vor, in der lokalen Brauerei auf ein Bier zu gehen. Eine hervorragende Idee, die wir gleich umsetzen. Das Bier schmeckt sehr gut, und wir reden über Verschiedenes rund ums Segeln und über Island. Sie führt derzeit Wander- und Trekkingtouren in Island. Zuvor auch in Grönland im Rahmen ihrer AURORA-ARKTIKA-Expeditionen. Das Unternehmen gibt es leider nicht mehr, aber da sind sie mit zwei Expeditionsyachten, eben der AURORA und der ARKTIKA, von *Ísafjörður* nach Grönland gesegelt und haben dann von dort aus verschiedene Landexpedition unternommen.

Inga freut sich ebenfalls über Ansprache; sie genießt es, wieder einmal unbefangen mit jemandem über Abenteuer und das Segeln zu reden und außerdem, auf einem Boot zu sein. Auch für mich ist das sehr inspirierend. Ich interessiere mich für ihre Wandertouren und den *Hornstrandir*-Nationalpark, und dann schlägt sie vor, dass wir hinüberfahren könnten.

Gesagt, getan: Ich habe sowieso alles an Bord, und sie fährt nur kurz heim, um einen Schlafsack und ein paar Sachen zu holen. Dann geht's los, hinaus aus diesem Fjord und hinein in einen gegenüberliegenden, welcher bereits im *Hornstrandir* liegt.

Wir brechen um vier Uhr auf und auch wenn unser Ziel gleich gegenüber ist, sind es doch knapp zwanzig Seemeilen. Im Nationalpark ist mehr Vegetation als anderswo, weil hier keine Schafe weiden dürfen. Schafe zählen nämlich nicht zu den natürlich vorkommenden Lebewesen Islands und beeinträchtigen somit die fragile Vegetation mitunter stark.

Unser Ziel *Hesteyri* ist eine ehemalige Siedlung, die aufgelassen worden ist und jetzt zum Erhalt der Geschichte gepflegt wird. Es gibt einen Schwimmsteg, allerdings ist es da ziemlich seicht. Der Tiefenmesser zeigt nur anderthalb Meter unterm Kiel, aber geschätzt wird der Wasserstand noch um diesen Betrag fallen – und dann steckt das Boot im Schlamm fest. Mit der nächsten Flut würde es zwar wieder freikommen, aber ich bin unsicher. Also ankern wir lieber etwas weiter weg auf zweieinhalb Meter.

Diese Fahrt in den *Hesteyrarfjörður* wird mit den geografischen Koordinaten 66° 20,0′ N 022° 52,3′ W zum nördlichsten Punkt meiner Expedition. Das ist schon sehr weit im Norden, und in Hinblick auf den Ausgangspunkt meiner Expedition eine herausragende Leistung. Trotzdem fühlt es sich auch wie eine Niederlage an. Eine Niederlage, die in ähnlicher Form schon viele Entdecker und Eroberer vor mir erfahren haben: Zahllose Expedition in der Geschichte der Menschheit haben kurz vor ihrem Ziel – dem Pol, einem Berggipfel oder anderer besonderer Landmarken – umkehren müssen.

Der Polarkreis liegt auf 66° 33′. Das sind Luftlinie gemessen nur noch zwölf Meilen, und dort beginnen offiziell die Arktis und die Mitternachtssonne. Nur noch zwölf Meilen. Aber ich muss zurück. Die Zeit läuft, sonst schaffe ich den Absprung von Island in den Süden nicht mehr. Mein Plan war, im Norden um Island zu fahren, dann hätte ich den Polarkreis erreicht. Die Windvorhersage ist mit ständigen Ostwinden für die kommende Woche aber sehr ungünstig. Damit müsste ich mindestens noch eine Woche warten, bevor ich die Fahrt fortsetzen könnte, und mein Bauchgefühl sagt mir, dass mir die Zeit davonläuft. Die Herbststürme lauern schon, und der Nordatlantik ist keine Spielwiese.

Wäre ich mental nicht so angeschlagen und gefangen, würde ich vermutlich die Nordroute wagen. Und wahrscheinlich würde ich die ganze Expedition und das Abenteuer viel bewusster wahrnehmen und genießen. Aber das ist leider nicht der Fall. Also versuche ich mich zu motivieren, indem ich mir einrede, dass es bisher eine große Leistung war, obwohl ich weder den Polarkreis noch das ursprünglich geplante Ziel, die norwegische Arktis, erreicht habe. Island ist, wie schon gesagt, kein minderes Ziel. Nicht viele Segler verirren sich hierher. Nicht einmal die – mit allen Wassern gewaschenen – Norweger oder Briten.

Die meisten großen Entdecker und Abenteurer der Geschichte haben mehrere Versuche gebraucht, um ihre Expeditionen zum Erfolg zu führen. Daran hat sich bis heute nichts geändert. Es gibt keine Erfolgsgarantie für Weltumsegelungen, das Durchsegeln der Nordpassagen oder das Bezwingen der hohen Gipfel dieser Erde. Erik hat bereits dreimal versucht, von Norwegen nach Grönland zu segeln – und ist jedes Mal aus verschiedenen Gründen gescheitert.

Die Kunst besteht wohl darin, nicht aufzugeben, sondern aus den Fehlern und Problemen zu lernen. Und in Folge, dem allen mit Lösungen und Verbesserungen zu begegnen und es nochmals zu versuchen. Ich hoffe, dass ich wieder ein Lebensfundament finden werde. Dann löse ich die technischen Probleme mit dem Boot und werde diese Expedition wiederholen und auch auf andere Ziele bezogen erfolgreich sein.

Am nächsten Tag segeln Inga und ich zurück nach *Ísafjörður* und verbringen noch den Nachmittag miteinander: mit Plaudern, Biertrinken und Kartenspielen. Dabei lerne ich das isländische Spiel *Olsen-Olsen* kennen. Es funktioniert so ähnlich wie Uno, nur dass man es mit normalen Karten spielt. Inga lernt im Gegenzug unsere Spielkarten kennen, denn ich habe an Bord weder isländische noch französische, sondern nur einen Satz doppeldeutscher Karten, wie sie bei uns üblich sind. Die hat sie noch nie zuvor gesehen.

Sie erzählt mir eine Menge aus ihrem Leben und dem Leben der Isländer. Auch von *Ísafjörður* im Speziellen. Sie leiden etwas unter den Kreuzfahrtschiffen, die hier tagtäglich festmachen. Das habe ich in den vergangenen Tagen selbst beobachtet. Täglich legen hier zumindest zwei große Kreuzfahrtschiffe an, manchmal ist auch ein drittes, kleineres da, so wie zum Beispiel eines der norwegischen Hurtigruten.

In dieser kleinen Stadt leben zweitausend Menschen, und die Schiffe spucken bis zu achttausend aus, die dann alles wie Heuschrecken überfluten. Inga erzählt, dass die Passagiere nichts dalassen, weil sie an Bord alles haben. Sie brauchen nichts zu essen oder zu trinken, und auch nichts aus dem Supermarkt. Bestenfalls kauft jemand mal ein Souvenir. Das einzige, was die Schiffe einbringen, sind die Hafengebühren. Sogar beim Radfahren muss man als Einheimischer aufpassen, weil die Touristen häufig wie blind, mit dem Blick aufs Smartphone geheftet, durch die Stadt marschieren. Dabei vergessen sie, rundherum die Umwelt wahrzunehmen. Wegen der sie doch eigentlich hierhergekommen sind. Es ist eine Ironie.

Ich war noch nie ein Freund von diesen Mega-Kreuzfahrtschiffen. Das hat mit Tourismus nichts mehr zu tun. Überhaupt, wenn solch kleine, abgelegene Ziele angelaufen werden. Große Städte wie Lissabon, Neapel, Genua oder Athen verkraften so etwas, aber für kleine Orte ist es eine große Belastung. Mehrere Menschen, die ich im Laufe dieser Reise bereits getroffen habe, haben berichtet, dass die Kreuzfahrtschiffe im ganz hohen Norden eine fast noch größere Plage sind. Alle Fjorde und andere Naturschauplätze werden von ihnen heimgesucht – Massentourismus vom Feinsten in einer fragilen Umwelt; das ist absurd.

Irgendwann sprechen wir über Religionen und dabei erzähle ich Inga von Poseidon, der zweifelsfrei ins Mittelmeer gehört. Auf meine Frage hin, wer denn hier traditionellerweise der Gott des Meeres ist, erfahre ich, dass es sich um *Ægir* (gesprochen Áïr) handelt. Irgendwann verabschieden wir uns, und ich bin wieder alleine.

Es ist Sonntag. Ich würde gerne fahren, aber ich brauche Diesel und sollte den Liegeplatz bezahlen. Letzteres wäre nicht so wichtig. Die Isländer nehmen das nicht so genau. Es ist ein bisschen wie in abgelegenen kleinen griechischen Häfen. Da kümmert das meistens auch kaum jemand.

Den Diesel brauche ich aber wirklich – und das ist in Island etwas kompliziert. Jachttourismus existiert de facto nicht. Hier sind nur ein paar Extremsegler und Expeditionsunternehmen unterwegs. Das hat auch einen guten Grund, denn wer hier segelt, sollte wissen, was er tut. Bei den Bootstankstellen gibt es keine Möglichkeit, mit Kreditkarte zu bezahlen, sondern nur mit speziellen Chipkarten, die die einheimischen Fischer und Bootseigner natürlich haben. Also braucht man immer jemanden, der eine Karte hat, um diese auszuborgen – und danach das Geld dem Chipkarten-Besitzer zu geben. Das ist hier in *Ísafjörður* ein Geschäft, in dem man Öl und Motorersatzteile kaufen kann. Nachdem aber heute Sonntag ist, haben die nicht offen. Die Öffnungszeiten in Island sind generell sehr österreichisch, sprich: sehr eng.

Seit ich Anfang Juli daheim bei meiner Frau und Tochter war, habe ich begonnen, mit der Einsamkeit und dem Umstand, dass ich alleine und geschieden bin, zu kämpfen. Letzteres setzt mir bereits seit fast drei Jahren sehr zu, wie ich ja schon mehrmals geschildert habe.

Es ist nicht so sehr die Einsamkeit am Boot, die mich runterzieht, sondern der Umstand, generell alleine zu sein. Wüsste ich, dass daheim jemand ist, der zu mir steht und auch stolz auf mich ist, hätte ich vermutlich viel mehr Stärke, Stolz und Motivation. Das war früher auch so, bevor ich im Jahr 2020 alles verloren habe. Durch die Einsamkeit am Boot und die vielen unfreiwilligen Wartezeiten bleibt mir leider immer sehr viel Zeit zum Nachdenken, und das macht meine Fahrt mitunter sehr bedrückend.

Ich erinnere mich daran, wie Captain Gugg irgendwann einmal, als wir bei einem Gespräch zusammengesessen sind, gesagt hat, dass man derartig lange Solofahrten nur dann antreten kann, wenn man mit seinen Gedanken im Reinen ist. Es klang damals zwar einleuchtend und ich habe ihm zugestimmt, aber erst durch diese Expedition habe ich erfahren, wie unglaublich wichtig das tatsächlich ist. Vielleicht sogar mehr als alle technischen Gegebenheiten. Seit drei Jahren kämpfe ich beinahe täglich mit dem mentalen Überleben. Aus irgendeinem Grund habe ich trotzdem die Hoffnung noch nicht völlig verloren, das doch irgendwann wieder auf die rechte Bahn bringen zu können.

Am Montag, den 21. August, raffe ich mich auf, um *Ísafjörður* zu verlassen. Die Vorhersage ist günstig. Nur über Nacht soll eine schwere Front durchziehen. Ich bezahle meinen Liegeplatz, fülle die Wassertanks auf, kaufe Motoröl für den nächsten Ölwechsel und fülle den Dieseltank voll. Schließlich verlasse ich den Hafen. Bei der Ausfahrt schwimmt ein Seehund. Er schaut sich um und taucht dann unter, um kurz darauf wieder aufzutauchen. Offenbar jagt er gerade Fische. Und sofort muss ich daran denken, als Petra damals in Island, als wir zu zweit hier waren, auch einen entdeckt hatte.

Seehunde sehen sehr süß aus, finde ich. Vor zwei Tagen, als Inga und ich vom *Hornstrandir* zurückgekommen sind, war auch einer da – und sie hat mir erzählt, dass die Tiere in der Nähe gegenüber der Stadt öfters liegen.

Wie erwartet habe ich zuerst Gegenwind aus Nordwest, da der Fjord nach Nordwest offen ist. Allerdings schläft er irgendwann fast vollständig ein, also fahre ich den ganzen Tag unter Maschine, bis nach *Þingeyri*, um dort die Nacht abzuwarten. Eine Stunde vor meiner Ankunft setzt der Wind ein und wird zunehmend stärker. Um acht Uhr abends mache ich an der Hafenmauer fest und verkrieche mich in der Kabine.

Rundherum ist es deutlich zugezogen. Die Berge verstecken sich im Nebel, und es beginnt zu regnen. In den Häusern brennt Licht, die Straßenlaternen gehen an. Eine düstere Atmosphäre macht sich breit. Der Wind heult im Rigg, der Regen prasselt an die Fenster und die orangefarbene Straßenbeleuchtung des menschenleeren Kais fällt durch die regennassen Scheiben herein. Auf der anderen Seite des kleinen Hafens liegen zwei Fischerboote, aber niemand ist dort. Auch sonst ist niemand unterwegs. Nur ganz vereinzelt fährt irgendwo ein Auto. Hier im Boot ist es nicht sonderlich warm, aber zumindest wärmer als draußen, und ich bin gut angezogen. Ich habe vergessen, das Großfall vom Mast wegzubinden. Durch den Wind, der mittlerweile mit bis zu dreißig Knoten über die Mauer weht, schlägt die Leine unermüdlich auf den Mast. Es ist ein schrecklich enervierendes Geräusch, bei dem man kein Auge zubekommt. Also nochmals ins Ölzeug und raus, um das Problem zu beheben. Dann möglichst schnell wieder in die trockene Kajüte.

Als sich der Hunger meldet, mache ich mir ein warmes Griesskoch. Ich mag Griesskoch. Obwohl ich es daheim höchst selten esse, esse ich es hier am Boot in letzter Zeit öfter. Es gibt mir das Gefühl von Geborgenheit, denn meine kleine Tochter liebt es, und ich mache ihr abends beinahe täglich eines. Und obwohl aktuell weder ich daheim bin noch meine Kleine da ist, wirkt es beruhigend und vertraut; und es schmeckt gut. Danach lege ich mich in meinen warmen Schlafsack. Längere Zeit kann ich nicht einschlafen.

Meine Gedanken sind zu aufgewühlt. Die Überquerung von Island nach Schottland beschäftigt mich. Hier im Norden setzt der Herbst ein, was einen Einfluss aufs Wetter hat. Vielleicht geht es mir mental besser, wenn ich das hinter mir habe. Aber jetzt muss ich zuerst in den Süden von Island. Ich wollte die große Insel umrunden, um im Norden beim ROCK THING zu ankern und den Polarkreis zu erreichen, aber wegen der fortgeschrittenen Jahreszeit habe ich diesen Plan verworfen. Beim nächsten Versuch werde ich es schaffen.

Obwohl die Nordroute unwesentlich weiter wäre, fühlt es sich näher an, den gleichen Weg zurückzunehmen. Von *Vestmannaeyjar* Richtung Schottland zu queren, ist von der Windrichtung her günstiger. Zumindest habe ich in den letzten Wochen beobachtet, dass der Wind südlich von Island meistens aus Nordost oder Südwest weht, und das ist für Kurse nach Nordwest oder Südost günstig.

Jetzt wäre ich beinahe eingeschlafen, aber ein Fischerboot ist in den windigen Hafen gekommen und legt vor mir an. Es ist ein nicht ganz einfaches Manöver, wie ich am Maschineneinsatz hören kann. Kein Wunder bei dem Sturm. Kurze Zeit später fährt es wieder weg. Ich kontrolliere noch einmal die Leinen, ob genug Luft für den Tidenhub drin ist. Anschließend krieche ich zurück in den warmen Schlafsack und schlafe bald darauf endlich ein.

Um halb sieben wache ich auf. Drinnen hat es zehn Grad und draußen scheint die Sonne. Der Himmel ist vollkommen blau. Da ist die Stimmung gleich viel besser. Es ist kein Geheimnis, aber trotzdem immer wieder aufs Neue erfreulich, welch positive Auswirkung das Sonnenlicht auf uns hat. Zähne putzen, warm anziehen und Kaffee kochen. Dann mache ich die Leinen los und breche auf.

Es ist kein Wind, aber das macht nichts. Bei meiner Reise vom Mittelmeer in den Norden habe ich sehr darauf geachtet, so viel wie möglich zu segeln und Motorstunden zu vermeiden. Aber jetzt will ich nur mehr in den Süden. Außerdem ist es ein Wettlauf mit der Zeit. Es ist immer noch August, aber mit jedem Tag wird das Wetter schlechter. Ich muss daher schnellstmöglich wieder in den Süden. Beim Tanken in *Ísafjörður* hat mich der nette Isländer zwischen Tanksteg und Geschäft zwecks Bezahlung mit seinem Pickup hin- und herchauffiert. Dabei hat er mir erzählt, dass es in dieser Woche schon deutlich kälter geworden ist und die Leute beginnen, ihre Boote aus dem Wasser zu heben. Dieser deutliche Hinweis eines Einheimischen auf das Fortschreiten der Jahreszeit bestätigt meine Vermutungen.

Ich bin froh darüber, dass ich es bis Island geschafft habe. Es ist ein großartiges Ziel, ein Ziel, von dem viele ihr Leben lang nur träumen. Aber jetzt muss ich wieder zurück und ich glaube, dass mein Stimmungstief mit jedem Breitengrad, den ich nach Süden komme, besser wird. Dass ich meine Frau und unseren Hof verloren habe, genau das, was mich erfüllt und definiert hat, zerfrisst mich.

Ich habe Glück, denn irgendwann kommt Wind auf. Zeitweise schwächelt er zwar, was sich in einem lästigen Schlagen der Segel äußert und wieder das Fehlen des Spi-Baumes verdeutlicht, aber trotzdem ist es so besser als unter Maschine. Die Segel fixiere ich so gut wie möglich. Nun kann ich im Stundentakt schlafen. Bei laufendem Motor würde mir das ja sehr schwerfallen. Und so geht es entspannt durch die immer noch recht kurze Nacht, auch wenn diese mittlerweile schon um mindestens eine Stunde länger geworden ist, als noch vor drei Wochen bei meiner Ankunft.

Um fünf Uhr morgens passiere ich wieder *Öndverðarnes* südwärts, mein ganz besonderes Leuchtfeuer am Fuße des *Snæfellsjökull*, und einige Zeit später schläft der Wind ein. Die Vorhersage zeigt nicht viel Wind für heute und morgen. Im Moment kommt er mir zart entgegen, zum Segeln wäre es aber sowieso zu wenig. Egal, ich werde jetzt direkt bis *Vestmannaeyjar* fahren. Das ist der letzte Hafen vorm Sprung nach Schottland. Sieben Stunden noch bis zur *Reykjanes*-Halbinsel, auf der Reykjavik liegt.

Die Überfahrt beschäftigt mich seit Tagen, immer wieder kommt sie in meinen Gedanken auf – und liegt mir im Magen. Ich hoffe, dass sich ein gutes Wetterfenster auftut. Dass jetzt gerade auch kein Wind geht und wieder ständig der Motor rennt, macht die Stimmung auch nicht besser. Der Dauerlärm ist lästig. Ich versuche, fest an meine kleine Tochter und Petra zu denken, und hoffe, dass alles gut geht.

Am Abend komme ich zum *Reykjanes* Verkehrstrennungsgebiet. Ich halte mich in der Küstenverkehrszone. Die Sonne geht unter und ich passe gut auf, denn auf der einen Seite fahren vereinzelt Frachtschiffe, und auf der anderen ist die Küste in nur einer Meile Entfernung. Hier gibt es viele große heiße Quellen, und hie und da weht es eine schwefelige Brise herüber. Wind kommt auf – endlich kann ich wieder die Segel setzen und die Maschine abstellen. Bald habe ich das südliche Ende passiert und kann den Kurs auf *Vestmannaeyjar* setzen. Der Schiffsverkehr wird weniger, nur noch vereinzelt sehe ich ein paar Fischer. Leider schläft der Wind in der zweiten Nachthälfte wieder ein, also fahre ich wieder mit der Maschine weiter.

Es folgt ein sonniger schöner Tag, an dem ich um drei Uhr nachmittags mein Ziel erreiche. Davor segle ich noch einen kleinen Umweg zum berühmten ELEPHANT ROCK. Das ist eine riesige Gesteinsformation aus erstarrter Lava in Form eines Elefanten an der Westküste der kleinen Insel. Da ich unter Segel bin und auflandiger Wind ist, fahre ich nicht zu nahe heran, aber aus der Entfernung kann ich ihn sehen, das genügt mir. Danach navigiere ich in den Hafen und lege an der Reifenmauer an, wie beim letzten Mal. Ich spreche mit dem Hafenkapitän übers Tanken und mache dann noch einen kurzen Ausflug in die Stadt. Ich kaufe ein paar Kleinigkeiten im Supermarkt und einen Hotdog auf der Tankstelle. Danach geht es zurück zum Boot, wo ich mich bald schlafen lege, um mich für die Überfahrt auszurasten. Denn morgen werde ich aufbrechen.

11. Frontdurchgang

Ich habe tief und fest geschlafen. Morgens mache ich mir einen Kaffee und starte mein Satelliteninternet, um die Wettervorhersage zu überprüfen. Nicht ganz perfekt, aber könnte auch schlechter sein. Also werde ich fahren. Davor wechsle ich wieder einmal das Motoröl, das ist schon überfällig. Ich rufe die Küstenwache übers Funkgerät zum Ausklarieren an, und sie schicken mir kurze Zeit später einen Zollbeamten vorbei.

Plötzlich läutet das Telefon: das Finanzamt – ahja, da war was. Vor drei Wochen hat mich eine sehr nette Frau angerufen, dass sie für die Abrechnung von 2021 noch ein paar Belege von mir bräuchte. Damals war ich gerade unterwegs und habe versprochen, das in Reykjavik zu erledigen, was ich aber komplett vergessen habe. Und jetzt meldet sie sich wieder. Ich entschuldige mich bei ihr und verspreche, es gleich zu tun.

Ich öffne mein Notebook und will ins Telebanking einsteigen. Aber anders als sonst werde ich plötzlich nach einem Code gefragt, den ich nicht habe. Also versuche ich in der Bank anzurufen. Ich erreiche nur einen Telefon-Bot. Nach zwei Versuchen gebe ich auf. Das ist eine Katastrophe! Wie kann man so etwas den Kunden nur antun? Ich rufe also die Frau am Finanzamt an, erkläre ihr mein Problem und verspreche, es innerhalb von zwei Wochen zu lösen. Sie ist einverstanden. Wer mag schon das Finanzamt, aber in diesem Fall muss ich mein äußerstes Lob für diese Mitarbeiterin aussprechen. In diesem Zusammenhang muss ich dann gleich an mein noch immer ungelöstes Kreditkartenproblem denken. Das macht mir wesentlich mehr Sorgen, denn in sechs Tagen läuft die alte Karte ab. Und dann laufen mein Telefon, mein Internet und mein Satellitentracker nicht mehr.

Ich checke meine E-Mails, denn ich habe in *Ísafjörður* wieder einmal versucht, die Kreditkartenfirma schriftlich zu erreichen. Es folgt eine zweistündige Telefon- und E-Mail-Odyssee, bei der sich herausstellt, dass die Karte

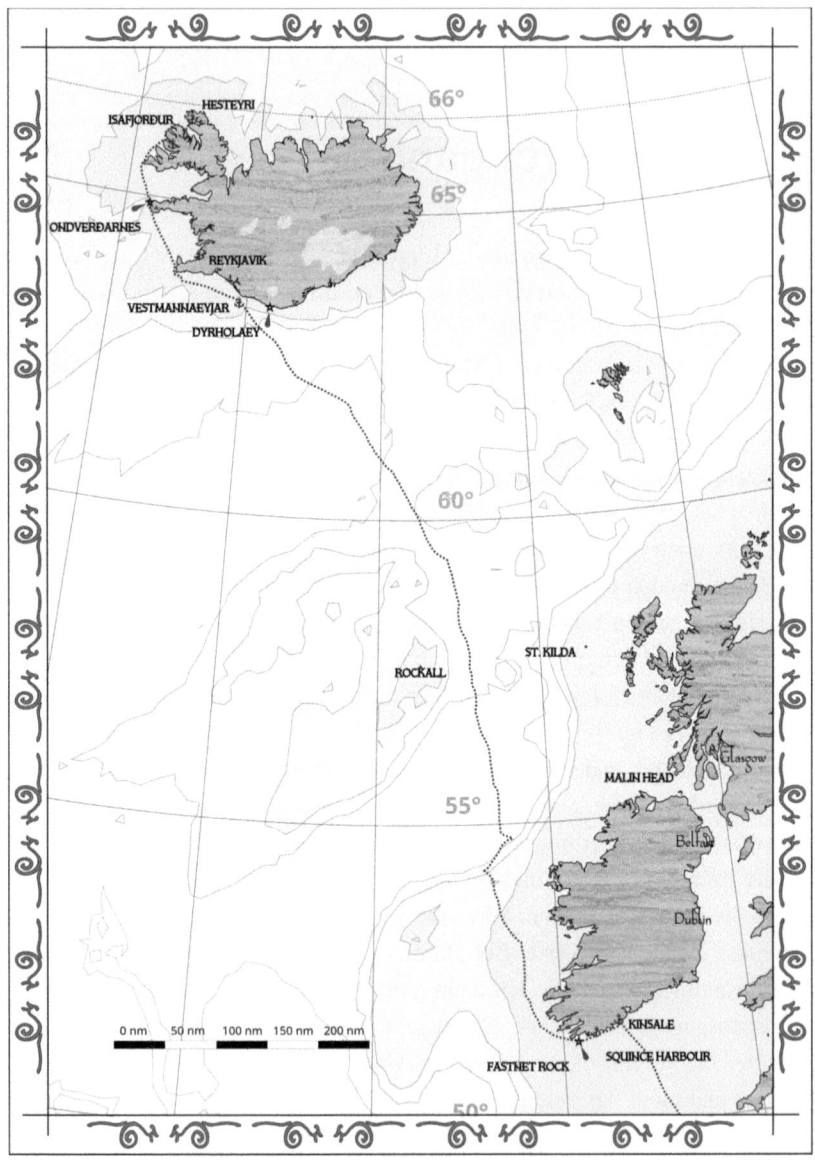

Abbildung 11.1.: Von Island bis Irland.

unverständlicher Weise an eine alte Adresse geschickt worden ist. Aber es gelingt mir in einer abenteuerlichen Geschichte, die beinahe ein ganzes Kapitel füllen würde, die Nummern der neuen Karte ausfindig zu machen.

Was ich nicht verstehe, ist, dass man bei allen größeren Firmen, wie in meinem Fall jetzt etwa Bank, Telefon- und Internet-Anbieter oder Kreditkartenunternehmen sehr häufig behandelt wird wie der letzte Dreck. Man hat beinahe keine Kontaktmöglichkeiten, wird ständig beschwichtigt und vertröstet. Auch wenn ein einzelner Kunde für das gesamte Unternehmen unwichtig erscheint, trägt dieser doch zum großen Ganzen des Profits durch viele Kunden bei. Also zählt jeder Einzelne. Gerade bei solchen Services hängen wir Kunden ja außerdem oft wirklich davon ab. Und sollte etwas nicht funktionieren, kann das, wie in meinem Fall jetzt, gravierende Konsequenzen haben.

Trotz allem erleichtert rufe ich den Hafenkapitän auf Kanal 12 zum Tanken an und fahre zum Steg mit der Zapfsäule. Er entschuldigt sich kurz, weil gerade ein Kreuzfahrtschiff kommt. Da wird er gebraucht, aber eine halbe Stunde später ist er wieder da. Wir unterhalten uns ein bisschen. Ich erzähle, wie toll ich das Festival damals gefunden habe. Er war natürlich auch dort. Dann klagt er mir sein Leid über die vielen Kreuzfahrtschiffe, die auch hierher kommen, die Stadt überfluten und die Luft verpesten. Manche sind so groß, dass sie die schmale Hafeneinfahrt nicht passieren können und infolgedessen den ganzen Tag draußen mit laufenden Maschinen die Position halten müssen. So ist das anderenorts auch. Im griechischen Santorin kommen sogar bis zu drei große Kreuzfahrtschiffe täglich, die inmitten der Caldera warten. Und weil es dort mehrere hundert Meter tief ist, können sie nicht ankern und müssen genauso die Position halten. Das ist ein Irrsinn, finde ich. Schlussendlich verabschiede ich mich und verlasse den Hafen.

»Good bye Iceland!«, rufe ich. Jetzt geht's wieder Richtung Südosten über den Nordatlantik.

Zwei Stunden lang fahre ich mit der Maschine, dann kommt Wind auf und ich setze die Segel. Es ist ein traumhafter Tag; blauer Himmel, Windstärke drei, Halbwindkurs mit voller Besegelung.

11. Frontdurchgang

Nördlich von mir liegen die mächtigen, mit Gletschern bedeckten Berge des Südens Islands. Sie waren das erste, das ich von dieser faszinierenden Insel gesehen habe und sie werden vorerst auch das letzte sein, bevor ich vollständig vom großen und wilden Nordatlantik umgeben sein werde. Bis zum Sonnenuntergang begleiten mich die weißen Gipfel, dann verschwinden sie im Dunst und in der Dämmerung.

Zehn Seemeilen weiter nördlich fährt eine polnische Segeljacht namens WIND RHYME auf etwas östlicherem Kurs. Sie befindet sich vielleicht ebenfalls auf der Heimreise, und mit diesem Kurs vermutlich mit Zwischenstopp auf den Faröer-Inseln. Sonst ist weit und breit kein Schiff im Navigationssystem zu sehen.

Abends kommt Cirrusbewölkung auf, und das Herannahen einer Warmfront wird ersichtlich, bis der Himmel schließlich völlig zuzieht. Ich starte mein stündliches Schlafprogramm. In der ersten Nachthälfte kämpfe ich etwas, um zur Ruhe zu kommen, aber nach einigen Etappen klappt es dann, und ich schlafe jedes Mal rasch und tief ein.

Während ich durch das Schulgebäude schlendere, fällt mir auf, dass sich der Boden und die gesamte Einrichtung heftig bewegen. Ein Erdbeben? Die Lehrer schauen mich an, lächeln dann aber und grüßen mich wie einen Kollegen. Und plötzlich fällt mir ein, dass ich davon träume, auf einem Boot zu sein. Ich beruhige meinen Kumpel, der neben mir geht, damit, dass ich weiß, was zu tun ist, um das Spektakel zu beenden – und beginne mein Internatszimmer zu suchen, von dem ich glaube, dass ich dort gerade schlafe. Ich durchsuche das Gebäude und wandere übers Stiegenhaus sogar bis in den vierzehnten Stock, werde aber nicht fündig. Dann wird es dunkel und ruhig.

Ich wache auf. Es ist kühl und finster, und ich stelle fest, dass ich mit der MIZZI gerade über den Nordatlantik segle. Der interessante und rätselhafte Traum ist noch vollständig in meinem Kopf, und ich wundere mich über diese seltsame Komposition des Gehirns. Es war ein faszinierender Traum in mehreren Ebenen, so wie in dem Christopher-Nolan-Film *Inception*. Ich habe geträumt, dass ich geträumt habe. Und obwohl die Annahme, in Wirklichkeit auf einem fahrenden Boot zu sein, richtig war, war es doch nur die halbe Wahrheit.

Die Realität des bewegten Bootes hat sich auf die Traumebene ausgewirkt. Das habe ich schon öfters beobachtet, meistens verschwinden die Träume aber aus dem Gedächtnis, sobald man aufwacht. Ich träume hier beim Solosegeln manchmal sehr bizarre Dinge. Wahrscheinlich liegt das an der für den menschlichen Organismus recht chaotischen Schlafverteilung und den vielen Unterbrechungen.

Es ist anstrengend, aber ich komme sehr gut damit zurecht – vor allem im Offshore-Bereich. Auch nach vielen Tagen in diesem Modus bin ich bisher nie in einen totalen Erschöpfungszustand gekommen, sondern konnte mich im Laufe der 24 Stunden immer wieder vollständig regenerieren. Das heißt auch, dass ich das, nach den bisherigen Erfahrungen, wochenlang durchhalten könnte. Natürlich gibt es zwischenzeitlich immer wieder Phasen der Müdigkeit und Erschöpfung, wenn man in einer stürmischen Nacht fünf, sechs Mal hinaus muss, um zu reffen oder sonst irgendeine Notwendigkeit zu erledigen. Aber kein Sturm dauert ewig, und danach kann man sich wieder regenerieren. Menschen sind aber verschieden, genauso wie ihr Empfinden. Es gibt genügend Menschen, die mit einem Mittagsschlaf überhaupt nicht zurecht kommen. Bei mir ist das genau umgekehrt.

Ich bin seit 24 Stunden auf einem Am-Wind-Kurs in die richtige Richtung. Das Boot ist in ständiger Krängung und die Bewegungen sind anstrengend. Aber man gewöhnt sich daran. Der Wind liegt im Schnitt bei fünf Windstärken, stellenweise sechs, und dann auch wieder vier. Das Großsegel und die Genua habe ich im zweiten Reff, und das Boot macht gut Fahrt.

Es wird rauer, das Boot krängt deutlich, draußen geht der Wind mit sechs Windstärken, und zeitweise regnet es. Das wird zunehmen – bis morgen Nacht, da erst wird es wieder nachlassen. Es ist eine Tiefdruckzelle, die etwas südlich von mir oder auch genau über mich drüberziehen wird. Ich erwarte zumindest Windstärke sieben. Der Wind kommt im Moment aus Südwest, das ist nicht schlecht, denn ich kann einen Kurs von Ostsüdost bis Südost fahren. Der Wind soll über Nacht weiter nach links drehen, danach aber zurück auf Nord. Und das ist gut.

11. Frontdurchgang

Es regnet schon den ganzen Tag, manchmal stärker, manchmal schwächer, und der Luftdruck fällt konstant. Der Atlantik bildet beachtliche Wellenberge, und immer wieder ergießt sich eine Wellendusche übers ganze Boot. Oft spüre ich einen deutlichen Ruck, wenn eine Welle vorne seitlich den Bug trifft. Und wenige Augenblicke später ergießt sich geräuschvoll eine Wasserfontäne übers Boot, wie wenn jemand schwungvoll eine ganze Badewanne umkippen würde. Danach rinnt das Wasser seitlich an den Fenstern herunter und weiter an der Bordkante entlang, bis es zu den Abflusslöchern seitlich am Rumpf fließt. Mit einem Gluckern läuft das Wasser dann durch diese armdicken Ausnehmungen wieder zurück ins Meer.

Hunger macht sich breit, also durchwühle ich meine Vorräte und stoße auf Spaghetti Bolognese. Das hört sich gut an. Der Wind hat nach rechts gedreht, und ich passe den Kurs an. Das Boot läuft zwischen halbem und raumem Wind. Ein super Kurs, denn am halben Wind ist das Boot am schnellsten. Der Wind legt zu und ich merke, wie die Windsteueranlage alles gibt, um das Boot auf Kurs zu halten. Die Segelfläche ist beinahe zu groß, aber das Boot macht über sechs Knoten. Das ist auch etwas wert, also lasse ich es in vollen Zügen laufen, denn ankommen will ich doch irgendwann. Die MIZZI ist, wie schon erwähnt, sowieso eher ein langsames Boot, und ich glaube, dass sich der Bewuchs schon bemerkbar macht. Ich habe den Eindruck, dass die Durchschnittsgeschwindigkeit um mindestens einen halben Knoten weniger geworden ist. Aus verschiedenen Gründen war der Rumpf leider nicht perfekt sauber, als ich im Mai gestartet bin.

Dass Österreich ein Binnenland ist, ist generell ein Problem. Und Kroatien hat viele gute Leute, leidet aber unter dem übermäßigen Yachtcharter-Tourismus. Da muss alles schnell und billig sein, und das wirkt sich auf die gesamte Bootsbranche aus. Die französische Atlantikküste, Norwegen oder Irland wären wahrscheinlich viel bessere Orte: Mit Profis in rauen Seegebieten, die wissen, worauf es ankommt. Aber das ist alles zu weit weg.

Und so vergeht ein windiger Tag, an dem ich ordentlich Meilen mache. Die Nächte werden länger und die Dämmerung wird rasch kürzer, durch die Bewegung nach Süden und aufgrund der Jahreszeit. Und das, obwohl Boote eigentlich sehr langsam sind. Es wird auch wieder stockdunkel, obwohl ich noch immer über dem 60. Breitengrad bin.

Der Luftdruck steigt langsam und es wird kühler. Um ein Uhr nachts, als mich der Wecker wieder einmal aus dem Schlaf läutet, blinzelt mich ein Stern durchs Fenster an. Der Wind hat nochmals zugelegt und ich ziehe mich um – Weste, Ölzeug, Stiefel, Haube und Rettungsweste, um draußen einen Kontrollblick zu machen. Der Himmel ist größtenteils klar. Sterne habe ich schon länger nicht gesehen, denn in Island ist es nie richtig dunkel geworden; und davor in Schottland und Irland jahreszeitbedingt auch kaum. Jetzt ist es rundherum finster. Nicht das geringste Licht, so weit das Auge reicht. Nur das Meer und die Sterne.

Ich ändere die Einstellung der Windsteueranlage, danach verkrieche ich mich wieder in der Kajüte und schlafe die nächsten Runden. Um halb drei muss ich nochmals raus. Es kostet jedes Mal Überwindung, aus dem warmen Schlafsack in das feuchtkalte Ölzeug hineinzusteigen, um dann hinaus ins windige Cockpit zu gehen.

Aber es muss sein. Ich spüre, dass das Boot nicht mehr vernünftig auf Kurs zu halten ist. Der Wind hat auf sieben Windstärken zugenommen. Das sehe ich am Winddiagramm im Bordinformationssystem. Das Boot macht stellenweise über sieben Knoten, das ist schon extrem schnell für die MIZZI – sichtlich an der Grenze. Also muss ich etwas ändern.

Ich habe zu viel Segelfläche oben, aber jetzt – inmitten der Finsternis – das Großsegel zu reffen, wäre mühsam. Und ich glaube nicht, dass der Wind noch wesentlich zulegen wird. Also nehme ich etwas von der Genua weg und verfeinere den Segeltrimm und die Einstellung der Windsteueranlage, bis es wieder gut läuft. Gut so, also wieder ab in den warmen Schlafsack. Irgendwann lässt der Wind nach.

Um sieben Uhr mache ich mir Kaffee. Draußen die aufgewühlte Salzwasserwüste des Atlantik. Der Himmel ist zugezogen und in graue Wolken gehüllt. Die Seemöwen stört das anscheinend kaum, sie ziehen unbeirrt ihre Kreise oder schaukeln am Wasser.

Hier drin ist es gemütlich, und der frische Kaffee schmeckt gut. Nach einiger Zeit schalte ich das Satelliteninternet ein, um den Wetterbericht zu überprüfen – alles in Ordnung weiterhin. Morgen ab Mittag wird es wieder heftiger, zumindest Windstärke sieben, in Böen jedenfalls acht oder neun. Aber das bringt mich weiter nach Süden und außerdem kann ich es eh nicht ändern – ich bin alleine mitten am Meer.

Plötzlich hat der Bordcomputer keine Position mehr. Der GPS-Empfänger scheint zu funktionieren, denn im Display des Funkgeräts ist die Position noch da. Es hat jetzt monatelang problemlos funktioniert, und es hat sich nichts verändert – seltsam.

Ich überprüfe die Meldungen am Bordcomputer und werfe einen Blick auf die Kontrollleuchten, kann aber nichts finden. Nach einem Reboot geht es kurz, stürzt dann aber wieder ab. Ich überprüfe noch einiges und komme zu dem Schluss, dass es an der Elektronik liegen muss. Ich schalte alles komplett aus, also die Bootselektronik, den Marinebus und den Bordcomputer, und danach wieder ein – alles geht wieder. Das ist zwar eine unbefriedigende Fehlerbehebung, aber ich habe jetzt, mitten am rauen Nordatlantik, keine Nerven, nach irgendwelchen Störungen zu suchen. Das Zeug muss jetzt einfach funktionieren!

„Ægir, sei mir gnädig!"

Beim Überprüfen der Anzeigen stelle ich fest, dass seit dem Reset die Außentemperatur fehlt. Das könnte ein Hinweis sein. Vielleicht ist der Sensor abgestürzt oder sogar kaputt. Ist jetzt aber egal. Der ist zwar nagelneu, aber gleichzeitig nicht sonderlich wichtig; Hauptsache, der Rest geht wieder.

Wegen der Wettervorhersage und meines aktuellen Fortschritts spiele ich mit dem Gedanken, Schottland auszulassen und gleich nach Irland zu segeln. Das würde mir sowieso besser gefallen, denn ich will eigentlich gar nicht nach Schottland, sondern zurück ins Mittelmeer. Die meisten Menschen fahren über die Faröer-Inseln. Das ist um gut 150 Meilen näher zu Island, gleichzeitig aber auch ein Umweg am Weg in den Süden, weshalb ich gleich Schottland anvisiert habe. Aber jetzt, wo es näherkommt, werde ich den Kurs weiter nach Süden richten, denn auch Schottland liegt nicht auf der kürzesten Strecke zum Mittelmeer. Das einzige, was dagegen spricht, ist die lange Zeit, die man offshore verbringt: Faröer drei bis vier Tage, Schottland fünf bis sechs Tage, Irland mindestens sieben oder acht Tage. Und das ist wahrscheinlich der Grund, der die meisten Menschen abschreckt. Aber das ist genau der Grund, warum ich da bin: fürs Offshore-Segeln; und nicht zum Ankern oder fürs Sightseeing.

Seit 48 Stunden bin ich nun unterwegs. Und ich habe meinen Spirit wiedergefunden.

Ich fühle mich wohl an Bord und ich genieße die wilde Natur dieser Salzwasserwüste. Ich fühle den Wind, den Regen, die Sonne, die Wärme, die Kälte und bestaune die Farbenvielfalt, die sich im Wechsel des Wetters immer wieder aufs Neue ergibt. Es ist die absolute Freiheit, denn ich ganz alleine bin für mein Leben verantwortlich. Niemand anders hilft mir, keine Obrigkeit entscheidet für mich, was gut und was schlecht ist. Einzig dem Schicksal der Götter bin ich ausgeliefert. Und ich bin da, um diese Prüfung erneut aufzunehmen. Ihre Willkür ist die einzige, die ich auf dieser Welt akzeptiere. Und so versuche ich, mit all meinen Sinnen jedes Detail wahrzunehmen und zu speichern. Kleine Veränderungen veranlassen mich, zu reagieren, zu kontrollieren und alles den neuen Bedingungen anzupassen. Und ich beachte jede Kleinigkeit, um vorherzusehen, was kommt, um zumindest einen Schritt voraus zu sein. Das Boot und ich bilden eine Art Symbiose. Ich achte mit allem, was mir zur Verfügung steht, darauf. Denn mein Leben hängt daran.

Und ich bin gerade wieder sehr froh darüber, alleine hier zu sein. Nur so kann ich die Natur und jedes Detail ohne Ablenkung wahrnehmen. Und wenn ich Ablenkung möchte, liegt es in meiner Entscheidung.

Ich muss mich um niemanden ständig kümmern, kann essen was und wann ich will und mir den Tag so einteilen, wie es mir passt. Ich muss niemanden fragen, ob er oder sie auch einen Kaffee möchte, muss mich nicht unterhalten oder irgendwen bei Laune halten, muss keinem seekranken Patienten gut zureden und brauche auch nicht zu befürchten, dass sich jemand verletzt oder sonst irgendetwas Dramatisches passiert.

Viele Menschen sind so schrecklich unbeholfen und heikel heute, machen aus jeder Kleinigkeit ein Drama. Alleine bin ich hier in einer kleinen autarken Welt, weit weg von der Zivilisation, die mir oft sowieso sehr fremdartig vorkommt. Die sogenannte moderne Gesellschaft ist eine Welt, in der ich mich nur am Rande daheim fühle. Ich weiß nicht genau, woran es liegt, aber oft habe ich das Gefühl, dass ich dort nicht hingehöre, und ich kann mich kaum damit identifizieren. Und wenn sonst niemand anders an Bord ist, werde ich auch nicht daran erinnert.

Ich denke immer wieder an meine kleine Familie, auch wenn diese im Moment verloren erscheint. Mit jeder Stunde komme ich ihnen aber ein Stück näher. Und vielleicht gelingt es mir doch, sie zu retten und einen kleinen Hof für uns zu ergattern – eine Welt, in der ich mich auch daheim fühle.

Stunde um Stunde vergeht. Ich schreibe hier am Notebook, schlafe zwischendurch ein bisschen oder höre Hörbücher. Hie und da ziehe ich mich um, um im Cockpit nach dem Rechten zu sehen, die Segel ein- oder auszureffen, den Kurs zu justieren oder am Segeltrimm Verbesserungen vorzunehmen.

Am Nachmittag berge ich die isländische Gastlandflagge. Ich bin auf hoher See, die gehört keinem Land, also brauche ich auch keine Gastlandflagge. Ein bisschen wehmütig fühle ich mich jedoch dabei. Denn Island ist so großartig. Es hat mich aufs Neue so fasziniert wie kein anderer Ort auf dieser Welt, den ich je gesehen habe. Aber es war zu spät im Jahr... Doch in meinem Hinterkopf sprießen bereits neue Ideen; muss auch so sein, weil ich einige der angepeilten Ziele noch nicht erreicht habe.

Zwischendurch wische ich den Boden feucht auf. Das ist manchmal notwendig. Insbesondere das Salzwasser, das man von draußen mit reinbringt, ist störend. Es trocknet bei diesen Temperaturen nicht, und man hat es in den Socken und Hausschuhen. Die sind dann feucht. Ich bin sehr bemüht, den Innenraum sauber und wohnlich zu halten. Draußen ist es unwirtlich genug. So fühlt man sich drinnen viel wohler. Es ist nicht ganz einfach, wegen der etwas unpraktischen „Wohnzimmersituation" auf diesem Boot, die ich ja bereits beschrieben habe. Aber ich tue mein Bestes, um es ordentlich zu halten.

Etwas später putze ich die Nasszelle, dann kontrolliere ich die Bilge – und da hat sich etwas Wasser gesammelt, wie ich schon seit einiger Zeit beobachte. Ein bisschen etwas ist von oben, vom Regen und von den Wellen, die aufs Deck waschen, und das war eine Menge in den letzten Tagen. Da, wo die Ankerkette von außen nach innen läuft, dringt auch immer wieder Wasser in den Innenraum ein. Aber eigentlich vermute ich, dass das Brauchwassersystem irgendwo undicht ist. Seit zwei Wochen springt die Wasserpumpe manchmal von alleine an, was so viel heißt wie, dass der Druck gesunken ist. Und das kann eigentlich nur sein, wenn irgendwo eine Leitung undicht ist.

Das Wasser in der Bilge ist heute komplett braun und nicht klar, wie sonst. Normalerweise wäre ich beunruhigt, aber *Ægir* hat mir in der Früh die volle Kaffeekanne vom Ofen geschubst; ich habe sie nicht sorgfältig eingeklemmt gehabt – Anfängerfehler. Und während der noch warme Kaffee seinen Weg in die Bilge gefunden hat, habe ich die Kanne für frischen Kaffee erneut auf den Herd gestellt – dieses Mal gut eingeklemmt.

Der Wind liegt zuverlässig zwischen fünf und sechs Windstärken, und es geht gut dahin. Es regnet immer wieder ein bisschen, und der Himmel ist grau. Aber das macht nichts, die Windrichtung stimmt und damit auch der Kurs – und ich komme langsam, aber doch, dem Heimathafen näher.

Immer wieder werfe ich einen Blick aus den Fenstern. Dabei kontrolliere ich die Segel und Leinen, um zu sehen, ob alles in Ordnung ist, denn die Naturkräfte rütteln und zerren am Boot. Da fällt mir plötzlich auf, dass das Großfall ganz oben an den Masttritten verhängt ist. Das ist mir bisher entgangen, ist aber auch sehr schlecht zu sehen. Und bei der Windstärke, wo ich das Großsegel ins dritte Reff gesetzt habe, ist sowieso alles mühsamer zu bedienen, da habe ich das bisschen mehr Reibung nicht bemerkt. Aber das muss ich ändern. Die Leine scheuert vielleicht an einer scharfen Kante, und einen Fallbruch kann ich jetzt nicht brauchen. Bei sechs bis sieben Windstärken und dazu passendem Atlantikseegang ist das ein mühsames Unterfangen. Also ziehe ich mich um und gehe nach draußen. Am Horizont im Westen ist es sehr dunkel, und die dicken Wolken hängen tief.

„Da kommt mehr", denke ich mir, bin aber nicht überrascht. Eigentlich rechne ich die ganze Zeit schon damit, weil es laut der Vorhersage von gestern ab Mittag heftiger werden soll.

Der Himmel ist grau, der Atlantik ist aufgewühlt und der Wind heult durchs Rigg. Das Boot krängt, und immer wieder spritzt die Gischt übers Deck. Mit beiden Beinen stehe ich sicher am rutschfesten Belag und halte mich mit einer Hand fest. Alles ist nass – und so weit das Auge reicht, nur aufgewühltes graues Meer. Und ich? Bin mit meinem Boot mittendrin und laufe auf einem Kurs in eine noch viel dunklere Wolkenwand. Das ist ein richtiges Abenteuer. Ich bin zwar etwas angespannt wegen der Ungewissheit, was da noch kommen mag, aber gleichzeitig genieße ich diese Freiheit auf See und die alles umgebende und beherrschende Natur. So soll das sein, obwohl ich weiß, dass diese Freude nur wenige Menschen mit mir teilen.

Hier habe ich die Fäden in der Hand. Mein Geschick, meine Erfahrung und meine Disziplin bestimmen über Erfolg und Misserfolg. Ich bin nicht abhängig von staatlicher Willkür, von Unternehmen, deren einzige Mission der Profit ist, die durch hinterlistige Verträge einen Vorteil auf Kosten anderer ergattern. Ich muss mich nicht abstrusen Gesetzen, die absurde Sonderfälle regeln und sonstigen Auswüchsen dieser kranken Gesellschaft beugen. Hier bin ich der Herr meines Seins.

Und wenn Gott, *Ægir*, oder Poseidon der Meinung sind, dass meine Lebenszeit vorüber ist, so sterbe ich lieber ehrenvoll im Kräftemessen mit der Natur, als bei einem Autounfall oder wegen einer Krankheit.

Jetzt muss ich aber in erster Linie das Fall befreien. Vorsichtig steige ich am Seitendeck nach vorne und hänge mich am Mast mit der Lifeline an. Das tue ich nur, wenn es wirklich bewegt ist, denn die Lifeline behindert mich beim Arbeiten mit den Leinen. Da sind das Fall, die Dirk, drei Reffleinen, der Unterliekstrecker, der Niederholer, das Fall für das Stagsegel und noch andere. Die Lifeline funkt einem nur dazwischen. Sie verhängt sich an einer Klampe oder an einer der Winschen. Trotzdem hänge ich mich da jetzt an, weil ich an meine Frau und die Kinder denke. Und so eine billige Gelegenheit gebe ich dem Teufel nicht.

Andirken, dann das Fall fieren, bis es freikommt, und dann wieder durchsetzen. Letzteres ist leider nicht so einfach. Der Wind kratzt schon an der Windstärke acht und obwohl ich die Großschot weit gefiert habe, bleiben die Segellatten in den Lazy-Jack's hängen. Ich fixiere das Fall und klettere ins Cockpit, um die Schot weiter zu fieren. Plötzlich bekomme ich eine ordentliche Dusche ab und das Wasser rinnt an mir herunter, wie ich es normalerweise von drinnen aus an den Fenstern beobachte. Das Boot rollt über die großen Atlantikwellen, da jetzt der Druck vom Großsegel fehlt, und das Ende des Baums taucht beinahe ins Wasser ein. Die Gischt spritzt immer wieder übers Deck bis ins Cockpit, und der Wind heult und pfeift durchs Rigg. Und plötzlich piepst das Display beim Steuerstand nervös.

„*Was ist denn jetzt los?*", frage ich mich genervt. Ich habe im Moment alle Hände voll zu tun, und die blöde Elektronik informiert mich über irgendeinen Alarm. Das einzige Frachtschiff, das ich seit drei Tagen zu Augen bekomme, quert vor mir in fünf Meilen Distanz. Hier ist also mehr als genug Platz.

„*Das AIS soll sich nicht aufregen*", denke ich mir und quittiere den Alarm am Display, ohne zu schauen, was es wirklich will. Das Boot schwimmt, rundherum ist niemand, und wir segeln in die richtige Richtung. Also was kann da schon Schlimmes sein?

Ich klettere wieder nach vorne und versuche abermals, das Segel durchzusetzen – es bleibt aber immer noch bei den Lazy-Jack's hängen. Also steige ich aufs Kajütdach. Das geht sich knapp aus, weil mich die Lifeline vorne am Mast festhält. Mit der linken Hand versuche ich, das Achterliek gegen den Wind zu ziehen, während ich gleichzeitig mit der rechten Hand das Fall hole, um die obere Latte an den Lazy-Jack's vorbeizubringen. Es ist ein Gewurschtel, aber es gelingt.

Währenddessen nimmt der Wind nochmals zu, und es beginnt heftig zu regnen. Die Sicht ist deutlich gesunken, und die Wolken sind so schwer, dass es dunkel wird, wie in der Abenddämmerung – dabei ist es erst Mittag. Die Sichtweite beträgt ein oder zwei Meilen und der Wind reißt die Gischt von den Wellenkämmen. Er scheint sie förmlich niederzubügeln, während die Regentropfen wie Hagelkörner in mein Gesicht prasseln. Offensichtlich habe ich jetzt die dunkle Zone, die ich vorher schon gesehen habe, erreicht – ein Kaltluftvorstoß.

Ich klettere wieder nach hinten und hole das Großsegel dicht – gut, läuft wieder. Aber das bisschen Genua ist jetzt eindeutig zu viel, ich werde auf das Stagsegel wechseln. Ich rolle die Genua komplett weg und begebe mich wieder ganz vor bis zur Ankerwinsch. Mit der Lifeline hänge ich mich am Bugkorb an und muss daran denken, dass ich meinen Schülern immer erklärt habe, sich in der Mitte des Schiffes, aber niemals außen anzuhängen. Aber ich bin ganz vorne am Bug, da ist Mitte und Außen ziemlich das Gleiche.

11. Frontdurchgang

Von oben prasselt der Regen herunter, und der Bug taucht zeitweise so weit ein, dass der Anker ins Wasser gedrückt wird.

Der Reihe nach hänge ich die Stagreiter des Vorsegels ein, binde es von der Reling los, klettere zum Mast und ziehe es mit dem Fall hinauf. Es fängt laut zu flattern an, und die Schoten schlagen heftig um sich. Ich ducke mich hinter den Mast, um nicht getroffen zu werden. Danach klettere ich zurück ins Cockpit, um die Schoten durchzusetzen – Lärm weg, Boot läuft.

Ich beobachte das Ganze ein bisschen und merke, wie heiß mir ist. Unten an den Beinen spüre ich die Feuchtigkeit durch. Die Ölzeughose ist knieabwärts komplett nass, vom Sitzen vorne und von den Wellen, die immer wieder über den Bug gehen. Dieses Gewand hat im Laufe der vergangenen stürmischen Tage generell schon eine gewisse Grundfeuchte angenommen. Die Handschuhe ziehe ich gar nicht mehr an. Obwohl ich extrem aufgepasst habe, sind sie mittlerweile auch innen nass, obwohl es wasserdichte Neoprenhandschuhe sind. Vermutlich ist die Feuchtigkeit wegen der Kapillarwirkung nach innen gesaugt worden. Ich habe weitere Handschuh-Paare in Reserve, aber so kalt ist es auch nicht.

Meine Füße sind trocken, und der ganze Körper ist es im Großen und Ganzen auch. Heikel darf man nicht sein. Während ich die Fahrt des Bootes beobachte, klart es nun schon wieder etwas auf – und der Wind lässt nach, auf fünf bis höchstens sechs Windstärken. Dafür ist das Stagsegel jetzt doch wieder zu klein. Das war anscheinend nur eine schmale Regenfront. Und zwischendurch schreit wieder einmal der Alarm.

„Was denn?", fahre ich gedanklich das Display an und versuche, zu lesen, was da steht. Es ist von der Nacht noch immer im gedimmten Rot-Schwarz-Modus, wodurch es schwer zu lesen ist. Außerdem habe ich weder die Kontaktlinsen drin noch meine Brille auf. Ich weiß auswendig, was ich der Reihe nach drücken muss, um in den Tagmodus umzuschalten. Und dann lese ich da: »AIS connection lost«.

„Komisch, wie kann das sein?" Ich quittiere den Alarm abermals.

Nachdem der Wind zu schwach für die Kutterfok ist, werde ich wieder auf die Genua wechseln. Also klettere ich wieder nach vorne auf den Bug, hole das Stagsegel herunter, hänge die Stagreiter aus und binde es wieder seitlich an die Reling. Dann zurück ins Cockpit und die Genua ein Stück ausrollen. Sofort nimmt das Boot wieder ordentlich Fahrt auf. Die Geschwindigkeitsanzeige schwankt zwischen fünf und sechs Knoten, das ist gut. Jetzt noch die Windsteueranlage auf den richtigen Kurs einstellen – und dann rasch hinein in die Kajüte.

Um halb neun Uhr abends ist rechnerisch Sonnenuntergang. Das ist deutlich früher als noch vor ein paar Tagen. Die Nacht verläuft stürmisch, und ich muss einige Male hinaus, um Anpassungen vorzunehmen. Um zwei Uhr nachts passiere ich den berühmt-berüchtigten Felsen *Rockall* fünfzig Meilen östlich. Er war ursprünglich auf meiner Liste der definierten Ziele, aber das hatte ich etwas aus den Augen verloren.

Es ist der 29. August. Es ist windig und die Gischt spritzt zeitweise über mich und das Boot. Im Morgengrauen schaue ich im Cockpit nach dem Rechten. Danach klettere ich zurück in die Kajüte und schalte den Bildschirm ein, um den Kurs zu kontrollieren und die Daten für den Logbucheintrag abzulesen. Die Navigationssoftware hat keine Position – schlecht. Ich werfe einen flüchtigen Blick aufs Funkgerät, da sind jedoch Daten in der Anzeige. Also starte ich kurzerhand den Computer neu, nur um festzustellen, dass das nichts gebracht hat. In gewisser Weise gut, denn Fehlerbehebung durch Neustart ist keine Ursachenbehebung, sondern ein temporärer Workaround. Man weiß nie, wann und ob der Fehler wieder auftritt. In so einer kritischen Umgebung müssen Dinge einfach funktionieren, und Fehler müssen gefunden und behoben werden. Alles andere verursacht Kopfschmerzen. Außerdem ist da noch *Murphy's Law*, das besagt, dass der Fehler im denkbar ungünstigsten Zeitpunkt wieder auftreten wird.

Seit dem ersten Absturz gestern habe ich den Temperatursensor in Verdacht. Komisch, dass es einen ganzen Tag funktioniert hat und jetzt in der Früh wieder das gleiche Problem auftritt. Ich schalte die Marineelektronik und den Bus aus und wieder ein, das hat das letzte Mal auch geholfen. Gebannt starre ich aufs Funkgerät und warte, bis die Positionsdaten wiederkommen – nichts. Ich warte noch ein bisschen länger, obwohl ich insgeheim schon weiß, dass nichts kommen wird. Normalerweise dauert das nicht so lang.

11. Frontdurchgang

Währenddessen merke ich, wie heiß mir schon wieder ist. Kein Wunder: Ich habe noch immer das feuchte, vom Wasser schwere Ölzeug an, die Rettungsweste mit Lifeline, die Gummistiefel und meine Haube. Hier drin ist es ja aber deutlich wärmer als draußen. Die Brille, die ich zwecks Fehlersuche aufgesetzt habe, beginnt langsam anzulaufen, und ich nehme zumindest die Kopfbedeckung ab.

Anschließend öffne ich die Tür unter der Niedergangstreppe zum Technikraum. Darin befinden sich die Ruderanlage, der elektrische Autopilot, die Standheizung und jede Menge Elektronik. Die LEDs scheinen alle entsprechend zu leuchten oder zu blinken. Die Marineelektronik ist miteinander vernetzt, das bedeutet, dass alle Geräte miteinander elektrisch verbunden sind und sie dadurch untereinander Daten austauschen können. Es ist ein modernes, sehr robustes System. Die Stecker sind verschraubt und wasserdicht und damit speziell an diese raue Umgebung angepasst. Der Nachteil ist, dass, wenn eines der Geräte fehlerhaft ist, dies das gesamte Netzwerk beeinträchtigen kann.

Ich habe den neuen Temperatursensor im Verdacht. Den habe ich mit einem Netzwerkverlängerungskabel angeschlossen, und das werde ich jetzt abkoppeln. Dazu muss ich den Abschlusswiderstand umstecken, der draußen am hintersten Ende der Backskiste ist.

Ich schalte die Elektronik aus und klettere ins nasse Cockpit. Das Boot bewegt sich heftig in den Wellen, und immer wieder spritzt Wasser herein. Am Boden kniend leuchte ich mit der Taschenlampe in die Backskiste, dabei rutscht mir die beschlagene Brille herunter. Ich kann aber den kleinen runden Abschlusswiderstand mit den nassen Fingern ertasten. Er steckt fest in der Verbindung, aber es gelingt mir, ihn mit den Zähnen herauszuziehen – sehr gut! Damit klettere ich wieder hinunter in den Technikraum und stecke das Verlängerungskabel ab und stattdessen den Widerstand an. Elektronik wieder einschalten – warten. Es geht!

Juhu! Bin ich froh, den Fehler gefunden zu haben. Erleichtert schreibe ich einen Eintrag ins Logbuch. Dann nichts wie raus aus dem Gewand. Die lange Unterhose ist knieabwärts nass und das T-Shirt verschwitzt. Also ziehe ich mich komplett um. Frisches Gewand schadet sowieso nicht.

Ich mache mir einen frischen Kaffee und ein gutes Frühstück, denn es ist erst Viertel vor acht. Die ganze Aktion hat eine gute Stunde gedauert. Ich schaue aus dem Fenster. Neben meiner üblichen Tagesbeschäftigung gehört auch das dazu. Wenn es nicht regnet und halbwegs trocken ist, sitze ich manchmal draußen im Cockpit und genieße die Natur. Wenn das Wetter heftiger ist, beobachte ich von drinnen fasziniert, wie sich die Wellen immer wieder aufs Deck ergießen und wie danach das Wasser an der Bordkante entlang, seitlich bis zu den beiden Abflusslöchern fließt, wo es dann gurgelnd verschwindet. Nur die Glasscheibe trennt diese nasse und unwirtliche Welt, in der der Wind mit guten sechs Windstärken weht, von mir. Wenn ich zu lange schaue, läuft die kalte Scheibe von meinem Atem an. Es ist fesselnd. Ich könnte den Wellen und dem abfließenden Wasser stundenlang zuschauen – genauso wie den Flammen eines Lagerfeuers.

Plötzlich fällt mein Blick auf die Furling, die da vor meinen Augen bei den Relingsstützen vorbeiläuft. Das tut sie immer schon, aber ich habe sie nie sonderlich beachtet. Da ist ganz eindeutig eine Scheuerstelle, genau da, wo sie durch den Führungsring läuft.

„Wie gibt es sowas?", frage ich mich leicht beunruhigt. Bei genauer Betrachtung fällt mir auf, dass diese Führung wie eine normale Ringmutter aussieht. Um es näher zu begutachten, ziehe ich mir vorsichtig das feuchtkalte Ölzeug wieder an und versuche dabei, nach Möglichkeit weder die Polster rundherum noch meine Socken nass zu machen.

Draußen steige ich aufs Seitendeck und schaue mir die Führung an. Tatsächlich! Das sind normale Ringmuttern aus Edelstahl, wie man sie bei jedem Schraubenhändler oder Baumarkt kaufen kann. Man kann diese am Bau vielseitig einsetzen – aber doch nicht als Führung für Leinen, die unter hoher Last stehen! Die Muttern werden aus einer zweiteiligen Form gegossen, weshalb sie einen leichten Grat haben. Und an diesem scheuert nun die Furling mit hohem Druck, denn bei gereffter Genua und sieben Windstärken ist sie gespannt wie eine Gitarrensaite.

11. Frontdurchgang

Ich kann das jetzt im Moment nicht ändern, daher male ich mit einem Permanentstift einen Strich aufs Cockpitsyll und auf die Leine und fiere sie dann um ein paar Zentimeter, um zu verhindern, dass immer die gleiche Stelle an den Ringen scheuert.

Wenigstens habe ich die Ursache für die Scheuerstellen in der Furling gefunden, denn prinzipiell sind mir diese bereits im Juni in Spanien, nach meiner Überfahrt von Sardinien, aufgefallen. Damals habe ich mich zwar gewundert, habe es aber mit der besonderen Beanspruchung abgetan. Dabei liegt es an der fehlerhaften Führung. Die Leine ist neu und hat eine gute Qualität, denn ich habe das gesamte laufende Gut mit hochwertigem Material erneuert.

Der Wind weht weiterhin kräftig mit sieben Windstärken, lässt aber im Laufe des Tages und der Nacht auf angenehme vier bis fünf Beaufort ab. Die Nacht verläuft recht ereignislos. Die Nächte sind ohnehin anstrengend, aber wenn sie ohne Zwischenfälle verlaufen, sind sie erholsamer.

Der 30. August bricht an, und mit ihm reißt der Wind ab; zum ersten Mal, seit ich *Vestmannaeyjar* verlassen habe. Genau genommen kann ich das aber sowieso brauchen, denn die Batterie ist bei 11,7 Volt und 65 Prozent Kapazität. Letzteres hört sich zwar ausreichend an, ist es aber nicht. Denn viel mehr als die Hälfte kann man aus Blei-Säure-Akkus leider nicht entnehmen. Also rolle ich die Genua weg, starte die Maschine und fahre mit dem elektrischen Autopilot weiter nach Süden. In den vergangenen Tagen hätte ich den Motor wegen des heftigen Seegangs sowieso nicht starten können.

Untertags passiert nicht viel, aber ich nutze die verhältnismäßig ruhige See, um mich wieder einmal zu rasieren. Da der Motor auch warmes Wasser produziert, dusche ich mich sogar. Genug Wasser habe ich, und so bin ich endlich wieder frisch. Wer weiß, wann es wieder so eine günstige Gelegenheit gibt. Es ist eine spannende Erfahrung, denn es ist das erste Mal in meinem Leben, dass ich während der Fahrt auf offener See in dem engen, sich stark bewegenden Raum dusche. Aber es ist sehr angenehm, wieder sauber zu sein.

Danach starte ich das Satelliteninternet und lade das Notebook auf. Beides vermeide ich normalerweise so gut als möglich, um den Strombedarf zu minimieren. Gleichzeitig zeigt mir die Situation auch, wie knapp Strom ist, denn ich bin jetzt sechs Tage unterwegs – und die Stromreserve geht dem Ende zu, obwohl ich sehr sparsam war. Das Solarpanel bringt hier im Norden nichts. Nach sechs Stunden Fahrt ist die Batterie auf über achtzig Prozent, Wind ist auch wieder da, also drehe ich den Motor ab und segle weiter.

Das mit den Batterien ärgert mich immer noch. Ich hätte so gerne auf Lithium-Technologie umgebaut, aber weil die Batterien altersschwach waren, habe ich in Spanien um teures Geld neue anschaffen müssen. Und die sind Technik von gestern, wie ich jetzt wieder beinhart präsentiert bekomme. Lithium-Batterien hätte ich in den sechs Stunden drei Mal komplett vollladen können. Außerdem haben sie mehr reale Kapazität, das heißt, ich wäre noch wesentlich länger damit ausgekommen.

Das beschäftigt mich sehr. Ich kann das Ganze immer noch umbauen, aber was mache ich mit den Batterien, die jetzt gerade zwei Monate alt sind? Die wird mir doch niemand abkaufen. Mit anderen Worten habe ich siebenhundert Euro verbrannt – und das tut mir sehr weh. Aber was hätte ich anderes tun sollen? Ich weiß es einfach nicht. Außerdem frage ich mich, ob die alten Batterien nicht vielleicht doch noch gehalten hätten, denn die neuen können auch nicht viel mehr. Ich hätte erwartet, dass sie deutlich länger halten. Ich stoppe mich: Am besten nicht zu viel darüber nachdenken.

Die Wettervorhersage zeigt, dass heute um Mitternacht eine Front durchziehen wird. Bei Tag ist mir so etwas natürlich lieber, aber das kann man sich nicht aussuchen. So gefährlich schaut es nicht aus.

Wie erwartet, zieht der Himmel auch bald zu. Der Wind wird kräftiger. Also raus. Reffen. Der Seegang nimmt zu, der Himmel wird immer düsterer. Zeitweise setzt Regen ein, und am Windgraph ist ersichtlich, dass der Wind langsam, aber stetig mehr wird.

Kurz nach sechs Uhr abends reffe ich nochmals. Es regnet, und der Wind ist bei sieben Windstärken. Nachdem ich weiß, was kommt, setze ich das Großsegel ins dritte Reff. Dann brauche ich nicht mitten in der Nacht in der Finsternis und bei noch heftigeren Bedingungen da draußen herumzuturnen. Die Genua reffe ich auch noch ein bisschen. Das Boot läuft wieder angenehm.

11. Frontdurchgang

Mit jeder Stunde, die ich seit Island unterwegs bin, komme ich weiter in den Süden. Dadurch wird es täglich früher finster, und die Nächte werden länger.

Draußen heult der Wind und zerrt und rüttelt an den Segeln. Das Wasser rauscht. Immer wieder ergießen sich Salzwasserfontänen geräuschvoll übers ganze Boot. Und dann läuft es seitlich zusammen und gluckert durch die Abflusslöcher. Ein scheinbar sich schier endlos wiederholendes Schauspiel.

Ich durchwühle meinen Vorrat an Expeditionsfutter und greife wieder zur Pasta Bolognese. Alles andere ist bei solch einem Seegang zu mühsam zuzubereiten. Hier brauche ich nur Wasser heiß zu machen und es in den Beutel zu gießen – fertig. Es ist warm und schmeckt gut. Danach lege ich mich auf die Bank, um ein bisschen zu schlafen. Ich stelle mir den Wecker auf eine Stunde. Ich kann nicht gleich einschlafen, bin zu sehr aufgekratzt. Aber irgendwann fallen mir doch die Augen zu.

Der Wecker reißt mich aus dem Schlaf und wie so oft wundere ich mich für einen Moment, wo ich bin; heulender Wind, Wasser prasselt schwallartig auf die Fenster. Ahja, ich bin am Boot – mitten am Nordatlantik – und fahre gerade in eine Schlechtwetterfront. Der Windgraph bestätigt mein Gefühl, dass es heftiger geworden ist. Ich muss weiter reffen. Draußen tobt der Wind mit mittlerweile acht Windstärken, und ständig spritzt die Gischt übers Boot. Sehr ungemütlich, aber ich muss raus! Ich kümmere mich ums Boot, und das Boot kümmert sich um mich.

Es ist neun Uhr abends und noch ein bisschen dämmrig. Ich ziehe mich um – Weste unter dem Ölzeug, Rettungsweste über dem Ölzeug – und mache alle Klettverschlüsse und den Kragen zu. Dann raus. Starker Regen prasselt mir entgegen und ich mache den Niedergang hinter mir sofort wieder zu. Bei heftigerem Seegang muss ich sogar das Schiebeluk verriegeln, da es sonst nach vorne rutscht, wenn der Bug in eine Welle eintaucht.

Im letzten Dämmerlicht werfe ich einen Blick nach vorne. In dem Moment rast eine Wasserfontäne auf mich zu. Das Adrenalin sorgt dafür, dass es wie eine Zeitlupenaufnahme wirkt. Im letzten Augenblick drehe ich den Kopf nach hinten, dann prasselt das Wasser über mich und ins Cockpit, wo es knöcheltief stehenbleibt, bis es durch die Bodenlöcher abläuft.

Na gut. Einen Moment lang suche ich in dem Leinenwirrwarr nach den richtigen und finde sie schnell. Mittlerweile kenne ich das alles blind. Die meisten habe ich mit Dyneema-Softschäkeln zusammengebunden und seitlich aufgehängt, damit sie nicht von einer Welle erfasst und über Bord gespült werden können. Das versuche ich um jeden Preis zu verhindern, damit sich nichts im Propeller verhängen kann.

„Soll ich das Stagsegel setzen und dabei vorne im Finsteren herumturnen?", frage ich mich. Ich mache die Genua klein genug, das muss reichen. Bei Südostwind laufe ich auf einem Am-Wind-Kurs Richtung Südwesten. Mit der verkleinerten Genua fühlt es sich etwas besser an. Ich kontrolliere noch, ob die Windsteueranlage gut steuert, und dann gehe ich wieder hinein in die Kajüte. Jetzt bin ich komplett nass – außen. Das Wasser rinnt an mir herunter. Im Rotlicht sehe ich, wie es auf den Boden und dann über die Bretter nach Lee rinnt. Langsam ziehe ich mir alles wieder aus, möglichst ohne dabei rundherum zu viel nass zu machen. So gerne hätte ich einen Nassbereich, wo ich mich ausziehen und das Gewand unkompliziert hinhängen könnte. Mein T-Shirt, die Socken und die lange Unterhose sind trocken geblieben. Ich habe mittlerweile auf die zweite Ölzeughose umgesattelt, weil die erste nach den vergangenen Tagen komplett durchnässt ist.

Ich mache einen Logbucheintrag und beobachte das Spektakel noch kurz durchs Fenster, um sicherzugehen, dass alles gut läuft. Dann lege ich mich wieder auf die Bank, um die nächste Runde zu schlafen. Leider ist das Ende meiner Decke nass. Entweder ist sie am Boden gelegen und hat das aufgesaugt, was von mir nach Lee abgeronnen ist, oder sie hat das abbekommen, was von der hängenden Jacke nach unten in die Ecke der Polstergarnitur getropft ist. Da kann ich jetzt nichts machen, der Salon ist eben ein Fehldesign. Kurz darauf schlafe ich wieder ein.

Wecker. Es ist halb elf.

„Jetzt muss es bald nachlassen", hoffe ich. Es ist immer noch ungebremst heftig. Der Windgraph zeigt um die fünfundvierzig Knoten, das ist Windstärke neun. Die Bordkante an der Leeseite wird vom Wasser überspült, wenn das Boot in einer Welle eintaucht. Das ist beachtlich, da die MIZZI eine sehr hohe Kante hat. Der Regen prasselt auf die Fenster und von den Geräuschen

des Sturms ist es sehr laut. Zur Kontrolle leuchte ich mit der Taschenlampe ins Rigg und die Segel, und der Wind zerrt mit aller Kraft daran. Sie halten Stand, denn es ist alles aus hochwertigem Material. Ich kann aber sowieso nichts tun, außer abzuwarten und dem Boot und dem Material zu vertrauen. Das Boot läuft, es fühlt sich gut an. Also hinlegen und schlafen.

Um halb zwölf Uhr ist endlich eine leichte Abwärtstendenz am Windgraph zu erkennen, und im Laufe der folgenden Stunden fällt er auf angenehme vier Windstärken, wo er für den Rest der Nacht und des Vormittags bleibt. Nach den letzten Stunden fühlt sich das jetzt beinahe wie Flaute an. Ich bin froh, dass ich durch bin und kann weiter gut in meinem Stundenrhythmus schlafen.

Es ist alles gut gelaufen. Ich habe die Front erwartet, aber die Stärke etwas unterschätzt. Gerade ich hätte es eigentlich wissen müssen. Aber andererseits wäre es ohnehin irrelevant gewesen, weil wenn man mitten am Meer ist, muss man durch, egal, was kommt.

Untertags kommt sogar die Sonne raus. Ich breite meine Ölzeuge aus, damit alles wieder halbwegs trocken wird. Es geht weiterhin gut voran, nur im Laufe der Nacht lässt der Wind langsam nach, bis es kurz nach zwei Uhr nur mehr ein unangenehmes Schlagen und Klappen der Segel in der Dünung ist. Das ist das Schlimmste an allem – Flaute und damit schlagende Segel. Ich rolle die Genua weg und starte die Maschine, da komme ich wenigstens weiter, auch, wenn ich nicht gut schlafen kann. Und vielleicht kommt vormittags der Wind wieder.

Es ist der 1. September. Vom Wind leider keine Spur. Zweihundert Meilen weiter westlich ist eine Tiefdruckzelle mit heftigem Südwind. Dessen Dünung läuft bis hierher. Die Wellen sind laut Funkwetterbericht zwei Meter hoch. Das macht das Fahren mit der Maschine zur Qual, denn das Boot rollt sehr unangenehm. Es ist so schlimm, dass ich sogar einen leichten Anflug von Seekrankheit spüre. Das zweite Mal auf dieser Reise, seitdem ich in Kroatien aufgebrochen bin. Aber ich kämpfe sofort mental dagegen an und esse etwas; danach ist es weg.

Ich hoffe, dass ich noch den Anschluss an die Nordostwinde südlich von Irland bekomme. Die werden durch das Azorenhoch verursacht, das gerade recht nördlich liegt. Damit könnte ich gleich weiter bis Portugal oder Gibraltar durchfahren, das wäre perfekt.

Irgendwann kommt die Sonne heraus. Es wird richtig schön warm. Ich lege meine noch immer etwas feuchte Schlechtwetterjacke zum Trocknen hinaus und stelle fest, dass die lange Unterhose zu viel ist – zum ersten Mal seit sechs Wochen, als ich im Juli *Kinsale* verlassen habe, um weiter in den Norden zu segeln.

Danach arbeite ich an einer Lösung zur Führung der Furling. Ich habe einige Low-Friction-Ringe in Reserve. Damit kann man jede Art von Leinenführung bauen. Auf Rennbooten wird beinahe alles mit solchen Ringen gemacht, denn sie sind leicht und aus festem Material, und die Oberfläche ist poliert. Sie sind daher teuer, weshalb man sie auf normalen Jachten eher selten findet. Aber ich habe einige davon im Einsatz, weil sie praktisch sind und perfekt funktionieren. Moderne Technik.

Nach zwei Stunden Arbeit und acht Augspleißen liegen vier Low-Friction-Ringe mit Dyneema-Schlaufen fertig vor mir. Ich gehe an Deck ans Werk, um diese zu montieren. Dafür fädle ich die Furling aus, befestige meine neuen High-Tech-Führungen an den bestehenden Ringmuttern und fädle sie wieder ein. Nach ein paar kleinen Anpassungen bin ich zufrieden damit, auch wenn es meine Ästhetik stört, dass die Low-Friction-Ringe unterschiedliche Größen haben.

Danach räume ich das Werkzeug weg und mache die Luken auf, damit es etwas durchziehen kann. Es ist sehr schön warm und sonnig. Ans Lüften habe ich gar nicht gedacht. Es ist schon etwas länger her, dass das Wetter dafür recht war.

Strom ist ausreichend da, denn es herrscht noch immer kein Wind, und ich bin seit Stunden mit der Maschine unterwegs. Also schalte ich das Internet ein und schaue, was es auf Instagram Neues gibt und poste ein paar Stories über meine Spleißarbeiten. Dann schreibe ich einige E-Mails und texte mit meiner Frau und ein paar Freunden im Signal-Messenger. Meine große Tochter hat ein neues Handy, deshalb gebe ich ihr wieder Rechte für meinen Instagram-Account, damit sie für mich Stories und Beiträge posten kann. Danach schaue ich auf Github wegen ein paar Bug-Reports vorbei. Und dann werfe ich noch einen Blick auf X (ex-Twitter), um ein paar Headlines zu lesen, was es in Medien und Politik Neues gibt. Letzteres hätte ich mir sparen können – ein paar Ökos wettern für Tempo 100 auf der Autobahn, irgendwer anderes weiß zu berichten, dass die Pariser mehr mit dem Fahrrad fahren als die Wiener, Greenpeace ist wie immer gegen alles, irgendwer mokiert sich über das Werbebudget von irgendeinem Spitzenpolitiker, und so geht das der Reihe nach mit „weltbewegenden" Themen weiter – das ist nicht meine Welt, da gehöre ich nicht dazu. Wie ist diese Gesellschaft nur so verkommen, so kleinlich und so verbohrt geworden? Da wird in erster Linie doch nur über des Kaisers Bart debattiert.

Und wenn ich nicht solche Sehnsucht nach meiner Familie hätte und nicht meiner kleinen Tochter ein guter Vater sein wollte, würde ich jetzt nicht zurück ins Mittelmeer, sondern weiter Richtung Südhalbkugel segeln, denn dort kommt jetzt der Sommer. Da würde ich zuerst einmal bei *Trindade* vorbei, dann nach *Tristan de Cunha*, dann vielleicht vorbei an *Bouvetøya* und weiter zu den *Kerguelen* fahren.

Andererseits bräuchte mein Boot sowieso einige Verbesserungen und Reparaturen, bevor ich so eine lange Reise ins Unbekannte antreten könnte. Das hat diese Fahrt gezeigt, war ja unter anderem auch Sinn und Zweck dieser Expedition. Also muss ich so oder so einmal zurück ins Mittelmeer. Und für den *Southern Ocean*, wo die meisten der genannten Inseln liegen, brauche ich einige wichtige Optimierungen und Erneuerungen.

Der Motor läuft seit Stunden, und meine Nerven beginnen sich zu verspannen – vom Motor, von diesen unnötigen Politdiskussionen, und weil ich meine Familie, mein Fundament verloren habe. Ich bemerke, wie erneut ein Anflug von Depression zurückkehrt und wie das alles negativ auf mich wirkt und meine Zufriedenheit, die ich in den letzten Tagen gehabt habe, kaputt macht.

Die aktuelle Wettervorhersage zeigt, dass das mit dem Nordostwind, der mich nach Süden bringen soll, nichts wird. Mein Boot ist dafür zu langsam, und ich stecke hier in der Flaute. Schlimmer noch, sie zieht mit mir nach

Süden. Da müsste ich noch wesentlich weiter mit dem Motor fahren, aber mein Dieselvorrat ist endenwollend. Der Tank ist einfach zu klein.

Widerwillig beschließe ich also, doch in Südirland Halt zu machen, um auf ein günstiges Wetterfenster zu warten. Ich werde wieder nach *Kinsale* in die *Castlepark-Marina* fahren, und schreibe Stephan gleich ein E-Mail, dass ich komme.

Danach setze ich die Segel im leichten Wind. Raumer Kurs, aber das Boot bewegt sich ein bisschen. Es sind zwei Windstärken aus Nord, gepaart mit ordentlicher Dünung. Mit anderen Worten: Die Segel schlagen zeitweise heftig, und die Genua fällt immer wieder ein. Ein Spi-Baum würde das wirklich entschärfen. Es ist ein Schlagen, Reißen und Erschüttern des Bootes. Das verbessert mein Nervenkostüm auch nicht – aber wenigstens ist das schreckliche Gebrumme vom Motor weg. Ich weiß nicht, was von den Dingen schlimmer ist – Motor oder Flaute mit Dünung.

Langsam geht die Sonne unter, bis sie um halb acht weg ist. Das ist ungefähr zwei Stunden früher als noch vor wenigen Tagen in Island. Die Dämmerung ist kürzer, und die Nacht dementsprechend länger und finsterer. Außerdem bin ich weiter im Osten, da geht die Sonne noch früher unter, aber dafür auch früher auf.

Ich bin ein bisschen traurig, dass ich aus Island weg bin. Es ist so authentisch und beeindruckend, und ich fühle mich dort beinahe daheim und zugehörig. Ich muss unbedingt wieder hinfahren. Das nächste Mal aber deutlich früher, damit ich mehr Zeit habe, es zu erkunden und zu umrunden. Und ich muss beim ROCK THING ankern. Dieses Revier fasziniert mich. Es ist rau und wild. Unberührte Landschaft, freundliche Menschen, und in den Häfen interessiert sich kaum wer für einen. Man ist auf sich gestellt, eigenverantwortlich. Letzteres erlebt man häufig auch in abgelegenen griechischen Häfen. Aber ansonsten ist es im Mittelmeer einfach übervoll, bis ins letzte kontrolliert, abgezirkelt, und jeder hält die Hand auf. Schade. Jede Form von Massentourismus hat aus meiner Sicht in erster Linie negative Folgen.

Ich mache noch ein paar Aufnahmen vom Sonnenuntergang, und dann gibt's einen Gemüseeintopf. Ich bin mit dem Abendessen sehr spät dran heute, es ist schon acht Uhr. Normalerweise esse ich um sechs, aber der heutige

11. Frontdurchgang

Tag war anders: Die unangenehme Flaute, das viele Motoren, warmer Sonnenschein, die zeitaufwändige Sache mit der Furling – und schließlich die Erkenntnis, dass ich das Wetterfenster, das mich weiter Richtung Gibraltar bringt, nicht erwische und deshalb doch im Süden Irlands wieder stehenbleiben werde. Endlich beginne ich nun mit meinem gewohnten Nachtprogramm. Ich bin müde.

Es ist kurz vor drei Uhr morgens und ich kontrolliere Position und Kurs. Die Segel schlagen schrecklich; anscheinend ist der Wind nun endgültig weg. Vor einer Stunde war er bereits sehr schwach. Ein Blick nach draußen bestätigt meinen Verdacht. Bei dieser nervtötenden Geräuschkulisse kann ich sowieso nicht mehr einschlafen, also überwinde ich mich, das Ölzeug anzuziehen und nach draußen zu gehen.

Die Luft ist feucht und riecht nach Meer. Viel intensiver als im Norden. Die paar Grad Temperaturunterschied machen schon etwas aus. Ich weiß zwar nicht genau, wie warm es ist, da mein Temperatursensor nicht geht, aber auf jeden Fall wärmer als noch vor zwei Tagen. Der Himmel ist klar, und der Mond und die Sterne zeigen sich; und das Meer ist ziemlich glatt mit deutlich weniger Dünung.

Das Boot ist nass von der hohen Luftfeuchtigkeit, was auch ein Zeichen dafür ist, dass ich weiter im Süden bin. Ich starte den Motor, rolle die Genua weg, räume die Leinen ordentlich zusammen und gehe dann auf Kurs Südost. Das nächste große Leuchtfeuer ist *The Bull*. Ich befinde mich in rund zwanzig Meilen Sicherheitsabstand zur Küste, um den kleinen Booten und den Fischerbojen aus dem Weg zu gehen. Hier draußen um Irland ist wenig Verkehr, nur hie und da kommt ein Frachtschiff vorbei.

Zurück in der Kajüte korrigiere ich den Kurs und schreibe einen Logbucheintrag. Es ist Viertel nach drei Uhr früh, und ich koche mir einen duftenden schwarzen Tee.

Irgendwann bricht der Tag an. Es ist sonnig, warm und windstill – Hochdruck über Südirland. Wie überall auf der Welt, ist im Hoch kaum Wind. Tatsächlich kann ich später die Segel setzen und komme wieder einmal beim

Mizen Head und dem *Fastnet Rock* vorbei. Plötzlich befällt mich ein beklemmendes Gefühl.

Ist das der Wendepunkt der Reise? Ist hier das Abenteuer vorbei? Es sind schon noch ein paar tausend Meilen zu fahren, aber es fühlt sich mit einem Male komisch an. Ich will eigentlich nicht ins Mittelmeer. Hier gefällt es mir viel besser. Und was mache ich dann im Winter? Einen Büro-Job? Alles genauso wie vorher, als wäre nichts gewesen? Nein, das kann ich nicht, das will ich nicht, das bin ich nicht. Aber was sonst? Schaffe ich es mit Yacht-Elektrik oder etwas Ähnlichem, selbständig Geld zu verdienen? Oder kann ich mit Vorträgen ein wenig einspielen? Nein, das bestimmt nicht. Ich habe gehofft, dass mir meine Expedition mehr Publicity einbringt und ich dadurch ein paar Chancen bekomme. Aber an meinen Follower-Zahlen auf Social Media hat sich kaum etwas verändert.

So viele Fragen und Sorgen, die mit Voranschreiten der Zeit zunehmend schwerer lasten, drehen sich bei mir gerade im Kreis.

Bis *Kinsale* sind es noch gut sieben Stunden, somit wäre ich etwa um Mitternacht dort. Stephan hat mir geantwortet, dass erst ab morgen Mittag Platz ist, da die Marina wegen dem Figaro-Rennen voll ist. Also müsste ich um Mitternacht mitten im Fluss ankern – und bei genauerer Betrachtung habe ich darauf keine Lust. Also mache ich in der Karte einen Ankerplatz in überschaubarer Entfernung aus und lande in *Squince Harbour*[1], einem beschaulichen Naturhafen hinter *Rabbit Island*, etwas östlich der Stadt *Castletownshend*.

Auf der linken Seite der Einfahrt in die Bucht grasen Kühe friedlich auf den grünen Wiesen. Ein paar kleine Anglerboote liegen an Bojen, sonst ist niemand da. Es ist ein sehr schöner und ruhiger Ankerplatz. Ich mache mir etwas zu essen und lege mich ins Bett.

Der nächste Morgen ist ebenso sonnig. Ich mache mir einen Kaffee und koche zwei Eier. Leider ist das Toastbrot schimmlig. Die isländischen Lebensmittel schmecken alle sehr gut und sind ansprechend verpackt. Auch die Supermärkte waren sehr sauber und übersichtlich, und das Personal super-

---

[1] 51° 31,89′ N 009° 07,91′ W

freundlich. Nur der Toast ist anders als bei uns. Er schmeckt zwar genauso, schimmelt aber innerhalb kürzester Zeit. Bei uns hält der Toast ewig. Die Isländer haben dafür auch sehr gutes helles Brot mit knuspriger Kruste – dieses ist nur leider aus.

Danach mache ich alles zum Losfahren klar. Morgennebel zieht vorbei. Die Luft ist frisch und riecht gut, wie im Herbst bei uns daheim am Berg, wenn die Nächte kälter werden. Ich spüre, wie der kühle Nebel mein Gesicht berührt.

Ob mir das je wieder im Leben vergönnt sein wird? Oder ob ich diese Wohnqualität auf unserem Bergbauernhof, die ein wesentlicher Teil meines Lebensfundaments war, für immer verloren habe? Immer wieder beschäftigen mich diese Fragen, doch ich darf nicht den Mut verlieren.

Im Moment bin ich ja wenigstens in der Natur, also grundsätzlich da, wo ich hingehöre. Ich lichte den Anker und fahre los. Das Meer ist völlig ruhig, und es herrscht fast kein Wind. Ich folge dem Küstenverlauf in Richtung Osten. Die Landschaft ist schön. Wie bereits beim letzten Mal, als ich am Weg in den Norden in die andere Richtung gefahren bin, muss ich an Daheim denken. Es ist wie im Hügelland des Mostviertels – Wiesen, Äcker, zwischendurch immer wieder ein paar Höfe, und alle paar Kilometer eine kleinere Ortschaft. Und überall grasen Kühe – schwarzbunte Holsteiner und dunkelbraune Limousins, aber auch andere.

Einige Segelboote sind an diesem sonnigen Sonntag unterwegs. Ein bekanntes Bild, das mich ans sommerliche Kroatien erinnert: Sie stehen mit voller Besegelung mehr oder weniger in der Flaute; das nenne ich Motivation. In dem zarten Lüftchen bewegen sich die Boote sehr langsam. Aber auf das habe ich jetzt keine Lust. Ich habe bis *Kinsale* noch fünfunddreißig Meilen vor mir, und da will ich heute noch ankommen. Ich war lange genug unterwegs, und Sprit bekomme ich dort auch.

Also tuckere ich mit der Maschine Meile um Meile an der irischen Küste entlang. Die Küstengewässer sind mit dreißig bis fünfzig Metern relativ seicht. Aus dem Grund sind hier immer wieder Bojen, die Fanggeräte markieren. Man muss sehr aufpassen, dass man keine übersieht und darüberfährt.

Irgendwann passiere ich den *Old Head of Kinsale*. Dahinter geht's ein Stück nach Norden, hinein in die Flussmündung. Die Einfahrt kenne ich jetzt schon: vorbei an den drei roten Fahrwassertonnen, dann nach Osten der Flussbiegung folgen, vorbei am Kinsale-Yachtclub, danach kommen die Lifeboats und der Fishermen's Quay und schließlich ist am linken Ufer die *Castlepark-Marina*. Ich soll außen hinter der 53er Bénéteau festmachen, wo ich um vier Uhr Bordzeit, was fünf Uhr irischer Zeit entspricht, anlege.

Und nun sitze ich an diesem 3. September hier in der warmen Sonne und trinke ein kühles Bier. Abgesehen vom gestrigen Ankerplatz, war ich seit *Vestmannaeyjar* zehn Tage und etwas mehr als eintausend Seemeilen nonstop unterwegs – siebzehn Tage sogar von *Ísafjörður* gerechnet. Es war ein aufregender Ritt über den Nordatlantik, und das Boot und ich haben uns gut geschlagen. Jetzt bleibe ich ein paar Tage hier, um auf das nächste günstige Wetterfenster zu warten – und zwischenzeitlich ein paar Reparaturen am Boot vorzunehmen.

Wieder bin ich ein bisschen stolz auf mich.

12. Entenmuscheln

Gleich Montag früh bestelle ich ein paar Ersatzteile und hoffe, dass sie bis Freitag da sind, denn dann kann ich am Wochenende weiterfahren. Da scheint sich ein günstiges Wetterfenster aufzutun.

Genau genommen warte ich hier nur, bis sich der Südwind dreht, der jetzt tagelang vor der spanischen Küste und in der halben Biscaya weht. Das kann ich nicht brauchen, da komme ich nicht weiter. Aber sobald sich das ändert, bin ich hier wieder weg. Das Herumsitzen in Häfen und Buchten ist nicht meins. Draußen unterwegs zu sein ist viel besser. Aber ich werde die Zeit hier so gut wie möglich nutzen und dann schnell wieder abhauen.

Das Wetter ist ungewöhnlich schön. Es ist schon tagelang sonnig und warm. Meine Erfahrung vom Juli ist ganz anders. Da hat es jeden zweiten Tag geregnet und es war windig, kühl und nebelig. Mir soll es recht sein. Ich habe es jetzt lang genug kühl gehabt. Trotzdem vermisse ich Island und das Abenteuer.

Untertags rudere ich mit dem Dinghy hinüber nach *Kinsale*. Zum einen werde ich ein paar Lebensmittel kaufen, zum anderen schadet ein bisschen Bewegung nicht. Und die Wäsche kann ich auch in die Wäscherei bringen. Nachdem das Wetter so angenehm sommerlich ist, geht das Rudern auch problemlos. Nur auf den Gezeitenstand muss ich achten, da sonst die Strömung zu stark ist.

Da ich Zeit habe, beschäftige ich mich nun genauer mit dem Temperatursensor und finde dabei heraus, dass der Dichtring am Stecker fehlt, wodurch Wasser eingedrungen ist. Diese Dichtung sollte werksseitig vorhanden sein, weshalb ich diese Situation per E-Mail dem Zubehörgeschäft schildere, wo ich den Sensor gekauft habe. Die leiten das an den Hersteller weiter und die Antwort darauf ist: »Wasserschaden liegt außerhalb der Garantie.«

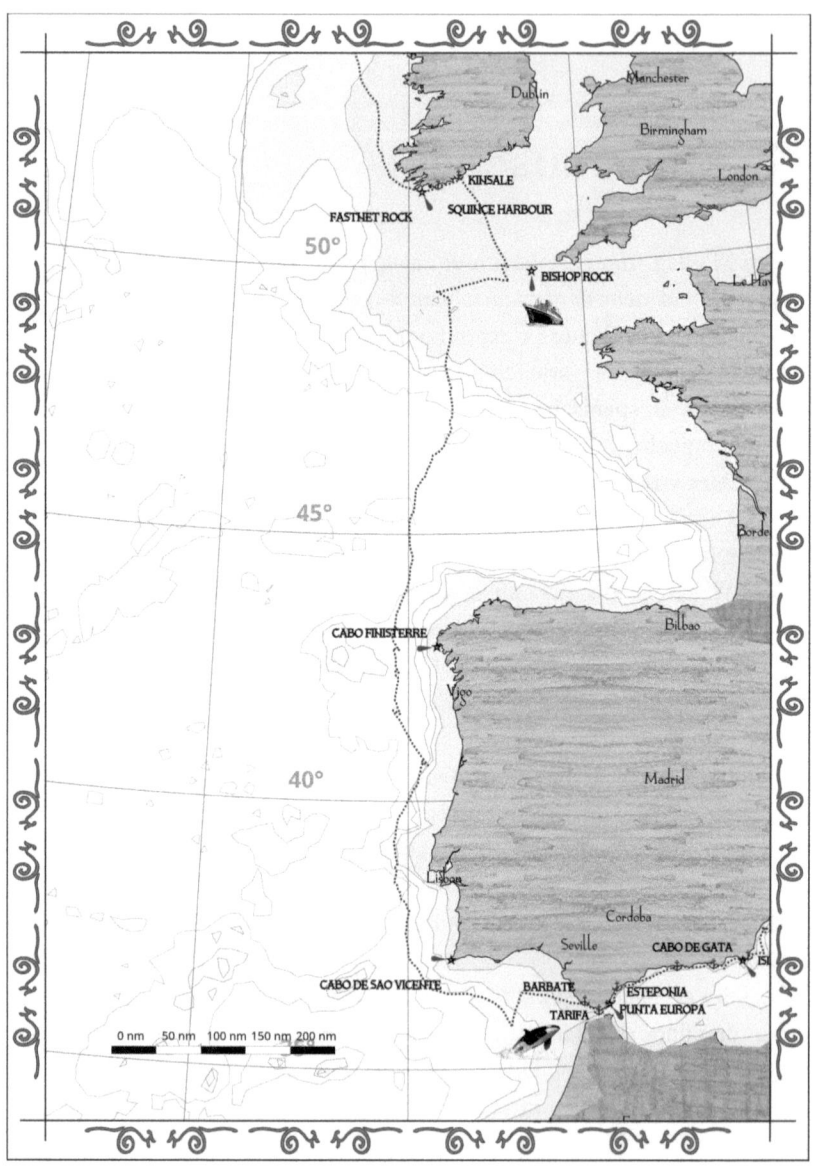

Abbildung 12.1.: Von Irland bis Spanien.

Das ist eine Sauerei! Den habe ich vor zwei Monaten genau so aus der Originalverpackung herausgenommen. Ich bin dieser Willkür aber wieder einmal ausgeliefert und kann es nicht ändern. Oder zumindest weiß ich nicht, wie. Doch ich verfasse einen ausführlichen Beitrag mit Foto in einer großen Seglergruppe auf Facebook. Vielleicht kann ich zumindest jemand anderen, der das gleiche Produkt gekauft hat, vor einem Wasserschaden behüten.

Laut Wettervorhersage soll Mittwoch und Donnerstag besonders ruhig sein. Der Bewuchs am Unterwasserschiff scheint mittlerweile seine Auswirkungen zu zeigen. Ich habe zwar keine Ahnung, wie viel es tatsächlich ist, aber zumindest von oben sieht man einen gewissen Algenteppich. Also werde ich an einem der nächsten Tage aufs Pad fahren, um das Boot trockenfallen zu lassen.

Beim nächsten Hochwasser fahre ich hinüber, und Stephan hilft mir beim Anlegen. Eine Passantin, die gerade mit einem süßen Hund vorbeigeht, hilft auch mit. Das Anlegemanöver ist etwas trickreich: Es ist sehr eng, nahe beim Ufer, und die Strömung treibt mich weg. Außerdem ist dort keine Mauer, sondern nur zwei Säulen von der Steganlage. Das Boot liegt also nur auf zwei Punkten auf. Darüber ist die Stahlkonstruktion vom Geländer, die möchte ich auch nicht mit vollem Schwung rammen. Zum Glück ist es fast windstill, und so gelingt es beim zweiten Versuch.

Damit das Boot nicht umfällt, wenn es dann am Kiel steht, habe ich den Wassertank auf der Stegseite gefüllt und den auf der anderen Seite geleert, und ich lege noch meinen Segelsack und den vollen Dieselkanister auf diese Seite, damit sich das Boot leicht neigt. Das habe ich drüben in *Kinsale* bei anderen Booten beobachtet, die dort an der Promenadenmauer hängen und täglich trockenfallen.

Jetzt heißt es warten. In sechs Stunden ist Niedrigwasser. Während ich im Cockpit sitze, bleibt jemand stehen und erzählt mir, dass er das mit seinem Boot auch machen möchte. Und er fragt mich, ob ich einen Hochdruckreiniger habe. Nein, habe ich natürlich nicht. Er nennt mir jemanden in der Marina, vielleicht kann ich ihn mir ausborgen. Also wandere ich zum besagten Boot und frage die Frau im Cockpit danach.

12. Entenmuscheln

»Hi there! Somebody told me that you may have a pressure cleaner.«

»Yes, we do.«

»Do you think it is possible that I may use it?«

»Yes, sure, no problem!«

Sie zeigt mir, wie man den benzinbetriebenen Hochdruckreiniger bedient, und ich bedanke mich. Sie ist sehr nett, um die vierzig. Ich habe sie in den vergangenen Tagen schon mit ihren zwei Kindern gesehen und ich glaube, dass sie auf ihrem Boot wohnen. Generell bin ich sehr angetan von der Freundlichkeit der Iren. Sie sind höflich und zuvorkommend, und mit Charakter ausgestattet. Man kommt leicht mit ihnen ins Gespräch. Alles Dinge, die ich sehr schätze. Ich fühle mich wohl hier, auch, weil ich selbst jemand bin, der anderen gerne hilft.

Den Hochdruckreiniger im Schlepp fahre ich zu meinem Platz zurück und bereite alles vor, damit ich loslegen kann, sobald das Wasser niedrig genug ist. Und so vergeht die Zeit. Die Anzeige am Tiefenmesser wird immer weniger, bis sie bei 0,0 stehenbleibt. Langsam merke ich, wie die Bootsbewegung etwas seltsam wird und sich das Boot leicht zur Seite an die Säulen legt. Irgendwann steht es auf festem Boden, und das Unterwasserschiff kommt langsam zum Vorschein. Das Wasser ist immer noch einen knappen Meter tief. Zu tief zum Arbeiten, aber ich fahre einmal mit dem Dinghy herum. Ich bin verblüfft, beinahe erschrocken, was da alles angewachsen ist. Jetzt ist mir klar, warum die Kiste so extralangsam war. Dass der alte Langkieler von Haus aus keine Rennziege ist, weiß ich ja, aber es ist mir in letzter Zeit besonders langsam vorgekommen.

Das ist nun die Erleuchtung. Vor allem im hinteren Bereich sind jede Menge Algen, kleine schwarze Muscheln, Seepocken und, was mich am allermeisten überrascht, bis zu zehn Zentimeter lange Entenmuscheln dran. Davon habe ich zum ersten Mal beim Golden-Globe-Race 2018 gehört, da gab es bei einigen Teilnehmern massive Probleme damit. Dasselbe hat sich dann beim nächsten Rennen 2022 wiederholt. Der Bewuchs ist in meinem Fall überschaubar und problemlos zu reinigen, ohne das gesamte Unterwasserschiff überarbeiten zu müssen, aber es sind dennoch genug, um das Schiff zu bremsen.

Ich ziehe mir die Gummistiefel und Handschuhe an, starte den Hochdruckreiniger und beginne den Rumpf zu säubern. Nach und nach wird mein Boot wieder sauber. Alles bekomme ich mit dem Wasserstrahl gar nicht herunter, weil ich nicht zu viel Druck ausüben will, damit nicht das ganze Antifouling weg ist. Den Rest kratze ich daher mit einer Plastikspachtel und einem rauen Schwamm ab. Bei allen Ein- und Auslässen, am Propeller, beim Ruder, an den Opferanoden und beim Bugstrahlruder sind kleine schwarze Muscheln angewachsen. Mühsam klaube ich sie immer weiter mit der Hand und der Spachtel ab. Aber irgendwann ist das Boot wieder supersauber. Ich dagegen bin dreckig und blau vom Antifouling. Meine Gummistiefel sind bis zum Rand mit Wasser gefüllt, weil ich ein paar Mal irrtümlich neben die Betonplatte ins tiefere Wasser gestiegen bin.

Ich räume alles weg, wasche mich ein wenig und bringe den Hochdruckreiniger zurück. Mit dabei habe ich ein Sackerl Gummibärli für die Kinder. Auch für den Sprit möchte ich ihr etwas geben, das Geld will sie aber keinesfalls haben.

»That's not necessary. Keep it. We help each other. That's how it works here.«

Sehr nett von ihr. Das ist wie bei uns daheim mit der Nachbarschaft. Dort würde ich als Dankeschön ein paar Dosen Bier mitbringen. Das wollte ich hier auch machen, aber sie hat gesagt, dass sie keinen Alkohol trinkt. Also muss ich das Bier danach leider selbst trinken. Wie schade. Ich bedanke mich vielmals für die Hilfe und wandere zurück. Jetzt brauche ich auch eine gründliche Reinigung und dusche ausgiebig.

Heute war ich fleißig, also setze ich mich ausnahmsweise ins „The Dock", ein Pub gleich neben der Marina. Normalerweise bin ich lieber am Boot, auch aus Kostengründen, aber hie und da kann ein Pub nicht schaden. An sonnigen Tagen ist es gut besucht, da man windgeschützt auf einer großen Holzterrasse im Freien sitzen kann.

Ich setze mich an die Bar und bestelle ein *Beamish*, ein irisches dunkles Bier. Es schmeckt so ähnlich wie *Guinness*, nur nicht so schal. Wenn ich alleine unterwegs bin, sitze ich generell gerne an der Bar. Dort kommt man am ehesten mit Einheimischen ins Gespräch und außerdem muss man nicht lange auf Nachschub warten. Draußen sitzen die Touris und die Radfahrer.

Tatsächlich werde ich schon nach kurzer Zeit Teil der neben mir sitzenden Gesprächsrunde, und so unterhalten wir uns über alles mögliche, den traditionellen Bootsbau und die Seefahrt im Allgemeinen. Einer in der Runde ist angeblich sogar ein Urnachfahre von *Tom Crean*.

»Do you know Tom Crean?«, fragt er mich.

Was für eine Frage, natürlich kenne ich ihn! *Tom Crean* war ein irischer Seemann und Polarforscher, der an einigen Expeditionen von *Ernest Shackleton* und *Robert Falcon Scott* beteiligt war. Unter anderem war er Mitglied jener berühmten Shackleton-Expedition, die ihr Schiff, die *Endurance*, im Packeis der Antarktis verloren hat, woraufhin die Männer monatelang übers Eis bis nach *Elephant Island* gewandert sind, um von dort mit einem kleinen Rettungsboot, der *James Caird*, 800 Seemeilen durch die berüchtigte *Drake-Passage* nach *South Georgia* zu segeln und Hilfe zu organisieren. Viele dieser Bücher habe ich mit Begeisterung gelesen.

Der Gesprächsstoff geht uns also nicht aus. Nur das Bier irgendwann, denn die Wirtin verkündet die Sperrstunde. Und so wandere ich spätabends zum Boot zurück.

Ich sitze schon wieder eine gefühlte Ewigkeit hier fest. Aber in zwei Tagen scheint sich endlich der Südwind zu ändern. Die Vorhersage ist zwar nicht ganz optimal, aber das macht nichts. So lange nicht Flaute ist, oder Gegenwind, ist mir alles recht. Leider ist mein Paket immer noch nicht da, aber ich hoffe, dass es am Freitag kommt. Dann kann ich noch am selben Tag oder spätestens am Tag darauf aufbrechen.

Diese Hafenaufenthalte haben immer eine negative Auswirkung auf meine Stimmung. Ich weiß nicht genau, woran das liegt. Mit jedem Tag falle ich in ein immer größeres Tief, und meine Motivation stirbt. Das war im Juli so, wie ich hier wegen der Lieferung so lange festgesessen bin. Dann bin ich mit dem Tag nach dem Festival in *Vestmannaeyjar* völlig eingebrochen, dann wieder in *Ísafjörður*, wie ich wieder alleine war. Und jetzt sitze ich hier in *Kinsale* und breche wieder ein.

Was ist das? Ein Teil dieser Negativstimmung kommt bestimmt aus dem Unterbewusstsein. Das ist beispielsweise das große Fragezeichen des Danach: Ich kann unmöglich einfach so weitermachen, wie es davor gelaufen ist, meine Wohnsituation ist völlig offen, und als Angestellter im Büro zu sitzen ist auch nicht mein Fall. Dann sind da die Mängel, die sich am Boot gezeigt haben beziehungsweise im Laufe dieser Expedition entstanden sind. Wie soll ich all die notwendigen Arbeiten am Boot hinterher organisieren? Mir fehlt einfach völlig der Plan, da ich weder ein großes Organisationstalent bin, noch Geld habe. Das erschlägt mich förmlich. Und mir fehlt schrecklich ein Team oder eine Partnerin, mit der ich genau das gemeinsam besprechen und organisieren könnte; das würde viel erleichtern. Aber ich habe keins von beiden. Und ich hatte gehofft, dass ich durch meine zweifellos recht außergewöhnliche Expedition ein paar Menschen in der Social Media-Community begeistern kann, denn das würde mir helfen. Konnte ich bisher aber nicht. Vielleicht bin ich zu alt, oder es liegt daran, dass ich aus Österreich bin und damit in die sowieso recht träge deutschsprachige Region falle – ich weiß es nicht. Und über all dem lastet seit drei Jahren schwer der Verlust meiner Familie und unseres Hofes, dem, was mir wichtig war und worin meine Kraft gelegen ist.

Aber zum Glück gibt es auch Positives. Das reißt mich in diesen depressiven Zeiten zwar nicht heraus, aber wenn ich es in guten Stunden betrachte, ist es dennoch so: Solo nach Island zu segeln war eine besondere Leistung und ich bin stolz darauf. Das Island-Festival war ebenfalls sehr toll und hat einen Riesenspaß gemacht. Da muss ich unbedingt wieder hin. Und das Finden versteckter Mängel und tatsächlicher Anforderungen ans Boot für solche Vorhaben war ein Ziel dieser ganzen Expedition, und das hat sich bezahlt gemacht. Solche Dinge findet man nur, wenn man das Boot und sich selbst auch fordert und nicht beim Campingsegeln in Kroatien.

Es ist Freitag, und in der Paketverfolgung steht: *„Packet out for delivery.".* Sehr gut, denn ich sitze schon auf Nadeln. Dann checke ich die E-Mails. Da ist wieder ein Schreiben vom Telefonanbieter, in dem steht, dass ich mein Telefonverhalten nicht geändert habe und mir daher in Zukunft ein paar Euro pro Gigabyte fürs Roaming verrechnet werden. Also antworte ich und stelle meinen Sachverhalt dar. Wie soll das auch gehen? Ich kann ja nicht zwischendurch für ein paar Wochen heimfliegen und Zeit absitzen, nur damit meine SIM-Karte wieder lange genug im Inland ist. Und ich füge dem Text eine kurze Beschreibung meines sportlichen Projekts hinzu und schreibe weiter, dass sie mich einfach mit den paar Euro sponsern könnten. Ich würde das Produkt natürlich dementsprechend loben. Am Nachmittag bekomme ich dann unerwartet rasch eine Antwort – in der steht, dass in diesem Fall leider keine Kulanz möglich ist. Also antworte ich, dass von Kulanz nicht die Rede war, sondern von Sponsoring.

Zwischenzeitlich ändert sich der Zustellstatus meines Pakets ungefähr in der Form: „Paket konnte nicht zugestellt werde, da Empfänger nicht angetroffen."

„Was?! Das ist jetzt nicht wahr! So ein Sch...!"

Das Paket war deutlich an die Marina adressiert. Da gibt es zum einen ein Büro, zum anderen weiß ich, dass sie die Pakete in der Regel vor die Tür legen. Ich bin schrecklich enttäuscht. Also muss ich noch einen Tag warten. Die Änderung des Bestellstatus war um zwei Uhr am Nachmittag, also wird er morgen vermutlich ungefähr um die gleiche Zeit kommen. Da werde ich ihn abpassen.

Der Hohn an der ganzen Sache ist, dass ich am Weg in die Dusche den Paketdienst vermutlich sogar gesehen und daran vorbeigegangen bin. Leider habe ich das zu dem Zeitpunkt nicht wirklich realisiert und daher auch nicht darauf reagiert. Mein Gehirn scheint doch ein paar mechanische Komponenten zu haben.

Am nächsten Tag antwortet mir der Telefonanbieter, dass sie für Sponsoring nicht zuständig wären, und ich mich an die Zentrale wenden müsse. Ich finde, dass er mir das hätte gleich schreiben können, anstatt des Kulanzgefasels. Ein Kasperltheater. Ich geb's auf.

Nach dem Mittagessen setze ich mich vor dem Büro in die Sonne, um den Paketdienst abzupassen. Anfangs bin ich motiviert, aber als der Zeiger bei drei Uhr die Kurve kratzt, bekomme ich Zweifel. Kein Paketdienst. Also beginne ich im Internet nach Telefonnummern zu suchen, und lande nach mehreren Versuchen an der richtigen Stelle bei DHL. Dort erfahre ich, dass das Paket nicht mehr zugestellt wird, weil der Empfänger unklar und auch keine Telefonnummer hinterlegt ist. Ich greife mir ans Hirn. Wie kann sowas sein? Die Irin am anderen Ende der Leitung ist aber sehr freundlich und hilfsbereit. Wir kontrollieren gemeinsam die Daten und ich gebe ihr eine Telefonnummer. Das Paket wird morgen zugestellt. Also noch einen Tag warten, aber wenigstens habe ich jetzt die Bestätigung, dass es sicher kommt.

Am gleichen Abend ruft plötzlich Stephan an: mein Paket ist angekommen. Damit habe ich nicht gerechnet. Aber jetzt fahre ich auch nicht mehr extra los. Allerdings bereite ich alles vor, um morgen früh auszulaufen.

Es ist der 13. September und heute geht's endlich los. Das Wetter ist nicht ganz optimal, denn es sind zwei bis drei Tage Südwestwind zu erwarten, aber das ist mir jetzt egal. Ich will nicht mehr warten. Vom Warten und Herumsitzen werde ich nur depressiv. Ich muss jetzt raus!

Zuerst werde ich voraussichtlich mit Gegenwind kämpfen, dann muss ich durch zwei Fronten, die zweite in ein paar Tagen wird heftig. Dennoch ist das gut so. Sobald ich unterwegs bin, geht es mir gleich besser. Nach einer langen Fahrt in einem Hafen anzukommen ist auch schön, nur darf ich nicht zu lange steckenbleiben, überhaupt, wenn ich von außen gesteuert festgehalten werde, so wie jetzt mit dem Paket – und genau so war es auch im Juli.

Ich fülle den Wassertank auf und pumpe die Bilge und den Grauwassertank aus. Den Seewasserfilter wollte ich auch reinigen, da sind ein paar Muschelstücke drin, die sich gestern beim Reinigen gelöst haben, aber der Deckel ist so fest zu, dass ich ihn ohne Gewalteinwirkung nicht aufbringe. Also lasse ich es lieber, denn wenn mir der Deckel jetzt bricht... Dann bringe ich noch den Mist weg, hole das Landstromkabel ein, hänge das Großfall am Segel an und schalte alle Instrumente ein. Bereit!

Ich bin so froh, endlich hier wegzukommen. Trotzdem bin ich etwas angespannt in Anbetracht der bevorstehenden Wettersituation. Beim Auslaufen nach längerer Standzeit bin ich sowieso immer etwas nervös. Immerhin war ich jetzt wieder zehn Tage hier, viel zu lange. Das wollte ich nicht. Geplant waren fünf oder maximal sechs Tage, was genaugenommen schon lange ist, für das, was ich eigentlich tun will.

12. Entenmuscheln

Ich verstaue die Fender und Leinen, und raus geht's aus der Einfahrt. Sobald ich um die Flussbiegung bin, ab wo man aufs Meer sieht, weht mir der Südwind entgegen. Ein Mini-Kreuzfahrtschiff liegt draußen vor Anker. Da fahre ich vorbei, und dann setze ich das Großsegel ins zweite Reff, nachdem ich recht bald sechs Windstärken erwarte. Nach dem Südquadrant unmittelbar vor der Küste setze ich die Genua und richte die Windsteueranlage ein, und schon gleitet das Boot auf einem Am-Wind-Kurs Richtung Südosten. Auf diesem Kurs liegt das berühmte Leuchtfeuer *Bishop Rock* der *Scilly-Inseln* im Südwesten Großbritanniens. Das Passieren dieses Feuers war die Zeitnehmung für das blaue Band. Das war zur Zeit der großen Ocean-Liner vor rund einhundert Jahren die begehrte Auszeichnung für die schnellste Atlantiküberquerung nach oder von New York.

Die Reinigung der Hülle hat sich ausgezahlt. Ich merke jetzt schon, dass das Boot spürbar schneller ist. Es fühlt sich außerdem an, als ob es weicher durchs Wasser gleitet, obwohl das vermutlich eher Einbildung ist. Ich bin schon auf die statistischen Auswertungen dieser Reise neugierig, denn ich zeichne jede Menge Daten auf.

Der Wind legt auf sechs Windstärken zu, und in regelmäßigen Abständen ergießen sich Wasserfontänen übers Deck, manchmal sogar bis ins Cockpit. Und plötzlich verspüre ich wieder einen Anflug von leichtem Unwohlsein. Anscheinend bin auch ich nicht absolut seefest. Vielleicht war es auch der längere ruhige Aufenthalt in der *Castlepark-Marina*. Aber das kann nicht sein, ist ja nicht der erste Hafenaufenthalt in meinem Leben. Also werde ich das Ganze aktiv bekämpfen.

Ich richte mir ein Frühstück her. Das ist in jedem Fall notwendig. Ich habe wieder einmal kaum etwas gegessen, und das ist immer schlecht. Hie und da werfe ich einen Blick nach draußen aufs Wasser. Da kann ich den Horizont und die Schiffsbewegung sehen. Und ich mache mir bewusst, dass alles normal ist. Es ist so wie immer. Nichts ist anders. Schräglage, Wellen, und ich segle hinaus auf den Atlantik. Es wird eine weite Überfahrt, aber es sind keine außergewöhnlichen Wetterkatastrophen zu erwarten, zumindest soweit die Vorhersage reicht. Und wenn ich einmal vor Spanien oder Portugal bin, könnte ich im Notfall sogar einen Hafen anlaufen.

Die Seekrankheit ist nur eine mentale Sache. Und die bekämpfe ich genau so; abgesehen vom Essen natürlich. Ich fühle mich schnell wieder besser. Mir ist warm, und mein Gewand ist trocken. Das Unwohlsein geht bald weg, und ich bin wieder der alte Seemann, der ich sonst auch immer bin. Und so segle ich einmal mehr alleine in die finstere stürmische Nacht hinaus auf den großen Nordatlantik in Richtung Biscaya.

Die Nacht war mäßig erholsam. Ich habe die Aufweckintervalle auf eine halbe bis Dreiviertelstunde gesetzt, da in dieser Gegend recht viel los ist. Zum einen jede Menge Fischer, die in unberechenbaren Bahnen ihre Wege ziehen und das Meer leerfischen, und zum anderen zunehmend mehr Frachtverkehr. Genau das wollte ich eigentlich vermeiden und einen weiten Bogen außen am Atlantik machen. Aber da der Wind aus Südwesten kommt, geht es nicht anders. Jetzt bin ich in der Nähe vom südwestlichen Kap Englands, das ich sogar am Horizont im Dunst sehen kann. Und davor sind zwei Verkehrstrennungsgebiete. Das eine für die Schiffe, die westlich von England fahren, das andere für jene, die südlich Richtung Ärmelkanal fahren.

Ich hoffe, dass sich der Wind irgendwann irgendwohin dreht, damit ich weiter nach Südwesten Richtung *Finisterre* kann. Und das Ganze hoffentlich noch bevor heftiger Westwind eintritt, denn jetzt muss ich über die Biscaya, und genau da will man bei starken westlichen Winden nicht sein. In jedem Fall muss ich aufpassen, nicht zu weit in den Golf hineinzukommen. Im Notfall könnte ich nach Nordwesten ausweichen. Das wäre zwar der schlechteste Fall, aber immer noch besser, als an der französischen Atlantikküste Schiffbruch zu erleiden. Der Verkehr hier ist vor allem für mich als Solo-Segler auch eine ziemliche Gefahr und sorgt für Schlafentzug.

Ich mache mir einen Kaffee, vielleicht fühle ich mich dann etwas besser. Die Bank an Backbord ist sowieso ungemütlich, denn sie knarrt schrecklich. Das müsste versteift werden, aber dafür bräuchte ich Holz, und das habe ich nicht. Die beiden Türen des Kastens knarren auch fürchterlich. Die Verriegelungen sind kaputt, und es müsste auch versteift werden. Bei älteren Booten weiß man nie, wer wo herumgepfuscht hat. Denn alles andere in diesem Boot ist recht solid, nur genau diese Stelle nicht, weshalb hier vermutlich unsachgemäß herumgebastelt worden ist.

12. Entenmuscheln

Der Wind hat etwas nachgelassen, nur noch fünf Windstärken. Trotzdem ist das Meer aufgewühlt, und immer wieder spritzt Wasser übers ganze Deck bis ins Cockpit und prasselt heftig gegen die Scheiben. Der Himmel ist grau. Das Boot ist nass, und das Wasser rinnt manchmal richtig dick bei den Fenstern herunter und dann zu den Abflusslöchern. Ich beobachte, wie es dort verschwindet und ins Meer zurückfließt.

Plötzlich fällt mir auf, dass da eine Schraube bei der Genuaschiene heraussteht. Die muss sich gelockert haben. Und dann sehe ich, wie sich die ganze Schiene immer wieder um ein bis zwei Millimeter abhebt, wenn mehr Druck ins Segel kommt.

„Verdammt!" Mein Herzschlag wird schneller. Wieder etwas, das sich auflöst. Einen Moment lang verlässt mich der Mut, aber so lange das Boot schwimmt, ist ja alles gut. Meine Refit-Liste wird immer länger. Ich schreibe alles auf, auch wenn ich insgeheim befürchte, dass ich nicht den finanziellen Hintergrund dazu habe.

Ich hatte gehofft, dass sich meine Geschichte wenigstens in den Social Media langsam einer gewissen Beliebtheit erfreut, denn das würde mir sehr für die Zukunft helfen. Hat es aber nicht. Knappe fünfhundert Follower auf Instagram und Youtube. Das ist nichts. Und ich weiß, dass es in der jüngeren Vergangenheit sogar ein paar österreichische und deutsche Paare gegeben hat, die zuerst Mittelmeerbummeln und dann Barfußroute in die Karibik gemacht haben, die teilweise segeltechnisch fast peinlich unerfahren waren. Trotzdem haben sie in nur wenigen Monaten eine gewisse Community aufbauen können. Ich weiß nicht genau, woran es liegt und was ich falsch mache.

Meine Hoffnung ist jetzt noch, dass ich mit den Filmen, die ich hinterher veröffentlichen werde, etwas punkten kann. Aber wenn das auch nichts wird, werde ich das Segeln vielleicht an den Nagel hängen. Jetzt habe ich zwanzig Jahre lang intensiv daran gearbeitet, ohne wirklichen Erfolg. Und jetzt, wo ich das schreibe, muss ich selbst lachen, denn es würde zu meinem Leben passen. Egal, was ich bisher gemacht habe, es ist noch nichts so richtig ein Erfolg geworden. Abgesehen von der Umsetzung dieser Expedition selbst. Am schlimmsten ist die Katastrophe von 2020, denn mit meiner Frau und unserem Hof hatte ich endlich meinen Platz im Leben gefunden – der ist jetzt aber auch weg.

Zurück zur Genuaschiene. Widerwillig ziehe ich mir das Ölzeug an, krame einen Schraubenzieher aus der Werkzeugkiste hervor und begebe mich nach draußen ins nasse, windige Grau. Vielleicht kann ich das Ganze einfach wieder anschrauben. Ich halse auf den anderen Bug, um den Druck herauszunehmen, dann klettere ich aufs Seitendeck und versuche, die Schraube anzuziehen.

„Aha! Endlosgewinde."

Vermutlich dreht sich die Mutter innen durch, oder sie ist gar nicht mehr drauf. Ich probiere alle anderen und stelle fest, dass sich die meisten durchdrehen. Nur in der Mitte sind noch ein paar hintereinander fest. Ich werde den Holepunkt vorerst einmal dort hinschieben.

Also wieder hinein ins Boot und innen das Gegenstück kontrollieren. Reservemuttern habe ich eine ganze Menge. Die vorderen Schrauben, welche die Wichtigen sind, müssten in dem Kasten mit den knarrenden Türen, hinter der Verkleidung von unten fixiert sein. Ich mache den Kasten auf und räume ein paar Sachen heraus. Mit Entsetzen stelle ich fest, dass diese teilweise nass und manche sogar leicht schimmelig sind.

„So ein Mist!"

Ich räume nun alles heraus und verstaue es anderswo. Da sind die Rettungswesten, ein paar Reservejacken und Lifelines drinnen. Meine Rettungsweste habe ich ständig neben dem Niedergang hängen, und Jacken habe ich sonst auch genug, weshalb ich da nie hinein muss.

Das kann ich jetzt nicht ändern. Wie erwartet, versteckt sich die Genuaschiene hinter der Holzverkleidung. Und so wie es aussieht, ist diese aus einem Stück, durchgehend, vom Navitisch bis hierher. Das heißt, dass ich entweder die Einrichtung komplett abbauen oder ein Loch in die Verkleidung schneiden muss.

Bei genauerer Betrachtung fällt mir auf, dass jemand mit einem Kreisbohrer an einer Stelle bereits ein Loch gebohrt und das Teil anschließend mit Klebeband wieder hinaufgeklebt hat. Also nehme ich es herunter. Mit einem Schraubenzieher kann ich es heraushebeln, und dabei wird ein Teil der

Katastrophe ersichtlich. Dahinter ist ein Bohrloch zu sehen, wo Wasser hereintropft. Das runde Holzteil ist ebenfalls komplett nass, und es wurde mit Dichtmasse da hineingeklebt. Rundherum lässt sich ertasten, dass da auch alles nass ist. Jetzt wird mir klar, wo das Wasser, das immer wieder hinter dem Bildschirm herunterrinnt, herkommt. Und jetzt fällt mir auf, dass es auch hinter den Büchern, die neben dem Kasten stehen, ebenfalls herunterrinnt.

Da hat offenbar jemand versucht, das zu reparieren, hat festgestellt, dass es nicht so einfach ist, und hat das Ganze einfach wieder hineingeklebt und gehofft, dass es dicht ist und die Schiene noch an den anderen Schrauben hält – dilettantisches Herumgebastel! Und wo eigentlich ist die Mutter? Die hätte er zumindest draufschrauben können. Das ist ja nicht wirklich schwer; das schafft meine kleine Tochter mit fünf Jahren.

Ich denke über Lösungsmöglichkeiten nach. Den Kasten und die komplette Vertäfelung an Backbord zu zerlegen, fällt aus. Ich überquere gerade die Biscaya, und das Meer ist ordentlich bewegt. Ich könnte die Verkleidung einfach aufschneiden, aber da fehlt mir das richtige Werkzeug. Außerdem habe ich keine Dichtmasse mehr. Das wäre momentan aber nicht so wichtig, weil es braucht nicht dicht zu sein, die Schiene muss nur fest halten. Eine ordentliche Reparatur fällt somit aus. Ich muss den paar Schrauben, die noch fest sind, vertrauen und das Ganze gut unter Beobachtung halten. Die Schiene an Steuerbord ist noch bombenfest.

Das sind alles Dinge, die einem beim Campingsegeln nicht auffallen. Nur bei so einem Projekt, wo das Boot über längere Zeiträume unter Stress steht.

Jetzt läuft das Boot einmal flott über den Atlantik, am Rande der Biscaya, es schwimmt und im Großen und Ganzen funktioniert alles. Und das ist gut. Solang das Boot fährt und mehr oder weniger dicht ist, ist alles gut. Und es ist deutlich schneller. Zum ersten Mal auf dieser Reise ist der Rumpf komplett sauber, und das spürt man in der Fahrt und am Geschwindigkeitsgraph. Ich bin die ganze Zeit zwischen fünfeinhalb und sechs Knoten unterwegs. Wenn jetzt noch der Kurs stimmen würde, wäre es fast perfekt.

Um die Mittagszeit schläft der Wind ziemlich ein. Also starte ich die Maschine, da kann ich zumindest den Kurs fahren, den ich eigentlich fahren muss.

Es wird mittlerweile recht zeitig finster, das heißt, um acht Uhr, und ich beginne mit meiner Nachtroutine. Nachdem der Motor läuft, lege ich mir das Handy neben das Ohr, um ja nicht den Wecker zu überhören.

Um zwei Uhr Früh kommt ein bisschen Wind auf. Zwei bis drei Windstärken, wenig Seegang, und ich rolle die Genua aus. Das Boot macht vier bis fünf Knoten. Die Ruhe ist sehr angenehm, und es zeigen sich sogar ein paar Sterne.

Im ersten Dämmerlicht nimmt der Wind zu, und ich reffe die Genua. Im Laufe der nächsten zwei Stunden nimmt er bis auf Windstärke sieben zu, in Böen sogar darüber. Der Atlantikseegang beginnt sich aufzubauen, und Schaumstreifen legen sich über die Wellenkämme aus. Die Gischt spritzt bis ins Cockpit. Ich bin auf raumem Kurs, und eine finstere Wolkenwand verfolgt mich. Sie kommt immer näher, und es beginnt zu nieseln.

Es ist sehr rau, windig und grau. Das Großsegel habe ich im dritten Reff und anstatt der Genua die Kutterfok gesetzt. Bei diesen Bedingungen ist das Reffen und Segelwechseln richtig Arbeit. Das Boot krängt so weit, dass ich mit einem Fuß seitlich innen auf der Bordkante stehen kann, die manchmal sogar untertaucht. Die Wellen spritzen übers Deck und über mich, und das Wasser rinnt knöcheltief über den rutschfesten Belag. Beim Leinenaufschießen knie ich am Boden oder sitze auf einem Bein, wodurch die Ölzeughose richtig nass wird.

Es ist laut, der Wind heult, Leinen und Segel schlagen während des Manövers, Regen und Gischt spritzen mir ins Gesicht, und ich muss beim Arbeiten aufpassen, dass ich mich nicht mit der Lifeline verhänge. Und ich muss penibel darauf achten, dass ich mich gut festhalte und nicht irrtümlich ins Leere greife. Nach einiger Zeit bin ich mit den Arbeiten fertig, und das Boot läuft wieder gut.

Mein Ölzeug ist nass, ich kann es innen wegen des ganzen Polster- und Wohnzimmerzeugs nirgendwo gut hinhängen und mich umziehen, das Boot ist von oben nicht ganz dicht, die Genuaschiene ist locker, und mir fehlt auf dem Kurs ein Spi-Baum. Aber trotz allen Widrigkeiten ist meine Stimmung gerade wieder super und ich bin gut gelaunt. Es ist ein Abenteuer, eine Herausforderung, und ich bin mittendrin und habe alles unter Kontrolle. Ich weiß mittlerweile, dass ich meine Stimmung in den Griff bekomme und mein Spirit erwacht, sobald ich offshore bin. Bloß das Herumsitzen im Hafen bedrückt mich immer, je länger der Aufenthalt dauert. Das erste Hinausfahren ist immer mit Spannung verbunden, aber die verfliegt, sobald ich aufs Meer hinaussegle.

Ich glaube, dass ich mir trotzdem leichter täte, wenn ich jemanden hätte, der hinter mir steht, eine Partnerin oder ein Team. Denn es würde mein Gefühl bestärken, dass das, was ich da tue, auch etwas wert ist. Drei meiner Freunde, Christoph, Nicole und Nik, stehen komplett hinter mir. Sie schreiben mir regelmäßig und erkundigen sich, und ich habe das Gefühl, dass sie mit mir richtig mitfiebern. Das ist sehr aufbauend.

Mittlerweile ist es zwei Uhr nachmittags, und der Wind hat auf zwei Windstärken nachgelassen. Ich habe die Genua komplett ausgerollt und das Großsegel im ersten Reff. Es geht auf raumem Kurs weiter, und da der Seegang ziemlich hoch ist, schlagen die Segel schrecklich hin und her. Das Boot schwankt stark, und die Segel fallen regelmäßig schwerkraftbedingt ein. Es ist nervlich kaum auszuhalten. Der Windgraph zeigt, dass er stetig schwächer wird. Im Moment macht das Boot noch drei Knoten Fahrt, aber ich befürchte, dass das bald weniger sein wird.

Vielleicht bleibe ich dann einfach in der Flaute stehen, weil der Motorenlärm ist auf Dauer sehr nervenaufreibend. Gestern bin ich zwölf Stunden lang gefahren, das war schrecklich. Und außerdem ist der Tank einfach zu klein für den Motor. Aber ich habe Glück, denn der Wind dreht – und ich kann auf einem Halbwindkurs laufen. Das ist viel besser: mehr Druck in den Segeln, und das Boot ist schneller.

Der Atlantik wird wieder blau. Weiter im Norden war das Wasser nicht so tiefblau, eher zartblau bis grau. Und rund um Irland war es eher grün. Da folgt das Meer anscheinend dem irischen Nationalstolz.

Der Wind nimmt auf drei bis vier Windstärken zu, und so geht es bis in die Nacht. Um zwei Uhr schläft er aber wieder ein, und ich wache vom schrecklichen Schlagen der Segel auf. Das Boot taumelt auf den Wellen. Ich rolle die Genua weg, dann ist es nicht mehr ganz so schlimm, obwohl das Schlagen des Großsegels auch sehr unangenehm ist. Die ständigen Lastwechsel und Erschütterungen des Bootes schmerzen mich.

Aber ich habe auch dieses Mal Glück, denn zwanzig Minuten später ist der Wind zurück. Es geht weiter und ich kann wieder schlafen. Eine Stunde später weckt mich der Wecker routinemäßig auf. Ich mache meine Standardchecks. Plötzlich bemerke ich einen Lichtblitz im Augenwinkel.

„Was war das?"

Ich schaue aus dem Fenster, und jetzt ist es ganz deutlich: Östlich und südlich von mir sehe ich heftiges Wetterleuchten und Blitze.

„Verdammt!" Das kann ich nicht brauchen. Aber wer mag schon Gewitter auf See. Auf dieses Wetterphänomen habe ich vollkommen vergessen – schon wieder ein Skipperfehler. Im Norden ist das Wasser kalt, und generell ist es so kühl, dass es kaum Gewitter gibt. Das letzte habe ich Ende Mai im westlichen Mittelmeer erlebt. Ab Irland Richtung Norden bin ich durch einige Schlechtwetterzonen gesegelt. Da ist es böig, regnerisch, mit tiefhängenden grauen Wolken und vielleicht sogar Nebel, aber ohne Gewitter. Doch hier, so weit südlich, ist es viel wärmer. Das Wasser hat neunzehn Grad. Dadurch ist die Luft feuchter, und das ist Energie für Gewitter.

„Soll ich sicherheitshalber ins zweite Reff gehen?", frage ich mich. Der Wind ist angenehm, so zwischen drei und vier Windstärken. Die Gewitter sind weit weg, und hier in diesen Breiten, immerhin bin ich schon südlich des 50. Breitengrades, müsste das Wetter den bekannten Regeln unserer Klimazone folgen. Das heißt im Wesentlichen, dass alles aus dem Westen kommt und nach Osten zieht. Es ist daher unwahrscheinlich, dass das zu mir kommt. Also lasse ich alles so, wie es ist und lege mich wieder nieder. Ich will's mal nicht übertreiben mit Reffen – da kann ich ja gleich rudern.

Eine Stunde später blitzt es immer noch, aber es ist weniger geworden und weiter weggezogen, und bei der nächsten Kontrolle gegen fünf Uhr ist es ganz verschwunden. Aber immer noch ist es stockfinster. Die Nächte dauern mittlerweile ziemlich lang. Tageslicht gibt es ab Viertel nach sieben für zwölfeinhalb Stunden, und hier weiter im Süden ist die Dämmerung viel kürzer. Es ist doch schon September, und in einer Woche ist Tag-Nacht-Gleiche, das Herbst-Äquinoktium, wie es in der Fachsprache heißt. Das ist der astronomische Herbstbeginn. Es wird Zeit, heimzukommen. Ich bin froh, dass das Ziel näherkommt, obwohl es immer noch ein ordentliches Stück zu fahren ist.

Es ist ein schöner, sonniger Atlantiksegeltag mit gut drei Windstärken. Ich breite mein Gewand draußen zum Trocknen auf, und ich ersetze zwei der Furling-Führungen durch andere. In dem Versandpaket waren unter anderem ein paar Low-Friction-Ringe drinnen. Es hatte mich ja gestört, dass diese unterschiedlich groß waren. Jeder hat so seinen Monk...

Weiter draußen am Atlantik dürfte heftiges Wetter sein, weil eine beachtliche Dünung aus Nordwesten läuft. Um die Mittagszeit gibt es wieder eine kurze Flaute. Und die Schoten und Segel schlagen. Genau in dem Moment, als ich einen Blick nach draußen werfe, schlägt etwas mit einem Knall gegen das Fenster.

„War das einer der Ringe?", frage ich mich und gehe ins Cockpit, um alles zu kontrollieren. Da ist nichts zu sehen, alles normal. Wahrscheinlich hat nur die Genuaschot angeklopft.

Zu Mittag esse ich wieder Pasta Bolognese und mache einen kurzen Mittagsschlaf. Das Boot segelt brav in die richtige Richtung, Verkehr ist auch kaum. Alle paar Stunden einmal ein Frachtschiff oder ein Fischer. Die verirren sich vermutlich nicht so oft hierher, weil ich bereits vom Kontinentalsockel unten bin. Da ist es um die viertausend Meter tief. Die Wettervorhersage verheißt Gewitterwahrscheinlichkeit und nördliche Winde für die kommende Nacht.

Draußen ist es schön warm und ich beobachte das Meer und mache ein paar Aufnahmen. Plötzlich steigt mir Benzingeruch in die Nase, und mein Blick fällt sofort auf den Außenbordmotor. Den habe ich kürzlich aufs Kajütdach gebunden, weil er hinten ständig im Weg ist. Hier ist er das zwar auch, aber nicht so sehr wie hinten. Anscheinend ist der Deckel undicht geworden. In dem Moment, in dem ich es kontrolliere, beginnt Benzin herauszutropfen.

„Na sehr super!", seufze ich innerlich. Nur wegen meiner Liebe zur Natur schicke ich das Teil nicht auf der Stelle auf den Meeresgrund. Er ist nur im Weg und funktionieren will er auch nicht ordentlich. In einer aufgeschnittenen Plastikflasche fange ich das Benzin auf und leere es zurück in den Re-

servekanister. Jetzt stinkt alles, und das Deck ist ganz voll damit. Ärgerlich! Mit Bremsenreiniger säubere ich es so gut wie möglich – Sache erledigt.

Am Nachmittag schläft der Wind ein. Es ist schrecklich unangenehm, denn der Wellengang ist beachtlich. Das Boot rollt heftig und die Segel schlagen fürchterlich. Ich packe wieder einmal die Genua weg.

„Soll ich den Motor einschalten?", frage ich mich. Eigentlich wär's nicht notwendig. Am späten Nachmittag, in zwei Stunden, soll der Wind einsetzen. Ich entschließe mich daher dagegen und berge das Großsegel. Ich falte es ordentlich in den Lazy-Bag. Das ist bei dem Seegang eine ziemliche Herausforderung.

Ich hole die Großschot dicht, damit der Baum nicht so heftig hin- und herschlägt, und ziehe die Reffleinen heraus. Es fühlt sich an, als würden diese über eine Kante scheuern, aber vielleicht sind sie durch das wackelige Segelbergen im Stapel verlegt, das kann schon vorkommen. Ich steige aufs Kajütdach, klammere mich mit einer Hand an den Großschotblock, um nicht ins Wasser katapultiert zu werden, sortiere das Segel und die Leinen und probiere es noch einmal – aber es geht immer noch schlecht.

Also balanciere ich ans hintere Ende des Baumes, wo die Reffleinen verschwinden. Bei dem Seegang ist das ein akrobatischer Akt. Ich halte mich am Baum fest und mache das Schiebeluk zu, um nicht irrtümlich in den Niedergang zu fallen. Bei der Gelegenheit fällt mein Blick ins Cockpit: Da liegt eine schwarze Rolle!

„Wo ist die denn her?", frage ich mich. In der Sekunde, während ich das denke, verbindet mein Gehirn bereits die Rolle da am Boden mit den schlechtgängigen Reffleinen. Mein Denkapparat besteht anscheinend doch nicht nur aus mechanischen Komponenten. Sofort schaue ich ans Ende des Baums, da, wo die Rollen drinnen sind.

„Oh nein! Nicht das auch noch!"

Da sind normalerweise vier Rollen, die von einem Bolzen gehalten werden. Dieser steht jetzt seitlich aus dem Baum heraus, und zwei Rollen fehlen. Eine liegt also unten im Cockpit, und die vierte ist vermutlich weg. Ich suche das ganze Cockpit ab, aber nichts da. Dann ist also vor ein paar Stunden doch etwas Schwarzes gegen die Scheibe geknallt. Jetzt weiß ich, was es wohl war. Aber ich habe Glück im Unglück, denn der Bolzen und immerhin drei Rollen sind noch da.

Jetzt starte ich die Maschine und fahre geradeaus nach Süden, damit das Boot nicht völlig hilflos herumtaumelt. Danach baue ich das Ganze wieder zusammen und fixiere den Bolzen provisorisch mit einem Stück Plastik und Gafferband. Damit kann ich das Segel ganz, oder ins erste oder dritte Reff setzen. Wenn das Meer einmal ruhiger ist, werde ich das ändern und statt des Unterliekstreckers das zweite Reff aktivieren. Das ist wichtiger, als das Segel voll zu setzen.

Die Erkenntnis daraus ist, dass Presspassungen am Boot ungeeignet sind. Durch die massive Belastung und die vielen Lastwechsel muss das irgendwann locker werden und herausfallen. Ganz am Anfang der Reise hat sich der Genuaholepunkt aus dem selben Grund aufgelöst. Aber der ist vermutlich schon Jahrzehnte alt, im Unterschied zum Baum; der ist zwei Jahre alt.

Mittlerweile bin ich ein paar Meilen nordwestlich vom Verkehrstrennungsgebiet *Finisterre*. Ich werde westlich davon vorbeifahren. Eigentlich wollte ich einen noch größeren Abstand halten, um weiter von den Frachtschiffen und der Küste entfernt zu sein, aber der Wind hat zunehmend von Nord auf West gedreht. Da kann man nichts machen, einen gewissen Abstand habe ich ja, auch wenn es nur knapp zehn Meilen sind. Die Küste Spaniens liegt ungefähr fünfzig Meilen weiter östlich. Könnte mehr sein, aber so ist es auch recht angenehm.

Der Wind wird zunehmend leichter, und um Mitternacht ist er ganz weg. Wieder einmal weckt mich das Schlagen der Segel auf. Es ist ein schrecklicher Lärm, und das Boot taumelt wild in der alten Dünung. Also rolle ich die Genua weg. Das ewige Wechselspiel zwischen Sturm und Flaute. Das Großsegel lasse ich oben und fixiere den Baum. Im Endeffekt treibe ich sechs Stunden westlich des Verkehrstrennungsgebietes herum – zwei Meilen nach Süden, dann wieder nach Norden, dann nach Westen. Dafür habe ich in meinem Rhythmus schlafen können. Um sechs Uhr morgens kommt ein bisschen Wind auf, und es geht weiter.

Es ist der 19. September und dabei sonnig, warm und recht windarm. An Temperatur und Luftfeuchtigkeit merkt man deutlich, dass man wieder weiter im Süden ist. Das *Cabo Finisterre* liegt auf dem 43. Breitengrad. Man muss zwar nicht mehr so viel anziehen, aber ich finde, dass die Nachteile größer sind: Zum einen schwitzt man deutlich mehr, was in Hinblick auf die recht eingeschränkte Körperhygiene natürlich suboptimal ist, und außerdem funktioniert die natürliche Lebensmittelkühlung nicht mehr.

Während der ganzen Fahrt habe ich leicht verderbliche Lebensmittel, wie Milch, Wurst und Käse unter den Bodenbrettern gelagert. Rund um Island war die Wassertemperatur bei zwölf Grad, in Irland waren es um die fünfzehn. Das ist vollkommen ausreichend. Aber hier hat das Wasser zwanzig Grad. Das ist zu warm.

Untertags ist der Wind sehr zurückhaltend und auch das Meer recht ruhig. Es soll abends mehr werden, und morgen wird eine heftige Front durchziehen. Diese Gelegenheit jetzt nutze ich darum, um mir die Sache mit den Umlenkrollen genauer anzuschauen. Ich berge daher das Großsegel und lasse den Baum bis aufs Deck herunter.

Ich löse das Gafferband herunter und schlage den Stift wieder heraus. Dann ändere ich die Anordnung der drei verbliebenen Rollen so, dass ich alle drei Reffs benutzen kann. Der Unterliekstrecker hat ein Stück Drahtseil als Vorlauf. Ich kann daher sogar das Segel voll setzen, auch ohne Rolle, denn das Drahtseil wird sich an dem Bolzen nicht so schnell durchscheuern. Und so oft brauche ich das ganze Segel sowieso nicht. Die Reffs sind viel wichtiger.

Ich sprühe alles mit Silikonspray ein und schlage den Stift wieder hinein. Zum Abschluss schnitze ich zwei Plastikscheiben aus den Schraubverschlüssen von den Wasserflaschen. Die klebe ich dann mit Gafferband über das Ende des Bolzens. Danach setze ich das Segel im ersten Reff.

Der Wind nimmt abends zu. Ich wende nach Westen, um von den Frachtschiffen wegzukommen, und da fällt mir mit Entsetzen die Leine des zweiten Reffs ins Auge. Sie ist beinahe durchgescheuert und hält nur noch an ein paar Fäden vom Mantel. Die Leine hat vermutlich an der Kante gescheuert, weil die Rolle gefehlt hat.

12. Entenmuscheln

Zum Glück fällt mir das jetzt auf, weil die wäre beim nächsten Mal Durchsetzen bestimmt abgerissen – und wenn das Ende in den Baum hineinrutscht, ist es ziemlich mühsam, eine neue wieder durchzuziehen. So schneide ich den letzten Meter einfach ab und setze das Großsegel ins zweite Reff.

Kurz darauf bricht die Nacht herein. Von Zeit zu Zeit muss ich hinaus, um zu wenden und den Frachtschiffen nicht zu nahe zu kommen. Kreuzen ist immer sehr zermürbend, weil das Boot so wenig Höhe läuft.

Der Wind ist instabil, er dreht um bis zu fünfzig Grad und variiert, mal stärker und dann wieder schwächer. Die Änderung der Windstärke ist unangenehm, weil dadurch der Segeltrimm, und das schließt die Windsteueranlage mit ein, ständig angepasst werden muss, sonst flattern die Segel, das Boot bleibt fast stehen, fällt stark ab – und dann geht das Spiel wieder von vorne los.

Der südliche Wind ist anstrengend, weil man durch die Wenden viele leere Meilen fährt. Die ganze Fahrt von Irland bis hierher stellt sich bisher überhaupt als sehr anstrengend dar.

Irgendwann dreht der Wind weiter nach rechts. Das ist gut, denn ich kann beinahe Südkurs fahren. Und so komme ich mit ordentlich Fahrt im Schiff gut durch die Nacht. Der nächste Morgen bricht an. Die Sonne versteckt sich teilweise hinter den Wolken, es ist trotzdem schön. Laut Vorhersage wird heute Abend um neun oder zehn Uhr eine Front durchziehen.

Mit gutem Wind von zuerst vier, dann fünf, später sechs Windstärken mache ich untertags guten Fortschritt. Leider dreht er noch am Vormittag wieder von West auf Südwest, ich kann daher nur in Richtung Südsüdost fahren. Dadurch komme ich langsam der Frachtroute und der portugiesischen Küste näher, und bald fahre ich schräg mitten durch die Frachtschiffe. Bis zum Frontdurchgang sollte es sich ohne Wenden ausgehen und ich trotzdem genug Abstand zur Küste behalten. Hinterher wird der Wind auf Nordwest drehen, und damit komme ich wieder weiter raus.

Plötzlich steigt mir eine Alkoholfahne in die Nase. Ich wundere mich, wo das schon wieder herkommt. Das verfolgt mich jetzt schon seit Monaten. Wie ein Spürhund versuche ich nun, die Quelle zu erschnuppern, was in Anbetracht des bewegten Bootes nicht ganz einfach ist, da sich auch die Luft und damit der Geruch bewegt. Nach längerer Suche lande ich im Schapp unter dem Herd. Da sind die Putzmittel drin. Ich beginne alles auszuräumen. Das ist das erste Mal, seitdem ich das Boot besitze. Ich brauche sonst immer nur den Küchen- und den Glasreiniger. Jetzt begutachte ich, was da noch alles drin ist – und wundere mich ein bisschen: Bodenreiniger, Holzpolitur, Chromputzmittel, Kaffeemaschinenentkalker, Farbverdünner und Spiritus.

„Da ist der Übeltäter!"

Endlich habe ich den wahren Grund für den ständigen Alkoholdunst gefunden! Die Spiritusflasche ist nicht gut verschlossen, und bei stärkerer Krängung tritt langsam, aber stetig ein wenig Flüssigkeit aus. Ich bin sehr froh darüber, die Ursache gefunden zu haben, verschließe die Flasche gut und verstaue sowohl den Spiritus als auch den Farbverdünner hinten in der Backskiste. Beides werde ich bei nächster Gelegenheit entsorgen.

Der Wind nimmt kontinuierlich zu, und ich lasse das Boot ordentlich laufen. Am Abend setze ich das Großsegel ins dritte Reff. Kann nicht schaden, da mit der Front jedenfalls Windstärke acht zu erwarten ist. Der Atlantik ist bewegt, und das Reffen ist eine ziemliche Action. In kurzer Zeit bin ich nass, außen zumindest. Und meine Beine sind knieabwärts feucht – hält nichts aus, das Ölzeug.

Es wird finster. Am späten Nachmittag habe ich noch einen Kaffee getrunken, weil das eine anstrengende Nacht wird. Die Front muss laut Vorhersage in zwei bis drei Stunden da sein. Der Himmel ist unverändert und recht klar. Das ist eigenartig. Die Vorboten der Front müsste man eigentlich schon längst sehen.

Die Zeit vergeht, und ich lege mich immer wieder hin. Besonders gut schlafen kann ich heute nicht, weil ich einerseits vom Kaffee aufgeputscht und auch etwas angespannt bin. Ein Frontdurchgang ist immer eine heftige Wettererscheinung. Der Windgraph zeigt, dass der Wind stetig zunimmt, und das Barometer fällt kontinuierlich. Der Seegang hat ordentlich zugelegt, und immer wieder ergießen sich Wellen geräuschvoll übers ganze Boot.

Ich muss reffen. Also rein ins feuchte Ölzeug. Die Jacke ist noch trocken, nur die Hose nicht. Und dann hinaus in die unwirtliche Natur. Stockfinster, der Wind pfeift, die Wellen und das Wasser sind sehr laut, und ich kann schmecken, wie die Luft von salziger Gischt erfüllt ist. Ich rolle ein bisschen von der Genua ein und verstecke mich gleich wieder in der trockenen Kajüte. Es vergeht Stunde um Stunde und nichts passiert – außer, dass ich der Küste immer näher komme. Dass die Front um zehn herum hätte da sein sollen, hat nicht gestimmt – oder ich habe mich in meiner Position geirrt.

Es ist Viertel nach zwei Uhr, und immer noch herrscht Südwestwind, das bedeutet, dass ich immer noch vor der Front bin. Die Küste liegt nur noch dreißig Meilen östlich von mir, und ich bin schon deutlich innerhalb der Frachtschiffe. Ich darf keinesfalls über den Kontinentalsockel kommen. Die See ist sehr aufgewühlt, und schlagartige Tiefenänderungen können sich verheerend auswirken. Laut meiner Karte sind es noch fünf oder sechs Seemeilen bis dorthin, also eine Dreiviertelstunde. Dort springt dann die Wassertiefe von rund viertausend Meter auf unter hundert. Das ist eines der Geheimnisse, warum auch die Biskaya so gefürchtet ist. Ich muss weg von der Küste, hinein in den Schiffsverkehr. Also wieder umziehen. Die Jacke ist immer noch trocken, nur die Stoffbündchen sind mittlerweile feucht.

Adjustiert mit Ölzeug, Rettungsweste und Stirnlampe klettere ich ins nasse Cockpit und mache hinter mir alles rasch wieder zu. Es ist nur eine Frage von Sekunden, bis der nächste Wasserschwall kommt. Draußen ist es jetzt sehr unwirtlich. Der starke Regen kommt waagrecht durch die Luft und sticht wie Nadeln im Gesicht. Es scheint leicht nebelig zu sein, wie ich im weißen Schein des Hecklichtes, an dem die Regentropfen vorbeiflitzen, sehen kann. Im Licht der Lampe schaut es beinahe wie Schnee aus, ist es aber nicht – der wäre wenigstens nicht so nass. Es ist pechschwarz. Trotzdem kann ich in der Nähe immer wieder brechende Wellenkämme sehen. Das Meer muss sehr aufgewühlt sein, ich kann es im Dunkeln aber nur erahnen.

„Schade, dass ich das nicht filmen kann", denke ich mir in Hinblick auf die Videos, die ich nach dieser Expedition zusammenstellen werde.

Ich muss mich gut festhalten, um nicht den Halt zu verlieren, das wäre jetzt ungünstig. Alles ist komplett nass, und am Boden liegen jede Menge Leinen. Mit den Stiefeln schiebe ich sie auf die Seite, um nicht draufzusteigen, nicht einmal ein kleines bisschen. Einen guten Stand zu haben ist das Um und Auf. Ich beobachte das Spektakel ein bisschen. Es fühlt sich so an, als ob der Wind noch einmal zugenommen hat. Das Boot krängt ordentlich, und die Windsteueranlage bemüht sich, es auf Kurs zu halten. Die Wellen spülen zeitweise aufs Seitendeck, und das ist aufgrund der hohen Bordkante ein deutliches Zeichen dafür, dass die Segelfläche zu viel ist.

Ich halse. Großschot dicht, Windsteueranlage auf raumen Kurs und die Leeschot fieren. Gleichzeitig die Luvschot holen, damit sie nirgendwo hängen bleibt. Danach die Windsteueranlage auf die andere Seite drehen und das Vorsegel rüberholen. Mittendrin rolle ich gleichzeitig noch ein Stück von der Genua weg. Der Baum klappt von selbst, dann weiterdrehen auf Am-Wind und Genua dicht. Fertig.

Jetzt läuft das Boot auf Westnordwest. Auch gut. Egal wohin, nur weg von der Küste. So heftig wie das ist, muss die Front nun bald kommen. Am westlichen Horizont halte ich nach Gewittern Ausschau, aber da ist nichts außer tiefschwarze Nacht.

Das Boot läuft wieder gut. Ich schalte das Display aus und verstecke mich schnell wieder in der Kajüte. Das Ausziehen des nassen Ölzeugs ist noch mühsamer als das Anziehen. Man klebt regelrecht drin – weil man schwitzt und wegen des Salzwassers. Die Hände und Finger sind nassfeucht und schrumpelig. Zuerst weg mit der Rettungsweste, und dann die Jacke ausziehen, möglichst so, dass rundherum nicht alles nass wird und man gleichzeitig nicht den Halt verliert, denn das Boot ist heftig bewegt. Danach schiebe ich die Ölzeughose bis zu den Knien hinunter und setze mich hin, ohne mit der Hose auf den Polstern anzukommen. Und jetzt mit einem Fuß aus dem Stiefel und der Hose raus, so, dass die Hose überm Stiefel bleibt, da sonst die Socken nass sind. Und in die Hausschuhe rein; nur nicht irrtümlich ins Nasse steigen. Jetzt noch mit dem zweiten Fuß das Gleiche.

Geschafft! Die Hose hänge ich neben dem Niedergang über den Segelsack von der alten Genua. Die nimmt jetzt schon seit Monaten brav das salzige Abwasser von meinen Jacken und Hosen auf. Ich wasche mir die Hände und das Gesicht und mache einen Logbucheintrag.

0230 | SW 7-8 | 1010 hPa/Regen ● | Logge 1104 | Genua gerefft, Front bald da

12. Entenmuscheln

Laut AIS ist niemand in meiner Nähe, und eine Charteryacht ohne AIS wird mir höchstwahrscheinlich auch nicht begegnen. Danach lege ich mich auf die Salonbank, stelle mir den Wecker auf eine Dreiviertelstunde und mache es mir in meiner Decke gemütlich.

Mit geschlossenen Augen lausche ich den Geräuschen. Die Wellen, das Rauschen vom Wasser am Rumpf, die Wasserfontänen, die sich, begleitet von einem Stoß ans Boot, mit lautem Prasseln übers Deck ergießen und an die Fenster schlagen. Sonst kann ich im Moment nichts tun, außer zu warten und dem Boot zu vertrauen, dass es unverwüstlich durch die finstere Nacht über den wilden Atlantik steuert und den Naturgewalten trotzt. Der Regen nimmt nochmals zu. Heftig wie eine Sturzflut prasseln die Tropfen auf die Fensterscheiben. Dann entschwinden mir die Sinne.

Plötzlich wache ich auf. Der Baum schlägt in die Großschot. Das Boot hat kaum Lage, und der Wind scheint weg zu sein.

Das Navigationstablet zeigt, dass das Boot nach Nordosten steuert. Gut und nicht gut. Mit anderen Worten: Der Wind kommt aus Nordwest. Gut, weil das bedeutet, dass die Front durchgezogen ist. Innerlich muss ich ein bisschen über mich selbst lachen, denn jetzt habe ich das Beste verschlafen. Egal, außer mehr Regen wird nichts gewesen sein, sonst wäre ich schon früher aufgewacht. Nicht gut ist aber der Kurs. Denn jetzt muss ich wieder halsen, und dafür muss ich schon wieder ins nasskalte Ölzeug. Also rein in die feuchten Sachen und raus ins Cockpit.

Wie friedlich es plötzlich wirkt, obwohl der Wind immer noch fünf Windstärken hat. Aber er ist damit trotzdem zu schwach für die kleine Segelfläche. Also halse ich auf Kurs Südsüdwest und rolle einiges von der Genua aus, damit wieder Bewegung in die Sache kommt. Den Baum fixiere ich mit dem Bullenstander und dann wieder hinein. Die Nacht ist noch nicht vorbei.

Der folgende Tag verläuft angenehm mit Nordwest drei bis vier und klart etwas auf. Wie immer lege ich mich zwischendurch ein paar Mal nieder. Heute etwas öfters, denn die letzte Nacht war anstrengend. Dafür wird die nächste ziemlich windarm. Untertags arbeite ich mich schräg durch die Frachtroute zurück auf die äußere Seite, bis ich westlich des Verkehrstrennungsgebietes

Lissabon bin. Der Abstand zur Küste beträgt ungefähr vierzig Meilen, das ist schon halbwegs angenehm.

Plötzlich entdecke ich am AIS zum ersten Mal, seit ich aus Irland weggefahren bin, zwei Segelyachten, die gerade diese virtuelle Autobahn nach Westen queren. Mein Interesse steigt, als ich sehe, dass eine davon NOMAD heißt. So wie die Ovni von den Seenomaden. Diese hier ist aber in Andorra registriert, außerdem bin ich mir recht sicher, dass Doris und Wolf gerade in Alaska unterwegs sind.

In der Nacht schwächelt der Wind und dreht immer wieder. Einmal kommt er mehr aus Nord, dann wieder mehr aus Nordwest. Und ich kann ständig den Kurs anpassen oder sogar halsen, um nicht in die Fahrspur zu kommen. Im Verkehrstrennungsgebiet muss man sich an die vorgegebene Fahrtrichtung halten, wie auf einer Autobahn. Die meisten Frachtschiffe fahren dort, weil es gewissermaßen einfacher ist, da sie zumindest nicht auf Gegenverkehr aufpassen müssen. Manche fahren aber auch außerhalb, so wie ich. Vielleicht aus demselben Grund: Hier ist kaum Verkehr und das Fahren ist viel entspannter, weil man eben nicht ständig auf der Hut sein muss.

Das Funkgerät kracht, und ein Frachtschiff ruft die Segelyacht GREYA auf Kanal 16 an. Immer und immer wieder, aber anscheinend meldet sich niemand. Vielleicht eingeschlafen, oder das Funkgerät ist zu leise gestellt oder auch gar nicht aufgedreht. Ich kann beide am AIS sehen. Der Frachter wird in ungefähr drei Stunden bei mir vorbeikommen. Er ist mit knapp acht Knoten recht langsam. Die normalen Frachtschiffe sind mit zwölf bis fünfzehn Knoten unterwegs.

Plötzlich läutet mein Funkgerät. Ich schrecke auf und starte sofort zum Navitisch. Es ist ein direkter DSC-Call. Ich will bestätigen, verdrücke mich aber bei den Tasten, weil ich die Brille noch nicht aufhabe – abgewürgt. Ich taste im Finsteren am Tisch herum, finde die Brille und werfe einen Blick aufs Tablet, um mir einen Überblick über die Situation zu verschaffen. Es ist fünf Uhr in der Früh und stockfinster. Dann läutet es wieder. Diesmal bestätige ich mit den richtigen Tasten, und das Funkgerät schaltet automatisch auf Kanal 72 um.

12. Entenmuscheln

Obwohl DSC sehr praktisch ist, wird trotzdem recht viel ganz klassisch per Sprechfunk abgewickelt. Dabei wäre es mit AIS einfach, DSC zu verwenden, weil sich dadurch alle gegenseitig im elektronischen Informationssystem sehen. Aber ich bin froh, dass der normale Sprechfunk so häufig verwendet wird, denn so kann ich hören und lernen, worüber da geredet wird, und wie genau das abläuft. Also antworte ich:

»STATION CALLING MIZZI?«

»GOOD MORNING SIR. THIS IS RAMFORM HYPERION. WE ARE ABOUT TO OVERTAKE YOU. SO WHAT IS YOUR INTENTION? WHAT IS YOUR COURSE? OVER.«

»GOOD MORNING SIR. SO YOU ARE THE VESSEL BEHIND ME. I'M HEADING SOUTH. MY COURSE IS PRETTY MUCH 180. BUT I'M UNDER SAILS SO IT IS NOT PERFECTLY STABLE. OVER.«

»OK. SO IF YOUR COURSE IS 180 I WILL OVERTAKE YOU ON YOUR PORT SIDE AND KEEP CLEAR OF YOU. OVER.«

»OK. LET'S DO IT LIKE THIS. I WILL MAINTAIN MY COURSE. HAVE A GOOD WATCH! OUT.«

»THANK YOU SIR. HAVE A GOOD AND COMFORTABLE SAIL. OUT.«

Es war dasselbe Schiff, das auch die GREYA vor ein paar Stunden angefunkt hat. Aus dem Niedergang kann ich die Toplichter des großen Schiffs hinter mir sehen. Ich bleibe eine Zeit lang wach, um das Überholmanöver zu überwachen. Insbesondere passe ich auf, dass mein Boot bei einem Winddreher nicht plötzlich den Kurs ändert. Das wäre ungünstig. Ich beobachte das Frachtschiff und wie sich die Toplichter zueinander verschieben und sein grünes Steuerbordlicht zum Vorschein kommt. Wie ausgemacht, ändert es den Kurs, um mich an meiner Backbordseite zu überholen. Zwanzig Minuten später ist es neben mir, ungefähr eine Meile weiter östlich. Gut so. Dann kann ich jetzt wieder eine Runde schlafen.

Der nächste Tag ist ein gemütlicher, sonniger Segeltag und bei einem Routinecheck stelle ich fest, dass ein paar Schrauben meiner Rollreffanlage verlorengegangen sind. Aus meinem Ersatzteillager hole ich ein paar passende hervor und fixiere sie mit Gafferband, da das Gewinde beschädigt ist. Aber sie halten ausreichend, um gegen die Torsionskraft zu wirken.

Beim Verkehrstrennungsgebiet vor dem *Kap Sao Vicente* dreht der Wind auf Nord. Aus der Wettervorhersage weiß ich, dass leider nicht mehr viel Zeit ist, bis der Wind auf Ost drehen wird – vielleicht 24 Stunden. Also lasse ich das Boot mit ordentlich Segelfläche in vollen Zügen nach Osten laufen, denn jede Meile zählt. So rausche ich durch den Tag und die kommende Nacht.

In der Früh des folgenden Tages beginnt der Wind langsam, aber kontinuierlich nach Osten zu drehen. Und mein Kurs damit weiter Richtung Südost. Ich lasse das Boot laufen, denn mir fehlen nur noch siebzig Seemeilen bis zur spanischen Küste vor Gibraltar. Vielleicht schaffe ich es doch mit Kreuzen.

Wind und Seegang werden zunehmend giftiger, bis der Wind bei deutlichen sieben Windstärken, mit Böen im Achter angekommen ist. Die Düse zwischen Europa und Afrika macht sich bemerkbar. Ich muss kontinuierlich reffen. Das Boot kränkt so weit, dass ich vorne beim Mast auf der Innenseite der leeseitigen Bordkante stehen kann, die zeitweise sogar untertaucht. Das Ende des gefierten Großbaums schlägt während des Manövers beinahe in die Wellen ein. Der Bullenstander hängt noch, weshalb ich am Seitendeck geduckt ein paar Schritte nach hinten steige und einhändig den Klampenschlag öffne. Danach geht's wieder zurück zum Mast. Der Baum lässt sich jetzt andirken, und ich kann das Großsegel reffen. Danach klettere ich vorsichtig ins Cockpit zurück und hole die Großschot an.

Plötzlich fällt mein Blick auf eine Leine, die im Wasser nachgezogen wird. In der Sekunde muss ich an den Propeller denken. Zum Glück ist sie weit genug außen, und es besteht keine Gefahr. Mit ein paar Versuchen kann ich sie mit der Hand aus dem Meer fischen.

Es war der Bullenstander. Normalerweise binde ich jedes Ende, wenn es nicht ohnehin auf einer Klampe belegt ist, an die Reling, um genau das zu verhindern. Dieses Mal war ich vorne am Mast und habe dann – schnell, schnell – nur den Klampenschlag gelöst und das Ende offen liegen lassen. Ein eindeutiger Skipperfehler.

„Niemals Enden offen lassen!" und *„Arbeite immer ordentlich, sei niemals schlampig!"* lauten zwei meiner eigenen wichtigen Regeln. Letztere steht sogar auf meinem *Seemannscodex*, der einlaminiert unten im Salon hängt. Es ist eine Liste mit wichtigen Grundregeln, die ich in erster Linie als Information für Crew-Mitglieder ausgehängt habe.

12. Entenmuscheln

Kleine Sünden bestraft der liebe Gott sofort, also habe ich die Leine aus dem Wasser holen und neu einfädeln müssen. Zum Glück ist diesmal zwar sonst nichts passiert, aber es erinnert mich wieder daran, dass man sich keine Ausnahmen leisten kann; schon gar nicht beim Solosegeln unter anspruchsvollen Bedingungen.

Ich bin schon fast näher bei Marokko als bei Spanien, also wende ich mit schrecklich großem Winkel zurück Richtung Nordnordost. Dieser Punkt wird mit 35° 45,7′ N 007° 37,1′ W zugleich auch der südlichste Punkt meiner Reise.

Nach ein paar Stunden ist es plötzlich windstill. Warten macht jetzt keinen Sinn, denn die nächsten Tage wird der Wind auch aus Osten kommen. Also Maschine an – und durch die Nacht in Richtung Andalusien.

Es gibt Momente, da könnte ich verzweifeln. Jetzt bin ich 1600 Seemeilen ohne gröbere Probleme bis vor Gibraltar gesegelt, und nun wendet sich das Blatt gegen mich. Seit gestern Abend bin ich mit der Maschine unterwegs, was an sich schon sehr mühsam ist. Der Lärm macht mich fast wahnsinnig, und schlafen kann ich auch nicht sonderlich gut. Bis in die Morgenstunden herrscht beinahe kein Wind – bis er ganz plötzlich aus Osten mit fünf Windstärken aufdreht.

Seither quäle ich mich mit der Maschine Meile um Meile im Schneckentempo gegen Wind und Welle Richtung Osten. Die Bootsbewegung ist sehr unangenehm, die Wellen sind steil und kurz, weil es hier so seicht ist. Der Motor lärmt, und im Boot ist es heiß und schwül. Die Luken aufzumachen ist aber unmöglich, weil ständig Spritzwasser übers Boot kommt. Mittlerweile habe ich das zweite T-Shirt an. Jedes Mal, wenn ich hinausgehe, um die Umgebung zu kontrollieren und auch, um zu filmen, werde ich nass.

Mein Satelliteninternet macht seit einer Woche Probleme. Die Schüssel richtet sich nicht mehr in den Himmel aus, wodurch ich nur auf manchen Kursen Verbindung bekomme. Meine ursprüngliche Vermutung, dass die Motoren kaputt sind, hat die Testfunktion aber widerlegt. Allerdings richtet sie sich seither nicht mehr aus. Bei einer Internet-Recherche finde ich heraus, dass andere dieses Problem auch gehabt haben – und dass sie sich wieder ausrichtet, wenn das Boot komplett in Ruhe ist. Mein Boot ist seit zwei Wochen in dauerhafter Bewegung. Also hoffe ich, dass sich das im Hafen wieder normalisiert.

Die Wettervorhersage verheißt leider nichts Gutes. Die zehntägige Prognose zeigt stabilen *Levante*, wie der Ostwind hier genannt wird. Das ist der schlechteste Fall, der eintreten kann.

Ich werde nach *Barbate* fahren, um zu tanken. Der halbe Tank ist verbraucht und die nächste Tankstelle weit weg. Ich spiele mit dem Gedanken, für ein bis zwei Nächte dort zu bleiben. Das ist zwar das Gegenteil von dem, was ich eigentlich möchte. Bei allen anderen Bedingungen würde ich einfach weiterfahren. Aber bei sieben Windstärken aus Ost kommt man mit einem kleinen Segelboot nur sehr schwer durch die Straße von Gibraltar Richtung Mittelmeer. Eine bessere Idee als zu warten habe ich daher nicht.

Der Motorenlärm ist lästig, und die Sorge, dass er beschädigt wird oder nicht durchhält ist zusätzlich immer präsent. Es ist schwül und die Bootsbewegung eine Katastrophe, das Satelliteninternet geht fast nicht, das Wellenlager wird kaputt, der Tank wird leer – und es ist anhaltender *Levante*, der ein Durchkommen durch die Straße von Gibraltar, und vor allem auch das darauf folgende Weiterkommen im Mittelmeer, fast unmöglich macht. Ich kann tage- und wochenlang übers Meer segeln und verschiedenste Situationen mit Schlechtwetter, Regen, Sonne und allem anderen durchstehen. Aber das hier bringt mich an die Grenzen meines Mutes und meiner Motivation.

Ich erinnere mich an die riesige Fischereianlage vor *Barbate*, wo ich im Juni beinahe hineingefahren wäre. Ich halte genau Ausschau und studiere die Seekarte sehr ausführlich. Und jetzt erkenne und verstehe ich die Grenzen des Gebietes mit den Netzen: Es ist mit Kardinalzeichen markiert, wobei das innerste eine gelbe Sondergefahrenstelle ist, die sehr knapp, etwa eine halbe Seemeile vor der Hafeneinfahrt steht. Das empfinde ich als etwas zu eng. Ich kann mich erinnern, dass ich mich bereits im Juni über die Seezeichen gewundert und diese auch beachtet habe, aber damals hat sich mir das alles nicht so richtig erschlossen. Vielleicht war mein Denkapparat wegen der Orca-Nervosität gelähmt, oder es ist tatsächlich jetzt erst etwas deutlicher geworden, da seit Juni einige Karten-Updates waren.

12. Entenmuscheln

Es ist der 25. September und trotz Kampf mit den Naturgewalten komme ich *Barbate* näher. Der hohe, aufgeschüttete Wellenbrecher wird erkennbar. Die große Netzanlage scheint verschwunden zu sein, und auch das innere nördliche Seezeichen ist nicht zu entdecken. Ich rufe die Marina per Funk an, erkläre, was ich will, und eine nette weibliche Stimme mit spanischem Akzent meint dann:

»YOU CAN BERTH ANYWHERE ON PONTOON B.«

»THANK YOU VERY MUCH, MA'AM. OUT.«

Also fahre ich hinein und orientiere mich. Drinnen ist es zum Glück deutlich ruhiger, und durch die Mauern und Gebäude recht windgeschützt. Und da ist Steg B. Es sind Fingerstege, wie fast überall im Atlantik, wo ich bisher war; sehr sympathisch. Ich bin kein besonderer Freund von den Mooringboxen im Mittelmeer. Also bleibe ich im Vorbecken stehen, hänge die Fender auf und bereite Festmacherleinen vor. Alles ruhig hier. Kein Jachtgetümmel, keine Menschen weit und breit. Es scheint ein windiger, heißer Ort am Rande der Welt zu sein – sehr sympathisch.

Vorbereitungen fertig. Also hinein in die nächste freie Box. Als ich hinfahre, tauchen plötzlich aus dem Nichts zwei Männer auf, die sich zu dem von mir angepeilten Liegeplatz stellen – das Empfangskomitee ist also auch schon da.

Dankenswerterweise helfen mir die beiden beim Anlegen. Es sind Deutsche. Mein Boot hängt rasch dort, das war auch nicht sonderlich kompliziert. Und dann sagt der eine plötzlich:

»Und du kommst jetzt direkt aus Irland?«

Die Frage verblüfft mich ziemlich.

„Haben die mein Boot gegoogelt? Oder habe ich hier zufällig heimliche Fans, die meine Fahrt verfolgen?", geht es mir durch den Kopf und ich antworte:

»Ja, direkt aus Irland. Steht das irgendwo?«

»Na, es gibt ja AIS«, kommt zurück – und ich schlage mir gedanklich auf die Stirn. Natürlich! Vermutlich haben sie einfach auf *Vesselfinder* oder *MarineTraffic* im Internet nachgeschaut.

Ich hänge noch den Landstrom an, mache einen letzten Logbucheintrag und schalte die Instrumente aus. Danach unterhalte ich mich mit meinen deutschen Nachbarn. Sie kommen aus dem Mittelmeer und überstellen gerade einen gut motorisierten Verdränger, der in erster Linie fürs Hochseeangeln gedacht ist. Morgen geht es weiter.

Kurze Zeit später bin ich mit Rucksack und Geld bewaffnet in den nicht ganz nahe gelegenen Ort *Barbate* unterwegs, wo ich vorne an der Strandpromenade ein kühles Bier trinke. Das habe ich mir nach der langen Überfahrt von Irland wirklich mehr als verdient.

13. Poseidons Reich

Die *Barbate-Marina* ist recht groß, und die gesamte Anlage wirkt sehr neu. Schöne Steganlagen, Strom und Wasser funktionieren einwandfrei, und es ist genug Platz für Gäste. Natürlich ist jetzt Nachsaison. Wie das im Hochsommer ausschaut, kann ich nicht sagen. Los ist hier gar nichts. Vielleicht einmal am Tag verirrt sich ein neues Boot herein. Es gibt hier auch nichts. Die Marina liegt etwas außerhalb des Ortes *Barbate*. Bis dorthin sind es gute fünfzehn Gehminuten.

Ich brauche ein paar Sachen, Brot, Käse, natürlich Milch, Oliven, Kaffee – also werde ich in den nächsten Tagen einige Male nach *Barbate* spazieren. Der Ort ist sehr schön, zumindest das Viertel rund um den Strand. Jede Menge Cafés und Tavernen, und die Stimmung ist gut. Mittendrin gibt es auch einen hervorragenden Supermarkt, der beste, der mir gleich nach Island bisher begegnet ist. Alles wirkt sehr spanisch. Schmale Gassen, durch die sich kleine Lieferwagen drängen und Geschäfte beliefern, dazwischen Mopeds, Motorräder und staubige Autos. Und auch einige Passanten, die durch die Straßenschluchten zwischen den vierstöckigen Gebäude wandern. Kaum ausländische Touristen. Das gefällt mir, denn es ist ein authentischer Ort, in dem echte Menschen leben. Keine Appartementgeisterstadt wie mancherorts. Und ich kaufe inmitten all der Spanier und Spanierinnen ein paar Sachen im Supermarkt. Von außen betrachtet, könnte ich einer von ihnen sein. Nur meine überschaubaren Spanisch-Kenntnisse würden mich rasch enttarnen.

Am Strand tut sich auch einiges, obwohl im Hochsommer vermutlich wesentlich mehr los ist. Nur der *Levante* bläst heftig über den Strand und trägt jede Menge Sand mit sich, was das Badevergnügen vermutlich etwas schmälert. Ich bin aber sowieso nicht zum Baden hier, also setze ich mich in eines der Lokale, bestelle eine *Cerveza grande* und beobachte entspannt das Treiben.

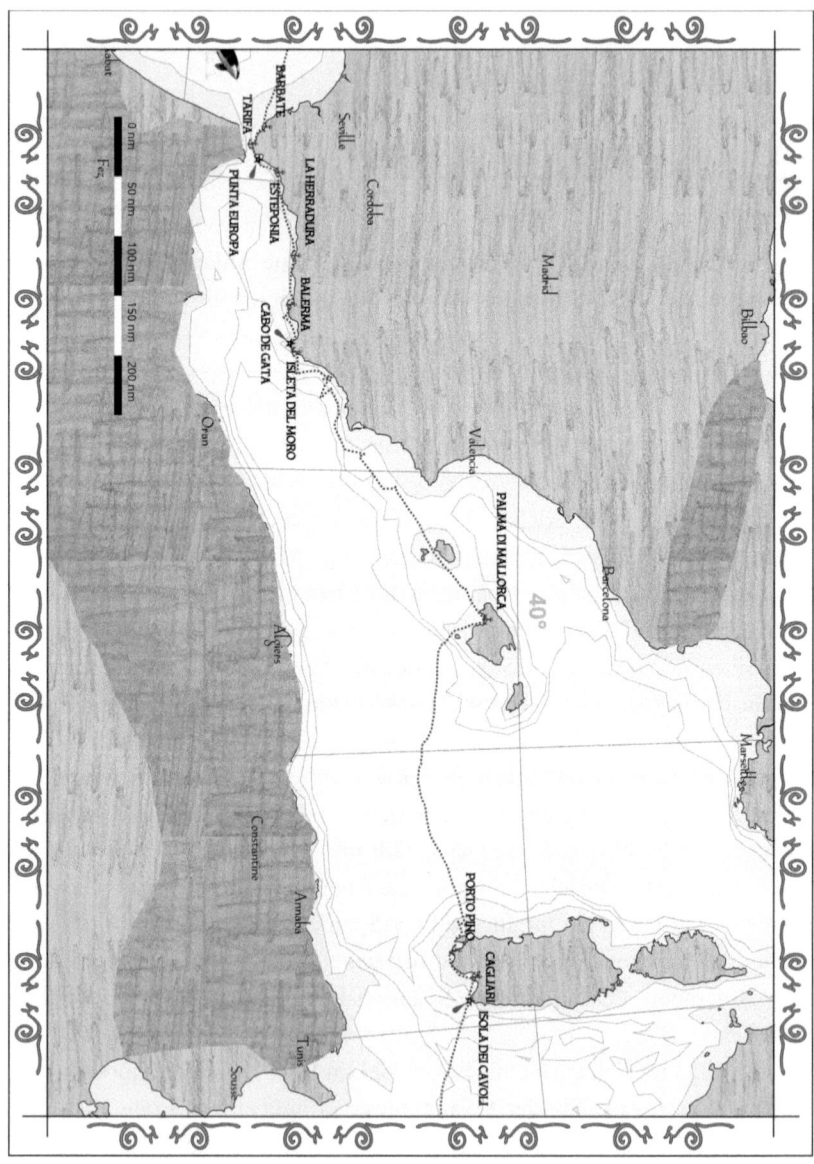

Abbildung 13.1.: Von Barbate bis Cagliari.

Am nächsten Tag kommt ein amerikanisches Ehepaar mit einem größeren Boot herein und legt, während ich gerade in *Barbate* bin, direkt neben mir an. Als ich zurückkomme, grüße ich die beiden, und wir kommen ins Gespräch. Wir vereinbaren, uns am Abend zusammenzusetzen und ein bisschen zu plaudern. Und so lerne ich Ilse und Tom kennen. Beide Amerikaner, sie stammt aus einer deutschen Auswandererfamilie, wie man am Namen leicht erkennen kann. Beide haben viele Jahrzehnte in Deutschland gearbeitet, und so sprechen sie auch deutsch – er sogar noch besser als sie. Wir bleiben trotzdem bei Englisch, weil mein Englisch eindeutig besser ist als ihr Deutsch.

Er erzählt, dass er das Boot aus den USA über Bermuda und die Azoren bis hierher gebracht hat und sie nächstes Jahr gemeinsam das Mittelmeer erkunden wollen. Natürlich erzähle ich auch meine Geschichte, und so haben wir genug Stoff für eine lange Unterhaltung.

Und so vergehen die Tage in *Barbate*. Täglich diskutieren wir die Wettersituation, und es scheint sich einfach nichts zu ändern. Tom konsultiert regelmäßig einen professionellen Meteorologen, der ihn beim Wetterrouting unterstützt. Leider bestätigt der auch nur, was meine Vorhersage-App zeigt.

Es ist eine stabile Wetterlage mit Hochdruck über Spanien und Europa, die den *Levante* verursacht. Die Straße von Gibraltar ist eine Düse zwischen Europa und Afrika, die den Wind deutlich verstärkt, und das macht das Durchkommen mit kleineren Booten extrem schwierig. Die Wetterlage hat sich einen Tag, bevor ich hierhergekommen bin, ausgeprägt.

Man kämpft mit Gegenwind zwischen sechs und acht Beaufort und starken Strömungen, die lokal aufgrund der Küstenformation variieren können. Auch gibt es zwischen *Barbate*, *Tarifa* und Gibraltar kaum Schutz. Das einzige recht offene Versteck befindet sich hinter *Punta de Gracia*, acht Meilen südöstlich von *Barbate*.

Tag für Tag das Gleiche, und meine Stimmung sinkt mal wieder im gleichen Maß. Es ist einfach keine Änderung der Wetterlage in Sicht. Kommenden Montag und Dienstag scheint der Wind ein kleines bisschen nachzulassen. Am Mittwoch wird es aber wieder deutlich stärker, auch im Mittelmeer, und das folgende Wochenende soll es dann noch heftiger werden. Ich be-

13. Poseidons Reich

schließe somit, am Montag aufzubrechen und mein Glück zu versuchen. Bis *Tarifa* sind es nur zwanzig Seemeilen, und dann nochmals fünfzehn durch die Straße von Gibraltar. Die Distanz ist also überschaubar.

Am Sonntag bereite ich alles vor, fülle die Wassertanks und mache das Schiff klar. Am Montag stehe ich um sieben Uhr auf, noch vor Sonnenaufgang. Meine Nachbarn schlafen noch, während ich ablege. Nach einem Zwischenstopp bei der Tankstelle geht es los: Hinaus aus *Barbate* und Richtung Südosten. Der Wind weht mir entgegen, aber nur mit fünf Windstärken, und der Seegang ist mäßig – noch. Die Strömung ist mit mir, das ist auch gut, obwohl dadurch die Wellen steiler werden. Aber so lange es so bleibt, ist alles gut.

Der Wind nimmt langsam zu, und die Wellen werden steiler und immer unangenehmer. Nachdem ich die Landspitze *Punta Camarinal*, ungefähr neun Meilen südöstlich von *Barbate*, passiere, wird das Ganze plötzlich zu einem Albtraum.

Der Wind hat auf sieben Windstärken zugenommen und die Wellen sind so steil, dass der Bug immer wieder so heftig einschlägt, dass er zeitweise untertaucht und Wasser schaufelt, das dann in einem Schwall nach hinten läuft. Es ist unmöglich, diesen Kurs weiterzufahren, und ich versuche, schräg zu den Wellen zu steuern, was die Sache ein bisschen besser macht. Mittlerweile ist der Strom gekippt, oder zumindest an dieser Stelle, was dazu führt, dass ich über Grund beinahe keinen Meter mehr mache.

Der elektrische Autopilot ist überfordert und kann den angepeilten Kurs nicht mehr steuern. Der Druck von Wind und Wellen ist zu groß. Also steuere ich mit der Hand weiter, was eine Herausforderung ist. Immer wieder kontrolliere ich meine Position, um meinen Fortschritt festzustellen – ja, minimal.

Hochkonzentriert und gefordert überwinde ich aber diese Stelle – und dahinter wird es zumindest geringfügig besser. Zwischenzeitlich werde ich von einem Katamaran überholt. Der kämpft ebenfalls ganz offensichtlich, aber der Rumpf ist flacher und er hat zwei Maschinen. Beides sehr vorteilhaft in dieser Situation.

Immer wieder schaue ich in mein Navigationssystem und auf die Geschwindigkeit. Fahrt durchs Wasser irgendwo zwischen null und einem Knoten, und über Grund verliere ich manchmal sogar ein Stück.

Ich gebe mehr Gas, obwohl das auch nicht ideal ist. Es wirken massive Kräfte auf mein Boot ein, und der Propeller kavitiert zeitweise. Das beschädigt ihn mittelfristig und ist außerdem ein enormer Energieverlust. Plötzlich fällt zu meinem Entsetzen auch noch die Drehzahl ab.

Sofort reduziere ich die Drehzahl, und der Lauf stabilisiert sich wieder. Ich probiere es nochmals, nur um wieder den gleichen Effekt festzustellen. Also bleibe ich auf etwas unter 1600 Touren. So scheint es zu funktionieren.

Meine Nerven sind wie Drahtseile gespannt und ich spiele im Kopf verschiedene Notfallszenarien durch. Ich darf nicht zu nahe an die Küste heran. Der Wind bläst zum Glück ziemlich parallel dazu, also bin ich nicht in einer direkten Legerwallsituation. Das Wasser ist recht seicht – sollte die Maschine ausfallen, kann ich mich herantreiben lassen oder ein Segel zu Hilfe nehmen und notankern. Oder ich segle gleich nach *Barbate* zurück und ankere dort im Vorbecken des Hafens. Ich kenne den Hafen jetzt, und das müsste mir gelingen. Das Vorbecken ist ziemlich groß und der Wind passt. Auch, wenn das ein gewisser Nervenkitzel wäre, bin ich zuversichtlich, dass ich das hinbringe. Ich würde den Hafenkapitän rechtzeitig per Funk über meine Situation und mein Vorhaben aufklären, in der Hoffnung, dass er den Hafenverkehr vorübergehend sperrt, während ich hineinfahre, und dass ich dann eine Schlepphilfe oder sonst irgendwie Unterstützung bekomme, wenn ich mal drin bin.

Aber die Maschine läuft im Moment brav, obwohl ich das Gefühl habe, trotzdem leichte Schwankungen zu hören. Also versuche ich, weiter die geplante Route Richtung *Tarifa* zu fahren. Mein Vertrauen zum Motor tendiert gerade gegen null, obwohl ich ihn immer gut gewartet habe. Mit rund fünfzehnhundert Stunden ist er auch in gutem Alter, also keinesfalls altersschwach.

Am AIS entdecke ich ein Segelboot, das sich langsam von hinten nähert. Irgendwann holen sie mich auch ein, aber ebenfalls ganz offensichtlich in einem Kampf gegen die Naturgewalten. Sie fahren etwas weiter draußen,

13. Poseidons Reich

während ich näher zur Küste fahre, in der Hoffnung, dass die Wellen da etwas niedriger sind, und das scheint sich auch geringfügig zu bestätigen. Langsam verringere ich den Abstand zum Ufer und bin aufs Notankern gefasst.

Schließlich passiere ich einen Strand, wo gefühlt Hunderte von Surfern und Skytern ihre Runden ziehen. Es ist das perfekte Wetter für sie. Immer wieder segeln sie in allen Richtungen an mir vorbei und winken mir freundlich zu. Die haben ihren Spaß, aber wahrscheinlich hat keiner nur ansatzweise eine Idee davon, in welch unglaublicher Stresssituation ich mich gerade befinde – trotzdem lächle ich und winke zurück.

Und so werden die Minuten zu Stunden, und die Seemeilen zu Lichtjahren. Mittlerweile ist Nachmittag, und mir wird klar, dass ich bei Tageslicht nicht mehr durch die Straße von Gibraltar komme. Ich schätze die Risiken ab und komme zu dem Schluss, dass ich bei Nacht unter diesen Voraussetzungen dort nicht durchfahren möchte. Ich kann der Maschine nicht vertrauen, und ich sehe das Ufer, mögliche Strömungswellen und sonstige Gefahren nicht. Außerdem war der Tag sehr anstrengend. Ich habe keine Sekunde rasten können, und die Müdigkeit wird mich irgendwann erschlagen. Das schränkt das Urteilsvermögen stark ein. Schwierige Entscheidungen können unter Schlafmangel nicht getroffen werden, was automatisch das Unfallrisiko erhöht.

Also freunde ich mich mit dem Gedanken an, vor *Tarifa* zu ankern. Dort ist es zwar windig, aber man ist vor den Wellen geschützt. Und ich kenne den Ankerplatz, da ich bereits im Juni dort war. Es war damals ebenfalls eine Risikoabschätzung, die mich dazu bewogen hat. Ich hätte in der Nacht in ein unbekanntes Gebiet segeln müssen, in der es jede Menge Fischereianlagen und vor allem Orcas gibt. Wenigstens sind diese jahreszeitbedingt gerade weggezogen, und ich bin froh darüber, zumindest diese Sorge jetzt nicht haben zu müssen.

Nach ewig langen und quälenden Stunden schaffe ich es nach *Tarifa* und visiere den altbekannten Ankerplatz an. Leider sieht der jetzt etwas anders aus als im Juni. Zum einen sind genau dort ebenfalls zahllose Surfer unterwegs, der Wind an jener Stelle ist im oberen Siebener. Und dazu ist der ganze Strand mit Bojen abgesperrt – vermutlich wegen der Badegäste.

Ich schaue mich um und werfe einen Blick in die Karte. Die Absperrung ist ewig lang, aber am anderen, nordwestlichen Ende scheint der Wind schwächer zu sein und die Bojen sind dort zu Ende. Nur in der Karte ist in der Nähe ein Ankerverbot wegen einer Stromleitung eingezeichnet.

Na gut, schauen wir uns das einmal an. Ich mache kehrt und fahre den Strand entlang nach Nordwesten. Am anderen Ende bin ich wegen der Stromleitung verunsichert. Normalerweise kann man an Land die Masten und den Übergang ins Meer sehen, wodurch man erkennt, wo man besser nicht ankert. Aber da stehen so viele verschiedene Dinge, ich kann es nicht ausmachen. Verunsichert fahre ich zurück, aber der Wind wird wieder deutlich heftiger, also drehe ich doch nochmals um und fahre noch ein Stück weiter nach Nordwesten. Und jetzt kann ich in dem Gewirr aus Masten und Kränen ganz eindeutig Hochspannungsleitungen ausnehmen, die in einem Gebäude in Strandnähe enden. Das muss es sein! Es passt auch zu der Position, die in der Karte eingezeichnet ist, und ich bin weit genug davon weg.

Also bereite ich den Anker vor, fahre noch ein Stück näher zu den Strandbojen, weg von der Hochspannungsleitung, und ankere letztendlich in sechs Metern Wassertiefe. Das Ankermanöver verläuft einwandfrei, nur steht das Boot strömungsbedingt seltsam zum Wind. Der Anker hält bombenfest.

Ich stelle die Maschine ab. Die Stille ist wunderbar. Ich sichere noch die Kette mit einer Festmacherleine an den Klampen und setze mich in den Salon. Entspannung tritt ein. Ich mache meine Anker-App scharf und gehe in Gedanken verschiedene Notfallszenarien durch. Aber ich bin zuversichtlich, dass alles passt. Keine Wellen, der Wind weht nur mit vier, manchmal fünf Windstärken, und der Anker hält in gutem Seegrund.

Gute zehn Stunden habe ich für lächerliche zwanzig Seemeilen gebraucht. Im Nachhinein betrachtet, hätte ich genauso gut segeln können; das wäre nicht langsamer, aber mit deutlich weniger nervlicher Anspannung verbunden gewesen. Aber hinterher weiß man immer alles besser. Und außerdem hätte ich im anderen Fall nicht gewusst, wie es hier mit der Maschine gegangen wäre, dafür hätte ich sehr unter dem zermürbenden Kreuzen gelitten. Da fährt man Meile um Meile und kommt dem Ziel trotzdem nur im Schneckentempo näher.

13. Poseidons Reich

Über die gesamte Expedition betrachtet war dieser Tag seefahrtstechnisch mit Abstand der nervenaufreibendste. Aber ich habe es bis *Tarifa* geschafft, und der Ankerplatz ist angenehm.

Die Sonne geht gleich unter, und ich mache noch ein paar schöne Fotos. Genau im richtigen Moment fährt eine Segeljacht zwischen mir und der Sonne vorbei – sehr kitschig und perfekt für eine Aufnahme. Danach ändern sie ihren Kurs in meine Richtung und ankern in der Nähe. Offenbar haben die denselben Plan.

Ich mache noch einen Logbucheintrag und dann ist Feierabend.

| 1915 | SE 5 | 1020 hPa ○ | Logge 1777 | Geankert bei Tarifa, 6m, 36° 01,36′ N 005° 37,39′ W |

Am nächsten Morgen bin ich vor Sonnenaufgang wach. Ich werfe einen Blick aus den Fenstern – alles gut. Das andere Boot ist auch noch da. Der Wind ist geringfügig schwächer. Meiner Beobachtung nach war das alle Tage so – liegt vermutlich an der Thermik.

Ich stelle einen Kaffee hin und bereite alles fürs Weiterfahren vor. Die Crew am anderen Boot lichtet gerade den Anker und fährt unmittelbar darauf Richtung Straße von Gibraltar. Ich trinke noch meinen Kaffee und folge ihnen dann unauffällig.

Hier im Lee von *Tarifa* ist das Meer schön glatt, aber der Wind nimmt stetig zu, je näher ich der kleinen, gleichnamigen Insel vor der Stadt komme, die den Eingang in die Straße von Gibraltar markiert. Sechs Windstärken sind es, in Böen sogar mehr. Vor mir, beim südlichen Ende jener Insel, ist das Meer seltsam aufgewühlt. Kurze Wellen, die sich brechen; Strömungswellen. Ich behalte sie genau im Auge und fahre mit einem Sicherheitsabstand zur Insel, um eine gewisse Reserve zu haben, falls mich die Strömung erfassen und in irgendeine Richtung schieben sollte. Die Wellenhöhe liegt bei ungefähr einem Meter. Das ist noch nicht gefährlich, aber da durchzufahren erfordert volle Aufmerksamkeit. Also steuere ich mitten rein. Das Boot bewegt sich gegen die Wellen, aber zum Glück kann ich den Kurs bald von Süd auf Ost ändern. Das Speedometer zeigt drei Knoten durchs Wasser, aber fünfeinhalb über Grund. Ich werde in die Straße von Gibraltar regelrecht hineingesaugt. Gut so, dann bin ich schneller durch.

Der Wind ist nun wieder bei sieben Windstärken angekommen. Das turbulente Strömungsfeld liegt mittlerweile hinter mir und eine halbe Meile nach der kleinen Insel läuft die Strömung parallel zum Ufer mit ein bis zwei Knoten. Entgegen meiner Befürchtungen sind die Wellen äußerst dezent. Ich komme also deutlich besser voran als gedacht, und wesentlich besser als gestern. Nach zweieinhalb Meilen beginnt der Wind kontinuierlich nachzulassen; zuerst sind es sechs, später nur mehr fünf Windstärken. Das war in der Vorhersage ersichtlich, und ich bin deutlich erleichtert. Wäre ich mitten am Meer, würde ich mit diesem Wind einfach segeln und alles wäre gut. Aber mit der Maschine in Landnähe dagegen zu fahren, bereitet mir Magenschmerzen und Nervenanspannung.

Die große Bucht von *Algeciras* und der Felsen von Gibraltar kommen langsam näher. Der gehäufte Schiffsverkehr erfordert Konzentration. Die Bucht hat einen Durchmesser von ungefähr vier Meilen, und das Ganze ist genau genommen ein einziger riesiger Hafen. Der Großteil davon ist spanisch, und der südöstliche Teil mit dem Felsen ist britische Außenhandelszone.

Seit Jahrtausenden ist das eine Schlüsselstelle. Es drängt sich förmlich auf, hier eine Stadt und einen Hafen samt Befestigungsanlagen zu errichten. Aber ich finde, dass es ein recht ungünstiger Ort für einen Frachthafen ist. Durch die Straße von Gibraltar fahren täglich hunderte Schiffe von West nach Ost und umgekehrt. Damit es zu keinen Kollisionen kommt ist auch hier ein Verkehrstrennungsgebiet eingerichtet. Aber wie schon erwähnt, ist im Norden der riesige Frachthafen in der Bucht von *Algeciras*, in der auch Gibraltar liegt, und im Süden, etwas weiter westlich liegt *Tangir*, ein ebenfalls wichtiger Hafen in Marokko. Darüber hinaus gibt es einen sehr regen Fährverkehr zwischen Europa und Afrika. Diese Schiffe verbinden die Städte *Tarifa*, *Algeciras* und Gibraltar im Norden mit *Ceuta* und *Tangir* im Süden.

In Verkehrstrennungsgebieten darf man nur in die vorgegebene Richtung fahren, und nachdem das verhindern würde, dass westgebundene Schiffe auf direktem Weg nach Markokko und ostgebunde in die Bucht von Gibraltar könnten, ist vor *Tangir* ein virtueller Kreisverkehr eingerichtet und vor Gibraltar die Einbahn gekürzt, verbunden mit Funk- und Radarüberwachung und verpflichtender Anmeldung beim VTS – was in den größeren Verkehrstrennungsgebieten sowieso notwendig ist.

Im Endeffekt bedeutet das, dass hier alles kreuz und quer fährt – vierhundert Meter lange Containerschiffe, Tanker, Stückgutfrachter, schnelle Fähren, Lotsenboote, hie und da Kriegsschiffe und zwischen all dem auch noch Segelboote und Jachten, die genauso in alle Richtungen fahren. Das ist wie bei komplizierten Kreuzungen ohne Verkehrsampel in einer Großstadt im Morgenverkehr. Es erfordert äußerste Konzentration und Vorsicht, man sollte mit den Verkehrsregeln absolut vertraut sein, dem Funkgerät mit einem Ohr zuhören, und Erfahrung in der Einschätzung von Situationen und Reaktionsgeschwindigkeiten von Frachtschiffen mitbringen. Diese sind recht träge, allerdings bewegen sie sich wesentlich schneller, als man vielleicht annehmen würde.

Und genau da fahre ich jetzt mittendurch – solo. Ich bin also Kapitän, Navigator, Rudergänger, Funker und Maschinist gleichzeitig. Ich bin sehr konzentriert und etwas angespannt. Zum Glück gibt es heute gut funktionierende elektronische Unterstützung mittels Radar und AIS. Die Frachtschiffe und Fähren sind sowieso damit ausgestattet, aber ich genauso. Das bedeutet, jeder hat jeden am Bildschirm, und das erleichtert die Situationsbeurteilung natürlich enorm.

Neben mir, am westlichen Ende der Bucht, zieht langsam ein Kardinalzeichen vorbei. Jetzt muss ich bis *Punta Europa*, vier Seemeilen weiter östlich, queren. Der Strom ist mittlerweile gekippt und läuft dagegen, weshalb ich für diese Strecke voraussichtlich eine Stunde brauchen werde. Da merkt man erst, wie groß das alles ist.

Eineinhalb Seemeilen voraus ist an Steuerbord ein Tanker, der gerade in die Bucht dreht – Kollisionskurs. Etwas näher und weiter rechts ist ein riesiges Containerschiff. Das dreht auch in die Bucht, scheint aber langsamer zu werden und ich kann es noch nicht richtig einschätzen. Und von rechts hinten rast eine Fähre mit zwanzig Knoten daher. Sie gilt als Überholer, also muss ich meinen Kurs halten und die Fähre mir ausweichen.

Der Tanker nimmt Fahrt auf und ich muss ausweichen, damit fahre ich aber dem Containerschiff und der Fähre in die Schusslinie. Ich ändere den Kurs soweit nach Steuerbord, dass ich zu den beiden Frachtschiffen genug Abstand bekomme, und reduziere die Geschwindigkeit etwas, um nicht mit der Fähre zusammenzustoßen. Diese muss mir zwar prinzipiell den Vorrang geben, allerdings dürfte ich meinen Kurs nicht ändern und sie in eine verzwickte Lage bringen.

Dank AIS und Navigationssystem kann ich meine Kurs- und Geschwindigkeitsänderung sehr exakt planen und durchführen und muss nicht aus dem Bauch heraus schätzen. Wenn man in die Nähe eines solchen Kolosses kommt, verschätzt man sich leicht, weil das Größenverhältnis so enorm, beinahe surreal ist. Also fahre ich mit meiner neuen Einstellung weiter und beobachte die Situation genau.

Der Tanker hat meinen ursprünglichen Kurs gequert. Die Fähre ist aufgrund der hohen Geschwindigkeit auch schon weiter und keine Gefahr mehr. Nur das Containerschiff ist noch nicht klar. Ich starre auf die AIS-Daten. Es wird immer noch langsamer, fährt jetzt nur noch sechs anstatt acht Knoten. Und wie es aussieht, fängt es die Drehung ab. Vielleicht muss es auf den Lotsen warten. Ich ändere meinen Kurs zurück Richtung *Punta Europa*, gebe Gas und kreuze vor dem Containerschiff – nur nicht zu viel Gas, damit der Motor nicht wieder Drehzahl verliert, das wäre jetzt extra unangenehm.

Gespannt starre ich ins Navigationssystem. Der CPA liegt bei einer halben Seemeile. Immer wieder schaue ich mich abwechselnd draußen um und werfe dann wieder einen Blick ins Navigationssystem, um nicht irgend etwas anderes zu übersehen. Das Containerschiff beginnt langsam wieder Fahrt aufzunehmen und dreht weiter. Es ist weit genug weg und der Computer berechnet, dass es sich ausgeht. Trotzdem: Ein blödes Gefühl, vor so einem dicken Pot zu queren. Diese Schiffe sind so riesig, dass sie so nahe wirken. Ich habe das Gefühl, dass ich hinüberspucken könnte, obwohl es fast eine halbe Seemeile weit weg ist.

Plötzlich ein Donnern! Zum Greifen nahe rauscht ein Passagierflugzeug im Landeanflug direkt über mich hinweg.

13. Poseidons Reich

Endlich kreuze ich die Kurslinie von dem Containerschiff – passt! Weiterhin beobachte ich alles ganz genau, aber es läuft wie geplant. Alles funktioniert reibungslos, weil im Unterschied zum Straßenverkehr hier hauptsächlich trainierte Profis unterwegs sind und man aufgrund der Trägheit von Booten und Schiffen wesentlich vorausschauender denken und handeln muss. Die elektronischen Informationssysteme helfen auch sehr.

Nach weiteren zwanzig Minuten passiere ich *Punta Europa*. Spätestens jetzt bin ich an diesem 3. Oktober wieder offiziell im Mittelmeer. Es ist sonnig, das Meer ist ruhig und blau, und es weht ein angenehmer Ostwind mit zwei Windstärken. Mein Geist und mein Körper entspannen sich. Gestern, um dieselbe Uhrzeit bin ich gerade irgendwo zwischen *Barbate* und *Tarifa* auf Nadeln gesessen; so sehr wie kein zweites Mal auf dieser Expedition. Und jetzt ist alles friedlich.

Mit dem Motor stimmt etwas nicht, und jetzt habe ich meinen Kopf frei, um über dieses Problem nachzudenken. Und: Ich begrüße Poseidon nach alter Tradition. Ich hole eine Flasche Rum herauf, bitte Poseidon um gute Winde, gieße einen Schluck Rum ins Meer und nehme dann selbst einen.

Nach einiger Zeit nimmt der Wind auf drei Windstärken zu, und da ich ein Stück nach Norden muss, kann ich sogar segeln. Endlich kann ich den Motor abdrehen. Was für eine angenehme Stille nach all dem Stress der letzten zwei Tage; und jetzt fühlt es sich an wie auf einem Sommerurlaubstörn. Ich werfe einen Blick ins Navigationssystem. Weit und breit nichts. Das ist ein guter Zeitpunkt, um zu rasten. Ich stelle den Wecker auf dreißig Minuten und lege mich in die angenehm kühle Bugkabine.

Fünfundzwanzig Minuten später wache ich auf. Es ist sehr ruhig. Ich werfe einen Blick nach draußen. Weit und breit nichts. Wind? Fast weg. Der Motor hat vermutlich Probleme bei der Dieselzufuhr, geht es mir plötzlich durch den Kopf – weshalb ich bei der nächsten Möglichkeit sämtliche Filter tauschen werde. Ich studiere daher die Karte und mein fünf Jahre altes Mittelmeerhandbuch.[1]

In *Benalmadena* kenne ich mich aus, aber da käme ich erst um elf Uhr nachts an. Auf das habe ich keine Lust. Das nächste wäre *Duquesa*, aber da

---

[1] Rod and Lucinda Heikell: Mediterranean Almanac, Imray.

ist keine Tankstelle. *Esteponia* klingt gut. Scheint eine größere Marina zu sein, eine Stunde weit weg. Das ist genau richtig.

Also packe ich die Segel weg, starte die Maschine und nehme Kurs auf *Esteponia*. Eine Viertelstunde vorher rufe ich auf UKW Kanal 9 an. Eine nette Stimme erklärt mir, dass ich auf dem einzig möglichen Kai längsseits gehen soll, und dort empfängt mich dann ein Marinero. Sehr gut. Ich bereite alles vor, fahre in die Marina und lege am *Waiting Quay* an. Irgendwann tauchen zwei Marineros auf. Wie immer erledigen wir vorher den Papierkram, dann gibt er mir einen Plan von der Marina, erklärt mir, wo alles ist und zeigt mir den Liegeplatz. Ich soll hinfahren, und sie helfen mir beim Anlegen. Ich erkundige mich noch, wo man gutes Bier bekommt, was er mir natürlich bereitwillig in der Marinakarte einzeichnet.

Danach rüste ich das Boot für die Mooringbox um und fahre auf den besagten Platz. Anlegen, Landstrom, Logbucheintrag, fertig für heute. Anschließend gehe ich auf ein kaltes Bier.

Das Flair hier ist anders. Ich bin wieder im Mittelmeer. Und ich bin mir nicht sicher, ob ich das gut finden soll. Ich bin absolut begeistert von allem, was ich draußen am Atlantik gesehen und erlebt habe. Aber was ist es? Was ist anders?

Die Marina hier ist sehr schön und gepflegt. Rundherum sind viele Tavernen, Bars und Restaurants. Der Preis für den Liegeplatz ist ungefähr der gleiche wie in *Barbate*. Aber es sind andere Menschen hier, kommt mir vor. Menschen, die nicht mit ihren Booten reisen, die Natur erkunden und das Erlebnis und das Abenteuer genießen, sondern die in der Sonne sitzen, sich bräunen lassen und am Abend in eins der zahlreichen Lokale essengehen. Und, obwohl die ganze Anlage prinzipiell sehr schön ist, wirkt sie irgendwie billig – viel Glanz um nichts. Das ist vielerorts im Mittelmeer so. Und das war im Atlantik ganz anders, viel authentischer. Ich habe das Gefühl gehabt, dass für alle Menschen, mit denen ich in den Atlantikhäfen gesprochen habe, viel mehr das Naturerlebnis, das Segeln und Reisen an sich, mit all seinen Sonnen- und Schattenseiten im Vordergrund steht – und nicht oder zumindest nicht nur das In-der-Sonne-liegen, Baden und Nichtstun. Natürlich ist das alles auch schön, aber meiner Meinung nach nur ein einzelner, kleiner

Aspekt. Doch hier im Mittelmeer scheint sich alles allein darauf zu reduzieren. Vielleicht ist es genau das, warum mir normale Sommerurlaubstörns immer schon zu langweilig waren.

Am Nachmittag kommt etwas Wind in der Marina auf, und ich beobachte, wie ein Mann mit seinem Boot kämpft. Der Wind drückt das Heck beängstigend nahe an die Mauer heran. Er bindet einen Fender hin und arbeitet dann an den Leinen. Plötzlich fällt der Fender herunter und verschwindet unter der Mauer, woraufhin ich hinübergehe, um meine Hilfe anzubieten. Er hat zwischenzeitlich bemerkt, dass der Fender weg ist. Wahrscheinlich wird er auf der anderen Seite wieder auftauchen. Er und seine Frau sind ein britisches Ehepaar, eine halbe Generation über mir. Ich erinnere mich an den Bootsnamen vom AIS-Display.

»Did you go through Gibraltar yesterday?«, frage ich sie.

»Yes, we did.«

»Shall I help you with this situation?«

»Yes, please. That would be very kind.«

Also steige ich über. Die Mooring ist einfach zu locker, und der Wind drückt sie nach hinten. Ich befestige eine Hilfsleine vorne an der Mooring, wir lockern die Heckleinen und winschen das Boot über die Zusatzleine weiter nach vorne. Alles gerettet.

Sie bedanken sich und erzählen mir, dass sie vorher ein Motorboot gehabt haben und mit der Jacht noch nicht so geübt sind. Als Dankeschön für meine Hilfe ernte ich zwei Dosen Bier; und der Fender taucht kurze Zeit später glücklicherweise wieder auf.

Am nächste Morgen entsorge ich das Altöl und die Filter und marschiere ins Marinabüro, um zu bezahlen. Ich erkundige mich bei der netten Spanierin, ob ich hier irgendwo Gas bekomme. Sie gibt mir daraufhin eine Telefonnummer und nach einem kurzen Gespräch stellt sich heraus, dass ich beim Segelmacher eines bekomme, aber erst um zwei Uhr in der Mittagspause – gut. Ich gehe gleich rüber zum Segelmacher. Er kann mir wirklich eine neue Flasche verkaufen, aber wie bereits gesagt erst in der Mittagspause. Also wandere ich zwischenzeitlich zum Supermarkt und esse noch etwas.

Mit frischer Gasflasche im Vorrat breche ich endlich auf. Tanken kann ich leider nicht, weil die Tankstelle nur für die Fischer ist. Macht nichts, ich habe noch genug. Ich werde einfach irgendwo anders tanken. Das ist kein Problem, da ich jetzt sowieso mehr oder weniger der spanischen Südküste entlangfahren muss.

Der Wind weht mir mit ein bis zwei Windstärken aus Ost bis Nordost entgegen, also muss ich sowieso mit dem Motor fahren. Ich beschließe, über Nacht zu ankern, und bleibe in der Nähe von *Marbella* vor einem Sandstrand.[2] Es ist recht schaukelig, ein ziemlich unruhiger Ankerplatz. Aber ich bin geübt, unter solchen Bedingungen trotzdem zu schlafen.

Der Tag war anstrengend, es ist sehr schwül und heiß, und wenn die Maschine läuft komme ich nicht richtig zur Ruhe, was eine Nachtfahrt noch anstrengender machen würde. Außerdem sind hier in Küstennähe jede Menge Fischerbojen im Wasser. Und eine Leine im Propeller ist das letzte, was ich jetzt brauchen kann. Also lieber jetzt ankern und dafür zeitig in der Früh weiterfahren.

In der Morgendämmerung wache ich auf, was zeitlich betrachtet hier in Spanien recht spät ist. Das liegt an der meiner Meinung nach falschen Zeitzone. Aber im Prinzip ist es egal. Der Tag hat trotzdem 24 Stunden, und an den Tageslichtstunden ändert sich auch nichts.

Mittlerweile ist der 6. Oktober, und die Tage sind kurz geworden. Um acht geht die Sonne auf und um Viertel nach sieben wieder unter. Wenn man also wild ankern möchte, muss man die Uhrzeit im Auge behalten.

Die Wettervorhersage verheißt weiterhin zarten Gegenwind mit ein bis zwei Windstärken. Das heißt auf jeden Fall wieder motoren. Ich hole den Anker herauf und breche auf. Unterwegs suche ich nach einem weiteren Ankerplatz, den ich noch bei Tageslicht erreichen kann. Und so verläuft dieser Tag ereignislos, bis ich vorm Strand der Ortschaft *La Herradura* lande.[3] Der Ort wirkt sehr nett, mit den typisch spanischen mehrstöckigen Gebäuden überall, vorne eine Promenade mit Palmen und dann der Strand, der auf die Entfernung nach Schotter ausschaut.

---

[2] 36° 28,94′ N 004° 45,18′ W
[3] 36° 43,67′ N 003° 44,30′ W

13. Poseidons Reich

Der Platz ist günstig, weil zwei Meilen weiter östlich die *Marina del Este* mit einer Tankstelle liegt. Da werde ich in der Früh hinfahren. Etwas überrascht bin ich von den anderen Jachten hier. Zum ersten Mal seit Monaten ankere ich, wo außer mir noch andere sind. Drei weitere Segeljachten, von denen zumindest zwei eindeutig Urlaubstörns sind. Ich ankere gerade bei Sonnenuntergang mittendrin, der Platz ist groß genug. Es wird schnell finster, also richte ich mir noch ein Abendessen und lege mich nieder.

Am nächsten Morgen fahre ich dann gleich hinüber in die Marina. Leider muss ich eine Zeit lang warten, weil die erst um neun Uhr aufmachen – eine sehr österreichische Situation: Als ich bei der Tankstelle anlege, kommt nämlich ein Marinero mit einer leuchtorangen Jacke und hilft mir mit einer Leine. Er erkundigt sich, was ich brauche und ich antworte, dass ich zum Tanken da bin.

»Ok. The fuel station opens at 9.«

Gut, dagegen kann ich nichts machen. Allerdings kommt dann, eine halbe Stunde später, genau derselbe Marinero, sperrt das kleine Häuschen auf – und los geht es mit dem Tanken...

Danach lege ich ab, und es geht im selben Stil weiter. Stundenlang geradeaus motoren. Am Nachmittag kommt dann plötzlich Ostwind mit vier Windstärken auf, was die Sache etwas mühsam macht. Die Geschwindigkeit fällt auf zweieinhalb bis drei Knoten und das Boot kämpft sich gegen die Wellen. Ich ändere meinen Kurs und fahre schräg näher an die Küste heran, in der Hoffnung etwas Abdeckung zu finden, was glücklicherweise funktioniert; die Wellen werden schwächer und die Bootsgeschwindigkeit nimmt zu.

Meine große Tochter Corina meldet sich telefonisch. Sie würde gerne noch ein Stück mitfahren, und sie hätte kommende Woche Zeit. Das freut mich! Meine Kinder können jederzeit bei mir mitfahren. Wir einigen uns auf den Treffpunkt *Palma di Mallorca*. Es liegt zwar nicht auf meiner Route, aber der Umweg ist überschaubar. Und dort gibt es ein paar Marinas und einen Flughafen. Es sind nur mehr 300 Seemeilen, aber die noch immer extrem ungünstige Wettersituation ist ein Unsicherheitsfaktor. Seit drei Wochen beständiger *Levante*, der hier aus Osten und östlich vom *Cabo de Gata* aus

Nordosten kommt; also mir genau entgegen. Zum Glück ist er recht zart, was soviel heißt wie, dass ich weiterhin mit dem Motor fahren muss. Und das ist sehr unangenehm, wegen des Lärms, aber auch, weil ich von der Technik abhängig bin.

Zwei Stunden später ankere ich wieder komplett offen in der Nähe der Ortschaft *Balerma* vor einem ewig langen Sandstrand.[4] Der Wind weht mit drei Windstärken vom Land her, und ich kann den typischen Geruch von trockenen Gräsern und Sand wahrnehmen. Am Ufer sind in größeren Abständen jede Menge Angler. Entweder findet gerade ein Wettbewerb statt, oder es ist einfach ein guter Platz zum Angeln. Ich überlege auch, meine Angel auszupacken, aber die Sonne geht gleich unter und ich will morgen wieder weiter, also lasse ich es. Der Tag war schon anstrengend genug.

Die Nacht war sehr angenehm und ruhig, obwohl die Stelle doch ziemlich offen ist. In der Morgendämmerung breche ich wieder auf. Mein Ziel ist es, heute bis zum *Cabo de Gata* zu kommen. Zuerst ist kaum Wind, aber er nimmt bald auf drei Windstärken zu und ich beschließe, endlich wieder die Segel zu setzen. Der Wind kommt zwar aus der ungünstigsten Richtung, aber ich habe es schon sehr satt, mit dem Motor zu fahren, und außerdem springt die Küste hier in den *Golfo de Almeria* zurück, was ich nützen könnte. Denn zum einen werden die Wellen drin etwas geringer sein, und zum anderen legt sich der Wind gerne an die Küste an, was so viel heißt wie, dass er weiter drin im Golf mit etwas Glück eher aus Südosten anstatt Osten kommt.

Und außerdem ist die Situation gerade sehr günstig, um die Aufnahmen für den zweiten Teil meiner Videoserie über die Windsteueranlage zu machen.[5]

Endlich wieder segeln! Die Stille und das Rauschen das Wassers sind so beruhigend. Das Ganze dient jetzt mehr dem Seelenfrieden als dem Vorankommen, weil weite Strecken mit dem Langkieler gegen den Wind zu kreuzen nur wenig befriedigend ist. Aber so kann ich meine Videoaufnahmen machen und ein bisschen der Küste entlang segeln. Es stellt sich weiter drin auch wirklich Südostwind ein, wodurch ich fast bis zum Kap komme, genau

---

[4] 36° 42,77′ N 002° 52,43′ W
[5] Youtube: »How to Sail with a Wind Vane - Part 2«, October 2023.

genommen bis nach *San Miguel de Cabo de Gata*. Ab dort fahre ich dann mit der Maschine weiter.

Ich bin schneller als erwartet, denn ursprünglich wollte ich hier hinter dem Kap, wo ein sehr langer, schöner und wenig besuchter Sandstrand liegt, ankern. Dieser Küstenabschnitt ist generell sehr schön, weil hier nicht alles verbaut ist, wie der Großteil der *Costa del Sol*. Deren Anblick von See finde ich sehr ernüchternd, denn soweit das Auge reicht, stehen hier dichtgedrängt fünf- bis zehnstöckige Gebäude. Wenn man näher kommt, wirkt es nicht mehr ganz so schlimm, weil man nur einen kleinen Ausschnitt sieht, und die Palmen und Strände zwischendurch den Anblick verschönern. Doch in Wahrheit ist dies die am meisten verbaute Küste, die ich je gesehen habe. Die italienische Adriaküste ist auch keine Augenweide, aber das hier ist schlimmer. Wenigstens ist der Küstenverlauf nicht ganz so geradlinig, weshalb man immer wieder Ankerplätze findet.

Nachdem ich früh dran bin, fahre ich noch ums Kap, um herauszufinden, was auf der anderen Seite ist. Und so passiere ich um fünf Uhr nachmittags das Leuchtfeuer *Cabo de Gata* an Backbord.

Dieses Kap ist eine Wetterscheide, wie viele andere Kaps auch. Es stellt die Grenze zwischen den Seegebieten *Alboran* und der *Costa del Sol* westlich, sowie *Palos* und der *Costa Bianca* östlich davon dar.

So knapp bin ich da noch nie vorbeigefahren, aber es wird schnell klar, dass sich mit diesem Scheidepunkt auch die Landschaft ändert. Die Küste wird schroff und felsig, aber dafür kaum bebaut, was ich sehr schön finde. Ich bevorzuge ja generell eher die einsamen als die dicht besiedelten Gegenden. Und so fahre ich mit Kamera bewaffnet der Küste entlang nach Norden, um gefühlt jeden Stein und jedes Gebüsch fotografisch festzuhalten.

Mir wird schnell klar, dass das eine unmittelbare Auswirkung aufs Ankern hat. Die gesamte *Costa del Sol* ist eine Sandküste, wodurch man beinahe ohne Bedenken überall ankern kann. Hier aber ist das anders – mit felsigen und steil abfallenden, schroffen Klippen. Der Wind hat sich, wie erwartet, mit dem Küstenverlauf mitgedreht. Er kommt also jetzt aus Nordosten, nach wie vor parallel zur Küste. Mittlerweile ist es sechs Uhr geworden, also bleibt noch eine gute Stunde, bis die Sonne untergeht. Das ist nicht viel, wenn man noch keinen Plan hat, wo man ankern möchte.

Als Solo-Segler habe ich natürlich die Möglichkeit, einfach nicht zu ankern, sondern weiterzufahren. Das war nicht in meinem ursprünglich Sinn, weshalb ich untertags weniger gerastet habe als sonst, aber im Notfall würde es trotzdem gehen. Ich habe mich nicht verausgabt. Also blicke ich tief in meine Trickkiste über das Finden von Ankerplätzen: Ich studiere die Seekarte, beurteile den Verlauf der Tiefenlinien und lese die Küstenformationen in der Natur. Letztendlich kommt die Abschätzung der Grundbeschaffenheit. Das geht hier im Mittelmeer gut, weil das Wasser so klar ist; was ja im Nordatlantik weniger oder gar nicht der Fall ist. Das hatte mich bei meinen ersten Ankerplätzen in Irland ja auch etwas irritiert.

Meine Beobachtungen führen einmal nach *San Jose* in eine größere Bucht. Südwestlich und östlich davon jeweils ein „Playa de irgendwas" – also Sandstrände. Da kann man meistens ankern. Und etwas weiter beim nächsten Ort namens *La Isleta* gibt es auch eine Bucht, wo zumindest der Seegrund flach abfällt, obwohl da in meiner Karte nicht explizit Strände ausgewiesen sind. Muss auch nicht sein, ist ja eine Seekarte und keine Strand- und Badekarte.

Mit diesen Optionen im Hinterkopf mache ich mich auf den Weg. Mit dem Autopilot fahre ich der Küste entlang und bewundere und begutachte das Terrain. Zum einen, um es zu filmen und zu fotografieren, zum anderen, um zu studieren, wie es beschaffen ist und wo potentielle Ankermöglichkeiten sein könnten. Aus diesem Grund fahre ich recht nahe auf grob zwanzig Meter Wassertiefe.

„Sehr toll zum Ankern schaut das hier nicht aus", denke ich mir so nach und nach etwas selbstironisch. Unverändert felsig und schroff, keine Einbuchtungen, keine Täler, die nach hinten laufen. Mein Adrenalinspiegel steigt leicht an, obwohl ich keinen Grund dafür habe. Ich kann das. Ich habe bereits unzählige Male in meinem Leben an auf den ersten Blick unmöglichen Stellen geankert.

„Außerdem kommen ja noch die beiden Ortschaften", versuche ich mich in Gedanken zu beruhigen. Trotzdem bin ich etwas unruhig. Natürlich ist es ein Skipperfehler. Von der *Costa del Sol* war ich jetzt so verwöhnt und mit

so einer Gedankenverzerrung versehen, dass ich fix davon ausgegangen bin, dass ich hier einfach um die Ecke fahre und dahinter irgendwo, genau wie in den letzten Tagen, mein Eisen in den Sand werfe.

Und jetzt ist es unerwartet anders. Ich hätte damit rechnen müssen, denn wenn das Land nach hunderten Meilen plötzlich von Ost-West auf Nord-Süd wechselt, dann muss hier in der Geologie irgendetwas anders sein, oder zumindest ist die Wahrscheinlichkeit recht hoch – also klarer Skipperfehler.

Doch die Kunst besteht darin, in unerwarteten Situation einen klaren Kopf zu bewahren, Probleme zu identifizieren, Lösungen zu finden – und sich dann für irgendeine davon zu entscheiden. Formal würde man das einfach Krisenmanagement nennen. Im Leben in unserer Gesellschaft bin ich nicht sonderlich geschickt in solchen Dingen, weil so viele fremdgesteuerte, anscheinend willkürliche und unverständliche Dinge passieren oder von einem verlangt werden; unlogische Regeln und Vorschriften – zumindest wirkt das auf mich so. Aber am Boot, in der Natur und mit handfesten Dingen finde ich mich sehr gut zurecht.

San Jose kommt näher, und vor dem östlichen Strand liegt ein Segelboot. Ich kann es sogar am AIS sehen. Das Umland ist recht flach. Das passt also zu den Stränden und dem langsam abfallenden Seegrund. Hier wäre somit eine Möglichkeit, aber bis zum Sonnenuntergang ist noch eine Dreiviertelstunde Zeit. Also fahre ich weiter zu meiner zweiten Option. Ich beobachte weiterhin die Küste. Hier ist nichts flach. Die von der tiefstehenden Sonne orangerot beleuchteten Berge sind hoch, die Küste ist felsig und oft sehr steil abfallend. Das spiegelt sich auch in der Seekarte wieder, obwohl dieser Abschnitt anscheinend nicht sonderlich gut vermessen ist; wozu auch, hier ist nichts – sehr sympathisch.

La Isleta kommt näher. Einige Minuten davor stehen ein paar Wohnmobile an Land, sonst ist rundherum nichts. Das Terrain ist flach. Das könnte ein Strand sein, allerdings sehr exponiert, etwas Schwell und Wind, aber drei Windstärken sind kein Problem. Eine halbe Meile noch bis zur Ortschaft, dort ist es bestimmt ruhiger. Und tatsächlich, es ist wesentlich besser vom Seegang geschützt. Vor der Ortschaft liegen einige kleine Boote an Bojen, darunter auch kleine Fischkutter, bestimmt von den Einwohnern *La Isletas*.

Es ist ein idyllischer Anblick. Nur die Küste passt nicht. Der Ort liegt zwar in einer verdächtig runden Bucht, allerdings ist alles felsig. Vorne ist eine Promenade gemauert, Laternen stehen dort und ein paar Autos. Ich fahre etwas näher an die Küste. Der Tiefenmesser zeigt vier Meter, und ich drehe eine Runde. Dickes Seegras und dazwischen große Felsblöcke – ein klares *No-go*. Ich fahre wieder ein Stück nach Süden, wo das Ufer ein bisschen anders aussieht, aber der Seegrund bleibt unverändert felsig.

Die Sonne geht in zehn Minuten unter. Bis *San Jose* fahre ich nicht zurück. Das würde zu lange dauern, bis dahin ist es finster. Und außerdem ist es die falsche Richtung. Also zurück zu den Wohnmobilen. Dass es offen ist, macht nichts. Das Wetter wird sich nicht ändern, und das ist jetzt meine einzige Möglichkeit, bevor die Nacht hereinbricht. Nach fünf Minuten Fahrt drehe ich eine Runde auf vier Metern Wassertiefe.

„*Bingo!*", eindeutig Sand. Sofort mache ich den Anker klar, und kurz darauf sitzt er im Seegrund,[6] zeitgleich mit dem Sonnenuntergang – perfektes Timing. Ich stelle die Maschine ab – Stille. Und der Seegang ist gar nicht schlimm. Der Platz bei *Marbella* war wesentlich unangenehmer. Nachdem das hier eine gebirgige Ostküste ist, liegen der Strand und der Ort schon länger im Schatten. An der Promenade und in einigen Gebäuden des eine halbe Meile nordwestlich gelegenen *La Isleta* brennt schon Licht. Es wird früh dunkel, der Herbst ist nah.

Die Küste gefällt mir. Vielleicht werde ich sie zu einem späteren Zeitpunkt meines Lebens, wenn ich weniger sportliche Ambitionen habe, erkunden.

Es ist der 9. Oktober, und ich breche in der Morgendämmerung noch vor Sonnenaufgang auf. Zuerst mit dem Motor, aber nach einer Stunde kommt Wind aus Nordnordosten auf. Das ist nicht ganz so ungünstig. Ab heute werde ich wieder durchfahren, denn jetzt kann ich mich endlich von der spanischen Küste entfernen. Es geht zu den Balearen, und die liegen im Nordosten. Ich setze die Segel und verabschiede mich von den schönen Küsten Südspaniens. Auch wenn die *Costa del Sol* sehr verbaut wirkt, hat es mir hier doch auch ganz gut gefallen. Die Orte sind schön, es wirkt alles sehr spanisch, also nicht übermäßig vom Tourismus befallen und zerstört, die Preise

---

[6] 36° 48,38′ N 002° 03,57′ W

sind angemessen und auch die Zahl der Boote und Jachten ist überschaubar. Die Spanierinnen und Spanier, die ich von *Barbate* bis hierher getroffen habe, waren alle sehr nett, freundlich und entspannt. Etwas wehmütig winke ich zurück.

Jetzt geht es wieder aufs Meer. Die Küste wird noch länger in Sicht bleiben, da sie bis *Cartagena* ebenfalls Richtung Nordost verläuft, dann erst erfolgt der endgültige Absprung. Jetzt geht es einmal gerade nach Osten.

Mein Solosegel-Tagesablauf ist mittlerweile routiniert, und so lege ich hie und da Schlafpausen ein. Ich bin froh, von der Küste wegzukommen. Draußen ist viel weniger Verkehr, das vereinfacht die Sache deutlich.

Irgendwann schaue ich aus dem Fenster und mein Blick fällt auf den Holepunkt – und dann voll Entsetzen auf die Genuaschiene...

»Nein! Das ist jetzt nicht wahr!« Die Schiene hat sich zwei Zentimeter abgehoben. Mit etwas Pech fliegt sie jeden Moment heraus, denn die Genua zieht mit fünfzig Quadratmeter Hightech-Segeltuch daran. Ich sprinte hinaus ins Cockpit und halse augenblicklich auf die andere Seite, um die Last wegzubekommen.

„So, und jetzt?"

Anscheinend haben sich die letzten drei der noch festen Schrauben auch gelöst. Natürlich ist es ein Skipperfehler, denn ich hätte sie laufend kontrollieren müssen. Habe ich aber nicht.

Ich spanne eine starke, ummantelte Dyneemaleine zwischen der Bug- und einer Cockpitklampe und hänge einen Low-Friction-Ring als provisorischen Ersatzholepunkt für die Genuashot drauf. Mit einer Mittelklampe wäre das etwas einfacher, doch ich habe keine. Danach halse ich, um meine Konstruktion zu testen, und nach ein paar kleinen Nachbesserungen funktioniert das Ganze ziemlich gut. Es ist zwar nicht perfekt, aber im Notfall kann ich damit jedenfalls bis nach Kroatien segeln.

Jetzt muss ich die Schiene reparieren, zumindest so weit, dass ich sie wieder teilweise benutzen kann. Es bleibt mir nichts anderes übrig, als die ungeliebte Holzeinrichtung zu zerlegen. Das Seitendeck ist innen von unten mit einer Blende aus Sperrholz verdeckt. Sie ist auf der Vorderkante mit einer Zierleiste aus Mahagoni, in die gleichzeitig auch die Vorhangschiene eingefräst ist, verdeckt. Die Leiste ist angeschraubt, und die Löcher sind mit kleinen Furnierscheiben verklebt, damit man sie nicht sieht. Es ist sehr schön und solide gearbeitet, auch die Gerungen sind exakt geschnitten. Trotzdem ist das alles jetzt gerade einfach nur im Weg, und ich muss es zerlegen.

Ich lege die Schraubenköpfe frei, Messingschlitzschrauben kommen zum Vorschein. Sie sitzen sehr fest. Das Boot bewegt sich in Schräglage durch die Wellen und ich rutsche mit dem Werkzeug ab. Schlitzschrauben sind etwas Furchtbares. Aber damals, vor vierzig Jahren, wurde alles damit gemacht. Torx ist erst Jahrzehnte später erfunden worden. Nach so langer Zeit im dauerhaft salzig-feuchten Klima haben sich die Schrauben im Holz festgefressen, also aktiviere ich Plan B: Schraubenkopf ausbohren. Auf dem wackeligen Boot bei den Schlitzschrauben die Mitte zu treffen ist nicht einfach, aber im Endeffekt gelingt es mir. Mit Hacke und Hammer bewaffnet löse ich danach die Leiste. Zuerst vorsichtig, und dann mit mehr und mehr Krafteinsatz, bis ich sie in mehreren zersplitterten Einzelteilen unten habe. Wie sich herausstellt, war die Leiste nicht nur geschraubt, sondern auch geleimt; also montiert für die Ewigkeit. Fast.

Endlich kann ich die Blende herausziehen, um dahinter die Muttern und Schrauben der Genuaschiene zu finden. Auch hierfür benötige ich einiges an Kraft, denn sie ist zusätzlich mit kleinen Nägeln und Schrauben fixiert, die unter dem weißen Bezug verdeckt waren. Ungläubig starre ich auf das, was ich unter der Blende finde.

„Was ist das denn für eine schwachsinnige Konstruktion?" Unter dem Seitendeck laufen jede Menge Elektroinstallationsschläuche, die mit Glasfasermatten und Polyester nach oben laminiert sind – und darin befinden sich die Schrauben und Muttern der Schiene. Das ist tatsächlich für die Ewigkeit gemacht. Anscheinend hat niemand daran gedacht, dass man da zu Wartungszwecken einmal hinein müsste. Vielleicht haben sie auch gedacht, dass diese Boote sowieso nicht so lange halten werden. Oder vielleicht waren sie von ihrer Arbeit so überzeugt, dass sie tatsächlich gedacht haben, dass es gar nicht gewartet werden muss.

Mittlerweile ist es Abend geworden, und ich bereite mich auf die Nacht vor. Ich räume den gröbsten Dreck weg und verstaue zur Sicherheit die hölzernen Einzelteile, falls in der Nacht unerwartet eine blöde Situation eintritt. Unterwegs kann man nie wissen, was passiert.

Gleich in der Früh beginne ich, weiterzuarbeiten. Ich muss das Laminat aufschneiden. Zuerst probiere ich es händisch mit einem Eisensägeblatt, um die Kabel nicht zu verletzen. Das funktioniert, aber nach einer Stunde habe ich gerade zehn Zentimeter geschafft – die Schiene ist eineinhalb Meter lang. So werde ich in drei Tagen nicht fertig und habe hinterher wunde Hände. Ich hole also meine kleine Akku-Flex aus ihrem Versteck und beginne vorsichtig, der Länge nach Schlitze ins Laminat zu schneiden. Gerade so tief, dass das Polyester durch ist, nicht aber die Kabel, so gut das auf einem bewegten Boot eben geht. Vor meinem inneren Auge wiederholen sich verschiedene Szenen aus meinem Leben, wo ich im Zuge meiner Tätigkeit beim Schneiden von Schlitzen im Mauerwerk schon öfters Kabel abgeschnitten habe. Das gehört zum Berufsrisiko. Das Arbeiten mit der Maschine jetzt hat den Nachteil, dass es staubt. Und über kurz oder lang habe ich den feinen Glasfaserstaub nicht nur überall im Boot, sondern auch am Körper, trotz langer Ärmel und Latzhose. Nach einiger Zeit habe ich einen eineinhalb Meter langen, zehn Zentimeter breiten Streifen herausgeschnitten und kann drei der Installationsschläuche direkt unterhalb der Genuaschiene herauslösen. Abgesehen von der Feuchtigkeit, die heraustropft, verblüfft mich das, was ich darunter finde, nun vollends: Hier sind keine Gegenmuttern! Die Schrauben halten einfach nur im Kunststoff des Seitendecks. Dass das nie und nimmer nachhaltig halten kann, ist klar, und es wundert mich, dass es überhaupt so lange gehalten hat. Zusätzlich ist das dicke Kabel, welches genau unter den Schrauben verläuft, alle paar Zentimeter angebohrt... Bei einem Haus würde man nun »Pfusch am Bau« sagen, hier ist es »Pfusch am Boot«. Das ist allerdings nicht einfach nur Pfusch, sondern ein massiver und bedenklicher Baumangel. Ob sie vergessen haben, die Genuaschiene zu montieren, bevor die Kabel darunter laminiert waren? Ich werde es vermutlich nie herausfinden. Für mich heißt es jetzt, mein Schraubensortiment nach Muttern zu durchstöbern. Es gelingt mir tatsächlich, achtzehn Stück zu finden, mit denen ich die gesamte Schiene ordentlich anschrauben kann. Danach baue ich das Ganze wieder zusammen und putze und sauge das Boot so gut als möglich, damit wieder alles sauber und staubfrei ist.

Mittlerweile ist der 11. Oktober, und ich habe die vergangenen drei Tage untertags an dieser Sache gearbeitet. Heute Nachmittag ist der Wind endgültig eingeschlafen. In der vergangenen Nacht bin ich bereits ab Mitternacht mit der Maschine gefahren, weil kein Wind war, und jetzt auch wieder. Mittlerweile bin ich grob zwanzig Meilen vor Ibiza, und bis Mallorca sind es noch neunzig. Auch egal, ich fahre jetzt mit dem Motor weiter. Laut Vorhersage wird die nächsten zwei Tage kaum Wind sein.

Ich habe meine Route zwischen die Inseln Ibiza und Formentera gelegt: Eine spannende, aber sehr gut befeuerte Durchfahrt mit einer Mindesttiefe von sechs Metern. Insgesamt stehen vier Leuchtfeuer unmittelbar bei der Engstelle sowie noch ein paar andere rundherum. Außerdem habe ich ein Navigationssystem mit aktueller elektronischer Karte. Und so passiere ich um halb zwölf Uhr nachts erfolgreich die Engstelle. Ich bin sehr aufmerksam und es ist spannend, die Leuchtfeuer zu beobachten. Obwohl ich eigentlich nur dem Kurs am Navigationsdisplay folgen müsste, versuche ich jedes einzelne der Leuchtfeuer exakt zu identifizieren, in der Natur und in der Karte. Es schadet nicht, das regelmäßig zu trainieren.

Außerdem bin ich hier alles andere als alleine: Am AIS sehe ich, dass hier einige Schnellfähren zwischen den Inseln verkehren, sogar jetzt in der Nacht. Und in den umliegenden Buchten liegen jede Menge Jachten vor Anker – dabei sehe ich nur jene, die noch ihr AIS eingeschaltet haben. Vermutlich ankern da noch viel mehr Boote. So eine große Zahl an Jachten auf einem Fleck ist mir schon lange nicht begegnet, abgesehen von den Marinas, wo ich war.

Während der Annäherung an die schmale Durchfahrt schalte ich mein Radar ein, um im Dunkeln nichts zu übersehen, und wundere mich über die kleine Insel mitten in der Durchfahrt. Die sollte da nicht sein. Ist das ein Radarschatten von meinem eigenen Boot? Ich schließe diese Möglichkeit aber aus, weil das hätte ich ja bereits in der Vergangenheit beobachtet und an der MIZZI hat sich nichts verändert. Vielleicht ist es somit ein Boot. Am AIS ist nichts, aber mit dem aktiven Radartracking wird ersichtlich, dass sich das

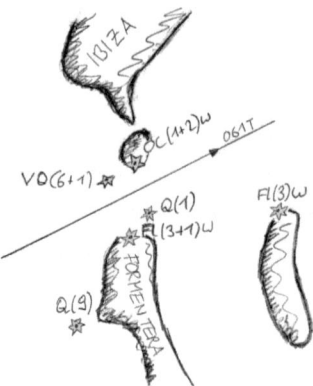

Abbildung 13.2.: Passagenplan Ibiza-Formentera.

Ding bewegt – und das Navigationssystem zeichnet mir Kurs und Geschwindigkeit des Objekts in die Karte ein. Es ist noch zwei Meilen weit weg, aber mit dem Wissen jetzt kann ich draußen schwach das weiße Topplicht erkennen. Die moderne Technik ist schon großartig. Genau dafür habe ich das ganze Zeug.

Hier im Mittelmeer sind leider jede Menge kleiner Boote und Jachten ohne AIS unterwegs. Zum Glück wagen sich die nur selten aufs offene Meer hinaus, aber mir sind draußen vereinzelt auch Jachten ohne begegnet. Das war am Atlantik nicht so. Rund um Irland und insbesondere in Island war jedes noch so kleine Boot damit ausgestattet.

Langsam komme ich der Durchfahrt näher, und ich erinnere mich an die zahllosen Nachtfahrten, die ich mit Schülern während meiner Zeit als Ausbildungsskipper hinter mich gebracht habe. Es war immer sehr spannend. Sinn und Zweck dieser Fahrten war, zu lernen, wie man in der Nacht ohne Elektronik navigiert, und um zu erkennen, dass man seinen Navigationskünsten und den klassischen Instrumenten vertrauen kann, wenn man es richtig macht. Wir haben vor solchen Fahrten Passagenpläne angefertigt – Handskizzen, bei denen die wichtigen Eckpunkte und Daten der Fahrt eingezeichnet sind, um währenddessen nicht den Überblick zu verlieren. Es ist eine schöne Erinnerung. Ich fahre diese Passage jetzt sehr konzentriert und aufmerksam und weil es mir Spaß macht, habe ich mir ebenfalls eine Skizze angefertigt, obwohl ich, anders als bei den Ausbildungstörns, mit vollständiger Elektronikunterstützung fahre. So passiere ich die seichte Engstelle ohne Zwischenfälle und bin zwei Stunden später wieder auf dem offenen Bereich, zwischen den Inseln Ibiza und Mallorca. Morgen Nachmittag werde ich in *Palma* sein.

Es ist Mittag des 12. Oktobers und seit längerer Zeit liegt Mallorca im Dunst voraus. Die Dichte der Jachten ist deutlich angestiegen. Es ist ein bisschen Wind aufgekommen, aber gesegelt bin ich genug. Jetzt möchte ich einfach in eine Marina, um auf meine Tochter zu warten. Corina wird planmäßig in zwei Tagen ankommen.

In der *Bahia de Palma*, der großen Bucht im Süden Mallorcas, tummelt sich eine unglaubliche Vielzahl an Booten. Es ist ein richtiges Gedränge hier, wie im Hochsommer. Ich bin verblüfft, denn es ist Mitte Oktober – da ist es etwa in Kroatien schon ruhig und angenehm.

Um halb drei bin ich vorm Hafen von *Palma*. Mein Ziel ist die *Marina Real Club Nautico*. Im *Mediterranean Almanac* steht, dass sie auf Kanal 9 zu erreichen sind.

```
»REAL CLUB NAUTICO MARINA, REAL CLUB NAUTICO MARINA.
THIS IS SAILBOAT MIZZI. DO YOU READ ME? OVER.«

»SAILBOAT MIZZI, THIS IS REAL CLUB NAUTICO. GO
AHEAD.«

»GOOD AFTERNOON MA'AM. THIS IS SAILBOAT MIZZI, 11
METERS IN LENGTH. I'M LOOKING FOR A BERTH FOR A FEW
OVERNIGHT STAYS. OVER.«

»SORRY BUT WE ARE FULL AT THE MOMENT.«
```

Damit habe ich nicht gerechnet, aber zum Glück gibt es hier noch andere Marinas. Also rufe ich die *Marina Port de Mallorca* an. Leider mit demselben Ergebnis. Jetzt bin ich ziemlich ernüchtert, und ich beginne mich zu ärgern – über diesen völlig überfüllten Ort! Das kann ja wohl nicht sein! Mein Boot ist nicht sonderlich groß, wir haben Mitte Oktober. Und ich bin doch nur hier, um meine Tochter abzuholen! Ich probiere es also weiter und rufe die *Marina Naviera Balear*, den *Club de Mar*, die *Marina Moll Vell*, die *Marina Cala Nova* und den *Puerto Portals*. Alle sind voll.

„Das kann doch nicht wahr sein! Ich habe doch keine Superjacht mit fünfzig Metern Länge!"

Einmal mehr ist also Krisenmanagement angesagt – und so komme ich auf Plan B. *Palma* hat ja diesen berühmten Sandstrand, den *Ballermann*. Und wo Sand ist, kann man auch ankern. Außerdem ist der auf der anderen Seite in der Nähe des Flughafens, das wäre sowieso günstiger. Also – auf geht's. Ich quere die Bucht und beobachte aufmerksam den regen Bootsverkehr rund um mich, um einen Zusammenstoß zu vermeiden. Segeljachten unter Segel oder Motor, die teilweise mit halbnackten Menschen so vollgestopft sind, dass sich mir Bilder aus den Medien mit übervollen Schlauchbooten aufdrängen... Motorjachten und Motorboote mit unüberhörbar überdimensionierten Maschinen, die eine schwarzblaue Rauchfahne hinter sich herziehen. Dazwischen Jetskis mit dröhnender Musik – und dann noch ein- und auslaufende Fischer und große Fähren, die nach *Palma* fahren oder von dort kommen. Das ist zehnmal schlimmer als rund um Gibraltar! Vor allem, weil ich mir nicht sicher bin, ob ich hier bei jedem Verkehrsteilnehmer den Vertrauensgrundsatz gelten lassen kann. Wie schrecklich muss es hier erst im Hochsommer sein?

Während meiner Überfahrt auf die andere Seite studiere ich die Seekarte, um einen günstigen Ankerplatz ausfindig zu machen. Und da fällt mir der *Club Nautico San Antonio* im Ort *Can Pastilla* südlich des Flughafens ins Auge. Den Internet-Fotos nach scheint das ein netter Yachtclub zu sein, aber niemand beantwortet meinen Anruf. Egal, das probiere ich jetzt trotzdem noch. Vorsichtig laufe ich in die seichte Einfahrt ein und mache bei der Tankstelle fest. Ich werde einfach ins Büro gehen und fragen.

Einen Moment später steht ein junger Marinero mit orangefarbener Warnjacke da. Er hat mich offenbar einlaufen gesehen und ist mit dem Fahrrad herübergefahren. Ich begrüße ihn freundlich und schildere mein Problem, woraufhin er sein Telefon zückt und herumtelefoniert. Wir müssen ein paar Minuten auf den Rückruf warten. Zwischendurch fährt er kurz weg, um einer anderen Jacht beim Anlegen zu helfen. Als er zurückkommt, hat er eine erfreuliche Nachricht für mich: Auf Steg B gibt es einen Platz für mich. Er zeigt mir, wo das ist, und fährt dann mit dem Fahrrad hinüber. Ich bereite mein Boot für den Mooringanleger vor, lege ab und liege fünf Minuten danach am Steg in einer Box – zehn Tage und 730 Meilen später, nachdem ich *Barbate* verlassen habe.

Ich erzähle dem Marinero, dass ich aus Island komme und schon gedacht habe, dass ich jetzt hier scheitere. Er ist sehr zuvorkommend. Auch beim Anlegen hat er mir geholfen. Das war zwar nicht sonderlich kompliziert, da kaum Wind ist, aber dennoch hat man solo in Mooringboxen einiges zu tun.

»Do you like beer?«, frage ich ihn.

»Yes, of course!«

Also überreiche ich ihm eine gut gekühlte Dose von meinem isländischen *Gull*, das ich noch im Vorrat – und von dem ich in weiser Voraussicht vor zwei Stunden ein paar in den Kühlschrank gelegt – habe. Ich mache mir auch eines auf.

»Cheers!«

Danach erledigen wir noch den Papierkram. Als ich den Preis für die erste Nacht sehe, muss ich mich an der Theke festhalten: Knapp einhundert Euro, das ist Wucher! Dass diese Insel nichts für mich ist, habe ich sowieso vorher schon gewusst. Der Preis bestätigt mir endgültig, dass ich hier schnellstmöglich wieder verschwinden muss.

Zurück am Boot hänge ich den Landstrom an, mache ein bisschen Ordnung und wandere dann mit meinem Rucksack in das Stadtviertel hinter der Marina. Ich brauche etwas zu essen und muss den Biervorrat aufbessern. Es herrscht reges Treiben entlang der Promenade, und davor am Strand findet gerade eine Art von Massenaerobic statt. Ich verziehe mich schnell in die hinteren Gassen. An einer Hauptstraße finde ich jede Menge Geschäfte und Imbisse. Alles ist etwas schmutzig und schmierig, das ist mir aber lieber, als vorne mit den sonnenverbrannt rothäutigen Massen mitzutreiben; obwohl auch hier hinten viel los ist. Am Outfit vieler Menschen und den bierbäuchigen Männern mit ihren dazu passenden Frauen, die im Watschelgang ihre Flipflops dünn auswalzen, ist eindeutig die Touristenhochburg zu erkennen. Ich marschiere in den nächsten Minimarket, kaufe Brot, Wurst, Käse, Oliven und ein paar kalte Dosen Bier. Beim indisch geführten Schnellimbiss hole ich mir dann ein Döner-Kebab und verziehe mich schnell wieder aufs Boot.

In der Marina ist es angenehm ruhig. Wie schon vermutet, ist das hier mehr ein Yachtclub und keine richtige Marina. Dementsprechend sind hier eher spanische Bootseigner unterwegs, und es gibt keinen Trubel, da kaum Gästebetrieb stattfindet. So sitze ich mit einem kalten Bier im Cockpit, beobachte die startenden Flugzeuge des nahegelegenen Flughafens und genieße endlich den Abend. Einige Freunde und Bekannte erkundigen sich per Signal-Messenger, wie ich so vorankomme und wie es mir geht, und auf diesem Wege erfahre ich, dass in einigen deutschen Bundesländern gerade Herbstferien sind. Das erklärt, warum hier alles so übervoll ist. Dass unsere deutschen Nachbarn Mallorca ganz besonders heimsuchen, ist ja allgemein bekannt.

Am nächsten Tag wasche ich das Salz vom Deck des Bootes, bereite eine frische Koje für Corina vor und wandere danach in den Supermarkt. Ich gehe beim Club-Büro vorbei, bezahle noch für zwei weitere Tage und hole mir eine Chipkarte für die Dusche.

»Is it always so busy here all around at this time of the year?«, frage ich die Büro-Dame. Sie stöhnt, gepaart mit einem leichten Augenrollen:

»Yes. It's always the same.«

Man kennt sich aus. Ich bedanke mich und wandere bewaffnet mit meinen Einkäufen zurück aufs Boot. In der kleinen zum Club gehörigen Werft gleich hinter dem Gebäude wird fleißig gearbeitet, und offensichtlich findet gerade ein Schülerausflug statt, bei dem das Gelände besichtigt wird. Es ist heiß und schwül und die Luft steht. Das Wetter ist ein scharfer Kontrast im Vergleich zu Irland und überhaupt zu Island, wo die Tageshöchsttemperaturen im Hochsommer bei vierzehn Grad gelegen sind. Jetzt ist Mitte Oktober, und hier ist es brütend heiß und vor allem schwül, was es recht unangenehm macht. Ich verkrieche mich daher den Großteil des Tages unter Deck im schattigen Salon und arbeite am Filmschnitt meines zweiten Wind Vane-Videos, das ich vollständig fertigstelle und anschließend auf Youtube uploade. Die Tage nach einer Veröffentlichung sind immer spannend. Ich beobachte die Statistiken, wieviele Leute das Video ansehen, wieviele es liken

– und am meisten freue ich mich über Feedback in den Kommentaren. Ich arbeite schon seit Jahren an meinem Youtube-Kanal.

Obwohl ich zwar glaube, dass die Leute meinen Content mögen, hat sich bisher aber noch kein Erfolg eingestellt. Es stecken hunderte, wenn nicht sogar schon tausende Stunden Arbeit in meinem Social Media-Content, dafür sind die Follower-Zahlen aber nach wie vor sehr gering. Und verdient habe ich damit sowieso noch keinen Cent. Woran das genau liegt, weiß ich, wie schon erwähnt, nicht – obwohl ich bewusst versuche, nicht im selben Teich zu fischen wie die meisten anderen. Da hat es ja eben in den letzten Jahren einige deutsche und österreichische Paare gegeben, die mit Ahnungslosigkeit und seichtem Content brilliert und trotzdem recht rasch eine gewisse Follower-Anzahl lukriert haben.

Irgendetwas mache ich falsch. Liegt es vielleicht am trägen deutschsprachigen Raum? Oder daran, dass ich keine Follower kaufen kann und nur normaler Österreicher und Segler bin? Oder daran, dass ich keine weiblichen Hautpartien zeigen kann? Ich habe keine Ahnung. Trotzdem werde ich auch hier weiter machen, vielleicht beginnt es ja doch irgendwann zu laufen. Im Laufe der vergangenen Monate habe ich schließlich bereits Hunderte Gigabyte an Stoff und Videomaterial gesammelt.

Endlich! Es ist der 14. Oktober: Heute Abend kommt Corina an. Ich freue mich schon sehr auf sie. Der Tag ist wie immer heiß und schwül, und ich mache nicht sonderlich viel. Das Boot ist sauber und zusammengeräumt.

Irgendwann bekomme ich die gute Nachricht, dass sie gelandet ist. Eine halbe Stunde später schon hole ich sie beim Marinaeingang ab. Ich umarme sie zur Begrüßung, und dann gehen wir zum Boot. Bei einem kalten Bier besprechen wir den morgigen Tagesplan.

Am nächsten Morgen gehen wir noch ein letztes Mal einkaufen, um Lebensmittel zu besorgen. Wieder zurück am Boot, beginnt es heftig zu regnen. Bereits in der Nacht hatte es stark geregnet. Das ist aber sowieso notwendig – nach dieser stabilen Wetterlage mit dauerhaft Sonnenschein der vergangenen vier Wochen. Klimatechnisch ist das alles sehr bedenklich: Lange Trockenperioden sind immer eine Katastrophe für die Landwirtschaft und somit für uns alle. Diese Wetterlage war auch für den anhaltenden *Levante* verantwortlich, der mich in *Barabte* gefesselt und die anschließende Fahrt bis hierher mühsam gemacht hat.

Wir warten den Regen ab, danach geht es noch einmal in die Dusche und ich bringe den Müll weg. Dann geht's los. Zuerst mit der Maschine ein kurzes Stück, und dann gleich unter voller Besegelung auf raumem Kurs Richtung Südosten. Anfangs ist es etwas mühsam, wie immer auf raumen Kursen bei schwachen Winden. Die Segel schlagen und fallen immer wieder ein. Solche Situationen sind nervlich anstrengend. Zum Glück wird der Wind mit jeder Meile, die wir weiter aufs Meer hinauskommen, stärker. Wir haben Westwind, der in eineinhalb Tagen auf Südost drehen wird. Ich werde versuchen, in den Süden zu kommen, damit wir mit dem Gegenwind möglichst im Süden von Sardinien ankommen.

Mit einer angenehmen Brise geht es durch die Nacht. Wir sehen ein paar Sterne und eine sehr schmale Mondsichel. Vor kurzem war Neumond. Leider schläft der Wind mitten in der Nacht ein, und wir fahren mit dem Motor weiter. Zehn Stunden lang, dann ist der Wind wieder da – und wir segeln mit frischer Brise weiter. Wir machen halbwegs Fahrt, aber mitunter bremsen uns die steilen Wellen sehr. Manchmal klatscht das Boot richtig hinein, wie ein moderner flacher Rumpf. Aber wir fahren, und sogar ziemlich in die richtige Richtung. Untertags unterhalten wir uns über alles mögliche, und ich bekoche uns. Die Nachtwachen teilen wir uns auf. Obwohl ich mittlerweile meinen Solo-Rhythmus absolut gefunden habe, ist es doch einfacher, wenn auch noch jemand anders da ist und ebenfalls aufpasst.

Corina ist sehr segelerprobt. Bereits im Alter von zwei Jahren war meine Tochter zum ersten Mal mit dabei – und seither ist sie bestimmt schon tausende Meilen in verschiedenen Revieren gefahren. Das gilt genauso für ihren Bruder Patrick und natürlich auch die kleine Schwester. Ich habe mich immer bemüht, meinen Kindern viel beizubringen und vorzuleben – wie man das Boot behandelt, Segel setzt und refft, wie Hafenmanöver funktionieren, welche Knoten man wo verwendet und vieles mehr. Als Vater bin ich natürlich sehr gespannt, ob eines meiner drei Kinder die Liebe zur See und zur Seefahrt mit mir einmal soweit teilen wird, um diesen Sport aufzugreifen.

Und ob es dann vielleicht erfolgreicher sein wird als ich. Sie alle haben noch die Chance dazu, sie sind noch jung.

Ich bin sehr froh, dass Corina da ist, denn die Fahrt ist mittlerweile ganz schön lang. Ich bin gerne am Meer und genieße das weite Solosegeln. Aber langsam möchte ich in einem Hafen ankommen, wo ich nicht mehr so bald weg muss. Ständig getrieben zu sein, um endlich den Heimathafen zu erreichen, ist mentaler Stress. Es muss aber sein, weil es so viel zu tun gibt: Etwa die Arbeiten und Reparaturen am Boot genauso wie die Produktion meiner Videos sowie ein paar Podcasts und Lehrvideos. Auch ein paar Artikel muss ich schreiben – und einige Vorträge vorbereiten.

Und ich muss Pläne für die Zukunft entwickeln, wie ich nun wieder nach Island, nach *Svalbard* oder *Jan Mayen* komme. Und mit welchem Boot, ob mit oder ohne Kundschaft, und ob ich mich doch für das Golden-Globe-Race anmelden soll? Viele ungeklärte Fragen, die mich momentan komplett überfordern. Kurzfristig habe ich nun zwar genug zu tun, aber wie es mittelfristig weitergehen soll, bereitet mir nach wie vor Kopfzerbrechen. Denn bei allem was ich tue, muss ja auch irgendwie Geld hereinkommen. Ich habe große Angst davor, dass ich jetzt, nach meinem „Solo-Wettbewerb ohne andere Teilnehmer" wieder nach Österreich komme und alles verpufft als wäre nichts gewesen. Dann strande ich wieder, so wie die zwei Jahre davor, nach dem verheerenden Verlust von 2020.

Aber jetzt muss ich erst einmal darauf achten, dass wir nicht in Sardinien stranden; da weiß ich, was zu tun ist. Wir sind zehn Meilen westlich, aber zwanzig Meilen zu nördlich, über dem *Cabo Teulada*. Es ist Mittag und noch genug Zeit, aber da wir jetzt gegen den Südostwind kreuzen müssten, würden wir erst gegen Mitternacht beim Kap ankommen. Ich beschließe also, wieder im Südwesten von Sardinien, in der Bucht von *Porto Pino*, zu ankern. Da haben wir dann eine ruhige Nacht und können beide schlafen. Und morgen fahren wir das letzte Stück ums Kap nach *Cagliari*.

Mit der Annäherung an Sardinien ist die Welle endlich ruhiger geworden. Der Wind kommt nach wie vor mit fünf Windstärken aus Südost. Wir sitzen im Cockpit, als mir plötzlich auffällt, dass es schon wieder alkoholisch riecht.

13. Poseidons Reich

»Riechst du das? Hier riecht's irgendwie nach Alkohol«, sage ich zu Corina. Sie schnüffelt daraufhin in der Luft herum.

»Also, ich merke nichts.«

„Woher soll das hier im Cockpit kommen?", frage ich mich und öffne die hintere Backskiste, da, wo ich den Mist verstaue und auch die Spiritusflasche drin war, bevor ich sie entsorgt habe. Ja, der Geruch kommt von hier, aber ich habe alles weggeworfen, da ist nichts drin. Sehr gespenstisch.

Wir halsen zweimal, um noch etwas weiter nach Süden zu kommen. Mit dem zweiten Schlag fahren wir recht nahe an die kleine Insel *San Antioco* heran, in der Hoffnung, dass Wind und Wellen dort nachlassen. Und das tun sie dann glücklicherweise auch, also können wir die Maschine starten und fahren die letzten fünfzehn Meilen der Küste entlang bis nach *Porto Pino*. Hier ankern wir eine halbe Stunde nach Sonnenuntergang an der gleichen Stelle, wie ich schon im Mai, bei meiner Fahrt in die andere Richtung.

Während die Maschine läuft, schalte ich den Kühlschrank wieder ein. Nach einiger Zeit hole ich eine kühle Wasserflasche heraus – und da entdecke ich den Bösewicht: Ganz unten liegt eine ausgeronnene Weinflasche. Der Kühlschrank hat einen Ablauf und der führt über einen Schlauch in die Bilge. Ein typischer Anfängerfehler, denn man stellt einfach nichts in den Bootskühlschrank, das nicht ordentlich verschlossen ist.

Ich bin beruhigt, denn jetzt weiß ich, dass meine Nase doch nicht betrunken ist. Das Thema hat mich offensichtlich verfolgt: Zuerst die leckgeschlagenen Bierdosen, dann die Spiritusflasche – und jetzt diese Weinflasche.

Beim Abendessen unterstütze ich Corina beim Flugsuchen und -buchen. Diesmal erscheint diese Wissenschaft recht einfach, vielleicht, weil wir zu zweit daran arbeiten. Und so finden wir zwei Flüge für Samstagfrüh, zuerst von *Cagliari* nach Mailand und dann weiter nach Wien. Bei der Gelegenheit schicke ich ein E-Mail an die Marina in *Cagliari*, dass wir morgen kommen. Die antworten auch prompt, dass für mich ein Platz frei ist.

Am nächsten Tag lichte ich in der Finsternis von sechs Uhr Früh den Anker und nehme Kurs Richtung *Cabo Teulada*. Am Nachmittag im *Golfo di Cagliari* können wir bei Südwestwind mit fünf Windstärken Segel setzten und fahren damit auf raumen Kurs bis nach *Cagliari*. Im großen Hafen tanken wir das Boot auf und legen dann erfolgreich in der Marina *Portus Karallis* an, nachdem ich uns auf Kanal 9 per Funk angekündigt habe.

Nach rund 450 Seemeilen sind wir somit angekommen. Die Stimmung ist gut. Corina spritzt das salzige Boot mit dem Schlauch ab, während ich zwecks Registrierung im Marinabüro bin. Es sind alle sehr freundlich, und die Anmeldung verläuft absolut unkompliziert. Ich bezahle gleich die nächsten beiden Nächte, damit es erledigt ist. Ich werde so bald wie möglich wieder aufbrechen, also übermorgen, am Samstag.

Als ich zurückkomme, schaut Corina etwas betroffen: Ihre Flüge wurden gecancelt. So etwas Blödes! Flüge zu buchen ist ein getarntes Roulettespiel. Wir finden heraus, dass morgen offenbar ein Generalstreik in Italien stattfindet. Dennoch kann das nur die halbe Wahrheit sein, denn andere Flüge gibt es sehr wohl. Corina ist sehr enttäuscht, aber mit vereinten Kräften finden wir für Samstagabend eine andere gute Flugverbindung.

Das Gute daran: Nun haben wir ungeplant noch den ganzen morgigen Tag miteinander gewonnen. Corina hilft mir, das Boot blitzblank zu putzen. Ich beschäftige mich inzwischen mit dem nächsten Ölwechsel. Die Sache ist sehr mühsam, da die Ölpumpe, die ich dafür gekauft habe, ihren Dienst quittiert. Ich zerlege sie ein paar Mal und irgendwie gelingt es mir, den Großteil des Öls abzusaugen. Den Rest lasse ich dann bei der Ablassschraube aus.

Am Abend gehen wir noch in die Altstadt Pizza essen. Es waren wirklich ein paar schöne Tage mit meiner Tochter.

14. Endspurt

Es ist Samstag Vormittag, 21. Oktober. Corina packt ihre Sachen und dann gehen wir gemeinsam Obst, Gemüse und Brot kaufen. Für mich geht die Reise mit dem Boot weiter, und Corina wird abends heimfliegen. Untertags kann sie noch in der schönen Altstadt von *Cagliari* in einem Café sitzen und das sardinische Flair genießen.

Ich fülle die Wassertanks und mache das Boot fertig, dann verabschieden wir uns. Ich bin ein bisschen traurig, weil es so schön mit ihr war. Ich habe noch eine weite Reise vor mir, auch, wenn es lange nicht mehr so weit ist, wie es schon einmal war. Ich hätte meine Tochter liebend gerne bis nach Kroatien mitgenommen, aber verständlicherweise hat sie nicht so viel Zeit.

Wir verabschieden und umarmen uns ein letztes Mal, dann lege ich ab. Ich winke zurück und freue mich darauf, sie bald wieder zu sehen. Danach räume ich die Fender weg, fahre aus dem großen Hafen und setze die Segel.

Bei sehr gemütlichen drei Windstärken geht es raumschots Richtung Südosten. Hinter mir verschwindet *Cagliari* langsam in einer großen dunkelgrauen Regenwolke. Kurze Zeit später schreibt mir Corina per Signal-Messenger, dass es gerade regnet.

„Ja, das kann ich sehen", denke ich mir, während mir die Sonne ins Gesicht scheint und über den östlichen Bergen ein Regenbogen leuchtet. Und dann geht es hinaus aufs Tyrrhenische Meer, vorbei an der *Isola dei Cavoli*, dem letzten kleinen Inselchen am südöstlichen Ende von Sardinien.

Plötzlich kommt Wind auf und trifft mich wie Thors Hammer. Sieben bis acht Windstärken, Böen im Neuner. Blitzartig springe ich in meine Gummistiefel, ziehe mir die leichte Ölzeugjacke und die Rettungsweste an und sprinte augenblicklich ins Cockpit.

Sofort reffe ich die Genua. In weiser Voraussicht hatte ich das Großsegel in der Bucht bereits ins zweite Reff gesetzt, weil ich sechs bis sieben Wind-

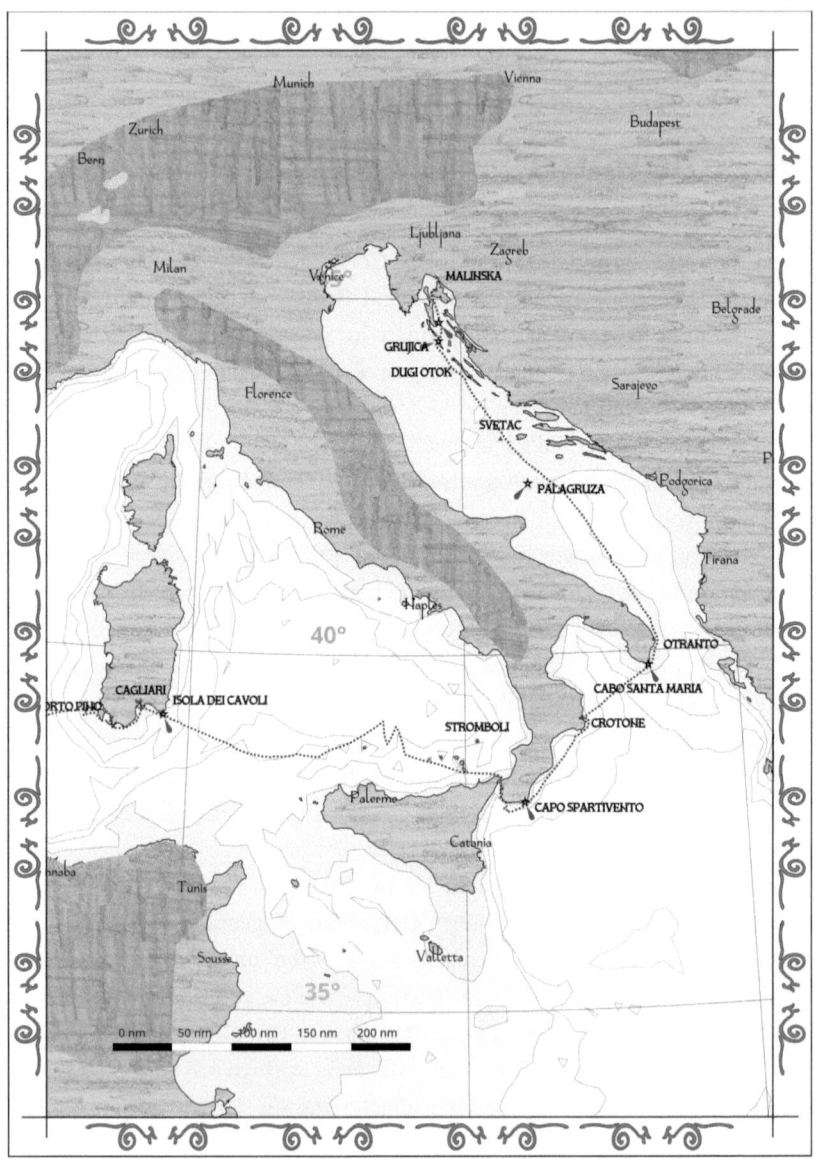

Abbildung 14.1.: Von Sardinien bis nach Krk.

stärken erwartet habe. Aber das ist jetzt um einiges mehr, also muss ich es auch verkleinern.

Blauer Himmel, die Sonne steht bereits tief – und hier geht die Post ab. Immer wieder ergießen sich Wasserfontänen von vorne bis ins Cockpit, während ich zum Reffen am Wind segle. Ich drehe mich jedes Mal weg, um nicht alles ins Gesicht zu bekommen. Meine kurze Hose ist schnell nass, aber das macht nichts. Flott reffe ich das Großsegel – mittlerweile kann ich es ja – und abschließend schickt mir Poseidon eine große steile Welle, die sich über mich und das Boot ergießt und mir die Gummistiefel anfüllt. Super.

Das ist leider so am Mittelmeer: Wenn der Wind weht, ist es genauso nass wie am Atlantik, aber die Temperaturen sind wesentlich wärmer, was das Anziehen des Ölzeugs besonders unangenehm macht. Draußen am Ozean habe ich mir einfach alles angezogen, danach die Arbeiten erledigt und anschließend wieder alles ausgezogen. Dadurch sind Gewand und Stiefel meistens innen trockengeblieben. Aber hier im Mittelmeer ist es schrecklich: Ohne Ölzeug bin ich nass, und mit auch – weil ich durchgeschwitzt bin. Ich vermisse den Atlantik und alles, was ich dort erlebt habe. Und ich vermisse Island. Ich muss dort wieder hin!

Nachdem ich die Windsteueranlage richtig eingestellt habe, läuft das Boot wieder gut in südöstlicher Richtung, wenn auch sehr bewegt. Am AIS ist ein paar Meilen hinter mir eine andere Jacht auf Verfolgungskurs. Das Boot heißt AYLIN und scheint aufgrund der eher quadratischen Abmessungen von 12×7 Metern ein Hausboot zu sein.

Mein alter Langkieler surft mit sieben bis acht Knoten dahin, das ist beinahe Lichtgeschwindigkeit. Das gefällt mir, einerseits weil das Boot so gut läuft und die Richtung stimmt, und andererseits, weil ich bei dem Speed dem Heimathafen schneller näherkomme.

Ab Mitternacht beginnt der Wind Stunde um Stunde nachzulassen. Zuerst sechs, dann fünf und dann weiter auf vier Windstärken. Der Katamaran ist nach all den Stunden immer noch hinter mir, in konstantem Abstand zwischen zwei und drei Seemeilen. Um drei Uhr ist er auf eineinhalb Seemeilen herangekommen.

14. Endspurt

„So geht das nicht", denke ich mir und rolle die Genua aus. Die Segel sind immer noch winzig, auf den ursprünglichen Starkwind eingestellt. Wenn nicht die dringende Notwendigkeit besteht, hantiere ich in der Nacht mit den Segeln eher wenig herum. Dazu bin ich meistens zu faul, um ehrlich zu sein. Und außerdem sieht man nichts. Den Segeltrimm im Finsteren hinzubekommen ist viel schwieriger als bei Tageslicht. Also verschiebe ich solche Arbeiten meistens auf den frühen Morgen.

Aber diese Situation weckt plötzlichen Regattaehrgeiz in mir. Wenn die bei dem Wind da draußen sind, tippe ich einmal auf eine unterbesetzte Überstellungscrew – einer sitzt draußen und überwacht alles, die anderen zwei schlafen. Bei mir ist im Gegensatz dazu eine volle Mannschaft an Bord – Kapitän, Navigator, Steuermann, Rudergänger, Bootsmann, Zahlmeister, Funker, Koch, Matrose und Chronist, alle da, in mir vereint. Also ist Segelsetzen kein Problem. Normalerweise bin ich kein Wettbewerbstyp. Es hat mich noch nie interessiert, einfach nur schneller da zu sein. Aber dieses Boot verfolgt mich bereits seit dem späten Nachmittag im gleichen Abstand, und jetzt kommt es näher.

Mein heimliches Ausreffen hat sich gelohnt, denn bis zum Sonnenaufgang hat sich der Abstand wieder auf drei Meilen vergrößert. Am AIS beobachte ich das Boot noch über viele Stunden, aber unsere Kurse beginnen auseinanderzulaufen. Ich peile die Straße von Messina an, wohingegen deren Kurs Richtung Palermo zu laufen scheint.

Einen Tag später. Ich bin draußen am offenen Meer. Rundherum ist nur Wasser. Eine langgezogene Dünung läuft von Westen hinterher. Die Nachmittagssonne steht schon etwas tiefer, und die Wellen glitzern im gleißenden Licht. Das Boot pflügt Meile um Meile unermüdlich durch die Salzwasserwüste. Und ich bin zufrieden. Ich könnte ewig so weiterfahren. Alles ist ok. Da sind nur das Meer, das Boot und ich. Ich fühle mich wohl. In meinen Gedanken sind meine Kinder und meine Frau bei mir. Die sind immer bei mir, deshalb fühle ich mich auch nicht einsam. Und ich habe auch gerade keine Probleme mit Telefonfirmen, Banken, Ämtern und sonstigen Hürden unseres „tollen" und eingeengten Systems, in dem ich mich trotz fortschreitenden Alters nach wie vor nicht sonderlich gut zurechtfinde. Hier draußen am Meer bin ich in meiner Welt und in meinem Element. Rundherum ist nur Wasser, soweit das Auge reicht. Und diese angenehme Ruhe. Niemand ist da, um den ich mich kümmern muss oder der mit mir reden will. Ich weiß, dass das viele Menschen theoretisch toll finden, sich in der Praxis aber rasch unwohl fühlen und lieber an Land bei anderen Menschen sind, sobald sie feststellen, dass so ein Boot eine winzige Nussschale in einer riesigen erbarmungslosen Natur ist. Einer Natur, die echt ist und authentisch. Sie kann sehr lieblich, aber auch unglaublich hart und rücksichtslos sein. Ganz anders als die heutige Gesellschaft, die zunehmend verweichlicht und wo jeder nur noch mit Glacéhandschuhen angegriffen wird. Für mich ist das nichts. Ich messe mich lieber mit den Göttern. Und wenn ich zu schwach bin, werde ich untergehen; aber dafür war es abenteuerlich und ehrenvoll.

Ich wundere mich über mich selbst, dass ich ein halbes Leben dafür gebraucht habe, um das zu erkennen, obwohl es rückwirkend betrachtet beinahe offensichtlich war: An Land habe ich mich in besiedelten Gebieten nie sonderlich wohl gefühlt. Je dichter die Besiedelung, umso weniger wollte ich da wohnen. Es kann mir gar nicht abgelegen genug sein. Und die sogenannten Nachteile, die mit dem Leben in der Einschicht kommen, habe ich nie als solche empfunden, ganz im Gegenteil. Auch mit dem Boot war das nie viel anders. Übervölkerte und touristisch besonders heimgesuchte Orte und Marinas meide ich grundsätzlich.

Trotzdem habe ich unzählige Ausbildungstörns durchgeführt, denn ich habe mein Wissen immer schon mit Leidenschaft weitergegeben; nicht nur beim Segeln, sondern generell. Von *Closed-Source-Politik* und dem Geizen mit Wissen halte ich nicht viel. Die vergangenen fünf Monate auf See haben verdeutlicht, wie sehr ich das Solo-Offshore-Segeln liebe. Ich kann wochenlang übers offene Meer segeln und genieße es in vollen Zügen. Ich brauche keinen Hafen und niemanden an Bord, der mich ständig bespaßt. Alleine kommt man in einen Rhythmus mit der Natur – das Natürlichste seit Tausenden von Jahren, das die Menschen mit ihrer modernen Gesellschaft in den letzten lächerlichen einhundert Jahren verlernt und vergessen haben.

14. Endspurt

Der Himmel beginnt sich von Westen her einzutrüben. Eine strukturlose Cirrusbewölkung, die das Sonnenlicht langsam diffus werden lässt. Aber noch ist alles friedlich. Das war so vorhergesagt. Untertags komme ich weiter nach Nordosten; zu weit leider. Ich passiere die *Isola de Ustica* in rund zwanzig Meilen Entfernung und muss irgendwann wenden. Es ergibt sich ein überraschend kleiner Wendewinkel. Vielleicht hat Poseidon Mitleid und hilft mir ein bisschen mit östlich laufendem Strom.

Es geht in die nächste Nacht, und die Dichte der Jachten nimmt zu. In einiger Distanz sind sogar zwei Trimarane vorbeigekommen. Ich habe sie nicht mit freiem Auge gesehen, aber die überdimensionale Breite in den AIS-Daten lässt es erahnen. Hier sind Sizilien und die Liparischen Inseln sehr nahe, alles beliebte Segelurlaubsziele. Alle zehn Seemeilen wende ich, und wieder beginnt mich der Mut zu verlassen. Der Wendewinkel ist einfach so groß, dass man dem Ziel nur sehr schleppend näher kommt, falls der Wind genau von da kommt, wo man hin muss; und das tut er jetzt gerade.

Mittlerweile ist die Nacht angebrochen und ich habe in Anbetracht der Bootsdichte meine Schlafzeiten auf vierzig Minuten verkürzt. In einiger Entfernung ist ein Boot vor meinem Bug. Ich kann das rote Licht und das weiße Toplicht sehen und es ist im AIS. Es wird vor mir vorbeikommen, aber es macht mich ein bisschen nervös, denn es wird sich auf eine halbe Seemeile nähern. Und in der Finsternis fühlt sich das sehr nahe an, da man die Entfernungen kaum abschätzen kann.

Am Funk ist schon den ganzen Tag die Hölle los. Die sardinischen, sizilianischen und korsischen Küstenfunkstellen verkünden Wettervorhersagen und navigatorische Warnungen. Zwischendurch das VTS Palermo und die Hafenaufsicht von *Trapani*, und manchmal sogar Messina. Dazwischen Frachtschiffe, die sich gegenseitig begegnen und seit einiger Zeit auch Jachten, die miteinander funken, teilweise, um Begegnungen zu koordinieren, wie das die Frachtschiffe machen. Das finde ich sehr interessant, denn das kommt eher selten vor. Das müssen routinierte Schiffsführer sein, weil es von guter Seemannschaft zeugt, unklare Situationen per Funk zu koordinieren, bevor es zu spät ist.

Da scheint eine Jacht Probleme zu haben:

```
»WE RECEIVED A PAN-PAN CALL FROM THE COASTAL STATION
THAT YOU MAY BE IN TROUBLES. IS EVERYTHING OK? OVER.«
```

Zuerst ist längere Zeit Stille, aber dann kommt doch eine Antwort. Das Boot dürfte an der Grenze meiner Reichweite sein, denn ich kann den Text nur teilweise verstehen, aber zwischendurch ist folgendes zu hören:

```
»...YES, EVERYTHING OK...«
```

Und dann etwas später gibt es wieder einen Call.

```
»SAILING BOAT FOOBAZ, THIS IS TEMPVAR. DO YOU READ
ME? OVER.«
```

Offenbar ist die Gegenstelle zu weit weg, denn das Gespräch geht nach kurzer Zeit mit demselben Sprecher folgendermaßen weiter:

```
»WE CAN SEE A MOB ALARM ON THE AIS NEAR YOUR
POSITION. DO YOU NEED HELP?«
```

Pause – und dann geht's weiter:

```
»SO THIS IS A FALSE ALARM. JUST TO BE SURE LET ME ASK
DIRECTLY. DO YOU HAVE A MAN-OVER-BOARD SITUATION?
OVER.«
```

Danach ist es wieder still. Es dürfte sich also in Wohlgefallen aufgelöst haben. Komisch ist das. Plötzlich ungewöhnlich viele Jachten am AIS, und welche, die sogar miteinander funken und eigenartige Situationen haben. Unter „viele" verstehe ich jetzt fünf oder sechs Segelboote im Umkreis von fünfzehn Meilen, und das mitten in der Nacht, hier im Nirwana. Sowohl Sizilien als auch die Liparischen Inseln sind rund fünfzig Meilen weit weg, das ist für die meisten Segelurlauber schon eine halbe Weltumsegelung. Bei dieser Landentfernung bin ich normalerweise bis auf ein paar seltene Ausnahmen völlig alleine – abgesehen von Frachtschiffen.

14. Endspurt

Und dann kommt noch ein Funkgespräch, wo mittendrin das Wort „Race Control" fällt – wodurch mir augenblicklich ein Licht aufgeht.

„Das ist eine Regatta, eh logisch!"

Da hätte ich eigentlich selber draufkommen können. Das erklärt auch, warum hier draußen zwei Trimarane auftauchen. Das kann also nicht nur irgendein Mickey Mouse-Rennen sein. Das einzig bedeutende Rennen, das mir einfällt, ist das Rolex Middlesea-Race, bei dem der Rennkurs im Wesentlichen von Malta ausgehend einmal um Sizilien läuft. Wenn ich das nächste Mal mein Internet einschalte, werde ich es googeln.

Um Mitternacht schläft der Wind ein. Ich starte den Motor und peile das südliche Ende der Insel *Vulcano* an. Das ist der kürzeste Weg zur Straße von Messina. Und so vergeht die Zeit Stunde um Stunde mit dem brummenden Motorengeräusch im Hintergrund. Bei *Vulcano* kann ich für zwei Stunden die Segel setzen. Die Landschaft der Insel ist schön grün, teilweise schroff und felsig, bestehend aus schwarzem Vulkangestein. Ich komme so nahe vorbei, dass ich sogar jene Bucht sehen kann, in der wir nach vielen harten flautenbedingten Motorstunden im Mai für eine Rast geankert hatten.

Die Freude ist dieses Mal auch nur kurz, denn bald geht es mit der Maschine in der Flaute weiter. In der Nähe fährt eine andere, etwas größere und schnellere Jacht auf gleichem Kurs, anscheinend mit demselben Ziel. Fünf Meilen vor der Einfahrt in die Straße von Messina kommt plötzlich giftiger Südwind auf; in Böen bis sieben Windstärken. Da ich knapp unter Land bin – Sizilien liegt unmittelbar südlich von mir – ist der Wellengang nicht so schlimm und ich mache trotzdem Fahrt. Zeitweise muss ich handsteuern, weil solche extremen Bedingungen manchmal den elektrischen Autopiloten überfordern.

Endlich kann ich das *Capo Peloro*, das nordöstliche Horn Siziliens, umrunden und in die Straße von Messina einfahren, vorbei an dem riesigen Gittermasten, der in früherer Zeit gemeinsam mit seinem Gegenüber am italienischen Festland die Stromversorgung der Insel sichergestellt hat. Ich nenne sie „Das Tor zum Tyrrhenischen Meer".

Es saugt mich förmlich in die Meeresenge hinein, denn glücklicherweise ist der Strom mit mir und gibt mir zusätzliche anderthalb Knoten. Mit jeder

Meile wird auch der durch den Düseneffekt hervorgerufene Wind schwächer. Östlich liegt das gebirgige Italien und westlich Sizilien, das ebenfalls hoch ist. Beide Seiten ragen auf eintausend Meter auf.

Die Sonne geht unter und ich bin äußerst konzentriert. Ich setze all meine navigatorischen Hilfen ein, um gut durch diese Meeresenge zu kommen. Der Verkehr ist beachtlich. Zum einen sind Frachtschiffe im Verkehrstrennungsgebiet nach Norden oder Süden unterwegs. Zum anderen kreuzen Fähren mit bemerkenswerter Geschwindigkeit im Minutentakt zwischen den beiden Küsten. Damit sie nicht in Konflikt mit dem Verkehrstrennungsgebiet geraten, ist mittendrin ein virtueller Kreisverkehr eingerichtet, durch den sie mit italienischem Temperament auf recht direktem Kurs hin- und herfahren. Ich werde das auch nutzen, um von West nach Ost zu kreuzen. Der Unterschied ist, dass mein Boot nur fünf Knoten läuft.

Ich bin etwas angespannt und wandere zwischen Cockpit und Radar herum. Da entdecke ich ein Schiff, das ich zuerst übersehen habe: Es scheint nicht am AIS auf, aber mein Radar enttarnt es. Es ist ein typisch graugestrichenes Kriegsschiff, das im letzten Dämmerlicht kaum zu sehen ist. Aber es besteht keine Kollisionsgefahr. Nur ein Frachtschiff taucht plötzlich von Norden kommend auf und gibt mir zu denken. Wir haben einen vorausberechneten Sicherheitsabstand von einer drittel Meile. Das ist recht knapp, auch wenn es unter diesen Bedingungen ausreichend ist. Ich gebe trotzdem mehr Gas.

Irgendwann schaffe ich es auf die andere Seite und reduziere die Drehzahl wieder. Trotzdem ist es noch nicht vorbei. Mittlerweile ist es stockfinster, und ich behalte weiterhin alles genau im Auge. *Reggio di Calabria* ist die letzte heiße Stelle, denn da fahren Fähren aus und ein. Dahinter tritt Entspannung ein und ich laufe geradewegs nach Süden.

Und dann ist mir sogar Poseidon wohlgesonnen – und schickt mir Nordwind. Ich setze die Segel, schalte den Lärm aus und genieße die Stille. Es ist elf Uhr nachts, und ich bin jetzt im Ionischen Meer – eine weitere Etappe geschafft. Nachdem ich etwas Abstand gewonnen habe, beginne ich mit meinem Nachtschlafrhythmus, mit Etappen von maximal dreißig Minuten. Mehr traue ich mich nicht, denn ich bin nahe vor der Küste und da können sich durchaus kleine lokale Fischer herumtreiben. Und um die Ecke, also um den großen Zeh von Italien, kommen die Frachtschiffe aus der Adria. Trotzdem segle ich vorerst in südlicher Richtung, um mehr Abstand zu bekommen. Den großen Dicken vertraue ich mehr als den kleinen Booten. Und wenn sich die Wettervorhersage nicht dramatisch ändert, sollte ich jetzt gut unter Segel der Sohle von Italien entlang nach Nordosten kommen.

„Na toll!"

Es ist Mitternacht, und der Wind ist aus. Ich mag nicht schon wieder motoren. Außerdem bin ich vom langen Vortag etwas zerknittert. Also lasse ich es so, wie es ist. Und vielleicht kommt der Wind ja doch wieder.

Tut er aber nicht. Ich bin die ganze Nacht bis zum Sonnenaufgang um sieben Uhr herumgetrieben. Jetzt reicht's. Ich starte die Maschine und fahre Richtung Nordosten. Zum Frühstück mache ich mir ein gutes Omelette mit Paradeisern, Zwiebeln, Paprika und spanischer Wurst. Danach aktiviere ich mein Satelliteninternet und schaue mir die Vorhersage an – durchwachsen, wie es so schön heißt. Das ist etwas entmutigend, aber auf In-der-Flaute-Herumbummeln habe ich jetzt, so kurz vorm Ziel, keine Lust mehr.

Ich rechne meinen Dieselvorrat aus und konsultiere den *Mediterranean Almanac*. Die nächste Tankstelle ist einhundert Meilen entfernt, in *Crotone*. Das geht sich locker aus, also muss der eiserne Matrose herhalten.

Das ganze Mittelmeer war bisher recht mühsam. Entweder Gegenwind, kein Wind, Hitze und Schwüle – oder viel Verkehr, hohe Preise und jede Menge Boote ohne AIS. Aber jetzt halte ich auch noch durch. Das Ziel ist schon in greifbarer Nähe. Und wer weiß, was die Zukunft bringt. Vielleicht bringt sie mich bald wieder auf den Atlantik – mit einer weiteren tollen Expedition. Das ist ja auch eines der Ziele dieser Fahrt: herauszufinden, wie das ist, und was alles notwendig ist, um das nächste Mal noch besser vorbereitet zu sein.

Am Abend kommt dann doch Wind auf. Er entwickelt sich zu einem tollen Segelwind mit fünf Windstärken. Damit laufe ich zwischen Halbwind und raumem Wind mit guten sechs Knoten Richtung Nordosten. Mitten in der Nacht legt er nochmals zu, und ich muss die Genua reffen. So kommt *Crotone* schneller näher als gedacht.

Im Eiltempo nähere ich mich dem *Capo Rizzuto*, dem Fußballen von Italien. Der Wind hat leicht gedreht, wodurch ich deutlich näher an die Küste herankomme, als geplant. Nur zwei Meilen Abstand, da kürze ich meine Nachtwachen lieber auf zwanzig Minuten – sicher ist sicher. Mit regelmäßigen kleinen Kurskorrekturen hantle ich mich der Küste entlang, bis es vorbei am *Capo Colonna* auf Am-Wind-Kurs nach Norden geht. Drei Meilen vor *Crotone* berge ich die Segel und taste mich mit dem Radar an den vor Anker liegenden Schiffen und den Gasplattformen bis zur Hafeneinfahrt, wo ich schlussendlich um halb fünf bei der Tankstelle anlege. Ein letzter Logbucheintrag, Navigationsbeleuchtung und Geräte abschalten – und dann ab in die Koje für die nächsten drei Stunden.

Kurz nach halb acht läutet der Wecker. Ich putze mir die Zähne, stelle einen Kaffee hin und begutachte den Hafen bei Tageslicht.

„So schaut das also aus."

Ich bin zufrieden mit meinen Navigationskünsten. Alles wirkt noch sehr verschlafen. Die Tankstelle ebenfalls. Die Zapfsäulen sind in einem niedrigen gemauerten Verschlag hinter Eisentoren verschlossen. Das Schild, auf dem einmal der Preis zu lesen war, ist sehr verwittert und ich frage mich, ob die überhaupt jemals wieder aufsperrt.

Zum Glück ist meine Sorge nur kurz, denn um Punkt acht Uhr kommt ein Italiener, Mitte fünfzig, mit schwarzen, gewachsten Haaren auf einem Roller an. Er fragt mich, ob ich Diesel brauche. Ich nicke grinsend. Er sperrt den Tankstellenverschlag auf und bringt eine Zapfpistole mit langem Schlauch. Bevor ich tanken kann, bittet er mich noch zu kontrollieren, ob die Anzeige auf Null steht. Gut, mache ich – steht auf Null. Ich frage zur Sicherheit, ob ich mit Karte zahlen kann – ja, klar. Ich fülle gute achtzig Liter ein. Danach mache ich alles sauber und hole meine Karte. Kontaktlos mit PIN kein Problem. Doch dann sagt er, dass es nicht angenommen worden ist, weil anscheinend mein Limit überschritten ist.

Komisch, wie kann das sein? Ich habe doch nichts bezahlt in den vergangenen Tagen – und das letzte Mal in *Cagliari* hat die Karte noch problemlos funktioniert. Wir probieren die Karte ins Gerät hineinzustecken, doch leider funktioniert auch das nicht – Limit überschritten. Ich wundere mich, denn die Tankfüllung macht doch nur knapp zweihundert Euro aus.

»Do you have another card?«, fragt er mich. Ich weiß nicht, ob ich jetzt weinen oder lachen soll. Nein, habe ich nicht, nur eine abgelaufene. Und die Gültige liegt daheim beim Bauern-Karl im Schreibtisch, wie ich am Tag meiner Abreise aus Island festgestellt habe. Ich frage nach einem Bankomaten – ja, natürlich! *Crotone* ist schließlich kein Nest. Wenn ich Glück habe und der Bankomat mit NFC ausgestattet ist, kann ich Bargeld abheben.

Der Tankwart empfiehlt mir, das Boot zuzumachen, wenn ich weggehe.

„Aha, also doch Süditalien", denke ich mir und ziehe eine Jacke an. Als ich herauskomme, bietet er an, mich mit dem Roller hinüberzuführen, es sind mindestens zwei Kilometer. Dankbar nehme ich das Angebot an. Er gibt mir einen alten Helm, und schon düsen wir durch die kleine Stadt.

Leider kommen wir erfolglos wieder zurück. Beide Bankomaten haben meine Karte nicht akzeptiert. Ich bin ratlos – und verzweifelt.

„Herrgott! Was soll ich jetzt machen?"

Jetzt strande ich nach sechs erfolgreichen Monaten und über 10 000 Seemeilen in Süditalien, weil ich die Tankrechnung nicht bezahlen kann. So etwas gibt es doch nicht! Das sind Situation, die mich völlig aus dem Konzept bringen – nicht der Frontdurchgang draußen am Meer.

Der Tankwart ist aber ein ziemlich schlauer Kerl, denn er schlägt vor, dass ich das Geld überweisen kann. Er kramt auf seinem Handy herum und schreibt mir seine Kontodaten auf einen Zettel. Jetzt muss ich es nur noch schaffen, das Geld dorthin zu überweisen. Mein Telebanking funktioniert ja auch nicht. Ich versuche auf der Bank anzurufen. Dort ist natürlich niemand, weil der 26. Oktober ist – österreichischer Nationalfeiertag. Also probiere ich doch noch einmal, mich im Telebanking anzumelden. Gleiches Ergebnis wie damals: Die blöde Push-TAN-App will irgendeinen Code, den ich nicht habe.

Daraufhin rufe ich meinen Vater an. Er wirkt etwas mitgenommen, weshalb ich spontan beschließe, ihn jetzt nicht mit diesem Problem zu belasten. Wir unterhalten uns also kurz darüber, wie es ihm daheim und mir am Boot so geht. Daraufhin versuche ich, meine Frau zu kontaktieren. Die ist aber gerade mit dem Pferd ausreiten. Klar, heute ist Feiertag, da machen alle irgendetwas.

Ich denke weiter nach. Die Zahnräder in meinem Kopf setzen sich langsam in Bewegung. Ich fülle noch etwas Kaffee nach, um die Denkgeschwindigkeit zu erhöhen – und das macht sich bezahlt. Mir fällt ein, dass ich noch ein anderes Konto auf einer anderen Bank habe. Ich habe es bei meiner Crowdfunding-Aktion hinterlegt, die ich für diese Expedition ins Leben gerufen habe. Reich geworden bin ich damit zwar nicht, aber ein paar Fans haben tatsächlich etwas gespendet. Ich logge mich ein, was sofort funktioniert. Der Betrag deckt sich ungefähr mit meinen Erwartungen, also führe ich eine Expressüberweisung auf das Konto des Tankwarts durch. Nach dem üblichen Kampf mit meinem kleinen Tintenstrahldrucker drucke ich die Bestätigung aus und überreiche den Zettel endlich dem freundlich geduldigen Italiener. Ich bin massiv erleichtert, überhaupt, nachdem er mir einige Minuten später bestätigt, dass das Geld angekommen ist. Er empfiehlt mir noch, rückwärts abzulegen, da es vorne sehr seicht ist. Ich bedanke mich herzlich und lege ab. Gleich nach der Hafenausfahrt hisse ich die Segel und setze meine Fahrt mit gemütlichen vier Knoten fort – zwischen den verankerten Schiffen und den Gasplattformen hindurch nach Nordosten, Richtung des Absatzes von Italien.

Die Segelfreude währt leider nicht sonderlich lange. Nach zwei Stunden ist der eiserne Matrose wieder an der Reihe, Sprit habe ich ja jetzt genug. Die Wettervorhersage schaut jedoch gut aus: Spätestens in der Adria werde ich wieder segeln können. Gegen Mitternacht passiere ich *Santa Maria di Leuca*. Danach geht es langsam um die Kurve, zuerst nach Norden und dann nach Nordwesten, hinein in den letzten kleinen Abschnitt dieser Reise. Um fünf Uhr morgens passiere ich *Otranto*, womit ich offiziell zurück in der schönen blauen Adria bin.

Im Osten am Horizont erkennt man fahl das erste Morgengrauen. Der Schiffsverkehr ist dichter geworden, denn an dieser Engstelle, der Straße von Otranto, rücken alle Schiffe näher zusammen, die in die Adria wollen oder von dort kommen. Das sind Frachtschiffe und Tanker, deren Ziel einer der großen Häfen wie Rijeka, Koper oder Triest im Norden ist, und außerdem gibt es viele Fähren, die zwischen Venedig, Ancona, Bari, Brindisi und *Igoumenitsa* in Griechenland verkehren. Zwischendurch natürlich ist auch so manches Kreuzfahrtschiff unterwegs, wo als Ziel gerne Venedig, Dubrovnik oder Kotor angelaufen wird.

Mit der langsam aufgehenden Sonne kommt auch Wind auf. Ein *Jugo*, wie der aus Süden wehende *Scirocco* in Kroatien genannt wird. Er bringt schlechtes Wetter, und mich hoffentlich flott bis in die Nordadria. Eine Front zieht sich von Mitteleuropa bis Spanien und wandert rasch nach Osten. In ein paar Tagen wird sie in der Adria sein – und ich hoffentlich im Heimathafen, denn die Auswirkungen entlang der kroatischen Küste werden voraussichtlich sehr heftig sein. Und ich habe nicht vor, mein Boot am Tag meiner geplanten Ankunft in Kroatien auf einen Felsen zu setzen. Ich werde die Entwicklung des Wetters genau verfolgen. Sollte es sich doch nicht ausgehen, werde ich mich irgendwo in Kroatien für einen Tag in einer Bucht verstecken. Das Revier kenne ich ja glücklicherweise wie meine Westentasche.

Der Wind hat mittlerweile auf drei Windstärken zugenommen, also setze ich die Segel und stelle die Lärmmaschine ab. Was für ein Genuss! Schnell wird es heftiger – zuerst vier, dann fünf, dann sechs Windstärken. Also reffe ich auf ein gutes Maß, und mein Boot flitzt mit anschaulichen sechs Knoten den ganzen Tag über in nordwestliche Richtung.

Die Sonne geht unter, und der Wind legt auf sieben, teilweise sogar acht Windstärken zu. Also wieder hinaus, nochmals reffen. Leider dreht er sich sukzessive von Süd auf Südwest. Also wieder hinaus, Segel und Kurs anpassen. Der *Jugo* zeigt sich wirklich von seiner besten Seite: acht Windstärken. Das Seewasser fliegt übers Deck, und der Wind heult im Rigg. Das Boot läuft nicht mehr rund, zu viel Genua. Also wieder hinaus. Temperaturbedingt nur mit Stofflatzhose und leichter Ölzeugjacke bekleidet, klettere ich ins Cockpit. Es ist nicht stockfinster, denn obwohl der Himmel vollständig bedeckt ist, dürfte die Wolkendecke recht dünn sein. Sie leuchtet dezent im fahlen Licht des aufkommenden Vollmondes. Auch wenn es nicht viel ist, ist es doch eine Hilfe beim Arbeiten.

Ich rolle die Genua ein Stück weg und beobachte, ob das Boot gut läuft. Da fällt mir auf, dass sich die andere Schot an der Ankerwinsch verhängt hat. Eigentlich habe ich da eine dünne Leine gespannt, um das zu verhindern, aber wenn ich beim Arbeiten mit den Segeln nicht exakt bin, passiert es trotzdem manchmal. Ich muss also nach vorn und die Schot befreien. Ich steige am Seitendeck im Lee vorsichtig nach vorne. Das Boot bewegt sich heftig in den Wellen, und ich achte genau auf meine Tritte, sodass ich nicht ins Leere greife. Vorne befreie ich die Schot, und dann nichts wie schnell wieder zurück. Zügig aber dennoch achtsam gehe ich in gebückter Haltung im Luv nach hinten. Eineinhalb Meter noch und...

»WUSCHHH!«

Eine brechende Welle trifft seitlich den Rumpf, und in Bruchteilen von Sekunden bin ich gebadet. Meine Hose ist patschnass und ich spüre, wie das kalte Wasser innen an meinen Beinen entlang in die Gummistiefel rinnt. Die Ölzeughose ziehe ich immer über die Gummistiefel, aber die normale Latzhose, die ich jetzt trage, stecke ich hinein; Gewohnheit von der Stallarbeit. Das war vielleicht nicht so schlau, das passiert mir schon das zweite Mal im Mittelmeer. Ein drittes Mal mache ich diesen Fehler hoffentlich nicht. Unten ziehe ich mich aus, möglichst so, dass nicht alles nass wird. Das altbekannte Problem auf diesem Boot ist wieder da. In Anbetracht der heftigen Bootsbewegung ist das nicht einfach, aber wenigstens brauche ich nicht aufzupassen, dass ich mit den Socken ins Nasse steige – die sind schon nass.

Jetzt läuft das Boot gut, also weiter im Nachtschlafprogramm. Die Weckzeiten lege ich mit einer halben Stunde fest, da ich gerade mit den dicken Schiffen in der Hauptfrachtroute fahre. Der Wind dreht weiter auf Westsüdwest. Das ist zwar immer noch besser als alles andere, damit komme ich aber schneller an die kroatische Küste. Mein ursprünglicher Kurs war, *Palagruža* westlich zu passieren, aber jetzt bin ich deutlich östlich davon. Wenn ich so weiterfahre, stehe ich morgen bei der Insel *Vis* an. Naja, vielleicht dreht er wieder. Im Moment habe ich noch genug Raum, und ändern kann es auch nicht; also erst einmal schlafen.

Irgendwann weckt mich das Schlagen des Baumes.

„Hat der Wind so stark nachgelassen?" Hier ist es gerade so schön warm

und kuschelig, und ich kann mich kaum überwinden, mich zu bewegen. Die letzten beiden Nächte waren sehr anstrengend, und das hängt mir jetzt etwas nach. Ich befrage das Tablet, das neben mir liegt, schaue mir den Windgraph und die Bootsgeschwindigkeit an, und werfe einen Blick ins Navigationssystem.

„Verdammt!"

Ich fahre in die falsche Richtung! Zwar erst seit ein paar Minuten, aber wie kann das sein? Hat sich der Wind so stark gedreht? Also rein ins Ölzeug und raus ins Cockpit. Der Wind ist spürbar noch da, wenn auch nur mehr mit sechs Windstärken. Dafür von hinten anstatt von schräg vorne. Ich prüfe die Situation, die Windsteueranlage und das Steuerrad – und da geht mir ein Licht auf: Ich habe das Hauptruder vorgetrimmt. Das war notwendig, da ich überdimensional viel Genua draußen hatte. Schulmäßig „richtig" gewesen wäre es, die Genua zu reffen. Das hätte aber gleichzeitig bedeutet, Geschwindigkeit zu verlieren, und auf das habe ich zurzeit definitiv keine Lust. Ich bin jetzt im Regattamodus. Also habe ich den Holepunkt versetzt und den Rest mit dem Hauptruder korrigiert. Daraufhin ist es super mit sieben Knoten geradeaus gelaufen. Der Wind hat aber nachgelassen – und so ist es vermutlich aus dem Ruder gelaufen, und die Windsteueranlage mit den veränderten Kräfteverhältnissen nicht mehr zurechtgekommen.

Also alles neu einstellen, bis es wieder richtig läuft. Ich bleibe eine Zeit lang draußen und genieße das Naturschauspiel. Weit und breit ist nichts und niemand, nur Meer und Wellen. Ich brause mit meinem Boot durch die stürmische Nacht über die aufgewühlte Adria. Auch das ist ein Abenteuer, und ein unendliches Gefühl der Freiheit. Ich fühle mich gerade besonders wohl auf dem Boot und vertraue ihm. Es ist meine Lebensversicherung und meine schwimmende Heimatinsel. Wenn es so dahingeht und ich dem Rauschen des Wassers zuhöre, die Wellenkämme glitzern sehe und das Pfeifen und Säuseln des Windes im Rigg und den Aufbauten wahrnehme, dann weiß ich, dass ich genau so ewig weiterfahren könnte. Anstatt von Staat oder Gesellschaft auferlegten Zwängen und willkürlichen und unverständlichen Regeln in dieser überbevölkerten Welt zu entsprechen, muss ich lediglich die Gesetze der Natur beachten und respektieren – und mich mit eiserner Disziplin

Stunde um Stunde, Tag für Tag, für das Wohl des Bootes und von mir selbst sorgen. Andernfalls würde ich irgendwann Schiffbruch erleiden.

Mir wird nun auch gerade bewusst, dass dieses Abenteuer langsam zu Ende geht. Etwas mehr als dreihundert Meilen noch bis zum Heimathafen. Das ist ein Katzensprung, verglichen mit dem, was ich hinter mir habe. Es war etwas mehr als der halbe Äquatorumfang, und ein Drittel einer echten Weltumsegelung um die drei großen Kaps dieser Erde. Und obwohl ich mich schon auf das vorerst letzte Anlegemanöver freue, bin ich nicht müde geworden, alleine auf offener See zu segeln, neue Abenteuer zu bestreiten und mich mit der Natur zu messen. Es ist anspruchsvoll und kräfteraubend und verlangt zeitweise eine enorme mentale Stärke. Aber es ist auch unglaublich schön und abenteuerlich – und bietet die größte Freiheit, die man sich vorstellen kann. Zumindest, wenn man so ähnlich tickt wie ich.

Es ist ein schöner warmer Segeltag. Ich lege meine feuchten Sachen zum Trocknen auf. Der Wind lässt weiter nach, bis es nur noch knappe zwei Windstärken sind. Der Seegang ist immer noch recht deutlich, was zu einer Bootsgeschwindigkeit von anderthalb Knoten führt. Also weg mit der Genua und Maschine starten. Der Heimathafen ist so nahe, da habe ich jetzt keine Lust mehr, in der Flaute zu stehen. Und die Winterstürme nahen. Außerdem muss ich einige Reparaturen durchführen. Wäre das Boot top in Schuss, hätte ich es vielleicht nicht ganz so eilig. Aber die letzten elftausend Meilen haben dem Material doch zugesetzt. Es waren teilweise sehr harte Meilen, und auch das Boot hat sich jetzt bald eine Pause und etwas Pflege verdient.

Meine Österreich-Flagge ist nur noch ein armseliger ausgefranster Fetzen, bei dem die hintere Hälfte fehlt. Die Stürme der langen Fahrt waren zu viel für das Stück Stoff, also werde ich es austauschen. Ich schneide es herunter und hänge eine neue saubere, rot-weiß-rot leuchtende Nationalflagge an meinen Antennenmast am Heck. Dann setze ich unter der Steuerbordsaling die kroatische Gastlandflagge. Und an die Backbordsaling hänge ich in alphabetischer Reihenfolge alle Flaggen der Länder, in denen ich war: Irland, Island, Italien, Portugal und Spanien. Eigentlich würde ich auch gerne die britische Seeflagge darunter hängen, aber die ist deutlich größer – und das stört meine Ästhetik. Die Flaggen sind schön bunt und es sieht toll aus, wie sie da im Wind wehen. Das gefällt mir.

14. Endspurt

Nach einiger Zeit kann ich im Dunst die erste kroatische Insel, *Lastovo*, sehen, etwas später *Sušac*, dann in der Abendsonne auch *Palagruža* und am westlichen Horizont das „Horn von Italien". Die Adria hat sich deutlich beruhigt und die nächste Nacht bricht herein. Die Sonne geht unter, der Vollmond auf und ich sehe die großen Leuchtfeuer in der entfernten Umgebung. Die Nächte sind mittlerweile sehr lang. Um sechs Uhr geht die Sonne unter, und um halb acht wieder auf. Die Nacht ist also länger als der Tag. Auch das war im Norden das Tolle: Der Tag war beinahe unendlich. Das Arbeiten mit den Segeln ist bei Licht viel einfacher, weil man genau sieht, ob alles passt. Man kann auch Wind und Seegang, also die Gesamtsituation viel besser einschätzen. In der Nacht sieht man kaum etwas und das macht es viel mühsamer. Dadurch sind Segelperformance und Durchschnittsgeschwindigkeit vermutlich schlechter.

Die Nacht verläuft sehr angenehm, abgesehen vom Motorenlärm. Der Himmel ist völlig klar, und das Boot gleitet mit über fünf Knoten durch das ruhige, im hellen Vollmondlicht glitzernde Meer. An Steuerbord im Dunst blinken die großen Leuchtfeuer der kroatischen Küste. Nicht mal ein Fischer kommt mir in die Quere. Zum Schlafen lege ich mich diesmal in die Bugkabine. Dort ist es deutlich leiser, nur höre ich das Funkgerät kaum. Vielleicht baue ich einmal einen zweiten Lautsprecher ein.

Um halb eins befinde ich mich zwischen der Insel *Biševo* und der sehr unzugänglichen Insel *Svetac*, auch *Sveti Andrija* genannt. Sie zählen neben *Palagruža* und *Sušac* zu den abgelegensten Inseln. *Svetac* ist einer der weißen Flecken auf meiner kroatischen Landkarte. Ich bin schon oft daran vorbeigefahren und habe schon einige Expeditionsversuche unternommen, aber es ist mir noch nie gelungen, dort tatsächlich zu ankern und an Land zu gehen. In den meisten Fällen hat das Wetter nicht gepasst, oder es war nicht ausreichend Zeit. Kurz nach halb zwei mache ich eine Routinekontrolle und lege mich dann wieder in meine Kabine. Natürlich nicht, ohne den Wecker auf meinem Handy zu programmieren. Ich stelle den Alarm auf Viertel nach zwei. Wie immer bestätigt die App die Zeit und schreibt: „Alarm in 1 hour and 36 minutes". Ich wundere mich, anscheinend habe ich mich vertippt; wäre nicht das erste Mal. Ich kontrolliere das immer doppelt und dreifach, um ja sicherzugehen, dass ich nicht zu lange schlafe. Ich tippe die Zeit noch einmal ein, was aber zum selben Ergebnis führt. Zugegeben bin ich etwas müde und schlaftrunken. Zwischen ein und vier Uhr hat man wegen des zirkadianen Rhythmus sowieso ein Tief in Bezug auf den Schlaf. Vielleicht habe ich einen Zahlendreher drinnen, also gebe ich eine andere Zeit ein: 02:05. Die App ist immer noch der Meinung, dass es über eine Stunde bis dorthin ist, obwohl es in Wirklichkeit nur fünfundzwanzig Minuten sind. Ich bin irritiert, aber wenigstens auch gleich wieder hellwach – und starte das Smartphone neu. Vielleicht ist etwas abgestürzt. Leider behebt es das Problem auch nicht. Zum Glück habe ich genügend andere Geräte. Also klettere ich leicht missmutig aus meiner Koje und hole mir ein anderes Smartphone aus dem Salon. Das helle Licht des Vollmondes fällt bei den Fenstern herein, sodass ich dafür nicht einmal das Licht aufdrehen muss. Beim Anblick des schönen Mondes denke ich daran, dass heute bestimmt an einigen Orten wild gefeiert wird, denn es ist Samstag. Dabei fällt mir ein, dass meine Tochter von der bevorstehenden Halloween-Party erzählt hat. Und jetzt schaltet mein manchmal recht träges Gehirn weiter: Halloween, 31. Oktober – das Problem mit dem Alarm könnte die Zeitumstellung sein. Ich bin mir zwar nicht zu 100 Prozent sicher, auch habe ich jetzt kein Internet, um es zu verifizieren. Aber es erscheint mir plausibel.

Um unerwarteten Zeitsprüngen während einer Fahrt aus dem Weg zu gehen, habe ich alle Smartphones auf feste Zeitzonen eingestellt, da sie sonst automatisch während eines Zonenwechsels umstellen würden. Das will ich nicht, weil ich eine fixe Bordzeit möchte, an die auch mein Logbuch gekoppelt ist. Ich alleine entscheide, wann ich die Zeitzone anpasse.

Aber die Sommerzeitumstellung habe ich nicht bedacht. Und die ist in den vollautomatisierten Handys natürlich trotz fixer Zeitzone inkludiert. Gedanklich greife ich mir ans Hirn. Gleichzeitig ärgere ich mich ein bisschen, da ich diesen Zirkus zweimal im Jahr grundsätzlich für absurd und unnötig halte. Denn egal, wohin man die Zeiger der Uhr verdreht, der Tag hat trotzdem 24 Stunden – und die Dauer des Tageslichts ändert sich auch nicht.

Ich ändere die Zeitzone auf die isländische, und stelle mir erneut den Wecker. Die Isländer sind etwas schlauer als die Festland-Europäer, denn sie

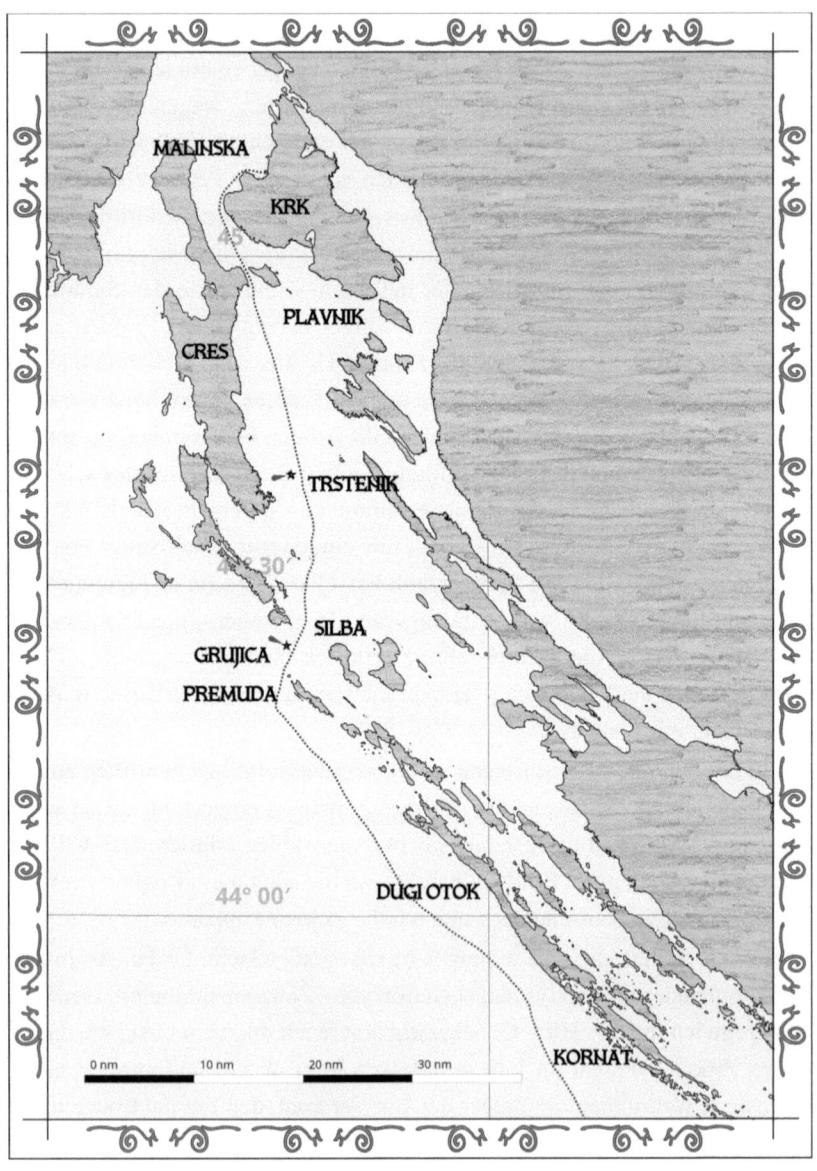

Abbildung 14.2.: Nordadria.

haben keine Sommerzeitumstellung. Dann lege ich mich wieder in meine Koje, um die nächste Runde zu schlafen. Um sechs Uhr morgens koche ich frischen Kaffee. An Steuerbord im Dunst liegen die *Kornaten*. Es ist eine sehr schöne Inselgruppe mit vielen magischen Orten. Ich bin immer gerne dort und kann mich tagelang in der kleinen Inselwelt herumtreiben. Und das wieder und wieder, obwohl ich schon zahllose Male um diese kargen Inseln gesegelt bin.

Das gesamte Archipel erstreckt sich über nicht einmal zwanzig Seemeilen. Das ist so kurz, dass es in Bezug auf meine derzeitigen Entfernungsverhältnisse einen Bruchteil eines Tages darstellt. Daran erkennt man, wie relativ alles ist. Einerseits können vier Stunden lange werden, wenn man die Inselwelt der Kornaten bei einem Urlaubstörn von Nord nach Süd quert, andererseits ist es nur ein Tagesabschnitt, wenn man gewöhnt ist, 24 Stunden nonstop zu fahren und dabei über einhundert Seemeilen zurückzulegen.

Am Vormittag kommt endlich Wind auf. Die *Kornaten* sind näher gekommen, und ich kann trotz Entfernung die Durch- und Einfahrten erkennen. Ich kenne das kroatische Seegebiet insbesondere hier in der mittleren Adria äußerst gut. Nördlich davon sind schon die Steilklippen von *Dugi Otok*, der nächsten Insel, zu erkennen. Für den ungeübten Betrachter sieht es wie eine lange Insel aus, doch das trügt. Ich bin hier so oft entlang und dazwischen gefahren – ich könnte völlig ohne Seekarte zwischen den Insel navigieren. Es fühlt sich wie Heimat an, nach so langer Zeit plötzlich wieder hier zu sein.

Es ist ein tiefer raumer Kurs, und bei so schwachen Winden ist das auf dem offenen Meer seegangsbedingt automatisch mit einem nervenaufreibenden Schlagen, Stoßen und Reißen durch die immer wieder einfallende Genua verbunden. Es ist sowieso ein schrecklicher Kurs, aber ohne ausgebaumter Genua noch viel schlimmer. Durch das starke Rollen in den Wellen schlagen manchmal sogar die Latten des Großsegels um und wieder zurück. Zum Glück nimmt der Wind nach einiger Zeit auf vier Windstärken zu, wodurch das Ganze angenehmer wird; mit mehr Winddruck wird das Boot schneller und kursstabiler.

Trotzdem bekomme ich einen nervösen Magen auf diesem Kurs. Immer wieder werfe ich einen Blick auf den Holepunkt und die Schiene an Steuerbord und beobachte, wie es sich verhält, wenn sich die Genua entfaltet und die Last mit voller Wucht an dem beweglichen Aluminiumteil anreißt. Er hält gut – immer noch. Es ist der, den ich Anfang Mai, am ersten Tag dieser Fahrt, repariert habe, nachdem er sich mit der *Bora* in seine Einzelteile zerlegt hat. Trotzdem sind die ständigen ruckartigen Lastwechsel nicht gut. Für nichts an Bord. Und langfristig wird irgendetwas einmal nachgeben. Aber jetzt bin ich fast da. Und danach, sofern ich das Boot behalte, werde ich mir einen Spi-Baum zulegen und natürlich einige Dinge ordentlich überarbeiten. Und so segle ich entspannt der Westküste von *Dugi Otok* entlang. Es ist so ein schöner sonniger Tag. Das besänftigt das Gemüt. Am späten Nachmittag passiere ich das Leuchtfeuer *Veli Rat*, am nördlichen Ende *Dugi Otoks* – und bald darauf, um sechs Uhr abends, geht die Sonne unter und es wird rasch finster.

Das wird meine letzte Nacht auf See, und ich weiß, dass es sehr anstrengend wird.

Ich bin jetzt nur mehr vier Meilen von der Küste entfernt, und der Abstand wird immer kleiner, denn bald muss ich den äußeren Inselgürtel nach Nordosten passieren, hinein in die Welt der nördlichen kroatischen Inseln mit ihren hunderten Inselchen und Riffen. Das erfordert größte Sorgfalt beim Navigieren. Ich kenne das Gebiet sehr gut und weiß, was mich erwartet, trotzdem wird es meine gesamte Aufmerksamkeit in Anspruch nehmen. In meinem Navigationssystem habe ich mir eine genaue Route bis in den Heimathafen *Malinska* eingezeichnet. Das erleichtert die Navigation, da ich mich dadurch nicht ständig erneut orientieren, sondern eigentlich nur blind der Linie folgen muss.

Ich bin angespannt. Ich weiß, dass diese Nacht mit einigen Gefahren und gleichzeitig wenig Schlaf verbunden sein wird. Zugleich ist es aber auch die letzte Nacht. Sobald ich angelegt habe, kann ich alles abdrehen und mich unbesorgt ins Bett legen und schlafen. Mir ist bewusst, dass die Gesamtsituation ein zusätzliches Risiko birgt, nämlich eine gewisse mentale Voreingenommenheit, die zu Fehlern führen kann. Ein Gehirn ist kein Computer, das hat Vorteile, aber auch Nachteile.

Ich bereite mich also sehr bewusst auf diese Nacht vor. Ich prüfe nochmals die Route in meinem Navigationssystem, um sicherzugehen, dass ich sie nicht doch irgendwo über ein Riff geführt habe. Ich verstaue alles, pumpe das Wasser aus der Bilge und, während ich etwas Warmes esse, schaue ich mir noch einmal die Wettervorhersage an. Der *Jugo* bleibt weiterhin aus Südost und wird nach Mitternacht auf gut sieben Windstärken zunehmen. Das ist alleine, in der Dunkelheit zwischen den Inseln, nicht ganz optimal, aber die nächsten Tage werden noch deutlich heftiger, denn es ist eine massive Kaltfront im Anmarsch. Diese Vorhersage ist sehr stabil, es ist bereits seit zwei Tagen so absehbar. Nur die Front zieht schneller als ursprünglich erwartet. Ich habe daher ja bereits in den vergangenen Tagen die Möglichkeit, über Nacht in einer Bucht zu ankern, in Erwägung gezogen, um bei Tageslicht durch die Inseln fahren zu können. Das Wetter wird sich aber mit jeder Stunde verschlechtern und es wird außergewöhnlich windig, wobei in der folgenden Nacht die Böen Sturmstärke erreichen werden. Zu ankern stellt daher ebenfalls ein Risiko dar. Es ist ein Wettlauf mit der Zeit.

Also fahre ich durch die Nacht. Es wird anstrengend, der Wind ist herausfordernd – aber alles im kontrollierbaren Bereich, mit Luft nach oben. Und ich habe einen halben Tag Puffer, bevor die Front kommt. Diese Nacht wird windig, aber dadurch ist die Wahrscheinlichkeit, dass kleine Boote draußen unterwegs sind, ziemlich gering. Das gibt mir freie Bahn.

Um halb neun kommt das Leuchtfeuer *Otočić Grujica* in Sicht. Das ist die Ansteuerungsmarke nördlich der Insel *Premuda*, und ich justiere die Windsteueranlage und die Segel darauf zu. Das AIS zeigt, dass genau jetzt von innen ein Kreuzfahrtschiff die gleiche Passage nach außen ansteuert. Zum Glück sind die um einiges schneller, wodurch es mit einem Mindestabstand von zwei Meilen vor mir passieren wird. Und so segle ich mit guten fünf bis sechs Knoten durch die Passage. Sobald ich näher bei den Inseln bin, beginnt der Wind, wie erwartet, zu drehen – und ich muss die Windsteueranlage kontinuierlich anpassen, um den Kurs nicht zu verlieren. Der Seegang nimmt durch den Schutz der Inseln ab, was mir jedenfalls willkommen ist. Das Ganze entwickelt sich nur beinahe zu schönem Nachtsegeln bei Mondschein: Denn der Wind hat in den letzten beiden Stunden kontinuierlich zugenommen und pendelt um die sechs Windstärken. Das ist zwar gut kontrollierbar, aber dennoch anspruchsvoll, und es steigert meine Anspannung. Denn ich weiß, dass die scharfkantigen Felsen der umliegenden Ufer in der Nähe sind, auch wenn ich sie im Dunkeln nicht sehen kann.

Ich passiere genau mittig, mit einem Sicherheitsabstand von über einer Meile zwischen der Insel *Ilovik* und der Untiefe *Pličina Veli Brak*. Der Wind nimmt zu und beginnt weiter nach links zu drehen. Und damit mein Kurs. Das bringt mich näher zu den Untiefen südlich der Insel *Cres*, gleichzeitig muss ich das Großsegel reffen, denn das Boot beginnt aus dem Ruder zu laufen. Die Reffanlage ist sehr leichtgängig, darum geht das am raumen Kurs, was die Sache wesentlich erleichtert.

Das Boot läuft wieder gut und die nächste wichtige Marke ist *Otočić Trstenik*. Plötzlich läuft es aus dem Ruder und es ergibt sich eine Patenthalse. Ich bin unter Deck während das passiert, kann aber an der schlagartigen Krängung eindeutig spüren, dass etwas nicht stimmt. Ein rascher Blick nach draußen zeigt sofort, was falsch läuft. Der Wind kommt aus der falschen Richtung, und das Großsegel hängt im Bullenstander. Blitzschnell ziehe ich mir die Gummistiefel an, starte ins Cockpit und korrigiere den Fehler mit dem Hauptruder. Ich bin etwas verwundert, denn der Wind scheint recht konstant zu sein, und auch der Seegang ist nicht sonderlich heftig. Immerhin bin ich hier in der kroatischen Inselwelt und nicht draußen am offenen Meer. Manchmal kann das auf tiefen, raumen Kursen passieren, wenn verschiedene ungünstige Faktoren zusammenkommen. Es ist mir im Laufe der Reise schon zweimal passiert. Doch das ist kein Drama, solange die Segelfläche zum Wind passt.

Ich beobachte die Windsteueranlage und den Kurs ein paar Minuten lang, und es scheint wieder zu funktionieren. Also wieder hinunter in die Kajüte. Es dauert aber nicht lange und das Gleiche passiert noch einmal.

„*Verdammt!*" Ich starte wieder ins Cockpit, um erneut die Situation mit dem Hauptruder unter Kontrolle zu bringen. Danach ist wieder alles normal. Das Boot segelt auf raumem Wind, und die Windfahne weht abwechselnd nach links und rechts und betätigt die Rudermechanik. Es ist kalt und windig draußen, und ich begebe mich wieder hinunter. Vielleicht sind das alles nur blöde Zufälle. Es ist die letzte Nacht, mein Stresslevel ist erhöht, und vielleicht empfinde ich das als dramatischer, als es ist.

Und wieder! Die Segellatten klappen und ich spüre, wie sich das Boot wieder auf die Seite legt. Da stimmt etwas nicht. Ich starte wieder ins Cockpit, dieses Mal mit Jacke, und korrigiere erneut mit dem Hauptruder. Intuitiv greife ich zur Windfahne, bewege sie mit der Hand auf beide Seiten und beobachte, wie sich die darunterliegende Mechanik bewegt. Schaut alles normal aus, aber irgendwie fühlt es sich so leichtgängig an. Das Boot ist recht schnell, wodurch der Ruderdruck einigen Widerstand entgegenbringen müsste. Aber vielleicht ist es auch nur Einbildung. Ich werfe einen Blick aufs Ruder, kann im Finsteren aber nichts sehen. Das Mondlicht ist dafür zu schwach. Um die Lage zu stabilisieren, aktiviere ich den elektrischen Autopilot. Und dann hole ich mir die Taschenlampe und leuchte am Heck ins Wasser, um das Ruder der Windsteueranlage zu sehen.

„Verdammt! Das gehört so nicht."

Das Ruder ist samt Schaft ein Stück nach unten aus dem Rohr der Konstruktion gerutscht. Es ist verkantet und hängt an der Sicherheitsleine. Mit der Hand bewege ich die Windfahne und beobachte das Ruder. Jetzt wird eindeutig klar, dass die beiden Dinge nicht mehr miteinander verbunden sind. Da ich das momentan nicht ändern kann, fahre ich mit dem elektrischen Autopiloten weiter. Es sind noch dreißig Meilen, ein Katzensprung, das geht ohne Probleme mit der Batterie. Ich fixiere die Windsteueranlage in Mittelposition und mache einen Logbucheintrag. Es ist fünfzehn Minuten nach Mitternacht, und mittlerweile bin ich querab von *Otočić Trstenik.*

Damit habe ich die erste schwierige Passage hinter mir, und die Sache entspannt sich ein wenig, denn hier ist ein etwas größerer, freier Bereich, der sogenannte *Kvarnerić. Cres* ist drei bis vier Meilen westlich, ein Sicherheitsabstand von einer halben Stunde also, und jetzt geht es da parallel nach Norden. Der Wind schiebt brav an, und das Boot macht rund sechs Knoten. Je schneller, umso früher bin ich da, und ich sehe mich bereits in *Malinska* einlaufen. Bisher habe ich nicht geschlafen und ich spüre, wie sich die Müdigkeit einschleicht, überhaupt, nachdem sich der Adrenalinspiegel nach der Stresssituation mit der Windsteueranlage wieder normalisiert. Es ist alles unter Kontrolle. Also zwanzig Minuten lang hinlegen. Wie üblich liege ich im Salon, heute an Backbord, und schlafe rasch ein. Gefühlt nur Sekunden später läutet der Wecker und ich werfe einen Blick auf die Uhr. Es sind tatsächlich zwanzig Minuten vergangen. Von der Niedergangstreppe mache ich einen Rundumblick im Freien und prüfe die Navigation. Alles gut, weit und breit keine Gefahren. Und so setze ich meinen Zwanzig-Minuten-Rhythmus fort, immer wieder mit kurzem Kontrollblick zwischendurch.

Plötzlich reißt mich ein innerer Alarm aus dem Schlaf. Schlaftrunken versuche ich mich zu orientieren und lege den rechten Arm, der vom Draufliegen etwas steif ist, ausgestreckt auf den Körper – da ist es warm und nass! Erschrocken und völlig entsetzt fahre ich auf und taste meinen Körper ab. Etwas erleichtert stelle ich fest, dass nur die Außenseite der Decke nass ist. Ich bin komplett orientierungslos und etwas überfordert mit dieser neuen Situation. Ich schaue mich um und stelle fest, dass die Bodenbretter, auf denen ich gerade mit den Socken stehe, ebenfalls ganz nass sind.

„Habe ich einen Wassereinbruch?", durchfährt es mich. Im Reflex werfe ich einen Blick Richtung Küche und Bugbereich, wo der Boden einen halben Meter tiefer als hier im Salon ist. Dort ist kein Wasser – gut. Ich bin beinahe überrascht von dieser überlegten Reaktion meines Gehirns, da mein Bewusstsein immer noch mit Schlaftrunkenheit und Orientierungslosigkeit kämpft, aber anscheinend machen sich antrainierte Gedankengänge bezahlt. Langsam beginnt sich das Chaos im Kopf zu ordnen. Obwohl das alles nur innerhalb weniger Sekunden abläuft, fühlt es sich wie ein langer Zeitraum an. Mein Blick fällt auf die Luke im Kajütdach über mir, aber die ist zu.

„Der Niedergang!", durchfährt es mich.

Natürlich, was sonst. Jetzt erst stelle ich fest, dass es da hereinregnet. Ich werfe einen kurzen Blick nach draußen. Alles gut, aber es regnet, und da der Wind schräg von hinten kommt, regnet es direkt durch den Niedergang auf den Boden und die Bank. Ich mache ihn komplett zu. Die nächsten beiden Leuchtfeuer sind deutlich in Sicht, und die Navigation verrät mir, dass ich unmittelbar vor der schmalen Durchfahrt zwischen den Inseln *Cres* und *Plavnik* bin. Ich korrigiere den Kurs etwas nach Steuerbord, denn anscheinend hat sich der Wind leicht verändert und mich weiter nach Westen gebracht. Und jetzt muss ich auch noch diese Sauerei hier im Boot bereinigen. Es muss sehr heftig geregnet haben, so nass, wie alles ist, und das während der letzten zwanzig Minuten. Ich bin ganz sicher, dass ich keinen Alarm verschlafen habe, bin aber trotzdem ziemlich überrascht von der akuten Wetteränderung. Ich erinnere mich, dass hier im Norden etwas Regen in der Vorhersage war, aber das ist aus dem Fokus meiner Gedanken gerutscht. Bisher war draußen feinster Mondschein. Es ist aber kein unübliches Phänomen, denn ich komme in die große Bucht von Rijeka, und der Südwind schiebt die feuchte Luft zuerst über die Insel *Krk* und dann hinauf über das *Velebit-Gebirge*, was zu Wolkenbildung und Regen führt. Der ganze Bereich im *Kvarner* und *Kvarnerić*, wie die beiden Seegebiete zwischen Istrien und dem östlichen Festland heißen, haben ihr ganz eigenes Mikroklima.

Nachdem ich alles aufgewischt habe ziehe ich mich um, um draußen nach dem Rechten zu sehen. Es regnet immer noch leicht, und vor mir blinkt das kleine rote Leuchtfeuer *Rt Tarej* auf *Cres* und das helle weiße *Veli Pin* am westlichen Ende von *Plavnik*. Sie markieren die schmale Durchfahrt zwischen den beiden Inseln, und da muss ich durch. Unzählige Male habe ich die Engstelle schon passiert, meistens aber bei Tag. Nach dem Kontrollgang verstecke ich mich wieder in der Kajüte und schaue aus den Fenstern nach vorne. Plötzlich nimmt der Regen zu. Mehr und immer mehr. Die Himmelspforten öffnen sich sturzflutartig. Es prasselt so laut auf das Deck und die Fenster, dass die Geräusche des Windes und des Wassers völlig untergehen. Mit dem heftigen Regen verschwinden auch die beiden Leuchtfeuer. Ich starre ins Navigationssystem, dem ich jetzt blind vertrauen muss, denn die Sichtweite ist auf null gesunken – natürlich genau jetzt, wo ich in dieser schmalen, eine halbe Meile breiten Durchfahrt bin.

„Das ist Murphy's Law", denke ich mir und hoffe, dass er mir jetzt nicht auch noch einen plötzlichen Winddreher schickt. Zum Glück passiert das aber nicht – und der Regen lässt nach einiger Zeit nach, die Leuchtfeuer werden wieder sichtbar und ich passiere schließlich sicher die Durchfahrt. Am AIS tauchen die beiden Inselfähren auf, die zwischen *Cres* und *Krk* verkehren und jetzt sicher vertäut an ihren Plätzen liegen. Ich frage mich, ob mich die Crews auf ihren Navigationsdisplays sehen, wie ich da in dieser stürmi-

schen Nacht ihre Inselpassage quere. Vermutlich liegen sie aber gerade fest schlafend in ihren Kojen.

Wie immer dreht sich hier der Wind. Er legt sich an die Inseln an und ich muss wieder raus, um zu halsen. Es ist stürmisch, finster und nass, trotzdem ist das nach all den Meilen zu einem Routinejob geworden. Danach verstecke ich mich wieder in der Kabine, da ist es angenehmer. Um Viertel nach fünf habe ich es bis zum *Kap Glavotok*, dem westlichen Ende von *Krk* geschafft. Fünf Meilen liegen noch vor mir. Ich bin genug gesegelt und rolle die Genua weg, berge das Großsegel und fahre unter Maschine weiter. Obwohl die Insel recht flach ist, lässt der Wind in deren Lee deutlich nach, was ich sehr begrüße. Um Punkt sechs Uhr ändere ich den Kurs ein letztes Mal. Jetzt geht es Richtung Osten, direkt nach Malinska; etwas über zwei Meilen noch. Ich kann die Lichter der Ortschaft bereits sehen. Eine Dreiviertelmeile vor der Hafeneinfahrt legt der Wind plötzlich massiv zu – ein oberer Siebener. Na sehr super. Aber ich kenne den Hafen gut und weiß, dass es drinnen immer erstaunlich ruhig ist. Also kein Grund zur Sorge. Ich beginne die Fender aus der Backskiste zu räumen und hänge sie auf. Drei an Steuerbord, drei an Backbord und den Dicken rechts vorne.

Ich halte Ausschau nach der roten Ansteuerungstonne und kann sie kurz darauf zwischen den Lichtern der Ortschaft identifizieren. Als ich die Tonne passiere, lässt sich die Morgendämmerung zart erahnen. Der kalte Herbstwind weht mir um die Ohren. Im Ort brennen nur die orangen Straßenlaternen entlang der Promenade. Alles scheint wie ausgestorben, kein einziges Auto ist unterwegs. Ich starre in Richtung der Einfahrt. Es fällt mir schwer, denn ich bin müde und ausgelaugt nach dieser Nacht, und das wirkt sich natürlich auch auf die Sehkraft aus. Irgendwie passt das Bild nicht zu dem, was ich erwartet habe. Aber ich kenne die Gebäude und versuche, mich daran zu orientieren, bis ich langsam in die Hafeneinfahrt gleite. Jetzt nur noch um die Kurve in den inneren Hafen – in meine Box – und fertig. Wie immer hole ich in einem großen Bogen aus, da ich in entgegengesetzter Richtung zur Einfahrt anlegen muss. Außerdem herrscht wegen des kleinen Flusses, der ins Hafenbecken fließt, ein bisschen Strömung. Der Wind kommt aus derselben Richtung, was das Ganze etwas schwieriger macht, aber ich bin guter Dinge.

Diese kleine Widrigkeit macht mir jetzt wirklich nichts aus.

Was mich dann aber sehr wohl aus dem Konzept bringt, ist eine große Motorjacht, die in meiner Bucht liegt.

Und jetzt? Ich bin entmutigt, enttäuscht und verärgert zu gleich. Bereits vor einigen Tagen habe ich angekündigt, dass ich heute kommen werde, was eine überaus präzise Vorhersage war, und habe daraufhin ein »Ok« zurückbekommen. Und jetzt das. Ich habe mich schon in meiner Kabine unter die warme Decke kriechen sehen, um entspannt und ohne Wecker ein bisschen zu schlafen. Doch sehr abrupt werde ich jetzt in die harte Realität zurückgeholt: in der spätherbstlichen Dunkelheit inmitten eines windigen, unwirtlichen Hafenbeckens – in einem ausgestorben Dorf auf einer kroatischen Insel.

Also muss Plan B her: die alte steinerne Stummelmauer mit den großen Stahlpollern, wo die Ausflugsboote liegen. Ich fahre hinüber und schaue mir die Situation an. Da ist Platz für mich. Es ist aber seit Tagen *Jugo*, und wegen des Vollmondes gerade Springtide. Der Wasserstand ist somit nur einen halben Meter unter der Mauerkante, und der Wind weht böig und ablandig von der Mauer. Das macht das Manöver äußerst schwierig, vor allem, weil ich ganz alleine bin: Es ist halb sieben nach meiner Bordzeit, was nach Malinska-Ortszeit halb sechs ist. Da ist keine Menschenseele im Hafen. Das stürmische Wetter lädt auch nicht zu einem zeitigen Morgenspaziergang ein, an diesem Montag des 30. Oktober. Es ist es so unwirtlich, dass nicht einmal irgendein Fischer unterwegs ist. Ich bereite eine Bug- und eine Heckleine vor und hänge alle Fender nach Steuerbord, so tief, dass sie beinahe im Wasser streifen, damit das Boot dann nicht an der Mauer schrammt. Dann fahre ich einen normalen seitlichen Anleger – das denkbar einfachste Manöver, um längsseits an eine Mauer zu gehen. Und wie eigentlich zu erwarten war, bin ich viel zu weit weg, und der Wind verweht den Bug in der Sekunde. Ich probiere es noch einmal und noch einmal und noch ein viertes Mal. Jedes Mal mit anderen Winkeln und höheren Geschwindigkeiten – ohne Erfolg.

Ich bin müde, erschöpft, gestresst und verärgert. Verzweiflung macht sich breit. Ich treibe unter dicken, grauen, schnell dahinziehenden Wolken mit ungemütlichem böigem Wind in meinem Heimathafen umher. Rundherum schlagen die Fallen an die Masten, am Ufer entlang düster die orangefarbenen

14. Endspurt

Straßenlaternen in einem scheinbar völlig ausgestorbenen Dorf. In dieser Idylle fehlen jetzt eigentlich nur noch ein paar heftige Regenschauer.

Einen Moment lang schließe ich die Augen. Und atme tief durch.

„Ich kann das!", sage ich schließlich gedanklich zu mir selbst. Es gibt kaum etwas, das ich besser kann. Und so gelingt es mir, mich aus meinem Gedankentunnel herauszuholen. Ich habe mich so auf dieses Standardanlegemanöver fixiert, dass ich mit Gewalt etwas versucht habe, was unter diesen Bedingungen einfach nicht funktioniert. Zusätzlich bestärkt durch mein solides Maschinenhandling eines Bootes, mit dem ich Manöver fahren kann, die andere bei weit weniger Wind nicht können, habe ich mich in eine gedankliche Sackgasse begeben. Das hier ist zu viel, das geht unter diesen Bedingungen einfach nicht! Alles hat seine Grenzen; die Physik und auch mein Können.

Ich sammle meine Gedanken, besinne mich auf die Fakten und konstruiere im Kopf ein neues, passendes Manöver für diese Situation. Ich knüpfe einen großen Palstek für den riesigen Stahlpoller in die Achterleine und kürze sie auf ein passendes Maß – gerade so, dass das Heck nach dem Anlegen halbwegs bei der Mauer liegt und ich das Boote trotzdem um die Ecke des Kais drehen kann. Dann manövriere ich das Boot mit dem Wind im Rücken parallel zum Kopf der Mauer, steige aus, werfe den Palstek über den riesigen Poller, steige wieder ein und lasse das Boot langsam weitertreiben. Sobald die Leine auf Zug ist, lege ich den Gang ein, Maschine vorwärts. Langsam dreht sich das Boot um die Ecke und bewegt sich gegen den Wind zur Mauer.

Ich würde etwas mehr Gas benötigen, aber das traue ich mich nicht, denn wenn die Leine reißt, ramme ich mit dem Bug geradewegs das gegenüberliegende Motorboot – das wäre natürlich eher ungünstig. Also springe ich mit der Vorleine hinaus auf die Mauer und versuche, das Boot gegen den Wind heranzuziehen.

Ich lehne mich mit meinem gesamten Körpergewicht in die Leine, und langsam kommt das Boot näher. Mit jedem Zentimeter wird es leichter. Die Maschine läuft immer noch vorwärts, was die Sache mehr und mehr unterstützt, bis das Boot parallel liegt. Ich mache die Vorleine am nächste Poller fest, steige ein und drehe den Motor ab.

„*Juhuu, geschafft!*", sage ich zu mir – und die Möwen applaudieren. Ich bin sehr erleichtert. Das war definitiv schwierig. Ich bringe noch zwei Springleinen aus, damit das Boot sicher liegt, kontrolliere die Fender und mache einen letzten Logbucheintrag.

| 0710 | SE 3-5 ● | 1014 hPa | Logge 1163 | Angelegt Exkursionsmauer, Box belegt :(|

Dem Portmaster schicke ich noch ein verärgertes SMS.

Und dann lege ich mich in meine Koje, wo ich in kürzester Zeit in einen tiefen Schlaf falle.

15. Nachwort

Drei Stunden später wache ich auf und schaue mich um. Der Ort ist zum Leben erwacht, wenn auch zurückhaltend aufgrund des schlechten Wetters. Die rote Einfahrtstonne ist erneuert und versetzt worden. Das war's, was mich bei der Ansteuerung im Finsteren verwirrt hatte.

Einige Zeit später meldet sich Nikola, der Portmaster, und erzählt mir, dass der Eigner des Motorbootes vor ein paar Tagen einen Schlaganfall erlitten hat und es deshalb noch dort ist. Aber sie organisieren bereits etwas, um das Boot von dort wegzubekommen.

„Na gut", denke ich und muss dabei an den armen Mann denken. Das ist ein trauriges Schicksal. So hat er sich das vermutlich nicht vorgestellt. Verglichen dazu ist meine Lage ganz und gar nicht tragisch. In der Früh waren meine Nerven einfach sehr angespannt. Da ist dann wenig Raum für unerwartete Überraschungen. Am selben Abend noch verlegen sie das Boot auf einen anderen Liegeplatz, und am Vormittag des nächsten Tages beruhigt sich das Wetter, und ich nutze die Gelegenheit, um auf meinen Platz hinüberzufahren.

Jetzt bin ich tatsächlich zurück. Da sitze ich nun im Cockpit in *Malinska*. Alles schaut so aus wie immer. Genau so, wie es die letzten zwei Jahre schon ausgesehen hat. Gegenüber ist der kleine Bootsverleih, der im Sommer Obst, Gemüse und Eis verkauft, daneben das beliebte *King's Café*, wo es gute Burger, Burritos, Salate und selbstgebrautes Bier gibt – und ganz innen das kleine würfelförmige Gebäude mit der Bäckerei, wo es immer gute frische Sachen gibt; unter anderem das Käseburek, das meine kleine Tochter so mag. Und dazwischen und gegenüber liegen noch viele andere Cafés, von denen die meisten in dieser Jahreszeit bereits geschlossen sind.

Es fühlt sich an, als wäre ich nie weg gewesen. Überwältigt von den unglaublichen Eindrücken des vergangenen halben Jahres sind meine Gedanken irgendwie leer, und ich lasse meinen Blick über die Boote und Gebäude des mir so vertrauten Hafens schweifen. Andererseits drehen sich tausende Sachen in meinem Kopf im Kreis – die Expedition, die Rückkehr, meine Familie, die Vergangenheit, die Zukunft. Es wird wohl eine Zeit lang dauern, bis ich das sortiert und in geordnete Bahnen gebracht habe. Irgendwann wird es aber Sinn ergeben. Und es werden sich Ideen entwickeln, wie es weitergehen soll.

»Hast du dir das nicht vorher überlegt?«, bin ich einmal gefragt worden. Ja, im Prinzip schon, ich habe es zumindest versucht. Aufgrund der vielen Unsicherheitsfaktoren, die vor der Expedition noch bestanden haben, war aber vieles offen und hat sich erst zeigen müssen; und muss es teilweise immer noch.

Die größten Ungewissheiten waren zum einen der Verlauf der Expedition selbst. Ich habe zwar einen Plan gehabt, aber ob sich der tatsächlich so umsetzen lassen wird, war beim besten Willen nicht abzuschätzen. Ein weiterer Eckpfeiler war mein Bekanntheitsgrad in der Öffentlichkeit und auf Social Media. Etwas, das man als Einzelperson nur schwer beeinflussen kann. Und dann ist da natürlich vor allem die Frage, was mit meiner Frau und meiner Familie passieren wird. Etwas, das für mich lebensnotwendig im weiteren Sinn, aber genauso unvorhersagbar ist.

Und obwohl ich nicht weiß, wie es mittelfristig weitergehen wird und ich gerade völlig planlos bin, wie ich das, was ich gerne tun würde, umsetzen soll, gibt es doch einige Erkenntnisse aus meiner Expedition:

Ich habe herausgefunden, dass ich solosegeln kann, auch und gerade unter anspruchsvollen und schwierigen Bedingungen – und auch für sehr lange Zeit. Ich kann gut mit dem Boot und allem, was damit zusammenhängt, umgehen; kann segeln unter widrigen Bedingungen, Reparaturen mit den vorhandenen limitierten Mitteln durchführen und mich generell auf unerwartete Situationen einstellen. Und ich habe herausgefunden, was an Bord wichtig ist, und wie das Boot und der Innenraum gestaltet sein müssen, damit solche Fahrten erfolgreicher und einfacher werden.

Generell habe ich ein sehr gutes Bild davon bekommen, was es heißt, lange und solo unterwegs zu sein. Dadurch kann ich zukünftige Projekte besser planen. Obwohl rückblickend betrachtet meine ursprünglichen Annahmen sehr gut waren. Die großen Verzögerungen sind zum einen auf diverse Versandwartezeiten und zum anderen auf unerwartete Wartungsarbeiten, wie etwa den Tausch der Batterien oder das Abdichten der Luken, zurückzuführen. Die Ersatzteilproblematik würde sich durch ein Team oder einen Projektpartner im Hintergrund optimieren lassen.

Von den notwendigen technischen Verbesserungen ist vieles nicht überraschend. Vielmehr habe ich es vorher bereits gewusst oder vermutet. Aber durch diese Expedition ist einiges davon bestätigt worden, was mich wiederum selbst ein bisschen in meiner Erfahrung und meinem Hausverstand bestätigt hat.

Wovor ich mich am meisten gefürchtet habe, und in diesem Fall glaube ich, dass das Wort Angst das richtige ist, war eine Begegnung mit Orcas. Je näher wir der Straße von Gibraltar gekommen sind, umso größer ist die Anspannung geworden. Und auch danach, auf dem Weg bis *Barbate* bin ich unter Strom gestanden. So sehr, dass ich nicht einmal die Karte richtig gelesen habe, um die Gefahr mit den verankerten Fischernetzen richtig zu erkennen. Auch nach *Barbate*, quer über den *Golf von Cadiz* bis *Lagos*, war ich noch sehr verkrampft. Diese Gefahr, die von den Orcas ausgeht ist unberechenbar und unbeeinflussbar. Es passiert oder auch nicht. Und man ist beinahe machtlos ausgeliefert. Die einzige recht wirkungsvolle Abwehrtechnik scheinen laut einschlägiger Diskussionsgruppen die Feuerwerkskracher (*Truenos*) zu sein. Das wurde auch von Seglerinnen und Seglern bestätigt, die ich während dieser Reise kennengelernt habe. Ich habe davon gewusst, war aber nicht in der Lage, rechtzeitig welche zu besorgen. Fürs nächste Mal ist es mir jedenfalls eine Lehre, denn ich habe vor lauter Anspannung kaum klar denken können. Auch wenn diese Knallkörper einen Angriff nicht garantiert vereiteln, beruhigt es doch das Gewissen. Es wird auch über sogenannte *Pinger* diskutiert, deren Wirkung ist aber umstritten. Ich hoffe, dass hier von offizieller Stelle bald etwas unternommen wird, denn ich habe den Eindruck, dass in erster Linie nur geredet wird und man sich vor Handlungen drückt. Es bleibt zu hoffen, dass das nicht erst dann sein wird, wenn es zu spät ist und ein Unglück passiert oder die Situation in irgendeiner Richtung eskaliert.

15. Nachwort

Die Angst vor den Orcas war also eindeutig meine größte Sorge, aber es hat auch andere Dinge gegeben, die durchaus Spannung erzeugt haben. Zum einen bin ich durch ein paar ausgewachsene Fronten durchgesegelt, wovon drei mit acht bis neun Windstärken recht heftig waren. Und alle drei sind während der stockfinsteren Nacht über mich gezogen.

„Ob das Murphy's Law zuzurechnen ist?", frage ich mich. Ich habe keine Angst vor solchen Wettersituationen, dennoch bin ich angespannt und extra aufmerksam, weil man nie weiß, was passiert. Und während der Expedition sind einige Dinge kaputtgegangen. So hat etwa die mangelhafte Führung der Furling beinahe zum Bruch der Leine geführt, die Genuaschiene an Backbord hat sich fast vom Rumpf gelöst – und die Umlenkrollen im Baum habe ich um ein Haar verloren. Alles ist mir zum Glück rechtzeitig aufgefallen, aber irgendwann einmal reißt etwas aus, bevor ich die Schwachstelle bemerke. Und bei Windstärke acht kracht es dann ordentlich.

Und so behandle ich das Boot gut, reffe rechtzeitig, kontrolliere immer wieder alles mögliche und achte auf Geräusche und Bewegungen. Die Zeit dazwischen muss man irgendwie totschlagen, um die Spannung loszuwerden. Es gibt verschiedene Möglichkeiten, Zeit vergehen zu lassen, wovon Lesen und Schreiben wahrscheinlich die produktivsten sind. In Situationen besonderer Anspannung funktioniert das aber nicht gut, also beschäftige ich mich anderweitig: mit Essen oder Schlafen. Letzteres ist ideal, weil da vergeht die Zeit wie im Flug. Aber man kann nicht ständig schlafen, nicht einmal als Solosegler. Dann habe ich zwischendurch meine Fotos und Videos durchgeschaut, schlechte Aufnahmen gelöscht und zu guter Letzt sogar ein Handyspiel gespielt, was ich normalerweise nie mache. Zum Glück zieht jede Front einmal durch, und dahinter wird es wieder angenehmer.

Aber es gibt auch andere Dinge, die einen geistig belasten. In Bezug auf die Technik war das in erster Linie das kaputte Wellenlager, das während des Segelns, vor allem bei höheren Geschwindigkeiten, ständig auf sich aufmerksam gemacht hat. Diese Ungewissheit, wie lange das noch geht und ob es hoffentlich durchhält. Und die Frage, was passiert, wenn es endgültig kaputt ist. Löst sich dann der Propellerschaft und rutscht nach hinten? Verlieren kann ich ihn zwar nicht, weil der Propeller beim Ruder ansteht, aber er könnte das Ruder blockieren und in jedem Fall würde bei der Stopfbuchse Wasser eintreten, was beides recht unlustig ist. Natürlich habe ich das während der Fahrt regelmäßig kontrolliert; ob Wasser eintritt und ob es heiß oder wackelig wird. Zum Glück ist nichts von alldem passiert.

Dann ist da die ständige Anspannung darüber, ob der Motor durchhält. Der Motor der MIZZI ist in gutem Zustand, gut gewartet und überhaupt nicht alt, aber wie ich ja geschrieben habe, war trotzdem dauernd irgendeine Kleinigkeit, die mich nervös macht.

Meiner Beobachtung nach das Wichtigste in Bezug auf mentale Belastungen ist, dass man sprichwörtlich auf festem Boden steht. Es hat mich stellenweise beinahe zerrissen, weil mir genau dieses Fundament fehlt. Es ist soweit mein einziges echtes Manko, glaube ich, aber es ist dafür ein sehr großes. Es hat nichts mit dem Solosegeln und dieser Expedition zu tun, hat diese aber dennoch stark beeinflusst.

Wie ich ja geschrieben habe, ist vor drei Jahren bedingt durch verschiedene unglücklich zusammenfallende Zufälle eine Katastrophe passiert, die mich und meine Familie in den Abgrund gerissen hat, obwohl bis jetzt nicht klar ist, wie das alles hat passieren können. Ich habe bis heute deshalb nicht mehr Fuß fassen können. Das hat mich während der ganzen Zeit immer wieder massiv beeinträchtigt, vor allem in Situationen, die sonst wenig Aufmerksamkeit gefordert haben; an Tagen, in denen ich im Hafen festgesessen bin. Am schlimmsten waren die drei Wochen, in denen ich auf Paketdienste gewartet habe. Gleichzeitig war mir genau das eine Lehre, denn ich werde in Zukunft, während so einer Fahrt, nichts mehr bestellen, außer es gibt jemanden, der das vorab erledigen kann, damit ich die Teile nur mehr im entsprechenden Hafen abholen muss. Auch die Wartezeit in *Ísafjörður* mit dem Wissen des herannahenden Herbstes hat mentalen Druck erzeugt.

Technisch betrachtet gibt es einiges, das ich noch gerne gehabt hätte, und natürlich habe ich während der Fahrt immer wieder daran gedacht. Das meiste war aus finanziellen Gründen nicht möglich. Die Expedition hat auch ohne alldem gut funktioniert. Und auch, wenn viele Menschen, die ihre Boote für etwas Größeres vorbereiten, finanziell etwas besser dastehen als ich, wie aus deren Blogs und Social Media-Kanälen zu entnehmen ist, wird trotzdem in den seltensten Fällen alles perfekt sein. Und das muss es auch nicht. Das ist eine wesentliche Erkenntnis aus dem Ganzen. Gewusst habe ich das schon davor, aber die Fahrt hat es bestätigt. Lediglich der fehlende Spi-Baum hat für Schwierigkeiten gesorgt – und unter Umständen war dies mitverantwortlich dafür, dass sich die Genuaschiene an Backbord abgelöst hat – wenigstens ist dadurch der Montagemangel sichtbar geworden. Alles hat gute und schlechte Seiten. Und trotzdem bin ich 11 000 Seemeilen weit gekommen, 8 000 davon unter Segel – ganz ohne den Baum; dafür mit handwerklichem Know-how und echter Seemannschaft.

Genauso, wie es Tiefen mit Anspannung, Ungewissheit und Befürchtungen gegeben hat, habe ich auch unglaubliche Höhen, Freude, Spannung und Begeisterung erlebt. Solosegeln ist mental anspruchsvoll. Es ist sehr intensiv, im positiven wie im negativen Sinn. Wahrscheinlich empfindet das jeder im Detail zwar ein bisschen anders, aber im Großen und Ganzen ist es vermutlich ähnlich. Ich bin ein gefühlsgesteuerter Mensch, wodurch mich Sinnesreize von außen und innen in sehr große Höhen aber auch schreckliche Tiefen befördern können. Und alles, was bei einer Solofahrt passiert, beginnt mit einer Sinneswahrnehmung: das Pfeifen des Windes und Rauschen des Wassers, die Wärme der Sonne, die Kälte der nordischen Luft, der Geruch der Küste und des Meeres, die Bewegung des Bootes, das Glitzern und die Farben der Wellen. Die Gefühlsreize sind ungefiltert, unverfälscht und nicht überlagert, und deshalb besonders intensiv. Es ist niemand da, der dich mit einem Gespräch ablenkt, kein Radio läuft im Hintergrund, kaum ungewollte fremdgesteuerte Alltagsbelastungen. Das schafft ein Umfeld, in dem man die Umgebung direkt und echt wahrnehmen kann.

Es liegt in der Natur der Sache des Nonstop-Solosegelns, dass man alle 24 Stunden des Tages in vollem Umfang erlebt, mit Schlafphasen, aufgeteilt auf diese Zeit. Dadurch nimmt man die Natur in allen Phasen des Tages wahr; taufeuchte Nachtstunden, Sternenhimmel, finstere Nächte mit wolkenverhangenem Himmel, Nebel, Regen, Sturm, gischterfüllte Seeluft, Flaute, Sonnenauf- und untergänge, die frische Morgenluft am Nordatlantik, warme sonnige Tage, Delfine und andere Meeresbewohner, Leuchtplankton,

Meeresvögel, das Glitzern des Mondlichtes, den Geruch von Land, nachdem man viele Tage auf See war, und noch vieles mehr.

Und obwohl ich alleine tagelang über ein raues, manchmal stürmisches Meer im Norden gesegelt bin, fühle ich mich dennoch sehr wohl dabei. Es gibt kaum einen Job, den ich so gut kann und bei dem ich mich gleichzeitig so gut fühle, und das verdeutlicht, dass ich zumindest mit einem Bein auf See stehe – fast mein ganzes Leben schon.

Immer wieder erlebe ich vor meinem inneren Auge, wie ich tagelang von Schottland hinüber nach Island gesegelt bin. Der Himmel war oft mit einer hohen Wolkendecke verhangen, nicht finster und dunkelgrau, aber doch genug, um alles einzutrüben. Das Wasser war eher grau oder blassblau. Die Luft war frisch und wurde mit jeder Meile, die ich weiter nördlich gekommen bin, kühler. Das Boot ist auf ein und demselben Bug bei Windstärken zwischen vier und sechs über die großen, langgezogenen Atlantikwellen geglitten, und rundherum war tagelang nur Meer und keine Schiffe – nicht einmal am AIS.

Die einzigen Begleiter während all der Zeit waren die Seemöwen und die Puffins. Und dann, einhundert Meilen südlich von Island, haben mich plötzlich aus dem Nichts drei weiße Küstenseeschwalben (s. S. 206) besucht. Ihre Schreie sind sehr einzigartig, und ich würde sie daran jederzeit wiedererkennen. Ich habe sie bewundert und beobachtet, wie sie mit ihren markanten langen, gespaltenen Schwänzen mein Rigg umkreist haben. Dann sind sie ein Stück weggeflogen und wieder zurückgekommen, um noch eine Runde zu drehen. Die Luft war kühl und frisch. Weit und breit nur das graublaue Meer. Die Situation war beinahe kitschig. So muss das gewesen sein, als die großen Entdecker und Eroberer vor einigen Jahrhunderten aufgebrochen sind, um neue Länder zu finden. Und dann plötzlich, nach wochenlanger zermürbender Fahrt ins Ungewisse, tauchen aus dem Nichts ein paar Vögel auf! Sie sind die ersten Boten des neuen Landes, die sich mit Leichtigkeit ein paar hundert Meilen von der Küste entfernen können. Sogar die Puffins schaffen das, obwohl sie, wie man nach ein bisschen Beobachtung erkennen kann, von der Natur eindeutig nicht für die Lüfte konzipiert worden sind. Trotzdem findet man sie mehrere Tage Bootsreise vor der Küste. Die Schwalben sind nach einiger Zeit wieder verschwunden, genauso plötzlich, wie sie gekommen sind.

15. Nachwort

Zwei Tage später, nachdem zwischendurch einiges passiert war – stürmischer Wind, Verwirrung am Funk, beängstigend realistisch wirkende Träume – habe ich einen weiteren Höhepunkt erlebt, als ich am Horizont im Dunst zum ersten Mal die Berge und Gletscher Islands gesehen habe. Dieser Moment war unglaublich intensiv: nach tausenden Meilen, zuerst durch das hektische, überfüllte Mittelmeer und dann draußen auf dem Nordatlantik, immer weiter nach Norden, nach so vielen positiven wie auch negativen Erlebnissen nun endlich dieses für mich ganz besondere, abgelegene Ziel zu erreichen! Ein Ziel, das nur sehr wenige auf dem Seeweg mit einem kleinen Boot ansteuern, und vermutlich noch viel weniger direkt aus dem Mittelmeer. Wahrscheinlich gibt es überhaupt nur eine Handvoll Menschen, die das so gemacht haben – zumindest die Wikinger sind so gesegelt. Und für mich ist nicht nur diese Seltenheit und Außergewöhnlichkeit bedeutsam, sondern auch, dass mich Island mit meiner Frau verbindet. Dass es hier Orte gibt, die wir in einem gemeinsamen Abenteuer besucht haben. Und dass in Island beim Leuchtfeuer *Öndverðarnes* der Grundstein für diese, meine Solo-Expedition gelegt worden ist.

Insgesamt war die Expedition somit doch ein Erfolg. Die Aufgabenstellung war, solo in die Arktis zu segeln und dabei drei konkrete Ziele zu erreichen. Genau genommen waren es vier Ziele, von denen ich zumindest zwei erreicht habe. Bis in die Arktis bin ich nicht gekommen, aber immerhin bis Island. Von *Ísafjörður* bis *Longyearbyen* auf *Svalbard* sind es nur mehr 1000 Meilen. Das ist rund ein Sechstel der gesamten Strecke von Kroatien bis in die isländischen Westfjorde, also keine Weltreise mehr.

Punkt eins war, dass ich meine seefahrerischen Fähigkeiten auf die Probe stellen und herausfinden wollte, ob ich mental lange Solofahrten durchhalte. Und dieses Ziel habe ich auf jeden Fall erreicht. Seglerisch bin ich auf dieser Fahrt gewachsen, und zwar in dem Punkt, dass ich meinem Können und Wissen nun deutlich mehr vertraue, womit sich die Grenze nach oben verschoben hat. Das war ein kontinuierlicher Prozess, der sich von Woche zu Woche und Monat zu Monat entwickelt hat, wie ich rückblickend betrachtet sagen kann. So war ich bereits auf der Rückreise von Island wesentlich sicherer als bei der Hinfahrt; und bis zu meiner Rückkehr in Kroatien bin ich einen weiteren

Schritt gewachsen. Denn ich bin beim Planen und Arbeiten noch gründlicher und genauer geworden, obwohl ich immer schon sehr diszipliniert und ordentlich war. Ich habe also gelernt, dass ich meinem Können vertrauen und ich mich auf mich selbst verlassen kann. Denn es ist eine Sache, von sich überzeugt zu sein und zu glauben, dass man etwas kann – aber eine völlig andere, dieses Können auch in der Realität unter Extrembedingungen auf die Probe gestellt und überprüft zu haben.

Auch die Frage nach der geistigen Herausforderung beim Solosegeln kann ich mit „bestanden" beurteilen. Wir ihr gelesen habt, habe ich zeitweise mental zwar sehr gekämpft, das hat aber nichts mit dieser sportlichen Herausforderung oder dem Solosegeln zu tun; das ist daheim dasselbe. Während meiner längeren Solopassagen war ich absolut im Rhythmus und auf die Sache konzentriert, sodass ich diese sehr gut gemeistert habe. Viel mehr noch: Ich bin darin richtig aufgegangen, weil es meinem Naturell und meinem Charakter entgegenkommt.

Punkt zwei war, das Boot und die Ausrüstung zu testen – und auch dabei war ich erfolgreich. Ich habe nun eine sehr genaue Vorstellung davon, was man für solch sportliche Fahrten braucht, was das Boot können muss, was gut funktioniert hat, was adaptiert gehört, und natürlich, was repariert und erneuert gehört. Zumindest wegen dieser beiden Punkte wird eine zukünftige Expedition wesentlich erfolgreicher sein.

Und der dritte und letzte Punkt war, den Bekanntheitsgrad auf Social Media zu erhöhen. Dieses Ziel habe ich nicht erreicht. Denn gemessen an den Follower-Zahlen hat sich unwesentlich etwas verändert. Aber ich habe eine Menge Filmmaterial und werde noch vieles nachliefern. Es ist also noch lange nichts verloren. Ich habe von Anfang an geplant, die Videos danach zu produzieren und zu veröffentlichen, und nicht währenddessen. Die gesamte Videoproduktion hinterher zählt also ebenfalls zum Projekt.

Und so bin ich jetzt zurück. Und stehe gewissermaßen wieder am Anfang vor dem Nichts. Aber ich habe ein sehr großes und schwieriges Abenteuer bestritten, das bestimmt Früchte tragen wird. Ich hoffe, dass nicht alles einfach vergeht, so, als wäre nichts gewesen. Das war keine Auszeit vom „normalen" Leben, wie es manche handhaben, sondern ein Projekt mit konkreten Zielen, eine sportliche Herausforderung mit Plan.

15. Nachwort

Es ist der 1. Dezember und mittlerweile bin ich seit zwei Wochen daheim und habe alle Hände voll zu tun. Denn ich muss aus meinem Rohmaterial zeitnah brauchbare und spannende Inhalte produzieren. Mir geht die Zeit am Boot ab, und mir fehlt der feste Rhythmus während der Fahrt. Wenn es einen gewissen Tagesrhythmus gibt, wirkt sich das bei mir auf alles positiv aus: auf das geistige und körperliche Wohlbefinden, auf die Gesundheit, auf die Zeiteinteilung. Das war auf unserem Hof auch so, weil alle sieben Tage der Woche eine gewisse feste Einteilung gehabt haben.

Aber das Leben in der „normalen" Gesellschaft ist chaotisch und stressig, zerrissen zwischen Arbeit, einer fünf-plus-zwei-Tage-Woche und den wichtigen Säulen wie Kindern, Zuhause oder dem Weiterkommen im Leben.

Das alles ist aber zweitrangig. Denn an oberster Stelle steht meine Familie – und damit auch, sie in Ordnung zu bringen und ein schönes gemeinsames Heim für uns an einem lebenswerten Ort herzurichten. Und natürlich will ich ein guter und richtiger Vater für meine Kleine sein, das wollte ich immer schon, und dafür muss ich das wieder hinbekommen; es ist der einzige Weg. Und alles, was wirklich zählt.

A. Glossar

Begriff	Beschreibung
AIS	Automatic Identification System. Funkbasiertes Erkennungssystem zwischen Schiffen. Mit AIS ausgestattete Schiffe können sich gegenseitig am elektronischen Navigationssystem sehen und gewissen Kenndaten daraus ablesen, wie Name, Größe, Position, Kurs, Geschwindigkeit, usw.
Am-Wind-Kurs	Auf diesem Kurs kommt der Wind von Schräg vorne. Das Schiff krängt auf diesem Kurs stärker, ist ansonsten aber eher stabil (vgl. „raumer Kurs").
Andirken	Den Großbaum mit der Dirk (eine Leine) gegen das schwerkraftbedingte Herunterfallen sichern.
Antifouling	Spezieller Unterwasseranstrich, der den Bewuchs verhindert, bzw. verlangsamt.
Backbord	Die linke (rote) Seite des Bootes.
Backskiste	Stauraum im Cockpit.
Barfußroute	Der traditionelle Handelsweg über den Atlantik bzw. Pazifik entlang des Passatwindgürtels, der etwas nördlich des Äquators liegt. Der Begriff „Barfuß" kommt daher, weil es dort immer warm ist.
Baum, Großbaum	Waagrechtes Aluprofil am Mast, an dem das Großsegel nach unten fixiert ist.
Bilge	Tiefster Punkt im Boot, in dem alles zusammenrinnt. Dort unten befindet sich die Bilgepumpe, um sie auspumpen zu können.
Brückenkladde	Vorgedruckter Zettel zum Einheften, für nautische Eintragungen; wie ein Logbuch, nur in Zettelform.

A. Glossar

Bullenstander (*Preventer*)	Eine Leine, die den Großbaum nach vorne hält und dadurch verhindert, dass dieser unkontrolliert auf die andere Seite umschlagen kann.
CPA	Closest point of approach. Das ist der kleinste Abstand zwischen zwei sich begegnenden Schiffen. Ein CPA von 0 bedeutet Kollision.
DSC	Mit Digital Selective Call können sich Schiffe gegenseitig digital mit einer Nummer (MMSI) direkt per UKW-Funk anrufen, oder Nachrichten und Notsignale aussenden.
Dinghy	Kleines Beiboot zum Aufpumpen.
Dünung	Langgezogene Wellen, die i.d.R. von einer Schlechtwetterzone stammen, die hunderte Meilen entfernt sein kann.
Dyneema	Eine moderne, hochfeste, leichte, zugleich aber auch sehr teure High-Tech-Kunstfaser die für Leinen im Profibereich verwendet wird.
EPIRB	Seenotmittel, dass über Satelliten einen Notruf auslöst.
Fall	Eine Leine mit der man Dinge, z.B. ein Segel, nach oben, oder unten ziehen kann.
Fender	Längliche oder runde Ballons aus dickem Gummi, die das Boot am Liegeplatz vor einem direkten Kontakt mit der Mauer, oder anderen Booten schützt.
Fieren	Das Nachlassen (Lockern) einer Leine. Fieren ist das Gegenteil von holen.
Furling	Leine, um die Genua (das vordere Segel) zu reffen, oder wegzurollen.
Halbwindkurs	Der Wind kommt von der Seite. Es ist der schnellste und angenehmste Segelkurs.
Hals, Horn	Ein modernes Segel hat drei Ecken; die obere heißt Kopf, die untere Hals und die hintere Horn.
Höhe laufen	Kein Boot kann direkt gegen den Wind, sondern nur schräg zum Wind segeln. Man sagt „Höhe laufen", je näher man zum Wind fahren kann. Je kleiner der Winkel zwischen dem Wind und der Fahrtrichtung, umso größer die sog. Höhe (wenn man also den Wind als zu erklimmenden Berg betrachtet).
Holepunkt	Umlenkpunkt für eine Leine zur Segelbedienung (Schot).

Impeller	Flexibles Schaufelrad in der sog. Impellerpumpe, die das Meerwasser ansaugt und zur Kühlung durch den Motor pumpt.
Kabellänge	Ist ein Zehntel einer Seemeile, also 185 Meter.
Kajüte	Der Innenraum des Bootes.
Kardinalzeichen	Seezeichen, das größere Untiefen kennzeichnet und anzeigt, an welcher Seite in Bezug auf die Himmelsrichtung man vorbeifahren muss.
Knoten [kn]	Geschwindigkeitsangabe. 1 Knoten ist 1 Seemeile pro Stunde (s. auch „Seemeile"). 5 Knoten entspricht ca. 10 km/h (genau 9,3 km/h).
Kreuzen	Da man nicht exakt gegen den Wind, sondern nur schräg zum Wind segeln kann, fährt man im Zickzackkurs schräg gegen den Wind, sofern man in die Richtung des Windes muss (s. auch „Höhe laufen").
KVR	Kollisionsverhütungsregeln. Grundlegendes internationales Regelwerk für die Schifffahrt auf hoher See.
Lazybag	Länglicher Bergesack am Baum in dem das Großsegel verstaut wird.
Legerwall	Legerwall bedeutet, wenn man vor einer Küste mit auflandigem Wind ist. Eine gefährliche Situation, falls man die Kontrolle verliert, da man aufs Ufer treibt.
Lifeline	Sicherheitsleine mit der man sich am Boot anhängt, um nicht über Bord zu gehen.
Logge	Geschwindigkeits- und Entfernungsmesser, misst die Bootsgeschwindigkeit in Knoten und die gefahrene Strecke in Seemeilen.
Mooringanleger, Mooring	Eine Anlegeart, bei der das Boot mit dem Heck zur Mauer liegt und vorne mit einer unter Wasser fixierten Leine, der Mooring (manchmal „Muring"), festgemacht wird.
Palstek	Knoten, der eine Schlaufe (ein „Auge") ans Ende einer Leine macht.
Pasarella	Holzbrett, um vom Boot auf den Steg zu kommen.
Patenthalse	Ein ungewollte Halse. Kann durch einen Steuerfehler passieren.
Quadrant	Seezeichen, z.B. Ostquadrant. Bedeutet dass man östlich des Zeichens vorbeifahren muss (s. „Kardinalzeichen").

A. Glossar

Raumer Kurs, raumschots	Am raumen Kurs kommt der Wind von schräg hinten und die Schiffsbewegung ist eher unangenehm (vgl. „Am-Wind-Kurs").
Reff, Reffen	Die Segel können verkleinert werden. Je stärker der Wind, umso kleiner muss die Segelfläche sein. Die Genua kann stufenlos gerefft werden, das Großsegel hat drei fest definierte Reffstufen.
Schapp	Seemännisches Wort für Kasten.
Schot	Eine Leine mit der der Winkel des Segels zum Wind eingestellt werden kann. Damit wird das Segel mehr auf, oder zugemacht.
Schwojen	Hängt das Boot am Anker, so „schwenkt" es bei Wind abwechselnd zu beiden Seiten.
Seemeile	Eine Seemeile ist eine Winkelminute entlang eines Meridians. Sie entspricht einer Länge von 1852 Metern und wird international einheitlich in der See- und Luftfahrt verwendet. 100 Seemeilen sind daher 185 Kilometer.
Spinaker	Ein großes, leichtes und oft buntes Segel, das bei schwachen Winden benutzt wird.
Springzeit	Die Gezeiten hängen vom Mond ab und ändern sich daher im Laufe eines Monats. Springzeit nennt man die Tage, wenn der Unterschied zwischen Flut und Ebbe besonders groß ist.
Steuerbord	Die rechte (grüne) Seite des Bootes.
Verkehrstrennungsgebiet	Eine in der Seekarte eingezeichnete virtuelle Autobahn, bei der sich die Schiffe an die vorgegebenen Richtungen halten müssen.
VMG	**V**elocity **m**ade **g**ood. Rechnerische Geschwindigkeit mit der man dem angepeilten Ziel näher kommt. Fährt man direkt in einer geraden Linie auf das Ziel zu, entspricht die VMG der Bootsgeschwindigkeit.
VTS	**V**essel **T**raffic **S**ervice. Koordinationsstelle für Schiffe in dichtbefahrenen Gebieten. Wird mit Radar, AIS und UKW-Funk koordiniert.
Watermaker	Filteranlage die das Meerwasser reinigt, entsalzt und daraus Süßwasser macht.

B. Die Windstärke

Die Beaufortskala ist eine in der Seefahrt international übliche und einfache Form der Windstärkenangabe. Eingeteilt sind die Stufen 0, Windstille, bis 12, ein ausgewachsener Orkan. Der typische Segelurlauber bewegt sich normalerweise bei den Windstärken 1 bis 4. Die Windstärken 5 und 6 sind bereits anspruchsvoll und werden daher nur von erfahreneren Seglern genutzt, zählen aber immer noch zum Segelspaß. Ab Windstärke 7 ist alles anstrengend, bewegt und nass, und gilt als Arbeit. Trotzdem sind sogar die Windstärken 8 und 9 noch segelbar, wobei es eher um Optimierung der Bootsbewegung und Vermeidung von Schäden geht. Jeder noch so erfahrene Segler wird Windstärken unter 8 bevorzugen. Die Windstärken 10 und aufwärts müssen eher als Kampf mit den Naturgewalten bezeichnet werden, wobei es tatsächlich ums nackte Überleben gehen kann.

Die folgende Tabelle enthält die Windstärkenskala nach *Sir Francis Beaufort* (1774 – 1857), mit Geschwindigkeitsangaben in Knoten (kn) und Kilometern pro Stunde (km/h).

Bft	kn	km/h	Bezeichnung	Beschreibung
0	–	–	Windstille, Flaute (*calm*)	spiegelglatte See
1	≤ 3	≤ 6	leiser Zug (*light air*)	leichte Kräuselwellen
2	≤ 6	≤ 11	leichte Brise (*light breeze*)	kleine, kurze Wellen, Oberfläche glasig
3	≤ 10	≤ 19	schwache Brise (*gentle breeze*)	Anfänge der Schaumbildung
4	≤ 15	≤ 28	mäßige Brise (*moderate breeze*)	kleine, länger werdende Wellen, überall Schaumköpfe

B. Die Windstärke

5	≤ 21	≤ 39	frische Brise (*fresh breeze*)	mäßige Wellen von großer Länge, überall Schaumköpfe
6	≤ 27	≤ 50	starker Wind (*strong breeze*)	größere Wellen mit brechenden Köpfen, überall weiße Schaumflecken
7	≤ 33	≤ 61	steifer Wind (*near gale*)	weißer Schaum von den brechenden Wellenköpfen legt sich in Schaumstreifen in die Windrichtung
8	≤ 40	≤ 74	stürmischer Wind (*gale*)	ziemlich hohe Wellenberge, deren Köpfe verweht werden, überall Schaumstreifen
9	≤ 47	≤ 87	Sturm (*strong gale*)	hohe Wellen mit verwehter Gischt, Brecher beginnen sich zu bilden
10	≤ 55	≤ 102	schwerer Sturm (*storm*)	sehr hohe Wellen, weiße Flecken auf dem Wasser, lange, überbrechende Kämme, schwere Brecher
11	≤ 63	≤ 117	orkanartiger Sturm (*violent storm*)	brüllende See, Wasser wird waagerecht weggeweht, starke Sichtverminderung
12	≥ 64	≥ 118	Orkan (*hurricane*)	See vollkommen weiß, Luft mit Schaum und Gischt gefüllt, keine Sicht mehr

Tabelle B.1.: Windstärkentabelle nach Beaufort. Quelle: Wikipedia[1]

---

[1]https://de.wikipedia.org/wiki/Beaufortskala